Varda Hasselmann

DIE SEELE DER PAPAYA

AF236218

Die Autorin

Dr. Varda Hasselmann entschied sich gegen eine Universitätskarriere als Mediävistin und für den Ausdruck ihrer außerordentlichen medialen Begabung. Seit 1983 arbeitet sie als Trancemedium und hat sich durch ihre zusammen mit Frank Schmolke veröffentlichten Sachbücher, Seminare und Vorträge einen Namen gemacht. *Die Seele der Papaya* ist ihr erster Roman.

Varda Hasselmann

DIE SEELE DER PAPAYA

Eine Einweihung

Bibliografische Information der Deutschen Nationalbibliothek:
Die Deutsche Nationalbibliothek verzeichnet diese Publikation
in der Deutschen Nationalbibliografie; detaillierte bibliografische Daten
sind im Internet über dnb.dnb.de abrufbar.

© 2018 Varda Hasselmann
Umschlagmotive: Varda Hasselmann
Umschlaggestaltung: Monika Pitterle
Herstellung und Verlag: BoD – Books on Demand, Norderstedt
ISBN 978-3-7528-2915-0

Inhalt

Rührmichnichtan

Seit vielen Stunden starre ich durch das kleine Fenster ins Dunkel. Ich kann nicht schlafen. Meine Mitreisenden dösen unruhig in ihren unbequemen Sitzen. Indien, das Land der wundersamen Begebenheiten, liegt schon sehr weit hinter uns.

Bald werden wir in München sein. Dann nimmt alles wieder seinen gewohnten Gang. Einkaufen, heizen, Rechnungen bezahlen, Bekannte anrufen, mich zurückmelden. Fragen beantworten. Ich werde mich zusammenreißen. So tun, als ob. Das habe ich schließlich früher gut gekonnt. Trotzdem überkommt mich Verzweiflung, wenn ich daran denke.

Was soll ich bloß antworten, wenn Freunde und Nachbarn mich fragen, was ich auf meiner langen Reise erlebt habe? Soll ich sagen, daß ich monatelang verschollen war – gefangen, vergiftet und krank, gemartert von einem Stamm wilder Ureinwohner? Alles nicht falsch, gewiß, und trotzdem nicht die Wahrheit. Ich kann mir vorstellen, wie die Boulevardzeitungen es gern für eine saftige Schlagzeile hätten: »Münchnerin überlebt grausamen Blutkult in Indien«, zum Beispiel. Stimmt, stimmt genau. Aber mit dem, was wirklich geschehen ist, hat das nur indirekt zu tun.

Mir war beschieden, etwas Großes zu erleben – erschrekkend, schwer verständlich und beglückend. An mir, einer ganz gewöhnlichen, nicht besonders vergeistigten Psychoanalytikerin, ist die Prophezeiung eines indischen Wandermönchs in Erfüllung gegangen.

Die Maschinen des großen Flugzeugs dröhnen unerträglich laut. Beunruhigt stelle ich fest, daß ich während der neun Monate meiner Abwesenheit niemals so empfindlich und heillos durcheinander war wie gerade jetzt. Wie bin ich überhaupt in dieses wirre Abenteuer hineingeraten? Die bunten Splitter und glitzernden Spiegelscherben im Kaleidoskop meiner Erinnerung bilden ständig neue Bilder, wenn der Wille, sie zu ordnen, an ihnen rüttelt. Wann kam das erste Steinchen ins Rollen? Welche meiner Entscheidungen hat es gelöst?

Sinn und Zweck kann ich in dem Wirrwarr nicht ausmachen. Ich habe ja noch nicht einmal begriffen, was mit mir geschehen ist, weiß nur, daß ich mich nicht mehr kenne. Mein analytischer Verstand wird in den nächsten Tagen seine Pflicht tun müssen. Ich möchte verstehen. Endlich verstehen.

Wie ich das Ereignis, das mich so verändert hat, bezeichnen soll, weiß ich nicht. Manchmal frage ich mich, ob es vielleicht etwas mit Erleuchtung zu tun hat. Aber darunter habe ich mir etwas völlig anderes vorgestellt – vollkommene Bewußtheit zum Beispiel, unablässige Liebe, Bedingungslosigkeit, Bedürfnislosigkeit, leuchtende Weisheit. Mit solchen Eigenschaften kann ich gewiß nicht aufwarten. Totale Souveränität? Mitnichten. Eher Humanität, im tiefsten Wortsinn. Ja, das ist es wohl. Mutter India hat mich zum Menschen gemacht.

Grelle Angst, dumpfes Entsetzen und auch die vielen körperlichen Schmerzen, die ich erlitten habe, lauern wie hungrige Raubtiere hinter dem dünnen Gitter der verstreichenden Zeit, die – so sagt man – alle Wunden heilt. Im Grunde muß ich mich als schwer traumatisiert betrachten. Und trotzdem fühle ich mich unbeschreiblich glücklich! Merkwürdiges Krankheitsbild. Bin ich denn froh, daß alles vorbei ist? Nein, das wäre nur die halbe Wahrheit. Mit jeder Faser meines Leibes sehne ich mich in das palmengesäumte Dorf zurück, aus dem ich erst vor zwei Wochen unter Lebensgefahr entkommen bin. Bei der Heimkehr nach München, mit dem Eintauchen in das einst Gewohnte, beginnt die Feuerprobe. Jetzt erst wird sich erweisen, was die Veränderungen, die ich in der Tiefe meines Wesens wahrnehme, wirklich bedeuten.

Zwischen Vergangenheit und Zukunft klafft der Abgrund meiner noch unverarbeiteten Erlebnisse. Mache ich mir Illusionen über meine Wandlung? Niemand kehrt völlig unverändert von einer so langen Reise zurück. Man möchte ja gern etwas ganz Besonderes sein, weil man seine eigene Bedeutungslosigkeit nur schwer ertragen kann. Bin ich auch so? Zum Teufel, wie soll ich das herausfinden?

Wieder schirme ich meine Augen gegen das Licht in der Kabine ab und blicke aus dem Fenster. Die Sterne verblassen. Durch eiskalte Luft fliegen wir über das menschenleere Arabien. Nichts als Sand und Steine. Hier kann ein Mensch erfahren, was Einsamkeit ist. Ich warte auf das Glutrot des Morgens. Dann blenden mich die ersten Sonnenstrahlen wie Blitze von kosmischer Gewalt, zu stark für meine müden Augen. Ich muß sie schließen.

Was soll ich nur tun? Der Schmerz hinter meiner Stirn wird schärfer. Krampfhaft überlege ich, was ich wirklich brauche, jetzt bei meiner Rückkehr. Es macht mir Mühe. Dann erhellt ein Blitz der Erkenntnis meine Gedanken. Natürlich, das ist es: Ich muß noch eine Weile allein sein!

Erleichterung läßt mich aufatmen. Zum Alleinsein brauche ich keine Wüste. Mein Zuhause soll meine Einsiedelei sein. Isolation von der Welt wird mir Klarheit schenken.

Rückkehr braucht Zeit. Niemand drängt mich, Gott sei Dank. Ich bin sehr empfindlich, fühle mich fast hautlos. Deshalb werde ich mich erst einmal verkriechen. Ich möchte nur für mich dasein. Daß ich zurück in Deutschland bin, geht schließlich keinen etwas an.

Der Kopfschmerz ist plötzlich verflogen. Man reicht mir ein heißes, feuchtes Tuch. Damit reibe ich die letzten Verspannungen von Stirn und Nacken. Ich fühle mich befreit von der quälenden Sorge; ich weiß jetzt, was der nächste Schritt sein wird.

Duft von Semmeln und frischem Filterkaffee zieht durch die Kabine, deutsches Frühstück, heimatlicher Gruß. Und während ich Erdbeerkonfitüre auf Vollkornbrot streiche, stelle ich mir die kommenden zehn, zwölf Tage und Nächte vor wie das Leben unter einer Inkubationshaube. Ja, ich brauche Schutz, einen Ort der Sammlung. Dort muß ich bleiben, bis ich weiß, wer ich bin.

In der Halle bedrängen mich nervöse Leute von allen Seiten. Ich rieche Ungewaschenes und Kölnisch Wasser, höre aufgekratztes Schnattern. Sie tauschen noch Adressen aus, trotz ihrer von Schlaflosigkeit kleinen Augen. Drogenhunde umkreisen uns. Kleinkinder quengeln. Die Reisenacht ist lang gewesen. Raucher zünden sich ihre Zigarette an, während wir vor der Paßkontrolle Schlange stehen.

Der Morgenhimmel, aus dem ich soeben herabgestiegen bin, wölbt sich in einem ungewohnt sanften, lichtzarten Oktoberblau über mir. Diese Herbstluft macht mich glücklich. Ich atme tief ein und rüste mich für den nächsten Schritt.

Es riecht feucht und erdig. Der Duft erinnert mich an frühmorgendliche Schulwege, an den ersten Tag nach den Herbstferien. Die deutsche Welt wirkt sauber gewaschen, ordentlich gekämmt, grau und angespannt. Das Taxi fährt mich nach Alt-Solln, vorbei am Einkaufszentrum mit Müller-Brot, Wurst vom Vinzenz Murr, Reinigung, Haltestelle und Apotheke. Die Gegend ist mir in allen Einzelheiten bekannt wie aus einem *Déjà-vu*. Hier ist mein Zuhause. Ich weiß es, aber es will mir nicht in den Kopf.

Beim Öffnen der Wagentür rutschen Paß und Flugschein von meinem Schoß. Wie ungeschickt! Erst das Geld geben, auf den Rest warten, und dann mußt du den Schlüssel aus der Tasche holen. Du weißt doch noch, wie das alles geht, stell dich nicht an, konzentriere dich. Sei nicht albern, Doris, schließlich warst du ja nicht zwanzig Jahre lang fort, sondern kaum zehn Monate. Oh, die alte vertraute Stimme, die immer so ungeduldig mit mir redet, da ist sie wieder!

Laß nur! kontert eine andere, die verständnisvoller klingt. So, wie du dich fühlst, kommst du von einem anderen Stern. Du hast dich nicht unter Kontrolle. Wozu auch? Du bist hilflos. Aber das macht nichts.

Die zweite Stimme ist neu und tröstet mich. Interessiert höre ich ihr zu. Ein halbes Jahrhundert lang bin ich effizient gewesen, hatte immer alles im Griff. Darauf war ich sehr stolz. Eine fähige Person. Nicht gerade ein Superweib, nein, keine perfekten Kinder, atemberaubenden Karrieresprünge und berauschenden Liebhaber. Auf meine bescheidene Art war ich funktionstüchtig und durchaus mit mir zufrieden. Die Traumfrau war ich nie. Aber in meinem Leben herrschten einst Ruhe und Ordnung.

Damit ist es wohl vorbei. Als mir das klar wird, mischt sich ein wenig Besorgnis in meine Zuversicht. Neugierig, ohne besondere Beteiligung, betrachte ich diese Gemütsbewegung, als sei sie eine Ameise, die über den Fußboden läuft. Das ist auch neu.

Umständlich sammle ich die Dokumente, mit denen ich nachweisen könnte, wer ich einmal war, wieder auf, wische den Paß an meinem Rock sauber. Dann packe ich entschlossen die Griffe meines Beutels und stehe vor dem niedrigen Gartentor, wie tausendmal zuvor.

*H*offentlich sieht mich keiner. Feuchte Blätter wehen mir entgegen, ein Windstoß unterstützt mich beim Niederdrücken der Klinke. Eingraviert in das ungeputzte Messingschild liest man die Aufschrift: Dr. med. D. Guthknecht, Psychotherapie, Psychoanalyse, alle Kassen, Sprechstunde nur nach telefonischer Vereinbarung.

Nun ja, das bin ich. Das war ich.

Das Gartentor hängt ein wenig schief. Auf diesem morschen Holz habe ich als Kind gehangen, um zu schaukeln. Und ich höre Mutter zetern, was es kosten wird, die Pfosten zu erneuern, wenn ich die rostigen Türangeln endgültig aus ihrer Verankerung gerissen habe. Meine Füße frieren in den Sandalen, die nackten Zehen berühren das feuchtglänzende Weinlaub, das die ganze Hausfassade überwuchert und den Weg bedeckt mit seinem abgeworfenen bunten Schuppenkleid.

Das Häuschen wurde noch vor dem Krieg erbaut Das Häuschen wurde noch vor dem Krieg erbaut, bescheiden und schmalbrüstig. Inzwischen gilt die Gegend wegen der Villen und Gärten als nobel. »Da wohnt der Unhold!« sagten die Nachbarn und zeigten anklagend auf unsere Tür. Nach Vaters Tod, als Mutter und ich endlich allein, ohne den bedrohlichen Mann, im Haus lebten, haben wir eine Panzertür einsetzen lassen. So fühlten wir uns sicher. Nichts konnte hinausdringen. Niemand konnte hinein.

Meine brave Bürgerlichkeit, meine leicht spießige Fassade, die sich nicht nur an Haus, Kleidern, Schuhen und Brille zeigte, sondern im Laufe der Jahrzehnte wie ein Pilzmyzel mein innerstes Wesen zu befallen drohte, ist mir selbst manches Mal auf die Nerven gegangen. Aber das war nicht zu ändern, ich wollte es so. Die Leute sollten mich, die Tochter des Unholds, für hausbacken und rechtschaffen halten. Ich brauchte das dringend, nach allem, was ich in meiner unseligen Jungmädchenzeit durchgemacht hatte. Üble Nachrede, Getuschel und Gespött sollten bei Doris Guthknecht keinen, aber auch gar keinen Ansatzpunkt finden. Niemals! Lieber soweit als möglich unsichtbar bleiben, lieber bieder als kokett wirken.

Ich wollte wirtschaftlich unabhängig sein, selbstbestimmt leben, hatte meine Arbeit, meine Bücher, die Reisen. Anfangs gab es auch nette Freundinnen, doch unsere Lebensschicksale trennten uns. Die meisten Frauen in meinem Umfeld waren verheiratet oder hatten das, was man eine Beziehung nennt. Sie konnten nie begreifen, warum ich keinen Freund hatte. Ich mochte es ihnen nicht erklären, weil ich selbst keine überzeugende Antwort wußte. Sex mit Männern interessierte mich wenig, mit Frauen schon gar nicht. »Prüde ist sie eben, unsere Doris!« tuschelten sie. Nun ja. Nicht prinzipiell, nicht geistig. Nicht, wenn es die Patienten und ihre erotischen Geheimnisse betraf. Aber persönlich eben doch. Über eine altjüngferliche Verklemmtheit, ein bißchen ungewöhnlich angesichts der neunziger Jahre, konnte ich mich nicht hinwegtäuschen – Unsicherheit, Schamgefühle und altmodische Einstellungen. Ich bin eine anständige Frau, sagten Blick und Bluse. Und dabei war es dann auch meistens geblieben.

Bis zu dieser Indienreise. Meine Güte! Das Schicksal hielt für mich noch ungeahnte Abenteuer bereit. »Es wandelt niemand ungestraft unter Palmen, und die Gesinnungen ändern sich gewiß in einem Lande, wo Elefanten und Tiger zu Hause sind.« Das steht in den *Wahlverwandtschaften*, obgleich die Heldin niemals einen Fuß aus Deutschland hinausgesetzt hat. Ich hingegen habe es am eigenen Leib erlebt. Dabei wollte ich nur Urlaub machen. Ist das Los der Menschen nun vorbestimmt, oder nicht? Wer, zum Donnerwetter, befindet über mein Leben? Wer außer mir? Ich bin verwirrt.

Das Sicherheitsschloß dreimal rechtsherum und dann den Knauf etwas vorziehen. Es ist vielleicht das größte aller Wunder, daß ich diesen Schlüsselbund auf all meinen Irrwegen durch inneres und äußeres Niemandsland nicht verloren habe.

Verstört bin ich und dankbar zugleich, daß niemand mir freudestrahlend mit Schürze und Kuchenduft in den Haaren entgegenkommt. Da bist du ja, liebes Kind! Wie geht es dir? Wie war es denn, erzähl mal! Und warum hast du denn gar nicht mehr geschrieben? Wir haben uns solche Sorgen gemacht. Aber nun bist du ja heil wieder da, wo du hingehörst.

Dankbar für die Stille, aber auch enttäuscht von der Leere. Ich könnte jetzt unmöglich erzählen und erklären, vermisse trotzdem den mütterlichen Jubel, ihre Wiedersehensfreude und die besorgten Fragen, weil ich nie wieder ihre Stimme hören werde und heute, bei meiner Heimkehr, keinen zärtlichen Kuß auf meiner Wange spüre. Ihre Arme umfangen mich nicht. Das verschmitzte Lächeln der weit vorstehenden Zähne, der Geruch ihrer alten Haut – vorbei, für immer. Ihre Strickjacke hängt an der Garderobe, daneben der Hut, den sie zum Einkaufen aufsetzte. Meine Hände streicheln sehnsüchtig über weiche Mohairwolle. Ich habe ja selbst beschlossen, vorerst niemandem zu sagen, daß ich wieder da bin. Aber daß sie nicht da ist, daß mich kein Mensch empfängt, das schmerzt auch.

Alles ist genau wie immer, und alles ist ganz anders. Die Welt ist mir neu, als sei ich soeben geboren, ein Säugling mit alten Erinnerungen. Was ich hier sehe, rieche und höre ist wie das Echo einer vergangenen Existenz, deren Bilder mit visionärer Kraft in mein Bewußtsein von heute drängen.

Als sei ich zu Besuch, gehe ich zögernd durch das Haus. Dabei habe ich das seltsame Gefühl, ein sanft strahlender Leuchtkörper zu sein. Eine Wunderlampe.

Im Arbeitszimmer steht gut verschlossen der metallene Aktenschrank mit der Patientenkartei. Ringsumher Bücher, die mich geprägt haben. Der alte Ledersessel trägt den Abdruck meines Körpers. Wie viele Jahre habe ich hier gesessen! Meine Augen schauen sich um. Ich erinnere jeden einzelnen Gegenstand, aber es ist ein Wiedererkennen wie im Traum oder wie auf alten Fotografien. Diese unendlich vertrauten Dinge erzeugen ein Echo, das mein Herz berührt und wärmt. Und auch eine vollkommen gleichgültige Distanz. Mein Kopf fühlt sich an, als trüge ich ihn sorgfältig abgetrennt unter dem Arm.

Im Wohnzimmer knarzt an der altgewohnten Stelle der Holzfußboden. Mit kalten Füßen gehe ich durch die unbewohnten Räume, spüre die Grabesruhe dieses Hauses. Die Fenster sind ungeputzt, die Luft riecht abgestanden. Ich werde heizen müssen. Das wird keiner merken. Und die Lampen? Ihr Licht könnte mich verraten. Lieber im Dunkeln hocken. In Indien hatten wir nachts auch kein Licht.

Nein, ich will in den nächsten Tagen niemanden sehen, sprechen oder hören. Nichts erzählen müssen, bevor ich selbst verstanden habe, was mit mir geschehen ist.

Mein Mund ist trocken, der Speichel schmeckt zäh und salzig. Ich drehe den Hahn im Badezimmer auf. Wasser spritzt leicht bräunlich in das Becken, und in dem Rohr hinter den Fliesen ächzt es, daß ich zusammenfahre. Gesicht und Hände werden gewaschen. Ich trinke lange.

Ein Handtuch ist nicht da; es muß erst aus dem Wäscheschrank geholt werden.

Im Spiegel erblicke ich mein Gesicht. Das also ist die Person, die hier wohnt. Sie gefällt mir, auch wenn sie mir noch ein wenig fremd vorkommt, als sei sie eine Cousine, die mir ähnlich sieht. Eine weiche, unter der Bräune blasse Nase, der Mund ungeschminkt. Die grünblauen Augen blicken mir suchend entgegen. Das Gesicht ist geschmückt mit ein paar Sommersprossen, schmal und fest in den Konturen. Wassertropfen glitzern auf meiner Haut, bahnen sich über die winzigen Fältchen hinweg ihren Weg.

Mit beiden Händen löse ich den Knoten, bis mein starkes, gewelltes Haar in voller, prächtiger Schwere nach unten schwingt. Es reicht mir lang den Rücken herab, weil ich es mein Leben lang nicht habe schneiden lassen. Ich kann mich damit zudecken wie Maria Magdalena, die herrliche Sünderin auf Tizians Bild.

Heute gefalle ich mir und freue mich an meinem Anblick. Am liebsten möchte ich singen. Diese rotblonde Mähne, leicht gelockt an den Schläfen und ungewöhnlich dicht, ist schon immer mein heimlicher Stolz gewesen. Heimlich, weil ich sie fast niemals offen trug, sondern immer brav geflochten oder hochgesteckt. Einer Frau Doktor angemessen.

Ich habe mich immer für einen Menschen gehalten, dem man nichts vormachen kann, der in allen Lebenslagen allein zurechtkommt. Willenskraft war mein höchstes Gut, meine stärkste Eigenschaft. Jedenfalls war ich vor meiner Abreise noch klar definiert: Psychotherapeutin, alleinstehend, 49 Jahre, 183 cm, 95 kg, Autorin mehrerer Zeitschriftenbeiträge, Hausbesitzerin.

Und wer ist die Frau, die mir heute aus dem Spiegel entgegensieht?

Das ganze Ausmaß der Wandlung erahne ich erst jetzt. Meine Augen mustern mich eher neugierig als analytisch-streng. Trotz aller Mattigkeit zeigen sie einen munteren und milden Ausdruck, unvertraut. Dabei sehen sie uralt aus, müde von vielen Leben, wissend und voll tief menschlichen Mitgefühls. Meine Nasenspitze berührt die kühle Spiegelfläche, als sich mein Gesicht dieser anderen, jünger scheinenden Frau nähert, wie um sie zu küssen. Ihr Blick weicht dem meinen nicht aus. Sie strahlt mich an, ohne zu lächeln.

Ein Handtuch, Strickjacke und dicke Socken brauche ich jetzt. Das Haus ist ausgekühlt. Als ich die Tür zu Mutters Schlafzimmer öffne, muß ich schlucken, und mein Herz beginnt zu flattern. Hier hat sie ihr Leben verbracht, hier ist sie hinübergegangen. Hier habe ich ihr in den Monaten der Bettlägerigkeit beigestanden, in diesem Raum sind wir uns endlich wirklich nahegekommen. Ob du mich jetzt sehen kannst? Mutter und Kind erkennen sich am Geruch und am Herzschlag. Seit sie begraben wurde, habe ich keine Familie mehr. Beide Eltern sind Einzelkinder gewesen.

Ihr großes Bett ist frisch überzogen, als käme sie wieder, um darin zu schlafen. Hier wurde ich gezeugt und geboren. Wie viele Stunden habe ich als Kind unter ihrem Federbett verbracht, wenn sie mir Geschichten und Märchen erzählte, vom bösen Wolf, der die sieben Geißlein und das Rotkäppchen frißt und am Ende mit aufgeschlitztem Bauch daliegt. Hier saßen wir auf der Bettkante, als die Nachricht von Vaters Selbstmord kam. Hier wusch ich sie, fütterte sie, hielt ihre Hand und flüsterte in ihr Ohr, bis sie den letzten Atemzug tun konnte.

Es hat gar keinen Zweck, daß ich mich zusammennehme. Ich kann das nicht mehr so wie früher. Meine Augen sind schon ganz heiß und trocken, das Kinn bebt, der Atem geht schneller. Es ist nicht die Trauer, die mich überwältigt, sondern eine dankbare Freude. Mama, du hast mir eine zweite Geburt geschenkt! Wärst du nicht gestorben, hätte ich mich von den Flügeln meiner Seele nicht forttragen lassen und vielleicht niemals erfahren, daß ich fliegen kann.

Dann hast du mich mutterseelenallein und gut versorgt zurückgelassen, frei von allen Bindungen. In dem Umschlag mit dem Testament fand ich nach deiner Beerdigung einen rührenden Zettel, schon mit zittriger Hand geschrieben.

Doris, meine große Kleine,

Du hast von mir ja noch nie einen Brief gekriegt, und wenn Du den hier liest, bin ich schon tot. Jetzt ist bald Abschied. Gar nicht so einfach. Schau mal in das Sparbuch! Freust Du Dich über das Geld? Hundertachtzigtausend! Das habe ich alles nur für Dich gespart. Die Erbschaft von der Oma und den Lotto-Fünfer. Und viel vom Haushaltsgeld. Erst sollte es ja für Deine Aussteuer sein, aber nun hast Du Dich so lieb um mich gekümmert, statt für Mann und Kinder zu sorgen. Haben doch noch gute Zeiten zusammen gehabt. Obwohl Enkelkinderle auch herrlich gewesen wären. Vielen Dank für alles, das war so schön für mich auf meine alten Tage, wie es dann gekommen ist. Wenn Du das Sparbuch findest, schau ich vielleicht von oben runter und freu mich über Dein Gesicht.

Aber nicht weitersparen! Sei nicht albern, genieß das Geld! Schließ die Praxis zu, und erhol Dich von der langen Pflege. Sonst wirst Du noch krank! Du könntest doch mal ein Jahr freinehmen und verreisen. Meine Doris. Bist auch bald fünfzig! Ich wünsch Dir noch ein gutes Leben. Daß ich Dich auf die Welt gebracht habe, war mein größtes Glück.

Deine alte Mama

Kurze Zeit später beschloß ich, die damit verbundene zärtliche Aufforderung wie einen »letzten Willen« zu betrachten. Zunächst fiel es mir schwer, mich innerlich zum Nichtstun bereit zu finden. Ich hatte immer mehr geleistet, als eigentlich nötig war. Das war mir völlig klar, ohne daß ich es deshalb zu ändern vermochte. Schon seit längerer Zeit hatte ich allerdings mit meiner Lebensenergie auf Kredit gelebt, hatte mit energischer Willenskraft das Letzte aus mir herausgeholt. Doch immer häufiger ertappte ich mich dabei, wie ich morgens um sieben wünschte, die Patienten würden absagen oder ich hätte eine fiebrige Grippe, die mir eine Rechtfertigung bieten würde, liegenzubleiben. Nur mein eiserner Wille hielt mich noch aufrecht. Ich war müde, sehr müde.

Meinen Beruf mit der Möglichkeit, einem Menschen durch aufmerksames Lauschen und einfühlsames Fragen zu helfen, daß er wieder heil werden kann, habe ich immer geliebt. Ich hatte Freude am Entdecken verborgener Zusammenhänge, am Deuten der Träume und am Diskutieren neuer Lebensstrategien. Doch als Mutter mich mehr brauchte als alle anderen Menschen, habe ich keine neuen Patienten mehr angenommen. Nachdem dann mein Entschluß, nach Indien zu reisen, feststand, konnte ich die wenigen, die ich noch betreute, bei einem Kollegen in gute Hände geben.

Seinerzeit mochte ich mir nicht eingestehen, daß ich nicht nur körperlich erschöpft war. Ich verbarg meine beginnende Depression unter Aktivismus, schlief schlecht, litt unter den Beschwerden der Menopause. Vor allem aber plagte mich – bei aller Rechtfertigung meines Lebens als erfolgreich Helfende – ein mir völlig unerklärliches Sinnlosigkeitsgefühl. Ich stand vor einer dicken Wand aus milchigem Glas, für Blicke gänzlich undurchdringlich. Mein Alltag war erfüllt. Und trotzdem bewegte mich immer häufiger die Frage: Wozu arbeite und helfe ich, wozu lebe ich überhaupt? Aus dem Nebel jener Tage kam keine Antwort.

Ohne es mir eingestehen zu wollen, war ich dort angelangt, wo jede Suche beginnt: am Ende. Ich fühlte mich trocken, leer und kühl, trotz der heftigen Hitzewallungen. Meine Theorie über Welt, Menschheit und Geschichte, über Gott und den Tod und die Liebe konnten mich weder satt machen noch wärmen.

Mama hat offenbar mit der erhöhten Sensibilität der Sterbenden gespürt, daß ihre Tochter, die immer für andere dasein wollte, selbst nicht mehr heil war.

Während jetzt warme Tränenströme der Dankbarkeit über mein Gesicht fließen und auf meine Hände tropfen, wird meine Brust ganz weit, und ich bin mir sicher, daß sie weiß, was ich empfinde. Ich habe das Geschenk gewürdigt und mit meinem Pfunde gewuchert. Die Zinsen der Liebe und der Erkenntnis, die mir in Indien zugewiesen wurden, werde ich bald großzügig verteilen, das verspreche ich.

Wieder fällt mein Blick auf das große, weiche Bett. »Darf ich heute bei dir schlafen?« bettelte ich als kleines Mädchen, wenn Vater nicht da war. »Bei dir ist es viel schöner!« Und wie damals flüchte ich mich heute, am Tag meiner Rückkehr aus dem mystischen Indien, in die Geborgenheit und Wärme der mütterlichen Federn. Selig krieche ich unter das dicke Plumeau und fühle mich endlich einmal wieder vollkommen sicher.

Gewürzküste

In diesem großen, weichen Bett, gekuschelt in Kissen und Federn, eingehüllt in den animalischen Geruch von zu Hause und Mutter erwache ich nach vielen Stunden tiefen Schlafs. Es herrscht Totenstille, kein Kind schreit, kein Vogel ruft.

Ich nehme nichts anderes wahr als meinen Atem und das kaum vernehmbare Rascheln der Daunendecke, die sich auf meiner Brust hebt und senkt. Ohne die Augen zu öffnen, weiß ich sogleich, wo ich bin und daß es stockfinster ist im Zimmer und im Garten. In Narvan, meinem südindischen Dorf, färbte sich zu dieser Stunde der Himmel schon graugrün, und die großen schwarzschillernden Krähen, die sich zur Nacht auf ausladende Palmwedel gesetzt hatten, hoben zu Tausenden an mit Schnarren, Kreischen und Krächzen, alle auf einmal. Das Sternenlicht der tropischen Nacht verlöschte schnell. Kaum hatte man sich von dem harten Lager erhoben, wurde der Himmel erst grün und dann weiß. Der Feuerball tauchte steil aus dem Horizont auf. Am frühen Morgen erntete man die Früchte der Papaya.

In München hingegen sind die Nächte im Oktober schon lang, und nur langsam wird es am Morgen hell. Ich ahne, will aber nicht nachschauen, wieviel Uhr es sein könnte – vier, fünf Uhr vielleicht, und ich kann weder schlafen noch wachen. Meine Gliedmaßen rühren sich nicht. Mit einer Bewegung würde unweigerlich ein Bann gelöst, der mich im Niemandsland festhält, in der Zeit zwischen gestern und morgen, im Gleichgewicht von einst und jetzt, wo der Geist Traumfarben wählt.

Die Arbeit kann beginnen. Jetzt ist meine Zeit. Wieder beschäftigt mich die Frage nach den Gesetzen, unter deren Macht die Sinnhaftigkeit eines menschlichen Lebens sich entfaltet. Im Muster eines Lebensteppichs wirken Zufall und Absicht zusammen. Ich denke an meine Ahnen, an die Freunde und Kollegen. Sogar meine Patienten haben mich beeinflußt. Ich denke an all die wunderbaren Menschen, denen ich auf meiner Reise begegnet bin. Sie haben mich ebenso unauslöschlich geprägt wie die Gene von Vater und Mutter, mit ihrem Sein und mit ihrem Tun.

Geborgen in Mutters Bett lasse ich mich fallen. Tief und tiefer schwebe ich in den kühlen Brunnenschacht der Erinnerung hinab. Ich weiß, dort unten kann ich alles aus einer neuen Ruhe und Sicherheit heraus betrachten. Die Bilder des vergangenen Jahres entrollen sich rasch, die bezaubernden und die schrecklichen. Ich kann sie riechen, schmecken, in allen Schattierungen sehen. Ich falle und falle und lande in Bombay.

Wieder einmal betrat ich Indiens Boden, diesmal an einem Januarmorgen noch vor Sonnenaufgang. Mit wollüstiger Ekstase sog ich die feucht-schwere, übelriechende Luft ein, ah!

Schon während der Studienzeit hatte ich alles Geld zusammengekratzt, um reisen zu können, anfangs immer wieder in die herrlichen Hauptstädte Europas, dann kam, nach dem Staatsexamen, mein erster Flug in die Vereinigten Staaten. Da war mir schon, als hätte ich alles gesehen, was ein Mensch sehen muß. An Asien hatte ich niemals gedacht. Die Länder der dritten Welt waren mir unheimlich und erschienen mir reichlich unappetitlich. Ich fürchtete mich vor dem Anblick des Elends, und es schauderte mich bei der Vorstellung, irgendwo mit Amöbenruhr oder Malariafieber in einem kahlen Hotelzimmer zu schmachten. Jemand hatte mir von rattengroßen Kakerlaken und von giftigen Kröten in der Dusche berichtet. Das war nichts für mich!

Mitte der siebziger Jahre wollte das Schicksal mir auf die Sprünge helfen. Es sorgte dafür, daß ich ein Preisausschreiben der Air India in die Hand bekam. Einige Monate später wurde mir mitgeteilt, ich sei die glückliche Gewinnerin einer zweiwöchigen Flugreise, Namasté! Die Gewißheit, daß mir in indischen Nobelherbergen, die von amerikanischen Reisegruppen gebucht werden, unter hygienischen Aspekten nichts Übles zustoßen konnte, ließ mich den Gewinn mit Freuden annehmen.

Also flog ich im Januar 1976 voller Spannung und heimlicher Vorbehalte von Frankfurt nach Delhi. Von dort aus nächtigte ich innerhalb von zwei Wochen in neun verschiedenen märchenhaften Hotelpalästen, wurde mit Blumenkränzen, Räucherwerk, Elefanten, bestickten Seidenstoffen und Musikanten feierlich von Station zu Station geleitet. Ganz Indien lag mir zu Füßen, nur berührten meine Füße kaum den Boden. Den Palast der Winde in Jaipur und die Tempelstadt von Madurai, Goas weiße Strände und der britische Gerichtshof von Bombay, hagere Turbanträger auf ihren Kamelen in Rajastan und arglose Kindergesichter bei den Tamilen, Computerwelt in Bangalore und Höhlenheiligtümer in Ajanta, schreiende Affen und steinerne Stiere, Gestank und Hitze, Saris und Curries – alles bildete in mir am Schluß ein heilloses Durcheinander, verschmolz zu einer psychedelischen, schwindelerregenden Vision dieser fremden Welt und endete in einem vollklimatisierten, abgedunkelten Raum mit einer regelrechten Nervenkrise, mit Durchfall und Erbrechen. Gerade noch rechtzeitig erreichte ich meinen Heimflug.

Trotz allem – Indien wurde meine große Liebe. Die immerwährende Sehnsucht, dieses obskure Objekt meiner Begierde wiederzusehen und besser kennenzulernen, zu begreifen, was ich nur mit flüchtigem Entzücken erblickt hatte, mündete in die verwirrende Einsicht, daß mir dies niemals gelingen würde. Unzusammenhängende Eindrücke, Bruchstücke von

Informationen und einzelne sinnliche Kostbarkeiten: Farben, Stimmen, Gerüche, Gesichter – das war alles. Ich fühlte mich wie eine Prinzessin auf der Suche nach dem ihr ewig vorherbestimmten Geliebten. Seltsam, nun weiß ich, was es damit auf sich hatte.

Danach reiste ich einmal mit bleischweren Koffern vollerängstlicher Absicherungen und einem vorgebuchten Hotelarrangement umher, und beim drittenmal wagte ich es, schon etwas mutiger, als ältere Rucksacktouristin in die exotische Welt der Globetrotter einzutauchen. Sie kam mir manchmal noch merkwürdiger vor als das mystische Indien.

Im Kontakt mit der Bevölkerung kam mir mein gewandtes, britisch gefärbtes Englisch sehr zustatten. Als alleinreisende Frau erregte ich natürlich auch Neugier, und manches Mal genoß ich die Gastfreundschaft von Einheimischen. Immer wieder gab es irgendeinen ehrgeizigen Ingenieur mit reizender Gattin, eine Lehrerin auf der Suche nach einer Brieffreundin, ein Industriellenpaar mit Sehnsucht nach Europa, die mich einluden. Man akzeptierte und lobte mich, weil ich so anständig gekleidet auftrat, mit langem Rock und halbem Ärmel, oft auch mit einem Tuch auf den Haaren, und mein Doktortitel öffnete mir Türen, die den Trampern und Junkies verschlossen blieben. Nicht selten wurde ich auch als glückbringender ausländischer Gast zu einer der fabelhaften Hochzeiten gebeten. In Überlandbussen kam ich mit Menschen aller Kasten und Berufe ins Gespräch. Mit ihren kontaktfreudigen Reisenden aus aller Welt boten die kleineren Hotels, die einfachen Unterkünfte und einsam gelegenen Rasthäuser vielfältige Anregungen und Begegnungen. Manchmal gab es auch mit jüngeren Männern namens Johnny oder Sven einen schnellvergessenen Flirt.

Dieses Mal war ich gut vorbereitet und hatte eine deutliche Vorstellung von dem, was ich wollte: Erst einmal gründlich ausruhen am Meer, dann die Tempelanlagen von Hampi erkunden und später vielleicht nach Madras fahren. Eine Kollegin wunderte sich, daß ich keinen »Meister« im Programm hätte, so ein langer Urlaub sei doch eine einmalige Gelegenheit! Aber ich hielt nicht gerade viel von Gurus. Eine meiner Patientinnen war aus einem Ashram mit einer Störung zurückgekehrt, die wohl durch täglich acht Stunden Meditation hervorgerufen worden war. Außerdem hatte ich bestürzt mitansehen müssen, wie einige Kollegen zwischendurch mit entrückt leuchtenden Augen in lila Pluderhosen herumliefen. Andere machten morgens um sechs die »Dynamische« oder berieten gar in tibetischer Mönchstracht mit kahlgeschorenem Schädel ihre Patienten. Das war nichts für mich.

Jetzt, bei meiner vierten Reise, stand ich nicht unter Termindruck, und alles andere würde sich zur rechten Zeit ergeben. Nach einer Jet-lag-Nacht und einem Anpassungstag in Bombay bestieg ich am übernächsten Vormittag ein kleineres Flugzeug nach Trivandrum, der Hauptstadt des südlichsten Bundesstaates.

Kérala! Malabar! Koromandel! Travancore! Cranganore! Allein schon diese klangvollen Namen erfüllten mein Herz mit Entzücken. Ein übers andere Mal ließ ich sie über meine Zunge rollen. Hier in Kérala lag die Küste der Gewürznelken und Zimtrinden, der uralten Handelsstationen, wo Phönizier, Griechen und Römer, Juden, Portugiesen und Holländer ihre Vermögen gemacht und wieder verloren hatten. An diesen Stränden befanden sich die Häfen der Reisenden aus Tausendundeiner Nacht und auch die Missionsstation des Apostels Thomas. Lange vor der Zeitenwende schon nannten sich die Fürsten dieses Landes »Herren der drei Ozeane«. Auf einem so paradiesisch schönen Fleckchen Erde wollte ich einen Urlaub ohne Ziel und festgelegtes Ende verbringen.

Die offene Motorriksha brachte mich nach Kóvalam, dem bekanntesten und schönsten Badeort an der Spitze des riesigen Landes. Ein Zimmer mit berückender Aussicht fand ich sofort in dem kleinen »Rockholm Hotel«, das auf einem ins Meer ragenden Felsvorsprung erbaut war und von nimmermüden schaumgekrönten Wogen umtost wurde. Ich war erschöpft, erregt und glücklich. Hier bleibe ich jetzt, solange ich mag, beschloß ich, ganz gleich, was es kostet, es kommt ja nicht darauf an!

Das Bett war hart, die Matratze dünn, die Einrichtung gewiß nicht gemütlich. Bettwäsche und Handtücher wiesen Löcher auf. Auf dem brandungsumtosten, zerklüfteten Felsmassiv unter meiner Terrasse verrichteten früh am Morgen Männer ungeniert ihre Notdurft, und jenseits der Mauer, die das Hotel umgab, beleidigte eine Müllhalde mit unzähligen bunten Plastiktüten und leeren Wasserflaschen das Auge der westlichen Touristen. Das alles störte mich kaum. Vielmehr faszinierten mich solche Kontraste, und ich machte mir Gedanken über die kulturellen Prägungen im Orient, die Unappetitliches mit der Schönheit der Natur und dem Anspruch eines weltberühmten Badeortes vereinbaren konnten. Meine Fenster blickten auf die kleine Bucht. In der Ferne schimmerte wie eine Fata Morgana über dem Wasser die filigrane weißrosa Moschee des Nachbarortes. Brach die Dunkelheit herein, lange vor dem Abendessen, wurde sie pulsierend erhellt von den mächtigen Strahlen des alten Leuchtturms, der dem Strand unter meinen Fenstern seinen Namen gegeben hatte.

Eine Zeitlang schlief ich zwischen den Bädern in Sonne und Meer zu den unerhörtesten Tageszeiten, mich den ungewohntesten körperlichen Impulsen hingebend. Nachts betrachtete ich den Sternenhimmel, lauschte dem Ozean, schlief wieder, bewunderte abends den fulminanten Sonnenuntergang, las träge in den alten Zeitschriften vom Tisch in der Halle oder durchstöberte den muffigen, verstaubten Bücherschrank nach leichter Reiselektüre. Trotz Ozonloch und Hautkrebsge- fahr wollte ich hübsch braun werden, was mir bei meiner sommersprossigen Haut und den rotblonden Haaren nicht gerade leichtfiel.

Da die Hochsaison vorbei war und Touristen das Hotel nicht mehr ganz füllten, war es ruhig. Abgesehen von den vielen, die nach zwei Übernachtungen schon weiterreisten und einigen kleineren Reisegruppen, die ganz unter sich blieben, gab es ein amerikanisches Flitterwochenpaar, älter als ich, mehrere sympathische, kultivierte Schwule aus Zürich und eine indische Familie, die zwei Zimmer im ersten Stock belegte.

Später kam eine kleine Reisegruppe aus Bayern hinzu, die sich vierzehn Tage lang um einen spirituellen Lehrer scharte. Der fast Achtzigjährige, aus Bombay angereist, hieß Ramesh Balsekar. Von weitem wirkte er auf mich klug, angenehm, normal. Seine Augen unter der glatten Stirn blickten freundlich, waren aber von tiefen Schatten umflort. Sein ganzes Gesicht war ein Lächeln. Ich hörte, er sei Bankmanager gewesen, ein studierter Mann mit glasklarem Verstand. Am Strand, wo die Teilnehmer nach den Vorträgen in der Nachmittagssonne lagen, fragte ich eine Frau aus Bad Tölz, was denn die Botschaft dieses Gurus sei. Sie sagte: »Ganz einfach: Alles, was ist, ist. Und weil es ist, ist es Gottes Wille. Nichts geschieht gegen seinen Willen. Wir können lernen, darauf zu vertrauen. Kommen Sie doch mal mit zum Vortrag. Dagegen hat der Meister bestimmt nichts.« Ich spürte aber keine rechte Lust. Mir war das zuviel. Ich wollte nicht lernen während meines Urlaubs, nur entspannen und herumhängen. Bei Tisch saß ich allein. Die Gruppe reiste ab, ohne daß ich mich aufraffen konnte, diesem Balsekar einmal zuzuhören.

Eines Abends, als ich, verführt von der frühen Dunkelheit, vor dem Abendessen ein seliges Nickerchen hielt, hämmerte es an meine Tür. Man rief nach mir: »*Madam, please, Madam, please!*« Erstaunt lief ich zur Tür. Da stand ein atemloser Kellner mit entsetzensgeweiteten Augen und stammelte: »In der Küche … Unglück! Bitte kommen, du Doktor, schnell schnell!«

Ich rannte mit ihm hinunter in die Küche. Sie war nur ein dunkles, rußgeschwärztes Loch in einem primitiven Anbau mit mehreren urtümlichen Kochstellen, Mörsern, Tandoori-Ofen, Gasflaschen und offenem Feuer. Der Raum war voller aufgeregter Menschen, die alle durcheinanderredeten. Ein junger Mann wand sich mit schmerzverzerrtem Gesicht aufdem Boden. Der noch glühendheiße Topf lag neben ihm, das Fritieröl verbreitete sich über den glatten Lehmboden. Alle schauten mit rührender Erwartung auf mich, die große Autorität aus dem Westen, und versuchten gleichzeitig, mir radebrechend zu erklären, was passiert war.

»Einen Eimer mit kaltem Wasser und alle Eiswürfel, die ihr auftreiben könnt!« rief ich, und schon liefen die meisten aus dem Raum. Plötzlich war es ruhig. Meine Gedanken und Ge- fühle waren klar und konzentriert. Ich hatte noch nie eine solche Verbrennung behandelt, aber einiges weiß man eben doch. Ich wußte, daß von mir Hilfe erwartet wurde.

Der Mann auf dem Boden ächzte leise. Ich hatte den Eindruck, daß er sich schämte, vor einer Frau, einer fremden Frau noch dazu, seine Schmerzen zu zeigen. Mir fiel ein, daß ich nicht nur medizinisch Erste Hilfe leisten konnte. Wozu war ich Therapeutin? Also näherte ich mein Gesicht dem seinen, legte ihm die linke Hand unter das Kinn und bat ihn: »Mach die Augen auf, sieh mich an!« Einer der Anwesenden übersetzte eifrig, aber er hatte mich schon verstanden. Dann nahm ich seine Hand in meine Rechte. Auf meine Autorität vertrauend, schaute ich leise lächelnd tief und ruhig in seine gequälten Augen und sagte langsam: »O. k., ist alles o. k., alles o. k., ich helfen, no problem, ich helfen, gleich besser, *no problem,* ja, ja, alles o. k.«

Sofort spürte ich, wie er sich ein wenig entspannte. Sein Blick erwiderte den meinen und ließ ihn nicht mehr los. Die Pupillen weiteten sich, das konnte ich sogar im Halbdunkel dieser schrecklichen Küche erkennen. Er stöhnte noch einmal tief auf. War das Schmerz oder Erleichterung? Dann begann er wie Espenlaub zu zittern, während dicke, lautlose Tränen seine dunklen Wangen herabrollten. Warum lächelte er dabei, als hätte er einen Engel gesehen?

Ich sagte noch einmal: »O. k., o. k.!« und wandte mich ein wenig ab, um ihn nicht allzusehr zu beschämen. Seine dunkle Hand ruhte in meiner wie die eines Kindes. Ich drückte sie vorsichtig. Am liebsten hätte ich ihn aufgefordert: »Schrei, so laut du kannst!«– wohl wissend, daß die Schmerzen dann ein wenig nachlassen würden, wie bei einer Gebärenden. Aber er hätte nicht schreien können, sein mannhafter Stolz hätte darunter gelitten.

In der Zwischenzeit hatte jemand einen Eimer Wasser herangeschleppt und Eiswürfel hineingeworfen. »Einen Stuhl, schnell!« befahl ich. Für Höflichkeiten war jetzt kein Raum. Ich faßte ihn unter den Achseln und zog ihn hoch, damit er sitzen konnte. Das Bein wurde in den Eimer getaucht, und ich schöpfte mit meinen Händen das kalte Wasser über sein Knie, während ich weiter meine beruhigenden Beschwörungsformeln murmelte. Eine Welle der Erleichterung ging von meinem Patienten aus.

»*Good?*« fragte ich und hielt wieder seinen Blick fest. Er nickte dankbar, konnte aber nicht sprechen, denn er preßte seine Lippen zusammen, um nicht zu schreien. Ich gab weiter beruhigende Worte und Geräusche von mir. Vielleicht wäre es gut, ihn abzulenken, überlegte ich, und gleichzeitig meine hypnotische Stütze weiter aufrechtzuerhalten.

»Wie heißt du?« erkundigte ich mich. Hinter mir rief eine feste Stimme: »Das ist Rama Raj, mein Koch!« Mr. Varghese, der Besitzer des Hotels, war eingetreten, ein stattlicher Mann mit großer Nase und feurigem Blick, mit dem ich mich bisweilen unterhalten hatte. »Danke, daß Sie gekommen sind, entschuldigen Sie vielmals, daß man Sie gestört hat, es ist mir sehr peinlich, gehen Sie nur auf Ihr Zimmer, es geht schon!« Aber mir war vollkommen klar, daß ich Rama Raj hier unten nicht allein lassen wollte.

Der nette Amerikaner brachte Aspirin und kümmerte sich um ein Glas Wasser, um mehrere Tabletten darin aufzulösen. Ich hatte inzwischen einen der Umstehenden beauftragt, mit Hilfe einer Schüssel ununterbrochen kaltes Wasser auf Knie und Bein zu gießen. Das Eis darin war schon fast geschmolzen. Rama Raj trank inzwischen die Schmerzmittellösung. Ich wandte mich an den Hotelbesitzer: »Wir brauchen die Vorräte aus Ihrem Gefrierschrank, um das Wasser zu kühlen! Bitte!«

Er schaute mich entsetzt an. Ich wollte gerade Luft holen, um zu rufen: »Ich zahle das alles, setzen Sie es auf meine Rechnung!«, da nickte er etwas widerwillig und machte sich davon, um die entsprechenden Anweisungen zu geben. Wahrscheinlich wollte er auch verhindern, daß allzu Kostbares aus seinen Vorräten vergeudet würde, zum Beispiel Langusten und Hummer, die bei ihm angeblich jeden Tag fangfrisch auf den Tisch kamen.

Bald darauf brachte jemand zwei gefrorene Hähnchen. Eines davon ließen wir vorsichtig neben das kranke Bein in den Eimer gleiten, das andere schickte ich zurück, für später. Rama Raj fand das komisch. Er lachte, und da brachen auch alle seine Freunde aus der Küche in befreites Gelächter aus.

Der Hotelbesitzer kam zurück. Ich erinnerte mich, daß er ein Thomaschrist war und zu einer Gemeinde gehörte, die älter war als die katholische Kirche in Rom. Sicher hatte Mr. Varghese jetzt, nachdem er schon sein Huhn für einen Mitmenschen geopfert hatte, noch ein bißchen mehr Nächstenliebe im Herzen.

Natürlich war auch in Kérala trotz Urchristentum und kommunistischer Regierung die Vorstellung eines hierarchischen Kastenwesens überall vorhanden. Vieles wurde hier sogar strenger gehandhabt als anderswo in Indien. Die Kastengesetze von *varna* und *jaata* waren weiterhin so lebendig wie in alten Zeiten. Manche Brahmanen weigerten sich sogar, dieselbe Luft zu atmen wie die Unberührbaren. Und ein Hotelchef hat mit einem Küchenjungen nirgends auf der Welt viel gemein. Arbeitskräfte gab es in diesem Land reichlich. Ob nun Rama Raj oder ein anderer in seiner Küche stand, war ihm sicherlich völlig gleichgültig.

Aber ich beschloß, es noch einmal zu probieren: »Mr. Varghese, jetzt rufen Sie bitte einen Krankenwagen! Er muß in die Klinik, sonst entzünden sich die Wunden. Ich kann hier nichts weiter für ihn tun.«

Das war natürlich ein bißchen naiv von mir. Einen Krankenwagen gab es hier möglicherweise gar nicht. Es kamen eine Menge Einwände von allen Seiten. Aber der Chef war am Ende doch bereit, etwas zu unternehmen – wohl mehr mir zuliebe als aus Mitgefühl für den armen Hilfskoch.

»Die nächste große Klinik ist in Trivandrum, die kann er gar nicht bezahlen«, klärte er mich auf. »Haben Sie denn eine Ahnung, wie es in indischen Krankenhäusern zugeht? Seine Frau kann doch nicht täglich fünfzig Kilometer fahren, um ihn mit Essen zu versorgen! Und sie hat auch nicht das Geld, das man braucht, um Personal und Ärzte zu bestechen. Die kleinen Dorfkliniken können solche Brandwunden gut versorgen. Außerdem ist es vielleicht gar nicht so schlimm mit dem Bein, wie Sie denken. Lassen Sie sich jetzt ein Sandwich servieren, und gehen Sie dann schlafen. Ich muß den anderen Gästen erklären, warum es heute kein Abendessen geben wird. Morgen früh werden wir weitersehen.«

Ich sah ein, daß ich jetzt nicht mehr viel tun konnte. Das Schmerzmittel begann inzwischen zu wirken, auch schien Rama unter Schock zu stehen, denn er saß teilnahmslos auf seinem Schemel, ohne einen Laut von sich zu geben. Dicht an ihn gedrängt standen jetzt seine Kollegen und schwiegen. Jeder von ihnen hatte das Bedürfnis verspürt, eine Hand auf seinen Rücken oder seine Schulter zu legen, und er ließ es geschehen. Emotional wußte ich ihn in guter Obhut. Ich winkte ihm zu und wunderte mich über die warme Zuneigung, die in dieser Stunde der Not und der Schmerzen zwischen uns entstanden war. Es war, als hätte er in mir eine alte Freundin erkannt, der er sich unbedingt anvertrauen konnte.

Mir war der Hunger vergangen. Das unhygienische Küchenloch und die Ereignisse dort unten hatten mir den Appetit verdorben. Ich kaute geistesabwesend ein paar Erdnüsse, setzte mich noch eine Weile auf den Balkon, um das Geschehen verklingen zu lassen, und ging dann wieder schlafen.

»Rama wird länger als eine Woche im Krankenhaus bleiben müssen. Die Ärzte waren erstaunt, wie gut das Eiswasser geholfen hat«, berichtete man mir am nächsten Morgen.

»Wann kann er wieder in der Küche arbeiten?« Es war mir

klar, daß es in Indien keine Krankschreibung und keine Verdienstausfallversicherung gibt, und ich war besorgt.

»Ach«, druckste der Kellner, »ich glaube, er wird wohl nicht mehr in diesem Hotel arbeiten können. Der Chef braucht ja schon heute jemanden in der Küche, so lange kann er also nicht warten. Rama ist bestimmt ganz verzweifelt, weil er nun nichts verdienen kann. Er selbst ist nicht aus dieser Gegend, aber seine Frau ist von hier. Wenn er sie nicht ernähren kann, muß er vielleicht in die Golfstaaten. Aber die nehmen lieber Moslems. Und woher soll das Geld für den Flug kommen?«

»Mein Gott, das ist ja schlimm!« entfuhr es mir. »Wie plötzlich so etwas geschehen kann!« Angesichts der Erkenntnis, wie innerhalb von wenigen Sekunden aus einer bescheidenen Geborgenheit eine finanzielle Katastrophe mit unabsehbaren Folgen für die ganze Familie werden kann, wurde mir ganz mulmig in der Magengrube.

Ramas Situation berührte mich ungewöhnlich stark. Den ganzen nächsten Tag erinnerte ich mich an seine Augen, die mir trotz Schmerz und Schrecken soviel Vertrauen gespendet hatten. Ich werde ihm etwas Geld schenken, überlegte ich, als ich später im Schatten der Palmen am Strand lag. Dazu ist es doch auch da! Er kann es sicher sehr gut gebrauchen, und ich habe mehr als genug. Wenn er zurückkommt, werde ich es ihm geben.

Am meisten erschütterte mich die Plötzlichkeit des Ereignisses, die unvermutete Wende in seinem Leben, der Fall ins Bodenlose. Wo war der Sinn eines solchen Bruchs? An diesem Unglück war ja niemand schuld. Welcher Gott hatte hier seine Hand im Spiel? War es Schicksal oder Fatum? Bei uns im Westen sprach man neuerdings – nicht nur in der Psychotherapie, sondern auch in der Politik – viel von Selbstverantwortlichkeit und daß man sogar Unfälle unbewußt herbeiführt. Aber galt das auch in Indien? Gab es denn gar keine Opfer?

Zum erstenmal in meinem Leben fühlte ich mich von einem Ereignis wie diesem unmittelbar berührt und betroffen, während ich zuvor selbst Schlimmes in meiner näheren Umgebung oder bei den Patienten mit einem gewissen Stoizismus als ein unausweichliches Geschehen hingenommen hatte. Aber an diesem Tag war das anders. Wenn ich daran dachte, was einem Menschen aus heiterem Himmel passieren kann, liefen mir kalte Schauder über den Rücken. Vielleicht war ich durch die Entspannung und den vielen Schlaf etwas weicher und emotionaler geworden.

Völker und Sitten

Nach dem Mittagessen kam ich mit der indischen Familie ins Gespräch. Der Vorfall in der Küche hatte uns alle kontaktfreudiger gemacht; außerdem hatten wir nun einen guten Anknüpfungspunkt, denn ich hatte mit meiner raschen Hilfsaktion ein gewisses Aufsehen erregt.

Wir saßen in der luftigen Halle, die mit schweren, geschnitzten Kolonialmöbeln ausgestattet war. Dort blätterte ich in der *Times of India*, die täglich auslag. Das Familienoberhaupt war ein Mann in meinem Alter, nicht sehr groß und ein bißchen rundlich, mit einem Wohlstandsbäuchlein, das sich unter seinem lockeren weißen Gewand, der *kurta*, wölbte. Sein Kopf war schon etwas kahl, und eine goldgeränderte Brille verlieh ihm ein lehrerhaftes Aussehen. Wie sich herausstellte, war er tatsächlich Professor. Er hatte einen Lehrstuhl für Völkerkunde an der Universität von Bangalore. Ich fand ihn sympathisch. Er lächelte mich an.

»Meine Frau ist eine Schwester von Mr. Varghese, dem Besitzer. Sie kennen ihn ja. Wir machen jedes Jahr ein paar Wochen Ferien in seinem Hotel, wenn ich Semesterferien habe. Unsere Söhne nehmen wir einfach aus der Schule. Ich unterrichte sie dann selbst in den wichtigsten Fächern, und sie sind intelligent genug, um den Rest des Stoffs leicht nachzuholen.«

»Nette, kluge kleine Burschen«, sagte ich freundlich. »Und sie benehmen sich sehr ordentlich, das habe ich bei Tisch bemerkt. Deutsche Kinder sind da ganz anders, sie schreien und laufen herum und sind überhaupt oft ganz ungezogen. Sie haben ja vielleicht von unserer antiautoritären Erziehung gehört«, fügte ich hinzu und meinte es sogar fast ernst, wenn ich auch in erster Linie ein Kompliment für die Eltern damit beabsichtigt hatte. Inder sind für Lob von Ausländern immer sehr empfänglich, und eine bescheidene Selbstkritik an der eigenen Heimat bricht das Eis.

»Ja, wir legen in unserem Land noch viel Wert auf gute Manieren«, sagte der Vater geschmeichelt.

Seine Frau lächelte süß-säuerlich dazu. »Ich glaube, es ist sehr gesund für die Kinder, die gute Meeresluft zu atmen, und ich bin natürlich gern bei meiner Familie«, sagte sie etwas steif. War sie nicht gewohnt, mit Fremden zu sprechen? Vielleicht wollte sie besonders wohlerzogen wirken. Oder ihre Zurückhaltung war Zeichen einer unausgesprochenen, vielleicht sogar unbewußten Kritik.

Manchmal sind die Damen der indischen Mittelschicht ziemlich mißtrauisch gegenüber alleinreisenden ausländischen Frauen, die mit ihren wohlbehüteten Ehegatten freizügige oder gar akademisch-gelehrte Gespräche führen. Sie können ein solch ungebührliches Verhalten in keine ihrer moralischen oder sozialen Kategorien einordnen. Ob ich auf sie anstößig wirkte? Ich fand es immer schwierig, in Indien die Gefühle der Einheimischen zu dechiffrieren. Eigentlich hatte ich es schon längst aufgegeben, verstehen zu wollen, was der Kontakt mit einer ausländischen Frau in ihren Köpfen bewirkte. Bekam ich bisweilen einen Einblick in das, was ein muslimischer Mann, ein hinduistischer Priester, ein Schulmädchen oder eine unberührbare Latrinenreinigerin über mich dachten, war ich ungeheuer verblüfft, weil es so gar nichts mit mir zu tun zu haben schien. Einerseits konnte ich es schon aus Gründen professioneller Gewohnheit nicht lassen, mir darüber Gedanken zu machen, was in den Leuten vorging, was sie verbargen oder verdrängten, was ihre Motivationen und Intentionen in der Interaktion mit mir waren. Andererseits wußte ich um die Fruchtlosigkeit solcher Spekulationen in Indien.

Der Professor schien erfreut über einen Austausch und fragte interessiert nach meinem Woher und Wohin. Dann machte er mir Komplimente über mein Englisch, das er gut verstehen konnte, während ich etwas Mühe hatte, seinen angloindischen Singsang zu entschlüsseln. Anschließend wies er mich stolz auf einen Artikel in der Zeitung hin, die ich gerade aus der Hand gelegt hatte.

»Einer meiner Kollegen hat ihn geschrieben. Wir unterrichten am selben Institut und haben auch schon gemeinsam Feldforschung betrieben. Wir interessieren uns beide für die Ureinwohner Indiens, aber es gibt so viele halbwilde Stämme in diesem riesigen Land, daß wir uns wissenschaftlich nicht ernsthaft ins Gehege kommen können.«

»Halbwilde Stämme?« frage ich verwundert. »Was bedeutet denn das?«

»Unsere *tribals* haben Schulen und eine Verwaltung, sie zahlen manchmal sogar Steuern. Trotzdem bleiben viele den übrigen Indern vollkommen fremd, weil sie Lebensweisen aus der Urzeit der Menschheit bewahrt haben. Oft handelt es sich nur um kleine Gruppen von jeweils wenigen tausend Menschen, und viele ihrer Sitten sind überhaupt noch nicht erforscht. Lesen Sie den Artikel! Dann werden Sie sehen, daß mein Kollege einen Stamm ausgegraben hat, über den noch niemand je berichtet hat, obwohl diese Leute mitten unter uns leben. Er hat dort Riten und Gebräuche entdeckt, von denen bislang kein Mensch gehört hat.«

»Seltsam«, entgegnete ich, »so etwas würde man in Neuguinea oder Afrika eher vermuten, aber hier, in dieser uralten Kulturlandschaft ...«

»Ja, Indien ist eben nicht nur für die Reisenden aus fremden Ländern ein Mysterium«, sagte er nachdenklich. »Auch für uns sind diese Leute völlig rätselhaft. Unser Land ist so unendlich groß und so vielfältig an Rassen und Sprachen! Be- denken Sie nur, was jemand aus Delhi oder aus Kashmir, ein stolzer hakennasiger, schmalgebauter und helläugiger Raja- sthani, bereits uns Südindern gegenüber empfindet. Die Leute aus dem Norden sehen uns oft wie Halbaffen an, die man nicht ernst zu nehmen braucht. Sie würden sich schämen, eine unserer wunderschönen Frauen zu heiraten.«

»Ach, wirklich? Warum denn das?« fragte ich erstaunt.

»Für sie ist dunkle Haut etwas Schlimmes, ein Makel. Dunkle Bräute müssen riesige Summen an Mitgift mitbringen, keiner will sie so recht haben. Wir gehören hier zu der dravidischen Rasse, den kleinen, rundlichen, kindlich aussehenden Menschen mit fast schwarzer Haut und, zugegeben, leicht negroiden Zügen. Negroid nennt man sie natürlich nur, wenn man keine Ahnung von Menschenrassen hat. Dunkle Haut und einen großen, weichen Mund mit kräftigen Lippen zu haben ist keine Schande. Die Draviden sind außerdem schon so lange in diesem Land, wie es überhaupt Menschen gibt, und die arischen Inder mit ihren Turbanen sind die eigentlichen Eindringlinge. Wußten Sie das? Sie sind es, die unsere wundervolle uralte Kultur verdrängt haben. Eine aggressive, kriegerische und arrogante Bande! Lange bevor ihre *Veden* und *Upanishaden* entstanden, gab es hier schon eine hochinteressante Literatur. Sie hätten sie fast zerstört, weil sie sie nicht einmal lesen konnten.«

Na, na, dachte ich, das müßte man wohl erst noch einmal nachprüfen. Er regt sich ja mächtig auf. Wahrscheinlich übertreibt er aus lauter Nationalstolz. Schließlich mag keiner gern für einen Affen gehalten werden, schon gar nicht, wenn er einen Lehrstuhl innehat. Vielleicht hat ihn jemand aus dem Norden irgendwann beleidigt.

»Sagen Sie, wo leben denn diese Stämme?« nahm ich das Gespräch wieder auf. Damit wollte ich nicht nur unauffällig von seinem Chauvinismus ablenken, das Thema begann mich wirklich zu interessieren.

»Sie haben Siedlungen, die über Tausende von Kilometern

verstreut sind, teils im Bergland, teils in der heißen Ebene. Manche sind Halbnomaden, ähnlich wie die Sinti aus dem Norden. Ihre Kleidung ist oft sehr bunt, manchmal aber auch ganz weiß, und sie tragen schönen Silberschmuck. Bei Ihnen in Europa kennt man Nachfahren von ihnen als Zigeuner. Oder die Beduinen in Nordafrika und Arabien – auch sie weisen manche strukturelle Ähnlichkeit mit unseren Ureinwohnern auf.«

Er hatte das Wort »Zigeuner« deutsch ausgesprochen und schien, mit einem Seitenblick auf mich, froh zu sein, daß ich in der Lage war, seiner akademischen Bildung Respekt zu zollen. Ich lächelte ein kleines Anerkennungslächeln und sagte: »O, Sie sprechen auch Deutsch!« Aber er schüttelte nur den Kopf: »Nur so viel, wie Sie Malayálam sprechen!« Das sagte er recht flüssig in meiner eigenen Muttersprache. Wir lachten.

»Einige laufen noch fast nackt herum«, fuhr er ermuntert fort, »und fressen sich sogar gegenseitig auf.« Er schaute mich erwartungsvoll an, um zu sehen, wie ich wohl auf eine solch waghalsige Bemerkung reagieren würde.

Ich lächelte ihn wohlwollend an. Die Zeitung mit dem Artikel hielt ich noch immer auf dem Schoß. »Daß es so was hier noch gibt, wo doch die Jaina mit Tüchern vor dem Mund herumlaufen aus Angst, eine Eintagsfliege zu verschlucken, und bei jedem Schritt den Boden vor ihren Füßen fegen, damit sie nur nicht auf eine Ameise treten! Gut, daß sie nichts von Bakterien und Viren wissen!«

Meine Erwähnung der Jaina, einer im Westen wenig bekannten Religionsgemeinschaft, sollte die gebildete Retourkutsche für meinen Professor sein.

In der Tat warf er mir einen freudig-erstaunten Blick zu und schien mich von nun an als Gesprächspartnerin noch etwas ernster zu nehmen. Ich spürte, daß es mir guttat, ein wenig zu reden, denn ich hatte seit meiner Ankunft vor Tagen mit niemandem außer Angestellten und Ladenbesitzern ein Wort gewechselt – die plötzliche Aufregung am Abend zuvor einmal ausgenommen. Der Professor war mir angenehm. Es schien mir, als könne er mir eine Menge Interessantes über mein geliebtes Indien erzählen. Nicht, daß ich mir ernsthaft einbildete, je wirklich etwas von diesem Land begreifen zu können. Indien gab sich kaum Mühe, verstanden zu werden, war schonungslos zu seinen Besuchern und Fremden, wollte keine Erklärungen für das Unerklärliche abgeben. Es blieb auf schockierende Weise unbegreiflich. Trotzdem würde ich nie aufhören, Fragen zu stellen.

Der kleine Mann mit der Goldbrille schien meine Bereitschaft zu weiterer Unterhaltung aufzufangen und unser Gespräch ebenso als angenehm zu empfinden, denn er unterbrach seine Belehrung und neigte sich vor, um in ganz verändertem, ausgesprochen herzlichem Ton zu bemerken:

»Wie schön, daß Sie nicht nur meine Sprache sprechen, sondern mich auch noch geistig verstehen! Wir scheinen bei aller Verschiedenheit eine ähnliche Wellenlänge zu haben – so sagt man doch? Ich habe selten Gelegenheit, über Dinge zu sprechen, die mir am Herzen liegen. Mit meinen Studenten ist das unmöglich, und es würde auch gegen die guten Sitten verstoßen. Hier ist jeder an seinem zugewiesenen Platz und achtet auch ganz genau auf die feinen hierarchischen Unterschiede.«

»Vielleicht ist das auch völlig richtig und macht vieles einfacher«, versuchte ich ihn zu trösten. Aber er rief mit einem Anflug von Verzweiflung aus: »Und mit den Menschen, deren Kulturen ich erforsche, kann ich ja auch nicht reden! Sie sprechen Sprachen, die überhaupt keiner versteht!«

»Wie kommen sie dann mit der staatlichen Verwaltung, mit den Gesetzen und Steuern zurecht?« wunderte ich mich.

»Ja, das ist natürlich ein Problem, aber es gibt bei manchen Stammesmitgliedern eine primitive Zweisprachigkeit für das Nötigste. Einige verlassen ihr Dorf, gehen in die Städte und assimilieren sich. Andere ziehen nicht mehr umher, sind seßhaft geworden, bebauen ihr Land und sind oft sogar ganz unauffällig, was Kleidung und Gebräuche angeht. Das dauert so lange, bis man dahinterkommt, daß dies alles nur Fassade ist. Sie geben sich weitgehend normal, aber ich glaube, das tun sie nur, damit man sie in Ruhe läßt.«

»Hat man denn etwas gegen sie? Würden Sie meinen, es handelt sich bei diesen Stammesangehörigen um diskriminierte Minderheiten?«

»Offiziell sind sie natürlich gleichberechtigte Staatsbürger, aber wen kümmert das schon? Bei den Wahlen ist mit ihnen kein Gewinn zu machen. Und sie wirken beunruhigend und merkwürdig, weil man sie nicht einordnen kann. Deshalb hat es schon manchen Versuch gegeben, sie einfach auszurotten oder zwangsweise zu egalisieren, auch in unserer modernen Demokratie. Es ist eine Schande! Außerdem ein Verlust für die Wissenschaft. Ich kann verstehen, daß die Ureinwohner mit ihren seltsamen Bräuchen auf die meisten Inder bedrohlich wirken. Die allgemeine Haltung der Bevölkerung ist aber schlichtweg Verachtung. Jeder, der nicht gerade Ethnologe ist wie ich, hält sie für Untermenschen, Kastenlose, Unberührbare. Man lacht nicht einmal über sie, wie man über Menschenaffen lachen würde. Man mißhandelt sie eher oder geht ihnen aus dem Weg.«

»Wenn diese Leute so urtümlich und primitiv sind, wie sieht es dann mit ihrer Religion aus? Sind sie Hindus oder Moslems? Oder bringen sie sogar noch Menschenopfer dar?« Meine Frage war halb scherzhaft gemeint, doch der Professor nahm sie ganz ernst. Unter seinem dünnen Hemd zeichnete sich die Brahmanenschnur ab.

»Moslems sind sie nicht. Dann hätten sie ihre skurrilen Eigenarten niemals bewahren können. Der Islam und das Christentum bemühen sich ja um Einheitlichkeit und haben feste Vorschriften. Der Hinduismus ist viel toleranter, er hat Platz für zehntausend verschiedene Arten der Anbetung. Wir haben eine reiche Götterwelt, wenn auch alle wieder einem Urprinzip unterstellt sind, dem *brahma*. Aber nein, die meisten Angehörigen dieser Stämme sind reine Animisten. Erd- und Fruchtbarkeitskulte, Vergöttlichung von Nutzpflanzen,

Spiritismus – ganz wie in der Steinzeit! Sie verehren die merkwürdigsten Dämonen und Erdgeister und pflegen unheimliche Rituale.«

»Es wundert mich, daß sie nicht unter dem großen, weiten Mantel des Hinduismus Unterschlupf gefunden haben, denn animistische Züge findet man doch dort auch. – So will es wenigstens uns Christen scheinen«, fügte ich nach einer kleinen Pause vorsichtshalber hinzu, falls ich damit ins Fettnäpfchen getreten sein sollte. Es hätte mir leid getan, seine privaten religiösen Gefühle, von denen ich natürlich nichts Genaueres wußte, verletzt zu haben.

Aber er entgegnete ganz ruhig: »Ja, da haben Sie recht, einige Stammesgemeinschaften hängen dem hier in Südindien sehr verbreiteten Shivaismus an, setzen aber andere, eher animistische Schwerpunkte. Nun, wenn Sie mich fragen: Das sind im Grunde Menschen, die in kein Raster passen. Sie respektieren im allgemeinen nicht einmal das alte Kastensystem. Ihre Religionsformen sind überhaupt nicht recht zu begreifen, weil sie nicht in der Lage sind, darüber zu reden, oder es nicht wollen. Am Ende kann man natürlich, wie überall auf der Welt, an ihren Bestattungen, Festen und Initiationsriten erkennen, daß unter der dünnen hinduistischen Kulturtünche irgendwelche obskuren, uralten Fruchtbarkeitsreligionen oder Baumkulte verborgen sind. Darauf muß man als Forscher achten, aber wer hat schon die Zeit und das Geld, so etwas in jahrelanger Arbeit zu untersuchen? Wir sind mit Forschungsmitteln nicht so reichlich gesegnet wie Sie in Europa.«

»Hätten Sie denn überhaupt Lust, so etwas zu machen? Würden Sie gern eine Zeitlang unter diesen Menschen leben?« erkundigte ich mich.

»Ach, wissen Sie, *Madam*«, gestand er nach einer kurzen Pause, »inzwischen habe ich mich ziemlich an das bequeme Professorenleben gewöhnt. Ich bin auch nicht mehr der Jüngste, in Bangalore haben wir eine hübsche Villa mit gekacheltem Badezimmer und Fernsehen, meine Söhne brauchen mich, und meine Frau würde mich vermissen. Mit dem Essen ist es für einen Brahmanen auch schwierig ...«

»Das ist aber wirklich schade! Was Sie mir von diesen *tribals* erzählen, klingt doch hochinterssant!« Ich bedauerte seine zögerliche Haltung aufrichtig, und mein Interesse an diesem Mann und seiner Sache als Völkerkundler bestand nicht mehr, wie noch zu Anfang unserer Konversation, aus reiner Höflichkeit. »Außerdem«, fiel mir ein, »wenn Sie auch nicht über so viel Geld verfügen wie Wissenschaftler aus Amerika oder Europa, haben Sie doch einen unschätzbaren Vorteil: Sie sind hier zu Hause, kennen Land und Leute und brauchen sich nicht erst an völlig fremde Welten zu gewöh- nen wie unsereins. Das ist nämlich gar nicht so einfach, und bis man sich akklimatisiert hat, ist schon das halbe Geld verbraucht, das die Regierung zur Verfügung gestellt hat.«

»Sie haben sicher recht. Doch ich glaube, in diesem Leben wird es damit nichts mehr«, antwortete er etwas ausweichend. »Vielleicht sollte ich ein paar junge Doktoranden, die noch keine Familie haben, dorthin schicken. Ich werde bei Gelegenheit darüber nachdenken.«

Na ja, wir werden alle bequemer, dachte ich. Es ist ihm nicht zu verdenken. Ich selbst möchte heute auch nicht mehr in meiner Studentenbude wohnen. Man braucht in unserem Alter so dies und jenes, eine bequeme Matratze für die müden Knochen und allerlei Kleinigkeiten, die einem das Älterwerden erleichtern.

Seine Gattin, die mit einem reizenden, bescheidenen Lächeln die Hotelhalle verlassen hatte, als es um die Eingeborenenstämme ging, war inzwischen zurückgekehrt. Sie wollte wissen, ob ich verheiratet sei und Kinder hätte. Ich ging davon aus, daß sie ein Frauengespräch beginnen wollte, wie ich es schon oft auf meinen Reisen geführt hatte. Da ich mit der simplen Wahrheit über meinen sterilen Lebenslauf schon so viele Frustrationen erlebt und auch erfahren hatte, daß ich nicht nur auf tiefes Unverständnis, falsches Mitleid oder krasse Neugier, sondern sogar auf massive moralische Ablehnung gestoßen war, zeigte ich mich gewappnet. Ich wußte inzwischen: Auf eine traditionelle indische Ehefrau wirkte ich, als sei ich durch mein unfruchtbares Singledasein eine gefährliche Rebellin gegen alles Gute und Schöne, als wollte ich mit meiner Entscheidung, unverheiratet zu bleiben, die Grundfesten der Weltordnung erschüttern oder doch zumindest die Ehemoral ihres Angetrauten untergraben. Deshalb erzählte ich schnell und flüssig, daß ich die Witwe eines wohlhabenden Mannes sei.

»Mein Mann war viel älter als ich, und er ist vor fünf Jahren verstorben. Er war Ingenieur, und unsere beiden Söhne sind schon erwachsen. Einer studiert noch, der andere ist bereits verheiratet und hat zwei Kinder, einen Sohn und eine Tochter«, fabulierte ich mit innerem Vergnügen und fügte obendrein hinzu: »Wenn wir uns wieder einmal sehen, muß ich Ihnen unbedingt Fotos von meiner Familie zeigen.« Tatsächlich hatte ich mir von Freunden in München ein paar Familienfotos mitgeben lassen, die meinen Zwecken dienlich waren.

Es ist mir nie schwergefallen zu lügen. Oder sagen wir besser: zu flunkern. Ob ich das von Vater habe? Er mußte ja viel verschweigen. Ich hingegen erfand gern alternative Lebensgeschichten für mich, ging manchmal ganz in ihnen auf. Wenn ich mir irgend etwas ausdachte, für diesen oder jenen Zweck, fühlte ich – fernab von zu Hause – kaum Gewissensbisse. Ich sagte mir: Solange es mir nützt und niemandem schadet ... Das Flunkern beflügelte meine Phantasie. Bei dem Gedanken: Ja, das könnte ich auch sein! fühlte ich mich belebt. Ich stellte mir dann vor, es gäbe alternative Realitäten, oder ich würde von vergangenen oder zukünftigen Existenzen sprechen. Natürlich nicht im Ernst! Es war nur so eine Idee. Aber manchmal ging meine Vorstellungskraft mit mir durch. Dann begann ich, so sehr in der phantasierten anderen Gestalt zu leben, mich in ihr und ihrer Geschichte ganz zu verlieren, daß ich zu vergessen schien, wer ich war. Tja, wer? Gott sei Dank bemerkte ich es bald und konnte es amüsiert beobachten. Und wenn ich anschließend, anstatt virtuelle Realitäten durchzuspielen, wahrheitsgemäß Auskunft geben wollte, blieb mir ständig bewußt, daß jeder Lebensbericht, sei er auch aus noch so harten Fakten zusammengestellt und »objektiv« korrekt, ebenfalls durch Auswählen und Weglassen das Wesen einer Legende entfaltet. Das wußte ich schließlich aus langjähriger Therapeutenpraxis.

Die Frau des Professors war von meinem familiären Hintergrund und den Enkelkindern sichtlich positiv beeindruckt. Ich erschien ihr vielleicht nun doch nicht so bedrohlich wie zuvor, und wir hatten jetzt etwas gemeinsam, worüber wir reden konnten. Mein Status als Großmutter bewirkte auch, daß ich trotz meiner langen rotblonden Haare ihrem Ehemann in ihren Augen nicht gefährlich werden konnte. Er war zwar etwa so alt wie ich, aber unser Verhältnis war damit geklärt. Großmütter waren keine weibliche Konkurrenz, sondern Respektpersonen. Erleichtert und großzügig geworden, sprach sie mich auf mein jugendliches Aussehen an, so wie ich manchmal daheim zu einer Achtzigjährigen lobend gesagt hatte, daß sie für ihr Alter noch recht frisch aussehe. Sie selbst war höchstens fünfunddreißig.

Es war meiner Gesprächspartnerin anzumerken, daß sie sich über die kühne Selbständigkeit verwunderte, mit der ich mich allein auf Reisen begab. Daher fügte ich meiner Geschichte zum Abschluß hinzu, daß meine Söhne sehr viel arbeiten und studieren müßten, um erfolgreich zu sein und viel Geld verdienen zu können. Und das war wiederum etwas, was sie völlig nachvollziehen konnte.

»Hätten Sie nicht Freude daran, uns mit meinem Bruder und seiner Familie am Sonntag auf unserem Ausflug in die Berge zu begleiten?« wollte sie wissen, als sie sich graziös von ihrem zerschlissenen Sessel erhob. »Es wird Ihnen sicher gefallen, und es ist auch viel kühler dort oben. Man baut Tee an, die Landschaft ist grün und wohltuend.«

Ich dankte den beiden für die Einladung, fügte aber hinzu: »Wenn Sie erlauben, sage ich Ihnen erst morgen Bescheid.

Ich bin noch sehr müde von der Reise und brauche viel Ruhe. Das Klima hier macht mir zu schaffen. Aber wenn es mir gutgeht, komme ich am Sonntag gern mit.« Damit stieg ich hinauf in mein Zimmer, um meine Badesachen zu holen.

Erst am Strand, an meinem Lieblingsplätzchen unter Palmen und Sonnenschirm, kam ich wieder zum Nachdenken. Ich bin schon immer ein Mensch gewesen, der nur eine sehr begrenzte Anzahl von Informationen und Eindrücken aufnehmen kann. Wenn es zuviel wird, fühle ich mich schnell überreizt. Vielleicht ist es mein Ehrgeiz, mir nichts Wesentliches entgehen zu lassen, vielleicht auch meine berufsbedingte Übung, einen Menschen auf mehreren Ebenen zugleich zu registrieren – seine Aussage, seine Körpersprache und Mimik, auch seine Beziehungen und all das Ungesagte, das oft mehr mitteilt als viele Worte.

In meiner therapeutischen Arbeit geht es ja um aufmerksames Lauschen und die Deutung allen angebotenen Materials. Aber auch als Privatmensch brauche ich gewohnheitsmäßig viel Zeit, um Eindrücke zu verarbeiten, und vor meinem inneren Auge laufen wieder und wieder die erlebten Szenen ab. Ich höre noch einmal die Worte und werte meine momentanen Eindrücke erneut aus. Dazu ziehe ich mich gern zurück und schließe die Augen, um aus meiner vorübergehenden Verwirrtheit wieder zu einer inneren Klarheit zu finden.

Mir ging nicht nur der Professor mit seinen Eingeborenenstämmen durch den Kopf. Auch das Bild von Rama Raj, seine weitaufgerissenen Augen mit den riesengroßen Tränen, sein unendliches Vertrauen in mich, sein merkwürdiges Lächeln – das alles war mir präsent. Wie konnte ich ihm nur helfen?

Ging mich sein Schicksal überhaupt etwas an, oder war es reine Feriensentimentalität, die mich dazu bewog, ihn unterstützen zu wollen? War es gar eine selbstgerechte, billige Herablassung dem armen Orientalen gegenüber? Doris, paß auf! Wie oft hast du dich über grüne Weltverbesserer und andere idealistische Schwärmer mit ihrem missionarischen Übereifer der dritten Welt gegenüber geärgert! Benimm dich nicht wie eine wilhelminische Bürgersfrau, die beim Kaffeekränzchen für die armen schwarzen Neger in Afrika wollene Unterwäsche strickt!

Rama Raj hatte weder gejammert noch irgend jemanden angeklagt. Er war sogar fähig gewesen, mir auf einer urmenschlichen Ebene zu begegnen, als hätte er mich immer schon gekannt. Wenn ich ihm Geld gab, mußte ich vorsichtig sein, seine Würde nicht zu kränken. Es durfte weder wie ein Trinkgeld noch wie ein Almosen aussehen. Darauf mußte ich achten. Auf jeden Fall wollte ich ihn unterstützen. Und ich mußte auch noch einmal darüber nachdenken, wie wichtig es mir war, als edle Spenderin vor ihm und seinen Kollegen, vor dem Hotelbesitzer und der Familie des Professors dazustehen. Denn er würde es bestimmt nicht für sich behalten. Und ich kannte meine Sehnsucht, von meinen Mitmenschen für selbstlos, hilfsbereit und unendlich großzügig gehalten zu werden. Aber das sortieren wir noch, nahm ich mir vor. Ferien sind ja auch zur Selbstanalyse da.

Am nächsten Tag fühlte ich mich heiter und unternehmungslustig. Die Familie aus Bangalore sah ich bei meinem späten Frühstück nicht, ich glaube, nur wenige Inder der britisch orientierten Oberschicht kennen diese Art von Morgenmahlzeit mit Tee, Porridge und Buttertoast, Spiegeleiern und Orangenmarmelade. In Südindien ißt man im Anschluß an den Morgenritus gleich nach Sonnenaufgang eine Reisgrütze oder *masala dosa*, eine Art Würzpfannkuchen. Auch *idli* mit *sambar*, das sind gedämpfte Weizenkuchen mit scharfer Gemüsesauce, kommen morgens auf den Tisch, falls jemand großen Hunger hat. Aber als ich die Familie beim Mittagessen im Speisesaal erblickte, die Finger in ihre Schüsseln getaucht und schon angenehm gesättigt auf die Reste ihrer Mahlzeit blickend, bekam ich Lust, auf das Angebot mit dem Ausflug zurückzukommen. Es war erst Freitag, und bis zum Sonntag würde ich vollkommen ausgeruht sein.

Ich hatte mich nach einem Nicken, Hallo und Austausch von Begrüßungsformeln kaum an meinem Tisch niedergelas- sen, als ich bemerkte, wie sie miteinander tuschelten und über mich redeten. Wenig später stand der Professor auf und kam zu mir herüber.

»Schön, Sie zu sehen, geht es Ihnen gut? Hatten Sie einen angenehmen Morgen? Ich hoffe, Sie langweilen sich nicht«, sagte er strahlend, während er sich auf eine Stuhllehne stützte und neugierig das Essen betrachtete, das ich bestellt hatte. Ich hatte heute meinen indischen Tag, weil ich längst von meinen früheren Reisen an die beißende Schärfe gewöhnt war und auch in München mit Chilipulver unbekümmert hantierte.

»Sie mögen unser Essen!« bemerkte er mit einem erfreuten Lächeln, als er sah, daß es mir schmeckte. »Wir fragten uns gerade, ob wir ein westliches Picknick einpacken müßten, wenn Sie am Sonntag mit uns fahren. Sie kommen doch, hoffe ich? Ich würde mich sehr freuen, und meine Frau auch. Die Kinder sind gespannt auf Sie.«

»Ja, gern, besten Dank!« antwortete ich schnell und freute mich wirklich über diese spontane Herzlichkeit.

»Wir wollen früh aufbrechen und sind am Abend wieder zurück«, informierte er mich. »Wir würden Ihnen gern mehr von unserer Heimat zeigen und sind sicher, daß es Ihnen in den grünen Hügeln von Ponmudi gefallen wird.«

Es war also abgemacht. Seine Frau winkte und rief: »*Welcome, welcome!*«

Meinen Tischkellner fragte ich nach Rama Raj. »Seit heute morgen ist ein anderer junger Mann in der Küche«, antwortete er. Ich spürte eine ängstliche Sorge in mir aufsteigen. Verrückt, dachte ich, es kommt mir vor, als sei meine Entscheidung für oder gegen diesen Ausflug von dem Befinden des kranken Hilfskochs abhängig. Während ich meine Mahlzeit beendete, war mir, als würde sich in meinem Inneren das dunkle Loch eines unwiederbringlichen Verlusts auftun. Was ist, wenn er nicht mehr hierher zurückkommt? Wenn ich ihn nie mehr wiedersehe? Ich weiß nicht einmal, ob ich ihn in einer anderen Umgebung erkennen würde. Übertreibe nicht, Doris, wahre die Verhältnismäßigkeit! mahnte mich eine meiner strengen inneren Stimmen, auf deren pädagogische Maßregelungen ich mich stets verlassen konnte. Und eine andere flüsterte entmutigt: Darf ich mir nicht wünschen, diese Augen wiederzusehen?

Als ich hörte, daß die Kollegen den Kranken besuchen wollten, war ich erleichtert. Wenn ich ihm einen Gruß schicke, reißt der Kontakt nicht ab, sagte ich mir.

Nach dem Essen, in der stillen, brütenden Hitze des Mittags, durchstöberte ich meine Koffer nach einer hübschen Ansichtskarte. Ich nahm auf Reisen gern einen Packen Karten mit, um sie an einheimische Bekanntschaften zu verteilen – alpenländische Schneelandschaften mit heimelig erleuchteten bayerischen Gasthäusern, Rathäuser mit Lüftlmalerei und Geranienwolken oder mittelalterliche Städtchen mit Fachwerkhäusern, auch Trachtenpaare und Biertrinker in Lederhose und mit Gamsbart am Hut waren allgemein liebt, ganz zu schweigen von Neuschwanstein zu allen Jahreszeiten. Man zeigte sie der Familie, allen Freunden und Verwandten wie eine Trophäe von einem anderen Stern. Für Rama Raj wählte ich eine Ansicht des sommerlichen Münchner Rathauses mit seinen Tausenden von rosarotblühenden Geranien aus und dazu noch einmal dieselbe Ansicht mit Weihnachtsbaum und Christkindlmarkt im Schnee. Meine Stadt, dachte ich zärtlich. Wie war ich als Kind verzaubert von den sommerbunten Ferientagen, wenn ich mit einer Eistüte in der Hand vor dem Glockenspiel stand! Und im Winter gab es nichts, was mich inniger erregt hätte, als am ersten Advent dem Chor mit den Bläsern zu lauschen, die von der Rathausempore ihre traditionellen Christlieder erklingen ließen.

Ja, da kann er die beiden Bilder von München betrachten und vergleichen, freute ich mich, vielleicht ist das ein netter Zeitvertreib für ihn, während er im Bett liegen muß, um sein Bein zu schonen. Auf die eine Karte schrieb ich in ordentlichen Großbuchstaben: »*Get well soon!*« und auf die andere: »*Look! My home town. Best wishes from Mrs. Doris!*« Zwischen die Karten legte ich nach einigem Zögern eine Zwanzigdollarnote und gab meinem Kellner den Brief.

Gottesgeschenke

Ich bereute, der indischen Familie meine Zusage gegeben zu haben, als ich erfuhr, daß man die Abreise bereits für fünf Uhr morgens geplant hatte. Wegen der Hitze, meinte der Professor, und ich könne ja im Auto weiterschlafen. Da kannte er mich schlecht! Die Notwendigkeit, um vier Uhr früh aufzustehen, drohte meine beginnende Erholung jäh zu unterbrechen. Zu dumm, nun habe ich mir nach kaum zwei Wochen schon wieder einen Termin aufgehalst! ärgerte ich mich. In die Hügel hätte ich auch noch später fahren können, und wahrscheinlich wäre es auf eigene Faust viel schöner geworden. Nun muß ich auf die Pläne und Gewohnheiten dieser Leute Rücksicht nehmen, und gerade das wollte ich mir doch abgewöhnen!

Aber ich konnte nicht mehr absagen, oder jedenfalls traute ich mich nicht. Der Gedanke, meinen Wecker stellen zu müssen, obwohl ich doch dabei war, zum erstenmal in meinem Leben auf die Weisheit meines ureigensten Rhythmus zu vertrauen, irritierte mich so, daß ich in der Nacht vor dem Sonntag nicht einschlafen konnte.

Ich ruhte schließlich auf meiner Terrasse im Liegestuhl, lauschte dem Tosen der Brandung und war hellwach, bis es Zeit war, mich bereitzumachen. Ich sprang unter die kühle Dusche, putzte mir die Zähne, bürstete mein Haar. Dann stieg ich die Treppe hinunter in der Hoffnung, vor der Abfahrt noch eine Tasse Kaffee zu bekommen, doch in der Halle und im Restaurant herrschte noch tiefste Nachtruhe. In allen Ecken lagen in Decken gehüllte Gestalten, es sah aus wie in einem Flüchtlingslager. Jemand hatte es sich auf drei zusammengeschobenen Stühlen bequem gemacht, ein anderer lag auf einem Tisch. Keiner hatte eine Matratze.

Leise schlich ich mich an den Schlafenden vorbei. Ich blickte einerseits neiderfüllt auf eine solch erstaunliche Gabe der Entspannung. Andererseits fühlte ich mich plötzlich unmittelbar bedroht bei dem Gedanken, meinerseits jemals Nächte unter solchen Umständen verbringen zu müssen. Mir fiel der Bericht eines Patienten ein, der mir erzählt hatte, er sei in Indonesien unschuldig verhaftet worden und habe bis zur Gerichtsverhandlung drei Monate lang in einem Gefängnis in Djakarta schmachten müssen – ohne Matratze und Zudecke! Ich würde binnen einer Woche an Nierenentzündung sterben, dachte ich entsetzt. Hoffentlich gerate ich nie in eine solche Lage. Aber was soll das? Jetzt geht es mir ja gut! Schnell verscheuchte ich meine unangenehmen, ängstlichen Phantasien und trat hinaus ins Freie. Bis zum Sonnenaufgang würde es noch eine gute Stunde dauern. Auf dem Vorplatz standen einige Palmen, auf denen schlafend große schwarze Vögel hockten. Ich atmete die schwere, feuchte Luft. Alles war vollkommen still.

Zehn Minuten später gingen überall Lichter an, Stimmen riefen rollende, gurrende Laute, und die drei Söhne der Familie aus Bangalore kamen laut lachend die Treppe heruntergepoltert. Sie trugen gestreifte Plastiktaschen auf den Schultern, in denen Metallgegenstände schepperten. Als sie mich erblickten, wie ich im dunklen Hof wartend stand, stieß der größte Junge, etwa vierzehn Jahre alt, den zweitältesten in die Seite, und beide beugten sich dann flüsternd zum jüngsten herab. Alsbald riefen sie mir wie aus einem Mund abgehackt skandierend zu: »*Good morning, Madam. How are you?*« Die kleinen Burschen konnten ihren Stolz auf diese frühmorgendliche Kommunikationsleistung nicht verhehlen. Wahrscheinlich hatten sie diesen Gruß am Abend vorher schon eingeübt. Und sie grüßten mich nun wie ihre Lehrerin in der Schule.

Inzwischen war der Professor in den Hof getreten. »Wir

haben zwei moderne Autos für die Fahrt in Aussicht. Man braucht gute Bremsen für die Bergstraße«, rief er mir zu, während er sich in Richtung der kleinen Zufahrtsstraße bewegte. Nach kurzer Zeit war der Kofferraum beider Wagen vollgepackt mit Taschen, Decken, Flaschen und Körben wie zu einer wochenlangen Karawane durch die Wüste.

Nun kam auch Mr. Varghese, der Hotelbesitzer, aus der Tür. Hinter ihm erschienen seine Gattin und die Frau des Professors. Die beiden Damen leuchteten in herrlichen Saris unter dem Licht der Lampe; sie waren mit Gold und frischen Blüten geschmückt. Man begrüßte mich und schüttelte mir unter mehrfachem »*How do you do?*« die Hand.

Oje, dachte ich betreten, wie sehe ich bloß aus in meinem Aufzug? Ich hatte ein weißes T-Shirt an und einen bunten Baumwollrock, hübsch zwar, aber ganz billig und schon leicht verwaschen. Mein schweres Haar war wie immer mit vielen Nadeln zu einem Knoten hochgesteckt und seitlich von zwei Kämmen festgehalten. Außer einem billigen Silberring trug ich keinen Schmuck. Plötzlich kam ich mir ganz unschön und schäbig vor. Mir fiel ein, daß nur die Ärmsten der Armen in diesem Land Silberschmuck tragen: Straßenarbeiterinnen, Dienstmägde, Zigeunerinnen. Wer es sich irgendwie leisten kann, hat Gold an Armen und Beinen, wichtigster Teil der Aussteuer und Versicherung fürs Alter. Die zwei Frauen, die da vor mir standen, waren so früh morgens schon ein Inbegriff märchenhafter Weiblichkeit. Üppige Formen voller Grazie, kunstvoll frisiert, die großen, sanften Augen mit Khol umrandet, warteten sie dort in ihren seidenen Sonntagssaris. Von Kopf bis Fuß ein eindrucksvoller Beweis für den gesellschaftlichen Erfolg ihrer Ehemänner. Beide lächelten mich ausgeruht, kritiklos und unternehmungslustig mit makellosen Zähnen an.

Ach, wie schnell kann sich das Selbstbild einer Frau ändern! Eben noch fühlte ich mich ganz normal, hatte über meine Erscheinung gar nicht nachgedacht. Meine Laune war im Nu verdüstert, ich empfand mich wie eine armselige, staubgraue Bettlerin neben dieser Pracht. Aber das half mir jetzt alles nichts. Ich konnte noch froh sein, daß ich nicht auf den Gedanken verfallen war, meine Jeans Größe 48 anzuziehen, weil eine weite Hose nun mal bei einer Autofahrt bequemer ist. Also lächelte ich tapfer zurück, während ich mir alle Mühe gab, mich daran zu erinnern, daß ich, wenn schon nicht durch mein Äußeres, doch vielleicht auf andere Weise einen menschlichen Wert darstellte: lebenserfahren, weitgereist, finanziell unabhängig, akademisch gebildet, frei von Pflichten, niemandem Rechenschaft schuldig … Außerdem werden diese Frauen, wenn sie einmal mein Alter erreicht haben, schon runzelige Greisinnen oder gar tot sein, während ich wahrscheinlich mit achtzig noch in der Weltgeschichte herumschwirre, sagte ich mir. O Doris, antwortete die innere Stimme, daß du es nötig hast, auf diese Weise dein Selbstbild aufzupolieren – jammervoll, meine Liebe! Freu dich doch am Liebreiz dieser Frauen, und überlaß es ihnen, an dir etwas Gutes zu finden!

Und wehmütig meinte die andere, die kleine Stimme: Aber ich möchte doch auch so gern schön und lieblich sein, so urweiblich mit leuchtenden großen Augen und blendendweißen Zähnen. Wie gern würde ich mich mit Blumen und kostbaren Stoffen schmücken! Viele haben mich in meinem Leben nett gefunden, nett und adrett, aber kaum jemand empfand mich als attraktiv. Ich wäre so gern sexy gewesen! Oder wenigstens auf edle Weise schön! Ich mußte schlucken, denn meine Kehle war ganz rauh geworden. Ach Gott, Doris, du bist bloß müde von der durchwachten Nacht und deshalb schlechter Laune. Schluß damit, das zieht dich runter.

Bald fand ich mich auf der Rückbank des größeren Wagens wieder, rechts und links je eine der jungen Frauen und auf meinen Knien den jüngsten Professorensohn. Im zweiten Auto saß Mr. Varghese mit seinem eigenen Sohn, den beiden Größeren des Professors und einer älteren Frau, die ich nicht recht einordnen konnte. Die Fahrer standen schweigsam und ernst daneben, bis wir uns alle eingerichtet hatten.

Vor mir, auf dem Beifahrersitz, nahm der Professor Platz. Darüber war ich sehr froh. Ich war zwar nicht sicher, ob mir nach Konversation zumute sein würde, aber ohne ihn wäre ich mir ganz fremd und verloren vorgekommen, trotz der drangvollen Nähe warmen weiblichen Fleisches. Ich roch sein Rasierwasser, den Duft von Kokosnußöl aus den Haaren der Damen und schwere Parfums. Der Kleine war mit einer stark riechenden Toilettenseife geschrubbt worden.

Ich fühlte die beruhigende Nähe anderer Menschen, die mir wohlwollten, und gab mich ihrer Freundlichkeit hin. Mit einem kleinen Seufzer lehnte ich mich tiefer in die Polster und entspannte meine Muskeln.

»Are you o. k., Mrs. Doris?« fragte der Professor besorgt. Ich nickte zufrieden. Dann wurde es wieder ruhig im Wagen. Draußen war es noch dunkel. Alle außer mir hielten ihre Augen geschlossen, als wollten sie die unterbrochene Nachtruhe noch einmal aufnehmen. Mich überkam eine angenehme Schläfrigkeit.

Nach einer Weile ging selbst der Atem des Professors ruhiger. Nichts war zu hören außer den Fahrgeräuschen und dem ersten Krächzen der Rabenvögel. Es war noch immer nicht hell geworden, und so schloß ich meine Augen. Eine Zeitlang achtete ich nur auf das Brummen des Motors. Plötzlich sprach mich jemand an. *»Excuse me, my name is Shobha, meaning ›Beauty‹«,* sagte die Frau zu meiner Linken mit melodischer Stimme. Und von rechts hörte ich gleich darauf an meinem Ohr: *»My name is Gatha, meaning ›Song‹.«*

Da saß ich nun. Diese Frauen hatten mich in ihre Mitte genommen, mich einfach in ihre Mitte aufgenommen mit diesen wenigen Worten. So schöne Namen: »Schönheit« und »Lied«! Und weil mir vollkommen unerwartet bewußt wurde, daß auch ich einen hübschen Namen trug, sagte ich in das Geräusch des rumpelnden Wagens hinein: *»My name is Doris, that means ›A gift from God‹.«*

»How lovely!« rief der Professor leise und reckte sich ein wenig. Die Frauen nickten erfreut.

Wie lange hatte ich nicht an die eigentliche Bedeutung meines Namens gedacht? In meiner Jugend war mir ein Buch für werdende Eltern in die Hand gefallen, in dem man die beliebtesten Vornamen in ihrem sprachlichen, traditionellen und religiösen Zusammenhang nachschlagen konnte. Unter Doris stand: »Kurzform von Dorothea bzw. Theodora, grch. ›Gottesgeschenk‹ oder ›Geschenk der Götter‹, besonders gebräuchlich in der deutschen Barockdichtung als Name der reizenden Schäferin.«

Damals ärgerte mich die Vorstellung, mit einer reizenden Schäferin in Verbindung gebracht zu werden, und eine Zeitlang lebte ich in der Furcht, nach der Gedichtlektüre im Deutschunterricht von den anderen Mädchen damit aufgezogen zu werden. Aber das ist nie geschehen. Wahrscheinlich kam niemand auf die alberne Idee, mich mit einem bukolischen Liebchen zu verwechseln – schließlich war ich ein großgewachsenes, ernsthaftes, leicht kurzsichtiges Mädchen in Rock und Bluse und vernünftigen Schuhen und hatte so gar nichts Neckisches an mir.

Später, schon fast erwachsen, fragte ich einmal meine Mutter, warum sie diesen Namen für mich gewählt habe. »Ach«, sagte sie, »mein liebes Kind, du weißt ja, ich war bei deiner Geburt nicht mehr die Jüngste. Und als du unterwegs warst, ahnte ich, daß du unser einziges Kind sein würdest. Dann kamst du auf die Welt, und als ich dich zum erstenmal ansah, dachte ich: O, was für ein Gottesgeschenk!« Sie hatte plötzlich feuchte Augen bekommen. »Wir wollten dich ursprünglich Gerda nennen, nach der Oma, aber da meinte ich, du müßtest unbedingt Dorothea heißen. Dein Vater fand allerdings gleich, das sei zu altbacken. ›Das arme Kind‹, sagte er, ›und viel zu lang!‹ Deshalb nannten wir dich dann Doris, unser Gottesgeschenkchen. Und das bist du ja nun auch immer gewesen, warst ein liebes, braves Kind. Wir waren immer so stolz auf dich!«

Ihre letzten Worte ärgerten mich. So hatte ich den Anfang ihrer Rede schnell vergessen. Wer will schon mit neunzehn

Jahren immer nur brav und lieb sein und seinen Eltern Freude machen? Ein Gottesgeschenk sein zu müssen, ein ganzes Leben lang, lag wie eine Hypothek auf meiner Persönlichkeitsentwicklung und schien mir eine bleischwere Last. Es bedeutete, daß ich mich immer anständig kleiden und benehmen mußte, nie lügen oder betrügen durfte, um meinen Namen nicht zu schmähen und meinen Eltern keine Schande zu bereiten. Natürlich wollte ich damals nicht ernsthaft gegen das verstoßen, was meinen Eltern heilig war, und das konnte ich auch gar nicht. Ich ging letztlich viel zu sehr mit ihnen konform. Aber als ich mit fünfundzwanzig immer noch keinen Freund hatte, hätte ich auf meinen lieben, braven Namen spucken können. »Sonya« fand ich viel schicker oder »Conny«. Tolle Typen wollten einen steilen Zahn, kein Gottesgeschenk! Mir blieb damals nichts anderes übrig, als mich um die Bedeutung von »Doris« gar nicht mehr zu kümmern, und so geschah es denn auch. Statt auszugehen und mich mit Männern abzugeben, studierte ich noch fleißiger als zuvor.

Nun aber saß ich hier zwischen zwei weiblichen Gestalten, die zugleich unschuldig-hübsch und verführerisch wirkten und sich anscheinend keine Gedanken machen mußten, ob ihre Namen zu ihnen paßten oder nicht. Ist ein Name ein Omen? Oder genausogut wie X und Y, eine austauschbare Kennzeichnung, eine lautliche Codenummer, Striche auf dem Preisschild der Supermarktware Mensch? Bei anderen Leuten hatte ich die Zeichenhaftigkeit ihres Namens bisweilen deutlich gespürt. Galt das auch für mich? Dorothea, Doris … Meine Freunde nannten mich manchmal sogar Theodora.

Ja, Mutter hat mich als Geschenk Gottes empfunden. Warum will ich ihr das eigentlich streitig machen? Nun hat sie mir auch ein göttliches Geschenk gemacht, sonst säße ich nicht hier in Indien. Schließen wir Frieden, Mama. Es ist ein schöner Name, ja. Ich muß mich seiner gar nicht mein Leben lang würdig erweisen, denn Gottes Geschenke sind ganz umsonst, wie es sich für Geschenke gehört! Ein Mißverständnis, es war nur ein Mißverständnis … Die beiden Frauen sind in ihrer schläfrigen, freundschaftlichen, animalischen Selbstverständlichkeit an meiner Seite, das Kind schlummert auf meinem Schoß, und ich spüre eine Last von mir abfallen, die ich fast fünfzig Jahre lang getragen habe. Ich heiße, wie ich bin. So einfach ist das.

Während ich in Gedanken und Erinnerungen versunken war, ging der nachtschwarze Himmel in ein sanftes helles Grau über. Wir fuhren die Küstenstraße entlang, durch palmengesäumte Dörfer, in denen dünne gelbe Hunde uns ankläfften. Die ersten Frauen traten vor die Tür ihrer kleinen Häuser, den Palmbesen in der Hand, um Abfall und Staub wegzukehren. Handgemalte Reklameschilder lösten sich aus dem Zwielicht. Dann färbte sich der Himmel grün, violett und blutrot, Myriaden von Palmen standen schwarz gegen den Horizont. Gleich würde die Sonne aufgehen.

Jetzt blitzten für Sekunden goldene Strahlen am Horizont, sie erinnerten mich an den Strahlenkranz um das Auge Gottes auf dem Kanzelschmuck unserer Pfarrkirche. Und schon schob sich der gleißende Ball über die Trennlinie zwischen Nacht und Tag, es wurde schlagartig hell. Die Rabenvögel und Krähen begannen alle zugleich zu schreien. Wir hörten die ersten quäkenden Töne anderer Autohupen. Bei jeder Kurve versuchte ich, einen Blick auf die Sonne und die Farben des Morgenhimmels zu erhaschen, drehte meinen Kopf, so gut es ging, fürchtete aber, das Kind zu wecken. So ein jugendlich schwerer, süßer Schlummer kam mir vor wie etwas Heiliges. Man durfte ihn nicht stören. Aber kaum war es hell, wachte der Junge von selbst auf, dehnte seinen schmalen Rücken, rieb sich die Augen und lächelte mich scheu an.

Auch die anderen Insassen unseres Wagens reckten sich ein bißchen. Sie kamen mir vor wie die Hühner, die bei Tagesanbruch ohne Zögern von ihrer Stange springen, sich aber vollkommen still verhalten, solange es noch dunkel ist. Schon fing Shobha mit munterer Stimme an, auf ihren Mann einzureden. Er drehte sich erneut zu mir um, bis sich sein Gesicht mir ganz zuwendete und sein Rücken in Fahrtrichtung zeigte.

»Wir werden gegen neun Uhr oben auf der Höhe von Ponmudi ankommen. Dort können wir uns in einem Hotel frischmachen. Es ist ja ein beliebter Ausflugsort, viele Leute werden heute am Sonntag dort sein. Von dort oben hat man eine herrliche Aussicht. Anschließend sollten wir einen Spaziergang zu einer der berühmten Teeplantagen machen.«

»O ja«, erwiderte ich zustimmend. »Aber vielleicht können wir die Fahrt nach etwa zwei Stunden einmal unterbrechen? Ich hätte so gern ein Tasse Kaffee.« Ich dachte nicht nur an mein Bedürfnis, etwas für den Blutdruck zu mir zu nehmen, sondern mit etwas Besorgnis auch an meine Blase. Ich würde bis dahin zur Toilette müssen, und auf jeden Fall würde mir nach der durchwachten Nacht eine Tasse starken Pulverkaffees wie Manna in der Wüste schmecken.

»Gewiß! Ich werde dafür sorgen. Frau und Schwägerin haben ein schönes, reichliches Picknick eingepackt. Wußten Sie, daß wir Inder eine Nation von Picknickfans sind? Das ist unser größtes Sonntagsvergnügen. Sie werden sehen, außer uns sind noch unzählige andere Familien dort.«

Nicht gerade mein Ideal, überlegte ich. Laute Massen, und dann muß man beim Essen unbequem auf der Erde sitzen. Wann habe ich das letzte Mal gepicknickt? Das ist lange her! Aber wenn ich mich recht erinnere – als Kind fand ich es doch herrlich aufregend, im Wald unter den Tannen eine Tischdecke auszubreiten! Mutter packte den Korb aus, der mit einem karierten Geschirrtuch ausgeschlagen war, während Vater die Kühltasche mit Bier und Brause sowie einen Klappstuhl für sich aus dem Auto holte. Wir hatten harte Eier dabei und Mutters Spezialität, einen Waldorfsalat, dazu frischen Hefezopf mit Butter aus einer runden Plastikbüchse mit Schraubdeckel, außerdem Hausbrot, Tomaten, Heringsfilets in Senfsauce aus der Dose, saure Gurken, Perlzwiebeln, Regensburger Würste und geräuchertes Wammerl mit hausgemachtem Kartoffelsalat. Zum Nachtisch spendierte Mama Pfirsiche aus der Dose oder ein Glas eingemachte Sauerkirschen. Dazu sangen die Vögel, und es duftete grün.

»Ach«, rief ich mit unerwartet sehnsüchtiger Begeisterung aus, »Professor, wie ich Picknicks liebe! Als Kind bin ich immer mit meinen Eltern in den Wald oder zu schönen Aussichtsorten gefahren. Haben Sie schon einmal von den Münchner Biergärten gehört? Das ist echtes, volkstümliches Brauchtum der Bajuwaren, nicht wegzudenken aus der altväterlichen Kultur unserer süddeutschen Stämme!« Schließlich sprach ich mit einem Volkskundler. Gleichzeitig wunderte ich mich über meine Bewegtheit, die durch die schönen Erinnerungen an meine Kindheit geweckt worden war. Als Therapeutin bin ich so sehr daran gewöhnt, immer nur die schrecklichsten und schmerzhaftesten Dinge anzuhören, daß ich die guten Momente meiner eigenen Kindheit fast vergessen habe. Sie bleiben ja auch überschattet von all dem schändlichen Ungemach, das später auf uns einstürzte. Jetzt aber war ich gerührt und freute mich sogar unbändig darauf, mit dieser indischen Familie etwas ähnlich Idyllisches zu erleben.

Die Sonne war inzwischen steil am Himmel aufgestiegen, und die Fahrt näherte sich dem Fuß der Hügel. Schon hatte sich die Vegetation ein wenig verändert. Bislang hatten wir nichts als Palmen und Reisfelder gesehen. Jetzt gab es am Straßenrand grüne Büsche mit großen, glänzenden Blättern, leuchtende Hibiskusblüten in Rot und Weiß, sattes hohes Gras, Bäume mit Luftwurzeln und vielfarbig blühende Bougainvillea.

Unsere Straße führte immer steiler bergauf. Ich fragte nach den Namen einiger Vögel und Bäume, und die drei Erwachsenen überboten sich gegenseitig mit Erläuterungen, die aber bei mir nicht hängenbleiben wollten. Wie sollte ich die unaussprechlich klingenden Namen dieser exotischen Gewächse und Kreaturen behalten? Malayálam, die Sprache Kéralas, klingt in unseren Ohren wie ein Mund voller rollender Murmeln oder ein munteres Bächlein voller Kieselsteine. Auf halber Höhe hielten wir an. Der Rastplatz war eine Bushaltestelle. Überall standen fliegende Händler mit großen Blechkannen voll gesüßtem Milchtee, dem *chai*, den sie in kleine schmierige Gläser schütteten. Ich bat um eine Cola, weil kein Kaffee zu haben war. Während sich der Professor mit seinem Ältesten in die Warteschlange einreihte, wanderten wir Frauen zum Abort. Der Gestank dort war bestialisch. Türen gab es nicht. Ich bereute von Herzen, um diese Fahrtpause gebeten zu haben, andererseits hätte ich auch nicht mehr viel länger durchhalten können. Mit Todesverachtung hockte ich mich über die kotigen Pfützen. Das Abflußloch war mit blutigen Lappen und Zeitungspapier wohl bereits seit Monaten verstopft. Ich hielt die Luft an, um nicht zu erbrechen. Wie sollte ich bloß jemals meine Schuhe wieder säubern? Eine Frau hatte ich sogar mit bloßen Füßen hineingehen sehen.

Nach dieser Grenzerfahrung von Ekel brauchte ich einige Zeit, um wieder zu Sinnen zu kommen. Ich ging schlurfend auf dem mageren Grasstreifen am Rand des Parkplatzes auf und ab, um die Schuhsohlen zu reinigen, und beschloß, die Sandalen fortzuwerfen, sobald wir abends zurücksein würden. Ich verstand zum erstenmal, warum die Inder trotz der großen Hitze immer nur wenig trinken, obgleich die Ärzte den reisenden Westlern vier Liter Flüssigkeit am Tag dringend empfehlen.

Als ich langsam wieder Atem schöpfen konnte, ohne zu würgen, sah ich in einiger Entfernung einen kleinen Menschenauflauf. Ich kniff die Augen zusammen, um besser sehen zu können, und schirmte sie mit der Hand gegen die gleißende Helligkeit ab. Die Sonne stand nun schon hoch am Himmel und blendete mich. An der Ausfahrt, umringt von jungen und alten Leuten, saß ein Bettler, ein knochendürrer Mann mit verfilztem weißgrauen Bart. Er war wohl eigentlich ein *sadhu*, ein religiöser Asket. Mir schien von weitem, als habe er eine ungewöhnliche Hautfarbe, doch beim genaueren Hinsehen, während ich auf ihn zuging, stellte ich fest, daß er seinen Körper ganz mit Lehm oder Asche eingerieben hatte. Die Haut glich der eines alten Elefanten. Womöglich war es die Asche von Toten, so etwas sollte es geben. Mich schauderte. Auf seiner Stirn prangte leuchtend das weißlichgelbe Zeichen seiner Frömmigkeit: vier horizontale Streifen, frisch gemalt.

Hier in Indien werden solche Leute ja uneingeschränkt verehrt, man hält sie für Heilige, weil sie der Welt entsagt haben, überlegte ich. Der Welt entsagen! Und dann Verehrung und Beifall dafür erheischen. Das ist am Ende doch wohl nur ein riesiger verkappter Egotrip. Haben nicht die Straßenkinder von Kalkutta viel mehr der Welt entsagt als dieser Typ hier, der Geld und Essen als Almosen erhält, ohne einen Finger dafür zu rühren? Möglicherweise eine kulturspezifische Form von Narzißmus östlicher Prägung, wenn sich einer darin gefällt, besonders bedürfnislos zu sein. Entwickelt jemand angesichts von Wohlbefinden, Erfolg und Sicherheit schwere Schuldgefühle, bestraft er sich selbst, indem er sich alles versagt, was ihm guttut. Ähnliches hatte ich schon an Patienten beobachtet, da konnte mir keiner etwas vormachen.

Das Alter des Bettlers vermochte ich nicht zu schätzen. Er hätte zwischen vierzig und hundert Jahre alt sein können. Seine Gliedmaßen waren völlig ausgemergelt, seine großen Augäpfel gelb und blutunterlaufen. Die unglaubliche Masse an schmutzigweißen Haaren war auf dem Kopf zu einem Knoten geschlungen, darüber war ein glänzendes rotes Tuch gebunden, so daß sein Kopfputz aussah wie ein blutig erigierter Phallus. Unter den Fetzen eines gelben Tuches war der lehmverkrustete Oberkörper nackt. Der Mann saß auf der bloßen staubigen Erde, ohne sich im geringsten zu bewegen. Die Lenden und sein lang herunterhängendes Geschlecht waren entblößt. In der linken Hand hielt er wie Neptun einen großen Dreizack. Ich wußte, der Dreizack ist ein Symbol des Gottes Shiva, also mußte es sich bei dem *sadhu* wohl um einen Diener dieser Gottheit handeln.

Niemand ging an ihm vorbei, ohne eine kleine Münze in die Schale zu werfen, und er spendete seinen Segen. Ein einträgliches Geschäft! Ich ging näher und beobachtete ihn neugierig. Einige Minuten stand ich so in seiner Nähe. Die Leute rückten ein wenig beiseite, ein paar Kinder zerrten an mir. Ich sah ihn an, und mir kamen Zweifel an meiner ersten Einschätzung. Was konnte einen Menschen dazu veranlassen, hier zu sitzen und Segenssprüche zu verteilen? Bettlern gegenüber war ich auch in München unsicher. So gern ich geben wollte, manchmal gab ich kleinlich wenig und manchmal viel zuviel. Ich wollte ja so gern gut sein! Aber es hatte auch etwas Peinliches. In der Adventszeit wurde ich oft ganz sen- timental und ließ auch mal einen Zwanzigmarkschein fallen. Und was fing ich jetzt mit diesem merkwürdigen Heiligen an? Wenigstens schauten die deutschen Bettler demütig nach unten und murmelten ein verschämtes »Vergelt's Gott«. So war ich es gewohnt. Aber wie gab man hier, und wieviel? Reichten zwanzig Rupien? Sollte ich ihm noch mehr geben? Schließlich war ich reich.

Aber vielleicht ging es ihm gar nicht ums Geld? Möglicherweise war er wirklich bedürfnislos und spendete von seinen Einnahmen noch an andere, Ärmere, Unglücklichere? Hatte ich ihm wohl unrecht getan mit meinen zynischen Betrachtungen? Mir fielen Verse von Hermann Hesse ein:

Wie hübsch ist Gut und Geld!
Wie hübsch ist: Gut und Geld verachten!
Wie schön: entsagend wegsehn von der Welt!
Wie schön: nach ihren Reizen brünstig trachten!
Zum Gott hinauf, zum Tier zurück,
Und überall zuckt flüchtig auf ein Glück.

Solche Sprüche sagte ich manchmal meinen Patienten auf, wenn mir andere Argumente nicht mehr helfen wollten, das Empfundene auszudrücken. Was wußte ich schon? Wer hat sich je angemaßt, Indien und sein vielfältiges religiöses Leben zu verstehen? Ich bestimmt nicht. Sogar den Versuch, einen Überblick zu gewinnen, hatte ich bei meiner letzten Reise aufgegeben. Und diesmal wünschte ich nur eines: mit meinen Sinnen soviel wie möglich in mein System aufzunehmen, ohne es verstehen zu wollen. Aber ich merkte auch, daß mir eine solche Haltung schwerfiel. Mein Geist analysierte, spekulierte und beurteilte ohne Unterlaß. Das zu beobachten, fand ich allerdings auch wieder interessant, und ich erlaubte es mir in der Regel, anstatt mich dafür zu verurteilen. Und natürlich konnte ich auch das wiederum nicht ganz verhindern. Aber ich hatte einfach keine Lust mehr, mich geistig zu disziplinieren, zu korrigieren oder zu erziehen. Ich war doch im Urlaub! Ich wollte, wenn es denn möglich war, in dieser Zeit mein authentisches Selbst kennenlernen, nicht mein anerzogenes und professionell-hoffnungsvolles Bild von mir. Das kannte ich nur allzugut.

Wahrscheinlich war dieser aschebeschmierte Mann lediglich ein bedauernswerter Masochist, ein Kranker also, oder er hatte jemanden umgebracht und versuchte nun, Buße zu tun. Ach Gott, war das alles schwierig zu verstehen! Ich stellte fest, daß meine Anwandlung von Empathie und Begreifenwollen schon wieder abflaute, weil ich bereits deutlich meinen gewohnheitsmäßigen inneren Psychologenspott vernehmen konnte. Daher rief ich mich zur Ordnung: Doris, was unterstellst du diesem Mann? Du hast doch im Grunde keine Ahnung und wirst auch nie herausfinden, was ihn dazu bewegt, hier zu sitzen. Ein solcher Mensch hat offensichtlich allen Bequemlichkeiten eines weltlichen Lebens abgeschworen. Kannst du das nicht einfach einmal respektieren? Es ist nicht anzunehmen, daß er abends in seinen Mercedes steigt, ein opulentes Mahl zu sich nimmt und sich in seiner Vorortvilla mit einem Harem vergnügt. Vielleicht war er einst ein wohlhabender Familienvater, ein einflußreicher Industriekapitän.

Ich trat noch ein paar Schritte näher. Um mich herum hatte sich eine Traube von kleinen Kindern gebildet, die mich ungeniert anstarrten, wohl wegen meiner Größe oder wegen der hellen Haare, und die mir an den Kleidern zupften, um ein bißchen Bakshish zu ergattern. Ich packte meine Tasche fester und schaute mich ein wenig verschreckt um. Meine Gastfamilie war nicht weit, gewiß hatte sie ein Auge auf mich, ich war ja schon aus der Ferne an meiner Größe zu erkennen und nicht leicht zu übersehen. Ich war umringt von mindestens sechzig kleinen Bälgern, und manche zählten doppelt, weil die Fünfjährigen noch Dreijährige auf dem Arm trugen. »One pen, one pen, one pen!« schrien sie allesamt. »One pen, one pen!« Ich ließ mich von dem Toben und Schreien nicht weiter beirren, schließlich war ich Indien-erprobt. Diesmal wollte ich meine Münzen in den Staub vor den Bettler legen. Ich kramte eilig ein paar Rupien aus meinem Portemonnaie, steckte es sorgfältig wieder weg, wegen der Taschendiebe, und sagte in meiner Verlegenheit auf deutsch: »Bitte schön!« Mein Rücken beugte sich ein wenig dabei, aber am Ende wirkte es doch so, als hätte ich einem streunenden Hund ein Stück Wurst hingeschmissen. Erschreckt und beschämt warf ich einen schnellen Blick auf ihn und blieb gebannt an seinem unbewegten Gesicht hängen. Ich glaube, mein Mund stand sogar einen Moment weit offen.

Lange und ruhig schaute er mich an, direkt in meine Augen sah er hinein. Sein Blick ließ mich einfach nicht mehr los. Sein hageres Gesicht war vollkommen ernst, eher würdevoll als gütig. Die großen, blutunterlaufenen Augen glühten von innerem Feuer. Meine eigenen Pupillen weiteten sich vor leisem Schrecken, ich fand diesen Mann unheimlich. Schließlich segnete er auch mich, indem er mit dem Daumen ein Aschezeichen auf meine Stirn malte und wie ein Schlafender im Traum ein paar Worte murmelte.

Danach hielt er unvermittelt inne, wurde ganz starr, als würde er den Atem anhalten. Sein Blick ging durch meine Augen hindurch ins Nirgendwo. Immer noch schaute ich ihn an, konnte mich nicht abwenden. Dann sah ich ihn vorsichtig eine Flocke von der Aschenkruste an seinem linken Unterarm lösen. Er reichte sie mir. Ich nahm sie entgegen und war verwirrt. Was sollte ich denn damit? Schon wollte ich eine dankend abwehrende Geste machen, doch dann besann ich mich. Das wäre doch allzu unhöflich gewesen. Schließlich hatte der arme Kerl ja sonst nichts zu verschenken. Aber warum wollte er mir denn überhaupt etwas zukommen lassen? Das mußte ich nachher den Professor fragen. Ich nahm also doch die merkwürdig eklige Schuppe entgegen, steckte sie schnell in die Tasche meines Rockes und legte in meiner Verlegenheit noch meine Hände zum *Namasté*-Gruß zusammen, ganz hoch vor meiner Stirn.

Ich hatte schon einen Schritt rückwärts gesetzt, als der *sadhu* die Stimme erhob und Wörter, Sätze mit einem merkwürdig skandierenden Rhythmus rief, die ich natürlich nicht verstand. Sprach er zu mir? Meinte er mich? Nein, das konnte nicht sein. Oder? Immer noch blickte er mich unverwandt an. Ja, ganz gewiß waren die Worte an mich gerichtet, obgleich ich mir das nun wirklich nicht erklären konnte. Er mußte doch wissen, daß ich damit nichts anfangen konnte! Ich verstand keine Silbe, wußte nicht mal, in welcher Sprache er redete.

Die Kinder waren schlagartig verstummt. Kein Geschnatter kleiner Stimmchen war mehr zu hören. Auch die wenigen Erwachsenen in der Nähe des Bettlers standen wie angewurzelt. Schnell wandte ich mich um, wollte nur fort, fühlte mich ausgesetzt und bedroht.

Aschenhaut

*I*ch wollte weglaufen. Als ich über meine Schulter sah, um mir den Weg zu bahnen, entdeckte ich den Professor, der direkt hinter mir stand, wie um mich vor allzu befremdlichen Eindrücken zu schützen. Er schien aufgeregt und führte mich eilig zum Auto zurück.

»Entschuldigen Sie bitte«, sagte ich leise, »Sie haben sicher mit der Cola auf mich gewartet. Aber dieser Bettler war so faszinierend, den mußte ich mir einfach anschauen.«

»Möchten Sie wissen, was er gesagt hat?« fragte er mich. Ich nickte. »Er hat einige Verse aus den *Upanishaden* gesprochen, ein Yantra. Sie wissen doch, die vedischen Schriften gehören zu den ältesten der Welt. Es sind heilige Bücher, deren Inhalt direkt von den Göttern offenbart wurde. Dieses Yantra dient Heilzwecken, man rezitiert es, um Gesundheit zu schenken und Übles fernzuhalten. Nicht viele kennen es, man muß sehr gelehrt und hochgebildet sein, um es sprechen zu können. Vielleicht ist der Mann ein gelehrter Brahmane, oder er war einst Professor wie ich. Der Spruch hat übrigens auch prophetischen Charakter, daher benutzt man ihn selten. Die Überlieferung berichtet, daß ein Weiser ihn auch an der Wiege Buddhas sprach, um auf seine große Zukunft hinzudeuten.

Es ist merkwürdig, was Ihnen da passiert ist, Mrs. Doris! Dieser *sadhu* hat Ihnen außerdem eine große Ehre erwiesen, indem er Ihnen ein Stückchen von seiner Haut schenkte. Der Asche wohnt große spirituelle Kraft inne. Sie ist ein Amulett von hohem Wert. Sie sollten sie in eine silberne Kapsel tun und immer bei sich tragen. Ich bin erstaunt über diese Geste, ja fast ein bißchen neidisch.«

Ich schaute ihn verblüfft an. »Machen Sie keine Witze! Meinen Sie wirklich, daß daran etwas Wahres ist? Glauben Sie etwa an die Übertragung solcher Kräfte? Als Professor?«

Er lächelte nachsichtig und schwieg einen Augenblick. Dann sagte er beiläufig: »Sie scheinen anzunehmen, daß eine westlich orientierte Ausbildung unsere traditionellen Vorstellungen automatisch außer Kraft setzen muß. Aber so ist es nicht. In Bangalore gibt es weltbekannte Atomphysiker, Nobelpreisträger sogar, die bei jeder wichtigen Entscheidung ihren Astrologen konsultieren. Und ihren Urlaub verbringen sie zu Füßen eines Gurus. Das ist hier normal. Bei Ihnen in Europa schämen naturwissenschaftlich gebildete Menschen sich oft, ihrer Religiosität Ausdruck zu verleihen. Sie verbergen sie wie etwas Peinliches, halten Religion für eine Privatsache, die sie sogar vor ihren engsten Angehörigen geheimhalten. Bei uns ist das nicht so. Wir glauben, daß man das wissenschaftliche und das religiöse Weltbild durchaus miteinander vereinbaren kann.«

»Haben Sie denn keine Angst, auf einen Scharlatan hereinzufallen, einen Betrüger, der nur Ihr Geld will? Bei uns gelten Astrologen als dubiose Gestalten und Beutelschneider, die die psychische Labilität und Unselbständigkeit ihrer Kunden schamlos ausnutzen. Ich selbst habe damit keine Erfahrung. Bisher hatte ich auch noch nie den Wunsch, etwas über die Zukunft zu erfahren. Als geistige Enkelin von Sigmund Freud huldige ich sowieso eher der Aufklärung als dem Okkulten. Man kann im Grunde mit den richtigen psychologischen Einsichten alles sehr gut und hinreichend erklären.«

»Ich meine, das muß sich gar nicht widersprechen«, wiederholte er. »Bei uns nehmen die Astrologen und die Weisen den Platz der Psychologen ein. Natürlich verwenden sie andere Methoden als die Analytiker. Meine Ehe zum Beispiel wurde von unseren Eltern mit Hilfe eines Astrologen arrangiert. So ist das in Indien allgemein üblich. Wenn der Sterndeuter über eine gute Intuition und eine solide Ausbildung verfügt, ist die Wahrscheinlichkeit hoch, daß es zu einer befriedigenden Lebensgemeinschaft kommt. Meine Frau und ich sind miteinander sehr zufrieden. Natürlich spielt die Leidenschaft in unserem Eheverständnis keine sehr große Rolle. Wir verstehen unter Liebe etwas anderes. Aber bei Ihnen werden ja trotz Leidenschaft so viele Ehen geschieden. Das ist doch keine bessere Lösung.«

Diese Argumentation war mir schon einige Male begegnet, und sie entbehrte nicht der Überzeugungskraft.

»Ja gut«, gab ich zu, »da haben Sie einen Punkt, den ich nicht so schnell widerlegen kann. Aber erzählen Sie mir doch noch mehr über die Gurus und *sadhus*. Kennen Sie solche Leute persönlich? Warum entsagt dieser Mann all den Annehmlichkeiten eines bequemen Lebens? Mit Geld kann man doch viel Gutes tun! In Indien gibt es nun wirklich Armut genug, man muß sie nicht künstlich anstreben. Und was ist mit all den Amuletten, den heiligen Barthaaren, mit den Zaubersprüchen und rituellen Handlungen? Sie haben doch neulich selbst gesagt, daß Sie die Riten der Stammesangehörigen für steinzeitlichen Aberglauben halten.«

»Nun ja, ich stehe wohl wie jeder Mensch den Glaubensformen, die nicht die meinen sind, mit einer gewissen Skepsis oder auch mit Ablehnung gegenüber. Aber wenn ich ehrlich bin – wie könnte ich meinen Beruf als Ethnologe ausüben, wenn nicht gerade die Kulturen und magischen Gebräuche der Ureinwohner eine deutliche Faszination auf mich ausübten? Und als Hindu und Brahmane bin ich durchaus ein frommer Mann, der gern und oft die Tempel besucht und die vorgeschriebenen Regeln einhält, schon als Vorbild für meine Söhne. Unsere Traditionen werden immer vom Vater auf den Sohn weitergegeben. Deshalb sind sie auch nach Jahrtausenden noch lebendig.«

Wir waren wieder am Auto angelangt. Die Kinder hielten Tüten mit Kartoffelchips und Erdnüssen in den Händen. Eilig nahm ich meinen Becher Cola entgegen und trank ihn in einem Zug aus. Gatha und Shobha winkten mir fröhlich zu. Dann verteilten wir uns wieder so wie zuvor auf die zwei Autos. Das Gespräch mit dem Professor wurde durch das Einsteigen unterbrochen. Auch schien er im Beisein der Damen nur zu oberflächlichen Mitteilungen bereit. In mir taten sich viele neue Fragen auf. Aber sie mußten warten, bis wir oben auf dem Berg waren. Vielleicht würde sich beim Spazierengehen eine weitere Gelegenheit zum Austausch ergeben.

Während wir es uns im Fond des Wagens so bequem wie möglich machten, holte ich die lehmige Aschenschuppe aus meiner Rocktasche, weil ich befürchtete, sie könnte zerbrechen. Ich hielt sie in der Hand und betrachtete sie. Immer noch war ich versucht, sie einfach aus dem Wagenfenster zu werfen. Aber das mußte nicht gerade von meinen indischen Bekannten beobachtet werden. Was würden sie von mir denken, wenn ich ein Stück ihrer geheiligten Tradition mißachtete?

Der Professor, dessen Name ich, wie mir plötzlich klarwurde, noch gar nicht kannte, erzählte anscheinend den anderen Insassen von meiner Begegnung mit dem Asketen.

Seine Stimme hatte einen ungewohnten Unterton. Ich konnte nur erraten, was er berichtete. Dabei deutete er gestikulierend auf den Bettler, als wir den Parkplatz verließen. Ich schaute in sein Gesicht, wie er, halb rückwärts gewandt, den beiden Frauen, die erstaunte Ausrufe von sich gaben, etwas zu erklären versuchte. An seinem Tonfall meinte ich zu merken, wie er einen Sachverhalt wieder und wieder erzählte. Aber noch mehr fiel mir auf, daß er erregt war und beim Sprechen die Augäpfel hin- und herrollte. Auf seiner Stirn und um die Nasenflügel bildeten sich winzige Schweißperlen. Aber heiß war es wahrhaftig nicht bei diesem Fahrtwind. Was war denn bloß los?

Shobha und Gatha hatten sich anscheinend während der Pause nur mit den Kindern und den Getränken beschäftigt. Was mir mit dem Bettler passiert war, hatten sie nicht beobachtet. Doch als Shobhas Mann nun den Segensspruch und das Aschegeschenk zur Sprache brachte, schien sich ihre Haltung mir gegenüber schlagartig zu verändern. Sie blickten mich mit großen samtschwarzen Augen an. Ich meinte einen kurzen Moment lang, so etwas wie Entsetzen in ihrem Gesichtsausdruck zu lesen. Aber das war doch nicht möglich! Wahrscheinlich irrte ich mich. Oder hatte ich mich etwa danebenbenommen? War ich in ein religiöses Fettnäpfchen getreten? Hatte ich die Gefühle dieser Menschen verletzt? Mir wurde ganz heiß und kalt bei dem Gedanken. Hoffentlich nicht, betete ich, es ist gewiß ein Mißverständnis. Gleich wird es sich aufklären. Ich will ihn jetzt nicht unterbrechen, aber sowie er zu Ende erzählt hat, frage ich ihn, was los ist, dachte ich besorgt.

Als der Professor aufhörte zu reden, trat eine Zeitlang Stille ein. Dann bemerkte ich etwas Bestürzendes. Obgleich wir weiterhin dicht aneinandergedrängt dasaßen, rückten die beiden Frauen innerlich von mir ab, eigentlich nicht abwehrend, wenn ich es genau beschreiben soll, sondern eher ehrfürchtig. Oder ängstlich? Der Bettler hatte mir wohl in ihren Augen eine besondere und seltene Weihe zuteil werden lassen. Oder hatte er einen Fluch ausgesprochen, was der Professor vor mir, der ahnungslosen Ausländerin, zu verbergen versuchte? Was hatte das alles zu bedeuten? Ich mußte es unbedingt wissen. Würde ich es je erfahren?

Plötzlich fühlte ich mich ziemlich unwohl in meiner Haut und unsicher. Ich fand, daß diese Leute reichlich übertrieben reagierten, so als hätten sie gerade erfahren, daß ich an einer Krankheit leide, von der man nicht weiß, ob sie ansteckend ist. Gerade eben noch waren alle entspannt und zutraulich gewesen, jetzt aber war etwas Fremdes zwischen uns. Durfte ich überhaupt weiterfragen? Meine indischen Gastgeber waren verstummt und schienen nicht bereit, mir auf diesbezügliche Fragen weitere Auskünfte zu erteilen. Der Professor sank mit geschlossenen Augen auf seinem Sitz zusammen. Ich hätte glauben können, er schlummere, wenn nicht soviel Spannung von ihm ausgegangen wäre. Jedenfalls empfand ich sie deutlich, und da kenne ich mich aus.

Es war nicht gerade einfühlsam und zuvorkommend, daß sie mich aus ihrer Interaktion dermaßen ausschlossen. Ich fühlte mich abgelehnt und isoliert.

Dabei habe ich doch gar nichts weiter getan – der verdammte Bettler ist es, der die Regeln gebrochen hat, überlegte ich empört. Wie können sie diesen unerklärlichen Unsinn nur so ernst nehmen? Ich kann es doch nicht einfach so geschehen lassen, daß mir ein verdreckter, nackter Kerl von Neurotiker auf einem mit Unrat übersäten Busparkplatz irgendein Mumbojumbo auf Sanskrit an den Kopf wirft und man mich dann einfach damit stehenläßt! Solche Geheimniskrämerei macht mich immer wütend und hilflos. Was fällt diesem Bettler ein, sich ungefragt in mein Leben zu mischen! Der ist wohl verrückt! Schließlich bin ich als Touristin hier, bin aus reiner Neugier und folkloristischem Interesse zu ihm hingegangen. Das kann jeder sehen, der halbwegs bei Verstand ist. Zu Hause belästigen wir ja die Touristen auch nicht mit unseren religiösen Bräuchen!

Warum war ich nur so wütend? Der Bettler hatte mir einen

Schrecken eingejagt, und das mochte ich nun einmal nicht. Aber am liebsten wollte ich jetzt weiter nichts, als den Ausflug genießen, der uns bevorstand, und mich mit den netten Menschen hier im Auto vernünftig unterhalten.

Also nicht gleich aufgeben! Wenn ich jetzt eingeschnappt reagiere, obgleich ich doch überhaupt nicht weiß, was los ist, kann ich den Tag abschreiben. Also mal sehen, ob da noch was zu retten ist.

Um die Stimmung zu lösen, machte ich daher versuchsweise einige Bemerkungen über die Landschaft und das Wetter. Dann fragte ich die beiden jungen Frauen nach ihrer Herkunftsfamilie, der Anzahl ihrer Geschwister und ähnlichen Dingen. Doch während sie mir freundlich antworteten, blieben ihre Blicke scheu, und die Distanz ihres Fleisches, die ich immer noch spürte, blieb trotz der engen körperlichen Berührung erhalten. Na ja, dachte ich, was soll's? Sie werden mich schon nicht in den Bergen aussetzen.

Die Teeplantagen, durch die wir jetzt fuhren, hatten alle Bäume verdrängt. Ihr bezauberndes junges Grün ließ die Hügel erstrahlen. Die morgendliche Ernte der neuen Blättchen war schon erfolgt; auf den Wegen zwischen den Büschen standen nur noch wenige Frauen mit breiten, flachen Körben auf dem Kopf. An der Straße warteten klapprige Kleinlastwagen, um sie aufzunehmen und zur Fabrik zu bringen. Ich fragte nach dem Vorgang der Teeherstellung, aber meine Begleiter wußten nicht viel darüber.

Der Professor war nicht bei der Sache, das merkte ich deutlich. Während er redete, dachte er an etwas ganz anderes. Er wirkte erst zerstreut, dann verwirrt, am Ende verstummte er ganz.

Als ich das Hotel, das unser Ziel war, hoch oben auf dem Berggipfel erblickte, vielleicht zwanzig Minuten entfernt, dachte ich mir: Wenn ich ihn jetzt einfach rundheraus frage, was der *sadhu* gesagt hat, was der Wortlaut des Yantras ist, das er ja so gut zu kennen scheint, dann muß er doch wohl antworten. Auf wen soll ich hier aus lauter falscher Höflichkeit

Rücksicht nehmen? Wenn sie mich dann nicht mehr mögen, wen kümmert's? Was kann ich dafür, wenn mir aus heiterem Himmel so etwas Dummes passiert?

Doch zuvor mußte ich noch etwas anderes erledigen, sozusagen um meine Strategie zu verbessern. Und mit meiner ruhigsten Stimme fragte ich den Professor deshalb erst einmal nach seinem Namen. »Meine Eltern gaben mir den Namen Akasho, was etwa ›Ewiges Wissen‹ bedeutet. Alle meine Freunde nennen mich Akasho, und ich bitte auch Sie, es so zu halten, Mrs. Doris. Wir sind doch jetzt Freunde, nicht wahr?«

Ach so, Freunde sind wir, das ist ja schön, mein Lieber, kommentierte ich stumm und grimmig. Dann benimm dich gefälligst auch als Freund, sonst bist du deine neue Freundin im Handumdrehen wieder los.

»Lieber Akasho«, sagte ich daraufhin, schenkte ihm ein bestrickendes Lächeln und blickte ihm gerade ins Gesicht. »Sie sind doch ein so überaus gebildeter Mann. Deshalb fällt es Ihnen gewiß nicht schwer, mir das Yantra des Asketen genau zu übersetzen und zu erklären. Was ich hören konnte, ohne zu verstehen, schien mir doch von herrlicher Schönheit und rhythmisch-musikalischer Bewegung. Ich bitte Sie herzlich, mir zu helfen, damit ich die Heiligkeit dieser uralten Worte auch meinerseits würdigen kann.«

Nach dieser salbungsvollen Ansprache hielt ich gespannt inne. Der Professor besann sich ein Weilchen, und ich sah, wie Redlichkeit, Eitelkeit und Vorsicht in ihm miteinander kämpften. Was war denn bloß dran an diesem Spruch, daß man damit umgehen mußte wie mit einem rohen Ei?

»Bitte verstehen Sie, meine Liebe, daß man solche heiligen Worte nicht einfach zwischen Tür und Angel oder gar im Auto rezitiert. Es sind magische Gebete. Eine Meditation und eine rituelle Waschung sind das mindeste, was ein Brahmane zur Vorbereitung tun muß, um die Macht dieser altehrwürdigen Sprüche zu würdigen«, entgegnete der Professor mit Bedächtigkeit. »Deshalb müssen Sie Geduld haben, Mrs. Doris!«

Dieser Mann ist mir durchaus gewachsen, dachte ich amüsiert und ein wenig ärgerlich, wollte aber noch nicht aufgeben. Da muß ich wohl noch eins draufsetzen. Mal sehen, ob er tut, was ich will, oder ob er mir wieder ausweicht. »Aber bitte, verehrter Akasho, dafür habe ich ja volles Verständnis«, flötete ich. »Natürlich respektiere ich Ihre wohlüberlegte Entscheidung. Aber gibt es nicht oben auf dem Berg die Gelegenheit für eine Meditation und eine Waschung? Bedenken Sie doch, daß es für mein spirituelles Wachstum von großer Bedeutung sein kann zu erfahren, was mir gesagt wurde. Ich werde Ihnen mein Leben lang dankbar sein, denn ich werde gewiß nie wieder einem Menschen begegnen, der die *Upanishaden* so kennt wie Sie, und Sie wissen doch, es muß einen Sinn haben, daß wir uns begegnet sind! Wie viele Menschen gibt es wohl hier im Umkreis von tausend Kilometern, die Sanskrit verstehen? Das ist doch für mich ein wahres Gottesgeschenk!« Er lachte über dieses Wortspiel mit meinem Namen und entspannte sich etwas.

Grundgütiger Himmel, hoffentlich habe ich jetzt nicht zu dick aufgetragen, sorgte ich mich. Ob er das schluckt, nachdem ich vorher alles Okkulte als Humbug abgetan habe? Das Wort »spirituelles Wachstum« nehme ich doch sonst nie in den Mund. Aber in einer Fremdsprache geht einem so manches über die Lippen, was man sich sonst eifrig hüten würde zu sagen, wie man seit dem *Zauberberg* weiß. Und hier sind wir auch auf einem Zauberberg, ja wahrhaftig, es ist wunderbar hier oben, ganz zauberhaft schön.

Ich warf einen Blick aus dem Fenster. Kühlere, trockenwürzige Luft drang in den Wagen. Das Panorama war überwältigend, und bei jeder Kurve entfaltete sich eine neue wundervolle Kulisse in Schattierungen von Grün, Grau und Blau.

Der Professor schien zu überlegen, doch dann lächelte er mich versöhnlich an. »Ja, wir wollen es versuchen«, meinte er. »Haben Sie denn schon einmal meditiert? Denn Sie müssen dabeisein, wenn ich mich vorbereite.«

»Wir nennen es anders, aber ich denke, ich darf wohl

sagen, daß ich mich als Psychotherapeutin mit mancherlei solcher Techniken befaßt habe«, versuchte ich mich herauszuwinden, und anscheinend konnte ich ihn davon überzeugen, daß ich kein blutiger Laie auf diesem Gebiet war.

Es wird dir schon gelingen, ein bißchen still zu werden, damit du ihn nicht störst, meine Gute. Sei einfach so abwartend ruhig und geduldig, wie du mit deinen Patienten bist, wenn sie eine Weile nichts sagen. Meine Gedanken schweiften zurück in mein Behandlungszimmer, ich saß in meinem Sessel, den Block auf den Knien, vor mir die Couch. Die Stimme des Professors, Akasho sollte ich ihn nennen, unterbrach mich nach einer Weile in meinen Erinnerungen.

»Dort oben«, sagte er zu mir, »ist ein kleiner alter Tempel, ein Heiligtum Shivas, nur eine Höhle. Aber seit uralten Zeiten verehrt man dort einen Stein, der wie ein Elefant aussieht. Wir wollen zusammen dorthin gehen, und die Familie kann ein Weilchen in der Nähe warten.«

Ganz gleich, was du von mir verlangst, Hauptsache, ich bekomme meine Übersetzung, überlegte ich. Und spannend ist es außerdem, dann habe ich später etwas zu erzählen. Ich bin ja nach Indien gekommen, um etwas zu erleben. So blickte ich ihn mit einer Mischung von Begeisterung, Triumph und Ergebenheit an, und wir einigten uns auf das, was er vorgeschlagen hatte.

Das große Hotel auf dem Bergkamm von Ponmudi schien noch aus der Kolonialzeit zu stammen. Wir kamen gegen zehn Uhr am Vormittag an. Der Parkplatz war voll von Autos und Bussen, auf der Terrasse des Lokals wimmelte es von Menschen.

»Wir wollen uns erfrischen gehen, und dann sollen Sie endlich zu Ihrem Kaffee kommen. Die Kinder werden sich über ein Eis freuen, und anschließend gehen wir zum Höhlentempel, einverstanden?« Der Professor wechselte ein paar Worte mit seiner Frau und den Leuten aus dem zweiten Auto. Die vier Kinder tobten laut johlend um uns herum und lachten aus vollem Hals. Shobha lächelte mich wieder strahlend an und erkundigte sich mit einer Vorsicht, als ginge sie zum erstenmal auf Glatteis, nach meinem Befinden: *»How are you? Do you like it here, Madam?«*

Ich lächelte aufmunternd zurück und machte ihr ein Kompliment, wie gut ihre Sprachkenntnisse seien. Ich dachte, je mehr ich sie ermuntere, um so gesprächiger wird sie werden, wie in der Therapie. Man mag schließlich nicht den ganzen Tag stumm nebeneinander sitzen, und ich wußte ja von unserem ersten Gespräch im Hotel, daß ihr Englisch gar nicht so übel war. Ich war mir nicht zu schade für ein bißchen Manipulation. Oder war ihre plötzliche Unbeholfenheit auf das Ereignis auf dem Parkplatz zurückzuführen? Ich konnte mir keinen rechten Reim darauf machen. Auf jeden Fall wollte ich von ihr nicht Madam genannt werden. Deshalb rief ich aus: *»Please, please, do call me Doris!«*

Nachdem ich meinen Kaffee getrunken hatte, machten wir uns auf den Weg zum Felsentempel. »Er ist etwa zwanzig Minuten entfernt von hier«, erklärte mir der Professor. »Ein uraltes Heiligtum. Ich selbst war noch nicht dort, aber mein Schwager hat mir davon erzählt. Er ist zwar Christ, doch kennt er sich in seiner Heimat gut aus.«

Ich stutzte. Moment mal, dann war ja Shobha als seine Schwester auch Christin?

»Akasho, haben Sie als gläubiger Brahmane eine Christin geheiratet?« fragte ich vorsichtig. Er überlegte einen Augenblick. »Nein«, entgegnete er dann, »das verstehen Sie ganz falsch. Hinduismus ist eigentlich eher eine Weltanschauung als eine Religion. Solange es in Indien keine Moslems gab, die die Dinge so ganz anders sehen als wir und sich gegen uns als Ungläubige abgrenzen wollen, waren wir Hindus anderen Religionen gegenüber vollkommen offen und tolerant. Wir wissen ja, daß es nur einen Gott gibt, nur ein Allganzes, ein allumfassendes kosmisches Prinzip – das *brahman*. Deshalb kannten wir zwar immer Kastengrenzen, aber die Heirat zwischen Angehörigen verschiedener religiöser Gruppen und Schattierungen war für uns nie ein Problem. Der Hinduismus ist ja auch sehr vielgestaltig. Denken Sie allein an den Unterschied zwischen den Verehrern von Shiva und Vishnu, den Shaivas und Vashnaivas! Trotzdem ist das Oberfläche, nichts Grundsätzliches.

Ich habe mit einer Frau aus christlichem Hintergrund keine Schwierigkeiten. Shobha hingegen hatte anfangs gewisse Bedenken. Ihre Weltanschauung ist eben anders. Sie wollte nicht in Sünde leben und ungetaufte Kinder haben. Meine Kinder sind tatsächlich nicht getauft, aber selbst wenn sie es wären – als geborene Brahmanen bleiben sie immer auch Hindus. Man darf im übrigen nicht vergessen, daß das altindische Christentum, die Mar-Thoma-Gemeinde, der ihre Familie angehört, von hinduistischen Praktiken dicht durchwoben ist. Sie ist auf den Namen Maria getauft, wurde aber von klein auf Shobha genannt, weil sie so hübsch ist. Diese Christen leben seit zweitausend Jahren unter uns! Und außerdem – auch Shobha glaubt an den einen, den einzigen Gott, genau wie ich, insofern spielt der Unterschied keine große Rolle. Sie gestaltet nur ihre persönliche Andacht ein wenig anders. Wissen Sie, was im *Rigveda* geschrieben steht? Es heißt dort: ›Nur eine Wahrheit gibt es, aber die Weisen der Welt nennen sie bei verschiedenen Namen.‹ Inzwischen ist das alles kein Thema mehr zwischen uns. Schlimmer wäre es doch, wenn einer von uns überhaupt nicht fromm wäre, nicht wahr?«

Es ist seltsam, wie in Indien unentwegt die Sprache auf religiöse Dinge kommt, so als habe man mit allen Gesprächspartnern eine stillschweigende Übereinkunft erzielt, wann immer es sich anbietet, bei diesem einen Thema zu verweilen. Daheim in München interessiert mich das alles nur am Rande. Aber natürlich ergibt sich eine Beschäftigung mit der Glaubenswelt des Gastlandes von selbst, wenn man eine überwältigende Tempelanlage nach der anderen besichtigt. Aus kulturhistorischer Sicht möchte man doch wenigstens ansatzweise verstehen, was all die bildlichen Darstellungen bedeuten. Dazu reicht der Richtig-Reisen-Kunstführer nicht aus. Ich war froh, endlich einmal einen Gesprächspartner zu haben, der mir einiges von dem erklären konnte, was ich mich bereits seit Jahren fragte. Zum Beispiel, warum es im Hinduismus so unendlich viele, mit deutlich unterscheidbaren Attributen versehene Götter gibt und dann wieder doch angeblich nur den Einen. Aber wir waren schon fast bei der Höhle ange- kommen, und so sparte ich mir die Frage für einen späteren Zeitpunkt auf.

Lavendelduft

Ich muß, versunken in diese Erinnerung, im Morgengrauen wieder eingeschlafen sein. Mit einem Gefühl der Schwerelosigkeit erwache ich und sehe das Tageslicht durch die Ritzen des Fensterladens. Meine Vorsichtsmaßnahmen behalte ich bei. Niemand soll vermuten, daß das Haus bewohnt ist. Oh, wie ich die gleißende Sonne vermisse, die mich Tag für Tag über den Palmen begrüßte! Und den grünen Himmel am frühen Abend ...

Der alte Wecker tickt nicht, wahrscheinlich wurde er seit Mutters Tod nicht mehr aufgezogen. Jedenfalls erinnere ich mich nicht daran, es vor dem Einschlafen getan zu haben. Meine Armbanduhr habe ich irgendwo hingelegt. Eigentlich ist es mir gleichgültig, wie spät es ist. Ich verharre noch ein paar Minuten in der schützenden Wärme des großen Bettes, mag mich von meinem Traumparadies und Akasho nicht trennen. Dann stehe ich auf. Mutters Morgenmantel hängt an einem Haken hinter der Tür. Dieser Geruch! Das alles kann ein Mensch hinterlassen, letzte Spuren seiner verblassenden Wirklichkeit. Schon wieder kommen mir die Tränen der Sehnsucht und Dankbarkeit. Warum auch nicht? Sie hat mich geliebt! Gerade, weil es vorbei ist, weil ich es damals weniger spürte als heute, rührt es mich so. Ich schließe die Augen und lehne mich rückwärts an die harte Glaskante ihres Frisiertischs. Ganz gleich, was mit mir, meinem Geist, meiner Seele, meinem Bewußtsein geschehen sein mag, ich bin doch auch zugleich und unzweifelhaft dies hier: Fleisch von deinem Fleische, immerdar, hervorgegangen aus dir in der unendlichen Abfolge von Generationen, durch die Eltern und Voreltern unwiderruflich geformt. Meine indischen Abenteuer sind mir als dem Menschen, der bis dahin so geworden und gewachsen war, passiert. So wie ich heute hier stehe, bin ich eine Synthese aus allem, was sie mir mitgegeben haben, und der bittersüßen Würze, die meine eigene Lebensgeschichte hinzugefügt hat. Und der Gnade.

Am liebsten würde ich ja Vaters Anteil an mir, in mir verleugnen. Aber nachdem ich mich oft und lange, voll Haß und Groll, Angst und Enttäuschung, damit auseinandergesetzt hatte, daß ich die Tochter eines Kinderschänders bin, wurde mir klar: Genauso ist eben mein Leben, das trage ich in mir, ja, diese Anlagen auch. Er hat seinen Schatten ausagiert, ich ver- meide es. Und er war nicht nur böse. Er war mein Vater.

Mein Leben war unter anderem ein verzweifelter Versuch, dem, was mein Erzeuger getan hatte, eine massive Wand von Wohlanständigkeit entgegenzusetzen. Ich kann nichts dafür, es war sein Leben. Trotzdem hat mich sein Vergehen tief geprägt. Männer machen mir angst. Darum habe ich fast wie eine Klosterschwester gelebt. Nicht wirklich aus freien Stükken, versteht sich. Was geschieht schon aus Freiheit? Wenn es sich ergeben hätte, wäre auch ich gern verheiratet gewesen, im Kreise meiner Lieben alt geworden.

Die ganze Geschichte mit Vater kam erst heraus, als er sich schon auf seine Pension als Volksschullehrer freute. Man kann sich heutzutage gar nicht mehr das ungläubige Entsetzen vorstellen, auf das Anklage und Prozeß in der Öffentlichkeit stießen, Anfang der sechziger Jahre. Inzwischen hört man fast täglich von solchen Fällen. Aber damals! Ein Lehrer, der sich an kleinen Buben vergeht, ein respektabler bayerischer Bürger und Familienvater, ein Studierter, dem man nichts Böses zutraut, und dann die Wirklichkeit – was für ein elender Wüstling!

Als junges Mädchen war ich der Empörung meiner Mitmenschen vollkommen ausgeliefert gewesen. Gut, daß ich das Abitur gerade bestanden hatte, als die erste Anzeige kam. Weitere folgten, nachdem die Bombe hochgegangen war. Wer weiß, ob sie alle gerechtfertigt waren? Unerträglich war jedenfalls, wie die Leute uns, Frau und Tochter des Unholds, voller Abscheu oder – seltener – mit Mitleid von der Seite betrachteten. Stellt euch vor, mit dem Kerl haben die zusammengelebt! Das müssen die doch gewußt haben. Und der Apfel fällt nicht weit vom Stamm, das weiß man ja. Was sich wohl hinter der adretten Schürze der Frau Guthknecht und den ordentlichen Zöpfen des jungen Fräuleins für Abgründe auftun?

Ich zog an die Marburger Uni, um dem Schrecken zu entfliehen. Und Vater erhängte sich in der Zelle des Untersuchungsgefängnisses. Damals war ich froh darüber. Mutter auch. Obgleich wir darüber nie sprachen, wußten wir das beide.

In meinen indischen Monaten ist mir etwas Wesentliches deutlich geworden: Nicht nur die Gegenwart, sondern auch die Vergangenheit ist Wirklichkeit, lebendige Wirklichkeit. Sie wirkt in jedem von uns als unlöschbares Zeichen. Sie ist nicht nur ein altes Gemäuer mit der Last von vielen Hypotheken, sondern enthält auch eine Schatzkammer, aus der das Jetzt mit glänzenden Juwelen geschmückt werden kann. In Liebe erkennen zu können, wie lieblos wir damals mit Vater und mit uns selbst waren, ist eines davon.

Ich reibe mir die Augen. Komm zurück mit deinen Gedanken, Doris. All das ist lange her. Aber jetzt bin ich hier, und zwar richtig lebendig.

»Ich bin jetzt hier!« Diese Worte spreche ich mit fester, lauter Stimme und wundere mich über meinen eigenen Ton. Die Worte allein klingen albern, esoterisch-pompös. Heute aber kann ich ihre Bedeutung in jeder Zelle spüren. Das ist er wieder, der Unterschied, das Neue. Früher hat mir das lediglich mental eingeleuchtet, physikalisch sozusagen. Ich fand es auch ein bißchen lächerlich. Na klar, hatte ich gemeint, wo soll ich denn sonst sein?

Was ist jetzt wichtig, was ist heute notwendig, was muß ich tun? Was braucht der Mensch?

Kleidung, Nahrung, Schutz. Wenn ich mich hier noch ein paar Tage einspinnen will, muß ich mit dem Nötigsten versorgt sein. In diesem Land gibt es Ladenschlußzeiten, in unserer Gegend machen am Samstag die Geschäfte schon um zwölf Uhr zu. Welcher Tag ist heute?

Keine freundliche Nachbarin wird in der Tür stehen mit Blechschälchen voll duftendem, scharfem Curry, Früchten und klebrigem Reis. Die Erinnerung an rote Linsen und Okra in Kokosraspelsauce läßt meinen Speichel fließen. So einfach und so köstlich. Eine goldgelbe, fleischige Mangofrucht, gesprenkelt, geschwungen und geformt wie der indische Subkontinent, Symbol der großen Nation. Saftige rot-gelbe Papayawürfel. Sicher gibt es hier Geschäfte mit exotischen Gewürzen, Früchten und Gemüsen, am Viktualienmarkt findet man doch alle möglichen Genüsse.

In Mutters Schrank entdecke ich zwischen der Wäsche ein großes, in feines Papier verpacktes Stück Lavendelseife. Sie soll mir den rissigen, staubtrockenen Seifenrest ersetzen, der auf dem Badewannenrand liegt. Ach, wie ich mich auf das Bad freue! Und Schluß mit der kleinlichen Sparsamkeit. In In- dien werden die Heiligtümer täglich mit Milch und flüssiger Butter, mit duftenden Blüten und Spezereien überschüttet. Und ich soll ausgerechnet an mir knausern? Bin ich etwa keine Göttin?

Der Vorratsschrank der kleinen Speisekammer birgt gutverschlossene Behälter mit Haferflocken, Grieß und Hirse sowie eine Dose Kichererbsen, die ich vor Jahren für ein Couscous gekauft hatte, zwei Dosen Thunfisch in Öl und Makrelenfilets in Meerrettichsauce, Apfelessig, Rosinen aus Kalifornien, Büchsenmilch, eine Packung mit getrockneten Shitakepilzen, Knäckebrot, Tomatenmark, Mondamin, Zukker, Salz und Öl. Ja, auch Linsen sind da und Nudeln, Mehl und Reis, drei Gläser mit Kirschen und Pflaumen, vier Jahre alt, aber Eingemachtes hält sich. Die Gewürze in dem Ständer waren schon bei meiner Abreise nicht mehr frisch. Das stört mich heute nicht. Vielmehr freut mich die Vorstellung von Ingwerpulver und Kurkuma, Kardamom, Nelken, Sternanis und Zimt, Rosenwasser und Kreuzkümmel. Das alles hatte ich während einer früheren Reise auf dem Markt in Bombay gekauft und selten genug benutzt.

Im Kühlschrank steht ein Glas saure Gurken, angebrochene Marmelade, es gibt eine Dose mit Kondensmilch und zwei Flaschen Cola, im Türfach liegen Tuben mit Mayonnaise und Senf. Angesichts dieser Fülle von Möglichkeiten fällt die Spannung von mir ab, die entstand, als ich meinte, ich müßte noch Einkaufen gehen. Mir kann gar nichts passieren, das reicht mindestens für eine Woche. Über der Spüle finde ich eine Porzellandose mit wohlriechendem Tee. Was kann mir nun noch fehlen? Zufrieden und beruhigt lasse ich das Wasser laufen, bis es frisch aus der Leitung quillt, spüle den Kessel zweimal durch und schalte die Herdplatte an. Auf einem Tablett mache ich meine Lieblingstasse zurecht, russisches Porzellan in Blau und Gold mit einem Tassendeckel zum Warmhalten. Sie gefällt mir immer noch, diese behäbige Tasse. Gleich werde ich mir in aller Ruhe einen würzigen *chai* zubereiten.

Der Tee wärmt mich und wandelt meine Schläfrigkeit in wohliges Erwachtsein. Es ist noch nicht Mittag, vielleicht sollte ich später wieder schlafengehen, obwohl der hellichte Tag durch die Scheiben scheint? Natürlich könnte ich auch Staub wischen oder meine wenigen Sachen auspacken. Schon wieder fühle ich mich im Zwiespalt der Bedürfnisse und vermeintlichen Pflichten. Tagsüber im Bett oder auf dem Sofa zu liegen bedeutete in meinem früheren Wertesystem, entweder ein drohnenhaftes Lotterleben zu führen oder sterbenskrank zu sein. Immer tätig, immer rührig, und nie mit leeren Händen von einem Zimmer ins andere gehen! Es gibt doch immer etwas aufzuräumen oder zu erledigen. So wurde ich erzogen.

Nein, Doris, jetzt wende mal an, was du in Indien gelernt hast: essen, wenn man Hunger hat, schlafen, wenn man müde ist, arbeiten, wenn man sich aktiv fühlt. Das hat sich doch bewährt und ein Lebensgefühl hervorgebracht, das dir in dieser Köstlichkeit zuvor ganz unbekannt war, nicht wahr? Bloß nicht wieder in die alten Gewohnheiten zurückfallen. Moment mal, könntest du das überhaupt?

Du brauchst dich vor niemandem zu rechtfertigen, weil einfach niemand da ist. Das ist prima. Und deinem Über-Ich kannst du eine lange Nase machen oder ihm die Zunge rausstrecken. Interessant, wie ich plötzlich meine Prägung nicht mehr so normal und selbstverständlich finde wie noch vor einem Jahr. Ich sehe alle meine Gedanken, Gefühle und Reaktionen wie unter einem Vergrößerungsglas, wie Bakterien, die unter dem Mikroskop ihr überraschendes, unheimliches, wimmelndes Dasein enthüllen, und ich begreife, daß ich ihnen keineswegs so ausgeliefert bin, wie ich immer dachte. Ich kann ihnen gehorchen oder mich auch gegen sie oder ganz anders entscheiden.

Also jetzt baden und dann wieder ins Bett. Wozu soll ich mich anziehen? Vorher noch die Heizung höherstellen.

Das heiße Wasser rauscht mit üppigem Strahl in die Wanne und füllt den Raum mit Dampf. Er setzt sich an den kleinen Fenstern nieder und beschlägt alle Spiegel. Ich habe gestern ohnehin genug gesehen. Noch bevor das Bad voll ist, lasse ich den Morgenmantel fallen und gleite in die wohltuende Wärme. Wie eine Pilgerin, die sich nach mühseliger, bußfertiger Wanderung den von Karma und Lebenslasten reinigenden Wassern des Ganges hingibt, spüre ich die beseligend heiße Flut über meinem eintauchenden Kopf zusammenschlagen, spüre ihre Heiligkeit, empfinde wieder meine Dankbarkeit, die sich auf nichts und niemanden im besonderen richtet. Heiß, naß, sauber, erfrischend, entspannend. Eine rituelle Waschung mit einer körperlichen Reinigung zu verbinden ist beglückend. Auftauchend ergreife ich mit einer Hand die große Seifenschale und beginne, mir Wasser über den

Kopf zu schöpfen, wie ich es bei den Menschen im Dorf gelernt habe.

Oje, oje, wie habe ich mich verändert, daß ich das tun kann! Nur weil ich mit Sicherheit weiß, daß mich niemand hören kann, gestatte ich mir, laut zu singen, wie noch vor Wochen in Narvan, wenn ich im Kanal badete. Om Namah Shivaya... Ich liege da prustend im warmen Wasser und preise den allmächtigen Schöpfergott, na so was! Aus voller Brust gesungen habe ich in diesem Badezimmer noch nie.

Wieder und wieder tauche ich unter, dann bleibe ich eine Weile still liegen. Nur die Nase ragt aus dem Wasser, wie biegsames Glas liegt die wärmende Flüssigkeit über meinen geschlossenen Lidern. Ich atme ruhig und fühle mich eingehüllt wie von Fruchtwasser. Mein langes Haar umspielt meine Arme und Schultern, bedeckt die Brust. Es schwebt im Wasser, wie bei der ertrunkenen Ophelia. Aber tot bin ich nicht, ich lebe!

Alle Glieder entspannen sich, Muskeln, Haut und Gefühle werden weich. Mein Hirn schweigt, ich muß nichts mehr denken und wollen und müssen und planen. So ruhte ich noch vor Wochen in der Hitze des Mittags auf dem seilbespannten Bett in meiner Hütte, schlief nicht, träumte nicht, wachte nicht, ließ nur die unzusammenhängenden Gedankenfetzen wie formlose Wölkchen an mir vorüberziehen. Nichts war wichtig, nichts war dringend, ich war einfach da, so wie jetzt. Erst als das Wasser kühler wird als mein Körper, nehme ich mich wieder wahr, beginne zu überlegen, ob ich mich rühren soll. Aber schon fangen die Arme von selbst an, sich zu regen, die Hände streichen wie fremd über mein Gesicht, das bin ja ich, ich bin ich, weiß, daß ich bin. Zwei Augen, eine Nase, ein Mund. Welch unendliche Vielfalt hat die Natur aus diesen simplen Zutaten hervorgebracht! Kein Antlitz gleicht dem anderen. Später werde ich mich noch einmal betrachten. Und weiter suchen die Hände nach den Konturen meiner Gestalt, die Linie des Halses, die Schultern und Brüste, die Taille und die Hüften, weichgekräuselte Haare auf dem Hügel zwischen meinen Schenkeln. Wieviel ich wohl abgenommen habe? Sachte fahren die Hände hinauf bis zu meinem Gesicht. Bin ich jung, bin ich alt, noch alt, schon jung, ein Geschöpf der Urzeit, ein Wesen der Zukunft, Tier, Marsmensch, Göttin – oder nichts von alledem? Der Körper, den ich tastend erkunde, ist wie der einer Dreißigjährigen. Kein Kind wurde hier empfangen und gestillt. Manchmal haben alte Nonnen so marmorgleiche, unberührte Leiber. Auch ich habe manches Jahr in ungewollter Keuschheit hinter mich gebracht, mein Übergewicht war Reaktion und Vorwand zugleich gewesen. Wer sich selbst nicht recht mag, gefällt eben auch keinem anderen, und für allzu flüchtige Begegnungen war ich mir meistens zu gut. Zu verletzlich. Heute fühle ich mich begehrenswert und kann mir vorstellen, begehrt zu werden. Wie wunderbar ist es, Frau zu sein! Zugleich ist es nicht mehr wichtig. Vielleicht gehört beides zu dem Neuen und sprengt meine bisherige Definition von mir selbst.

Mit der duftenden Lavendelseife reibe ich mich von Kopf bis Fuß ein. Bevor ich wieder schlafengehe, wird auch der leichte Film von Kokosöl, der letzte Geruch des brackigen, lebendigen Kanalwassers von mir weichen. Schultern und Bauch sind weiß, dort wo die Saribluse meine Haut bedeckt hielt, doch um die Taille sehe ich einen gebräunten Streifen, und auch die Arme zeigen sich in zwei Farben. Man sieht, daß ich keinen Strandurlaub hinter mir habe. Das üppig schäumende westliche Shampoo entfernt allen Staub aus meinen Haaren. Noch ein paarmal tauche ich in meinen nun schon trüb gewordenen Haustümpel, dann ist von meiner Reise nichts mehr übrig als eine in die Seele eingeprägte Erinnerung, und die ist an mir wie ein Brandmal.

Beim Abtrocknen bleibt mein Blick auf der unregelmäßigen Narbe am rechten Schienbein hängen, die durch den austretenden Knochen verursacht worden war. Diese Fraktur hat viel mehr gebrochen als nur mein Bein. So hat alles angefangen. In dem Augenblick, als ich stürzte und fiel und schrie, wurde mir der Boden meiner Überzeugungen und Sicherheiten unter den Füßen weggerissen. Anfangs verlor ich mich im Abgrund des Entsetzens. Doch am Ende tauchte ich auf in einem Meer von Seligkeit.

Die äußeren Umstände meiner Reise waren zwar abenteuerlich genug, doch die inneren Folgen sind es noch mehr. Sie gleichen einem Erdbeben, das ganze Landstriche ummodelt. Trotzdem fing es schon bald nach meiner Rückkehr in die Zivilisation von Bangalore an, daß ich an dem zu zweifeln begann, was doch so unabweisbar wirklich war und immer noch ist. Ich besitze weder Fotos noch sonst einen Beweis, mit dem ich mir selbst glaubhaft machen könnte, was ich gesehen und empfunden hatte. Nur die kleine blaue Mondsichel, die man mir an der Innenseite des linken Handgelenks eintätowiert hat, die bleibt.

Noch ist alles wie ein Traum, den es zu deuten gilt. Vielleicht ist es besser, wenn ich mir etwas aufzeichne. Ich könnte auch auf Band sprechen. Irgendein Dokument brauche ich wahrscheinlich für die Zukunft, damit ich mich darauf beziehen kann. Ich weiß nur zu genau, wie lückenhaft und unzuverlässig das menschliche Erinnerungsvermögen schon nach kurzer Zeit wird, gerade wenn die Eindrücke das System überwältigen. Ja, und dann ist da diese Tendenz zum Lügen und Flunkern, die ich von mir kenne. Aber vielleicht war es die alte Doris, die die mannigfaltigen Lebenslegenden erfinden mußte, um vor sich selbst und der Welt bestehen zu können. Möglicherweise hat Dorothea, Theodora, hat Devi-Ben das nicht mehr nötig. Nun, wir werden sehen.

Jedenfalls ging mir während der letzten Tage in Indien und dann auf dem Rückflug immer wieder durch den Kopf, daß das meiste, was mir zugestoßen ist, völlig unwahrscheinlich erscheint. Es besitzt vielleicht auch, bei Licht besehen, mehr innere Realität als äußere Wirklichkeit. Vieles könnte man so interpretieren oder anders, je nach der Perspektive, die man einnehmen will. Niemand weiß das besser als ich. Ich neigte schon als Kind dazu, Dinge, die ich doch unbestreitbar erlebt und wahrgenommen habe, umzudeuten oder mir gar wieder auszureden, bis sie alle Konturen verloren hatten und im unbegrenzten Speicher meines Unbewußten ein peinliches Schattenleben führten. Und außerdem bin ich ein schweigsamer Mensch. Ich höre lieber zu, als daß ich rede. Deshalb werde ich alles für mich behalten und hier in München nur die äußerste Hülle meiner Erlebnisse preisgeben. Und auch das nur, weil ich einen inneren Auftrag fühle, es zu tun.

Von mir selbst trage ich nicht so leicht etwas in die Welt hinaus, hatte übrigens auch nie den Eindruck, daß sich irgendwer besonders dafür interessiert hätte, was in meiner Seele vorgeht – es sei denn, die Professionellen, meine Lehranalytiker. Und auch die erforschten mehr die kranke Psyche und den *mind*, die Windungen des kritischen Verstandes. Wenn ich rigoros ehrlich bin, muß ich mir allerdings eingestehen, daß ich sogar damals, als ich die Gelegenheit hatte, einmal wirklich von mir zu berichten, zu erzählen, zu beichten, das ganze Verfahren lästig fand. Denn Wesentliches habe ich niemals angemessen auszudrücken vermocht. Es reduzierte sich auf Worte, manchmal nur auf einzelne Wörter, die in mir und im Zuhörer kaum Widerhall fanden. Nicht selten klang gerade das Intimste und Heiligste sogar für mich, die ich mir beim Sprechen zuhörte, unglaubwürdig. Kaum war es gesagt, erschien es mir verlogen, gestelzt und armselig. Die authentisch gefühlte subjektive Wahrheit ist oft, objektiv betrachtet, eine Täuschung, und Fakten werden zu Lügen, die dir keiner abnimmt.

Wenn ich nun trotz allem erneut versuche, meine Empfindungen ernst zu nehmen, die Subjektivität meiner inneren Wahrheit zu respektieren, dann nur unter der Bedingung, daß ich mir keine Illusionen über die Mitteilbarkeit des Erlebten mache.

Als wir auf dem Anflug nach München waren und es nach unten ging, auf den deutschen Boden zu, waren mir Verse des Indienfahrers Hermann Hesse eingefallen, die den Kern meiner Ängste und Überlegungen trafen:

Wer weit gereist, wird oftmals Dinge schauen,
Sehr fern von dem, was er für Wahrheit hielt.
Erzählt er's dann in seiner Heimat Auen,
So wird ihm oft als Lügner mitgespielt.

Sei's drum. Es ist nicht wichtig. Erst einmal richtig ankommen, der Seele Zeit schenken, dem Körper nachzureisen. Wenn ich nur eines gelernt haben sollte, während ich fort war, dann dieses: Es ist gut, die Dinge, die geschehen wollen, geschehen zu lassen, ohne einzugreifen. Es ist gut, sich nicht einmal einzubilden, daß man in Wesentliches eingreifen könnte. Ich esse ein wenig süßen Grießbrei, trinke Milch mit Wasser vermischt. Ich spüre, wie meine neue Haut sich zu bilden beginnt, doch die säuglinghafte Schutzlosigkeit prägt noch mein Empfinden. Nur das Elementare, alles andere kann warten.

Dann wandere ich in meinem Haus herum. Ich schaue die Gegenstände an wie eine Archäologin, die ratlos ihre Scherben betrachtet, Bruchstücke der Vergangenheit. Das Telefon kann nicht klingeln, da es abgestellt wurde. Die Stille ist überwältigend. Ich überlege, ob ich Musik hören soll. Hilft mir das, oder lenkt es mich ab von dem, was ich brauche, was ich vorhabe? Ich muß noch so viel nacherleben! Ein Neugeborenes braucht Ruhe, um die Ereignisse des vergangenen Lebens zu Ende zu träumen.

Jetzt bin ich wieder müde. Und als ich genug geschlafen habe, ist alles wieder dunkel und weich, ich sehe meine Hand vor Augen nicht, aber meine inneren Bilder werden vor diesem schwarzen Hintergrund von einer lebendigen Kraft erfüllt.

Jenseits der Räume

Ich fühlte mich etwas erregt angesichts der Zeremonie, die Akasho mir in Aussicht gestellt hatte. Deshalb schwieg ich, während der Professor nach seiner Familie Ausschau hielt und ihr durch Zeichen zu verstehen gab, sie solle sich vor dem Eingang ins Gras setzen und auf uns warten.

Ich schaute mich um und sah, daß wir auf einer Kuppe angelangt waren, von der aus man einen wunderbaren Blick über die sanfte Hügellandschaft bis hin zum Meer hatte. Wir waren in einer Höhe von etwa tausend Metern, eine gewaltige Steigung angesichts der Tatsache, daß wir vom Strand aufgebrochen waren. Ich fühlte mich leicht berauscht, wie hoch in den Alpen, doch war um mich herum alles grün und saftig, nur wenig Gestein war zu erkennen. Die Erde zwischen den Grasnarben leuchtete rötlich. Die Luft war warm, jetzt um die Mittagszeit, aber nicht so feucht und schwer wie an der Küste, sondern würzig und erfrischend leicht. Und dann erblickte ich den Eingang der Höhle. Ich hatte etwas Naturbelassenes erwartet, eine Art heidnisches Heiligtum. Aber hier standen wir vor einem Kunstwerk.

In einem Rasenhügel öffnete sich ein kleiner quadratischer Eingang mit zwei schmalen Säulchen, durch deren Mitte der Besucher, leicht gebückt, eintreten konnte. Rechts und links standen zwei mit figürlichem Schmuck versehene Reliefpilaster, auf denen ich Ganesha, den beliebten fettleibigen Elefantengott, und den tanzenden Shiva Nataraj erkennen konnte. Auch die drei aus dem Fels herausgeschlagenen Stufen, die zum Eingang führten, waren mit Skulpturen und Pflanzenornamenten verziert. Überall gab es Lotosranken und schöne Blüten in Stein, Schnörkelwellen, die wohl das Luftmeer darstellen sollten, in dem die Götter wohnen. Zwei sich wild gebärdende Ungetüme von Türwächtern mit gefletschten Reißzähnen achteten seit Jahrhunderten darauf, daß sich hier nichts Ungebührliches vollzog und die bösen Geister fernblieben.

Vor Überraschung und Entzücken blieb ich wie angewurzelt stehen und stieß einen kleinen freudigen Schrei aus. Doch gerade, als ich mich zu ihm umdrehte und etwas fragen wollte, legte der Professor den Finger auf seine Lippen und bedeutete mir zu schweigen. Auch er war vor dem Tempel stehengeblieben. Dann begann er mit kräftiger, melancholischer Stimme zu singen.

Er winkte mir mit beiden Händen einladend zu und bedeutete mir, ihm in das Innere zu folgen. Um mich herum war es nach der gleißenden Helligkeit stockfinster. Es roch nach Alter, Kälte und *ghee*, dem indischen Butterfett. Kaum hatte ich die Schwelle überschritten, blieb ich verwirrt stehen. Ich konnte nichts erkennen. Mein Professor war verschwunden, jedenfalls sah ich ihn nicht mehr, und er hatte aufgehört zu singen. Eine Weile herrschte absolute Stille. Mein Herz klopfte.

Da zuckte ich zusammen. Neben meinem Kopf wurde eine kleine Glocke geläutet, mit hellen, fast schrillen Bronzetönen. Wieder entfuhr mir ein kleiner Schrei. Am liebsten wäre ich wieder hinaus ins Sonnenlicht gesprungen. Ich kam erst richtig zu mir, als sich meine Augen langsam an die Dunkelheit gewöhnten. In den Wänden gab es Nischen und Vorsprünge, die mir wie steinerne Ruhebänke vorkamen. Ich sah meinen Führer im Halbdunkel ruhig auf mich warten. Er hatte sein Hemd ausgezogen, die dünne Brahmanenschnur, die sich quer über seinen dunklen Oberkörper zog, leuchtete, als sei sie in Neonfarbe getaucht worden. Ich wollte nichts reden, bis er mich ansprach, doch er schwieg weiterhin. Ich bewegte mich nicht. Wie ich ihn jetzt betrachtete, kam er mir ganz anders vor als der ferienfrohe Familienvater, der ältlich-betuliche Professor, als den ich ihn bislang kennengelernt hatte. Mit einer feierlichen Gebärde seines Arms forderte er mich auf, ihm tiefer in die Höhle zu folgen. Ich machte zögernd ein paar Schritte vorwärts. Jetzt erst nahm ich wahr, daß der Tempel aus verschiedenen schwarzen Kammern bestand, die alle nacheinander aus dem lebendigen Basalt geschlagen worden waren wie die Gräber der Pharaonen.

Wir erreichen bald den Hauptraum, eine quadratische Cella tief innen im Berg. Hier brannte ein kleines Feuer in einer Schale von Fett. Wer weiß, wer es angezündet hatte? Wir hatten keinen fremden Menschen auf dem Weg zum Tempel getroffen. Im flackernden Licht sah ich, daß die Höhle auch hier innen mit Skulpturen reich geschmückt war. In der Mitte der Kultkammer lag ein Stein, der tatsächlich wie ein junger liegender Elefant gestaltet war, oder jedenfalls konnte es einem bei dieser Beleuchtung so vorkommen. Er war rot und fettig von flüssiger Butter und Kokosnußöl. Auf dem Boden lagen verwelkte Tagetesblüten, auch einige Girlanden konnte ich erkennen. Links daneben erhob sich eine Shivafigur, aus deren Haupt drei Frauenköpfe entsprangen, und rechts von dem urtümlichen Stein stand die Statue einer vollbusigen Göttin mit schreckenerregender Fratze. Sie saß auf einem löwenmähnigen Reittier, ihre Haare waren wild zerzaust, die Augen quollen ihr aus dem Kopf, und um ihren Hals wanden sich eine Schlange und eine Kette aus Totenschädeln. Das mußte Durga sein, Shivas Gemahlin, die zugleich auch er selbst war.

Während ich noch diese uralten Kunstwerke betrachtete, fiel mir ein Satz ein, der mich bei meiner letzten Reise beeindruckt hatte wie ein unlösbares Rätsel. Er lautete: »Shiva sagt: Ich bin allgegenwärtig, doch besonders in zwölf Formen und an zwölf Orten.« Bisweilen hatte ich diesen Spruch vor mich hin gemurmelt, um hinter sein Geheimnis zu kommen. Ich hatte zumindest so viel verstanden, daß diese Gottheit sowohl männlich als auch weiblich und sogar doppelgeschlechtlich dargestellt werden kann, daß sie Tiergestalt und auch amorphe Formen wie Wolken oder Wellen annimmt. Das ist für unsereins wirklich nicht leicht zu begreifen. Dabei ist Shiva noch nicht einmal der oberste Gottvater wie Zeus für die Griechen, sondern nur eine von drei Manifestationen des Allganzen. Auch bedient er sich dieser vielen Gestalten nicht etwa, um sich Göttinnen oder Menschentöchter zum Zweck der Paarung zu nähern, sondern aus anderen Gründen, die ich bis heute nicht nachvollziehen kann. In dieser Höhle nun wurde mir unerwartet klar, daß Shiva hier omnipräsent war, daß jede einzelne Gestalt, auf die mein Auge fiel, ihn in einem seiner Aspekte repräsentierte – er war der Elefant, die bestürzende männliche und die grausige weibliche Figur. Er war in allem und überall, und ich spürte, wie der Allgegenwärtige auch in mich hineinfloß, je länger ich mich in diesem Heiligtum aufhielt.

Hier hinten war es kühl und dennoch stickig. Geruch von Räucherwerk und den Zeremonien von dreitausend Jahren schwängerte die Luft. Der Ausgang schien weit fort, doch als ich mich umwandte, konnte ich ihn in einer Entfernung von etwa zwölf Metern deutlich erkennen. Das versprach mir Sicherheit. Ich dachte plötzlich amüsiert, daß ich mich jetzt in einer ganz ähnlichen Situation befand wie eine der englischen Heldinnen von E. M. Forster. In seinem Roman *Reise nach Indien* beschreibt Forster, wie die Verlobte eines Kolonialbeamten bei einem Ausflug den Verstand verliert. Sie gerät in eine erschreckende Grenzsituation, als sie sich beim Besichtigen von Höhlenklöstern aus dem schützenden Rahmen ihrer Kolonialkultur herausbegibt, um sich der Führung eines freundlichen Einheimischen anzuvertrauen. So etwas tat man eben damals nicht, wenn man eine Dame war! Meistens endeten solche Eskapaden mit Tragödien, Blut und Tränen. Aber diese armen Mädchen waren natürlich auch viel jünger als ich, unerfahren, hysterisch und überspannt. Ich hingegen war nun schon seit langem gewohnt, mich ohne Anstandsdame frei durch die Welt zu bewegen. Ich konnte für mich selbst sorgen, und der Professor war gewiß kein indischer Don Giovanni. Außerdem wartete Akashos Familie nur wenige Meter entfernt auf uns. Ich brauchte mir wirklich keine Sorgen zu machen. Nur der Gedanke an Schlangen beunruhigte mich. Schlangen flüchten sich gern in dunkle Ecken. Ich hätte wohl besser feste Schuhe anziehen sollen. Aber ich war barfuß, wie es sich schickte; meine Sandalen standen vor dem Eingang.

Akasho hatte sich auf einer geflochtenen Matte niedergelassen. Die Beine unter sich geschlagen, saß er im halben Lotos mit geradem Rücken, das Gesicht vom Feuerschein abgewandt. Ich meinte zu erkennen, daß seine Augen geschlossen waren. Mir fiel nichts Besseres ein, als mich ihm gegenüberzusetzen, natürlich in gebührendem Abstand. Er hatte ja von einer Meditation gesprochen. Also wollte ich mich, so gut es eben ging, in eine meditative Haltung begeben. Ich versuchte den Schneidersitz, doch schon nach zwei Minuten taten mir die Schenkel und Knie weh, und ich bewegte mich. Noch nie habe ich gern auf dem Boden gesessen. Als es mir nach kurzer Zeit vollends unerträglich wurde, rutschte ich ein wenig zurück, bis es mir gelang, mich an die kühle Steinwand anzulehnen und wenigstens ein Bein auszustrecken. Sofort konnte ich mich angenehm entspannen. Es war so still hier, so abgeschirmt von allen Geräuschen der Welt, daß ich bald wie von selbst die Augen schloß und in einen inneren Raum eintauchte, der weder Formen noch Ereignisse aufwies. Mir war ganz zeitlos zumute, als schliefe ich einen tiefen, traumlosen Schlaf bei vollem Bewußtsein. Immer wieder einmal kam ich aus diesem süßen Torpor hoch, schaute mich mit nur halbgeöffneten Lidern träge um. Ich kam mir dann vor wie eine steinzeitliche Alte, die das Feuer hütet. Und in mir entstanden Bilder von Priestern und Blutopfern, ich meinte Schreie und Gesänge zu hören, sah ein Gedränge von Menschen. Aber um mich herum war es so still, so still wie noch nie in meinem Leben.

Bis heute weiß ich nicht, wieviel Zeit verging, wie lange wir dort saßen, doch es kam mir vor wie Stunden, bis ich ein leises, dann langsam rhythmisch anschwellendes Brummen oder Summen vernahm. Überrascht öffnete ich wieder die Augen und stellte fest, daß es Akasho war, der dieses Geräusch von sich gab. Es schien unmöglich, und doch vertiefte sich die grenzenlose Stille noch ins Unendliche durch diese Laute, die nicht aus seiner Kehle, sondern tief aus seiner Brust kamen, wie ein weit entferntes Donnergrollen. Ich saß ihm gegenüber, konnte aber sein Gesicht nicht erkennen. Obgleich es im Schatten war, fühlte ich, wie er mich ernsthaft und lange betrachtete.

Ich ahnte mehr, als daß ich sah, wie er mit den Händen und Fingern bestimmte Gesten machte, mysteriöse Mudras. Und dann begann er zu sprechen. Seine Stimme war nah und fern zugleich, laut und leise, hell und dunkel, männlich und weiblich. Laute hörte ich, die ich nicht verstand, rollende, gedehnte, und auch sie vertieften noch das Schweigen. Ich hörte, ohne zu begreifen, doch ich war angerührt. So wie das Summen mich zuvor von Kopf bis Fuß in ein Beben versetzt hatte, so empfing ich jetzt in meinem ganzen Wesen die fremden Worte. Wie eine Nadel in eine Schellackplatte bedeutungsvolle Rillen einritzt, wurde in mich eine einzigartige Musik, ein mystischer Sprechgesang eingraviert, den ich mein ganzes Leben lang nicht vergessen werde. In unregelmäßigen Abständen entschlüsselte ich nur ein einziges Wort: *Sssiiiva… Sssiiivaaa, Om Namah Ssssivaya…*, und da wußte ich, daß der Professor die Gottheit anrief und ihren Namen pries. In seinem Ausdruck verspürte ich Jubel, eine überraschende Ekstase. Gebannt und völlig reglos lauschte ich ihm. Er saß still wie eine Statue. Im Schein der kleinen Flamme konnte ich kaum seine Silhouette erkennen, er hatte kein Gesicht. Wieder schloß ich die Augen, um mich ganz diesen magischen Formeln hinzugeben. Meine Güte, was geschieht mir hier? tönte es mir einmal hallend durch den Kopf, aber ich war viel zu müde, um diesem Gedanken nachzugehen. Als hätte ich ein schweres Schlafmittel genommen, wurde mir alles vollkommen gleichgültig, und ich erlaubte mir, es geschehen zu lassen.

Der Professor beendete seine wohltönende Litanei, indem er den letzten Ton sehr lange und laut sang, ihn hinauszögerte, bis ihm der Atem versagte. Dann erhob er sich, ergriff die kleine Öllampe und ließ sie vor allen Götterbildnissen kreisen. Nach einer weiteren langen Zeit des Schweigens wandte er sich endlich an mich:

»Jetzt werde ich die Verse Ihres Yantras sprechen, erst auf

Sanskrit, dann auf Englisch. Bitte, hören Sie!« Und wieder begann er zu rezitieren, diesmal mit größeren Pausen. In der Tat drang nun eine andere Sprache als zuvor an mein Ohr. Akasho sprach langsamer. Die Wirkung seiner Worte auf mich war eine ganz andere – nicht einschläfernd, sondern elektrisierend. Er war noch nicht fertig, da wäre ich fast aufgesprungen, ohne mich mit den Händen abzustützen. Ja, diese Worte kamen mir wirklich wie ein Zauberspruch vor, den man nicht verstehen muß. Man brauchte ihn nur herzusagen, wie ein Abrakadabra, und er tat sein Werk, weil er magische Kräfte hatte. Er tat sein Werk an mir, und ich konnte es nicht verhindern. Noch immer begriff ich seine Bedeutung nicht mit meinem Verstand, hatte keine Ahnung, was die fremden Laute bedeuten könnten. Aber daß diese Verse eine Macht auf mich ausübten, das spürte ich deutlich.

Nach einer weiteren Unterbrechung hörte ich nun endlich die Übersetzung der Verse, die der *sadhu* zu mir gesprochen hatte.

> *Wie aus loderndem Feuer*
> *Vieltausend Funken*
> *Die Nacht*
> *Erhellen,*
> *In ihrem Wesen*
> *Dem Feuer gleich,*
> *So geht aus dem Ewigen*
> *Vielgestalt*
> *Aller Erscheinungen*
> *Anfangs hervor*
> *Und am Ende der Zeit*
> *Wieder in sie hinein.*

Der Professor räusperte sich. Seine Stimme klang bewegt. Dann fuhr er fort:

Unsichtbar ist
Der Anfang der Wesen,
Sichtbar nur
Scheint ihre Mitte,
Wieder unsichtbar
Ist ihr Ende.
Wer wollte wohl
Darüber klagen?

Ein Eines ist dieses
Wahrhaft Unendliche.
Makellos ist es
Jenseits der Räume,
Ungeboren
Und nie gestorben.
Groß und unwandelbar
Ist unser Selbst.

Akasho schwieg wieder. Ich dachte, er hätte seinen Vortrag beendet. Aber vielleicht suchte er nur nach den rechten Worten. Es mochte ihm nicht leichtfallen, spontan die Sanskritverse so zu übersetzten, daß sie ihren ursprünglichen Zauber nicht verloren. *Groß und unwandelbar ist unser Selbst.* »Selbst« das war ein vertrauter Begriff. Jung hatte ihn häufig verwendet, er sprach manches Mal vom »Großen Selbst«. Nun ja, er war von der östlichen Philosophie beeinflußt.

Ich begriff nicht, warum ich am ganzen Körper zitterte. Doris, was hast du denn? Es war inzwischen, wie mir schien, noch dunkler geworden. Ich vermochte Akashos Gestalt kaum noch zu erkennen. Doch nun hörte ich ihn wieder sprechen. Seine Stimme war jetzt kraftvoll und volltönend. Er sprach mit einer eigenartigen Melodie. Eine Sekunde lang war mir, als würde er bei aller Festigkeit vor innerer Bewegtheit zittern. Ich schloß meine Augen und horchte in die Finsternis.

Wahres Wissen
Ist enthalten
Im ewigen Raum,
Wo jedes Ding
Und jede Macht
Und alle Kraft
Den Ursprung hat.

Wer beides,
– Entstehen
Vergehen –
Durchschaut,
Erlangt durch
Das Wissen
Erleuchtung
In Ewigkeit.

Noch lange hallte die fremdartige Stimme in der Dunkelheit nach. Ich lauschte und staunte, war ergriffen und blieb stumm. Diese Verse also sollte der Bettler zu mir gesprochen haben – zu mir, warum zu mir? Und wozu? Was hatte er damit gemeint?

Ich war mit Akasho in den Tempel gekommen, um darüber Aufschluß zu erlangen, und obgleich ich nun den Wortlaut kannte und seine Wirkung am ganzen Leib verspürte, war ich doch viel verwirrter als zuvor. Kein Wort hätte ich dazu sagen können. Aber Gerede schien der Professor auch nicht von mir zu erwarten. Im Gegenteil, er räusperte sich und sagte leise zu mir:

»Ich möchte Ihnen jetzt noch erklären, was ich heute morgen angedeutet habe – nämlich die Weissagung, die diese Sprüche unserer Tradition gemäß enthalten. Bleiben Sie nur ganz ruhig, und hören Sie mir zu, damit Sie sich später daran erinnern können.

Die Worte, die Sie soeben von mir und heute früh von dem hochverehrten *sadhu* empfangen haben, spricht man nicht leichtfertig zu jedem Erstbesten. Sie enthalten die Geheimnisse der Schöpfung, der ewigen Wahrheit und der göttlichen Gnade. Das brahman darf nur jenen enthüllt werden, die in ihrer geistigen Entwicklung so weit fortgeschritten sind, daß sie sich seiner würdig erweisen können. Würdigsein bedeutet, die Realität dieser Zusammenhänge zwischen dem Gott, dem Selbst und dem Ich wahrhaftig nachvollziehen zu können. Würdigsein bedeutet zu wissen, daß das, was Menschen wissen, nur ein Schatten des zu Wissenden ist. Würdigsein bedeutet auch, sich selbst als würdig zu empfinden, diese Enthüllungen in sich aufzunehmen. Denn nur wer weiß, daß er Teil des Selbst ist und das Selbst in ihm lebt, hat die Einheit des Allganzen geschaut. Es ist uns Menschen möglich, solche Weisheiten zu erlangen, aber der Weg ist lang und steinig, und es ist nicht jedem gegeben, ihn zu gehen.

Diese Verse, vor vielen tausend Jahren niedergeschrieben, sind von alters her jenen Menschen zu hören vorbehalten, von denen man annimmt, daß sie bald erleuchtet werden und das Rad der Inkarnationen für immer hinter sich lassen. Sie enthalten die letzte Schulung, die höchste Weisung, die tiefste Weisheit. Wer nicht eingeweiht ist, hört sie, doch er versteht sie nicht. Der Lehrer spricht sie zum gereiften Schüler, der Guru flüstert sie demjenigen zu, dem er die letzte Initiation erteilt.

Nun muß ich Ihnen gestehen, liebe Mrs. Doris, daß ich anfangs mehr als verblüfft war, den *sadhu* diese Worte zu Ihnen sprechen zu hören. Sie können sicher sein, daß in der Menge keiner außer mir begriffen hat, was da vor sich ging. Kaum jemand kann Sanskrit verstehen, und wenn die Leute, die dort herumstanden, innehielten, so deshalb, weil sie die fremde Sprache hörten und den ernsten Ton der spirituellen Autorität empfanden, mit dem der hochangesehene Weise und Heilige zu Ihnen sprach – zu einer *firingi*, einer Frau aus einem fernen Land. Auch ich konnte darauf nicht gefaßt sein. Meine erste Reaktion war, daß er sich irren müßte oder sich einen Spaß machen wollte. Dann hoffte ich für einen Augenblick, er hätte zu *mir*, zu mir gesprochen. Ich stand ja direkt hinter Ihnen! Aber es half mir nichts, ich konnte mir nichts vormachen. Seine Worte hatten Ihnen und nur Ihnen gegolten, und dieser *sadhu* ist gewiß kein Spaßmacher. Er muß ein hochgebildeter Mensch sein, der den Weg der Entsagung geht und die Erleuchtung bereits erlangt hat. Ja, Sie haben heute morgen Zweifel angemeldet, und ich muß Ihnen jetzt zugestehen, Betrüger und Scharlatane gibt es natürlich auch bei uns. Aber dieser Mann ist gewiß keiner, dafür lege ich meine Hand ins Feuer. Er ist ein echter Asket.

Da hatte ich nun ein Problem, Mrs. Doris. So wie die Menschen im Westen sich im allgemeinen nur schwer vorstellen können, daß ein armes Land wie Indien auch eine hochentwickelte Kultur, Zivilisation und Technologie hervorgebracht hat, weil sie im Fernsehen immer nur Bilder von Kindern mit Hungerbäuchen und Leichen in der Gosse von Kalkutta vorgesetzt bekommen, so will uns, wenn wir nicht gezielt darüber nachdenken, gar nicht in den Kopf, daß man bei Ihnen im Westen auch eine spirituelle Entfaltung kennt und daß Ihre Seelen ganz genau denselben Gesetzmäßigkeiten unterworfen sind wie unsere eigenen. Daß das, was uns auf unsere Weise zu Erleuchtung und Erkenntnis führt, auf andere Weise auch von allen anderen Menschen auf dieser Erde erlangt werden kann. Es muß so sein, denn sonst würde die allgemeingültige, ewige Wahrheit außer Kraft gesetzt.

Wissen Sie, daß mir diese Einsicht den ganzen Morgen zu schaffen gemacht hat? Ich mußte viel über Sie nachdenken, und so gern ich mich davor gedrückt hätte, Sie wenigstens versuchshalber in diesem neuen, helleren und doch viel geheimnisvolleren Licht zu betrachten, so kam ich doch unmöglich umhin, es zu tun.«

Ich meinte, dazu etwas sagen zu sollen. Eigentlich war mir nicht nach Reden zumute, auch zitterte ich immer noch, meine Zähne begannen ganz leise vor Erregung zu klappern. Als ich einen Laut von mir gab, um ihn zu unterbrechen, hörte ich ihn rufen:

»Nein, bitte lassen Sie mich das noch sagen. Verstehen Sie? Am liebsten wäre ich Ihren Fragen ausgewichen und hätte die Sache auf sich beruhen lassen. Aber das haben Sie nicht erlaubt! Sie haben darauf bestanden, daß ich Ihnen die Wahrheit sage. Ich muß nun davon ausgehen, daß Sie, Mrs. Doris, mehr sind als diejenige, für die ich Sie gehalten habe – eine reizende, gebildete Touristin, mit der ich mich gern unterhalte.«

Jetzt schluckte ich doch ein wenig. Für wen hält er mich denn jetzt? Was meint er bloß? Er soll doch nicht so geheimnisvoll tun!

»Ich will mich nicht hochmütig über den *sadhu* erheben und ihm unterstellen, daß er Unsinn geredet hat«, fuhr er fort. »Im Auto und vorhin, während meiner Meditation, habe ich alle Faktoren überprüft und in meinem Herzen nach der Wahrheit gesucht. Und nun kann ich nur noch eines dazu sagen: Dieser Mann, der Ihnen ein mit seiner Geisteskraft durchtränktes Stückchen seiner irdischen Hülle geschenkt hat, sieht in Ihnen, was ich nicht sehen kann und was auch Sie, Mrs. Doris, so glaube ich, noch gar nicht erblickt haben: Ihr wahres Selbst, Ihre gereinigte Gestalt, Ihre Seele.«

Er schwieg erschöpft, wie nach einer großen Anstrengung, und fuhr sich mit einer Hand leicht über die Stirn, als wollte er alle Schatten einer Unklarheit fortscheuchen. Dann fuhr er fort:

»Der *sadhu* hat seinen Versen noch einen Segen und eine visionäre Prophezeiung hinzugefügt, die ich Ihnen nicht vorenthalten darf. Er rief Ihnen zu, daß Sie sich innerhalb eines Jahres wie eine Schlange häuten werden, um von einer alten, schmutzigen Hülle in ein strahlend reines Gewand zu schlüpfen. Das bedeutet in unserer Symbolsprache entweder, daß Ihre Seele den Körper verläßt, das heißt also das Ende Ihres Lebens. Oder daß Sie das Sterben Ihres Ichs erleben werden, ein anderer Mensch werden und die Beschränkungen Ihrer angeborenen Persönlichkeit, Ihres Ego, hinter sich lassen werden. Mit anderen Worten: Ihnen steht der Tod oder die Erleuchtung bevor. Eines von beiden ist Ihnen beschieden.«

Während der letzten Minute hatte ich den Atem angehalten. Jetzt entwich er mit einem halblauten Stöhnen.

»Oh, meine liebe Mrs. Doris!« hörte ich Akashos Stimme aus dem Dunkel. »Ich habe sehr mit der Frage gerungen, ob ich Ihnen das alles sagen darf. Ich möchte Sie weder erzürnen noch erschrecken, noch mich vor Ihnen lächerlich machen, glauben Sie mir. Ich weiß selbst nicht, wie mir geschieht! Ich fühle dies als einen wichtigen, ja, als einen heiligen Moment in meinem Leben, so als sei ich das Werkzeug eines Größeren, ein Diener der Gottheit. Deshalb bin ich mit Ihnen in diesen Tempel gegangen, damit der Vorgang einen würdigen Rahmen hat. Meine innere Stimme hat mir Mut gemacht. Und meine Intuition hat mir recht gegeben. Sie, Mrs. Doris, sind seit dem Vorfall heute morgen wie verwandelt, weicher, zugänglicher, nicht so stolz, nicht so gefangen im Kerker Ihrer Argumente. Ich spürte, wie Sie hier an meiner Seite in einen meditativen Zustand der Egolosigkeit versanken und wirklich annehmen konnten, was ich Ihnen zu geben wünschte. Glauben Sie mir, das hier ist keine Folklore. Es ist mir völlig ernst damit.«

Ich räusperte mich. »Auch Sie, lieber Herr Professor, lieber Akasho, haben sich mir hier von einer ganz neuen Seite gezeigt«, entgegnete ich heiser. »Ich weiß das sehr zu schätzen und danke Ihnen von Herzen. Ja, es mag sein, daß ich die innersten Schichten meines Wesens wenig kenne. Wir Psychologen halten es nicht gern mit der Religion, sie ist uns zu mystisch, und sie läßt sich nicht so leicht zerpflücken wie eine Neurose. Daß es Zustände vor diesem Leben und nach diesem Leben geben könnte und daß dieses eine Leben nicht alles ist, stört unsere Kreise. Wir wissen nicht, wie wir spirituelle Erfahrungen mit unseren Theorien und Techniken verbinden sollen, und das macht uns aggressiv oder unsicher, je nachdem.

Doch ich versichere Ihnen, Akasho, daß die Verse des heiligen Bettlers in mir ein tiefes Echo gefunden haben, in einer Nische meines Wesens, die ich noch gar nicht kannte. Ich bin einerseits ganz genauso verwundert wie Sie, auch skeptisch und ungläubig. Ich neige ja sowieso zu einem gewissen Zynismus. Es würde mich kolossal erleichtern, das ganze Erlebnis als baren Unsinn abschreiben zu können. Dann wäre meine Welt wieder in Ordnung. Aber das ist mir jetzt unmöglich geworden, und dafür danke ich Ihnen.«

Ich fuhr mir mit beiden Händen durch die Haare. Einer meiner Kämme fiel zu Boden. Ich hörte das kleine Geräusch, verspürte aber keinen Impuls, im Dunkel nach dem Gegenstand zu tasten. Ich sagte nichts, mein Kopf war schwer, ich konnte ihn kaum halten. Dann brach ein neuer Gedanke aus mir heraus.

»Die obskure Prophezeiung von Tod oder Erleuchtung macht mir an der Oberfläche selbstverständlich angst, aber darunter – so fühle ich – gibt es eine Schicht, die ganz ruhig bleibt bei dem Gedanken an das, was mir da in Aussicht gestellt wird. Zu sterben scheint mir leichter, als erleuchtet zu werden. Alle Menschen sterben, aber wer wird schon erleuchtet? Und was ist das überhaupt – Erleuchtung?«

»Denken Sie viel über den Tod nach?«

»Über den Tod nicht, eher über das Sterben. Die Schmerzen, der Abschied, der Verlust – das hat mich schon viel beschäftigt. Ich wünschte, der Tod wäre kein Ende, aber so recht vermag ich mir nicht vorzustellen, was danach kommen könnte. Die Visionen eines hellen Lichts, den Gesang der Sphären und die freundlichen Gestalten von Verwandten, die uns angeblich ins Jenseits geleiten – ich weiß nicht. Das sind wohl alles Trostphantasien. Allerdings liest man jetzt viel über Nahtoderfahrungen. Nein, wenn ich ehrlich bin: Ich denke nicht oft an den Tod.«

Ich spürte jetzt die steinerne Wand in meinem Rücken, ein Vorsprung im Fels drückte mir ins Fleisch. Wie lange hatte ich da schon gesessen, ohne mich zu rühren? Das Feuer war kleiner geworden. Kultkammer und Höhle waren fast finster. Akashos Körperumriß konnte ich nur noch schemenhaft wahrnehmen. Aber seine Stimme klang wieder in meinem

Ohr. Ihr Ton war jetzt nicht mehr so feierlich wie vorhin, und mir fiel erneut sein liebenswerter angloindischer Akzent auf, den ich während der ganzen Zeit oder Nichtzeit in der Höhle nicht bemerkt hatte. Nun sagte er in fast vertraulicher Lockerheit:

»Ich weiß, daß Europäer und Amerikaner uns für gefühllos halten, weil wir in Indien den Tod nicht so ernst nehmen. Wir hingegen meinen, daß man bei Ihnen das Verlassen der körperlichen Hülle mit einem ganz überflüssigen Drama umgibt.«

»Wissen Sie, daß ich gerade meine Mutter verloren habe? Ihren Tod habe ich sehr bewußt erlebt und erlitten, es war traurig, aber nicht schlimm, und ich fühle mich seither viel menschlicher. Ich kann verstehen, warum Ihre Landsleute feiern, wenn jemand gestorben ist. Eine Existenz mit all ihrem Leid hinter sich zu lassen ist gar nicht so schlecht.«

Der Gedanke an Mutter, die es bestimmt nicht gutgeheißen hätte, daß ich hier so arglos mit einem wildfremden, dunkelhäutigen Ausländer in einer einsamen Höhle herumsaß und mir dabei einen Schnupfen holte, erheiterte mich augenblicklich. Einen Moment lang sah ich sie in unserer Haustür stehen mit ihrem blaugeblümten Kittel, den Hausschuhen und ihrer alten Strickjacke. Und ich lauschte ihrer Stimme, die mich kräftig ausschimpfte und gleichzeitig ganz erleichtert klang über die Tatsache, daß ich heil wieder zu Hause angekommen war. Sie hätte mir sofort ein heißes Bad einlaufen lassen und mich anschließend mit einem Pfefferminztee unter die Bettdecke gesteckt. Dann hätte sie sich auf die Bettkante gesetzt, mich runzlig angeblinzelt und verschmitzt geflüstert: So, nun sag mir alles! In der kühlen Finsternis der Höhle lächelte ich wehmütig und sehnsüchtig und kam mir vor wie das kleine Mädchen mit den Streichhölzchen. Wie gern hatte ich mir dieses Märchen von ihr erzählen lassen, da war ich noch ganz klein. Illusionen, tröstliche Visionen von Licht und Wärme … Weihnachten, Gänsebraten. Ich hatte plötzlich den Geruch dieser Strickjacke in der Nase, ganz als stünde Mama neben mir und ich bräuchte nur die Arme auszustrecken, um sie zu berühren. Dann spürte ich etwas Warmes auf meinem Gesicht. Aber erst, als meine Lippen Salz schmeckten, stellte ich zu meiner Überraschung fest, daß mir Tränen über die Wangen liefen. Tränen? Ich bin doch gar nicht traurig. Aber ich fühle mich so weich, so schutzlos. Ja, das ist es, ich vermisse sie, ich muß ganz einfach die Hoffnung aufgeben, daß sie mich jemals wieder in die Arme nimmt und mir ein Gefühl von Heimat schenkt. Aus. Vorbei. Nie, nie wieder. Ich bin ganz schrecklich allein.

Und bei diesem Gefühl rann eine weitere warme Flut meine Wangen hinunter. Na, so was! Entschlossen trocknete ich mit beiden Händen mein Gesicht und versuchte auch, mir mit der Unterseite meines Rockes verstohlen die Nase abzuwischen. Meine Tränen brauchte Akasho nun wirklich nicht mitzubekommen. Hoffentlich hatte er nichts gemerkt von meiner kleinen Regression. Ich hatte keine Lust, mit ihm über meine Gefühle zu reden. Besser, wir bleiben bei allgemeineren Themen, überlegte ich mir, das wird mir hier sonst allzu intim. Der Professor ist zwar ein lieber, netter Mann, aber wenn er mich hier im Dunkeln anfaßt, um mich zu trösten, fange ich an zu schreien, und dann gibt's außerdem Ärger mit seiner Frau. Und noch schlimmer wäre es, wenn er mir meine Gefühle auszureden versuchte oder gar mit klugen, philosophischen Sprüchen käme. Um Himmels willen! Unsereins ist da hochempfindlich. Schließlich haben wir Analytiker die Fähigkeit zur hohen Kunst entwickelt, das rechte Wort im rechten Moment zu sagen oder zu schweigen, wenn das das einzig Richtige ist.

»Der Tod ist es also nicht, was Sie am meisten schreckt«, hörte ich ihn sagen. Seine Stimme schien weiter entfernt. Ich konnte jetzt den Geruch, den ich in meiner Verwirrung einen Moment lang für die vertraute Ausdünstung meiner Mutter gehalten hatte, deutlich als den Muffgeruch des alten Tempels identifizieren. Wie dumm von mir! schoß es mir durch den Kopf. Wahrscheinlich ist es hier drinnen furchtbar dreckig, man kann den Abfall und das Ungeziefer nur nicht sehen. Wie schaue ich nachher bloß aus, wenn wir wieder ans Tageslicht kommen? Ich spürte, wie ich ärgerlich wurde und meine Aufmerksamkeit sich auf etwas der Situation Unangemessenes, gänzlich Unwichtiges zu richten begann.

»Und die Erleuchtung? Moksha, die höchste Befreiung? Das macht Ihnen also mehr angst? Was haben Sie überhaupt darüber gehört? Was bedeutet Ihnen das?«

Was dieser Mann alles von mir wissen will! regte ich mich auf. Geht ihn das überhaupt etwas an? Ich mag jetzt gerade gar nicht reden. Merkt er das denn nicht? Er soll mich doch in Ruhe lassen!

Mir war kalt geworden. Ich wollte wieder an die Sonne. Die Hitze der ersten Erregung hatte sich gelegt. Ich merkte, wie mir ein Schauder nach dem anderen über den Rücken lief. Meine Füße waren eisig. Ich berührte sie mit fieberbrennenden Händen. Die Lust auf gelehrte Diskussionen war mir völlig vergangen. Zwar war es unhöflich, ihm auf seine Frage nicht zu antworten, doch hatte ich schon längst auf Abwehr geschaltet. Ich sagte also kühl:

»Eigentlich gar nichts! Erleuchtung, das ist für mich eher ein Reizwort, das Leute im Munde führen, die ich verachte – Spinner und weltfremde Aussteiger. Ich denke immer, haben die denn nichts Besseres zu tun, als so was Absurdes anzustreben? Sektenmitglieder auf Weltflucht. Ich bin sicher, daß vieles davon auch wirklich krankhaft ist. Als Analytikerin kann ich nur selten erkennen, daß jemand einen echten Antrieb für eine spirituelle Suche hat, eine Motivation also, die sich nicht leicht durch spezifische Formen der Neurose erklären läßt.«

»Vielleicht verstehen wir darunter auch Verschiedenes? Für einen Hindu ist Erleuchtung schon etwas anderes als für einen Buddhisten. Wie mag es dann erst für die Menschen aus dem Westen sein? Dort spricht man von Verzückung, Entrückung, Offenbarung … Für mich persönlich ist Erleuchtung als Phänomen nicht zu trennen von meiner Überzeugung, daß ich wiedergeboren werde und schon oft gelebt habe. Erleuchtung ist die Überwindung der Todesangst, der Begierde, zu leben und zu besitzen.«

Der Professor holte tief Luft, so als wolle er neue Kraft schöpfen für einen weiteren Gedankengang. Ich gewann den Eindruck, daß er nicht oft über diese Dinge sprach, dafür aber um so häufiger darüber nachdachte. Vielleicht waren solche metaphysischen Spekulationen sein heimliches Hobby, von dem selbst seine Frau nichts wußte. Ich war überrascht, daß er mich, einen Menschen aus einem anderen Kulturkreis und noch dazu eine Frau, daran teilhaben ließ. Glaubte er wirklich, daß ich ihn verstehen würde?

Seltsam, ich spürte tatsächlich eine erstaunliche Vertrautheit mit dem, was er mir zu sagen versuchte, empfand einen Widerhall, als hätte ich das alles nur vergessen und es fiele mir jetzt wieder ein. Zugleich war da ein tiefer Widerwille.

Im Dunkel hörte ich Gelenke knacken. Hoffentlich gehen wir jetzt bald, dachte ich und regte mich ebenfalls. Dann aber fuhr Akasho fort:

»Wenn man sich darauf einläßt, daß jeder Mensch eine winzig kleine Funktion des universellen Stoffwechsels ist und sich als ein solch unverzichtbares Teilchen von einem großen ganzheitlichen Organismus versteht, sieht man die Welt schon anders. Dann spürt man, daß man wichtig und unwichtig zugleich ist. Erleuchtung erlangen heißt, alle Polaritäten als Illusion zu erkennen, all das Gerede von gut und schlecht, hoch und niedrig, richtig und falsch, schmutzig und rein. Aus der Perspektive des Ganzen betrachtet, spielt das überhaupt keine Rolle. Auch der frömmste Brahmane muß das lernen. Und wenn er es kapiert hat, dann ist er kein Brahmane mehr, sondern steht jenseits aller Kasten. Er ist dann nichts als ein Mensch in seiner reinsten Form. Er braucht keine Belehrung mehr, kein Studium der Schriften. Wissen Sie, was Krishna zu Arjuna spricht? Er sagt: ›Genauso nützlich, wie der Brunnen ist, wenn das Land unter Wasser steht, sind die heiligen Bücher dem Erleuchteten.‹«

Nun hielt er inne. Ich lachte pflichtschuldigst und machte mich bereit aufzustehen. Plötzlich fürchtete ich, mir auf dem kalten Steinboden eine Blasenerkältung zu holen. Ich mochte keinen Moment länger dort in dem kalten, dunklen Loch sitzen bleiben, so wichtig mir diese Unterweisung anfangs auch gewesen war. Ich hatte sie ja gewollt, hatte den Professor geradezu danach gedrängt. Aber nun reichte es mir. Mit meinen dünnen Kleidern war ich für einen langen Besuch in dieser Grabkammer einfach nicht gerüstet. Ich wollte hinaus, zurück in die Sonne, in die Wärme, ins Leben. Sehnsucht überkam mich nach der unverbindlichen Leichtigkeit oberflächlicher Gespräche mit Shobha und Gatha. Mehr konnte ich einfach nicht aufnehmen. Meine Kapazität war erschöpft, ich brauchte Zeit zum Nachdenken.

Erlenkönig

Dankbar stellte ich am Rascheln von Akashos Kleidern fest, daß er dabei war, sich zu erheben. Ob ihm wohl auch die Beine eingeschlafen waren? Ich konnte ihn nicht mehr sehen, denn er stand völlig im Schatten. Die kleine Flamme brach sich an den Skulpturen und am glatten Urgestein des mystischen Elefanten, aber ihr Licht reichte nicht bis in die Ecke, in der ich ihn stehen wußte. Plötzlich war mir, als verrichte er noch eine Andacht, als spreche er ein stummes Gebet. Ich wartete eine lange Minute, dann aber faßte ich mir ein Herz und sagte mit fester Stimme: »*Professor, I want to go now.*«

»*Oh yes, of course, Mrs. Doris!*«

Ich wandte mich um und suchte mit den Augen nach dem Ausgang. Aber dort, wo ich ihn vermutete, sah ich nichts als einen matten, grauen Schimmer. Hier hatte doch ein sonnenhelles Viereck geleuchtet. Wo war die Tür? Eine dumpfe Panik erfaßte mich.

»Akasho!« rief ich leise. Ich vernahm meine Stimme, sie

klang klein und hoch. »Akasho, bringen Sie mich hier raus!« Am liebsten hätte ich mich wieder hingesetzt auf den kalten Felsboden und wäre in plärrende Kleinkindstränen ausgebrochen. Ich fühlte mich abgespannt und müde wie nie zuvor, so als würde ich nie wieder in der Lage sein, eigene Entscheidungen zu treffen und meine Schritte auf dem Weg des Lebens nach meinem eigenen Belieben zu tun. Mein Körper tat mir weh. Ich fühlte mein ganzes Skelett schmerzen, als hätte ich kein Fleisch mehr auf den Knochen. Ein lauter Schluchzer entfuhr mir, aber da spürte ich schon den Professor an meiner Seite. Er nahm mich sachte am Arm und steuerte mich in die Richtung des grauen Schimmers.

Schon nach wenigen Schritten waren wir am Ausgang angelangt. Wie klein mir die Höhle plötzlich vorkam! Sie war wie eine Zweizimmerwohnung für Zwerge. Ich mußte meine Füße über eine Schwelle heben und den Kopf einziehen, um hinauszugelangen. Tränenschleier trübten meine Augen. Doch als wir endlich draußen standen, sah ich keine Sonne. Wir befanden uns in einem undurchdringlichen Nebel.

»Was ist los, was ist geschehen? Es ist ja ganz feucht und trübe, ich kann Sie kaum sehen!« rief ich entsetzt, denn ich hatte mich so sehr auf den wärmenden Sonnenschein gefreut, auf die grüne Natur, auf das Lebendige. Am meisten erschütterte mich, daß die Sonne nicht da war, obgleich ich felsenfest mit ihr gerechnet hatte. Es war zwar heller Tag und wir waren in Indien, aber um uns war dichtester Nebel, feucht und drückend.

»Eine Wolke hüllt uns ein«, sagte der Professor. Ich spürte, daß auch er verblüfft war über den Wetterumschwung. »Wir haben hier in Kérala auch Wintermonsun«, erklärte er, sich quasi für diesen unangenehmen Vorfall entschuldigend. Auch ihn fröstelte. Er zog sein Hemd wieder an, schlug die Arme um sich und blickte sich besorgt um. Dann rief er laut nach seiner Familie. Doch seine Stimme wurde von der trüben Feuchtigkeit wie von einem nassen Handtuch verschluckt, und niemand schien ihn zu hören.

»Ich glaube, sie sind zum Hotel zurückgegangen. Sicher wollten sie uns nicht stören. Es ist besser so, man kann ja leicht stürzen, wenn man nichts sieht. Die Kinder sind unvorsichtig«, erklärte er sich ihre Abwesenheit. »Nun müssen wir versuchen, den Weg zu finden. Es wird nicht leicht sein, und wir müssen uns beeilen, denn es kann jeden Augenblick anfangen zu regnen.« Seine Stimme klang beunruhigt.

Dann ging er vorsichtig an mir vorbei und blickte dabei auf den Boden, um die Wegspur zu erkennen. Der kleine Tempel zog nicht so viele Besucher an, daß die Trittspuren beson- ders deutlich zu sehen gewesen wären. Ein paar umgeknickte Grashalme, das war alles.

»Folgen Sie mir, bleiben Sie ganz dicht hinter mir, damit wir uns nicht aus den Augen verlieren«, hörte ich ihn mit erstickter Stimme rufen.

Ich tat, was er sagte, und blieb ihm auf den Fersen. Er stolperte nur wenig mehr als eine Armeslänge von mir ent- fernt durch den Nebel. Auf meiner Haut hatte sich bereits jetzt, nach wenigen Minuten, ein Nässefilm gebildet. Meine dünne Bluse begann, feucht zu werden, und der Rock schlug klamm um meine Waden. Eigentlich bestand die Wolke aus einem Nieselregen. Wir gingen durch ein immenses römisches Dampfbad. Alles war weißgrau und ohne Konturen. Selbst meine eigenen Füße schienen in Watte gehüllt.

Mir war beklommen zumute. Ich hustete. Solche Situationen fand ich scheußlich. Wer hätte denn mit so etwas rechnen können? Wie sollte ich wissen, welche Wetterverhältnisse hier oben herrschen? Ob das häufig vorkam? Hätte man uns nicht warnen müssen? Wenn Gatha und Shobha vernünftig sind, schicken sie uns Leute entgegen, die uns abholen, tröstete ich mich. Vielleicht gibt es so eine Art Bergwacht. Die kommen uns sicher retten, sie wissen ja, wo wir sind.

Am meisten bedrückte mich die vollkommene Stille. Keinen Laut konnte man hören, kein Tier, keinen Vogel, nur manchmal das quietschende Geräusch meiner Sohlen auf dem nassen Gras. Hier gab es nichts, keinerlei Orientierung.

Wenn ich den Kopf wandte, um vielleicht doch noch irgendwo irgend etwas zu entdecken, hörte ich in meinen Ohren
ein lautloses Brausen, das weiße Rauschen meines Blutes.
Das war etwas ganz anderes als das Schweigen in der Höhle.
Der Höhlentempel war ein bißchen grausig gewesen, so uralt,
so düster, so mystisch. Aber das Feuer hatte genügend Licht
gespendet, und ich war, solange Akasho gesungen, rezitiert
und gesprochen hatte, ganz geborgen gewesen.

Das Erdinnere bietet immer auch Schutz, wie ein Mutter-
bauch, überlegte ich. Kein Wunder, daß ich dort an meine
Mama denken mußte! Aber über die Tränen wunderte ich
mich immer noch. War wohl alles ein bißchen viel für mich.
Vielleicht habe ich meine Kräfte überschätzt. Einen solchen
Ausflug hätte ich mir nicht zumuten sollen. Schließlich ist es
nur wenige Wochen her, seit ich Mama begraben habe, und
Zeit zum Weinen hatte ich noch nicht recht gefunden, außer bei der Beerdigung. Wie oft habe ich meinen Patienten
von der heilenden Kraft der Tränen erzählt und sie ermuntert
»loszulassen«. Das ist ein Wort aus meinem Fachjargon, das
ich hasse, weil ich noch nie begreifen konnte, was es eigentlich heißt und wirklich bedeutet. Aber da sieht man's ja. Sowie ich mich nicht mehr unter Kontrolle habe, wie eben in
der Höhle, geht es schon los. Es läßt einen los! Das kann man
gar nicht tun wollen, es passiert einfach.

Während ich in der leblosen Nebelstille diesen Gedanken
nachhing, setzten meine Füße vorsichtig einen Schritt vor
den anderen. Sorgfältig blieb ich darauf bedacht, den Mann
vor mir keinen Augenblick aus den Augen zu verlieren. Hoffentlich kennt er sich aus, flehte ich stumm, hoffentlich!
Ehrlich gesagt fühlte ich mich ziemlich hilflos, und bei der
Vorstellung, er könnte mich hier in dieser Wolke im Stich
lassen, völlig durchnäßt und mutterseelenallein, wurde mir
ganz übel vor Angst. Der dichte Nebel drückte mir auf die
Lungen, ich würgte und schnappte nach Luft.

»Akasho!« rief ich seinen Rücken an. Das lange, weite
weiße Hemd und die weiten, pludrigen Hosen machten ihn

in diesem Nebel fast unsichtbar, nur sein Kopf mit den schwarzgrauen Haaren war deutlicher zu sehen. »Akasho, können Sie irgend etwas erkennen?« Er grunzte nur und hustete dann auch, ein leises, unterdrücktes asthmatisches Keuchen.

Wir waren seit höchstens fünf Minuten unterwegs, und mir war schon recht bange zumute. Soll er mir doch Mut zusprechen, schließlich ist er ein Mann! dachte ich ärgerlich. Vielleicht ist er ein Angsthase, wer kann das schon wissen? Männer sind da auch nicht besser als Frauen, sie wollen sich's nur nicht eingestehen. Als Professor muß er ein Stubenhocker sein, in dieser Bergwildnis läuft er auch nicht alle Tage herum. Der hat bestimmt keine Ahnung, wo es hingeht! Er traut sich nur nicht, das zuzugeben, wie alle Orientalen. Sie sagen niemals, daß sie etwas nicht wissen, das geht nämlich gegen ihre Ehre, diese armen Idioten. Oh, worauf habe ich mich nur eingelassen? Ich hätte diesem Mann nicht vertrauen sollen, dann wäre ich jetzt nicht in dieser verdammt unguten Lage.

Tja, Doris, der Ausflug war keine gute Idee, kommentierte eine vertraute Stimme. Geh nie mit fremden Männern! Wie oft habe ich dir das eingebleut! Wenn du natürlich nicht beherzigst, was ich dir immer gesagt habe, dann kann ich dir auch nicht helfen! So hörte ich meine Mutter schimpfen. Ich zitterte in der scheußlich kalten Feuchtigkeit, und zugleich wurde mir heiß vor Angst.

Aus dem Nichts rief der Professor: »*It's o. k., Mrs. Doris, don't worry!*« Er versuchte mich zu beruhigen. Aber war das vielleicht eine Antwort auf meine Frage? Wahrscheinlich sah er mit seiner goldgefaßten Brille genausowenig wie ich mit meinen kurzsichtigen Augen. Meine geschliffene Sonnenbrille nutzte mir im Augenblick gar nichts, ich mußte sie abnehmen. Deshalb fühlte ich mich völlig unsicher, als ich da hinter ihm herkletterte wie eine Ziege an einem kurzen, unsichtbaren Strick.

Eine solche Wanderung ohne Brille zu unternehmen ist doch richtig gefährlich. Weiß der Mann eigentlich, was er mir da antut? Wo ich doch gar nicht recht sehen kann, wie weit der Weg unter meinen Füßen von meinem Gesicht entfernt ist! Ich trat immer ins Leere, weil meine Brille mir sonst die Abstände verkürzte, und daran war ich gewöhnt.

Zum Heraufsteigen haben wir etwa zwanzig Minuten gebraucht, kalkulierte ich, aber bei diesem Tempo, bei dem man den nächsten Schritt nicht erkennen kann und fast auf allen vieren kriechen muß, um überhaupt den Weg zu erkennen, werden wir bestimmt stundenlang unterwegs sein.

Ich hatte inzwischen einen leeren Magen, der vor Hunger und Anspannung richtig weh tat. Wir waren ja schon lange unterwegs, und ich hatte mich auf das Picknick gefreut. Ob ich wohl noch irgend etwas Eßbares in meinem Beutel hatte? Man sollte doch immer eine Notration einstecken! Ja, wahrhaftig, da fiel mir ein, daß zwei kleine abgepackte Portionen Zwieback in der Seitentasche steckten. Wenn's also hart auf hart kommt, werde ich sie essen, beschloß ich. Aber dem Professor gebe ich nichts davon ab, das ist mal sicher!

Wir stolperten weiter durch den milchigen Nebel. Ja, ich könnte gleich schon wieder heulen. Was habe ich nur? Ist mir das gelehrte Zeug in der Höhle so sehr an die Nieren gegangen? überlegte ich, konnte aber nicht darüber nachdenken. Ich mußte höllisch aufpassen, daß ich auf dem schlüpfrigen Boden nicht ausrutschte und hinfiel. Reiß dich zusammen, Doris, ermahnte ich mich.

Der Lehm zwischen den spärlichen Halmen war weich. Ich mußte bei jedem Schritt mehr achtgeben, nicht zu stürzen. Die kleinen Steinchen drangen in meine Sandalen, aber ich wagte nicht, stehenzubleiben, um sie herauszuschütteln, aus Angst, den Rücken des Professors aus den Augen zu verlieren.

Wie lange liefen wir bereits in dieser Wolke herum? Wie im Schnee verlor man hier leicht die Orientierung, lief vielleicht im Kreis herum, und wie in der Wüste wäre ein Kompaß nötig gewesen, um sich in der konturlosen Landschaft einen Weg zu bahnen. Vielleicht hat er sich längst verirrt, der Professor, und ich renne wie ein Schaf hinter ihm her? bangte und zürnte ich. Warum redet er denn nicht, er ist doch sonst direkt geschwätzig!

Ich spürte, wie sich in die feinen Regentropfen auf meiner Stirn nun auch kalte Schweißperlen mischten, und von meinem Nacken liefen Rinnsale dieser Brühe auf den Rücken hinunter.

»Hören Sie!« fing ich wieder an zu rufen. »Hören Sie, Akasho, ist es nicht besser, wir gehen zurück in den Tempel und warten dort, bis man uns findet? Ich meine, das ist das Beste. Ich fürchte, wir werden uns verlaufen, und dann wird es wirklich unangenehm. Mir ist zwar kalt, aber in der Höhle regnet es wenigstens nicht!«

Der Professor blieb stehen und wandte sich zu mir um. Sein Gesicht konnte ich nicht erkennen, nur seine weichen, farblosen Umrisse und die dunklen Flächen seiner Haut. »Wir können jetzt nicht mehr zurück«, sagte er langsam und ernst.

»Wir würden die Höhle nicht mehr finden. Bedenken Sie, auch ich war zum erstenmal dort. Wir müssen jetzt mutig weitergehen. Ich denke, wir sind auf dem rechten Weg.«

Ich schluckte. Sollte ich noch offensiver vorgehen? Mich weigern weiterzulaufen? Eine Szene machen? Weinen? Wie könnte ich ihn dazu herumkriegen, daß er mit mir zum Tempel zurückkriecht? Oder soll ich ihn allein vorausgehen lassen und hier auf ihn warten? Wenn er mich aber dann im Stich läßt und sich nicht mehr um diese lästige Ausländerin kümmert? Nein, besser, wir bleiben zu zweit. Zu zweit ist alles leichter. Man fühlt sich nicht so verlassen.

»Geben Sie mir Ihre Hand, jetzt kommt eine steile Stelle. Ich möchte nicht, daß Sie sich weh tun«, hörte ich den Professor sagen. Ich zögerte. Aber dann ergriff ich die Hand doch. Und die animalische Wärme, die von ihr ausging, die tröstete mich plötzlich. Wie Hänsel und Gretel im Wald waren wir, nur ohne Brotkrumen und Kieselsteinchen! Und war jene Geschichte nicht am Ende gut ausgegangen? Da werden wir's doch ebenfalls schaffen, hoffte ich und war plötzlich wieder ein wenig zuversichtlicher. Und weiter ging es den Berg hinab, mit vorsichtigem Tasten und wunden Füßen, weil mir die Steinchen Qual bereiteten.

Endlos lange dauerte diese Wanderung durch nasse Watte. Wir kämpften uns durch einen grauen, kalten Brei, ohne zu wissen, ob wir je am anderen Ende herauskommen würden.

Wir hatten das Reden ganz aufgegeben, als ob es einen Verlust an Kraft bedeuten könnte, sich zu verständigen. Diese Kraft hatten wir bitter nötig, eine Viertelstunde von der Zivilisation eines Hotels entfernt. Wir hätten ebensogut im Dschungel abgestürzt sein oder auf einem Rettungsboot im Ozean treiben können, so einsam war es um uns. Mir sank der Mut, und ich glaube, ihm ging es auch nicht viel besser. Seine Hand hatte ich wieder losgelassen, weil das Vorwärtskommen auf dem schmalen Grat zu zweit nicht gut möglich war. Unsere Füße bewegten sich mechanisch jeweils einen kleinen Schritt vorwärts. Ich mußte mich ganz auf den Professor verlassen, daß er der richtigen Fährte folgte, und hatte dabei meine allergrößten Zweifel. Denn ich konnte von einem Weg gar nichts mehr erkennen.

Inzwischen fielen mir die Haare tropfend ins Gesicht, meine hauchdünnen Baumwollkleider hingen an mir herunter und klebten an meinem Leib fest. Nach wenigen Schritten mußte ich jedesmal alles, was sich von der Weite des Rockes beim Gehen zwischen meinen Schenkeln verwurstelt hatte, mit einem quatschenden Geräusch und einiger Anstrengung nach hinten auseinanderziehen. Wäre ich in voller Montur unter Wasser geschwommen, hätte es nicht unangenehmer und lästiger sein können. Ich kroch hinter dem Professor durch den Nebel, vorsichtig darauf bedacht, nicht zu rutschen oder umzuknicken, als er plötzlich unmittelbar vor mir einen Schrei ausstieß. Es war eigentlich ein Ruf, weder laut noch leise, jedenfalls konnte ich das in der undurchsichtigen Suppe nicht recht ausmachen. Tödlich erschrocken hielt ich inne, und im selben Augenblick verlor ich ihn aus den Augen. Er war einfach nicht mehr da. Mein Herz begann zu rasen, und mir wurde für den Bruchteil einer Sekunde schwarz vor

Augen. Mein Gaumen war schlagartig trocken geworden, und ich mußte ihn mühsam anfeuchten, um zurückzuschreien. Aber alles, was aus meinem Mund kam, war ein heiseres Krächzen. »Akasho, wo sind Sie? Hilfe!« Ich war sicher, er sei ins Leere gestürzt und hätte mich hier ganz allein in der Nebelwüste zurückgelassen, am Rand des Abgrunds, hilflos, hungrig, blind und frierend. Ein Panikanfall mit allen typischen Symptomen.

Ich muß gestehen, daß ich keinen Augenblick um meinen Gefährten besorgt war, ich hatte weder Mitgefühl noch Anteilnahme. Dazu fehlte mir die Kraft. Meine eigene Panik ließ dafür keinen Raum. Alles, was ich wollte, war, sofort wieder in meinem Hotelzimmer am Strand zu sein oder – noch lieber – zu Hause in München in meiner Badewanne. Da sieht man, wie Menschen wirklich sind, wenn Gefahr droht. Jeder denkt nur an sich, der Überlebenstrieb übernimmt die Regie.

Plötzlich hörte ich ein Lachen. Es klang gespenstisch, leise und lockend wie ein Geistervogel. Dann hörte ich rufen: »Come, come, come!« Ich blieb wie angewurzelt stehen. O, du meine Güte, ich habe Halluzinationen, schoß es mir durch den Kopf. Jetzt verliere ich den Verstand! Der Reizentzug bewirkt, daß ich unheimliche Stimmen, wahnwitziges Lachen höre. Will mich da jemand ins Verderben locken? »Come, come, come!« Ein Erlenkönig ruft nach mir! Am liebsten hätte ich geschrien, aber nun kam gar nichts mehr aus meiner Kehle. Ich stand da, sprachlos, entsetzt, wurde selbst eine Nebelhexe, eine Wasserleiche, war ein verlorenes Kind und starrte verzweifelt in diese gestaltenlose Anderwelt, in der es nichts, aber auch gar nichts zu sehen gab außer den Nebenbildern meiner Angst.

Wieder und wieder hörte ich die unheimliche Stimme, noch verführerischer als zuvor. »Come, come!« Dieser Ruf klang so freundlich, so aufmunternd, so liebevoll. Ich fühlte mich wie hypnotisiert. Und zugleich blieb ich mißtrauisch. Mein Verstand schrie: Um Himmels willen, Doris! Jemand, der solch verderbenbringende Stimmen des Wahns hört, muß sofort in die Psychiatrie, in einen Schutzraum, unter ständige Aufsicht. Absolut suizidgefährdet, keine Kompromisse. O mein Gott, wenn die dich in ein indisches Irrenhaus einliefern, bringst du dich lieber gleich um. Reiß dich zusammen, tu so, als ob. Laß dir bloß nichts anmerken. Jetzt ist sowieso alles egal, sterben ist allemal besser als eine Zwangseinlieferung.

Mit dem Mut der Verzweiflung nahm ich die letzten mageren Reste meines Verstandes zur Hilfe und begann wieder, einen Schritt vor den anderen zu setzen. Aber das Lachen wollte nicht aufhören. »Hier, hier!« hörte ich rufen. »Hier, hier, hier!«

Wie an einem magischen Faden tastete ich mich durch den Nebel zu dieser magischen Stimme hin. Inzwischen war es mir gleichgültig, ob sie mich zum Heil oder ins Unglück führen wollte. Ich mußte ihr folgen.

Nach einigen Schritten, die ich wild entschlossen tat, schlotternd vor Angst und darauf gefaßt, von einem Wiedergänger des toten Professors in den Abgrund gezerrt zu werden oder einen Schreikrampf zu bekommen, wurde der Nebel unvermittelt hell, leuchtete weißgelblich, wo er vorher nur grau gewabert hatte. Und ich sah auch Farben wie im Regenbogen, Grün, Blau, Rot. Mit eiskalten, klammen Fingern rieb ich mir verstört die Augen. Was war denn das? Wo war ich denn jetzt? Alles bunt um mich herum! War das Ganze vielleicht überhaupt nur ein Traum, ein gräßlicher Alptraum? Warte nur, Doris, flüsterte ich verzweifelt, habe Geduld, gleich wirst du in deinem Schlafzimmer wach.

Aber es war doch so kalt und naß! Meine Füße taten mir weh, ich nahm meinen verkrampften Körper wahr und spürte, wie die nasse Kälte mir bis ins Innerste drang. Trotz allem ging ich weiter und hörte immer wieder die seltsame Stimme flöten: »Hier, hier, hier!«

Weil ich gar nicht mehr stehenbleiben konnte, verwünscht, wie ich war, ging ich weiter, ohne Ziel, aber in die Richtung, aus der ich die magische Stimme hörte. Da zerteilte sich schlagartig die Wolke, und ich trat in gleißendes Sonnenlicht.

Geblendet schloß ich die Augen. Dann machte ich sie fassungslos wieder auf. Einer, der aussah wie der Professor, stand nur ein paar Meter entfernt von mir in seinem weißen, faltenreichen Gewand. Er streckte die Hände nach mir aus und strahlte mich glücklich an. Sein breites Lächeln leuchtete weiß aus dem dunklen Gesicht. Er war für mich in diesem Augenblick ein Engel Gottes, so freundlich und tröstlich. Ich aber torkelte wie betrunken, sprachlos und völlig außer mir auf ihn zu und stürzte dann entkräftet zu Boden.

Akasho setzte sich ins Gras, sah mir besorgt ins Gesicht und hielt meine Hand. Ich schaute ihn dankbar an. Es war vorüber. Eine sekundenlange Bewußtlosigkeit hatte mich vor dem Verrücktwerden gerettet, hatte mein System durch eine Kontaktunterbrechung wieder in Ordnung gebracht. Wir waren in Sicherheit, und meine Panik nur noch formlose Erinnerung, kaum zu fassen wie die Wolke, deren milchiger Nebel nicht weit von uns waberte. Akasho half mir auf die Füße. Dann gingen wir schweigend auf das nur wenige Minu- ten entfernte Hotel zu. Es bedurfte keiner Worte zwischen uns. Unsere Reisegesellschaft wartete auf uns. Die Kinder lie- fen uns entgegen, die Erwachsenen winkten. Es schien gar nicht viel Zeit vergangen zu sein. Am Himmel glänzte die Sonne, die Vögel sangen, die Luft war köstlich. Schnell wurde mir warm. Man legte uns Tücher über die Schultern und brachte uns süßen, heißen Milchtee.

Niemand fragte uns. Wir erzählten nichts. Was gab es schon zu sagen? Was war überhaupt geschehen? Das Unsagbare in Worte fassen zu wollen ist ein müßiges Unterfangen. Trotzdem fühlte ich mich Shobha gegenüber von einem leisen, vagen Schuldgefühl durchströmt, als teilte ich mit dem Professor ein unerlaubtes Geheimnis. Aber ich hatte nicht die geringste Lust, dieses Gefühl auseinanderzunehmen.

Bald wurde das Essen ausgepackt, und wir labten uns alle an den mitgebrachten Köstlichkeiten. Ich kann mich nicht erinnern, was wir aßen, doch ich stopfte in mich hinein, was mir unter die Finger kam. Der Rest des Tages verging auf nette, angenehme Weise. Shobha und Mr. Varghese mit seiner Frau Gatha waren unbekümmert freundlich. Die Teefabrik besichtigten wir nicht mehr. Auf der Rückfahrt döste ich.

Die Grüne Mutter

Die Eingewöhnung zu Hause ist schwierig. An das Leben »danach« muß ich mich erst gewöhnen. Es kommt mir so vor, als müßte ich die einfachsten Handgriffe neu lernen, wie nach einem Schlaganfall. Der schützende Kokon meines Elternhauses tut mir gut. Er muß erhalten bleiben, bis meine Flügel sich von selbst entfalten. Deshalb lasse ich, als ich am frühen Nachmittag erwache, leise die Jalousien des Wohnzimmers herunter. Hoffentlich fällt es den übereifrigen Nachbarn nicht auf. Ich will es dunkel haben, will tagsüber die Nacht simulieren.

Noch möchte ich nicht ganz aufwachen. Da war ein Traum, der mich intensiv beschäftigt. Ich bin ganz aufgeregt und durcheinander. Was soll das alles bedeuten? Wichtig gewiß, wenn auch rätselhaft. Ich sah zuerst eine gesichtslose grünliche Gestalt, undeutlich. Sie befand sich in einer Hülle, stand aufrecht in einer buntschillernden Seifenblase, die auf mich zurollte. Das menschenähnliche Wesen bewegte die zittrige Luftkugel mit langsamen, sorgfältig gesetzten Schritten vorwärts, bis sie vor mir zum Stehen kam. Dann trat es heraus und stellte sich ganz dicht vor mir auf.

Dieses Wesen war größer als ich, deshalb mußte ich meinen Kopf zurücklegen und die Augenlider wie ein Kind nach oben schlagen, um es anzusehen. Das irisierende Schillern der Luftblase umgab auch Antlitz und Schultern dieser Gestalt. Angst hatte ich kaum. Ihre Nähe wirkte beruhigend, war weder freundlich noch unfreundlich, eher neutral und wohlwollend. Ich rührte mich nicht. Dabei überlegte ich eifrig: Soll ich nun warten, bis ich angesprochen werde, oder muß ich selbst eine

Frage stellen wie Parsifal? Daß ich bloß nichts falsch mache! Ich fragte vorsichtshalber: »Brauchst du Hilfe?«

Das Wesen lächelte still und nachsichtig wie eine gütige Großmutter. »Wir brauchen gar nichts, liebes Kind. Aber du, du brauchst jetzt unsere Hilfe«, sagte es mit unvertrauter Stimme. »Es kostet uns Kraft, geliebte Dorothea, uns dir zu zeigen. Deshalb können wir nicht lange bleiben. Aber wir wollen dir helfen.«

Wieso sprach die Frau immer von »wir«? Ich schaute mich um, doch da war niemand außer uns.

»Wir«, antwortete das Wesen auf meine unausgesprochene Frage, »wir sind ein Kollektiv von Seelen, zu dem auch ein Mensch gehörte, der … dich geboren hat. Jetzt ist die Seele … dieses Menschen … wieder mit uns vereint.«

Die grüne Frau redete tatsächlich, als fiele es ihr schwer zu artikulieren. Und wie konnte sie wissen, was ich doch gar nicht gesagt hatte?

»Welche Hilfe brauche ich?« rief ich. »Geh noch nicht fort! Ich brauche dich! Ich bin so allein!«

»Dafür danken wir dir, denn das gibt uns Kraft. Wir kommen nicht in eigener Sache, sondern folgen einem Auftrag. Diejenigen, die deine Seele behüten, haben uns darum gebeten.«

»So sprecht doch endlich! Redet!«

»Wir alle danken dir, daß du die Mühsal der Veränderung, die Schmerzen der Angst auf dich genommen hast. Darauf baut unsere Unterweisung auf. Wir beglückwünschen dich und uns zugleich für deine Hingabe und Ausdauer. Unser nächstes Geschenk wird erst dadurch ermöglicht.«

Ich fiel auf die Knie und versuchte mit beiden Armen die Beine der grünen Gestalt zu umschlingen. Festhalten wollte ich sie, bis sie mir alles gesagt hatte. Aus meinen Augen stürzten Tränenfluten der Sehnsucht. Doch ich griff ins Leere. Das Wesen trat einen Schritt zurück, betrachtete mich voller Mitgefühl und wartete, bis ich mich ein wenig beruhigt hatte. Mit tränenverschleiertem Blick und weit offenen Ohren vernahm ich die nächsten Worte. Sie sprach leise und gemessen, als würde sie eine vorbereitete Predigt ablesen.

»Wir wünschen uns und wir bitten dich, das uralte und doch immer neue Wissen von der seelischen Wirklichkeit zu verbreiten, dem du in Indien begegnet bist. Es ist ewig, einfach und groß. Jeder Mensch kann es begreifen, weil es seiner innersten Wahrheit entspricht. Es dient auch dir selbst, deinen kommenden Lebensabschnitt mit Sinn zu erfüllen. Es dient jenen, die dich zu deinen Lebzeiten umgeben und von dir lernen werden. Und es ist wichtig für kommende Menschengenerationen.«

»Was soll ich den Leuten bloß beibringen? Ich bin doch selbst so verwirrt, ich verstehe nichts mehr! Alles, was ich früher mühsam gelernt hatte über die Natur des Menschen, ist verflogen wie Blumenduft im Wind! Meine vielen Studien, mein Beruf!« jammerte ich. »Ich kann gar nicht mehr so tun, als ob ich damit jemanden heilen könnte! Womit soll ich denn jetzt mein Geld verdienen?«

»Wozu mußt du denn Geld verdienen? Dorothea, komm zu dir! Du hast Geld genug. Was du brauchst, ist Erfüllung! Eine Fülle von Sinnhaftigkeit. Alles andere ergibt sich von selbst.«

»Das sehe ich ein. Ich fühle es selbst. Neuer Lebenssinn wächst in mir wie ein junger Baum, seit ich auf die indische Reise ging. Aber der Baum paßt nicht in meinen alten Lebensgarten mit den welken Blüten von Psychologie und Philosophie.«

»Kurzlebige bunte Sommerblumen. Gut, Kind, das ist gut so. Sommerblumen sind schön, sie schmücken die Beete und erfreuen das Herz mit Duft und Farben. Es gibt keinen Grund, sie mit Füßen zu treten. Doch was gültig ist, bleibt lange. Es verbindet sich mit ewig Gültigem. Die Weisheit, die wir dich lehren, ist ein uralter Baum in deinem existentiellen Garten. Verstehst du den Unterschied?«

»Aber ich bin schließlich schon alt und kann nicht warten, bis der neue Baum Schatten wirft«, begehrte ich unter heftigem Schluchzen auf. Ich fühlte mich plötzlich verzweifelt.

»Wer weiß, wie lange es dauert, bis ich seinen kühlenden Schutz genießen kann? Ich habe nicht genug Zeit, um alles zu verstehen! Es ist sowieso alles furchtbar schwierig. Und ich bin ganz allein!«

Das Wesen hob eine gewichtslose blaugrüne Hand und ließ sie sachte auf meinen Scheitel ruhen. »Das Wissen, das wir dir erklären wollen, betrifft Gesetzmäßigkeiten jenseits der Begrenzungen von Raum, Zeit und Materie. Du weißt schon alles. Aber du verstehst es noch nicht und kannst es daher nicht gültig formulieren. Wer lehren und wirken soll, benötigt nicht nur Erfahrung und intuitive Einsichten. Auch Theorien, Strukturen, Begrifflichkeiten sind wichtig. Dafür wurde dem Menschen der Verstand gegeben. Dafür brauchst du Hilfe. Darin besteht unsere Hilfe.«

»Wenn es so ist, dann danke ich dir – ich meine: euch«, flüsterte ich. »Es stimmt, ich habe so viel erlebt auf meiner Reise, was ich überhaupt nicht verstehe. Wenn ihr mir da helfen könnt ...«

»Erkenntnisse, die die seelische Dimension jedes Menschen betreffen, wollen wir dir schenken. Deshalb werden wir dir im Traum begegnen. ›Grüne Mutter‹ sollst du uns rufen.«

Die dunkle Stimme dröhnte in meinem Kopf, als wäre ich eine große erzene Glocke und ihre Worte ein Klöppel, dessen Schlagkraft noch lange nachtönt. Nun trat das grünschillernde Wesen beiseite, öffnete die bebend wartende Luftkugel, trat hinein und rollte mit rückwärts gerichteten Schritten, den ernsten, gütigen Blick unverwandt auf mich gerichtet, von mir fort. Ich lag am Boden auf den Knien und schaute ihr nach, bis ich nur noch einen winzigen Punkt am Horizont erkennen konnte. Mit tränenbenetztem Gesicht erwachte ich, zitternd und voller Sehnen.

Mein Kissen ist ganz feucht. Das Erlebnis hallt in mir nach, noch immer höre ich den Schall der Glocke. Erst als ich ganz zu mir gekommen bin, stelle ich fest, daß durch ein angekipptes Fenster das Geläut der nahen Pfarrkirche dringt. Es muß Sonntag sein, neun Uhr dreißig. Oder eine Hochzeit am

Nachmittag? Eine Beerdigung? Ein Luftangriff? Wieder weiß ich nicht, wie spät es ist, will es nicht wissen. Graues Licht scheint durch den Vorhang. Ich schließe die Augen noch einmal und lasse mich von dem melodischen Dröhnen ganz durchdringen.

*E*igentlich sollte es mich nicht wundern, daß ich von einer Muttergestalt träume, nun, da ich wieder zu Hause bin und in Mamas Bett liege. Doch ein Traum wie dieser sprengt die gewohnten Dimensionen. Wer oder was auch immer mir da erschienen ist – mein Unbewußtes will mir etwas Wichtiges mitteilen, das ist gewiß. Und wenn ich nur verstehe, was gemeint ist, ist es auch vollkommen gleichgültig, woher es kommt. Erscheinung, Vision, spirituelle Unterweisung im Tiefschlaf – ob es das objektiv nachweisbar oder wenigstens subjektiv empfunden »wirklich« gibt, kann ich nicht beurteilen. Es ist gleichgültig. Ich fühle mich durch den Traum berührt, erschüttert, gewärmt, voller Hoffnung. Dieses Gefühl hat volle Realität. Mein Traumsymbol erfüllt so seine Funktion.

Nach ein paar Tassen Tee, die ich schlürfe, während ich noch halb abwesend durch das zugewachsene Küchenfenster auf die herbstlich verfärbten Blätter hinausschaue, beginne ich aufzuschreiben, was mir träumte. Die Worte der grünen Mutter halte ich ebenso fest wie meine Empfindungen. Die Qualität des Erlebten ist jenseits des Sagbaren, aber tief in mir verankert. Seit fast einem Jahr sind dies die ersten Worte, die ich zu Papier bringe. Und ich stelle befriedigt fest, daß es mir leichtfällt, jedes noch so kleine Detail zu erinnern.

Später steige ich die zwei Treppen hoch zu meinem Kinderzimmer unter dem Dach. Es ist leer und kahl bis auf Bett, Schrank und Stuhl. Kein Bild, keine Vorhänge, eine nackte Glühbirne. Ungeliebt. Das Bett ist bezogen, aber nicht einladend. Wann hatten wir zuletzt Gäste?

Kindheit, ausgewischt wie Kreideschrift von einer Wandtafel. Staubgeruch und Traurigkeit. Wenn ich in den Semesterferien kam, um Mutter zu besuchen, wollte ich ein Zimmer ohne Vergangenheit, einen kahlen Raum ohne Bilder und Krimskram. Ich wollte nicht an die schreckliche Zeit erinnert werden, hatte damals kein Bedürfnis mehr, mich hier zu Hause zu fühlen, mein Leben war nicht mehr hier.

Im Türrahmen bleibe ich lange stehen. Alte Schmerzen, Mitgefühl, Verständnis für meine Familie und für mich. Dann fällt mir eine Kiste ein, die auf dem Dachboden stehen müßte. Mutter hat sie, als ich zum Studium von München fortzog, mit meinen Sachen gefüllt. Nicht sie hatte das gewollt, sondern ich. Sie hätte mein Zimmer am liebsten so belassen, wie ich es als Mädchen bewohnt hatte. Jetzt verstehe ich, warum sie damals so gekränkt war. Langsam steige ich wieder die Treppe hinab. Doch die Erinnerungen lassen mich nicht los.

Als es längst stockfinster ist, überkommt mich eine unwiderstehliche Lust zu spielen. Ich verkleide mich wie damals als kleines Mädchen und betrachte mich neugierig im großen Spiegel. Das soll ich sein? Die reichlich fließenden Kleider um meine neue schmale Mitte gegürtet, bestaune ich mich von allen Seiten. Mein Haar fällt leuchtend, voll und kräftig bis zur Taille. Jetzt sehe ich nicht mehr aus wie Tizians Büßerin, beschämt, übergewichtig und schuldbewußt. Heute komme ich mir vor wie Franz von Stucks »Sünde«. Oder wie Kleopatra, die alle Tage ihres Lebens in Eselstutenmilch gebadet hat, um dereinst einem Kaiser zu gefallen. Ich streichele wollüstig über Arme, Bauch und Schultern, drapiere bunte Vorhangstoffe über meinen Busen. Der neue Leib will neue Kleider. Ich weiß ja gar nicht mehr, weiß noch nicht, was zu mir paßt!

Lange, müßige Stunden verbringe ich auf diese Weise, freue mich über meine neue mädchenhafte Eitelkeit. Es will mir scheinen, daß meine veränderte Geisteshaltung verlangt, die altvertraute Selbstentwertung zu transzendieren. Jedenfalls ist sie wie weggeblasen. In meiner Phantasie gehe ich immer wieder durch den Spiegel hindurch, vermische wie Alice im Wunderland Vergangenheit und Zukunft, Phantasie und Wirklichkeit, Sehnsucht und Enttäuschung, Angst und Lust. Voller Entzücken spiele ich dieses Spiel, kämme mein Haar, probiere Frisuren aus, paradiere in Mutters Hüten, die sie selten aufsetzte, weil sie sie für besondere Gelegenheiten schonen wollte.

Mir fällt ein, daß ich die Kiste mit den Spielsachen vom Speicher holen könnte. Oder wenigstens mal nachschauen, was alles darin aufbewahrt wurde. Ich möchte meine Puppe Thea mit den langen blonden Zöpfen wiedersehen. Sie sind aus echtem Haar. Thea sieht ein bißchen so aus wie ich als Kind, nur viel schöner. Sehnsucht überkommt mich. Rasch laufe ich mit einer Taschenlampe die Treppen hoch und schließe die Kleine nach kurzem Suchen in die Arme. Meine Thea! Du kommst jetzt mit mir, sollst nicht länger in der Kiste wohnen müssen.

So gebe ich mich meinen belebenden Spielen und Phantasien hin, bis ich wieder ein wenig hungrig werde. In der Küche greife ich nach diesem und jenem und trage bald selig mein Kinderphantasiegericht aus Nudeln mit Mayonnaise und Ketchup und ein Glas Kirschen ins Wohnzimmer. Dort höre ich Walzer, ganz leise, zünde Kerzen an und setze mich, nur mit einem dünnen Tuch bekleidet, auf den Boden. Plötzlich kann ich die Indienheimkehrer verstehen, die nur noch mit den Fingern essen und auf dem Boden schlafen wollen. Im Zimmer herrschen tropische Temperaturen, so sehr habe ich eingeheizt. Ich bekleckere mich unbekümmert mit den fetten Soßen, spucke begeistert Kirschkerne durch die Luft. Das macht Spaß! Es ist gar nicht einfach, Spaghetti mit den Zehen zu essen, deshalb stopfe ich sie mir mit beiden Händen in den Mund. Lachend vor Glück trällere ich die Walzer mit, drehe mich nackt zur Musik, mit dem Löffel im Mund. Am späten Nachmittag falle ich beseligt aufs Sofa und begebe mich zur Ruhe, die kleine Thea fest im Arm. Für den Jet-lag bin ich so dankbar! Er erlaubt mir, die Zeit auf den Kopf zu stellen. Ich träume allerlei Lustiges, Nettes, Albernes, wie es sich für Kinder gehört.

Als ich im dunklen Wohnzimmer aufwache, spüre ich, ohne sie sehen zu können, die Unordnung der Kleiderhaufen und die abgegessenen Teller um mich herum. Es ist zum Ersticken heiß. Mein inneres Kind ist zufrieden, es durfte spielen, bis es genug hatte.

Schluß mit den regressiven Anwandlungen. Jetzt will ich zum Zweck meiner nächtlichen Erinnerungsarbeit einen klaren Geist, einen kühlen Kopf, um die Bilder der Vergangenheit nicht nur zu sehen, sondern auch mit Herz und Verstand zu deuten. Deshalb beschließe ich, ins ungeheizte Schlafzimmer umzuziehen. Ohne Nachthemd lege ich mich wieder unter Mamas Federbett. Hier ist mein Denkplatz, hier kann ich auch die Ängste und den Schrecken zulassen, die mich in Wellen überkommen. Hier bin ich sicher.

Ramas Geheimnis

Bis die Grippe, die ich mir auf dem Nebelberg von Ponmudi geholt hatte, auskuriert war, dauerte es vierzehn Tage. Zuerst lag ich elend und fiebernd auf meinem Bett, später im Schatten auf der Terrasse, trotz der flirrenden Hitze in eine warme Decke gehüllt. Ich dachte wenig, aber tief in mir schien irgend etwas zu wühlen, denn ich hatte wirre Träume. Mir fehlte die Kraft, sie aufzuschreiben und zu analysieren. Sie hatten keine Kohärenz, keine Handlung. Bäume kamen immer mal wieder vor. Für C. G. Jung ist der Baum ein Mutterarchetyp. Bei dieser vagen Einsicht ließ ich es bewenden.

Zwei Tage lang ging es mir richtig schlecht. Ich hatte hohe Temperatur, litt unter aufgesprungenen, wunden Lippen und schwitzte sehr. Die mörderische, feuchte, drückende Hitze an diesem Küstenstrich potenzierte mein Fieber. Im Schlaf schwitzte ich Hemden und Bettücher naß, mußte mich mühselig umziehen und die Wäsche wechseln lassen. Bald befürchtete ich eine Lungenentzündung. Und das in Indien!

Seit meinen Kinderkrankheiten hatte ich nicht mehr so matt im Bett gelegen, war stolz auf meine eiserne Gesundheit gewesen. In diesem Zustand sehnte ich mich so sehr nach meiner Mutter, nach ihrer Pflege, nach ihrer Anteilnahme, daß ich manchmal still in mich hineinweinte. Ich lag auf dem Rücken, und in meinen Ohren bildeten sich überlaufende Tümpelchen von Tränen. Ich fühlte mich schrecklich verlassen. Sie hätte mich gewaschen, mir zu trinken gereicht und Balsam auf meine wunden Lippen gegeben. Ja, und mich liebevoll angeschaut. So aber hatte ich niemanden, war eine Fremde in einem fremden Land. Während ich mich in schierer Verzweiflung auflöste und viele Stunden lang nichts als bitterste Einsamkeit empfand, meinte ich zuweilen, ihre Stimme zu hören, die in leicht vorwurfsvollem, fast ungeduldigem Ton rief: »Aber was willst du denn, Kind, ich bin ja bei dir!« Und ich glaubte sie an meinem Lager stehen zu sehen. Dann fühlte ich mich für ein Weilchen seltsam getröstet, hatte auch nicht die Kraft, mich wegen solcher Halluzinationen streng an die Kandare zu nehmen. Meistens dämmerte ich nur vor mich hin, schneuzte mich unentwegt in Taschentücher, die ich aus einem alten T-Shirt geschnitten hatte und die ich immer wieder auswusch, da ich keine Papiertaschentücher auftreiben konnte. Später hustete ich ganze Tage und Nächte und ruhte zwischendurch in erschöpftem Kurzschlaf.

Wie ein schwerer Rammbock, der geduldig gegen das Tor einer Festung donnert, wohl wissend, daß ihm am Ende nichts widerstehen kann, ging der Ozean unentwegt gegen das Ufer an. Ich liebte dieses Tosen, doch es gab dunkle Stunden, da haßte ich es auch, denn ich konnte ihm nicht entrinnen. Unablässig schlug die Brandung an den Strand, wusch schäumend und brausend in die kleine Bucht unter meinen Fenstern und wich dann gurgelnd zurück. In manchen Nächten donnerte sie so hart gegen den Felsvorsprung, auf dem das Hotel errichtet war, daß das Haus erzitterte. Dann konnte ich ein drohendes Nachbeben in meinem Fleisch spüren, und meine Seele war beunruhigt. Wie froh war ich, wenn endlich der Morgen kam und der Schlaf mich übermannte, stärker als die gleichmütige Gewalt des großen Wassers.

Erlebte ich weniger dumpfe Stunden, kam die Erinnerung an den Ausflug nach Ponmudi zurück. Die Weissagung des Asketen und die anschließende Zeremonie im Höhlentempel waren dabei weniger wichtig, obgleich mir beide Ereignisse mit kristalliner Klarheit vor Augen standen.

Viel häufiger dachte ich mit einem Gefühl äußerster Scham und größten Entsetzens an meinen Panikanfall während der kurzen Wolkenwanderung. Auch im nachhinein empfand ich ihn als höchste Bedrohung meiner psychischen Stabilität. Wenn ich daran dachte, daß ich dort oben kurz vor einem psychotischen Ausfall gestanden hatte, wurde mir heiß und kalt. Wieder und wieder fragte ich mich mit großer Bangigkeit, was eigentlich mit mir los sei. Immer von neuem ging ich die möglichen Gründe für meinen Realitätsverlust durch – die noch nicht bewältigte Trauer, die Verfremdung durch das indische Umfeld, die Entspannung, die unerwartete Begegnung mit dem Numinosen. Es mag da noch anderes gewesen sein, unbewußte Faktoren vielleicht, möglicherweise war auch schon diese Grippe, unter der ich immer noch litt, im Anzug gewesen, ohne daß ich es bemerkt hatte. Ich war sichtlich beunruhigt. Jedenfalls kam ich durch Nachdenken allein zu keiner schlüssigen Deutung. Obschon die Frage keineswegs aufhörte, mich zu beschäftigen, bestand ich doch nicht auf einer eindeutigen Antwort, sondern dachte mir, die Zeit würde mir schon zeigen, wo Sinn und Zweck dieses Vorfalls zu suchen waren.

Daß es gar nicht darauf ankam, möglichst schnell wieder fit zu werden, beruhigte mich ungemein. Ich hatte Zeit! Ich mußte nichts leisten! Ich hatte nicht einmal die Verpflichtung, mich zu erholen hier am Traumstrand, durfte krank sein, so lange ich mochte. Man versorgte mich, einmal war sogar der Arzt geholt worden. Ich aß oft nur Reis, manchmal gekochtes Obst. Viel Appetit hatte ich nicht. Mein Zustand war nach den ersten Tagen akuter Erschöpfung weder angenehm noch unangenehm. Shobha und Gatha machten kurze Krankenbesuche an der Zimmertür, wollten aber sich und die Kinder nicht anstecken. Inzwischen hatte ich alle mitgebrachten Bücher gelesen und auch fast jedes Werk aus dem Hotelbücherschrank. Dort waren ein paar Krimis und andere Reiseliteratur zu finden gewesen, alles, was Touristen eben so hinter sich lassen. Gott sei Dank mußte ich vor den englischsprachigen Büchern nicht haltmachen.

In meinem Südindienführer hatte ich den Abschnitt über die indische Urbevölkerung nachgelesen. Das Thema beschäftigte mich mehr und mehr, seitdem ich den Artikel aus der *Times of India*, den ich mit aufs Zimmer genommen hatte, noch einmal studiert hatte.

Hochinteressant, diese Ureinwohner! Der Aufsatz von Akashos Kollegen handelte von dem Stamm der Toda, die bei Ootacamund in den Nilgiribergen leben und erst vor ganz kurzer Zeit zum erstenmal mit Geld in Berührung gekommen waren. Sie trieben weder Ackerbau noch Viehzucht, waren aber auch keine Nomaden, sondern ernährten sich als Vegetarier von den Früchten des Waldes und von der Milch wilder Büffel. Schöne Menschen waren das, hochgewachsen und stolz, langlebig und gesund. Die Frauen, so berichtete der Aufsatz, hätten seit jeher mehrere Ehemänner, manchmal gleichzeitig drei oder vier Brüder, dann wieder schnell hintereinander Gatten aus verschiedenen Clans, von denen sie sich scheiden ließen, wenn ein besserer Mann auftauchte. Der jedesmal teurer werdende Brautpreis wurde vom Gatten in Büffeln bezahlt. Eine merkwürdige Form der Polyandrie! Der Professor war stolz darauf gewesen, daß sein Kollege am Institut die internen soziomoralischen Gesetzmäßigkeiten herausgefunden hatte, die hinter solchem archaischen Gebaren verborgen lagen.

Ich war schon wieder auf den Beinen, wenn ich auch nicht an den Strand hinunter mochte, als man mich darüber informierte, daß Rama Raj bald bei mir vorbeischauen wollte. Gewiß will er mir danken für das Geld; und er soll ja noch mehr bekommen, überlegte ich. Vor allem aber spürte ich sofort eine große, warme Welle der Freude bei dem Gedanken, ihn wiederzusehen.

Am folgenden Tag klopfte es an meiner Zimmertür, als ich gerade aus meinem Nachmittagsschläfchen aufgewacht war. Im allgemeinen schlief ich nackt unter den dünnen Laken, aber wegen der Erkältung hatte ich jetzt wenigstens ein Nachthemd an. Man kann nicht vorsichtig genug sein mit den tropischen Viren. Ich erwartete wie immer den Boy mit dem Tee, den ich täglich auf vier Uhr bestellt hatte. Er brachte das übliche Tablett. Aber hinter ihm wartete schüchtern lächelnd Rama Raj.

An der Tür blieb er stehen. Schnell legte ich mir einen Schal über. Erst als ich ihn freudig zu mir winkte, traute er sich, näher zu treten. Seine Hände hielt er auf dem Rücken.

Der Boy sprach mich an und sagte: »Mein Freund hier möchte mit Ihnen sprechen. Ich soll übersetzen.«

»Aber natürlich, gern! Sag ihm, daß ich mich sehr freue, ihn wieder gesund zu sehen. Er soll mir mal sein Bein zeigen. Ich möchte wissen, wie es aussieht.«

Rama Raj zog das gelbe Wickeltuch, das ihn fast bis zu den Fersen bedeckte, beiseite, und ich sah ein dunkelhäutiges Knie, das mit einer geröteten Narbenfläche bedeckt war, mir aber doch insgesamt sehr gut abgeheilt schien. Auch am Oberschenkel war recht wenig von der üblen Verbrennung zu erkennen.

Ich seufzte erleichtert auf. Dann richtete ich mich direkt an ihn. »*I am very happy*«, lachte ich ihn an.

Er verstand mich sofort. Auch er lächelte zufrieden, und wieder sah ich die ungeheure Zutraulichkeit, die kindliche Offenheit in seinen Augen. Zugleich war da etwas Altes und Würdevolles. Diesmal sah ich es deutlicher als in der rußigen Küche. Bei greisen Menschen, gerade wenn sie schon leicht dement sind und auf nichts und niemanden mehr Rücksicht nehmen müssen, findet man bisweilen diese Mischung von Weisheit und Reinheit. Bei einem Mann, der kaum fünfundzwanzig war, hatte ich so etwas noch nie gesehen. Ich fühlte mich unmittelbar weicher werden.

Eigentlich störte mich der Boy bei unserem Zusammentreffen; wir hätten allein wahrscheinlich nicht viel Worte gemacht und würden uns trotzdem hervorragend verständigt haben. Aber dann war ich doch ganz dankbar, daß Rama Raj mir mit der Hilfe seines ungeschickten Dolmetschers berichten konnte, daß es ihm gutginge, daß er wieder laufen könne. Er meinte, ich habe ihm das Leben gerettet, doch das war wohl mehr blumiges Kompliment als korrekte Wahrheit. Auch das Geld und die Postkarten hatte er erhalten.

»Wann fängst du wieder an zu arbeiten?« wollte ich wissen. »Bleibst du hier im Hotel?«

Ich wollte ihn gern in meiner Nähe haben, solange ich mich hier aufhielt. Aus irgendeinem unerfindlichen Grund fühlte ich mich in seiner Gegenwart ganz geborgen. Dabei war ich es doch gewesen, die ihm in der Not beigestanden hatte, nicht umgekehrt. Vielleicht war es die körperliche Schwäche, die mich so bedürftig machte. Durch meine Erkrankung und die vielen Stunden des Alleinseins war ich für jede Art Ansprache und Gesellschaft sehr empfänglich. Mir war der junge Mann einfach sehr sympathisch.

»Ich kann hier nicht mehr arbeiten. Und auch in den anderen Hotels findet sich kein Platz für mich. Die Saison ist vorbei, die Besitzer sind froh über jeden, der jetzt geht. Vielleicht kann ich nächsten Winter zusammen mit meiner Frau einen Imbißstand aufmachen. Ihr Vater muß mir noch die Mitgift zahlen.«

»Wie lange seid ihr denn schon verheiratet?«

»Vier Jahre. Aber er hat noch drei ältere Töchter, für deren Mitgift er sorgen muß. Solange ich Arbeit hatte, wollte ich ihn nicht unter Druck setzen. Ich kann nicht viele Ansprüche stellen, denn ich bin nicht aus dieser Gegend und hatte es nicht leicht, als Schwiegersohn akzeptiert zu werden. Wir haben aber einen Sohn, und seitdem geht es besser.«

Während der Boy mit dem Teegeschirr klapperte, wurde

mir klar, daß wir ihn wirklich nicht brauchten. Er schien mehr aus Neugier mitgekommen zu sein oder um Rama Raj den Zugang zu meinem Zimmer zu erleichtern. Ich beschloß, ihn nach einer weiteren Tasse zu schicken, um meinem Gast etwas Tee anbieten zu können. Ich wußte, er würde dafür eine ganze Weile benötigen. Auf keinen Fall wollte ich ihn dabeihaben, wenn ich Rama Raj noch etwas Geld zusteckte. Das konnte Präzedenzfälle und falsche Erwartungen schaffen, mochte sogar gefährlich sein, wenn jemand herausfand, daß ich reichlich Bargeld im Zimmer hatte.

Ich vermutete richtig, daß Rama Raj viel besser Englisch konnte, als seine anfängliche Schüchternheit vermuten ließ. Ich bat ihn, einen Moment auf die Terrasse hinauszutreten, während ich in meiner Tasche nach den Dollarscheinen suchte. Dann zog ich meinen Morgenrock an und ging zu ihm hinaus, um ihm einen Hunderter zu überreichen.

»Ein Geschenk für dich, bitte!«

»Für mich?« Er war ganz verwirrt.

»Ja, für den Imbißwagen.«

»Aber Madam, das ist zuviel!«

»Nein, nimm nur, du hast ja jetzt keine Arbeit. Aber zeige es niemandem hier im Hotel!«

»Yes, Madam, no, Madam, thank you, Madam.«

Wir atmeten beide tief die warme Meeresluft ein. Was sollten wir auch sonst tun? Für mich war das ebenfalls eine ungewohnte Situation, und ich wußte nicht so recht damit umzugehen. Deshalb trat ich zurück ins Zimmer, machte mich am Tablett zu schaffen und goß mir eine Tasse Tee ein. Anschließend schneuzte ich mir aus lauter Verlegenheit gründlich die Nase. Die Sonne sank schon, bald würde es kühler werden. Nach Sonnenuntergang kam immer ein angenehmer Nachtwind auf. Rama Raj folgte mir einen Moment später. Als ich ihn verstohlen von der Seite anschaute, sah ich wieder zwei einzelne dicke Tränen langsam seine Wangen herunterlaufen. Wie damals, als er so furchtbare Schmerzen leiden mußte.

Das hatte ich nicht beabsichtigt. Ich wollte ihn doch nicht beschämen und hatte viel darüber nachgedacht, wie ich ihm das Geld zukommen lassen konnte, ohne ihn zu verletzen. Aber vielleicht verstand ich seine Tränen falsch. Denn nun lächelte er mich wieder so liebenswürdig an, daß ich schnell merkte: Es waren Freudentränen. Er schien überwältigt von seinem unverhofften Glück.

Nachdem er die Tränen mit einem Zipfel seines mundu, dem knöchellangen Lendentuch, fortgewischt hatte, blieb er zuerst verwirrt mitten im Zimmer stehen. Dann ging er langsam im Raum umher. Auch ich wußte jetzt nichts zu sagen. Wir warteten immer noch auf die zweite Tasse. Rama Raj blickte sich derweil im Zimmer um. Da gab es allerdings nicht viel zu sehen. Die Wände waren in einem fahlen Krankenhausgrün gestrichen und hatten schon einige Flecken. Das Bett war ungemacht, der Papierkorb lange nicht geleert. Die Tür zum Bad stand offen, dort hing meine kleine Wäsche auf einer Reiseleine. Auf dem Tisch lagen ungeschriebene Postkarten und andere Papiere. Gern hätte ich eine Vase für Blumen gehabt, aber während meines fiebrigen Dämmerzustands hatte ich nicht mehr daran gedacht, das Personal um so etwas zu bitten.

Mit kindlicher Neugier trat der junge Mann jetzt an diesen Tisch heran. Und plötzlich griff er sich den Zeitungsartikel über den Todastamm, fuhr herum und stieß einen kleinen Schrei aus. Dann lief er zu mir hinüber und deutete aufgeregt auf das Foto einer schönen alten Stammesangehörigen, die eine besondere Tracht trug und wirklich ganz anders aussah als die gewöhnlichen Inderinnen des Südens. Dazu rief er wie außer sich: »*Like my people, look, like my people!*«

»Bist du denn auch aus den Nilgiribergen?« fragte ich voller Interesse. »Nein, nicht von dort«, sagte er, »wir leben in den Backwaters. Aber wir sind auch Ureinwohner wie die hier. Niemand mag uns, weil wir –«

Hier unterbrach er sich, denn er hörte den Boy die Treppe heraufpoltern, so als habe der es plötzlich furchtbar eilig.

Dabei war er gut zehn Minuten fortgewesen. Bevor die Tür aufflog, fand Rama Raj gerade noch die Zeit, mir verschwörerisch zuzuflüstern: »*Please, nobody, nobody tell*«, was wohl heißen sollte, daß ich auf keinen Fall über seine Herkunft reden sollte. Nun gut, wenn ihm das so wichtig war, wollte ich mich gern daran halten. Selbstverständlich war ich jetzt nur noch neugieriger geworden. Warum hielt er seine Abstammung vor den Kollegen im Hotel geheim?

Ich bot ihm nun eine Tasse von dem schon fast erkalteten gewürzten Milchtee an. Er nahm sie entgegen, nur setzen wollte er sich nicht. Das wäre ihm vielleicht ungehörig vorgekommen. Dann verabschiedete er sich bald. Ich blickte ihn beim Hinausgehen fest und bedeutungsschwanger an, damit er verstehen sollte, was ich ihm eigentlich mitteilen wollte, und wandte mich dann an den Boy: »Sag ihm, er soll mich unbedingt in der nächsten Woche wieder aufsuchen, am Nachmittag, so wie heute. Ich erwarte ihn, es ist wichtig!« Ich hätte es Rama Raj auch direkt sagen können, hatte aber plötzlich instinktiv den Eindruck, daß seine guten Englischkenntnisse ein Geheimnis zwischen ihm und mir bleiben sollten. Rama Raj war überrascht von meiner Bitte, schien aber die Zweibödigkeit der Botschaft zu begreifen und lächelte mich an wie damals in der Küche. Beim Hinausgehen verbeugte er sich mit einem *Namasté*.

Der Sohn des Brahmanen

Der Professor kam zweimal auf ein Stündchen und setzte sich an mein Bett. Ich konnte beim erstenmal nicht viel sprechen, und so schwiegen wir. Darüber beklagte ich mich nicht. Nach Unterhaltung stand mir nicht der Sinn. Vieles verband uns, wollte aber nicht beredet werden. Wir verstanden uns, das genügte.

Beim zweiten Besuch hingegen sprachen wir recht angeregt

über seine Arbeit an der Universität, über die Studenten und über seine Familie. Von seinen Forschungen als Ethnologe berichtete er kaum, so als hätte er nichts Nennenswertes vorzuweisen. Er wollte mehr über Deutschland wissen, kramte plötzlich beachtliche deutsche Sprachkenntnisse hervor, rezitierte ein Gedicht von Rückert auswendig und gab mir zu verstehen, daß er die deutsche Indogermanistik und ihre berühmtesten Vertreter außerordentlich schätzte.

»Ich mußte ein bißchen Deutsch lernen, um sie zu verstehen«, sagte er. Ich war heimlich betroffen. Ich hatte weder Max Müller gelesen, noch konnte ich Rückert zitieren. Um so mehr war ich aufrichtig bereit, Akasho zu bewundern.

Auch von meiner Arbeit erzählte ich wenig. Vielmehr ging ich auf sein Gesprächsangebot ein und erklärte ihm, so gut es ging, die Unterschiede zwischen den deutschen Stämmen, sprach von den kleinen Fehden, die Franken und Bayern auch noch im zwanzigsten Jahrhundert miteinander austragen, schilderte die urtümlichen Fasnachtsbräuche der Alemannen.

Akasho nahm einen Schluck Tee zu sich. Wieder war es nachmittags. Wir hörten die Affen schreien, die auf der Landseite des Hotels durch die Palmen turnten.

»Die Affen haben keine Probleme mit Religion und Gott. Sie tun einfach, was sie wollen, und stellen keine moralischen Ansprüche«, scherzte ich.

»Wer weiß? Wir möchten wahrscheinlich der angestammten Religiosität *des Homo sapiens* eine Ausnahmestellung zuweisen. Wir wünschen uns immer, Gottsuche möge frei sein von dem urmenschlichen Bedürfnis nach Besserwisserei, Rechthaberei und den damit verbundenen aggressiven Impulsen. Aber das ist wohl so eine Art spiritueller Monismus, die dem Religiösen das natürliche Recht auf eine duale Struktur verweigert. Dabei ist es bezeichnend, finden Sie nicht, daß Shiva nicht nur der Bewahrer, sondern auch der Zerstörer ist und daß er mit der schönen Parvati zwei Söhne zeugt, den Gott des Schutzes und den Gott des Krieges.«

»Meinen Sie Ganesha, den lustigen Elefantengott?«

»Glauben Sie mir, Mrs. Doris, er ist nicht nur lustig, sondern auch sehr, sehr mächtig. Kein Mensch in ganz Indien, vom Himalaja bis zum Cap Comorin, der ihn nicht verehrt. Er ist eine große Schutzgottheit. Aber vor Gewalt, Tod und Okkupation hat er unser Volk beim näheren Hinsehen dann doch nicht bewahrt. Die Geschichte lehrt uns leider das Gegenteil. Allerdings macht Kérala da eine rühmliche Ausnahme. Seit Jahrtausenden ist in keinem indischen Bundesstaat so wenig Blut geflossen wie hier. Und schauen Sie sich diese Menschen an: viele liebenswerte, offene Gesichter, kein Terror in den Augen, wenig Lebensangst. Ich stelle das immer wieder fest, wenn ich meinen Schwager besuche. Vielleicht liegt es am Klima und daran, daß hier niemand Hunger leidet. Kérala ist ein wahrhaft gesegnetes Fleckchen Erde.«

»Bei uns in Deutschland hungert auch niemand. Das kann es also nicht sein. So, wie Sie die Keraliten schildern, wären sie die idealen Kandidaten für die Gründung einer friedfertigen Weltreligion. Doch ich glaube nicht daran, daß Friede mit Gott unbedingt Friede auf Erden bedeuten muß. Hat nicht Ihr Krishna zu diesem Thema so äußert lehrreiche Worte an Arjuna gerichtet? Er forderte ihn auf, seine Verwandten zu töten, obgleich er sich mit heftigen Argumenten dagegen wehrte. Es ging aber gar nicht um seine persönlichen Gefühle und Interessen, sondern um das Wohl eines übergeordneten Ganzen.«

»Haben Sie tatsächlich in der Gita gelesen?«

»Nur in Auszügen.«

»Trotzdem, das freut mich außerordentlich. Wissen Sie, Mrs. Doris, auch ich halte die globalen Friedensideen für naive Wünsche von Menschen, die keinen Einblick in die natürliche Ordnung der Kräfte haben. Jeder fordert Frieden, aber ohne Krieg ist er nicht zu erreichen, in der Vergangenheit niemals und auch in Zukunft nicht! Dahinter steckt ein großes spirituelles Mißverständnis. Aber es handelt sich auch um ein profundes Mysterium. Gutes enthält Böses, das Böse wiederum kann Gutes bewirken. Gibt es dafür nicht genug Beispiele in der Geschichte der Menschheit?«

Ich zuckte mit den Achseln. Noch war ich zu matt und krank, um mir darüber Gedanken zu machen. Mein Schweigen deutete Akasho als Zustimmung. Mit gesteigerter Emphase fuhr er fort:

»Und wissen Sie, woran das liegt, Mrs. Doris? Die Priester spannen den Wagen vor das Pferd. Alles, was nach Gott strebt, soll in Handlung und Ausführung unbedingt von ethischer Reinheit sein. Das fordert jeder! Die Spannung von Gut und Böse soll schon überwunden sein. Dabei ist dieses Transzendieren doch allerhöchstens ein Ergebnis, nicht die Voraussetzung einer Suche. Oder was meinen Sie?«

»Wir Psychoanalytiker sind immer der Ansicht, daß der Schatten integriert werden muß, man darf ihn nicht verdrängen«, gab ich zu. Dann bekam ich einen schlimmen Hustenanfall. Wahrscheinlich waren mir meine eigenen Schatten eingefallen, bei denen von Integration leider kaum die Rede sein konnte.

»Ich gebe Ihnen da völlig recht«, sagte Akasho nachdenklich, als ich mich wieder beruhigt hatte. »Aber wer verdrängt, hat vielleicht mehr Kraft, weil ihn keine Selbstkritik und keine Zweifel plagen. Geht man den Weg der Bewußtseinsschulung, muß man sich nun einmal mit seinen Motivationen Tag für Tag auseinandersetzen. Immerhin bestimmen diejenigen, die ihren Anspruch aufs Rechthaben und Richtigmachen in geistlichen Dingen erfolgreich durchsetzen, in allen Kulturen, Zivilisationen und historischen Kontexten auch die weltlichen Machtverhältnisse. Jedenfalls zeigt das unsere gesamte Geschichte. Gewalt, nichts als Gewalt!«

»Ist das nicht seit Gandhi anders geworden?« wollte ich wissen.

»Ich glaube nicht. Es ist eine schöne Ideologie, nicht der gelebte Alltag. Gandhi hat das Prinzip der Gewaltlosigkeit politisch eingeführt. Viele im Westen glauben heute, *ahimsa* sei typisch indisch. Das stimmt aber nicht! Wir sind hier prinzipiell genauso blutrünstig wie überall, eher noch mehr. Indien ist eine irgendwie funktionierende Anarchie, sagt man.«

Ich lachte. Wir unterhielten uns wunderbar, unterbrochen von meinen markerschütternden Hustenanfällen. Ich genoß Akashos Gesellschaft, wenn es mir auch ein wenig unangenehm war, krank und nur mit dem Nachthemd bekleidet im Bett zu liegen, während er mich besuchte. Mein verschwitztes Haar hatte ich schon lange nicht mehr waschen können. Aber Akasho vermittelte mir niemals den Eindruck eines Mannes, der mich als Frau abfällig begutachtete und mir das Gefühl gab, anders sein zu sollen, als ich gerade war. Im Gegenteil, ich fühlte mich unter seinen Blicken erblühen. Doch vielleicht bildete ich mir das nur ein. Es mag das Fieber gewesen sein, das mir die Wangen rötete.

Ich mochte sein ergrauendes Haar und seinen silbrigglänzenden Schnurrbart. Mir gefielen seine lebhaften Augen, die er rollte und weit auftat, wann immer ihn etwas begeisterte. Eine schwelende Leidenschaftlichkeit ging von ihm aus, die gar nicht zu der abgeklärten Müdigkeit passen wollte, die er bei unserer ersten Begegnung an den Tag gelegt hatte, als er sagte, er sei nun schon zu alt und zu bequem, um bei den Eingeborenen Feldforschung zu betreiben.

Während er dies und das über indische Parlamentspolitik erzählte, hörte ich nicht so genau zu, sondern machte mir meine Gedanken über ihn, seine Persönlichkeit, sein inneres Wesen, seinen Charakter. Ich betrachtete ihn verstohlen. Dann fiel mir eine Bemerkung aus einem früheren Gespräch ein, die mir nicht aus dem Sinn gegangen war, nachdem ich gesehen hatte, wie er für mich die Zeremonie im Tempel gestaltet hatte. Erst nach einigem Zögern beschloß ich, Akasho darauf anzusprechen. Es ging meiner Ansicht nach um eine sehr persönliche Frage, und ich mußte erst überlegen, was ich damit wohl anrichten könnte. Schließlich wußte ich ja gar nicht, wie weit ein Inder sich einer fremden Person über solche Dinge mitteilen mag oder überhaupt darüber redet. Bei uns kann sie Peinlichkeiten auslösen, die berühmte Gretchenfrage! Dieses Gespräch war ja schließlich keine therapeutische Situation, und ich hatte nicht das Recht, ihn nach seinem Innenleben auszuhorchen. Aber wieso sollte es mir verwehrt bleiben, außerhalb einer »Stunde« auch mal eine direkte Frage zu stellen, von Mensch zu Mensch, nur weil mich die Antwort interessierte? Deshalb nahm ich mir jetzt ein Herz, schaute ihm ins Gesicht und begann recht vorsichtig:

»Akasho, Sie haben neulich angedeutet, daß Sie ein frommer Mann sind. Was verstehen Sie denn unter fromm?«

Irrte ich mich, oder erschrak er tatsächlich ein wenig über meine Unverblümtheit? Jedenfalls antwortete er nicht sofort und nicht mit derselben lebhaften Unbekümmertheit, mit der wir das Gespräch bislang geführt hatten. Sein erster Satz schien mir ein reines Ablenkungsmanöver zu sein. Er sagte:

»Man kann kein ordentlicher Ethnologe sein, ohne sich mit der Religiosität der Naturvölker aufmerksam zu beschäftigen. Das haben wir von Ihrem großen deutschen Völkerkundler Adolf Jensen gelernt.« Er schwieg ein paar Atemzüge lang. Darauf fuhr er sich mit der Hand über die Stirn, als wolle er störende Gedanken wegwischen, mit einer Geste, wie ich sie schon im Höhlentempel bei ihm beobachtet hatte.

Unerwartet stand er auf und ging zur Terrassentür, um sie zu schließen. Der Deckenventilator surrte mit einer leise klackenden Unterbrechung in immer gleichem Rhythmus. Das Rauschen der schäumenden See, die sich auf ewig an den Felsen unter uns brach, hörten wir jetzt weniger laut. Aus dem Speisesaal drangen Rufe und die Geräusche des abendlichen Tischdeckens. Ich erwiderte nichts.

»Nun, wissen Sie«, begann er nach einer Pause und wand sich ein bißchen, »das ist sicherlich etwas, worüber ich noch niemals zu irgendeinem Menschen gesprochen habe, auch zu meiner Frau nicht. Obwohl es natürlich kein Geheimnis ist oder jedenfalls keines sein sollte – nein, keineswegs, es ist nur so, daß… tja, Sie müssen verstehen, liebe Mrs. Doris, daß mir da zunächst die Worte fehlen, denn ich bin es nicht gewohnt, darüber zu reden. Wo soll ich beginnen? Also, es ist folgendermaßen … Wissen Sie, daß es im Hinduismus eine ganze Reihe von Sekten gibt?«

»Ja, davon habe ich gehört, weiß aber gar nichts Genaueres. Ich habe gehört, es gibt Hindus, die an Shiva glauben, und solche, die Vishnu für den höchsten Gott halten.«

»Nein, das bezeichnen wir nicht als Sekten. Es sind grundsätzliche Strömungen, die es immer gegeben hat. Man verehrt den einen oder den anderen Gott. Das kann sich auch ändern von einem Lebensjahr zum anderen. Wir Brahmanen sind Priester für beide. Doch da gibt es auch Erneuerungsbewegungen oder Gruppierungen, die sich um einen Guru herum bilden, außerdem Geheimkulte, Asketenbewegungen, tantrische Gruppen, Volksfrömmigkeit. Manchmal haben sie ein paar Jahrhunderte oder sogar länger Bestand und gehen dann wieder unter. Oft durchweben und durchmischen sie sich mit anderen Kulten, auch mit denen der Urstämme.

Als Völkerkundler habe ich festgestellt, daß selbst die primitivsten Gemeinschaften, sogar wenn sie nur aus ein paar Dörfern bestehen, mindestens zwei religiöse Parteien bilden, meistens um rivalisierende Schamanen herum. Jede Gruppe ist überzeugt davon, daß sie die Riten richtiger vollzieht und die besseren magischen Formeln kennt als die andere. Ich erinnere mich, daß es auch in Ihrem Alten Testament dafür schon einen uralten Beleg gibt, den Streit zwischen Kain und Abel. Der eine sieht, daß seines Bruders Brandopfer Gott wohlgefälliger ist als das seine und schlägt ihn tot. Historisch gesehen war das die Zeit, als ein geschlachtetes Tier, weil es blutet wie ein Mensch, den Göttern angeblich mehr galt als die Früchte der Erde. Ja, so ist das gewesen, solange es Menschen gibt!«

»Warum erzählen Sie mir das, Akasho?« Mir war ein bißchen mulmig zumute.

»Mrs. Doris«, antwortete er zögernd mit leiser Stimme und räusperte sich mehrmals, »ich will Ihnen, nur Ihnen, etwas anvertrauen. Mein Vater ist ein strenggläubiger Hindu, ein Brahmane wie ich. Er ist in der Lage, die kompliziertesten Riten korrekt durchzuführen. Zeit seines Lebens wurde er nicht nur zu Hochzeiten und Verbrennungen geholt, nein, auch wenn es um strittige Fragen ging, die mittels höchster Autorität gelöst werden mußten. Ich bin sein ältester Sohn. Er ließ mir in religiöser Hinsicht die sorgfältigste Erziehung angedeihen. Ihm verdanke ich meine Sanskritkenntnisse und meine spirituelle Bildung. Er las regelmäßig die heiligen Schriften mit mir, ich lernte sie auswendig. Gern folgte ich seinen Instruktionen, und er war stolz auf mich, ja er ist es noch immer. Heute ist er ein alter Mann, fast achtzig Jahre alt, ein ehrwürdiger Greis im Vollbesitz seiner mentalen Kräfte.

Als ich im Rahmen meines Studiums begann, mich für die ethnischen Volksgruppen in Indien zu interessieren, stieß ich irgendwann auf die Lehren der Virashaivas. Sie sprachen mich besonders an. Ich machte mich kundig, lernte einige ihrer Anhänger kennen und fühlte mich mehr und mehr zu dieser Art Frömmigkeit hingezogen. Diese Sekte ist schon gut neunhundert Jahre alt. Ich war begeistert, und doch zögerte ich, aus Angst vor Konflikten in der Familie. Eines Tages ließ ich mich einweihen, ohne Wissen meines Vaters. Der Virashaivakult wird auch ›Lingayat‹ genannt. Das bedeutet, daß wir uns auf den Phallus des Schöpfergottes als das einzig wahre Symbol der Gottheit konzentrieren. Jeder, der die geheime Initiation empfangen hat, verehrt täglich ein Bild des Lingam. Wir tragen es bei uns oder halten es während der Andacht in der Hand. Die Einweihung durch einen jangama, einen Gottesdiener, ist zugleich eine spirituelle Wiedergeburt.« Was der Professor sagte, erinnerte mich an christliche Erweckungsbewegungen. Aber ich wollte ihn nicht unterbrechen.

»Bereits dadurch«, erzählte er weiter, »hatte ich mich von den Prinzipien meines Vaters weit entfernt, und es würde ihn tief verletzen, wenn er es erführe. Aber viel schlimmer für ihn wäre es, wenn ich ihm erzählen würde, daß ich, seit ich Virashaiva bin, nicht mehr an eine strenge Kastentrennung, an Reinheit und Unreinheit glauben mag und daß ich außerdem überzeugt bin, daß im Grunde kein Mensch einen Priester, also einen Brahmanen braucht, auch kein Opfer, keine Wallfahrt – nichts von alledem! Wenn man sich Shiva unmittelbar verbunden fühlt, genügt das. Meine Seele rief nach einem direkten Kontakt mit dem Gott. Ich fand ihn in dieser Gemeinschaft. Wir Lingayats glauben, daß es die wichtigste Aufgabe der Seele ist, zu ihrem Ursprung zurückzufinden. Shiva ist Anfang und Ende zugleich. Er ist Herr über Leben und Tod und steht jenseits dieser irdischen Erscheinungen.«

Das waren große Worte. Ich muß sagen, ich war ergriffen von dem Vertrauen, das Akasho mir schenkte. Denn obgleich mein Verstand mir sagte, daß ich wenig Gelegenheit haben würde, sein Geheimnis auszuplaudern, und ihm deshalb nicht schaden konnte, spürte ich doch, daß es um mehr ging. Er wollte mir etwas Wesentliches sagen, wollte durch seine Konfession zwischen uns eine Nähe herstellen, die durch eine unaufrichtige oder ausweichende Antwort auf meine Frage nach seiner Frömmigkeit gestört worden wäre.

Ist das wirklich so schlimm, wenn man sich gegen seinen Erzeuger wendet? fragte ich mich. Hier in Indien hat die Rebellion gegen den Vater wahrscheinlich noch eine ganz andere Bedeutung als bei uns und kann jemanden aus der sozialen Bahn werfen … Wir halten jeden für neurotisch, der eine starke Elternbindung hat. Wäre dieser Mann bei mir in Behandlung, müßte ich ihm dann nicht raten, die Konfrontation mit seinem alten Vater zu suchen? Gut, daß mir das erspart bleibt.

Für Akashos Vater mußte der Glaubenswandel seines Sohnes von lebenswichtiger Bedeutung sein. Und wie sehr ihm selbst seine religiösen Überzeugungen am Herzen lagen, war offensichtlich. Ich dachte wehmütig an meinen eigenen Erzeuger, mit dem ich in meinem Leben kein einziges tiefsinniges Gespräch geführt hatte.

»Haben Sie es Ihrem Vater bis heute nicht gesagt?«

»Es bleibt mein Geheimnis. Würde er es erfahren, bräche unsere Familie auseinander. Denken Sie auch an meine Geschwister! Es war und ist für mich sehr schwierig, den traditionellen und auch aufrichtig empfundenen Respekt für meinen Vater, das Familienoberhaupt, in Einklang zu bringen mit der ethischen Verpflichtung, die ich mir selbst gegenüber habe. Sie können sich vorstellen, meine liebe Freundin, wie sehr entrüstet er schon war, als ich eine Christin heiraten wollte, die er nicht für mich ausgewählt hatte. Aber ich weigerte mich, eine andere zu ehelichen. Lieber wollte ich ledig bleiben, was für einen Brahmanen auch ganz schlimm ist, da er Söhne braucht. Aber, um das noch zu sagen – ein Virashaiva wie ich ist überzeugt davon, daß die Menschen vor dem Gott alle vollkommen gleich sind, auch die Frauen. Sie sind in unserer Sekte den Männern gleichgestellt und wählen oft ihren Gatten selbst aus. Außerdem bestatten wir unsere Toten in der Erde, wir verbrennen sie nicht. Mein armer Vater würde augenblicklich sterben, wenn er erführe, daß sein geliebter Sohn nicht dem reinigenden Feuer übergeben wird, und er hätte Angst, daß ich als Ältester es mit seiner Leiche vielleicht genauso machen könnte.«

»Ich kann unter diesen Umständen gut verstehen, daß Sie Ihr Geheimnis wahren möchten, Akasho. Aber wie konnten Sie es vermeiden, Ihrer Frau davon zu erzählen?«

»Ich glaube, sie ahnt etwas, aber im Grunde sind ihr der Hinduismus, seine tausend verschiedenen Richtungen und seine hunderttausend Gottheiten, Inkarnationen und Gestalten von immer ein und demselben ein großes Rätsel. Sie ist nicht weiter in mich gedrungen und zeigt sich zufrieden, wenn ich meine Söhne den allgemeinen Regeln entsprechend erziehe.«

Akasho blickte auf seine Uhr, ein gediegenes, altmodisches goldenes Prachtexemplar, wie es die Inder als Statussymbol lieben. Er schien zu überlegen, ja, es war mir, als würde er mit sich kämpfen. Er schaute mehrmals zur Tür und dann auf mich und dann wieder zur Uhr. Am Ende sagte er, seine Nervosität zügelnd: »Ich muß bald gehen. Aber vorher möchte ich Sie noch etwas fragen, Mrs. Doris. Haben Sie schon einmal von der Bhaktibewegung gehört?«

»Nein, was ist das?« Plötzlich war die Atmosphäre im Raum sehr dicht und spannungsgeladen. Ich verstand nicht, wieso, stellte aber fest, daß mein Gesprächspartner wieder zögerte und sich in allgemeine Informationen flüchtete, als er weitersprach.

»Seit Urzeiten gibt es hier im Süden eine Art Volksfrömmigkeit, die sich ganz unabhängig gemacht hat von den strengen Vorschriften des alten Hinduismus, von Regeln über die Kastenzugehörigkeit, vom Geschlecht, von Glaubensrichtungen. Man singt und feiert oft zusammen, und jeder preist seinen Gott auf seine Weise.«

»Ist das auch eine Sekte oder eine Religionsgemeinschaft?« wollte ich wissen.

»O nein, nein«, beteuerte er, »weder das eine noch das andere. Es ist eine geistig-religiöse Weise, jegliche Religion auszuüben oder religiös zu sein. Ich bin nicht nur Virashaiva, sondern auch Bhaktianhänger.«

Er sprach diesen Satz mit einem Nachdruck, als erwartete er, daß ich mich vor Erstaunen über diese Enthüllung im Bett aufsetzen müßte. Doch durch meine Arbeit war ich einiges an Geständnissen gewöhnt, und so bewahrte ich meine Haltung. Ich merkte natürlich, daß der Professor immer mehr in Erregung geriet, teils wegen der Dinge, über die er sprach, teils wegen des Zeitdrucks. Wahrscheinlich hatte er eine Verabredung. Ich wollte ihm jedenfalls meine Bereitschaft zum Zuhören signalisieren und dachte mir, daß er noch irgend etwas besonders Wichtiges auf dem Herzen habe und die Zeit dafür schon noch reichen müsse. Schließlich waren wir in Indien, da kam es auf ein paar Minuten nicht an.

»Erzählen Sie mir mehr davon«, bat ich und schmunzelte trotz aller gespannter Aufmerksamkeit heimlich in mich hinein. Denn unversehens war ich doch wieder in eine einseitig ermunternde therapeutische Haltung verfallen wie bei meinen Patienten. »Ich möchte das gern besser verstehen.« Gute alte Methode!

»Es geht um das persönliche Verhältnis des Gläubigen zu

seiner Gottheit«, rief der Professor schnell und blickte dabei mit leuchtenden Augen weit ins Leere, »es geht um die Intensität seiner Anbetung, um die Gefühle, die er entwickelt, die Sehnsucht des Herzens nach Verschmelzung mit dem Ewigen, es geht um die seelische Nähe!« Die schmalen Hände hatte er über der Mitte seiner Brust zusammengelegt, und sein Gesicht war gerötet. Dann hielt er inne, verschränkte die Finger in seinem Schoß, schaute mich prüfend an und erkundigte sich bei mir mit ängstlich bittendem Unterton: »Mrs. Doris, begreifen Sie, was ich damit sagen will?«

Er schien nach all dem, was ich an kritischen Bemerkungen zu Beginn unserer Bekanntschaft geäußert hatte, davon auszugehen, daß ich mir seine erhebende Gefühlslage überhaupt nicht vorstellen konnte. Dabei hatte der Mann mich schon vor Ergriffenheit weinen sehen! Ich wurde ein bißchen ärgerlich. Dachte er denn, ich sei ein nach westlicher Manier geschnitzter Holzklotz ohne Innenleben?

»Mein lieber Akasho«, wandte ich mich ihm zu, faßte mich wieder und schaute ihm ernsthaft in die glühenden Augen, »aber ganz gewiß ahne ich, wovon Sie sprechen. Ich glaube, es handelt sich um das, was man bei uns Mystik nennt, eine besondere Form der emotionalen Gottesnähe.«

Er blickte mich erleichtert, ja geradezu dankbar an. »Genau, eine Mystik. Nun, ein Brahmane als Anhänger des Bhaktikults – das ist eigentlich ein Widerspruch in sich. Deshalb rede ich auch nicht gerne darüber.« Er lächelte etwas verlegen und strich sich erneut über Stirn und Haar. »Aber Ihnen kann ich es ja sagen, Sie werden mich nicht verachten, obwohl ich nicht die traditionellen Forderungen meiner Kaste erfülle. Für mich gibt es zum Beispiel keine Unberührbaren. Ich glaube, vor Gott sind alle Menschen gleich viel wert. Niemand ist ausgeschlossen. Damit verstoße ich schon gegen alle Regeln. Meine Brahmanenbrüder dozieren den Hinduismus mit gelehrten esoterischen Theorien, die das Volk noch nie, zu keiner Zeit, verstanden hat. Sanskrit wurde immer zur Abgrenzung gegen die Unwissenden benutzt, genau wie bei Ihnen in

Europa das Kirchenlatein. Bhakti hingegen wird auch vom einfachsten Menschen verstanden! Hier geht es nur um das Gemüt des Gläubigen. Gelehrsamkeit trennt! Mystische Verzückung, das ist es, was wir suchen.«

Weil das Fenster geschlossen war, drangen nun Essensdüfte aus dem unteren Stockwerk über die Treppe bis nach oben. In meinem Bett liegend, roch ich die verschiedenen Currymischungen, die für die Speisen am Abend vorbereitet wurden und im heißen Kokosöl ihr Aroma entfalteten. Mir wurde ein wenig übel davon, denn ich hatte keinen Appetit auf scharfes, fettes Essen. Ich fühlte mich von diesen Gerüchen im Augenblick direkt belästigt, wollte ich doch den Gefühlen und Argumenten, die der Professor mir anvertraute, ungehindert folgen können.

»Glauben Sie, ich hätte Professor werden können, wenn ich nicht Brahmane wäre?« rief er heftig und begann, im Zimmer umherzulaufen. »Meinen Sie, meine Artikel würden in den Fachzeitschriften veröffentlicht, wenn man an oberster Stelle wüßte, daß ich Bhaktianhänger und Sektenmitglied bin? Die Toleranz des Hinduismus findet scharfe Grenzen, wenn es um ihre praktische Anwendung geht. Und können Sie sich vielleicht vorstellen, daß meine brahmanischen Studenten mich noch respektierten, wenn sie erführen, daß ich überhaupt nicht die korrekte Durchführung der heiligen Handlungen, sondern allein die Gnade Gottes und die glühende Liebe zum Göttlichen für den Weg zur *moksha*, zur Erlösung halte?« Er war jetzt sichtlich erregt. »Ich bin einer der ihren, und bin es doch nicht. Ich bin zwar ihr verehrter Lehrer, aber ich teile ihre Ansichten nicht. Das darf niemand erfahren. Selbst meinen Söhnen würde ich es nicht sagen. Sie müssen ihren eigenen Weg finden. Jetzt sind sie ohnehin zu jung. Ich bin verpflichtet, sie in den traditionellen Riten zu unterweisen, denn sie brauchen mein Vorbild.«

»Ich begreife jetzt viel besser«, sagte ich mit echter Anteilnahme, »daß es Ihnen wichtiger ist, eine fromme Christenfrau zu haben als eine unfromme Frau aus Ihrer eigenen Kaste.«

»Wir lesen abends gemeinsam die wunderbaren Agamas, poetische Meisterwerke, heilige Offenbarungen, den Veden ebenbürtig. Das sind dann Momente wahren Glücks für uns. Wir fühlen uns vereint durch die innige Liebe zu Shiva und Jesus. Ist es nicht viel wichtiger, mit Gott zu sprechen als über ihn? Die glühende, ekstatische Hingabe, das inbrünstige Rezitieren und die unendliche Dankbarkeit für die Gnade, die uns zuteil wird, machen uns glücklich und schenken uns auch Gelassenheit im Leben, befreien uns von falschem Ehrgeiz. Wir glauben, der Sinn jeder einzelnen Handlung muß Gott dienen. Ob einer Tat Erfolg oder Mißerfolg entsprießt, ist unwichtig. Allein auf die innere Haltung kommt es an.«

Eine solche Beschreibung ehelicher Gemeinschaftlichkeit hatte mir noch niemand geliefert, in meiner gesamten Praxis nicht. Ich wußte zwar nicht, ob ich das aus therapeutischer Sicht gebilligt hätte, stellte aber fest, daß ich irgendwie gerührt war. Bei dem, was Akasho so begeistert erzählte, waren selbst mir die Augen ein wenig feucht geworden. Ich hätte mir zwar unter idealer Partnerschaft etwas anderes vorgestellt, aber mit viel Erfahrung auf diesem Gebiet konnte ich ja nun leider nicht aufwarten. Sollte es aber zutreffen, daß die Ehe unter anderem auch eine spirituelle Wachstumsgemeinschaft ist – ja, was wäre dann besser als das Verhältnis, das diese beiden zueinander haben? Über das gemeinsame Gebet hinaus hatten sie ja noch die Kinder.

Die Beziehung zu seiner Frau interessiert mich mehr, als mir lieb sein sollte, stellte ich fest, ja, ich bin fast ein wenig eifersüchtig, noch dazu, wo sie so jung und schön ist. Das ist ungewöhnlich! Ich kenne solche Regungen doch gar nicht. Aber wenn ich Akasho betrachte, wie er jetzt vor Begeisterung glühend an meinem Bett sitzt, wundert es mich wiederum nicht, daß ich ihn plötzlich attraktiv finde.

Unsere Stimmung wurde außerordentlich gelöst, harmonisch und geradezu intim. Dabei redeten wir über Religion! Vermieden wir, von persönlicheren Dingen zu sprechen, die vielleicht zu brisant waren? Lag es an ihm, dem Professor, lag es an Indien, lag es an Mutters Tod, daß sich meine Aufmerksamkeit jetzt mehr und mehr auf diesen transzendenten Bereich richtete? Oder war es die tiefe Entspannung, die mir die Tore zu einer anderen Dimension öffnete? Denn wahrscheinlich war ich noch niemals in meinem irdischen Dasein so ausgeruht gewesen wie jetzt. Was tat ich denn anderes, als täglich stundenlang formlos zu meditieren, seit ich hier angekommen war? Natürlich saß ich nicht in der Lotosstellung, nicht einmal andeutungsweise im Schneidersitz. Das fiel mir bei meinem steifen Rücken und meinen dicken Schenkeln viel zu schwer. Ich lag einfach nur herum, am Strand, im Bett, auf der Terrasse, redete wenig, hielt viel die Augen geschlossen und beobachtete meine Gedanken. Oft dachte ich rein gar nichts. Ich ließ mich treiben, war nicht einmal neugierig, wohin es mich führen würde. Und ich hatte noch viel Zeit. Mein Geld würde so lange reichen, wie es nötig war.

Unberührbarer König

Als Rama Raj erneut an meine Tür klopfte, trug er in der Hand eine exotische Blüte an einem langen Stiel. Es war eine Papageienblume, eine Strelitzie, bizarr geformt und zauberhaft schön in gelben, roten, orangefarbenen, blauen und grünen Tönen. Ich hatte mir derweil schon selbst einen kleinen Strauß gepflückt, allerdings bestand er inzwischen hauptsächlich aus Blättern, denn die wenigen Blüten waren kurzlebig gewesen und längst abgefallen. Freudig nahm ich also dieses Wunderwerk der Natur aus den Händen des jungen Mannes entgegen und stellte es in das Wasser zu den anderen Zweigen. Die Blüte paßte gut dorthin. Das ganze Zimmer fing unverzüglich an zu leben. Ich hatte nach meiner Erkrankung meinen ersten längeren Spaziergang in Richtung der eigentlichen Ortschaft Kóvalam gemacht. Nun besaß ich ein paar der farbenfrohen Tücher, die es am Strand bei den aufdringlichen

Wanderhändlern zu kaufen gab. Eines davon war über mein Bett gebreitet, ein anderes hatte ich am Fenster drapiert. Ich fühlte mich seither in diesem familiären Hotel noch mehr geborgen und heimisch. Mr. Varghese behandelte mich, wie es sich einem gut zahlenden Dauergast gegenüber gehörte, und stellte mir jeden interessanten Neuankömmling vor. Allerdings trafen jetzt immer weniger davon ein, und wenn sie im »Rockholm« übernachteten, dann nur während eines ganz kurzen Aufenthaltes.

Wer hat schon so viel Zeit wie ich, überlegte ich beglückt. Ich muß nicht nach spätestens vier Wochen wieder am Arbeitsplatz sein, brauche mir auch keine gefälschten Atteste ausschreiben zu lassen, die mir erlauben, meine Rückkehr hinauszuzögern, und kann einfach abwarten, bis sich in mir neue Impulse ergeben, ganz von selbst. Vielleicht wache ich eines Morgens auf, in einer Woche oder einem Monat, und dann weiß ich: Noch heute will ich fort von hier. Niemand wird mich hindern oder beeinflussen oder unterstützen darin – es wird allein meine Entscheidung sein. Möglicherweise kommt es auch ganz anders. Das ist ja das Schöne, daß ich es eben nicht weiß und auch nicht wissen muß.

Ich bat Rama Raj auf die Terrasse. Sie lag an diesem Morgen noch angenehm im Schatten, die Aussicht ging nach Westen zum Sonnenuntergang hin. Wir setzten uns nahe der Brüstung in die rattangeflochtenen Sessel. Sie waren schon etwas schäbig, aber sehr bequem. Auf dem dazugehörigen Tischchen lagen ein paar alte englischsprachige indische Zeitschriften, die ich in der Hoffnung durchgeblättert hatte, irgend etwas Aufschlußreiches über das einheimische Leben zu erfahren. Zuoberst auf dem Stapel hatte ich den Zeitungsausschnitt über den Stamm der Toda gelegt und ihn mit dem Aschenbecher beschwert. Denn das war es, worüber ich mit Rama Raj reden wollte. Höflich wartete er ab, bis ich das Wort an ihn richtete. Ich war mir inzwischen sicher, daß seine englischen Sprachkenntnisse besser waren, als ich ursprünglich vermuten konnte. Schließlich lernten in Kérala alle Kinder im Rahmen der Schulpflicht wenigstens die Grundzüge dieser offiziellen Landessprache neben dem Unterricht in Malayálam. Tamil, die uralte Sprache des Nachbarlandes Tamil Nadu, verstanden viele. Aus Nationalstolz und weil Delhi wirklich sehr weit weg ist, sprach aber kaum jemand Hindi. Die wenigen Worte in dieser Sprache, die ich während meiner früheren Reisen aufgeschnappt hatte, waren längst vergessen, und hier hätte ich sie ohnehin nicht anwenden können.

»Erzähle mir von deiner Familie«, begann ich also, um es Rama Raj leichter zu machen. »Wie viele Geschwister hast du?«

Er hob die Hand und begleitete seine Antwort mit Fingerzahlen. »Zwei Schwestern, einen Bruder.«

»Sind sie verheiratet?«

»Nur meine ältere Schwester.«

»Leben deine Eltern noch?«

»Mein Vater ist tot.«

»Ist dein Dorf weit von hier?«

»Nicht sehr weit.«

»Wie lange muß man reisen?«

»Einen Tag mit dem Boot.«

Es ging ganz gut. Ich stellte meine Fragen in einer Art Pidgin-Englisch. Er verstand mich problemlos, hatte aber einige Mühe, seine Antworten zu formulieren. Offensichtlich war es ihm nicht geläufig, die schon Jahre zuvor gelernten Vokabeln zu aktivieren und auszusprechen. Aber es fiel ihm mit jedem Satz leichter, und er hatte sichtlich Freude daran, nicht nur in dieser fremden Sprache zu reden, sondern auch daran, sich mit mir zu unterhalten.

Ich fühlte eine ungewohnte Heiterkeit in mir. Dieser junge Bursche übte eine merkwürdig belebende Wirkung auf mich aus. Es fühlte sich fast an wie ein Hormonstoß. Ich spürte meine Haut weicher, meine Wangen rosiger, meine Schultern straffer, meine Augen leuchtender. Verliebt? Doch das konnte es nicht sein. Erotische Anziehung zu einem Knaben, der fast dreißig Jahre jünger ist als ich, das sollte mich sehr wundern.

Eher noch hätte ich mich für den Professor erwärmen können, der war doch wenigstens in meinem Alter und hatte auch eine geistige Potenz, die mich anregte.

Schon aus Gründen der Selbstrechtfertigung vertrete ich konsequent die Auffassung, daß es keinesfalls ein Zeichen von psychischer Störung ist, wenn man nicht in einer Partnerbeziehung lebt. Ich brauche nicht ständig jemanden um mich herum. Diese Art der Autonomie macht mich weder grandios noch minderwertig. Sie entspringt dem Kern meiner Seele, wagte ich einmal zu behaupten. Gruppenleiter, Ausbilder und Analytiker hatten es übrigens auch irgendwann aufgegeben, mich fundamental umzumodeln und ehewillig zu machen. Im Grunde meines Herzens war ich eben ein Einsiedler. Deshalb war ich noch lange nicht emotional verarmt. Was ich tagsüber an Kontakten mit Patienten und abends mit Freunden hatte, genügte mir nun einmal. Ein Mann als Partner fehlte mir ganz selten, hauptsächlich im Bett. Und auch das ließ sehr nach, hormonell bedingt. Schließlich war ich seit einiger Zeit in den Wechseljahren.

Anziehend war er schon, dieser dunkelhäutige junge Mann, mit seinen glänzenden großen Augen und dem exotischen Aussehen. Er besaß ein schmalgeschnittenes, offenes und klares Gesicht mit einer kurzen, geraden Nase. Die Lippen waren fleischig und die dichten schwarzen Haare, jedes davon dreimal so stark wie eines von meinen, für einen Inder ziemlich lang. Die üppigen Locken glänzten von Kokosöl, und sein ganzer Ausdruck hatte etwas Wildes, Kühnes, Unerschrockenes. Überraschend würdevoll für sein jugendliches Alter stand er ruhig mitten im Zimmer und ließ sich von mir betrachten. Bei jedem Lächeln konnte ich seine gesunden Zähne bewundern.

Das weiße taillierte Hemd, das er über einem gelbkarierten Wickeltuch mit schmalem blauen Saum trug, hatte lange, an den Manschetten offene Ärmel. Sein Körper wirkte gedrungen und kraftvoll gebaut, Hände und Füße waren angenehm geformt. Schuhe trug er nicht. Er war viel kleiner als ich, nicht so hochgewachsen, wie ich es sonst bei einem Mann gern habe. Bei den Großen fühle ich mich als Frau elementar beschützt, ganz unabhängig davon, was sie im übrigen für Schufte sein mögen. Jedenfalls fühlte ich mich in der Gegenwart von Rama Raj seltsam geborgen, so als würde sich in meinem Wesen eine elementare Beruhigung ausbreiten. Etwas Undefinierbares an ihm beglückte mich und machte mir seine Gesellschaft angenehm. Es ist schwierig, diese delikate Erfahrung in Sprache zu fassen. Worte wirken leicht unangemessen, fast verrückt oder lächerlich. Jedenfalls kamen mir meine beglückenden Gefühle, ohne daß ich sie verbal auszudrücken versuchte, eher noch grotesker, weil unbegreiflicher, vor als die Phantasie, mich als Frau mit ihm einzulassen. Wenn ich beschreiben sollte, was ich Rama Raj gegenüber empfand, als er neben mir auf der luftigen, schattigen Terrasse saß, dann war mir so, als hätte ich zum erstenmal in meinem Leben einen Bruder, einen geliebten und sehr vertrauten Bruder. Einen Menschen also, der mir eng verwandt ist, der in vielem genauso denkt und empfindet wie ich, mit dem ich eine lange Geschichte teile und den ich außerordentlich sympathisch finde.

Es waren auch Gefühle der Bewunderung da, ich weiß nicht wofür, und Momente bedingungsloser Wertschätzung, obgleich er mir noch gar nicht bewiesen hatte, daß er sie verdiente.

Die Absurdität solcher Assoziationen fiel mir selbstverständlich auf, doch ehrlicherweise muß ich zugeben: Genauso war es. Ich kannte ihn wie mich selbst und war trotzdem neugierig auf ihn, als hätte ich ihn nie zuvor gesehen. Ich befragte ihn, wie ich meinen jüngsten Bruder ausgefragt hätte, wenn er nach langer Trennung wieder bei mir eingetroffen wäre, und wenn Rama Raj den Mut gehabt hätte, mir ebenfalls entsprechende Fragen zu stellen, hätte ich ihm bereitwillig und mit großer Offenheit von meinem äußeren und inneren Leben erzählt.

Wir strahlten uns also vergnügt an und waren einfach zufrieden, so vertraut beisammenzusitzen, wie nach einer langen Reise, die uns in verschiedene Richtungen geführt hatte. Rama Raj machte jetzt ebenfalls einen entspannten, männlich sicheren Eindruck. Seine Ausstrahlung war die eines Menschen, der gar nicht auf den Gedanken kommt, sich unterwürfig zu geben, was ja eigentlich angesichts der Tatsache, daß er nichts als ein Küchenjunge war, recht erstaunlich schien.

»Du sagtest, deine Heimat ist in den Backwaters? Ich habe davon gehört, sind sie nicht bei Quilon?«

»Ja, da gibt es viele Kanäle, aber mein Dorf ist nicht so weit weg, es liegt hinter Trivandrum. Man braucht einen Tag, um dort hinzugelangen.«

Von Kóvalam bis Trivandrum waren es keine dreißig Kilometer, und dafür sollte man einen ganzen Tag brauchen? Das kam mir ganz unwahrscheinlich vor. Der übertreibt bestimmt, wie alle Orientalen, dachte ich und beschloß, diese Angaben nicht weiter ernst zu nehmen.

»Du hast gesagt, deine Leute sind so wie die Todafrau da auf dem Foto?« Tatsächlich waren sein schmales Gesicht und seine Nase nicht unähnlich geschnitten. »Sind sie ebenfalls Stammesangehörige, *tribes people*?«

»Ja, *Madam*, aber das darf niemand wissen.«

»Warum denn nicht?«

»Es ist gefährlich. Wenn die Leute hier im Hotel es erfahren, sind sie sehr böse zu mir.«

»Böse? Was können sie dir denn tun?«

»Sie lachen mich aus und verhöhnen mich und treten mich mit den Füßen, weil ich für sie kein richtiger Mensch bin.«

»Wie bitte, kein richtiger Mensch? Wie kommst du denn darauf?« Ich war aufrichtig empört und betroffen. Das konnte ich nicht glauben. Bestimmt übertreibt er wieder, dachte ich. Er hat wohl doch kein starkes Selbstbewußtsein, vielleicht habe ich mich vorhin geirrt.

»Ja. Sie denken, Ureinwohner sind wilde Tiere, die man schlagen und töten darf. Davor habe ich Angst. Für die Leute

147

hier sind wir *dalit*, Unberührbare, kastenlose Nichtmenschen. Ich bin nur hier, um Geld zu verdienen und weil ich eine Frau habe, die nicht zu meinem Stamm gehört. Keiner weiß, woher ich komme. Eigentlich dürfte ich nur Drecksarbeit leisten, auf keinen Fall in der Küche arbeiten, wegen der Reinheitsvorschriften.«

Ich schwieg betroffen. Dann wollte ich wissen: »Wie heißt denn dein Stamm?«

In seinem Sessel richtete er sich ein wenig auf: »Wir sind die Taki, wir sind das älteste Volk der Welt«, antwortete er stolz mit lauter Stimme. Dann aber blickte er sich erschrocken um, sprang hoch, lief zum Geländer und schaute hinunter. Er reckte den Hals, und mit den Augen suchte er die anderen Balkone sowie das unter uns liegende Freiluftrestaurant nach möglichen Lauschern ab. Beruhigt kam er an den Tisch zurück, setzte sich jedoch nicht, sondern bat mich mit einer Geste, ins Zimmer zu gehen. Offensichtlich machte ihm der Gedanke, daß jemand sein Geheimnis entdecken könnte, große angst.

Über die Taki hatte ich noch nichts gelesen. In meinem Reiseführer stand, es gebe in Indien noch etwa zweihundertfünfzig solcher ethnischen Altvölker. Aber namentlich waren dort nur wenige erwähnt. Da war von Toda und Badaga, von Kota und Kurumba die Rede, nicht aber vom Ramas Stamm.

»Warum sagst du denn: ›Die Taki sind das älteste Volk‹?« wollte ich wissen.

»Weil wir schon da waren, bevor alle anderen kamen«, sagte er schlicht. »Wir sind noch direkt von Gott erschaffen, alle anderen Menschen stammen von uns ab.«

Für Indien mochte das ja stimmen, in meinem Buch stand etwas Ähnliches. Diese Ureinwohner sollen bereits vor den Draviden und auf jeden Fall vor den Ariern hier gelebt haben. Sie gehörten wirklich zur Urbevölkerung des Subkontinents, so ähnlich wie die Aborigines in Australien. Andererseits behaupten ja viele Eingeborenenstämme, das Privileg des Alten und damit Wertvoll-Einzigartigen zu haben. Wer sich bedroht und diskriminiert fühlt, entwickelt wie von selbst einen solchen kollektiven Narzißmus. Wie soll man sich sonst abgrenzen, sein Selbstgefühl wahren? Die Taki – ein auserwähltes Volk! Ich fand es aufregend und spannend, mit Rama Raj darüber zu reden.

»Wann warst du zuletzt in deinem Dorf?«

»Vor drei Jahren war ich dort, nach der Geburt meines Sohnes. Ich wollte ihn dem Priester zeigen, das ist für uns wichtig.«

»Ist das ein Shivapriester?«

»Shiva ist der größte, wichtigste, älteste, der einzige Gott«, war Ramas Antwort. »Wir haben einen Nandistier.«

Eigentlich hatte er meine letzte Frage nicht beantwortet, aber ich wollte nicht noch einmal nachfragen. »Und wann willst du wieder hin? Du hast ja jetzt Zeit, solange du nicht arbeitest.«

»In ein paar Wochen ist Hochzeit, dann will meine Schwester heiraten. Da muß ich dabei sein. Es ist ein großes Fest.«

Während er sprach, gestikulierte er eifrig, um seine Worte zu unterstreichen. Dabei rutschten seine Hemdmanschetten, die nicht zugeknöpft waren, sondern lose über seine Handgelenke fielen, ein wenig zurück. Weil ich ihm nicht ständig geradewegs in die Augen blicken mochte, wie es bei uns beim Reden als höflich gilt, sondern auf die indischen Gepflogenheiten und Anstandsregeln Rücksicht nahm, indem ich den direkten Blickkontakt mit ihm vermied, sah ich auf seine Hände. Dort erblickte ich an seinem linken Puls ein kleines Zeichen. Zuallererst schien es mir ein bläuliches Muttermal zu sein, aber als ich mich vorbeugte, um besser sehen zu können, entdeckte ich, daß es sich um eine Tätowierung handelte. Sie war geformt wie eine Sonne und nicht größer als sechs oder sieben Millimeter im Durchmesser. Ich wollte die Tätowierung näher anschauen, wußte aber nicht, ob ich die Situation damit zum Unguten beeinflussen würde. Am Ende siegte meine Neugier, und ich wies auf sein Handgelenk.

»Was ist das, was bedeutet das?«

Der junge Mann zuckte zusammen, hielt den Atem an und bedeckte das Zeichen instinktiv mit der anderen Hand. Was für ein Geheimnis war das? Er zögerte und schien recht nervös. Trotzdem sagte er nach einer kleinen Pause:

»Das ist *raja*.«

»*Raja*, wieso? Das verstehe ich nicht! Ich denke, du heißt so.«

»Mein Name ist Rama, und ich bin ein *raja*.«

»Ach so, dein Familienname!«

»Nein, mit der Familie hat das nichts zu tun. Ich bin ein König! Das ist eine bestimmte Sorte Mensch. Mein Sohn ist nicht *raja*, er ist *rishi*!«

»Und was bedeutet *rishi*?«

»Das bedeutet, daß er einmal ein sehr gütiger, lebenskluger, beliebter Mensch werden wird. Er ist von Natur aus ein Weiser, ein *rishi*, während ich als König, *raja*, geboren wurde. Sein Tattoo zeigt eine offene Hand. Das bedeutet, er wird viele Menschen kennenlernen, viele werden seinen Rat einholen. Er wird gute Verbindungen haben, großzügig sein und wichtige Beziehungen anknüpfen.«

Nun war ich völlig durcheinander. O Indien, deine Rätsel! Wie bitte? Was sollte denn das nun heißen? Ein unterprivilegierter Stamm von Eingeborenen, und sie bezeichneten sich selbst als Könige und Weise! Gelinde gesagt, ich war platt. Allerdings gab es keinen Grund, Rama Raj nicht zu glauben. Ich hatte ja selbst nach seiner Tätowierung gefragt. Er wollte nicht damit angeben. Vielmehr redete er mit großer Natürlichkeit und Selbstverständlichkeit darüber, nachdem er seine anfängliche Scheu verloren hatte.

»Woran erkennt man denn einen *raja*?« wollte ich nun in Erfahrung bringen. Ich fürchte, mein Unterton war trotzdem etwas spöttisch.

»Oh, ein König wie ich trägt große Verantwortung. Er muß für viele andere sorgen. Seine Handlungen haben große Folgen. Er muß aufpassen, daß er nicht beleidigt wird. Seine Ehre ist wichtig. Er ist oft allein. Es gibt nicht so viele davon. In meinem Clan sind nur noch zwei außer mir.«

»Und was ist mit deiner Frau? Wie heißt sie überhaupt, deine Frau?«

»Meine Frau heißt Usha. Sie war noch nicht in meinem Dorf. Sie gehört ja nicht zu den Taki, sie kommt von der Küste. Wir wissen nicht, wer sie ist. Nur der Priester kann es erkennen. Ich glaube, sie ist *brahmi*, weil sie immer so ernst und streng ist.«

»*Brahmi*? Du meinst, sie ist aus der Brahmanenkaste?« Das wunderte mich nun auch wieder kolossal. Was der Bursche mir hier für Geschichten erzählte! Daß eine Brahmanenfrau einen Stammesangehörigen geheiratet haben sollte, warf alle meine Vorstellungen über Kastenreinheit über Bord.

»O nein, keine *brahmin*, Madam! *Brahmi*, das bedeutet: ein Mensch, der viel träumt, in die Zukunft sieht, das Orakel lesen kann. Aber wild und fanatisch sind die brahmis auch. Sie wissen alles besser. Immer behaupten sie, daß der Gott ihnen gesagt hat, was richtig ist. *Brahmis* denken auch viel an den Tod und an *moksha*. Sie sind von Natur aus wie Priester, auch die Frauen. Ob meine Frau tatsächlich ein *brahmi* ist, wissen wir nicht genau. Sie ist nicht gekennzeichnet. Unser Priester hat sie noch nicht gesehen, er wird sie wohl auch nie zu Gesicht bekommen.«

Rama Raj schien richtig glücklich, daß er mir etwas von sich erzählen konnte. Aber ich wurde langsam ein wenig unruhig. Auf keinen Fall wollte ich im Hotel ins Gerede kommen. Er war nun schon eine Dreiviertelstunde hier bei mir auf dem Zimmer, und obgleich ich gut und gern seine Mutter, in Indien sogar seine Großmutter hätte sein können, war mir doch ein wenig unwohl bei der Vorstellung, der Hotelbesitzer könnte denken, ich hielte mir hier einen *lover boy* für schöne Stunden. Und erst der Professor! Auf dessen gute Meinung legte ich doch wirklich erheblichen Wert, und ich wollte sie auf keinen Fall in Gefahr bringen. Man weiß ja nie, was sich andere Leute so ausdenken, und es wäre sicherlich nicht das erste Mal, daß dergleichen vorkommt. Eine Frau verliert in Indien schnell ihren guten Ruf, besonders eine Fremde, eine

Westlerin. Natürlich wußte jeder, daß mich mit Rama Raj etwas Besonderes verband, weil ich ihm geholfen hatte in der Nacht, als er sich das siedende Öl übers Bein geschüttet hatte. Das war sozusagen unser Alibi. Sonst wäre es auf jeden Fall höchst unpassend gewesen, daß er mich in meinem Schlafzimmer besuchte. Die Leute hier konnten ja nicht wissen, wie viele moralisch völlig einwandfreie Stunden ich als Therapeutin schon mit attraktiven Männern in einem abgeschiedenen Raum verbracht hatte! Ich kann schwören, daß ich trotz aller manchmal recht erhebenden, erotisierenden Übertragungs- und Gegenübertragungseffekte meine Position als Therapeutin niemals mißbraucht habe, was heutzutage beileibe keine Selbstverständlichkeit ist und es auch schon zu Zeiten von Freud und Jung nicht war.

Gatha, die Frau des Hotelbesitzers, die mich in der Woche nach meiner Genesung mehrmals in ihre Gemächer geholt hatte, um ein wenig Konversation zu machen, und die wie ihr Mann ganz besonders freundlich zu mir gewesen war, wollte ich auch nicht vor den Kopf stoßen. Also beschloß ich, daß es für den jungen Mann Zeit war aufzubrechen.

»Komm mich in den nächsten Tagen noch einmal besuchen, Rama. Es kann sein, daß ich bald abreise, und ich möchte dich unbedingt noch einmal sehen.«

Das stimmte wirklich. Ich wollte ihn loswerden, aus den genannten Gründen, aber bestimmt nicht, weil seine Gesellschaft mir lästig war. Es schien mir sogar wichtig, ja dringend, daß ich ihn bald wiedersah, das war einfach ein Gefühl, ähnlich wie ich es nach dem Unfall in der Küche gehabt hatte. Aber um ihm einen kleinen Anreiz für unser erneutes Treffen zu bieten, fügte ich hinzu:

»Ich möchte deiner Schwester zur Hochzeit ein kleines Geschenk machen. Das kannst du ihr dann mitbringen.« Ich hoffte plötzlich aufrichtig und inständig, Rama Raj nicht aus den Augen zu verlieren, so lieb war er mir in der kurzen Zeit geworden. Der Gedanke an eine Trennung für immer gab mir einen kleinen, feinen Stich ins Herz.

Rama Raj stand auf, reichte mir die Hand und schaute mich einen Augenblick ganz ruhig an. Dann sagte er noch einmal, wie bei seinem letzten Besuch: »*Please, nobody tell.*« Ich versprach es ihm, und ich denke, er vertraute mir. Dann öffnete er die Tür und lief die Treppe hinunter.

Ich legte mich in den Liegestuhl auf der Terrasse, bedeckte mich ein wenig mit meinem bunten Tuch, da mich fröstelte, obgleich zweiunddreißig Grad im Schatten herrschten, machte meine Augen zu und begann, wie ich es gewohnt bin, all das Gesagte und Gehörte, das Gefühlte und das Erlebte noch einmal vor meinen inneren Augen vorbeiziehen zu lassen. Ich brauche einfach immer wieder diese Ruhezeiten, um die Eindrücke zu verdauen, die auf mein leicht erregbares Gemüt einströmen. Nach einer guten Stunde schlief ich ein.

Als ich wieder erwachte, hatte der Boy mir das Essen ins Zimmer gestellt, gut geschützt unter einer Fliegenhaube, obgleich ich, seit ich eingetroffen war, noch kein einziges fliegendes Insekt hier entdeckt hatte, weder Brummer noch Mücken. Wenn ich abends in die Dusche trat, um mir den Schweiß abzuspülen, krochen dort ein paar kleinere Kakerlaken herum – trotz der süßlich-chemisch riechenden Ungezieferkugeln, die ständig über dem Ausguß lagen. Ich ließ sie laufen. In Indien sind sie wohl unvermeidbar, und wenn man auch ein paar vernichtet, es kommen immer wieder neue nach. Diese Viecher sind ja ebenso urtümlich wie die tribes people, dachte ich. Sie überstehen alle Zeiten und Widrigkeiten, behalten ihre wesentlichen Charakteristika, und manche Menschen achten diese ungeheure Leistung so gering, daß sie sie, ohne lange nachzudenken, einfach tottreten.

Noch am selben Abend las ich neugierig über die Backwaters nach, weil ich mehr über die Landschaft wissen wollte, aus der Rama Raj stammte. Die Texte schwärmten von der Schönheit dieser malerischen Kanäle, von den Bootsfahrten, den Farben, Düften und Pflanzen, von den Palmenhainen und ihren freundlichen Bewohnern. Es klang sehr reizvoll, ein Tagesausflug mit einem der staatlichen Linienschiffe wurde rundum als besonders lohnend empfohlen. Das Netz von Wasserstraßen maß fast zweitausend Kilometer und war eine der gerühmten Attraktionen Kéralas, dem Land der Kokosnüsse.

Um sich einzuschiffen, mußte man allerdings zu den offiziellen Haltestellen nach Kottayam, Aleppey oder Quilon fahren, und dazu hatte ich wirklich keine Lust. Ich war gerade erst genesen und viel zu antriebslos, um irgend etwas zu planen oder gar durchzuführen. Die Ruhe tat mir so gut. Tag und Nacht auf die niemals endende Sinfonie des Meeres zu lauschen, wurde mir nicht zu langweilig. Meine Abgeschiedenheit erschien mir heilsam, nach all den Jahren der psychischen Verausgabung wie ein Sammeln von Kräften, das ich sehr nötig hatte. Bisweilen fiel auch das noch von mir ab, dieses Gefühl, daß ich mich schonen müßte. Dann war ich einfach nur auf die köstlichste Weise träge und glücklich. Keine Sehenswürdigkeit der Welt hätte mich von meinem Strandhotel fortlocken können. Ich ahnte, bald würde ich sogar aufhören zu lesen. Nichts mehr wollen, nichts mehr müssen. Die Postkarten würde ich auch noch in ein paar Monaten schreiben können. Das war doch eigentlich das Schöne an meiner Reise, daß ich zu Hause keinerlei Verpflichtungen mehr hatte, ganz gleich welcher Art.

Meine gewohnheitsmäßig unschöne Neigung, kein gutes Haar an mir zu lassen, mich zu kritisieren und meine Reaktionen zu sezieren, konnte ich in diesen Tagen selten beobachten. Ich wollte nun mal nicht mehr ständig an mir herumverbessern. Meiner Meinung nach hatte ich im Laufe meines Lebens mehr als genug getan, um ein von mir und der Welt annehmbarer Mensch zu werden. Wieviel Arbeit in Einzel- und Gruppentherapien, wieviel Selbstforschung und Supervision lagen hinter mir, wie viele Auseinandersetzungen mit meinen Patienten, an denen ich gewachsen war! Wenn meine Umgebung mich nicht mit meiner etwas isolierten Persönlichkeit, mit meinen Eigenheiten und meinem narzißtischen Anteil verkraften kann, ist sie selber schuld, dachte ich. Ich finde mich hinreichend in Ordnung.

Während meiner Krankheitstage hatte ich wenig Kontakt. Der Professor und Rama Raj waren meine einzigen wahren Besucher, die anderen grüßte ich nur von weitem, denn sie wagten sich nicht weiter als bis zur Tür. Und die zwei Männer waren mir auf so natürliche Weise angenehm, daß ich gar nicht erst in innere Konflikte kam, mich weder schelten mußte noch einen Anlaß sah, mich zu »benehmen« oder zu kontrollieren. Bei ihnen kam es nicht darauf an, so merkwürdig mir das auch erschien. Nahm ich die beiden vielleicht gar nicht ernst, weil sie Inder waren? Waren sie mir etwa kei- ner Reaktion wert? Fühlte ich Herablassung, die schäbige Jovialität der Europäerin, die sich gut vorkommt, wenn sie zu den Eingeborenen nett ist? Nein, das konnte es nicht sein, ich hätte es bestimmt bemerkt. So warm und herzlich waren meine Gefühle, wie ich sie sonst, gerade männlichen Wesen gegenüber, gar nicht kannte. Diese Freundschaft! Mir schien, als seien sie wie Verwandte, ich wußte nur nicht, warum und wozu.

Meine Empfindungen für Akasho konnte ich noch am ehesten nachvollziehen. Doch wenn es um Rama Raj ging, waren meine Emotionen jenseits meines Begriffsvermögens. Wieder und wieder überprüfte ich, ob ich nicht vielleicht in ihn verliebt war. Die Antwort lautete jedesmal: Nein. Oder doch wenigstens: Nein, ich glaube nicht.

Einige Tage vergingen. Ich begann, mich wieder recht wohl zu fühlen. Den Morgen verbrachte ich jetzt häufiger unten am Strand, wo ich nicht selten mit einigen anderen Hotelgästen ins Gespräch kam und mich nett unterhielt. Man erfährt so manches von der Welt, wenn man mit anderen Reisenden redet, vor allem weiß man bald ganz genau Bescheid, was wo wieviel kostet. Jung und Alt tauschten sich mit akribischer Genauigkeit und großem Stolz darüber aus, wie unerhört billig oder wie unverschämt teuer irgend etwas irgendwo gewesen war. Leute, die daheim in Saus und Braus lebten, fühlten sich nicht selten verraten und betrogen, wenn der Rikshafahrer ein paar Rupies mehr verlangte, als ihm ihrer Meinung nach zustand. Die Verunsicherung im fremden Land mit seinen Sprachschwierigkeiten und uneinsichtigen Gebräuchen machte sie aggressiv. Das amüsierte mich und interessierte mich immer wieder.

Nach dem Essen ruhte ich in meinem Zimmer, klapperte anschließend die Teppichläden, die Schmuckstände, Schneiderwerkstätten und Andenkengeschäfte im Ortszentrum ab, ging auch bisweilen in eines der besseren Strandlokale, nachdem ich mich beim Hotelbesitzer nach den hygienischen Verhältnissen der einzelnen Etablissements erkundigt hatte. Dort gab es Globetrotternahrung: köstliche Pfannkuchen mit Ananas oder Banane, gebratenen Reis mit Gemüse und frischen Joghurt. Ich aß ihn besonders gern mit Papayawürfeln und Limettensaft und streute etwas von dem grobkörnigen Zucker darüber. Das schmeckte herrlich erfrischend, eine Wonne! Papaya wurde bald meine Lieblingsfrucht.

Die Familie des Professors aus Bangalore beschloß abzureisen. Mir tat das richtig leid. Ich hatte mich auf eine unaufdringliche Art mit ihnen angefreundet, und der Kontakt war im Laufe der Wochen immer ungezwungener und spontaner geworden. Jedenfalls hatte ich sie alle recht gern, vor allem natürlich das Familienoberhaupt, mit dem mich doch ein sehr ungewöhnliches und intensives Erlebnis verband, über das wir auch weiterhin nicht gesprochen hatten. Es war, als wollten wir es beide nicht entweihen.

Es war selbstverständlich, daß wir die Adressen austauschten, und ich mußte versprechen, bald einen Besuch in Bangalore zu machen. Es war das erste Mal, daß ich eine solche Einladung ernst nahm.

Als sich Akasho zwei Tage später noch einmal endgültig von mir verabschiedete, erinnerte er mich halb im Scherz an die Weissagung des aschebeschmierten *sadhu* und forderte mich dringend auf, ihm zu schreiben, sobald ich irgend etwas Ungewöhnliches an mir bemerken würde.

»Ja, gern«, lachte ich, »aber wie soll ich denn Briefe schreiben, wenn ich tot bin? Wenn Sie also nichts mehr von mir hören, lieber Professor, wissen Sie, was passiert ist. Dann hat der weise Mann wenigstens mit einer seiner Vorhersagen recht gehabt.«

Damit überspielte ich ein bißchen meinen Abschiedskummer. Dieser Schmerz war stärker als erwartet. Ich hatte mich sehr mit Akashos Gegenwart angefreundet und mich auf jedes Beisammensein ganz ungewöhnlich intensiv gefreut. Nun würde er, der Freund und Gesprächspartner, mir wirklich fehlen. Immer wieder hatte ich bereichernde Stunden in seiner Gesellschaft verbracht. Mit ihm fühlte ich mich auf eine ganz besondere Weise wohl, und unsere Diskussionen über religiöse Themen hatten mir viel gegeben, war es doch das erste Mal in meinem Leben, daß ich überhaupt das Bedürfnis hatte, mich einem Menschen in dieser Hinsicht zu öffnen. Unser Gemeindepfarrer wäre mir da nicht geeignet erschienen. Doch Akasho besaß die Gabe, mir Gedanken über Gott und die Welt zu entlocken, von denen ich nicht einmal wußte, daß ich sie hatte. So tat ich denn in seiner Gegenwart manche Äußerung, die mich erstaunte, wenn ich sie aus meinem eigenen Munde hörte.

Ich hätte ihn gern umarmt, aber ich wußte, das wäre ungehörig gewesen. Wir schüttelten uns noch einmal die Hand, und dann winkte ich lange der Autoriksha nach, die die Familie zum Bahnhof in der Hauptstadt fahren sollte. Wieder einmal wunderte ich mich, wie fünf Personen mit großem Gepäck in einem solchen Gefährt untergebracht werden konnten, und dies schien mir eine weitaus größere Kunst zu sein, als auf einem Nagelbett zu schlafen.

Sari und Rucksack

Ruhe und Schlaf hatten mir gutgetan. Ich merkte, wie ich kontaktfreudiger wurde. Die Gedanken an meine Mutter und an mein Alleinsein auf der Welt ließen nach. Ich würde ja in

Zukunft viel mehr Zeit für Freunde haben. Es war auch gar nicht nötig, sofort wieder voll zu arbeiten.

Eine Woche nach seinem letzten Besuch kam Rama Raj wieder zu mir. Schon schien er fast ein Fremder in diesem Hotel zu sein. Wir trafen uns in der Rezeption, als ich vom Strand herauf zum Mittagessen kam. Ich war so freudig überrascht, daß ich über das ganze Gesicht strahlte und mein Herz zu klopfen begann. Dann nahm ich mich ein wenig zurück, und als er mich bemerkte, hatte ich mich schon wieder soweit im Griff, daß meine Miene nicht mehr als erfreute Freundlichkeit ausdrückte.

»O Rama Raj, wie schön, dich zu sehen.«

Er strahlte auch, verbarg es aber nicht wie ich: »*Madam, how are you, Madam?*« Wir schüttelten uns die Hand. Am liebsten hätte ich ihn umarmt, aber das ging auf keinen Fall, weder vor dem Mann an der Rezeption noch wenn wir allein im Raum gewesen wären. Bei aller Sympathie zu diesem jungen Burschen durfte ich ihn doch nicht auf verkehrte Gedanken kommen lassen. Die Signale der Zuneigung sind in verschiedenen Kulturen sehr unterschiedlich zu interpretieren. In Indien dürfen Frauen und Männer sich nur unter ganz bestimmten Voraussetzungen umarmen. Schon Händchenhalten ist hier eine sexuelle, fast obszöne Handlung.

Mir wurde klar, daß ich Rama Raj heute aus diesem Grund nicht in meinem Zimmer haben wollte. Ich überlegte, ob er sich im Restaurant an meinen Tisch setzen könnte. Aber dann fiel mir ein, daß wir dort kein persönliches, unbefangenes und vor allem unbelauschtes Gespräch führen könnten. Deshalb sagte ich zu ihm:

»Bitte warte einen Moment hier. Ich gehe schnell in mein Zimmer, und dann können wir uns auf die Bank im Garten setzen und uns ein bißchen unterhalten.«

Er zeigte sein Einverständnis, indem er nach indischer Manier wie ein junger Puter seinen Hals zwischen den Schultern hin und her ruckte. Ich lief die Treppe hinauf, um noch einmal einen Zwanzigdollarschein zu holen, vorgeblich als Geschenk für seine Schwester. In Wirklichkeit aber hoffte ich, daß der junge Mann sie für sich selbst nutzen würde.

Als ich wieder herunterkam, unterbrach Rama Raj sein Gespräch mit dem Rezeptionisten und lachte mich freundlich an. Dann gingen wir hinaus in den Sonnenschein, liefen durch die kleine wohlgepflegte Anlage und setzen uns, in gebührlichem Abstand zueinander, auf die unbequeme, aber malerische Bank aus Kokospalmenplanken. Über uns bewegten sich die Palmwedel träge in der leichten Brise, die vom Wasser her wehte. Die Luft war erfüllt von dem bittersüßen Duft enorm großer Studentenblumen in Gelb und Orange. Zuerst wollte ich wissen, wie es dem Bein ging. Er zeigte mir, wie die Haut inzwischen verheilt war.

»Ich muß jetzt nicht mehr zum Doktor«, sagte er stolz. Und gewiß war er auch froh darüber, daß ihn seine Krankheit nun nicht mehr soviel Geld kosten würde.

»Was wirst du tun?« fragte ich. »Was hast du vor? Willst du bald den Imbißstand eröffnen?«

»Nein, ich werde erst einmal in mein Dorf gehen. Vor der Hochzeit meiner Schwester hat es keinen Zweck, daß ich irgend etwas unternehme. Denn dann müßte ich die Arbeit ja wieder unterbrechen. Meine Frau befürchtet, daß ihr jemand den neuen Karren stehlen könnte. Das kommt vor, wenn der Mann nicht da ist, um aufzupassen.«

»Du willst also schon bald von hier fort? Werde ich dich dann nicht mehr wiedersehen?« Mir wurde schon wieder ganz wund ums Herz. »Wie lange willst du in deinem Dorf bleiben?«

»Vielleicht zwei Wochen, vielleicht drei. Ich weiß es noch nicht. Es ist schön, zu Hause zu sein«, antwortete Rama Raj. »Hier bin ich immer fremd und habe immer Angst.«

Es wunderte mich, solche Worte aus seinem Mund zu hören. Dieser junge Mensch war sich seiner Ängste bewußt. Das hätte ich ihm gar nicht zugetraut. Es ließ auf eine gewisse Reife schließen und klang, so wie er es äußerte, auf eine natürliche Weise gesund. In Grunde hatte ich ja auch gar keinen

Anlaß, anzunehmen, daß er so gestört war wie die meisten unserer jungen Leute, die ihre Ängste verleugnen und unablässig kompensieren oder mit Drogen zudecken. Wahrscheinlich hatte ich mich bei einem unbewußten Vorurteil ertappt. Du darfst diesen Mann nicht unterschätzen, sagte ich mir, nur weil er jung und ungebildet ist. Im Anschluß an diese kleine Selbstermahnung betrachtete ich ihn mit neuen Augen.

Ob seine Frau weiß, daß er ein Taki ist? Soll ich ihn fragen? Wird er mir wohl aufrichtig antworten? Oder ist meine Frage allzu unverschämt? Nun, wer wagt, gewinnt. Und so ging ich die Sache denn geradeheraus an und erkundigte mich bei ihm.

Rama Raj schaute mich arglos und treuherzig an. Er zögerte nicht, überlegte gar nicht erst, was er mir sagen sollte. »Nein, das weiß sie nicht. Ich habe ihr gesagt, daß ich von weither komme. Sie kann sich unter ›weit‹ nichts vorstellen. Bis jetzt hatte ich noch nicht den Mut, es ihr zu sagen, weil ich mich vor meinem Schwiegervater fürchte. Er hätte mich niemals in die Familie aufgenommen, wenn er wüßte, woher ich stamme. Sie wäre auch unglücklich. Ich konnte sie nur heiraten, weil sie sonst als vierte Tochter gar niemanden zum Mann bekommen hätte. Also, wozu soll ich die Wahrheit sagen? Ich habe behauptet, ich käme aus Tamil Nadu, aus der Gegend von Madras, und meine Eltern seien tot, was auch stimmt. Ich kann in mein Dorf fahren, ohne daß die anderen merken, wo es liegt und wer da lebt. Keiner fragt, und keiner kommt auf die Idee mitzufahren, wenn ich es nicht will.«

Mir leuchtete das ein. Schon vor einiger Zeit hatte ich es aufgegeben, die Wahrheit als etwas Absolutes, immer Richtiges zu betrachten. Wahrheit um ihrer selbst willen wirkt oft zerstörerisch. Natürlich entsteht da die Gefahr von Lebenslügen, aber nur dann, wenn der Lügner meint, er sei eigentlich verpflichtet, die Dinge aufzudecken, und nur dann, wenn er selbst oder jemand in seiner Umgebung unter der Unwahrheit leidet. In diesem Fall konnte ich sehen, daß Rama Raj sehr bewußt mit dem Geheimnis um seine Herkunft umging und es nur seiner Familie, nicht aber mir gegenüber verschwieg. Also war es wohl nicht wirklich das, was man eine Lebenslüge nennt, und sie schien ihm auch keine besonderen Schwierigkeiten zu bereiten. Er verschwieg einfach, was zu seiner eigenen Sicherheit verborgen bleiben mußte, gebrauchte ein paar Notlügen und war sich ansonsten im klaren über seine Situation. Er kam mir einen Augenblick lang vor wie ein Jude im Nazi-Deutschland, den man bei einer Behörde zu seiner Abstammung befragt. Wenn man ihm nicht unmittelbar nachweisen kann, daß er lügt, soll er dann mit einer aufrichtigen Auskunft sein Leben gefährden, nur um der Wahrheit willen? Eine Lüge kann schützen, eine Lüge kann gut sein.

»Aber jetzt willst du wieder dorthin. Wirst du allein reisen?« erkundigte ich mich.

»Ja. Weil ich keine Arbeit mehr habe, wäre sowieso kein Geld da, um meinen Sohn mitzunehmen. Er würde vielleicht auch mein Geheimnis ausplaudern. Bei Kindern weiß man nie. Deshalb fahre ich allein.«

»Es würde mich interessieren, wie dein Dorf aussieht und wie die Menschen dort leben.«

Rama Raj blickte auf seine Füße und sagte ein wenig verlegen: »Bei uns ist es sehr ärmlich. Es gibt kein elektrisches Licht, wir haben kein Telefon, keine Wasserleitung, keine Kühlung.«

»Weißt du, daß wir auch in Deutschland bis vor ein paar Jahren oft nur Brunnen hatten? Meine Großmutter ist noch bei Petroleumlicht aufgewachsen. Ich finde, so ein einfaches Leben kann sehr schön sein, besonders wenn es nicht kalt ist. Erst seit ein paar Jahren haben die meisten Leute bei uns Telefon.«

»Ich glaube nicht, daß Ihnen mein Heimatort gefallen würde. Es gibt dort nicht einmal einen Fernseher. Wir haben nur einen kleinen Dorfladen.«

»Rama Raj, ein Fernseher ist nicht wichtig für mich. Du hast ja gesehen, ich habe keinen in meinem Zimmer, und unten in der Halle schaue ich nie fern.«

Während ich redete, wurde mein Wunsch, den Stamm der Taki und den Ort, wo dieser Stamm lebte, mit eigenen Augen zu sehen, immer stärker. Vielleicht könnte ich ja für ein paar Tage dorthin, wenn Rama Raj mich mitnehmen würde? In seiner Begleitung würde ich mich sicher fühlen. Allein dorthin zu reisen war für mich völlig undenkbar. Ich bin oft genug auf eigene Faust unterwegs gewesen, um genau zu wissen, wo ich organisatorisch und psychisch meine Grenzen habe. Wieso sollte ich auch, als normale Touristin, überhaupt den Wunsch haben, ein solches Dorf aufzusuchen? Aber die Chance, mit Hilfe dieses jungen Mannes, der mir schon bekannt war, mehr vom Leben der Eingeborenen zu erfahren, war etwas ganz Besonderes. Natürlich dürfte es nur ein Besuch von wenigen Tagen werden.

Möglicherweise war der eigentliche Aufenthalt in dem Taki-dorf auch zweitrangig. Vermutlich, überlegte ich, geht es mir doch mehr darum, Rama Raj nicht aus den Augen zu verlieren, zu erforschen, was für ihn als Taki wichtig ist, durch welche Verhältnisse seine Identität geprägt wurde. Auch heute fühlte ich mich in seiner Gegenwart wieder so leicht und wohl, obgleich ich nicht genau wußte, was wir uns eigentlich zu sagen hatten. Unser Gesprächsstoff war nun einmal außerordentlich begrenzt, und anscheinend hatte der gute Rama selbst gar keine neugierigen Impulse. Erst jetzt fiel mir auf, daß ich es war, die alle Fragen stellte. Er aber hatte gar nichts von mir wissen wollen. Möglicherweise hatte er sich beim Hotelempfang über mich erkundigt. Ich war sicher, daß Mr. Varghese und die Angestellten alles weitererzählten, was sie im Laufe der Wochen von mir und über mich erfahren hatten. Der junge Mann saß einfach neben mir, strahlte eine ruhige Würde aus und eine offenherzige Bereitschaft, für mich dazusein, die ich als eine natürliche Folge seiner Überzeugung, daß ich ihm sein Bein gerettet hatte, interpretierte.

Unsere etwas trockene, aufs Notwendigste reduzierte Konversation, die so ganz anders war als meine angeregten, temperamentvollen und persönlichen Gespräche mit dem

Professor, tat meinem auffälligen Wohlbefinden aber keinerlei Abbruch. Im Gegenteil, mir schien, daß Rama Raj von Natur aus ebenso schweigsam und nachdenklich war wie ich. Mit einem leiblichen Bruder, der einen durch und durch kennt, kann man ja auch ruhig beisammensein, ohne zu reden. Ja, und genauso kam es mir wieder vor, als wir dort auf der Bank zusammensaßen, ganz als wären wir liebende, vertraute Geschwister. Ab und zu tauschten wir Banalitäten aus, damit es nicht gar zu still wurde.

»*You like this Hotel?*« fragte er.

»*It is very hot today*«, bemerkte ich.

Und wenn wir schwiegen, war es, als horchten wir gemeinsam auf eine leise Melodie aus der Ferne, die uns beiden innig vertraut war. Manchmal schauten wir uns dabei an, dann wieder war jeder für sich, ohne den inneren Kontakt abzubrechen.

Das Hotel brütete in der Mittagshitze, es war auch dort ganz still geworden. Die Gäste, sofern sie schon fertig mit ihrer Mahlzeit und nicht zu Ausflügen unterwegs oder am Strand waren, lagen alle auf ihren Betten, um ein Nickerchen zu machen. Mein Pensionsessen wartete wahrscheinlich noch immer, und die Kellner konnten nicht abräumen, solange man mich mit Rama Raj im Garten wußte. Jetzt gehe ich gleich, beschloß ich. Trotz der Hitze und der kleinen Bächlein, die mir Stirn und Brust herunterliefen, ging es mir richtig gut, weil da jemand war, den ich mochte. Dennoch mußte ich mich von dieser stummen Wonne des Gleichklangs losreißen und hineingehen.

Auf jeden Fall war mir, als sollte ich einmal gründlich überlegen, ob mir diese außergewöhnliche Gelegenheit eine Unterbrechung meiner neugewonnenen Seelen- und Nervenruhe wert war. Denn darüber machte ich mir keinerlei Illusionen: Allein das Nachdenken, das Packen, das Organisieren einer solchen kleinen Reise würde mich aus meiner Beschaulichkeit herausreißen.

Aber, so sagte ich mir, während ich aufstand, um mit Rama

Raj noch ein paar Schritte im Garten zu gehen, ich könnte mich nach meiner Rückkehr ja gleich wieder in mein träges Strandleben zurückfallen lassen. Vielleicht würde mir eine Unterbrechung ganz guttun. Eine Abwechslung wirkt belebend, und so aufregend kann das Leben in einem abgeschiedenen Dorf unter Palmen ja gar nicht sein, daß ich mich davor fürchten müßte. Allerdings war mir nicht wohl dabei, eine unreflektierte Entscheidung zu treffen. Bevor ich ihn fragte, ob er mich mitnehmen würde, mußte ich wenigstens selbst wissen, was ich wollte. Deshalb kam mir die Idee, mich jetzt nicht unter Druck zu setzen, sondern Rama zu bitten, am Nachmittag noch einmal wiederzukommen.

»Ich wollte dir doch noch ein schönes Geschenk für deine Schwester mitgeben, aber ich habe es jetzt nicht hier. Bitte, sei so gut und komme heute gegen vier Uhr noch einmal hier ins Hotel. Dann werde ich es dir geben.«

Er versprach es, wir verabschiedeten uns provisorisch, und dann sah ich, wie er die Auffahrt hinunterging und an der Bushaltestelle stehenblieb. Diesmal hatte ich gar keinen Zweifel, sondern nur Vertrauen, daß wir uns bald wiedersehen würden.

Nun war ich allerdings in einer kleinen Zwickmühle. Denn es war ja kaum glaubhaft, daß ich die zwanzig Dollar, die ich vorgehabt hatte, ihm zu geben, nicht sofort aus meinem Zimmer hätte herunterholen können. Doch noch während ich die Treppe hinaufstieg, hatte ich den gloriosen Einfall, aus einem der Läden in der Nähe des Hotels einen hübschen bunten Polyestersari für seine Schwester zu besorgen. Den würde ich dann mit dem Geld zusammen verpacken.

Wichtiger war allerdings, daß ich mit mir selbst zu Rate ging. War ich wirklich bereit, das Hotel für ein paar Tage zu verlassen, um mich auf diese kleine Reise zu begeben? Die Backwaters hatte ich doch schon lange besuchen wollen. Alle schwärmten davon. Inzwischen hatte ich auch mit einem Ehepaar aus Coburg gesprochen, das gerade eine dreitägige Kanalfahrt in einem umgebauten Reiskahn unter deutscher

Reiseleitung hinter sich hatte. Sie waren begeistert gewesen. Ich hatte auch gefragt, ob sie Stämme von Ureinwohnern gesehen hätten, aber die beiden schauten mich verständnislos an. Offensichtlich hatten sie noch nie von den Eingeborenen gehört, und ich konnte es ihnen nicht verdenken. Sie hielten alle Inder für Eingeborene und machten wohl auch keinen Unterschied zwischen den Bewohnern des Nordens und den Draviden des Südens. Deshalb sagte ich nichts weiter zu diesem Thema. Sie waren anscheinend große Naturliebhaber und wählten daheim die Grünen. Jedenfalls erzählten sie, daß sie auf dem Dach ihres Biohauses eine Solarzelle installiert hätten und ansonsten mit dänischen Holzöfen heizten. Und sie regten sich auf, daß in dem Reiskahn keine chemische Toilette gewesen war. »Alles ging ins Wasser, genau wie bei den Indern!« Nette Leute übrigens. Vielleicht wäre ihnen der Stamm der Taki aus ökologischen Gründen durchaus interessant vorgekommen, wenn ich mich aufgerafft hätte, etwas ausführlicher zu werden, aber ich merkte plötzlich, daß ich absolut keine Lust hatte, ihnen davon zu erzählen. Die Taki sollten ein Geheimnis zwischen Rama Raj und mir bleiben.

Beim Essen dachte ich an Mutter. Mit der Beziehung zu ihr war ich in den letzten drei Jahren ziemlich ausgelastet gewesen. Meine Supervisorin hat versucht, mir einzureden, daß es besser sei, sie in ein Pflegeheim zu geben, damit ich »zu mir« kommen könne. Denn manchmal war es mir wirklich fast zuviel, und ich fürchtete selbst, mich mit der Betreuung zu überfordern. Aber ein Abschieben ins Heim, wenn es mir auch noch so nachdrücklich als die vernünftigste Lösung hingestellt wurde, entsprach überhaupt nicht meiner Vorstellung. Sie hatte mich doch immer liebgehabt und ich sie auch.

Bei der Frage der Heimunterbringung ging es mir gar nicht in erster Linie um die Schuldgefühle, die ich eventuell zu befürchten gehabt hätte. Nein, ich liebte sie eben und bemühte mich, ihr das Lebensende, so gut es ging, zu erleichtern. Ich wollte außerdem sehen, wie das ist, wenn ein Mensch sich aufs Sterben vorbereitet, und wie ich dabei helfen kann. Ich bin Fördermitglied der Hospizbewegung. Sterbebegleitung halte ich für sehr wichtig, ebenso wie Krisenbegleitung im sonstigen Leben. Nicht, daß wir große theoretische Gespräche über das Jenseits geführt hätten. Sie machte sich wenig Gedanken, hoffte nur auf ein anständiges Begräbnis. Sie war ja so gar nichts Besonderes, meine Mutter. Durchschnittlich begabt, ein wenig kleinbürgerlich und engstirnig, fleißig und diszipliniert, auch ängstlich und eifersüchtig, wenigstens auf Vater. Der war ihr in vielem überlegen, aber sie liebte ich mehr. Sie war recht skeptisch in allen Dingen, manchmal sogar destruktiv in ihrer negativen Haltung, und sicherlich war sie nicht gläubig, wenn sie auch häufiger zur Kirche ging als ich. Das war aber mehr aus Gewohnheit und um vor den Nachbarn gut dazustehen. Außerdem nahm natürlich in ihrem Alter die jährliche Anzahl der Begräbnisse zu, bei denen man erscheinen mußte. Da hörte sie sich dann das ewig gleiche Gerede von der Erlösung und vom ewigen Leben an, von dem sie eigentlich gar nichts hielt.

Mich selbst interessieren bei anderen Menschen die Sonderlingsschicksale. Mir gefallen alle, die hemmungslos zu sich und ihren Macken stehen können, mit Humor und Selbstkritik, Persönlichkeiten, die sich in ihrer Skurrilität wohl fühlen und sich zeigen können ohne Angst, verurteilt zu werden. Menschen mit spitzigen Ecken und unbequemen Kanten. Dazu gehört ein gewisses Ausmaß an Neurose. Diese Leute waren mir immer schon Vorbild. Das alles gilt natürlich nur, wenn niemand erheblich darunter leidet. Meine Analysanden haben von meiner Einstellung wahrscheinlich oft profitiert. Ich wollte sie nie »hinkriegen«, nicht glätten und polieren, nur verstehen, akzeptieren und ihnen die Hände reichen, indem ich mich ihnen zur Verfügung stellte. Ich meine bis heute, Sichangenommenfühlen birgt die meisten Heilungschancen, jenseits von Methodik und therapeutischen Regeln. Schließlich weiß ich selbst, wie weh das tut, wenn man sich weder in der Mutter noch im Vater spiegeln kann. Mama war viel zu sehr gefangen in ihrer Angst, ich könnte nicht hübsch genug sein oder ihr Schande machen oder sie sei meiner Erziehung nicht gewachsen. Wenn ich mal unbekümmert lachte oder albern war, reagierte sie säuerlich und sagte: »Dir geht's wohl zu gut!« Oder sie rief, sich weise dünkend: »Vogel, der am Morgen singt, holt am Abend die Katz!« Sie konnte sich nie so recht an mir freuen, aber sie freute sich sowieso höchst selten. Ihre höchste Pflicht sah sie darin, sich zusammenzureißen, sich nicht mit Albernheiten abzugeben. Auf diese Weise versuchte sie, den Turbulenzen des Lebens siegreich zu widerstehen. Deshalb konnte sie sich mir nicht gerade mit ganzem Herzen zuwenden. Aber so war's halt, ich liebte sie trotzdem und hatte ihr längst verziehen.

Ich ertappte mich dabei, wie ich ins Sinnieren gekommen war, anstatt über den Ausflug in die Backwaters nachzudenken. Dabei drängte doch die Zeit! Oben in meinem Zimmer warf ich meine Kleider ab und sprang erst einmal unter die Dusche. Während das Wasser an mir herunterrann, fragte ich mich: Was soll schon passieren? Rama Raj ist zuverlässig. Ich kann auf mich aufpassen. Ich will's einfach tun. Die Idee zieht mich unwiderstehlich an. Wenn er ja sagt, fahre ich mit.

Damit schien mir alles klar und erledigt. Als ich Rama Raj am späteren Nachmittag wiedertraf, war die Sache allerdings nicht so einfach, wie ich es mir gedacht hatte. Wir saßen wieder auf der Bank im Garten. Stolz zeigte ich ihm ein Päckchen mit zehn Metern gelb- und rotgemusterten federleichten Baumwollstoffs. Daraus konnte man Hauskleider, Kinderkleider, Kopftücher, Vorhänge oder Bettüberwürfe schneidern. Und man konnte ihn sicher auch verkaufen, wenn man ihn nicht leiden mochte oder Geld brauchte. Dazu den Sari.

Der junge Mann schien sich sehr zu freuen. Natürlich wies er das Geschenk zuerst zurück. Ein übers andere Mal rief er aus, daß das doch nicht nötig sei und viel zuviel. Aber sein Gesicht strahlte, und er dankte mir überschwenglich. Ich deutete auch noch an, daß ich außerdem etwas Geld für seine Schwester hätte. »Aber, Rama, ich würde es ihr gern persönlich geben. Deshalb möchte ich dich fragen, ob es wohl möglich wäre, daß ich in den nächsten Tagen mit dir in dein Dorf komme. Es interessiert mich sehr zu sehen, wo du aufgewachsen bist und wie die Taki leben. Was meinst du dazu?« Daß ich versuchte, ihn zu manipulieren, war mir ein wenig peinlich.

Augenblicklich schwand der freudige Ausdruck aus seinem Gesicht. Erst wurde er ernst, dann schaute mich Rama Raj geradezu gequält und entsetzt an. Als ich sah, wie abweisend er auf meine Bitte reagierte, wurde ich sofort sehr unsicher, auch ein wenig traurig, denn damit hatte ich nicht gerechnet. Mit Ausflüchten schon, oder mit einer Notlüge. Aber dieses Entsetzen! Ich wandte meinen Blick ab. Vorfreude und gespannte Erwartung waren aus meinem Herzen gewichen.

»No, sorry, not possible, sorry, Madam!« hörte ich ihn sagen. Er mußte wohl meine Enttäuschung sehr deutlich gespürt haben, denn obwohl es mir zuerst schien, als sei dies eine endgültige Antwort, fing er nun doch an, seine Ablehnung zu rechtfertigen, indem er mir zu erklären begann, daß die Reise viel zu weit und zu unbequem für eine Dame sei. Und dann sagte er, daß es kein Hotel in seinem Dorf gebe und kein Restaurant.

»Rama Raj«, rief ich, wieder ein wenig ermutigt, denn diese Einwände zählten für mich nicht, *»don't worry,* ich esse und schlafe genau wie die Taki. Das ist es ja gerade, was mich interessiert! Und bedenke doch, ich bin lange Reisen gewöhnt. Deutschland ist auch sehr weit von Indien entfernt, aber das macht nichts, ich bin stark. Es ist ja auch nur für ein paar Tage.«

Er nickte, zunächt etwas ungläubig, dann aber schien ich ihn mit meiner schieren Begeisterung in diesen Punkten überzeugen zu können.

Doch kaum meinte ich etwas Land gewonnen zu haben, da führte der junge Mann neue Argumente ins Feld. Er sagte: »Niemand spricht Englisch, es gibt keine Sehenswürdigkeiten, was wollen Sie den ganzen Tag machen?« Er konnte sich wohl einfach nicht vorstellen, daß für einen Menschen von der westlichen Hälfte des Planeten bereits die schlichte Tatsache, einem Ureinwohnerstamm beim täglichen Leben zuzuschauen, hinlänglich interessant war und daß es Menschen gab, die sogar jahrelang das Leben von Eingeborenen teilten, nur um sie zu beobachten, zu verstehen und um von ihnen berichten zu können. Daß Westler von den Taki etwas zu lernen hätten, darauf wäre er wohl im Traum nicht gekommen. Er schien aufgrund seiner Herkunft immer nur auf Ablehnung und Vorurteile gestoßen zu sein.

Merkwürdig, daß in einem riesengroßen Land wie Indien mit seinen Tausenden von Bevölkerungsgruppen doch immer jemand ganz unten am Ende der Skala angesiedelt sein muß, damit die anderen etwas haben, auf das sie herabblicken können, um sich aufwerten zu können – ein urmenschliches Bedürfnis, überlegte ich. Vielleicht hat er Angst, daß ich meine positive Einstellung zu ihm verlieren könnte, wenn ich erst mal sein Dorf und seine Verwandtschaft gesehen habe. Ich kann nicht verlangen, daß er sich in meine Andersartigkeit so ohne weiteres einfühlt. Also muß ich ihm helfen, indem ich ihn von meinem Interesse und meiner für ihn ungewohnten Haltung überzeuge. Aber was soll ich sagen? Mir fällt jetzt gar nichts anderes mehr ein als zu bitten.

Deshalb sprach ich jetzt so langsam und eindringlich, wie ich es nur vermochte: »*Please, please, Rama, I want to see your village.*«

Er war verstummt, und ich konnte erkennen, wie sich in seiner Mimik die widerstreitenden Gefühle spiegelten. Jedenfalls war er sich seiner Sache nicht ganz sicher, und so hatte ich vielleicht doch eine Chance. Ich wußte selbst nicht, warum ich plötzlich so versessen auf meinen Besuch bei den Taki war, daß ich mein Vorhaben trotz dieser abschlägigen Antwort nicht aufgeben mochte. Wider Erwarten dachte ich nun gar nicht mehr an meine Bedenken oder an meine Erholung, sondern spürte nur noch einen Impuls: daß ich einfach dorthin wollte und mit allen Mitteln eine sofortige Trennung von Rama Raj verhindern mußte. In diesem Moment hatte ich nicht die Zeit, darüber nachzusinnen, wie ich dazu kam, solch einen Druck auf den armen Kerl auszuüben. Aber eigentlich hätte ich mir schon damals denken müssen, daß irgend etwas Ungewöhnliches dahinter verborgen war, eine unbewußte Motivation, die ich mir nicht erklären konnte.

»*Why not, Rama Raj?*« begann ich wieder, ihn zu löchern, ganz wie ein Kind, das nörgelt und bettelt und schmeichelt, bis es seinen Willen bekommt. Es fehlte wenig, daß ich ihm versichert hätte: »Ich will auch immer lieb und artig sein.«

»Mrs. Doris, mein Volk hat Angst vor Fremden. Sie sind nie gut zu uns gewesen. Sie mißhandeln uns. Sie nutzen uns aus. Sie töten uns.«

»Glaubst du wirklich, ich könnte so etwas tun?«

»Nein, nicht Sie, Mrs. Doris. Aber mein Volk weiß nichts über Europäer. Die meisten haben noch nie einen Ausländer gesehen. Sie wissen nicht, was sie von ihnen halten sollen.«

»Ich verspreche, mich wie ein Freund zu verhalten und niemandem weh zu tun, Rama.«

»Ich glaube Ihnen ja, aber wie soll ich es den anderen erklären? Ich möchte auch nicht, daß die Taki unfreundlich zu Ihnen sind. Wir haben viele schlechte Erfahrungen gemacht, weil wir zuviel Vertrauen hatten. Daraufhin haben die Dorfältesten beschlossen, sich von allen fremden Einflüssen fernzuhalten, weil unsere Leute sonst ihre Sitten und ihre Religion vergessen und wir alle so werden wie die anderen. Wir sind auch Hindus, aber anders. Wir glauben an Shiva, doch wir glauben noch viele andere Dinge.«

»Was ist denn passiert, als Fremde in eurem Dorf waren?«

»Sie haben unser Heiligtum zerstört. Es ist lange her. Viele Menschen sind bei der Verteidigung gestorben. Wir Taki sind nur wenige, nur ein paar Hundert, und jede einzelne Seele ist heilig. Wir töten niemanden, keine Tiere und auch nicht unsere Feinde. Deshalb sind wir schutzlos, wenn uns jemand angreift.«

»Ich werde das ganz bestimmt nicht tun. Ich komme ja auch

allein, ich bin eine Frau, und du kannst auf mich aufpassen, Rama Raj.«

»Aber wenn Sie hier erzählen, wohin Sie mit mir fahren, dann wissen bald alle, daß ich Taki bin, und ich bekomme nie wieder gute Arbeit in dieser Gegend. Was wird dann aus meiner Frau und aus meinem Sohn? Wovon sollen wir leben?«

»Glaube mir, Rama, daß ich niemandem sagen werde, wohin wir gehen. Ich könnte auch einfach wegfahren, ohne zu verraten, daß ich mich mit dir irgendwo treffe.«

»Aber dann sehen uns vielleicht andere Leute an der Anlegestelle für die Boote. So etwas spricht sich schnell herum. Jeder wird sich daran erinnern, eine weiße Frau mit gelben Haaren und westlichen Kleidern gesehen zu haben, die mit einem armen Inder unterwegs ist.«

»Vielleicht könnte ich mir einen Sari kaufen und mir ein Tuch über den Kopf ziehen?«

»Ja, das ginge vielleicht.«

Aha, dachte ich, das ist der erste Kompromiß.

»Ich würde dir auch noch einmal gutes Geld geben, wenn du mich begleitest und mir hilfst, zu den Taki zu kommen. Ich will nicht euer Gast sein, für den ihr bezahlen müßt, sondern eine Freundin, die Geschenke bringt. Denke doch, daß du dieses Geld gut gebrauchen kannst. Du bringst mich hin, und nach einer Woche kehren wir zur Küste zurück. Dann fahre ich nach Kóvalam mit dem Bus, und du kannst in dein Dorf zurückkehren, um bei der Hochzeit dabeizusein. Die Hochzeit ist doch erst in ein paar Wochen? Aber ich möchte jetzt schon mit dir kommen. Wann willst du denn aufbrechen?«

»Ich will am Sonntag, das ist in fünf Tagen, ein Boot mieten. Es ist aber sehr klein. Für Sie ist es nicht bequem, Mrs. Doris.«

»Passen denn zwei Menschen hinein und ein wenig Gepäck?«

»Ja, das geht schon. Aber die Fahrt dauert lange. Wir müssen sehr früh aufbrechen.«

Ich spürte, daß wir auf kaum merkliche Art handelseinig

geworden waren. Und ich schalt mich dafür, daß ich nicht eher auf den Gedanken gekommen war, ihm Geld für die Reise in Aussicht zu stellen. Vielleicht sollte ich etwas Kon- kretes mit ihm abmachen, damit er sich klarmacht, daß es sich lohnt, spekulierte ich.

»Ich biete dir dreihundert Rupies für jeden Tag an, wenn du mich nach sechs oder sieben Tagen wieder an die Küste zurückbringst.«

»O. k., Mrs. Doris«, sagte Rama feierlich. Er überlegte. Dann fügte er hinzu: »Aber das ist nicht der Grund, warum ich Sie zu den Taki bringe, glauben Sie mir. Ich nehme Sie mit, weil Sie mein Leben gerettet haben und gut zu mir waren. Sie sind für mich wie eine Schwester, bei allem Respekt, Mrs. Doris. Bitte seien Sie nicht gekränkt, wenn ich das sage. Ich will nicht unhöflich sein. Aber nur, weil ich mich als Ihr Bruder fühle, wage ich es, Sie zu meinem Volk zu bringen. Denn nur so werden meine Verwandten verstehen, warum ich die Regeln breche und etwas tue, was die Ältesten nicht wollen.«

Ich nickte dankbar. Seine Worte rührten mein Herz.

Wir einigten uns darauf, daß ich am Sonntag den ersten Bus nach Trivandrum nehmen sollte, um Viertel nach fünf. Rama Raj würde mich um sechs Uhr an der Bushaltestelle erwarten, und wir würden mit einer Motorriksha zusammen zum Anleger fahren. Dort sollte ich mich, von einem Sari bedeckt, im Hintergrund halten, während er die Fahrkarten für das öffentliche Motorboot besorgte.

Bevor Rama Raj sich an diesem Tag entfernte, mußte ich noch einmal hoch und heilig geloben, daß ich niemanden im Hotel über mein Ziel und meine Begleitung informieren würde. Ich fand das alles so aufregend, als würde mich ein Liebhaber aus meinem Elternhaus entführen. Als er fort war, blieb ich noch eine Weile auf der harten Bank sitzen. Mein Geist war erfüllt von einem Triumphgefühl. Ich hatte alles erreicht, obwohl es schwierig gewesen war! Nun gut, wir waren noch nicht dort, wo ich hinwollte. Aber es würde schon klappen. Ich verstand, daß der Vorfall in der Küche mit dem Öl und dem Eiswasser, das Rama Raj vor großen Schmerzen bewahrt hatte, der eigentliche Schlüssel zum Reich der Taki war. Sonst hätte er gewiß nicht zugestimmt, mich mitzunehmen. Der Lohn der guten Tat! Ich fühlte mich wie ein Pfadfinder, dem man eine Medaille umgehängt hat.

Doris, sei nicht zynisch in deinem Übermut! ermahnte ich mich. Nein, du weißt genau, daß du jetzt nur deshalb so gestimmt bist, weil dich seine letzten Worte so sehr angerührt haben, daß du es kaum aushalten kannst. Wie eine Schwester bin ich für ihn, hat er gesagt! Wie ein Bruder würde er mich beschützen. Das war ja genau dasselbe, was ich auch zu spüren meinte! Wie war das nur möglich? Oder handelte es sich bei Ramas Worten um Höflichkeitsfloskeln, um indische Redensarten? Was sollte ich davon halten? Ich beschloß, vorerst meinem Instinkt zu trauen und mein Mißtrauen auszublenden. Denn ich fühlte ja wirklich, daß er mir ebenso verbunden war wie ich ihm. Mit jeder Stunde war ich überzeugter davon, daß uns ein mysteriöses, unabwendbares Geschick miteinander verknüpft hatte. War da nicht ein zwingendes Zusammenspiel scheinbar zufälliger Ereignisse, dessen Sinn ich mit mei- nen mentalen Kräften kaum erahnte? Ich empfand ihn jedoch in meinem Gemüt mit unumstößlicher Gewißheit.

Jedenfalls, meine Liebe, rief ich mich schnell zur Ordnung, du glaubst nun einmal, es so und nicht anders wahrzunehmen, und bist fest entschlossen, dich darauf zu verlassen. Woher du jetzt plötzlich diese romantischen Anwandlungen hast, bleibt ein Rätsel. Achte darauf, daß du dich nicht in Illusionen verspinnst. Aber traue auch deiner Intuition.

Dieser letzte Gedanke war es, der mir in dieser Stunde als neuartige Quintessenz bedeutsam schien. Das war es, was ich während meiner langen, stillen Wochen in Indien begriffen hatte. Und ich wiederholte, indem ich leise meine Lippen bewegte: Traue deiner Intuition mehr als je zuvor in deinem Leben.

Wie ich befürchtet hatte, warf mich die Vorbereitung dieser lächerlich kleinen Reise sofort aus meinem gemächlichen

Rhythmus. Ich mußte planen und nachdenken und spekulieren, dies und jenes noch waschen oder ausbessern. Wie sollte ich mich überhaupt kleiden? Und dann mußte ich noch diesen Sari besorgen, der mir zur Maskerade dienen sollte. Das war aber gar nicht so einfach. Die sechs Meter lange Stoffbahn war schnell gekauft, aber der Schneider mußte mir auch noch innerhalb von zwei Tagen ein Oberteil und einen Unterrock nähen, wofür er bei meiner Kleidergröße fast den doppelten Preis verlangte. Letzteres störte mich jedoch nicht so sehr wie das Gefühl der Beschämung, das ich empfand, als mir bewußt wurde, daß ich gerade doppelt so groß und dick war wie die einheimischen Frauen. Wie sollte ich mich da verbergen, um nicht aufzufallen? Der Schneider mußte mir auch noch einmal beibringen, wie die Frauen in Kérala den Sari falten und anlegen, denn das ist in jeder Gegend Indiens auf raffinierte Weise anders. Jedesmal wenn mir die Absurdität meines Vorhabens klarzuwerden drohte, sagte ich mir schnell: Nun ja, kleines Narzißchen, was hast du schon zu verlieren? Es ist nur deine alte Angst, die dich glauben läßt, daß alle dich auslachen und mit den Fingern auf dich zeigen wie damals, als Vater ins Gefängnis kam. Und ich versuchte mich damit zu trösten, daß mich die Leute hier sowieso den ganzen Tag anschauten und beobachteten. Denn schließlich war ich an der Küste von Malabar zweifellos eine ungewöhnliche Erscheinung.

Ich nahm meine Reisetasche und einen kleinen Tagesrucksack. Es war nicht leicht, alles Notwendige darin unterzubringen. Wieder einmal merkte ich, daß es recht viel Zeug war, das ich für absolut unerläßlich für mein Wohlbefinden erachtete. Es begann mit frischer Unterwäsche für ein paar Tage, mit Waschpulver, Nachtzeug, Kerzen, Streichhölzern und Taschenlampe. Moskitolotion sowie Antihistamingel brauchte ich auch. Das Schweizer Armeemesser hatte ich sowieso immer dabei. Ein Stückchen Hotelseife, ein Minizahnpflegeset von der Fluggesellschaft, Bürste und Kamm, Malariaprophylaxe für eine Woche, Aspirin, Shampoo, Gesichtscreme und Sonnenschutz, alles in ganz kleinen Probetuben, und vier von meinen Hormonpflastern, ohne die ich schon seit einiger Zeit, gerade in diesem heißen Klima, nicht mehr auskam. Zwei Handtücher wollte ich aus dem Hotel »ausleihen«, und ein Laken, besser sogar zwei, denn ich konnte nicht erwarten, in einem Eingeborenendorf ein sauberes Bett vorzufinden.

Dann stopfte ich aber auch noch mein kleines Kopfkissen hinein, für mich schon immer so wichtig wie für ein Kind die Schmusedecke. War mein Kopf nicht richtig gebettet – zu hoch, zu niedrig, zu weich oder zu hart –, bekam ich kein Auge zu. Natürlich war das albern und auch lästig, weil es in jedem Koffer viel Platz einnahm. Doch seit ich gehört hatte, daß auch Königin Elisabeth immer ihr Kopfkissen mitnimmt, wenn sie verreist, fühlte ich meine Empfindlichkeit mehr als gerechtfertigt.

In die Seitentasche paßten noch ein paar von den bayerischen Postkarten und eine Tüte Bonbons. Sollte ich die teuere Kamera mitnehmen? Ich entschloß mich, sie im Hotel zu lassen, weil ich befürchtete, sie könnte bei der Bootsfahrt ins Wasser fallen. Oder auch gestohlen werden. Angehörige eines steinzeitlichen Stammes hatten womöglich gar keine Vorstellung von mein und dein, oder sie würden das komplizierte Ding kaputtmachen, indem sie daran herumspielten. Dafür würde ich gern auf Fotos verzichten. Pflaster und ein Mückenstift, ein antiseptisches Puder für Verletzungen am Fuß, ein großes Tuch, zwei Schlüpfer und eine bügelfreie Bluse. Ein Paar neue Sandalen hatte ich mir in Trivandrum besorgt, die mußte ich schon auf der Fahrt anziehen, denn zum Sari hätten meine Birkenstock oder gar meine festen Reiseschuhe mit dem Fußbett wirklich völlig unmöglich ausgesehen. Mein Tagesrucksack war, ästhetisch gesehen, schon schlimm genug.

In der schläfrigen Mittagsstunde ging ich dann hinunter zur Rezeption und gab dem Manager Geld für die kommenden zwei Wochen. Er trug die bezahlten Tage sorgfältig in sein Buch ein, und während er noch schrieb, erzählte ich ganz nebenbei: »Ich fahre bald mal für ein paar Tage weg. Mein Zimmer behalte ich natürlich, und das Gepäck lasse ich hier. Aber bitte legen Sie doch diesen Umschlag in den Safe.« Er tat es und gab mir einen kleinen Zettel als Quittung. In dem Umschlag hatte ich meinen Paß, andere wichtige Papiere, mein Adreßbüchlein, den Flugschein und vor allem meine Kreditkarte verwahrt. Natürlich auch alles Bargeld, das ich nicht brauchen würde. Ich wollte nur das Nötigste an Geld mitnehmen, und was konnte ich während einer Woche in einem abgelegenen Dorf schon benötigen?

Bei all diesen Transaktionen lächelte der Manager mich freundlich an, sagte aber kaum ein Wort. Ich hatte befürchtet, daß er mich nach meinem Ausflugsziel fragen würde, aber er war viel zu sehr mit seinen Zahlen beschäftigt. Ich fügte hinzu: »Sagen Sie doch Mr. Varghese Bescheid, wenn Sie ihn sehen, daß ich eine Weile nicht da sein werde.« Mir fiel ein, daß ich auch noch mein Pensionsessen abbestellen mußte. Aber irgendwer vom Hotel würde auf jeden Fall mitkriegen, daß ich, mit einem Sari bekleidet, in aller Herrgottsfrühe zum Busbahnhof wollte, ich mußte mir ja eine Riksha bestellen, das ließ sich nicht vermeiden. Ohne Tratsch und Klatsch würde mein kleines Abenteuer nicht ablaufen. Aber ich wollte doch keine schlafenden Hunde wecken.

Ob ich wohl, bei meiner Größe und den fünfundneunzig Kilo, wie ein Transvestit wirken würde? Ich seufzte. Hoffentlich verprügelt mich keiner. Mir blieb mal wieder nichts anderes übrig, als meine altbewährte Entschlossenheit zusammenzuraffen. Was hätte Mutter dazu gesagt?

Doris, du mußt dich jetzt entscheiden. Diese Verkleidung ist ja nicht für dich, sondern zum Schutz für Rama Raj gedacht. – Allerdings, konterte ich, wenn man's recht bedenkt, ist das alles ganz schön viel verlangt, stimmt's, Mama? Und eine leise Stimme kommentierte: Tja, und wer verlangt das von dir?

Kanufahrt

In aller Herrgottsfrühe nahm ich den Bus in die nahe Hauptstadt Trivandrum.

Mein einheimischer Beschützer mußte sich ein Grinsen verkneifen, als er mich aus dem Bus steigen sah. Nimm's mit Humor, und ertrage es mit Fassung, meine Liebe, ermahnte ich mich. Und das war auch nötig, denn mein Abenteuergeist war schon während der ersten dreißig Minuten meiner Reise halb verflogen. Zwar hatte mich niemand laut verhöhnt, aber ich erntete doch einige sehr erstaunte Blicke, die möglicherweise mehr meinem Arme-Leute-Sari galten als meiner Person, denn die Mitreisenden waren wohl der Ansicht, ich hätte mir durchaus etwas Besseres leisten können als solch ein Gewand aus Polyester. Es war rot mit einem blauen geometrischen Muster und einem blau-weißen Rand. Möglicherweise war das die Lieblingskombination der Steineklopferinnen und Müllsammlerinnen. So etwas konnte ich einfach nicht be- urteilen. Ich hatte beim Kauf gar nicht sparen wollen, son- dern etwas Pflegeleichtes gewählt, weil ich schließlich kein Bügeleisen mitnehmen konnte.

Ich ging auf Rama Raj zu. Er begrüßte mich höflich. Aber er scheuchte mich sogleich von der Haltestelle fort und ging mit schnellen Schritten durch die erwachenden Straßen. Er schien es wirklich eilig zu haben, denn ich kam trotz meiner längeren Beine kaum hinterher. Hatte er nicht ursprünglich von einer Riksha geredet? Der Weg war ziemlich weit. Gut, daß er wenigstens meine Reisetasche trug. Wenn ich zurückblieb, bemerkte er es, blieb stehen und machte mir halb aufmunternde, halb ungeduldige Zeichen. Mir tat diese Hast ein wenig leid, denn es hätte in dieser Morgengeschäftigkeit soviel zu sehen gegeben! Tausendmal wäre ich am liebsten stehengeblieben, um die Kinder zu betrachten, die mit verschlafenen Augen und wirren Haaren aus den kleinen Häusern liefen, mit nacktem Popo unter dem kurzen Hemdchen. Überall wurden Herdfeuer angezündet, die Luft war von

Rauch erfüllt. Wir passierten einige Imbißstände, wo Gebäck in heißem Palmöl ausgebacken wurde. Es roch wie bei uns am Rosenmontag, wenn alle Bäcker mit Puderzucker bestreute Krapfen verkaufen und das Plakat mit der Palminreklame im Schaufenster hängt. Ich sah auch viele Menschen, Männer wie Frauen, die zu Feldern oder unbebauten Grundstücken liefen, eine mit Wasser gefüllte Konservendose in der Hand, um ihr morgendliches Geschäft zu verrichten.

O Gott, daran hatte ich ja noch gar nicht gedacht – was die dort im Dorf wohl für Klos haben? Ich hatte mir gleich nach dem Aufstehen eine halbe Tasse Pulverkaffee mit Leitungswasser aufgegossen. Am Wasser hatte ich gespart, aus gutem Grund. Ein Genuß war das nicht gewesen, aber es hatte mir geholfen aufzuwachen. Ein bißchen Proviant hatte ich eingesteckt. In meinem Tagesrucksack waren Kekse und eine große Wasserflasche.

Ich achtete beim Gehen darauf, daß das lose Ende des Sari meinen Kopf immer gut bedeckte. Mich sollte doch niemand erkennen! Eine höchst lächerliche Angelegenheit, ich kam mir absurd vor. Dabei hatte ich dies alles ausdrücklich so gewollt. Kahlgeschorene Priester zogen mit allerlei Pomp, Getöse und goldenen Statuen auf der Straße entlang. Glocken dröhnten, und die Gläubigen summten andächtig. Hunderte von Fahrrädern, Rikshas und Ochsenkarren zogen an mir vorüber, alle hupten und klingelten um die Wette. Zwei Männer trugen eine große Schaufensterscheibe durch die wirbelnde Menge.

Im Eingang eines Tempels saßen Bettler, jung und alt, vorwitzig oder kleinlaut, krank, verwachsen, verstümmelt, blind. Was für entsetzliche Schicksale! Keine Sozialversicherung, kein Behindertenschutz, keine ärztliche Versorgung – und trotzdem fiel mein Blick auf so manchen, dessen Gesichtsausdruck weder verbittert noch bösartig schien. Ich wollte nichts geben, hatte es viel zu eilig, und niemand sprach mich an. Das erschreckende Erlebnis auf der Fahrt nach Ponmudi stand mir wohl noch ins Gesicht geschrieben. Ich wollte nicht wieder in die Lage geraten, mir irgendwelche prophetischen Sprüche anhören zu müssen. Deshalb verschloß ich mein Gemüt angesichts dieses Elends, das zu mildern mir ohnehin völlig unmöglich war. Hunde, Kühe und Ziegen ließen sich von dem Getümmel nicht stören. Mir aber wurde deutlich, daß ich dem Lärm der Massen und dem Sturm der Eindrücke kaum gewachsen war. In Ramas Dorf würde es hoffentlich nicht laut sein.

Nach gut zwanzig Minuten waren wir an einem Fluß oder Flußarm angekommen, der sich zu einem Hafenbecken erweiterte. Rama steuerte geradewegs auf den Anleger zu, bedeutete mir jedoch mit einer Geste, mich in einer gewissen Entfernung von ihm aufzuhalten. Ich blieb stehen und wartete.

Männer und Frauen rannten durcheinander, als ob sie dafür bezahlt würden. Nun, womöglich wurden sie es auch. Man wundert sich ja sonst in Indien immer über die anmutige Gelassenheit, mit der die Menschen alle Handlungen vollziehen. Nicht so hier an diesem Morgen. Männer schrien, Frauen kreischten, Kinder brüllten, während die Hühner gackerten, die Ziegen meckerten und die auf den morschen Planken umherstreunenden Rindviecher jämmerlich muhten. Keiner achtete auf mich, wie ich da ganz verloren in meinem grotesken Aufzug herumstand, und ich wünschte, ich läge in meinem Hotelbett.

Rama Raj hatte Fahrkarten besorgt. Eine davon drückte er mir wie ein Kassiber in die Hand und flüsterte: »Setzen Sie sich vorn hin, und steigen Sie aus, wenn ich Ihnen ein Zeichen mache. Niemand darf sehen, daß wir zusammengehören!«

Schon lief das ungepflegte, halb überdachte Boot ein. Zu dieser frühen Morgenstunde war es nicht sehr voll. Aber natürlich war ich die einzige Touristin. Jeder konnte das sehen, trotz meines Aufzugs. Ich folgte Rama aus kurzer Ent- fernung und nahm auf einer Holzbank Platz. Lange Zeit tuckerte das Schiff wie ein Vaporetto in Venedig durch breite Wasserstraßen und legte kurze Stopps an den Haltestegen ein.

Die Ufer waren dicht besiedelt, ich sah sogar größere Industrieanlagen und imposante Brücken. Anfangs schaute ich immer wieder nach meinem jungen Mann. Er stand an die Reling gelehnt und tat so, als würde er mich nicht kennen. Ich gab es auf. Als sich jemand nach fast zwei Stunden recht auffällig neben mir räusperte, sah ich auf und entdeckte, daß er mir ein Zeichen zum Aussteigen gab. Wir hielten in einer kleinen Ortschaft.

Mein Begleiter lief, ohne weiter auf mich achtzugeben, am Rande des Stegs auf und ab, inspizierte sorgfältig verschiedene kleine Boote, die dort vertäut waren. Schnell wurde er sich mit dem Aufseher handelseinig. Wieder schien er es sehr eilig zu haben. Mir rutschte derweil das Herz in die Knie. Denn die angebotenen Fahrzeuge bestanden aus nichts anderem als einer schmalen, etwa zwei Meter langen einbaumartigen Angelegenheit, die ich nicht für tauglich hielt, mich zu befördern.

Solche Boote flitzten schon auf dem Fluß hin und her. Männer tauchten kurze Paddel, kaum größer als Kochlöffel, abwechselnd nach rechts und nach links ins dunkle Wasser. Der Bootsrand reichte ihnen bis zur Mitte der Brust. Hätte man mich aufgefordert, mit Waschzuber und Schrubber um die ganze Welt zu paddeln, hätte ich nicht entsetzter dastehen können. Mir war ganz kalt geworden, obgleich die ersten Sonnenstrahlen schon auf die Dächer schienen. Ob mir mein Abenteuer eine solche Angstpartie wert war? Das konnte ja mein Rücken gar nicht aushalten. Ich hatte mir ein bequemeres Boot vorgestellt, mit Sitzbänken und Sonnendach, das wäre doch das mindeste gewesen.

Da winkte Rama mir schon eifrig zu, und gehorsam setzte ich einen Fuß vor den anderen, bis ich neben ihm stand. Mein Kopf schwirrte von widerstreitenden Gedanken, immer noch wollte ich ihm am liebsten die Tasche aus der Hand reißen und das nächste Boot zurück nach Trivandrum nehmen. Aber ich schämte mich, das zuzugeben, nachdem ich immer wieder davon geredet hatte, daß mir die Unbequemlichkeit gar nichts ausmache. Heute sehe ich: Meine kleinen Absichten konnten sich nicht mehr gegen ein größeres Wollen stemmen, es war zu spät.

In dieser Stimmung hörte ich die vertraute Stimme in mir ganz deutlich rufen: Sei nicht albern, Doris, reiß dich zusammen, stell dich nicht an. Du kannst dich doch jetzt nicht aufführen wie ein kleines Kind. Wer A sagt, muß auch B sagen! Und trotz aller Anspannung und Verängstigung angesichts dieses schmalen Wasserfahrzeugs, das direkt aus der Steinzeit überkommen schien, war mir für den Bruchteil einer Sekunde vollkommen klar, daß das, was ich da vernahm, ganz bestimmt nicht der Ruf meiner Intuition war. Es klang wie Mutters Stimme, nur noch viel strenger: der altvertraute Ausdruck meines Disziplin fordernden Über-Ichs. Jedenfalls war sie zu laut, zu vorwurfsvoll, als daß ich mich gegen sie hätte durchsetzen können. Ist es Illusion, daß ich meine, hier hätte ich die Weichen noch einmal stellen können?

Ein anderer Impuls, geradezu hypnotisch wirkend, machte mich willenlos, gefügig, gehorsam. Deshalb ergriff ich die Hand, die sich mir entgegenstreckte, stieg in das Boot, setzte mich auf seinen feuchten Boden und schluckte heftig, als Rama Raj beherzt sein kaum armlanges Paddel ergriff und in Windeseile vom Ufer ablegte. Wäre ich eine Tote gewesen, von Charon, dem Seelenschiffer, über den Fluß des Vergessens gerudert und am anderen Ufer vom geifernden Höllenhund erwartet, mir hätte nicht ungemütlicher zumute sein können.

Ich saß hinten mit angezogenen Beinen in einer entsetzlich unbequemen Position. Rama hockte vorn im Bug und paddelte wie ein Besessener. Mir wandte er den Rücken zu. Mit meiner Reisetasche, die ich mühsam aus der Mitte des Bootes hervorzuangeln vermochte, versuchte ich schon nach kurzer Zeit, das Schicksal meines Rückens zu erleichtern. Daraufhin ging es mir etwas besser. Reden konnte ich noch nicht, und auch Rama schwieg. Meine Uhr zeigte erst sieben, als wir schon weit von der Anlegestelle im Hafen entfernt waren und in die geraden grünen Wasserstraßen einbogen, auf die ich mich so gefreut hatte.

Nach und nach beruhigten sich meine Nerven. Die Muskeln entspannten sich und schlossen Freundschaft mit dem harten Holz, an das ich mich lehnte. Ich legte die Hände auf die Knie, nachdem ich mir den Sari nochmals sorgfältig um den Kopf drapiert hatte, und schloss die Augen. Das frühe Aufstehen, der schnelle Marsch durch die morgendliche Vorstadt, das laut ratternde Motorboot und der innere Kampf in den Minuten vor dem Ablegen hatten mich so ermüdet, daß ich von meiner Umgebung gar nichts aufzunehmen vermochte.

Als ich mich später, viel später, schon ein wenig erfrischt, in der Landschaft umsehen wollte und mich räusperte, hörte das Plätschern auf. Rama drehte sich um, blickte mir direkt in die Augen und lachte mich mit seinen herrlichen Zähnen an. »*Now o. k., Mrs. Doris. Nobody know me here!*« rief er im Ton der Erleichterung aus. »*You look very, very nice in sari, Madam!*«

Erst jetzt verstand ich, warum er im Hafen so abweisend gewesen war. Seine Furcht, von Freund oder Feind erkannt und auf seine merkwürdige Begleiterin angesprochen zu werden, war wohl riesengroß gewesen. Nervosität hatte ich fälschlich als machohafte Schroffheit gedeutet. Jetzt wurde mir wohler zumute.

»Ich war sehr müde. Aber jetzt geht es mir besser. Wie lange werden wir unterwegs sein?«

»Ein paar Stunden.«

Jetzt drehte er mir wieder den Rücken zu, zog sein Hemd aus, tauchte es ins Wasser und wickelte es sich wie einen Turban fest um den Kopf. Dann begann er erneut zu paddeln. Ich mußte seine Geschicklichkeit und Ausdauer bewundern. Fasziniert beobachtete ich das subtile Spiel seiner Muskeln unter der dunklen Haut. Sein Rücken war mit feinsten Schweißperlen bedeckt. Aber für eine solch anstrengende Tätigkeit bei dreißig Grad Lufttemperatur schien es mir, daß er doch recht wenig schwitzte.

Meine Bedenken und Befürchtungen waren auf mein körperliches Wohl gerichtet. Ich nahm mit allen meinen Sinnen die Umgebung, die Menschen, die Natur in mich auf und fragte nicht nach dem Wozu. Nur selten stellte ich einmal einen versuchsweisen Zusammenhang her. Die Phänomene, die auf mich einströmten, meine Wahrnehmungen – ungetrübt von den üblichen schnellen oder vorschnellen Interpretationen – interessierten mich mehr. In unserem Jargon ausgedrückt: Ich konnte die Dinge »mal so stehen lassen«. Was mich heute wundert, ist die Tatsache, daß ich die Begegnung mit dem *sadhu*, die Prophezeiung auf dem Parkplatz und das verstörende Erlebnis in der Höhle einfach so ad acta hatte legen können. Als ginge es mich gar nicht recht etwas an, so als sei es einer anderen geschehen, nicht mir, der Doris Guthknecht. Dieses Erlebnis mit seinen überstandenen Schrecken war in den Nebeln meiner Erinnerung untergetaucht, und ich verschwendete bis auf weiteres keinen Gedanken daran. Ich lebte von Stunde zu Stunde und sorgte mich weder um die Vergangenheit noch um die fernere Zukunft.

Kilometer um Kilometer drangen wir mit unserem primitiven Wasserfahrzeug tiefer in das Labyrinth der Kanäle ein, glitten durch Seen und Flüsse, die mit einem dichten Teppich leuchtendgoldgrüner Wasserlinsen und herrlich violetten Wasserhyazinthen bedeckt waren. Ich selbst hatte mich von Anbeginn gar nicht um irgendeine Orientierung bemüht, aber nach einer Weile wäre es mir doch lieb gewesen, ich hätte vorsichtshalber einen unendlich langen Faden im Wasser hinter uns abgespult, um die Möglichkeit zu wahren, jemals aus diesem Irrgarten wieder herauszufinden. Die bunten Holzta- feln, die bisweilen am Ufer aufgestellt waren, vermochte ich nicht zu entziffern. Ich konnte nichts anderes tun, als mich – zwischen Zutraulichkeit und Mißtrauen schwankend – Ramas Führung zu überlassen.

Es war warm und feucht, aber nicht unangenehm heiß. Inzwischen war es kurz nach neun. Die Sonne stand schon hoch, aber die Wasserstraßen, durch die wir fuhren, waren oft schattig von den hohen Palmen, die die Ufer säumten. Einige Kanäle schienen mir nicht breiter als eine Altstadtgasse, andere glichen breiten Schnellstraßen, und sie waren auch ebenso belebt. Inzwischen waren wir Hunderten von kleinen Booten begegnet, die unserem bis aufs Haar glichen, und die Männer, die sie auf dem braungrünen Wasser vorwärts bewegten, glichen meinem Rama ebenfalls. Viele hatten eine Frau hinter sich sitzen, und die sah nicht viel anders aus als ich, nur, Gott sei's geklagt, viel zierlicher. Ich verbarg immer noch mein Gesicht und meine weißen Hände unter dem Stoff des *pallu*. Vorbeugend hatte ich mir gleich nach dem Aufstehen, trotz meiner Strandbräune, noch einen starken Sonnenschutz aufgetragen. Aber die hohen Palmen an den flachen Ufern wedelten uns schattige Kühle zu. Wenn es in Ramas Dorf auch so ist, kann ich es dort gut aushalten, dachte ich.

Inzwischen fühlte ich mich wieder ermutigt und besser gelaunt. Mein entzücktes Auge betrachtete alle Einzelheiten. Einmal lag an einer Schutzrampe aus abgesägten Palmstämmen ein großer altmodischer Kahn mit wundervoll geschnitzten, bunten Drachenköpfen, und gleich daneben war ein hochmodernes Schnellboot vertäut. Rama deutete mit dem Ruder auf die protzige rosenfarbene Villa dahinter. »Gewürzmillionäre«, erklärte er mir. »Pfeffer, Chili, Muskatnuß und Kardamom!« Ich nickte. Schon in der Antike war man mit Spezereien reich geworden. Diesen Leuten verdanken wir unsere Nürnberger Lebkuchen, den Weihnachtsplätzchenduft unserer Kindheit.

Die breiten Wasseralleen wimmelten von Leben. Viele waren von buntgestrichenen, stattlichen Häusern dicht gesäumt wie holländische Grachten. Ich bewunderte eine erstaunliche Anzahl großer Kirchen, deren Fassaden in heiteren Pastellfarben gestrichen waren – Rosa, Himmelblau, Hellgrün und Gelb. Nur Brücken gab es selten. Alles spielte sich am Wasser und auf dem Wasser ab. Kinder planschten und schäumten sich gegenseitig mit Shampoo ein, sie johlten und lachten und alberten herum, kamen prustend aus der Tiefe und bespritzten sich gegenseitig aus ihren Mündern wie junge Elefanten beim Baden. Die Mädchen und Frauen schienen allesamt beim Wäschewaschen zu sein, als gelte es, einen Wettbewerb zu gewinnen. In den schönsten Farben, besonders aber in satten Rottönen und in Gelb leuchteten ihre Tücher an den dunkelgrünen Ufern. Sie schlugen die eingeseiften Wäschestücke mit kraftvollen, klatschenden Bewegungen auf rundliche Steine oder hingen weiße Hemden auf. Lendentücher flatterten in der leichten Brise, Kinderkleidchen mit Rüschen, Spitzen und Volants lagen auf dem Grasboden zum Trocknen. Alle schienen mir vergnügt bei ihrer Arbeit. Die schönen, schlanken, mädchenhaften Gestalten mit ihrem schwarzen Zopf, der ihnen oftmals bis in die Kniekehlen hing, schwatzten miteinander und breiteten zu zweit die langen Bahnen der Saris zwischen den Bäumen aus. Selten sah ich eine ältere Frau mit schon ergrautem Haar, den Rücken gebeugt, die magere Brust mit einem weißlichen Handtuch bedeckt. Vielleicht starb man hier früh, trotz aller Lebensfreude.

In der Ferne tauchte ein bauchiges, bräunliches Ungetüm auf, ein schwerfälliger Käfer. Es hatte komplizierte, aus Reisstroh geflochtene Aufbauten, die wie ein System von Flügeln und Klappen aussahen. Rama lachte amüsiert und zeigte mit seinem braunen Arm auf das Fahrzeug. »Tourist Kettuvallom! Eine Idee von Babu Varghese!« rief er fröhlich. Ich glaubte schon, mich verhört zu haben, als wir an dem Boot vorüberglitten. Und da sah ich vier weißliche, rotverbrannte Beine in Shorts, ein fesches Sonnenhütchen und eine Baseballkappe auf blondem Haar. Zwei wohlgenährte Gestalten saßen sich auf einem winzigen Klappbalkon in geflochtenen Sesseln gegenüber, tranken mit Strohhalmen aus hohen Gläsern. Ich lachte mit Rama, denn das sah aus unserer Perspektive gar zu komisch aus. Neugierig reckten die zwei ihre Hälse und schauten ungeniert in unser Boot. Menschen wie ich, dachte ich, doch sie erkennen mich nicht. Ich gehöre schon nicht mehr zu ihnen. Damit zog ich meinen *pallu* tiefer ins Gesicht.

Unser Kanu bestand aus fünf schmalen, dicken Brettern,

die mit ölgetränkten Kokosseilen zusammengebunden waren. Kein einziger Nagel war zu sehen. Ertrinken werden wir wohl nicht, beruhigte ich mich, denn es ist kein Problem, im Notfall bis zum Ufer zu schwimmen. Außerdem war das Wasser nicht tiefer als ein bis zwei Meter. Immer wieder sah ich Kopffischer, die auf dem Schlamm des Untergrunds spazierten und irgendwelche Arbeiten verrichteten. Manchmal warf uns einer von ihnen ein Lächeln zu. Da sie kleinwüchsig waren, konnte der Kanal nicht tief sein.

Das Wasser war still und glatt. Unser Boot zog seine Bahn durch Flächen von glitzerndem Entengrün, vorbei an Inseln von großblütigen lilablauen Wasserhyazinthen und durch Zauberspiegel aus Seerosen und Lotos. Rosa, gestreift und weiß öffneten sie sich dem Licht. Das abgedroschene Gerede vom irdischen Paradies drängte sich mir förmlich auf, ich konnte nicht anders.

Nach und nach wurde mir wohler, immer wohler. Die Stimmung auf dem Wasser war zauberhaft. Meine Sinne öffneten sich weit und nahmen immer mehr Töne, Gerüche, Farben und Bewegungen in sich auf. Das modrige Brackwasser roch intensiv und war voller Leben. Schillernde Fischleiber schnellten neben unserem Boot in die Höhe, hungrige Vögel – weiße Reiher, rosarote Flamingos und blaue Eisfischer – tauchten nach ihnen. Bisweilen hörten wir ihre scharfen, heiseren Rufe. Enten und Bleßhühner spielten miteinander.

Ich ließ beide Arme lässig und mit großartiger Gebärde über Bord hängen und genoß die Erfrischung des Wassers auf meinem Puls. Inzwischen war ich Rama sehr dankbar, daß er mich mitgenommen hatte. Er arbeitete unermüdlich mit dem kurzen, flachen Paddel, zweimal rechts und zweimal links, mit großer Gleichmäßigkeit und ruhigem Atem. Da ich keinen Impuls zum Reden verspürte, sagte ich nichts. Es gab so viel zu schauen in dieser Welt der Backwaters, daß ich vollauf beschäftigt war, bis Rama plötzlich »Tea-break!« rief und mit einem kurzen Ruck auf eine kioskartige Hütte am gegenüberliegenden Ufer zusteuerte.

An Land mußte ich mich ein paarmal unauffällig recken. Schließlich konnte ich hier nicht in aller Öffentlichkeit Gymnastik machen. Da ließen die Schmerzen nach, und ich konnte mich in voller Höhe aufrichten. Rama war einen guten Kopf kleiner als ich. Er schaute treuherzig zu mir auf und ließ mich dann stehen. Anscheinend war es üblich, daß der Mann die Frau bediente, wenn es ums Einkaufen ging. Er kam zurück, hielt in jeder Hand eine große, frisch aufgeschlagene junge Kokosnuß sowie eine Packung Kekse und strahlte mich an. Mir hätte der Verkäufer trotz Sari einen Touristenpreis abgenommen. Es tat gut, nicht für alles allein sorgen zu müssen. Ich ließ mich ein wenig fallen, denn ich hatte einen Kavalier, der mich beschützte und versorgte. Und wenn er auch mein Sohn oder gar mein Enkel hätte sein können – ich genoß die männliche Begleitung, die mir als lediger und überaus selbständiger älterer Frau Doktor so selten vergönnt war. Ob er dagegen stolz auf meine Gegenwart war oder sich meiner schämte – ich wußte es nicht.

Nur wenige Menschen standen in der Nähe. Ein paar Kinder kamen näher und starrten mich mit riesigen, feuchten Kulleraugen an. Sie sagten vor Erstaunen kein Wort und stoben wie der Blitz auseinander, als Rama sie von weitem in wüstem Ton ausschimpfte. Der Kiosk stand an einem Anleger für das öffentliche Linienschiff und hielt allerlei Naschwerk feil. Aber wenn kein Boot in Sicht war, gab es wohl auch keinen Betrieb hier. Rama schien das zu erleichtern. Vielleicht fühlte er sich immer noch nicht vollkommen sicher vor einer Entdeckung, und es war ihm ganz recht, daß wir unser Inkognito weiterhin wahren konnten.

Mit einem Plastikstrohhalm trank ich gierig das kühle, süßherbe Fruchtwasser der Kokosnuß. Es war köstlich. Und keimfrei, was mir lieb war. Diese Flüssigkeit weist eine dem menschlichen Blut entsprechende Mischung von Salzen und Zuckerstoffen auf, deshalb hatten Soldaten im Dschungel sie sogar für Bluttransfusionen eingesetzt. Ein wunderbares Getränk! Ich fühlte mich glücklich und erfrischt, als ich den schweren, grünbraunen Naturbehälter aus der Hand legte. Rama brachte ihn zum Kiosk zurück und ließ ihn dort mit einer Machete in zwei Teile schlagen. Dann kratzten wir mit dem kleinen Deckel die nahrhafte gallertartige Masse aus der Innenschale heraus. Ich hatte bisher nur einmal davon probiert, obwohl es im ganzen Orient als Delikatesse gilt. Für mich schmeckte es langweilig, einfach nach gar nichts, und die schlabbrige Konsistenz war mir unsympathisch, besonders wenn ich an die Kokosnußspalten vom Oktoberfest dachte, aus denen ich als Kind mit den Schneidezähnen begeistert das harte Mark genagt hatte.

Aber nun hatte ich Hunger und dachte mir auch, daß ich mich jetzt den Gepflogenheiten der Menschen anpassen müßte, die ich im Begriff war aufzusuchen. Sonst hätte ich ja in meinem *Western-Style*-Hotel bleiben können. Also aß ich alles auf. Die Kekse schmeckten trotz dichter Verpackung muffig, was bei der Lagerung direkt am Wasser kein Wunder war. Rama warf die leeren Kokosschalen, die noch für vielerlei Dinge gut waren, auf einen großen Haufen neben dem Verkaufsstand.

Nun wollte er gleich wieder ins Boot steigen, aber ich fragte nach einer Toilette. Denn der Moment der Not würde bestimmt bald kommen, und ich war zur Prophylaxe entschlossen. Er zeigte mir einen Verschlag in einiger Entfernung. Dann schifften wir uns wieder ein, Rama ergriff das Ruder, und wir setzen unsere Reise durch die Kanäle fort.

Bald kamen wir zu lagunenartigen Ausweitungen, wo Fischer merkwürdige Fangvorrichtungen aufgestellt hatten, überdimensionale Käscher aus dünnen Baumstämmen und einem quadratischen Netz. Das waren also die berühmten »chinesischen Fischernetze«. Mit Hilfe schwerer Steine konnte man sie vom Ufer aus ins Wasser senken und wie Kräne an derselben Stelle wieder hochziehen. Auch begegneten wir jetzt mehreren Passagierbooten, die mit Einheimischen und Touristen vollbesetzt waren. Sie knatterten höllisch laut an uns vorbei, und ihre Bugwelle drohte uns zum Kentern zu bringen. Ich hörte Rama jedesmal vor Vergnügen lachen.

Gegen Mittag kamen wir in ruhigere Gewässer. Von beiden Ufern wehte uns jetzt der Essensduft aus tausend Hütten entgegen. Vor den Behausungen hockten Frauen, die Speisen rührten oder Gewürze mit großen Mörsern zerstampften. Mein Hunger wurde größer.

Wieder fragte ich Rama nach der Entfernung zu seinem Heimatdorf. Er rief mir zu: »*Oh, just few hours!*« Ich wunderte mich, schließlich waren wir schon seit halb sieben in der Frühe unterwegs, und seine Auskunft blieb immer dieselbe. Darauf konnte ich mir keinen Reim machen. Im stillen hatte ich gehofft, wir könnten schon in seinem Dorf zu Mittag essen. Nun mußte ich mich auf eine viel längere Fahrt gefaßt machen. Ramas subjektives Zeitempfinden mochte sich deutlich von den nachweislich vergehenden Stunden unterscheiden, und die Einheimischen hatten bestimmt eine ganz anders geartete, ungehetzte Beziehung zur Zeit.

Die Palmen, die unentwegt alle Ufer säumten, wiegten sich im Wind. Kinder kamen, in putzige weiß-blaue Schuluniformen gekleidet, in großen Gruppen nach Hause. Die Mädchen hatten allesamt Affenschaukeln aus ihren schwarzen Zöpfen geflochten, ihre Mütter hatten sie mit leuchtendroten oder strahlendweißen Schleifen hochgebunden. Sie sahen hinreißend aus, glückliche Kinder. Ob sie wohl geschlagen wurden? Ramas Verbalattacke am Kiosk hatte mir einen Moment lang zu denken gegeben, wie man hier wohl mit den Kleinen umging.

Wir glitten nun eine schmale Wasserstraße entlang, die durch Tümpel führte, in denen Tausende von eingeweichten Kokosnußhälften verrotteten. Sie mußten lange im Wasser liegen, bevor die Frauen sie mit schweren Steinen weich klopfen konnten, um die Fasern zu lösen. Anschließend wurden die widerspenstigen Garne auf urtümlichen Spinnrädern zu Seilen und Tauen verarbeitet. Entlang der Uferböschung waren

Fertigungsbetriebe zu sehen, in denen Scharen weiblicher Wesen an der Arbeit waren. Ich dachte an unsere Fußmatten und Kokosteppiche, an Schuhbürsten, Matratzenfüllungen und Schiffstaue, die hier hergestellt werden. Seit Jahrtausenden verarbeiten die Menschen in Kérala alles, was die Kokospalmen an Segen zu bieten haben, und exportieren es in die ganze Welt. Diese Palme wird als eine Gabe Gottes schon in den Veden erwähnt. Man nennt sie dort kalpavriksha, Baum des Himmels. Ich hatte von vielen Göttersagen und Legenden, von Riten und Gebräuchen gelesen, die sich um Kéralas heiligen Nationalbaum rankten, *Cocos nucifera* Linné. Es heißt sogar, daß das Herausreißen eines Setzlings einem Kindermord gleichgesetzt wird.

Ich freute mich im Vorüberziehen an den schlanken, elastischen, oft elegant gebogenen Stämmen mit ihren majestätischen Blattwedeln. Was ich hier erblickte, zugegeben nur aus der Entfernung und einem flüchtigen Eindruck entsprechend, war keine Armut und schon gar kein Elend, sondern eine urtümliche Einfachheit, die ihren anmutigen Zauber vor meinen Augen entfaltete. Elend ist immer auch traurig und deprimierend. Hier aber schien mir alles von Schönheit und Stimmigkeit erfüllt. Gewiß war das nur Illusion, weil ich nicht hinter die Fassaden blicken konnte. Wahrscheinlich sah ich diese Menschen naiv durch eine rosarote Brille als edle Wilde, die unter paradiesischen Verhältnissen das Ideal der Bedürfnislosigkeit lebten. Mag sein, daß sie sich in Wirklichkeit gegenseitig beklauten und sich nach nichts mehr sehnten als nach einem Videogerät und Geld fürs Bordell. Diese Menschen sahen jedoch gesund und fröhlich aus, keineswegs verhärmt, ausgemergelt oder stumpf.

Welch schöne Welt! Alles wirkte so friedlich und auf natürliche Weise opulent, obgleich mir natürlich klar war, daß die Leute hier von morgens bis abends schwere körperliche Arbeit verrichten mußten und gewiß wenig Geld hatten. Ich begann, mich wieder auf meinen Aufenthalt in Ramas Dorf zu freuen, und mein Herz beglückwünschte mich zu meiner

Entscheidung. Im Vergleich zu den Touristen auf dem komfortablen Boot fühlte ich mich vom Schicksal bevorzugt.

Rama ruhte sich nur selten ein paar Minuten aus. Dann ließ er das Boot treiben. Die Kanäle wurden schmäler, die Welt wurde grüner, wir begegneten weniger Menschen und sahen manchmal ein paar hundert Meter lang kein Haus. Die emsige Geschäftigkeit an den Ufern hatte nachgelassen. Jetzt wirkte die Landschaft eher wie ein ruhiger Park. Falbe Büffel grasten am Rand smaragdgrüner Reisfelder, deren leichte Halme im leisen, feuchten Wind wogten. Auf den Palmen hockten Schwärme schneeweißer Wasservögel, auch sahen wir Kormorane und Ibisse, die sich ihre Leckerbissen aus den reichen Gewässern fischten. Mehrmals entdeckte ich blauschillernde Königsfischer, die mein Auge mit ihrem prächtigen Funkeln entzückten.

Die Dörfer zeigten inzwischen andere Hausformen, waren nicht mehr bunt, sondern aus ungetünchtem Lehm. Dächer waren unordentlich mit Hirsestroh gedeckt. Moscheen und Kirchen gab es schon lange nicht mehr. Ich bemerkte, daß die meisten Frauen hier zwei Zöpfe trugen statt einen. Ihre Kleidung war nicht mehr fröhlich bunt, sondern schmuddeligweiß. Manche trugen schwere pflockartige Goldringe in den Ohren, ihre Ohrläppchen hatten erschreckend große Löcher. Die Männer trugen schwarze Bärte.

Inzwischen war ich wirklich hungrig. Mein Magen knurrte immer wieder, und da Rama Raj keine Anstalten machte anzuhalten, rief ich ihm zu: »Ich möchte etwas essen! Laß uns im nächsten Dorf anhalten. Bist du nicht hungrig? Etwas Reis mit *dhal* wäre jetzt schön.« Mir lief bei dem Gedanken schon das Wasser im Mund zusammen.

»*Sorry*, Mrs. Doris, nicht hier«, antwortete Rama zu meiner Überraschung. »Ich kenne diese Leute nicht und spreche nicht ihre Sprache.« Er sagte das in einem kurzen, ganz entschiedenen Ton, der keine Einwände duldete. Angesichts dessen, was von ihm an Festigkeit herüberkam, wäre es mir gar nicht eingefallen zu protestieren. Er war der Kapitän, soviel war klar. Aber ich wollte doch noch genauer wissen, warum er hier nicht anhalten mochte.

»Was sind denn das für Leute, die hier leben?«

Abwehrend hob er seine linke Hand. »Das ist ein Stamm, den meine Leute nicht mögen, und sie uns auch nicht. Sie töten jede zweite Tochter. Und sie essen Fleisch von Schlangen und Ratten. Man nennt sie Irla. Wir können dort nicht landen.« Aus seiner Stimme war Abscheu und Ekel zu hören.

Auch mir drehte sich bei dem Gedanken der leere Magen um. Ratten! Bei solchen Menschen wollte ich bestimmt nicht zu Mittag essen! Ungewöhnlich, dachte ich überrascht, sonst sind doch hier fast alle Vegetarier, bis auf die Moslems natürlich. Ratten! Ist ja klar, daß die sich damit Feinde machen. Das Brechen von Speisetabus kann bekanntlich die friedlichsten Menschen zum Mord anstacheln.

Aber ich mußte auch ein bißchen grinsen. Na, da haben wir es ja: Rassendiskriminierung im Paradies, stellte ich befriedigt fest. Es wäre zu schön, um wahr zu sein, wenn sich hier alle auch noch nur lieben würden. Ich war wieder auf dem Boden der Realität gelandet. Gewiß hätte ich diese Menschen ohne Ramas entschlossene Intervention genauso idealisiert wie die Bewohner der anderen, heiter wirkenden Siedlungen. Womöglich würde sich Rama verunreinigen, wenn er bei den Irla etwas zu sich nähme, oder vielleicht würden sie ihm gar nichts geben. Was weiß ich schon von den komplizierten Gesetzen ritueller Reinheit? Es amüsierte mich auch ein bißchen, daß sogar ein Kastenloser, der an der Küste selber als Abschaum der Menschheit verachtet wurde und Angst um sein Leben haben mußte, seinerseits jemanden fand, dessen Gesellschaft er verabscheuen und auf den er herabblicken konnte. Aber davon ging mein Hunger nicht weg.

»Können wir nicht wenigstens ein paar Bananen kaufen?« Ich war verwöhnt von meinen regelmäßigen Mahlzeiten im Hotel.

Aber er schüttelte nur den Kopf und sagte kurz: »Jetzt nicht, später.« Mir kam es so vor, als würde er noch schneller paddeln als zuvor, um möglichst rasch dieses Stammesgebiet zu durchqueren. An den mit Unrat übersäten Ufern der Siedlungen standen nur ein paar rotznasige, fast nackte Kinder. Sie sahen uns nicht nach und winkten nicht ihr fröhliches »Dada!«. Erwachsene waren nicht zu entdecken.

Nach einer Weile gelangten wir wieder in freundlichere Gefilde. Üppige Bougainvilleasträucher in allen Farben von Karmesin bis Gelb und Weiß schmückten die Häuser und Gärten im milderen Licht des Nachmittags. Blaugrün schillernde Libellen paarten sich im Flug. Erneut sahen wir Fischernetze, dann ein recht ansehnliches Dorf mit einem öffentlichen Anleger, an dem gerade ein Linienboot hielt. Massen von Menschen ergossen sich ans Ufer, ebenso viele stiegen eilig ein. Touristen konnte ich hier nicht erkennen. Wir reisten wahrscheinlich längst abseits ihrer üblichen Routen.

Warum und wozu?

Wie vor den Kopf geschlagen, sitze ich in der Küche. Das grüne Wesen ist mir noch einmal erschienen. Eigentlich ist das gar nicht möglich. Unvorstellbar! Zwar habe ich gestern vor dem Einschlafen mit einer Mischung aus Skepsis und Sehnsucht mehrmals laut gerufen: »Grüne Mutter, Grüne Mutter! Komm zu mir, Grüne Mutter!« In Gedanken habe ich natürlich hinzugefügt: Wenn es dich überhaupt gibt ..., denn ein wenig peinlich ist es der rational geschulten Analytikerin in mir schon, eine ernstgemeinte Invokation an eine Traumgestalt auszusprechen. Aber neugierig war ich auch, und schaden konnte es nicht. Bald bin ich in einen Dämmerschlaf gefallen, der mir Akasho, meinen lieben Professor, nahegebracht hat, seine Umarmung, seine klugen Augen – eine Mischung aus Erinnerung und Phantasie. Erst nachdem ich mich später noch einmal im Dunkeln zur Toilette getastet hatte, bin ich tief und fest eingeschlafen, ohne wieder an die Grüne Mutter zu denken. Und sie ist gekommen. Ich kann es noch gar nicht fassen.

Wäre ihr Vermächtnis nicht so außergewöhnlich klar und überzeugend, müßte ich mich tatsächlich für verrückt halten. Aber ich habe keine Angst um mich, trotz allem. Denn die Grüne Mutter beglückt mich. Im Traum sah ich sie wieder in ihrer schillernden Kugel heranrollen, wie eine Fee aus dem Märchenfilm. Dann ließ sie sich auf einem hölzernen Hocker nieder, der mich an einen mittelalterlichen Faltstuhl erinnerte. Vor ihr stand ein Lesepult mit einem Buch. Während sie sorgfältig ihr langes Gewand ordnete, sah sie wie Hildegard von Bingen aus, eine grüngolden schimmernde Miniatur aus einem alten Kodex.

Zuerst wagte ich nicht, mich ihr zu nähern. Bald aber winkte sie mich freundlich heran und gab mir zu verstehen, ich solle mich auf den Boden neben ihr setzen. Als ich dann zu ihr aufschaute, lächelte sie mich an, legte ihre federleichte Hand auf meinen Kopf und sprach mit weichen, volltönenden Lauten zu mir:

»Wir danken dir für deine Bereitschaft und für dein Vertrauen, geliebte Dorothea. Das ist dein unverzichtbarer Beitrag. Wir haben versprochen, dich etwas zu lehren, was euch Menschenseelen von der leidvollen Not der Sinnlosigkeit hei- len kann. Es soll helfen, eure Existenz besser zu verstehen. Deshalb beginnen wir unsere Lektion mit einer Frage an dich: Weißt du, warum es Menschen gibt?«

Erstaunt schüttelte ich den Kopf und begann zu überlegen. Mir fielen wirre, halbverdaute Thesen aus dem Religionsunterricht ein. Zum Lobpreis Gottes vielleicht? Aber wieso hat der das nötig, wenn er allmächtig ist? Das hatte ich nie verstanden. Oder damit der Teufel sein Spiel treiben kann? Welcher Teufel? Ich glaube doch gar nicht, daß es eine Hölle gibt. Eventuell als Strafe dafür, daß Adam und Eva vom Apfel der Erkenntnis gegessen haben und deshalb aus dem Paradies vertrieben wurden? Aber das war doch ganz richtig, fand ich, solch kreativer, befreiender Ungehorsam. Und beten wir im

Vaterunser nicht, wie Jesus gelehrt hat: »Führe uns nicht in Versuchung«? Lieber hätte Gott den Baum gar nicht pflanzen sollen, wenn er schon so klug und liebevoll ist. Das konnte es also auch nicht sein.

Ich überlegte weiter. Was sagten denn die östlichen Religionen? Da bedeutete Menschsein oft Strafe, bösartiges Unvermögen, Auswuchs gieriger Bedürfnisse und hemmungsloser Triebe, ein schrecklicher Irrtum der Schöpfung, eine Illusion. Oh, stellte ich fest, meine Suche geht wohl in die falsche Richtung. Hat nicht die Biologie, die Biochemie gute Antworten? Ihr galt der Mensch lange als Ziel- und Endpunkt der Evolution. Aber ich war nicht auf dem laufenden. Diese Anschauungen waren wahrscheinlich längst überholt.

Ach, nichts von alledem überzeugte mich. Ich seufzte. Nichts davon berührte mein Herz mit einem Hauch von Wahrheit. Deshalb schaute ich auf, begegnete einem gütigen, geduldigen Blick und gab zu: »Nein, Grüne Mutter, ich weiß es nicht.«

»Dann wollen wir es dir sagen, so gut wir es verstehen. Du mußt wissen, wir sind Diener des göttlichen All-Einen, genau wie du. Wir haben jedoch einen erweiterten Anteil an der um- fassenden Bewußtheit. Was dem Menschen nützlich sein kann, teilen wir mit, weil dies unsere Arbeit und Pflicht ist.«

»Seid ihr etwa allwissend?« erkundigte ich mich. Mein Vertrauen mischte sich mit Zweifel.

»Nein, Dorothea. Und dennoch wissen wir mehr als du. Vertraue uns! Weil wir in den Welten der Seele weilen, erfahren wir vieles, was ein Mensch nicht wissen kann, denn er hat andere Aufgaben. Wir erfüllen die unseren. Aber auch wir wissen nicht alles. Außerhalb von Zeit und Raum unterliegen wir jedoch nicht den Beschränkungen der Körperlichkeit. Wir haben keine Angst.«

Ich nickte. Hoffentlich würde ich auch wirklich begreifen, was sie mir beibringen wollte. Denn die Frage »Warum gibt es Menschen?« schien mir doch ein bißchen hoch angesetzt. Allerdings mußte ich eingestehen, daß es sich um eine der

Urfragen aller Religionen und Philosophien handelte. Um so gespannter war ich auf die Theorien der grünen Gestalt auf dem Schemel vor mir. An ihren Worten würde sich schnell erweisen, ob es sich bei dieser denkwürdigen Traumfigur um eine Ausgeburt meines beschränkten menschlichen Geistes handelte oder um ein Wesen, das klüger war als die meisten Philosophen der Welt.

Die in Aussicht gestellte Antwort ließ allerdings auf sich warten. Wenn ich auch nichts Endgültiges hören würde – würde es wenigstens etwas wirklich Neues sein?

Die Grüne Mutter schwieg, als hätte sie ewig Zeit. Ich hingegen wurde zunehmend ungeduldig und platzte am Ende heraus: »Nun will ich aber endlich wissen, warum es Menschen gibt!« Über meine Spontaneität war ich selbst erschrocken.

Aber die Gestalt bewegte und belebte sich unvermittelt. Ein mildes Leuchten, das ich vorher nicht wahrgenommen hatte, umgab sie nun. Und sie sagte in einem heiteren, lobenden Tonfall:

»Danke, Dorothea, danke! Du, mein Kind, mußt ja die Antwort wissen wollen, du mußt fragen. Wir brauchen deinen Wissensdurst. Das ist die Kraft, die uns nährt und den Kontakt zwischen uns ermöglicht. Deshalb frage immer, wenn du spürst, daß wir ermatten oder wenn deine eigene Energie nachläßt.«

Die Grüne Mutter richtete sich auf, schlug mit einer Hand das Buch auf dem Lesepult auf, wandte mir ihr gütiges Gesicht zu und begann:

»Nicht die Erde ist eure Heimat, sondern eine seelische Bewußtseinswelt, die sich – ähnlich dem physischen Universum – unentwegt ausweitet. In den nichtkörperlichen Welten der Seele gibt es keine Zusammenhänge von Ursache und Wirkung. Wohl aber gibt es Ziele. Die Frage nach dem ›Warum?‹ ist daher bei uns wenig sinnvoll. Das ›Wozu?‹ berührt hingegen diese Sinnhaftigkeit. Die richtige Frage also lautet: Wozu gibt es Menschen? Die Antwort heißt: Es ist Sinn und

Zweck aller seelischen Existenz, das göttliche Allganze mit Liebe und Erkenntnis anzureichern.«

Sie hielt inne, um zu überprüfen, ob ich ihr folgen konnte. Einfach war das nicht, aber ich gab mir Mühe.

»Ihr Menschen seid beseelter Sternenstaub. Seelische Energie wird zu Materie«, fuhr sie fort. »Geeignete Säugetierkörper haben sich im Laufe eurer Zeit mit einem bestimmten Seelentypus verbunden. Das Ergebnis ist – nach einigen anderen irdischen Beseelungsversuchen – ein Wesen, das ihr *Homo sapiens* nennt. Die Theorien der biologischen Evolution sind weitgehend richtig, doch sie beschreiben nur einen Teil der Wahrheit.«

»Was waren denn das für Wesen, die vor uns hier lebten?«

»Eure Forscher graben Schädel und Knochen aus uraltem Boden. Sie suchen nach Ähnlichkeiten und wundern sich über Unterschiede. Aber diese Relikte stammen von andersartigen Wesen, eure seelisch-biologischen Vorfahren sind sie nicht! Hominiden, Alt- und Frühmenschen und auch die Neandertaler stellen vorübergehende Phasen seelisch-irdischer Experimente dar. Verschiedene Säugetierkörper vereinten sich immer wieder mit spezifischen seelischen Gestalten. Auch mit Meeressäugern wurde experimentiert. Doch bestimmte Affenarten boten die am besten geeigneten physischen Resonanzen. Seelenvölker wurden immer wieder ausgesandt, und ein Homo sapiens, wie du einer bist, ist gewiß weder Endpunkt noch Krone der Schöpfung. Euer Daseinszweck ist ein ganz anderer, den wir dir gleich erklären werden. Wissende, bewußtseinsbetonte, sich selbst bedenkende menschliche Wesen existieren in dieser besonderen Zusammenfügung erst seit gut dreißigtausend Jahren. Weitere Beseelungs- und Besiedlungsversuche werden folgen. Ein aufschlußreiches Experiment, das eure, ganz gewiß!«

»Ich verstehe nicht, wozu diese Versuche dienen sollen!«

»In einem physischen Zustand können ansonsten körperlose Wesen, wie wir und viele andere es sind, völlig neuartige Erfahrungen machen, die zur energetischen Expansion des

Unendlichen beitragen und daher sinnvoll sind. Jede einzelne Erfahrung, glaube mir, ist von sinnhaften Zielen und Zwecken getragen.«

»Die meisten von uns«, wandte ich ein, und besonders einige Religionsgründer sind der Ansicht, dass das Leben auf Erden ein Jammertal, eine Strafe, ein sündiger Zustand sei, den es möglichst bald zu überwinden gilt. Es gibt doch so viel Leid, so viel Unglück, so viele Schmerzen! Und all das Böse, das Menschen sich gegenseitig antun – das kann doch nicht sinnvoll sein oder gar vom göttlichen Prinzip getragen werden.«

»O doch, mein Kind! Wer nicht die Freiheit besitzt, Fehler zu machen, kann nicht lernen. Wesen aus Seele und Körper lernen und den einzigartigen Bedingungen von Zeitlichekeit und Räumlichkeit auf eurer Erde vielerlei, was ihnen in keinem anderen Bereich des Kosmos, sei er materiell oder rein energetisch, möglich ist. Böses zu tun und daran im Laufe vieler Inkarnationen eine Vorstellung von Liebe zu entwickeln gehört dazu. Ein Mensch besitzt daher viele wunderbare Möglichkeiten.«

Ich dachte über diese Worte nach, konnte aber Wunderbares nicht entdecken. »Was ist daran so großartig, einen Leib zu besitzen, der einem doch erfahrungsgemäß nur Ärger bereitet?» begehrte ich auf. »Man muss essen und ausscheiden, sich gegen Tiere und Wetter schützen, wird krank und muss sterben…«

»Das ist richtig, Dorothea, und es ist gewiß nicht immer angenehm. Doch aus der Anschauung aller Körperlosen handelt es sich dabei um ungewöhnliche und höchst lohnende Erfahrungen! Bedenke auch, geliebte Dorothea, dass du soeben nur die unliebsamen Seiten des Lebens beschrieben hast. Wir hingegen sehen eure Existenz als Bereicherung. Als Menschen erforscht ihr im Auftrag eurer eigenen Seelen und zum Wohl aller Seelen im Kosmos sieben großartige Erfahrungsbereiche, die uns nicht zugänglich sind. Dem Allganzen kommt dies zugute. Ihr erfahrt Liebe und Erkenntnis aus einer dualen Perspektive, denn ihr könnt lieben oder nicht lieben, erkennen oder nicht erkennen. Wir vermögen dies nicht, wir haben keine Freiheit. Auch Angst ist uns fremd. Ihr hingegen habt Zugang zu ihr, auch wenn sie euch unangenehm ist. Wir sehen, daß sie euch Menschen jederzeit zu tausend Dingen mit energetisch unterschiedlicher Wirkung beflügelt. Menschsein ist eine Aufgabe von schier unendlicher Vielfalt. Alle nur irgend möglichen Aspekte wollen gelebt, wahrgenommen, erkundet, erfahren, durchdrungen und verstanden werden.«

»Sagt mir doch, Grüne Mutter, worin diese Erfahrungen bestehen!«

»Merke auf, Dorothea!« antwortete das durchscheinende Wesen und hob die Hand in einem Gestus, der mich an den lehrenden Christus erinnerte. »Sieben wunderbare Möglichkeiten hast du als inkarnierter Mensch, die niemand im Universum sonst kennt: Du kannst empfinden, du kannst denken, du kannst zeugen, du kannst lernen. Sprechen kannst du und auch dein Schicksal deuten. Zu guter Letzt: Du kannst dich anpassen!«

Ich verstand noch immer nicht, was das Besondere daran sein sollte. Mir kam das alles so selbstverständlich vor! Doch was, um Himmels willen, sollte daran so beglückend sein, daß es das Menschsein lohnt? Es wollte mir nicht einleuchten. Wäre es nicht viel besser und praktischer, weiterhin als Seele zwischen den Sternen umherzuschwirren, ohne fühlen und denken zu müssen, ohne mühsam zu lernen, dummes Zeug zu reden, sich ständig fortzupflanzen oder gar dem Klima zu trotzen? Auch die Fähigkeit, Unverständliches zu deuten, schien mir nicht verlockend. Ich konnte mir auf das Ganze keinen rechten Reim machen. Deshalb bat ich die Grüne Mutter, mir diese Grunderfahrungen besser zu erklären. Sie nickte, schlug eine neue Seite in ihrem Folianten auf und fuhr fort:

»Daß du lachen und weinen kannst, Freude und Zufriedenheit empfindest, aber auch Haß und Trauer, daß dein Körper Hunger, Kälte und Schmerz, aber auch Sättigung, Geborgenheit und Lust fühlt, Trost und Verwirrung, Ekstase und Verzweiflung, daß du Einheit, Nähe, Harmonie, Entspannung und Sinnlichkeit kennst – ist das nicht wunderbar? In der astralen Bewußtseinswelt haben Seelen weder eine Psyche noch Sinne, noch ein Nervensystem. Sie können sich nicht spüren, weil sie nicht lebendig sind!

Du bist außerdem in der Lage zu denken, Ideen und Phantasien zu entwickeln, zu spielen, zu zweifeln, Erfindungen zu machen. Du kannst ablehnen und zustimmen, unterscheiden und überlegen, Konflikte schaffen und Einsichten entwickeln, kannst über dich und die Welt nachdenken, deine Individualität und Originalität genießen, Intuition entwickeln, Kunst erschaffen, Entscheidungen treffen – ist das nicht wunderbar? Wo wir sind, gibt es keine Gehirntätigkeit und keine Entscheidungsfreiheit. Hier besitzen Seelen keinerlei Gestaltungskraft!«

»Aber, Grüne Mutter, wenn ihr in eurer Dimension weder denken noch fühlen könnt, wie ist es dann möglich, daß ihr mit mir sprecht und mich versteht? Das begreife ich nicht.«

»Nun, Dorothea, diese Fähigkeit beruht auf zweierlei: Selbst ohne Gehirn gibt es die Möglichkeit, Zusammenhänge zu erfassen. Unser Anteil an der allumfassenden Bewußtheit und am alles durchdringenden, vermittelnden Geist gestattet uns dies. Wir registrieren die Produktion mentaler Energien und können sie auch hervorbringen. Hinzu kommt, daß wir anstelle eurer körperlichen Sinnlichkeit sensuale Kräfte besitzen, mit denen wir nachvollziehen, was ihr fühlt. Und wenn wir mit euch Menschen kommunizieren, nutzen wir Resonanzen, die ihr selbst kreiert durch euren Wunsch, mit uns in Verbindung zu treten. Wir nutzen eure Sinnlichkeit und euer Denkvermögen wie einen Spiegel. Verstehst du? Und nun erlaube mir, dir noch die übrigen Forschungsgebiete von Menschenseelen zu erläutern, bevor ich dich verlassen muß!«

»Ich bitte darum, Grüne Mutter.«

»Ihr habt die Gabe, Materie zu formen, Pflanzen und Tiere zu züchten, materielle Nahrung für euren Stoffwechsel zu nutzen, durch Arbeit etwas hervorzubringen, Kinder zu zeugen und damit Leben zu erschaffen. In der astralen Welt gibt es kein Werden und Entstehen von Formen. Materialisierte Energie hingegen ist beeinflußbar. Auf der Erde erfahren inkarnierte Seelen alle Möglichkeiten, Stofflichkeit ihrer Entwicklung dienstbar zu machen. Das ist uns körperlosen Wesen nicht gegeben!

Menschenseelen erleben sich darüber hinaus in Zeit und Raum. Sie berechnen und messen, sie lernen aus der Vergangenheit und planen für die Zukunft, pflegen Geschichte und Traditionen, entwickeln Wissenschaften und Bildungssysteme. Sie forschen und erinnern, erkunden die Zusammenhänge von Ursache und Wirkung, wissen um Naturgesetze, Zyklen und Linearität. Sie setzen sich mit Verfall, Veränderung, Alterung und Verlust auseinander, erleben Tag und Nacht, den Lauf der Gestirne und das Verrinnen der Zeit. Sie bewegen sich und reisen, sie können sich nähern und entfernen, nutzen den unablässigen Wandel und schöpfen aus ihm Kraft. Wo wir sind, gibt es kein Handeln und keine Regeln. Nichts ist berechenbar, nichts hat Konsequenzen. Ihr aber könnt lernen und begreifen!«

Auch ich begann zu begreifen. Diese Traumbotschaft war gewichtig. Durch den Perspektivewechsel, der es erlaubte, alles einmal von der anderen, sozusagen außerirdischen Seite zu betrachten, schien unsere oft so leidvolle Existenz nicht mehr so öde und sinnlos, sondern leuchtete in Farben, die ich bislang nicht gesehen hatte. Daher war ich bestürzt, als meine Traumlehrerin eine lange Pause machte. Sollte ich das übrige in dieser Nacht nicht mehr erfahren? Ich mußte es doch wissen! Plötzlich fiel mir ein, daß ihre Kraft von meinem Wissenwollen abhing, und obgleich ich Drängen und neugieriges Nachbohren ein wenig unhöflich fand, konnte ich mit einiger Mühe meine Hemmungen überwinden und rief: »Grüne Mutter, bleib noch ein Weilchen, ich bitte dich, bleib! Denn ich muß unbedingt noch hören, was es mit den übrigen Aspekten von Menschsein auf sich hat! Ich bin jetzt sicher, daß mir das sehr weiterhelfen wird, mein eigenes Dasein mehr zu schätzen. Mit deiner Hilfe werde ich leben lernen, ohne das Leben in seiner sinnvollen Vielfalt zu mißachten!« Meine Mentorin, die weder Person noch Persönlichkeit war, tadelte mich nicht. Ihr ruhiger Blick begegnete dem meinen. Sie erkannte wohl mein Bemühen, ihr zu gefallen und sie zu stärken, denn am Ende legte sie ihre schwerelose Hand auf meine Schulter, um meine Ängstlichkeit zu mildern, und ergriff erneut das Wort.

»Sprache, dieses herrliche Instrument des Geistes, erlaubt euch Menschen Mitteilung, Verständigung und Austausch. Sie ist mit den Kräften des Verstandes verwoben und gestattet euch, Gesellschaften zu bilden, die es in ihrer Komplexität sonst nirgends gibt. Sie basieren auf Rechtsordnungen und Gesetzen, einem Nationalempfinden und einer zivilisatorischen Identität. Familie und Stamm spielen wie bei den Tieren eine Rolle. Doch Staatswesen, Verwaltung, aber auch Politik, Parteienbildung, Freundschaft und Feindschaft, jeglicher Austausch, alle Wirtschaftsformen, organisierte Arbeit, kollektive Bestrebungen, Kriege und Friedensverhandlungen beruhen auf der Fähigkeit des Menschen, zu sprechen, sich verständlich zu machen und Beziehungen zu haben mit Wesen, die ihm nicht blutsverwandt sind. Das Gefüge von Geben und Nehmen steht hier im Mittelpunkt. Kommunikation, Kontakt, Gemeinsamkeit, Wir-Gefühl … das alles schafft Ver- bindungen und erlöst die vereinzelt inkarnierte Seele aus ihrer existentiellen Isolation – ist das nicht wunderbar? Bei uns in der astralen Welt ist Gemeinsamkeit selbstverständlich, weil es weder Trennung noch Individualität gibt. Niemand gibt und niemand nimmt. Auf der Erde lernen Seelen, zu teilen und mitzuteilen. Sie begreifen, wie wichtig, wie wertvoll es ist, Gedanken und Absichten zum Ausdruck zu bringen, Beziehungen herzustellen und ihre Qualität mit Worten zu beschreiben. All dies ist uns nicht möglich. Ihr wärt zu beneiden, wenn wir neiden könnten! Dabei beneidet ihr uns um unsere beschränkte Fähigkeit, Telepathie zu nutzen!«

Tatsächlich, telepathische Kommunikation hielt auch ich für ziemlich praktisch. Aber vielleicht hatte sie ja recht, die Grüne Mutter. Wer Gedachtes ausspricht und damit in die Welt setzt, bewirkt mehr. Darauf beruht ja ein wesentlicher Aspekt der Psychoanalyse, oder? Bei meinen Überlegungen wurde ich durch die Stimme meiner Mentorin unterbrochen.

»Da die vorübergehende Bindung einer Seele an einen Körper das Menschsein ausmacht, prägt auch diese Tatsache des Erlebens euch in erheblichem Maße. Die duale Natur des Menschen veranlaßt ihn zu unablässigen Versuchen der Rückbindung an seine Göttlichkeit. Alle Religiosität erwächst dem Menschengeschlecht aus der Sehnsucht nach der anderen Seite seiner Wahrheit. Sie ist keineswegs verloren durch die Fleischwerdung, nur verschleiert. Seine inkarnierte Seele erinnert sich, sie wünscht sich zurück, sie sucht den Kontakt. Glaube, Frömmigkeit, Kultus und Ritus, die Anbetungsformen aller Zeiten und Orte schenken diesem Bedürfnis unterschiedliche und weitgehend beliebige Formen. Alle berühren auf ihre Weise jene unvergängliche Seele, die euch alle belebt. Entscheidend ist, daß Bedeutung empfunden und Sehnsucht gestillt wird. Und eure Fähigkeit zu erinnern, daß ihr nicht nur schwerfällige, mühsalbeladene sündige Erdenwürmer seid, sondern von unsterblichen, schwerelosen Seelen be- wohnt werdet, läßt in euch Visionen von dieser zeitweilig verlassenen Heimat aufsteigen. Dort wart ihr zeit- und raumlose Wesen, und ihr werdet es wieder sein. Die irdischen Gesetze der Kausalität gelten dort nicht. Wer sich daran erinnert und damit an einen Teil seiner ureigensten Natur, der weiß um Fügung und Schicksal, er deutet ihren Sinn. Menschen nutzen Mythen und Märchen, um ihrer seelischen Wahrheit zu begegnen. Sie deuten Träume und die Botschaft der Gestirne, können hellsehen oder als Schamanen in die alte Heimat reisen. Sie ergötzen sich an Zauberei, Alchimie und Magie, schulen ihre medialen Kräfte, denken in Symbolen und reden in

Bildern – ist das nicht wunderbar? All dieses dient der Überwindung eurer körperlichen Grenzen. Es gemahnt an das Göttliche in euch – jederzeit! Sinnsuche, die über die Begrenztheit von Materie, Raum und Zeit hinausgreift, läßt euch wahrnehmen, wer ihr seid. Dies ist nicht Illusion, nein, sondern existentielle Notwendigkeit! Eure Seele vergißt sich nicht! Sie wird genährt durch Inspiration.«

Meine Lehrerin hielt inne und blickte nachdenklich in ihr Buch. »Hast du nun genug erfahren, Dorothea?« murmelte sie. Wie sollte ich das beantworten? Mußte ich nicht bescheiden sein, abwarten, was die Grüne Mutter als Unterweisung angemessen fand? Ich zauderte. Sollte ich mich zufriedengeben? Müde war ich nicht, nur überbordend von einer nie gekannten Fülle. Bevor ich eine Antwort gab, wollte ich im Geist wiederholen, was ich bisher gelernt hatte: Es gibt also angeblich beseelte Tiere, die Menschen genannt werden, und sie sind Beauftragte oder Pioniere des seelischen Universums. Auf der Erde sollen sie sinnvolle, nützliche Erfahrungen sammeln, die ohne Körper nicht möglich sind. Sie erforschen sie- ben Bereiche irdischen Lebens. Und welche waren das? An meinen Traumfingern zählte ich auf: fühlen, denken, erzeugen, lernen, sprechen, deuten – Moment mal, das waren ja nur sechs! Hatte ich etwas Wichtiges schon vergessen? Kein Wunder bei dieser Unmenge unerwarteter Informationen. Noch einmal zählte und prüfte ich. Dann schien es mir sicher, daß noch etwas fehlte. Aber nicht an der Anzahl meiner sechs Finger wurde mir dies deutlich, sondern an einem deutlichen Empfinden von Unvollständigkeit.

Als ich aufblickte, schaute die Grüne Mutter mich nicht an. Doch um ihren Mund spielte ein fast belustigtes Lächeln. Um die Konturen ihrer Gestalt war nur noch ein schwaches Glimmen. Und ich meinte schon, in der Ferne die schillernde Seifenblase zu sehen, wie sie sich rollend näherte, um sie fortzutragen. Das durfte ich nicht zulassen. Hektische Besorgnis erfaßte mich. Denn wie konnte ich sicher sein, jemals wieder von ihr zu träumen? Ihr noch einmal zu begegnen, dieser liebevollen weisen Frau, die keine Frau war, um von ihr belehrt zu werden über die ersten und letzten Dinge? Ich mußte alles erfahren, auch die siebte Antwort erhalten.

»Ich kann dich noch nicht ziehen lassen«, sagte ich laut und griff mit den Händen in das Nichts ihres faltenreichen Saumes. »Du hast mir nicht alles gesagt. Ich fühle eine Leere. Fülle sie, ich flehe dich an! Ich brauche Vollständigkeit, wie soll ich sonst begreifen? Versprochen hast du mir sieben Sinnziele menschlichen Daseins, doch erfahren habe ich nur sechs davon. Wo ist das siebte, was ist das letzte?«

Augenblicklich konnte ich mit Faszination beobachten, wie das unirdische Flackern wieder zunahm. Die Grüne Mutter breitete die Arme aus. Dann brach aus ihrem klugen Mund ein herzhaftes Lachen hervor. Auf alles war ich gefaßt gewesen, nur darauf nicht, und so erschrak ich.

»Allerliebste Dorothea, du hast es noch einmal geschafft, uns zurückzuholen! Du ahnst wohl, daß es uns Mühe kostet, dir sichtbar zu erscheinen, anstatt dir nur nächtens unsere Weisheiten einzuflüstern. Und weißt du auch, was dein wirksamstes Instrument ist? Es ist deine Authentizität. Seit du in Indien warst, hast du keine Freude mehr an deinen Masken, und nach anfänglichem Zögern gibst du dich, wie du bist. Wir beobachten mit Vergnügen, was in deinem Kopf vor sich geht, aber wir können und dürfen es nicht beeinflussen. Es ist deine Entscheidung, mehr und mehr von uns wissen zu wollen, es ist deine Kraft, die uns kräftigt. Ohne dich können wir nichts bewirken. Deshalb möchten wir dich ebenso anflehen wie du uns: Bitte bleib noch, verlaß uns nicht, komm in der nächsten Nacht wieder mit uns zusammen. Es gibt noch soviel, was wir dir zu sagen haben! Nun gut, wir sind noch da, um dir über das siebte und letzte Forschungsgebiet der Menschenseelen Auskunft zu geben. Aber dann – wir bitten dich sehr – laß uns ausruhen!« Scherzhaft verdrehte sie die Augen und schmunzelte. Dann nahm ihr Gesicht wieder einen ernsthaften und konzentrierten Ausdruck an. Sie schlug die Buchseite um und begann zu lesen:

»Menschen brauchen für ihre Körperlichkeit festlegte, unwandelbare Bedingungen. Ihnen müssen sie sich anpassen. Nur innerhalb dieses vorgegebenen Rahmens können sich die in ihnen eingebetteten Seelen sinnvoll entfalten und die gewünschten Erfahrungen machen. Die Bedingungen müssen für alle gleich sein. Dadurch lernen Seelen, was Anpassung und Beschränkung bedeuten. Sie bildet das notwendige Gegenstück zu der Entgrenztheit, die eine Bedingung unserer Existenzwelt, der astralen Bewußtseinsebene, darstellt. Auf der Erde lernen Seelen, mit physischer Begrenztheit, mit Abhängigkeit, Anpassung und biologischen Gebundenheiten zu leben. Viele Inkarnierte empfinden dies als Mangel und Schmach. Sie versuchen mit aller Macht, die Grenzen ihres körperlichen Daseins zu sprengen. Dabei ist gerade Begrenzung das Besondere und Interessante, das Notwendige und Förderliche! Welch ungeheure Leistung vollbringt ihr Menschen – aus unserer körperlosen Perspektive betrachtet! Welch extremen Herausforderungen stellt ihr euch mit eurem unbändigen Inkarnationsmut! Ihr unterliegt den Zwängen von Schwerkraft und Atmosphäre, von Stoffwechsel und Nahrung. Licht, Wasser, Sauerstoff dürfen euch nicht fehlen. In jeder Sekunde eures Lebens lernt ihr, euch den veränderlichen Umständen, die damit verbunden sind, anzupassen. Ihr seid sterblich und verletzlich. Ein kleiner Stich mit dem Messer schon läßt euch verbluten, zu hohe oder zu niedrige Temperaturen rauben euch das Leben. Ihr seid den Gesetzmäßigkeiten der Evolution und der Abstammung unterworfen, beugt euch willig den Regeln der Vieldimensionalität, Polarität, der Notwendigkeit, Entscheidungen zu treffen, den Alterungsprozessen. Auf Bewegung könnt ihr ebensowenig verzichten wie auf Kontakt mit den Mitmenschen, Wetter und Klima beuteln euch. Spezialisierung ist euer Los in allen Bereichen des Daseins. Die spezifische Dichte und besondere Stofflichkeit eurer Leiber, euer Verhältnis zur übrigen Materie, zu Pflanzen und Tieren prägt euren Tag. Und nachts müßt ihr schlafen, sonst seid ihr bald tot. Ihr unterliegt den vier Gesetzen der Lebendigkeit, denn ihr müßt wirken, sein, handeln und erleben. Und ihr schafft es! Ist das nicht wunderbar? Es genügt die Tatsache, als beseeltes Säugetier auf die Welt zu kommen, ausgestattet mit animalischen Instinkten und Trieben, aber auch mit der Weisheit eurer Seelen. Beides zusammen versetzt euch in die Lage, mit dem Planeten Erde und seinen extremen Herausforderungen fertig zu werden.

Wir körperlose Wesen hegen tiefe Bewunderung für euch. Einst haben wir vergleichbare Erfahrungen gemacht, denn auch wir waren Menschen und bevölkerten die Erde. Aus unserer Distanz heraus betrachten wir jetzt das in vielen Leben Erlebte mit größter Achtung. Jede einzelne Erfahrung ist gültig, ob angenehm oder leidvoll. Wir bedauern zuweilen, daß ihr eurer staunenswerten Inkarnationsleistung nicht den Respekt zollt, den sie verdient. Und deshalb bitten wir dich, liebe Dorothea, unsere Einsicht unter den Irdischen zu verbreiten. Wir wollen euch die Liebe zum Dasein lehren. Doch es geht nicht nur um Liebe, sondern ebenso um Erkenntnis. Und nicht nur um Erkenntnis geht es, sondern ebenso um Liebe.«

Die Grüne Mutter schloß ihr Buch und erhob sich. Ich war zufrieden und empfand jetzt warme Dankbarkeit. Auch war ich erfüllt von der Erwartung, ihr bald wieder zu begegnen. Hatten wir nicht eine beidseitige Verabredung getroffen? Gelassen beobachtete ich, wie sie ihre luftige Kugel bestieg und sich mit großen Schritten entfernte. Schemel und Pult hatten sich aufgelöst, das Buch war verschwunden. Ich dachte noch: Sie könnte doch auch fliegen – warum tut sie das nicht? Dann versank ich in tiefstem Schlaf, bis mich das Miauen und Kreischen von Katzen unter meinem Schlafzimmerfenster weckte.

*B*eim Aufwachen fühle ich mich voller Tatendrang. Lebenskraft durchströmt mich. Von Kopf bis Fuß spüre ich meine vitalen Impulse. Noch bevor ich Tee aufgieße, erfaßt mich der Drang, eine neue Küche zu bestellen, alle Möbel aus dem Haus zu werfen, die Zimmer neu einzurichten. Die altmodischen Sachen passen nicht mehr zu mir, fühle ich jetzt. Inzwischen bin ich jung geworden, da muß was anderes her.

Der Traum – oder soll ich es eine Vision nennen? – fällt mir erst wieder ein, als ich im Anschluß an mein nachmittägliches Frühstück beschließe, mich anzuziehen. Schluß mit der Schlamperei, wenigstens ein paar Stunden am Tag will ich ordentlich gekleidet und gekämmt sein, nehme ich mir vor und hole aus dem Kleiderschrank ein Strickensemble in verschiedenen Schattierungen von Grün. Kaum halte ich es gegen das schwache Licht der frühen Dämmerung, das durch das Fenster dringt, steht die Grüne Mutter mir fast leibhaftig vor den Augen. Ich lasse die Sachen fallen, renne in mein Arbeitszimmer und fliege zwei Stunden lang mit dem Stift über das Papier, bis alles, was sie mich gelehrt hat, so genau wie möglich notiert ist, bis ins letzte Detail.

Meine Güte, das ist starker Tobak! Und wie habe ich das alles behalten können? Ich weiß doch: Oft kommt einem im Traum eine Einsicht oder ein Erleben hochbedeutend, ja weltbewegend vor. Beim Aufwachen erweist sich dann das weise, alles erklärende Gebilde als belanglose Luftblase im Ozean des Bewußtseins – kaum zu erinnern und nicht der Rede wert. Dies hier ist anders. Allein mit dem Material, das mir hier vorliegt, könnte ich schon eine gelehrte Abhandlung für die Akademie der Wissenschaften verfassen. »Expedition Terra, Projekt *Homo sapiens*« könnte ich den Artikel nennen. Aber darum geht es ja nicht. In mein eigenes psychisches System muß ich das Gehörte integrieren, ich selbst soll zur Trägerin dieser Botschaft werden, hat die Grüne Mutter gesagt. Leuchtet mir ein. Nicht Theorie – Praxis ist gefragt, reine Lebenspraxis!

Als ich den Stift weglege, fällt eine heftige Anspannung von mir ab. Wenn es denn möglich ist, fühle ich mich noch unternehmungslustiger als gestern. Ich will nicht ins Tun abgleiten, deshalb verkneife ich mir, Möbel zu rücken und die Hängeschränke mit ihren Dübeln aus der Wand zu reißen, aber das ist nicht einfach. Ich komme mir vor wie ein weiblicher Her-

kules. Die ganze Welt könnte ich aus den Angeln heben! Mein
Überschuß an Kraft geht ins Planen und Wollen. Als ich mich
nach ruhelosen Wanderungen im Wohnzimmer aufs Sofa
setze, nicht etwa um zu verschnaufen, sondern um alte Zeitschriften, die auf der unteren Etage des Couchtisches ver-
staubt waren, hervorzuzerren und sie in einen grauen Müll-
sack zu stopfen, fällt es mir wie Schuppen von den Augen:
Das ist es nicht! Ich muß hier raus! Das Haus wird verkauft!
Ich beginne ein neues Leben und muß mich von viel mehr als
nur ein paar Zeitungstapeln, Möbeln und Nippes befreien.
Den Rest des Abends verbringe ich mit den gelben Seiten,
suche die Adressen von Immobilienmaklern heraus, verges-
se zu essen, bis mir der Magen knurrt. Aufgeregt und glücklich falle ich im Morgengrauen in Mamas Federn, hellwach
schließe ich die Augen und fliege wieder nach Indien.

Wasserlabyrinth

Rama steuerte zum Ufer, als das Motorboot sich wieder in Bewegung gesetzt hatte und mit zunehmender Geschwindigkeit davontuckerte. Er wies mich an sitzen zu bleiben und
sagte: »*I go buy banana.*«
   Wie froh war ich, daß ich endlich meine Beine ausstrecken
konnte! Aufzustehen wagte ich nicht, denn unser Waschzuber
konnte allzu leicht kentern. Während ich mich reckte, dachte
ich über meinen Begleiter nach. Ich war beeindruckt von der
männlichen Autorität, mit der er mich behandelte. Seit wir zusammen in einem Boot saßen, war er eindeutig der Herr. Mit
einem gewissen amüsierten Behagen spürte ich seine fraglose
Verantwortlichkeit, die nicht so sehr mit seinen Handlungen
zusammenhing, sondern einen Teil seiner Ausstrahlung ausmachte. Ich fand es angenehm, mich einmal fallenzulassen,
mich um nichts kümmern zu müssen, mich einem Mann anzuvertrauen, der anscheinend wußte, was er tat. Ähnlich war

es mir ja mit dem Professor gegangen. Ich begriff, daß es für Frauen in Indien nicht nur unannehmbare Seiten hatte, in ihrer traditionellen Rolle als Dienerin ihres Ehemanns zu verharren. Es sprach sie auch frei von einer Menge Verantwortungsstreß.

Schon nach wenigen Minuten war Rama zurück und hielt mir ein großes Bündel der köstlichen süßen, fingerlangen Früchte hin. Ich griff erleichtert zu und aß gleich acht Stück hintereinander. Sie waren vollmundig und aromatisch, mit feiner Säure und glattem, saftigem, goldgelbem Fruchtfleisch. In diesem Zustand hatten sie nicht viel mit den Bananen gemein, die man in Deutschland kaufen konnte.

Ich genoß die simple tropische Delikatesse mit gutem Appetit. Anschließend rutschte ich auf meinem engen Sitz ein wenig hin und her, um mich bequemer zu lagern, und schickte mich an, ein zufriedenes Nickerchen zu machen. Mit Rama Raj fühlte ich mich so sicher und geborgen wie ein Kind bei seinem Vater.

Als ich erwachte, war es schon dunkel. Ich war zuerst verwundert, dann plötzlich richtig erschrocken. Mein Gott, sind wir denn immer noch nicht da? Ich mußte lange und tief geschlafen haben, begleitet von dem regelmäßigen leisen Geplätscher des Paddels im Wasser. Ich hatte das Bedürfnis, mich zu recken, mich endlich einmal auszustrecken. Dieses Boot war für Zwerge gemacht, eine Zumutung für einen langen Menschen wie mich. Ich rieb mir besorgt die Augen. Auf meiner Armbanduhr konnte ich bei dieser Dunkelheit die Uhrzeit nicht mehr erkennen.

Alle Menschen waren in den Hütten verschwunden. Es war still und schien spät, kaum jemand hatte noch Licht. Oder gingen die Leute hier mit den Hühnern zu Bett?

»Rama Raj, wo sind wir denn? Wann kommen wir endlich an? Das dauert ja ewig!«

Er zuckte zusammen. Er war wohl nicht darauf gefaßt gewesen, meine beunruhigte Stimme nach so langer Stille zu hören. Seine Bewegungen mit dem Paddel waren müder geworden. »Bald, bald, Mrs. Doris. Es ist nicht mehr weit. Ich sagte doch, einen Tag muß man reisen.«

Ja, tatsächlich, das hatte er gesagt, aber ich hatte ihm nicht geglaubt, hatte das für weit übertrieben gehalten. Meine Schuld.

Ob er sich wohl verirrt hat? Auf der ganzen Strecke hatte ich keinen einzigen Wegweiser gesehen.

Ich merkte, daß ich mißtrauisch wurde. Was hatte dieser junge Mann mit mir vor? Nie hatte ich damit gerechnet, daß wir erst bei Nacht in seinem Dorf ankommen würden. Wo sollte ich überhaupt wohnen? Wer würde uns etwas zu essen geben? Rama mußte doch hungrig sein wie ein Wolf. Er hatte den ganzen Tag nichts zu sich genommen außer der Kokosnuß, den Keksen und zwei kleinen Bananen. Und dabei diese enorme körperliche Anstrengung! Mein Hunger machte sich jetzt deutlicher bemerkbar. Was sind schließlich ein paar Bananen bei meiner Körpergröße? Außerdem mußte ich jetzt dringend aufs Klo. Ich hatte es satt, mich von einer Stunde auf die andere vertrösten zu lassen. Das war ja eine gottverlassene Gegend hier. Im Moment sah ich gar nichts Idyllisches mehr, war trotz des langen Schlafes deutlich gereizt. Geschichten von Touristenentführungen fielen mir ein.

Wo bringt der mich bloß hin? Vielleicht stimmen diese Stories von seinem Dorf gar nicht? Wenn er mich jetzt im Dunkeln irgendwo an Land setzt, kann ihm kein Mensch irgend etwas nachweisen. Er könnte meinen Rucksack mit dem Geld nehmen und verschwinden. Und dann stünde ich da. Plötzlich hatte ich trotz Blasendrücken gar keine Lust mehr, ihn zum Anhalten zu bewegen. Es schien mir viel zu riskant. Wer würde mir denn helfen, in dieser Einöde?

Auf dem Wasser war nun niemand mehr. Außer gelegentlichen Tierlauten und dem eintauchenden Paddel war nichts zu hören. Ich sah nicht viel außer der dunklen Silhouette des Mannes vor mir. Ich roch seinen Schweiß.

Worauf hatte ich mich bloß eingelassen? Welcher Teufel

hatte mich geritten? Statt genüßlich auf der Hotelterrasse zu
Abend zu speisen, den herrlich rauschenden Ozean vor meinen Augen, saß ich hier mit einem wildfremden Menschen total verspannt in einem Einbaum, wo nicht einmal Platz zum Kratzen war, wenn es mich juckte. Auf den Armen und im Gesicht hatte ich schon ziemlich viele Mückenstiche. In dem ungewohnten Sari fühlte ich mich unwohl. Ich versuchte, mich völlig in ihn einzuhüllen, um mich vor weiteren Stichen zu schützen. Das Malariamittel hatte ich zum Glück geschluckt. An mein Mückenmittel kam ich im Augenblick nicht heran, es lag unten in meiner Reisetasche, und die war hinter meinem Rücken festgeklemmt. Das Kanu war so schmal und eng, daß wir sofort gekentert wären, hätte ich versucht, sie hervorzuzerren. Ohne Ramas Hilfe hätte ich gar nicht aufstehen und aussteigen können. Meine armen Knochen!

Warum habe ich bloß darauf bestanden, mitzudürfen? Wie konnte ich diesem blutjungen Typen nur vertrauen? Wo ist denn meine Intuition geblieben, und vor allem – mein gesunder Menschenverstand?

Ich wurde mit jeder Minute nervöser, ungehaltener, ja, wütender. Selbstvorwürfe wechselten ab mit stummen Zornesausbrüchen und halblauten Schimpfereien im besten Bayerisch. Dahinter steckte zunehmende Besorgnis. Rama blieb stumm, paddelte aber wieder heftiger, als wollte auch er seiner Spannung Luft machen, indem er sich noch mehr antrieb. Fädige Wasserlinsen blieben an seinen Ruderblättern hängen und besprühten mich mit Wassertropfen.

Ich bekam nun wirklich Angst. Äußeres und inneres Unwohlsein nahmen ständig zu. Kaum konnte ich noch einen klaren Gedanken fassen. Die wildesten Phantasien über drohendes Unheil überfielen mich, ich konnte sie kaum verscheuchen. Wie überdimensionale Insekten ließen sie sich auf meinem Gemüt nieder. Ich saß da, zerstochen, eingeklemmt und verbogen, hilflos und machtlos, dem Belieben eines Fremden ausgeliefert, der mit mir machen konnte, was er wollte. Hätte ich nur jemanden vom Hotel in mein Vertrauen gezogen! Am liebsten hätte ich mit beiden Fäusten auf Ramas sturen Rücken losgeprügelt.

Dunkel erinnerte ich mich noch an irgendwelche Sentimentalitäten, die mir in Kóvalam durch den Kopf gegangen waren. Ich bin seinerzeit bestimmt zu krank und schwach gewesen, um einen klaren Kopf zu behalten, sagte ich mir. So etwas wie einen Seelenbruder gibt es doch gar nicht. Wahrscheinlich habe ich nach Mutters Tod in meiner Einsamkeit auf den erstbesten mitmenschlichen Kontakt allzu heftig reagiert. Da kann man sich schon mal irren, ich wäre nicht die erste. Diesen Rama habe ich völlig idealisiert und meine Intuition vollkommen überschätzt. Sonst hätte ich doch diese hanebüchene Verabredung nicht getroffen, noch dazu in aller Heimlichkeit! Ich muß wahnsinnig gewesen sein, leichtgläubig und naiv!

Während das Boot wie ein schwarzer Schatten durch die Dunkelheit glitt, preßte ich meine Zähne fest aufeinander, um nicht laut loszuschreien. Meine Panik nahm zu, auch weil ich mich nicht bewegen konnte, um die Spannung wenigstens körperlich abzuführen. Mein Brustkorb bebte, mein Herz flatterte, und auf der Stirn trat kalter Schweiß aus. Der wird mir doch nichts antun? Ich bin ja ganz allein hier, kann mich nicht wehren, o Gott.

Doris, redete ich mir zu, sei vernünftig. Es gibt doch keinen Anlaß, sich vor diesem Mann zu fürchten, er will dir bestimmt nichts Böses. Leidest du schon unter Verfolgungswahn?

Ich war besorgt. Das war nun schon der zweite fast psychotische Anfall in wenigen Wochen. Was war nur mit mir los? Ich versuchte, auf die beruhigende Stimme in meinem Innern zu horchen, aber am liebsten hätte ich geschrien. Doch auch davor hatte ich Angst. Ich durfte keinesfalls meine Situation verschlimmern, indem ich Rama Raj gegen mich aufbrachte. Wie er im Zorn reagieren würde, wußte ich ja nicht. Ach, irgendwann mußte diese gräßliche Tour ein Ende haben, und irgendwann würde ich auch wieder in meinem bequemen Bett liegen, das Rauschen der Wellen genießen, ein schönes Buch in der Hand. Aber wann?

Der Himmel war verhangen, Sterne waren nicht zu sehen. Schon seit einiger Zeit brannten auch keine Feuerchen mehr am Ufer, ich sah kein Licht, kein Zeichen menschlicher Behausung. Ich strengte meine Augen an, um irgend etwas zu erkennen, sah aber nur endlose Palmenhaine, schwarze Silhouetten gegen die dunkelgrauen Wolken. Der Kanal war schmal, nicht breiter als fünf oder sechs Meter. Ich tauchte meine Hand wieder ins kühle Wasser und benetzte mir die Stirn. Das tat wohl. Der Panikanfall ließ langsam nach.

Rama arbeitete sich stumm und verbissen durch die Finsternis. Er mußte vollkommen erschöpft sein. Sein urzeitliches Paddel war aber auch zu ineffizient, sonst wären wir doch längst angekommen! Sogar ich hätte ihm ein besseres entwerfen können. Ach, Doris, wärst du bloß zu Hause! Lieber bewunderst du Indien für den Rest deines Lebens im Fernsehen, als dich noch einmal solchen Strapazen auszusetzen!

Um meine wachsende Nervosität und meine Aggressionen im Zaum zu halten, beschloß ich, mit Rama etwas Konversation zu treiben. Ich mußte mich unbedingt von meinen wahnhaften Angstphantasien ablenken.

»Rama!«

»*Yes, Mrs. Doris.*«

»Wie heißt eigentlich deine Schwester, die, die jetzt bald heiraten will?«

»Sie heißt Lati.«

»Und kennst du ihren Mann?«

»Ja, aber nicht sehr gut. Er ist aus dem Nachbardorf.«

»Wer hat ihn als Ehemann für deine Schwester ausgesucht?«

»Das hat sie selbst getan.«

»Sie selbst? Ich dachte, das macht der Vater oder der Bruder.«

»Bei uns Taki ist das anders. Die Frauen wissen genau, was sie wollen. Die Männer sind froh, wenn sie gewählt werden. In meinem Stamm sind die Frauen mächtig.«

»Aha, das klingt interessant.« Es handelte sich wohl um eine Art Matriarchat.

»Und außerdem ist meine Schwester *nayar*, ein Krieger. Sie ist mutig und eigensinnig. Sie läßt sich nicht dreinreden, auch nicht von mir.«

»Ein Krieger? Du meinst von Geburt, so wie du *raja* bist?«

»Ja, *nayar* von Anfang bis Ende.«

»Von Anfang bis Ende? Was bedeutet das?«

»Das bedeutet, bis ihre Seele wieder bei Gott ist, nach vielen, vielen Leben, dort, von wo sie herkam am Anfang der Zeit.«

»Hat sie auch ein Zeichen am Handgelenk?«

»Ihr Zeichen ist ein Pfeil.«

»Gibt es viele Krieger unter euren Frauen?«

»Ja, viele, aber ob Frauen oder Männer, das ist egal.«

»Hmm. Sag mal, Rama, diese Krieger und Könige und Priester, von denen du da erzählst, ist das so etwas Ähnliches wie eine Kaste?«

»O nein! In unserem Stamm gibt es keine Kasten, nur verschiedene Gruppen von Menschen, die ähnliche Eigenschaften, ähnliche Seelen haben. Wir sind alle gleich viel wert, aber nicht gleich in unserer Art! Als Shiva die Menschen erschuf, machte er sieben verschiedene Arten von Seelen. Wenn sie auf die Erde kommen für eines ihrer vielen Leben, können sie so voneinander lernen. Die einen können besser kämpfen, wie meine Schwester, die anderen besser heilen oder etwas Neues erfinden oder den Stamm leiten. Manche können gut reden, andere gut schweigen. Es ist schön, daß wir verschieden sind. Das ist besser, als wenn alle gleich wären. Unser Priester sagt, das ist das älteste, das erste und das wahre Kastensystem. Es ist aber nicht erblich. Keiner ist besser als der andere. Keiner hat das Recht zu befehlen oder die Pflicht zu dienen. Jeder darf bei uns jedes Handwerk ausführen. Man kann die Frau oder den Mann heiraten, der einem gefällt. Die Frauen können die Scheidung verlangen und einen anderen nehmen, der ihnen noch besser gefällt. Die Kinder gehören ihr.

Ich bin *raja*, mein Sohn jedoch nicht. Seine Seele hat eine andere Aufgabe. Deshalb glauben viele, daß wir keine Hindus sind. Wir sind es aber doch, nur anders. Der Gott schickt jede Seele so lange auf die Welt, wie sie braucht, um ihre Aufgaben zu erfüllen. Die Leute, die uns verachten, wissen nicht, was damit gemeint ist. Aufgaben sind freiwillig, Pflichten sind erzwungen. Seelen kommen auf die Erde, um zu lernen, aber ein Seelenkrieger lernt etwas anderes als ein Seelenkönig. Natürlich kann der eine ohne den anderen nichts tun. Alle leben und wirken zusammen. Wir können sehen, daß fremde Menschen, die nicht Taki sind, auch unterschiedliche Seelen haben, selbst wenn sie sich als Gruppe Kshatriyas oder Brahmanen nennen. Unser Priester könnte das sofort erkennen, und auch ich habe einige Übung.«

»Meinst du, daß es solche Unterteilungen sogar für die Weißen, für die Menschen im Westen gibt? Oder ist das nur hier in Indien gültig? Du hast vielleicht schon gehört, in Europa kennen wir kein Kastensystem. Bei uns können auch ganz verschiedene Menschen oder Rassen untereinander heiraten oder erst recht miteinander essen. Es gibt zwar arme und reiche Menschen, aber keiner ist unberührbar. Unsere Religion sagt, alle Menschen sind Kinder Gottes. Das klingt so ähnlich wie das, was du sagst. Gibt es auch in Europa *rajas* und *rishis* und *nayars* und so weiter?«

»Gandhiji hat dem Volk der Taki sehr geholfen. Seither sind wir in den Augen der hohen Kasten nicht immer nur dreckige Tiere. Ja, natürlich, ganz bestimmt gibt es auch *rajas* und *rishis* bei Ihnen in Europa. Daß es sieben verschiedene Arten von Seelen gibt, gilt für alle Menschen.«

»Dann müßte ich selbst ja auch eine bestimmte Seelenart haben!«

Rama lachte leise. »Ja, gewiß, und man kann sie sehr leicht erkennen. Ich glaube, Mrs. Doris ist ein *siddhi*.«

»Und was ist das nun wieder?«

»Es ist ein Mensch mit heilenden Kräften, mit viel Feingefühl, mit einem guten Herzen, immer hilfsbereit und voller

Mitleid. Ein *siddhi* liebt die Menschen und dient ihnen gerne. Er ist für die Harmonie und die Einheit unter den Menschen zuständig. Er sieht in ihr Inneres und hat dadurch viel Macht. Wären Sie kein *siddhi*, hätten Sie mir nicht geholfen bei dem Unfall in der Küche!«

Das überzeugte mich wenig. »Aber ich bin doch Ärztin, da muß ich ja helfen!«

»Ja, schon, aber ich glaube, Sie sind deshalb Ärztin, weil Sie eben von Geburt an eine *siddhi*-Seele haben!«

Nun, dagegen konnte ich nichts einwenden, jedenfalls fiel mir kein Gegenargument ein. Ich fühlte mich durch die Beschreibung, die er von meinem Wesen gegeben hatte, sogar ein wenig geschmeichelt. Es stimmte doch, daß ich gerne half und meine Mitmenschen liebte, oder? Na ja, abgesehen von meinen anderen Eigenschaften, natürlich. Hatte ich nicht vor ein paar Minuten noch vor Zorn gekocht? War ich nicht vor kurzem erst voller Mißtrauen gewesen, hatte Rama sogar Mordpläne angedichtet?

Ach, ich war so müde und zerschlagen, so hungrig und verunsichert! Aber das Reden tat mir gut und lenkte mich ein bißchen ab. Zwar wurde ich die ungute Ahnung eines drohenden Unheils nicht ganz los, und Rama war mir auch ein bißchen unheimlich, wie er da so selbstsicher über meinen Charakter befand. Aber ich war doch ein wenig zuversichtlicher als vorher.

»Wie viele Menschen wohnen in deinem Dorf, Rama?«

»Vielleicht dreihundert Erwachsene.«

»Habt ihr auch eine Schule?«

»Ja, alle Kinder gehen zur Schule.«

»Hat die Regierung euch einen Lehrer geschickt?«

»Unser Lehrer ist eine Frau, und sie ist in unserem Dorf geboren. Die Dorfältesten haben sie nach Cochin geschickt, damit sie dort studieren kann. Vor zehn Jahren kam sie zurück und leitet seitdem die Schule. Sie ist sehr klug.«

»Warum nicht nach Trivandrum?«

»Dort nehmen sie keine Ureinwohner, obwohl sie es müßten. Die Regierung sagt, dreißig Prozent der Plätze müssen für *shudras*, die Angehörigen der niedrigsten Kasten und für Kastenlose freigehalten werden. Aber es gibt immer Ärger mit den anderen. In Cochin ist es besser. Andere Stämme haben schon ihre eigenen Rechtsanwälte und Ärzte. Wir kennen einen Rechtsanwalt, der eine Takimutter hat. Sein Vater ist ein reicher Moslem. Sie wurde seine dritte Frau. Doch der kommt nur selten in unsere Gegend. Ich habe ihn erst einmal gesehen. Es ist natürlich sehr teuer, jemanden studieren zu lassen, aber alle Taki bezahlen gemeinsam die Kosten.«

»Hättest du nicht auch studieren können? Du scheinst doch sehr intelligent zu sein.«

»Oh, danke, Mrs. Doris. Ich hätte gern mehr gelernt. Man hat mich aber nicht dafür ausgewählt, und da kann man nichts machen. Ich wurde schon mit sechzehn fortgeschickt, denn ein *raja* muß die Welt sehen und fremde Menschen kennenlernen. Nur so kann er den anderen Taki helfen. Das ist das Wichtigste, daß alle nach ihren besten Fähigkeiten zum Wohlergehen des Stammes beitragen. Deshalb sollte ich auch eine Frau heiraten, die nicht Taki ist. Nur ein *raja* darf das. Die Frau des reichen Moslems ist ebenfalls *raja*. Es ist unsere Pflicht. Rajas müssen frisches Blut in ihren Stamm bringen. Sonst werden die Taki krank.«

»Aber wenn dein Sohn gar nicht in deinem Dorf leben will?« Bei uns würde so etwas ein furchtbares Trauma hervorrufen.

»Er wird schon wollen. Aber jetzt ist er noch zu klein. Sobald ich einen zweiten Sohn habe, bringe ich den Ältesten hierher, damit er unsere Sprache lernt. Er kann dann im Dorf aufwachsen. Seine Mutter wird traurig sein, aber sie ist ja mit den anderen Kindern nicht allein. Ein Sohn genügt, damit das Blut frisch wird. Eine von unseren Frauen wird ihn zum Mann wählen.«

»Hast du denn nicht gesagt, die Kinder gehören bei euch der Frau?«

»In meinem Stamm ja, aber meine Frau gehört zur Kaste der

Palmweinzapfer, sie ist keine Taki, also gehören für sie die Kinder dem Vater.«

Rama schien genau zu wissen, was richtig und was falsch war. Seine Sicherheit erstaunte mich immer wieder. Der Stamm hatte ihn beauftragt, sein Leben in bestimmter Weise zu gestalten, und er führte diesen Auftrag aus. Nicht etwa unterwürfig oder widerwillig, sondern selbstverständlich und würdevoll. Das nenne ich eine feste soziale Einbindung. Alles für die Gemeinschaft – von Individualismus keine Spur.

Als ich den Blick wieder schweifen ließ, entdeckte ich in der Ferne Licht. Im selben Augenblick hob auch Rama sein Paddel, deutete auf den Lichtschein und rief: »*Look, my people!*« Er schien jetzt freudig erregt, wenn auch müde und abgespannt.

Ich kann gar nicht beschreiben, wie erleichtert ich mich fühlte. Endlich! Ich hätte es auch keine Minute länger ausgehalten, jedenfalls kam es mir jetzt so vor. Wir kamen näher. Es mußte inzwischen neun oder zehn Uhr sein. Ich erkannte die Umrisse dunkler Hütten, hörte eine Kuh muhen, ein Baby weinen.

»Ist das dein Dorf?«

»Nein, mein Dorf ist das zweite, weiter hinten. Es gibt sieben Takidörfer hier, alle ganz nahe beieinander. Wir haben schon immer auf diesem Land gelebt. Vielleicht schon ein paar tausend Jahre. Nur wenn wir zusammenhalten, können wir uns auch verteidigen und unsere Gebräuche aufrechterhalten.«

Der Kanal, auf dem wir uns vorwärts bewegten, weitete sich zu einer Lagune. Wir kamen bald an eine Stelle, von der eine Reihe anderer Kanäle abzweigten. Sie glich einem kleinen Binnensee, und Wasserstraßen führten von allen Seiten sternförmig auf ihn zu. Die Wolkendecke war ein wenig aufgerissen, und wenn auch kein Mond über uns leuchtete, so konnte man doch sein helles Licht hinter den Rändern einer großen Kumuluswolke erkennen. Sterne funkelten am tief-

blauen Himmel. Schwarz wiegten sich die Palmen im Nachtwind, während Rama den See überquerte und in eine der
Wasserstraßen einbog.

Da geschah im Licht des Nachthimmels etwas Wunderbares. Jedesmal wenn Rama sein Paddel in die schwarzen
Fluten tauchte, blitzte das Wasser in hunderttausend grüngol-
denen Funken auf. Verzaubert blickte ich abwechselnd von
rechts nach links, konnte mich gar nicht sattsehen. Ganz ergriffen war ich von der Schönheit dieser Wassersternchen,
und sie stimmten mich versöhnlicher.

Am Ufer standen ein paar Behausungen, aber das eigentliche Dorf mochte ein wenig entfernt vom Kanalufer erbaut
worden sein. Ich sah kleine Boote, die im Wasser dümpelten.
Die Bewohner schienen zu schlafen. Es war still, und ich fühlte mich wie ein Dieb in der Nacht. Mein bißchen Zuversicht
verließ mich. Wieder fragte ich mich, was ich hier eigentlich zu suchen hatte und wie man mich wohl empfangen würde. Vielleicht war die Abneigung der Inder höherer Kasten
gegen diese Leute durchaus gerechtfertigt? Möglicherweise
reagierten sie mit unversöhnlichem Haß und ließen ihn an
den Fremden aus, die sich nicht rächen und nicht wehren
konnten? Ich spürte erneut meine Angst und mein Mißtrau-
en. Eine Gänsehaut lief mir den Rücken hinunter.

Ohne Vorwarnung stieß mein Begleiter plötzlich einen
merkwürdigen melodischen Pfiff aus, furchtbar laut und
schrill. Ich fuhr so heftig zusammen, daß ich fast ins Wasser
gekippt wäre. Mein Herz hämmerte vor Schreck. Meine Nak-
kenhaare sträubten sich ebenso wie die Härchen auf meinen
Armen. Kein Gespenst hätte mich mehr aus der Fassung bringen können. Ein zweites markerschütterndes Pfeifen, das gewiß kilometerweit durch die Palmenhaine dringen konnte,
folgte. Ich zitterte noch, als von Land bereits die erste Antwort kam. Es mußte sich um eine Art Erkennungscode handeln, um ein Buschtelegramm, eine urtümliche Verständi-
gungsform, die dem Stamm der Taki eigen war.

Obgleich ich keine Lichter aufflammen sah, drang vom

Ufer Geschäftigkeit herüber. Da es hier, weitab von Radio, Fernsehen und Autolärm, so ruhig war wie nirgends mehr in Europa und sogar die nächtlichen, oft beängstigenden Geräusche von Dschungel oder Regenwald fehlten, trug jeder Ton weit, jedes Rascheln war vernehmbar. Ich hörte leises Rufen, Pfeifen, dann herrschte Stille.

Mir wurde nun klar, daß es mit einer Abendmahlzeit nichts mehr werden würde. Was ich mir eigentlich gedacht hatte? Erwartete ich vielleicht eine Dorfkneipe, in der man noch gegen Mitternacht etwas bestellen konnte? Wieder einmal schien mir meine Naivität unfaßbar. Unter meinen Knien kramte ich nach den restlichen Bananen und stopfte die Früchte in meinen kleinen Rucksack. Dort waren auch meine übrigen Vorräte. Das beruhigte mich.

Wir waren nur noch wenige Meter vom Ufer entfernt, als ich die ersten Menschen sah. Sie hatten sich an einem Steg versammelt, kleine dunkle Silhouetten nur, und starrten wortlos in die Finsternis. Rama Raj rief etwas in seiner Sprache. Von drüben kam ein aufgeregtes Gemurmel und Gegrunze, aus dem ich keinerlei Information beziehen konnte. Begeisterung war es nicht.

Tja, aber nun war ich einmal hier, und wir mußten alle das Beste daraus machen, nicht wahr? Rama warf jemandem das Seil vom Bug des Bootes zu, und der zog das Fahrzeug zu einem schmalen Steg aus Holz, der im schwachen Mondlicht zu erkennen war. Rama redete in seiner raschen, klingenden Mundart mit seinen Leuten am Ufer, die weiterhin reglos dastanden und nur wenig antworteten. Ich kann nicht behaupten, daß ich mich willkommen fühlte! Hatte ich mir vorgestellt, daß sie die Hände nach mir ausstrecken würden? Wahrscheinlich bereitete ich ihnen eher Unbehagen und auf jeden Fall Ungemach, denn sie mußten ja erst einmal überlegen, was sie mit mir anfangen sollten, wo ich schla- fen konnte und was ich überhaupt für ein komisches Wesen war.

Ich hatte noch keinen Ton von mir gegeben. Doch jetzt tat

ich es den süßen indischen Kindern nach, wenn sie Touristen erblicken, und rief mit möglichst warmer, hoher Stimme: »Hallo! Hallo!« Sonst fiel mir nichts ein.

Niemand antwortete. Was waren das bloß für Leute? An ihrer Stelle jedoch rief mir nun Rama aufmunternd zu: »*Welcome, Mrs. Doris. Welcome in my village. Sorry, my people no English.*«

Der Wasserspiegel des Kanals lag nur wenige Zentimeter unter dem Steg, so daß unser Boot etwa auf gleicher Höhe mit ihm war. Behende richtete sich Rama Raj auf, packte meine Reisetasche und meinen Rucksack und reichte sie einem seiner Stammesverwandten. Mir schoß noch durch den Kopf, daß meine ganze Panik in den vorausgegangenen Stunden vollkommen überflüssig gewesen war. Rama hatte mich weder ausrauben noch umbringen wollen.

Er sprang nun selbst vom Boot an Land, es war kaum mehr als ein Schritt. Ich saß noch immer auf dem Boden des Einbaums, denn ich hatte aus Platzmangel gar keine Gelegenheit gehabt aufzustehen. Als Rama nicht mehr im Boot hockte, versuchte ich erst einmal meine Beine zu strecken. Oje, mir war alles eingeschlafen, hatte ich mich doch seit Stunden nicht mehr rühren können. Vorsichtig bewegte ich meine Knie und Füße. Sogar mein Hintern war völlig gefühllos geworden vom langen Sitzen auf den harten Planken. Es gelang mir nach und nach, in die Hocke zu kommen, und dann richtete ich mich zu voller Größe auf. Den Menschen, die mich vom Ufer her beobachteten, entfuhr ein fassungsloses »Ahh!«. Ich schämte mich, und das nicht zum erstenmal, meiner kolossalen Körperlichkeit.

Im Dunkeln versuchte ich ein freundliches Gesicht zu machen. Rama streckte mir die Hand entgegen. Ich packte sie, schätzte die Entfernung ab und sprang.

In diesem Augenblick riß unter meinem Gewicht das dünne Seil, und das Boot, in dem ich mit einem Fuß stand, schnellte nach hinten. Ein Aufschrei, ich erreichte noch den Steg, stürzte nach vorn. Mein anderer Fuß trat ins Leere. Ich sackte ein in feuchtkalten Matsch, es knirschte entsetzlich, und sofort lag ich völlig verdreht im Dreck.

Da stürzten sich alle laut schnatternd auf mich, hoben mich mit vielen kleinen Händen hoch und betteten mich auf nasses Holz. Ich hörte mich selbst seltsam laut stöhnen. Urplötzlich erlangte ich die Gewißheit, daß mein Bein kaputt war, fühlte den ersten Schmerz und kniff die Augen zu. Auf deutsch schrie ich ein übers andere Mal mit spitzer Stimme: »Mein Bein, mein Bein, ich hab mein Bein gebrochen!« Blitzartig wurde mir der Horror meiner Situation klar. Während ich noch die helle Aufgeregtheit um mich herum wahrnehmen konnte und unter all dem Kauderwelsch Ramas Stimme hörte, die beschwörend auf mich einredete und immer wieder sagte: »It's o. k., Mrs. Doris, it's o. k., I help you, Mrs. Doris!«, wurde mir schwarz vor Augen, und ich ließ mich ins Leere fallen.

Der Mensch denkt

Mein Bein, mein Bein! Ich konnte nicht mehr laufen. Nach einer Weile fühlte ich mich sehr sanft von vielen Händen gleichzeitig aufgehoben und fortgebracht. Die Lider öffnete ich nicht. Ich wollte nichts mehr sehen, hatte so wahnsinnige Angst, meiner schlimmen Lage ins Auge zu blicken, daß ich am liebsten wieder in tiefste Ohnmacht gesunken wäre. Aber ich blieb wach, wenn auch unter Schock, und spürte sowohl den körperlichen Schmerz als auch den eiskalten Schrecken, der mir Schauder über Schauder durch den ganzen Körper jagte, so daß ich zitterte und leise mit den Zähnen klapperte. Ich fror und fror, mein Körper war naß, mein Puls raste. Ich war verzweifelt, und zugleich war mir, als fühlte ich gar nichts.

Das zuvor nachtschlafende Dorf war inzwischen in heller Aufregung. Von überallher kamen Stimmen, kamen Leute.

Kinder plärrten. Ich wurde auf einer harten Unterlage niedergelegt, dann erschien jemand mit Licht. Es drang durch meine geschlossenen Lider. Offensichtlich befand ich mich jetzt in einer Hütte. Erst als ich eine Hand auf meiner Stirn spürte und Finger, die meine Augenlider hochziehen wollten, schaute ich auf und blickte in Ramas Gesicht. Er sah furchtbar besorgt aus, und doch lächelte er zärtlich, als wollte er sagen: Siehst du, jetzt sind wir quitt. Jetzt kann ich dir helfen, wie du mir geholfen hast. Oder bildete ich mir das nur ein? Ich versuchte zurückzulächeln, aber es wollte mir nicht recht gelingen. Statt dessen fühlte ich, wie sich dicke Tränen bildeten. Meine Mundwinkel bebten, und ich fühlte mich hilflos wie ein kleines Kind. Meine Hand suchte die von Rama, und ich hielt sie fest.

Ich mußte wissen, wo ich war. Viel konnte ich nicht sehen, da ich meine Brille verloren hatte. Über mir erkannte ich einen offenen Dachstuhl, eine niedrige Konstruktion aus Holz und Palmwedeln. Der Raum war nicht größer als eine Kammer und fensterlos. Ich lag offensichtlich auf einem *charpoy*, einem indischen Flechtbett. Mein Kopf war höher gebettet, und ich roch das eigentümliche Aroma fremden Bettschweißes, gemischt mit allerlei exotischen Duftstoffen. Um mein Lager herum standen viele kleinwüchsige Menschen, Frauen und Männer, mehr als ich zählen konnte. Sie hielten trotz der Enge der Hütte scheuen Abstand zu mir und betrachteten mich mit brennender Neugier. Wieder einmal kam ich mir vor wie Gulliver unter den Winzlingen oder wie Schneewittchen, die im Schlaf von den sieben Zwergen überrascht wird. O Gott, in welche Situation war ich da bloß geraten?

Nun traten zwei ältere Frauen näher an mich heran. Die anderen machten Platz. Beide hatten lange graue Haare und nur noch wenige Zähne. Die eine lachte mich an, als wollte sie mir Mut machen, die andere blieb ernst. Sie trat an das Kopfende des Bettes, redete auf Rama ein, scheuchte ihn dann mit einer Handbewegung fort und packte mich an beiden Unterarmen.

Derweil machte sich die andere am Fußende zu schaffen. Was sie dort tat, konnte ich nicht erkennen. Wahrscheinlich betrachtete sie mein Bein. Es war das rechte, das ich mir gebrochen hatte. Wie es aussah, was es für eine Fraktur war, ob es blutete – ich wollte es nicht wissen. Nein, ich wollte gar nichts davon wissen. Ich wünschte mir mit aller Kraft: »Lieber Gott, mach, daß ich sofort aus diesem gräßlichen Traum aufwache. Ich will jetzt zu Hause sein!«

Die Alte fing nun an, die Stelle abzutasten. Es tat weh, aber nicht allzusehr. Die anderen im Raum waren ganz still, ich konnte nur ihr Atmen und Scharren hören. Mir schien auch, daß immer noch mehr Leute von draußen in die enge Hütte drängten. Trotzdem konnte ich im schwachen Lichtschein kaum etwas sehen. Jemand kam zu mir und flößte mir eine warme süßlich-bittere Flüssigkeit ein. Ich mußte sie schlukken, obgleich das meine Angst vergrößerte. Was war das nur für ein Zeug? Es rann mir in den Magen, ich schluckte Luft und mußte rülpsen. Beim Trinken versuchte ich, mich ein bißchen zur Seite zu drehen, mußte das aber sofort mit einem akuten Schmerzanfall büßen.

»*Doctor?*« fragte ich Rama in bittendem Tonfall. Er stand immer noch am Bett. Ich glaube, wenn er weggegangen wäre, hätte ich angefangen zu wimmern wie ein verwaistes Baby.

»*Please, call a Doctor!*«

»*Not possible now, Mrs. Doris. No doctor in Taki village*«, antwortete er. »*Doctor no good. This woman better, much better.*«

Was wollte er damit sagen? Das konnte doch wohl nicht sein Ernst sein? Ich fühlte Angst und eine ohnmächtige Wut in mir aufsteigen. Am liebsten hätte ich ihn angeschrien: Du tust jetzt sofort, was ich dir sage! Hilf mir sofort, bring mich ins Krankenhaus, hol einen Arzt! Willst du mich hier verrecken lassen? Du bist doch verantwortlich für all das!

Aber ich schluckte diese Wut herunter, angesichts der vielen Augen, die auf mich gerichtet waren, und auch, weil eine andere Stimme in mir an die Ungerechtigkeit erinnerte, die ein solcher Ausbruch bedeutet hätte. Außerdem kann man nur in seiner Muttersprache so schimpfen, wie einem wirklich zumute ist. Und das traute ich mich nicht. Statt dessen brach ich nun endgültig in Tränen aus und schluchzte vor all diesen fremden Menschen meine Verzweiflung und meinen hilflosen Zorn heraus. Dabei schüttelte mich das Entsetzen. Denn mir war die Prophezeiung des Bettlers eingefallen. Hatte er nicht gesagt, ich würde bald sterben?

Weil mich die Frau an den Gelenken festhielt, konnte ich mir die Tränen nicht einmal mit der Hand abwischen. Meine Nase war bald ganz verstopft, so daß ich kaum noch Luft bekam und mit offenem Mund weiterweinte. Wieder hörte ich Ramas Stimme, die mich beruhigen wollte: »*It's o. k., Mrs. Doris, I help.*« Trotz allem mußte ich nun doch ein wenig lächeln. Denn das hatte er vor noch nicht langer Zeit von mir gelernt, wie man mit einem Menschen spricht, der unter Schock steht und Schmerzen hat. Welch merkwürdige Kreuzung der Ereignisse!

Nun packte mich jemand, den ich nicht sehen konnte, auch noch am linken Fuß und hielt ihn mit eisernem Griff. Ich hörte einen kurzen scharfen Ruf und fühlte, wie alle noch fester zupackten. Die Alte drehte an dem kaputten Bein, mich durchzuckte ein wahnwitziger Schmerz, ich schrie laut auf und wand mich hin und her, während mich die Frauen hielten. Und noch einmal bewegte sie etwas an meinem Fuß, wieder tat es so weh, daß ich brüllte, dann ließ sie ab und strich mit den Händen an meiner Wade entlang. Ihre Finger tasteten mein Schienbein auf und ab. Ich spürte es wie im Traum. Es war mein Bein und doch nicht mein Bein, hing wie ein geliehener Körperteil an mir und verursachte mir Ärger. Und diese Leute machten mit mir, was sie wollten! Keiner fragte mich, keiner sagte mir etwas. Plötzlich sehnte ich mich nach einem Krankenwagen, nach der Sicherheit einer Notfallaufnahme, nach der Geschäftigkeit von Weißkitteln, und vor allem wollte ich antiseptische Sauberkeit. Außerdem mußte ich eine Tetanusspritze haben, und zwar sofort! Immer noch raste mein Puls, und auf meiner Stirn standen dicke, kalte Schweißtropfen.

Die herrische Alte, die meine Fraktur gerichtet hatte, scheuchte jetzt die meisten Leute aus der Hütte. Die andere ließ meine Arme los. Nur ein paar weibliche Wesen blieben. Sie hockten sich auf dem Boden nieder und tuschelten. Bald kam eine andere Frau mit einem Arm voll Blätter herein. Ihr folgte wenig später ein jüngeres Mädchen mit einer Blechschüssel. Sie brachte ein Kind mit, vielleicht acht oder neun Jahre alt, das in der einen Hand einen Lappen schwenkte und mit der anderen ebenfalls eine Schüssel trug. Beide hatten langes, offenes schwarzes Haar, noch ein wenig zerzaust vom Schlaf. Aber sie machten einen hellwachen Eindruck. Auf Anweisung der Alten reichte die Kleine ihr den Lappen. Sie tauchte ihn in die Schüssel und begann, mein Bein zu säubern. Das hätte sie doch vorher machen müssen! Es mußte voller Schlamm und Blut sein. Bestimmt sterbe ich hier mutterseelenallein an einer Blutvergiftung, und kann nichts dagegen tun. Wie kann ich ihnen nur beibringen, daß sie Alkohol verwenden müssen und mich mit ihrem verseuchten Lappen in Ruhen lassen sollen?

In mir raste eine Mischung von Zorn, Machtlosigkeit und Erschöpfung. Ich haßte sie allesamt und mich noch dazu. Zugleich war ich dankbar für jede Hilfe, wenn sie auch noch so inkompetent war. Ein dreckiger Lappen voller Bakterien ist immer noch besser als ganz allein gelassen zu werden.

Der Fetzen wurde in die Schüssel getaucht, dann kam die Alte und wischte mir den Schweiß von der Stirn. Das tat sie so sachte und sanft, daß ich erneut in Tränen ausbrach. Ich ergriff ihre Hände, sie schaute mich an und schenkte mir ein zahnloses Lächeln. Dann brummelte sie etwas in die Richtung von Rama Raj. Der wandte sich an mich und sagte: »Ich soll Ihnen ausrichten, daß es nicht so schlimm ist. Sie können hierbleiben, bis Sie wieder laufen können.«

War das vielleicht als Trost gemeint? Hierbleiben?

»Ich will morgen früh ins Krankenhaus, Rama!« Er schwieg und betrachtete mich ratlos. »Das geht nicht, Mrs. Doris! Hier ist kein Krankenhaus. Weit und breit ist hier kein Krankenhaus! Sie können doch jetzt nicht mit dem Boot fahren! Bleiben Sie hier, man wird gut für Sie sorgen!«

Ich wandte mich Rama noch einmal zu, wollte ihn erneut bedrängen, ihn anflehen, ihn davon überzeugen, daß er alles für mich tun muß, damit ich so bald als möglich hier wegkomme, doch er drehte mir bereits den Rücken zu und ging mit schnellen Schritten zum Ausgang.

Lähmendes Entsetzen kroch in mir hoch und erfaßte bald meinen ganzen Körper. Hilflos drehte ich den Kopf zur Wand und biß mir auf die Lippen, um nicht laut zu stöhnen. Er wird sich weigern, mir zu helfen, dämmerte es mir. Ob ich lebe oder sterbe, ob ich ein Bein habe oder zwei, ob ich Schmerzen leide oder nicht – das ist ihm doch gleichgültig. Nichts als Ärger, wird er denken und sich möglichst schnell davonmachen. Die Leute im Dorf wissen sowieso nichts von mir, von ihm, von unserer Begegnung in Kóvalam. Er könnte mich irgendwo aufgelesen haben, in Aleppey, in Quilon, an einer Bootshaltestelle in diesem Wirrwarr von Wasserstraßen. Wenn er ihnen nichts davon erzählen will, werden sie es auch nie erfahren. Ich befinde mich im Niemandsland. Von allen guten Geistern verlassen habe ich mich freiwillig in mein eigenes Unglück gestürzt. Ja, ich kann eigentlich niemandem außer mir selbst einen Vorwurf machen. Ich habe mich benommen wie eine naive Oma vom Lande, eine Närrin, eine völlig hirnrissige Person!

Und wenn dieser junge Mann, der wahrscheinlich mehr an meinem Geld als an mir als Mensch interessiert ist, mich hier allein lassen will, dann wird er das ohne Skrupel tun. Wo ist überhaupt meine Reisetasche? Wo ist meine Brille? Ich will meine Sachen!

Während in meinem Kopf ein Tornado von wütenden, zerstörerischen, empörten und hilflosen Gedanken wirbelte, lag ich reglos auf meinem harten Lager, die Fäuste geballt, die Zähne zusammengebissen. Mir war sekundenlang glühend heiß, wenn mich die Wut übermannte, aber sowie ich meinen verkrampften Kiefer ein bißchen öffnete, klapperte ich vor

Kälte mit den Zähnen. Kalter Schweiß lief mir wie Eiswasser von der Stirn in dünnen Bächen am Leib herunter und sammelte sich in kleinen Pfützen. Ich bin im Schock, habe Schüttelfrost, mein Blutdruck bricht zusammen, ja hilft mir denn keiner?

Auf jedes Aufbäumen, jeden Zornesausbruch folgte ein neuer Anfall von fast ohnmächtiger Hilflosigkeit, der mir das Wasser in die Augen trieb. Bin ich denn Ärztin geworden, um jetzt mitansehen zu müssen, wie ich hier in der Wildnis unter Wilden jämmerlich fehlbehandelt werde? O zum Teufel, womit habe ich dieses Elend verdient?

Als ich nach und nach etwas ruhiger wurde, vor lauter Erschöpfung und Aussichtslosigkeit, hörte ich ein seltsames Schmatzen. Aßen diese Leute erst einmal, anstatt sich um mich zu kümmern? Das durfte doch wohl nicht wahr sein!

Mühsam öffnete ich die verquollenen Augen, drehte den Kopf und versuchte mit meinem halbblinden Maulwurfsblick in dem nur von einem schwachen Schein erhellten Raum etwas zu erkennen. In der Ecke sah ich die Umrisse von vier oder fünf Gestalten, Frauen wohl, auf dem Boden kauern. Wenn ich mich nicht täuschte, kauten sie tatsächlich auf irgend etwas herum und schmatzten laut dabei. Und dann spuckten sie in die Schüssel, die vor ihnen stand.

Mir wurde übel. Es war fast still im Raum. Die anderen Dorfbewohner waren wohl wieder schlafen gegangen. Auch ich wurde bleiern müde und kämpfte zugleich gegen die Übelkeit an. Wenn ich mich jetzt vollkotzen würde, müßte ich den Gestank hinterher selbst aushalten. Lieber Gott, betete ich. Hilf mir, hilf mir!

Nach diesem Stoßgebet fühlte ich mich allerdings nicht besser, sondern elender und verlassener als je zuvor. Denn ich glaubte ja nicht, daß dort droben im Himmel irgend jemand an mir, Doris Guthknecht, ein persönliches Interesse haben könnte, und Gott würde mich schon gar nicht erhören. Ich sandte einen stummen Schrei ins leere All und vermeinte, sein Echo in einem schwarzen Loch verhallen zu hören. Dann ver-

fiel ich vor lauter Verzweiflung in einen unruhigen Dämmerzustand.

Wieviel Zeit verging, weiß ich nicht. Ich öffnete erst wieder die Augen, als sich jemand an meinem Bein zu schaffen
machte. Ich spürte eine Berührung. Schmerzen hatte ich nicht.
Ich hatte mich inzwischen sogar etwas entspannt, war eingehüllt von einer gewissen Gleichgültigkeit und Gefühllosigkeit, nachdem ich mich vorher so furchtbar erregt hatte. Oder
war es der Trank, den man mir gegeben hatte? Was hatten sie
da hineingetan? Ich fühlte mich betäubt wie ein ruhiggestell-
ter Psychiatriepatient oder wie jemand, der bei seiner eigenen Operation zuschauen darf.

Die Frau, die mir zuvor die Fraktur eingerichtet hatte,
schmierte mit der rechten Hand einen klebrigen, braungrünen Brei auf die leicht verkrustete Wunde. In der Linken hielt
sie die Schüssel, in die die Frauen hineingespuckt hatten. Jetzt
erst ging mir ein Licht auf. Sie mußten irgendwelche Blätter
mit antiseptischen Eigenschaften eingespeichelt haben. Spucke enthält ja Thiocyanate, und die Mischung entfaltet eine
antibiotische, fungizide Wirkung.

Die Alte strich die Paste fingerdick auf mein kaputtes
Schienbein und murmelte etwas dazu. Vielleicht war es ein
magischer Spruch. »*Ben ze bena, sose gelimida sin*«, fiel mir
der althochdeutsche Hexen- und Zauberspruch ein, »Bein zu
Bein, Knochen zu Knochen, sie sollen wieder zusammenge-
leimt sein …« Ich mußte fast lachen und merkte, wie ich für
einen kurzen Augenblick Hoffnung schöpfte. Dabei gedachte
ich der unzähligen Recken und Helden, von eisenzeitlichen,
schartigen, rostigen Schwertern zu Boden gestreckt, die auf
morastigen Schlachtfeldern ganz ohne Rotes Kreuz ihre
Stümpfe und Wunden mit schmutzigen Lappen verbanden,
ihre Schmerzen tapfer ertrugen. Sie verloren den Mut nicht,
solange noch ein Fünkchen Leben in ihnen glomm. Waren sie
denn alle an Blutvergiftung oder Wundbrand gestorben, nur
weil keine chromblitzende Klinik mit sterilen Verbänden auf
sie wartete? Nein, sie hatten sich nicht unterkriegen lassen

und ihre Immunkraft mit unerschütterlicher Zuversicht gestärkt. Weise Frauen halfen ihnen mit ihrem Zaubergebräu, versetzt mit allerlei Kräutlein und Sprüchlein, genau wie diese Alte hier. Und deshalb wirst du es vielleicht auch schaffen, Doris. Wer wird denn gleich abkratzen wollen?

Ich bekam noch mit, wie mein Bein mit Hilfe von Palmblättern, Stäben und Kokosseilen geschient wurde. Immer noch war mir, als ginge mich das alles gar nichts an. Ich sah diese Vorgänge, als säße ich in einer kunstvollen Diashow, in der sich die Bilder überblenden. Interessant, ja, aber es berührte mich nicht. Mir tat auch nichts mehr weh. Jemand brachte mir noch einmal das bittere Getränk und wischte meinen Schweiß ab. Dann verließen die Frauen den Raum. Nur das junge Mädchen blieb bei mir. Im Schein der Öllampe hockte es sich auf den Boden und betrachtete mich mit einer Mischung aus Neugier und Anteilnahme. Meine Augen fielen zu. Der Dämmerzustand ging in einen tiefen, erschöpften Schlaf über, durchsetzt von Traumfetzen. Einmal wachte ich während dieser Nacht auf. Ich sah das Mädchen zusammengekauert und tief schlafend auf der Erde liegen. Meine Blase war voll, ich konnte mich jedoch nicht rühren, konnte nirgendwohin gehen. Da ließ ich einfach los. Was sein muß, muß sein. Die warme Flüssigkeit drang durch den dünnen Stoff des Unterrocks und den Sari, floß durch das Flechtwerk des Bettgestells und rann auf den Boden, wo sie – hoffentlich – versickerte. Mir war es nahezu gleichgültig. Ich war hilflos wie ein Säugling, und so verhielt ich mich denn auch. Dann schlief ich wieder ein.

Das Erwachen war fürchterlich. Ob es Morgen oder Nachmittag war, konnte ich nicht sagen. Durch die Hüttenwände aus geflochtenen Palmblättern drang nur wenig Licht. Der Kopf tat mir übel weh, als hätte ich die Nacht mit wüster Zecherei verbracht. Mein Mund war staubtrocken, die Zunge pappte am Gaumen, ich konnte kaum schlucken. Mein Gesicht fühlte sich verquollen an. Mit den Fingern rieb ich mir die verklebten Augenlider. Mein Bein schmerzte leicht. Ich wagte nicht, es zu bewegen. Wo war ich überhaupt? Kaum hatte ich mein Tagesbewußtsein wiedererlangt, packte mich erneut eiskaltes Entsetzen. Die Situation war entsetzlich. Ich war machtlos. Bestimmt würde ich mein Bein verlieren. Oder es würde schief anwachsen. Wenn ich überlebte, würde ich humpeln müssen, am Stock gehen für den Rest meines Lebens!

Und ich fühlte mich wie eine Gefangene, eingekerkert in dieser Hütte ohne Fenster und Licht. Dabei war ich doch aus freien Stücken hierhergekommen! Ich befand mich im Innersten eines Labyrinths von Kanälen, kannte keinen Menschen. Für die Außenwelt war ich völlig unauffindbar, weil niemand auch nur ahnen konnte, wo ich mich befand.

Noch niemals hatte ich zuvor solche Gedanken gefaßt, doch an diesem Tag bewegte mich zum erstenmal die Frage: Ist das etwa mein Karma? Und welche böse Tat habe ich begangen, daß mir das hier passieren muß?

Fortgetragen vom Sturm meiner Schreckensvisionen, hatte ich zunächst gar nicht bemerkt, daß ich nicht allein war. Erst als ich den Kopf ein wenig bewegte, um die Versteifung meines Halses, der auf dem steinharten Polster gelegen hatte, zu lösen, erkannte ich durch den Schleier meiner Kurzsichtigkeit eine dichtgedrängte Schar kleiner Kinder, die mucksmäuschenstill am Eingang standen, den Finger im Mund und die Augen weit aufgerissen. Sie betrachteten mich ehrfürchtig, als sei ich das achte Weltwunder. Sie waren alle winzig, dünn und schwarz. Ich hingegen war weiß, dick, rotblond und für sie gewiß riesenhaft groß. Einen Augenblick lang herrschte sprachloses Erstaunen auf beiden Seiten. Sie holten mich für kurze Zeit in die Wirklichkeit zurück. Ich sah sie und sah zugleich mich selbst mit ihren Augen. Wie sie da so standen und gafften, war ihr Anblick ausgesprochen komisch. Dasselbe müssen sie wohl auch mir gegenüber empfunden haben. Ich war für sie ein heiterkeitserregender Anblick. Kaum hatten sie festgestellt, daß ich sie erspäht hatte, stießen sie kleine, spitze Jubelschreie aus und stoben dann laut kreischend davon.

Wenig später trat die Alte vom Vorabend an mein Lager. Man hatte ihr wohl ausgerichtet, daß ich erwacht war. In ihrer Sprache redete sie laut auf mich ein. Ob sie sich gar nicht vorstellen konnte, daß ich sie nicht verstand? Was wissen solche Menschen von Fremdsprachen? War sie jemals aus ihrem Dorf herausgekommen? Es schien sie jedenfalls nicht zu kümmern, oder möglicherweise vertraute sie darauf, daß ich schon irgendwie erfassen würde, was sie meinte. Die Sprachunkundigen denken ja immer, daß sie von Ausländern besser verstanden werden, wenn sie nur möglichst laut reden.

Sie wirkte dabei aber freundlich und anteilnehmend, legte mir eine Hand auf die Stirn, eine andere auf die Brust und sah mir in die Augen. Ahnte sie meine Angst, meine Hilflosigkeit? Ihre gurrenden, glucksenden und bisweilen heiseren Laute beruhigten mich ein wenig. Die Gegenwart eines Menschen, der sich um mich kümmerte, sei er auch noch so fremd, tat mir wohl. Die Alte hatte etwas Mütterliches. Gewiß war sie hier im Dorf eine Respektsperson, das hatte ich gleich bemerkt. Durch ihren linken Nasenflügel war ein großer, schwerer, reichlich verzierter Nasenring aus Silber gezogen, der mittels einer Kette mit einem ihrer langen, prächtigen silbernen Ohrgehänge verbunden war. Sie wirkte eindrucksvoll. Die anderen führten aus, was sie anordnete. Als sie die Hände von meinem Körper löste, nachdem sie auf Stirn und Brust eine Weile geruht hatten, sah ich an ihrem linken Handgelenk ein tätowiertes Zeichen, das jedoch anders aussah als das von Rama Raj. Es war eine Mondsichel.

Aha, schoß es mir durch den Kopf, dann ist sie also kein *raja*, kein Seelenkönig, sondern etwas anderes. Sie spielt bestimmt eine Rolle in der Dorfgemeinschaft, die ihrer Seelenrolle entspricht. Na, das erklärt es ja, warum sie die Verantwortung für mich übernimmt. In der Tat empfand ich, daß ihre Ausstrahlung, trotz der Unterschiedlichkeit von Lebensalter und Kultur, der meinigen nicht unähnlich war: Sie besaß denselben einfühlsamen Blick wie ich und behandelte mich mit der gleichen warmen, ruhigen Anteilnahme, die ich als

233

Therapeutin meinen Patienten schenkte. Deshalb wagte ich, probehalber das einzige Wort zu äußern, das mir zu Gebote stand, und sprach in fragendem Ton die ungewohnte Vokabel »*siddhi*?«.

Das wirkte wie ein Zauberwort. Ihre Überraschung hätte nicht größer sein können. Sie hielt inne, bewegte dann heftig ihren Kopf, rollte mit den Augen und strahlte übers ganze Gesicht. Ich deutete auf meine eigene Brust und anschließend auf ihre, indem ich immer wieder sagte: »Ich *siddhi*, du *siddhi*!« Sie schien mir begeistert und auch bewegt zuzustimmen. Ich hatte einen ersten Kontakt hergestellt und war zufrieden.

Diese alte Frau, die übrigens höchstwahrscheinlich kaum älter war als ich, obgleich sie mit ihren strähnigen grauen Haaren und ihrem zahnlückigen Mund wie eine Greisin wirkte, begutachtete mein Bein und meinen nackten Fuß, legte dann ihre runzligen, trockenen Hände auf die geschiente und dicht in grüne Blätter verpackte Bruchstelle und ließ sie dort ebenfalls ein paar Minuten in aller Stille ruhen. Ihr Redeschwall war versiegt. Sie schien sich sehr zu konzentrieren, denn ihre Stirnfalten, obgleich nicht zusammengezogen, machten einen angespannten Eindruck. Sie hielt dabei die Augen geschlossen. Als sie sie wieder öffnete, warf sie mir ein schnelles Lächeln zu.

Meine Heilerin und Stammesärztin hatte sich bereits zum Gehen gewandt, als ich sie auf deutsch anredete und ihr mit ebenso vielen Worten wie Gesten zu verstehen gab, daß ich meine Brille haben wollte. Ich nährte die vage Hoffnung, daß sie so etwas wie Augengläser schon einmal gesehen hatte. Außerdem deutete ich auf Mund und Magen und bewegte schmatzend die Lippen, um ihr klarzumachen, daß ich etwas essen und trinken wollte. Ich legte auch im Liegen die Hände zum *Namasté* zusammen, um ihr meine Dankbarkeit zu bezeugen. Sie schien zu begreifen, was ich wollte, denn sie verschwand, und etwa zehn Minuten später trat ein älterer Mann herein, der ein kleines Tablett aus zusammengesteckten Bananenblättern in den Händen trug, auf dem sich ein stattlicher Haufen Reis mit einer bräunlichen, duftenden Soße befand. Er stellte es neben mich auf die breite Pritsche, die wohl einmal als Ehebett gedient haben mochte. Während ich mich gierig auf das Essen stürzte und den gewürzten Reis mit den Fingern einer Hand in den Mund stopfte, stützte ich mich auf den Ellbogen des anderen Arms. Es war nicht gerade bequem, aber es schien mir klar, daß dies nicht der Augenblick war, hohe Ansprüche zu stellen. Er ging hinaus und kam bald mit einem Trunk Wasser wieder. Zum Trinken brachte er eine große undurchsichtige Plastikflasche und eine Schale, die aus der kunstvoll geschnitzten, polierten und verzierten Hälfte einer Kokosnuß bestand. Merkwürdig, diese Verbindung von traditioneller Schönheit und moderner, aber praktischer Abscheulichkeit. Ich trank in tiefen Zügen.

Gleich anschließend hätte ich die Flüssigkeit am liebsten wieder herausgewürgt Den letzten Schluck prustete ich vor Erschrecken durch den ganzen Raum. Ääh! Mir war schlagartig bewußt geworden, daß es sich um Wasser aus dem Kanal handeln mußte. Und es war bestimmt nicht abgekocht. O nein, wenn ich jetzt auch noch Durchfall bekomme! Die Leute ahnen ja nicht, wie empfindlich ein europäischer Darm auf exotische Mikroorganismen reagiert. Bestimmt werde ich schon bald an Amöbenruhr erkranken, und dann ist alles aus. Den Elektrolytverlust verkrafte ich nicht. Andererseits muß ich doch bei dieser Hitze Flüssigkeit zu mir nehmen, sonst werde ich auf andere Weise krank. Dehydratation gibt einen schweren Nierenschaden. Was soll ich bloß tun? Wieder dachte ich an die Prophezeiung und sah angstvoll meinem nahenden Ende entgegen.

Verzweifelt ließ ich mich zurücksinken. Diesmal heulte ich laut auf, und es war mir egal, ob mich jemand durch die dünnen Wände hörte. Was hatte ich schon zu verlieren? Ich war am Ende. Nie zuvor hatte ich mich so hilflos gefühlt. Und das war nicht nur ein Gefühl. Ich war ja tatsächlich völlig außer Gefecht gesetzt, und niemand war da, dem ich hätte vertrauen können. Niemand kümmerte sich so um mich, daß ich mich auch sicher fühlen konnte.

Ich schluchzte und schluchzte, kleine gequälte Schreie entfuhren mir, und während ich bittere Tränen vergoß, hörte ich das aufgeregte Gewisper ratloser Kinderstimmen gleich neben meinem Kopf durch die geflochtene Abtrennung. Ich aber war froh, wenigstens symbolisch allein zu sein, und gleichzeitig wünschte ich mir nichts sehnlicher, als Rama Raj bei mir zu haben, den einzigen Menschen, den ich hier kannte. Hatte er mich vielleicht auch schon verlassen? Der Gedanke entlockte mir neue Tränen.

Ein Gott wie eine Welle

*I*ch versuchte gerade, mir Gesicht und Nase mit einem Ende meines Sari zu säubern, als Rama durch die Türöffnung trat.

»Hallo, Mrs. Doris, ich bringe Ihre Brille und Ihr Gepäck.« Er begrüßte mich überschwenglich, und ich meinte zu bemerken, daß er sich gerade eben noch bremsen konnte, mich zu umarmen und zu küssen. Dabei hätte mir das gutgetan. Aber er hatte wahrscheinlich Hemmungen, wollte auch nicht aufdringlich oder unhöflich sein. Ich war selig bei seinem Anblick. Der linke Bügel meiner Brille war beim Sturz abgebrochen. Hauptsache, ich konnte meine Umgebung deutlich erkennen. Die Sehbehinderung, die mich wie durch Milchglas schauen ließ, hatte mich in der fremden Umgebung noch hilfloser gemacht, als ich ohnehin schon war.

Die Brille hing schief in meinem verquollenen, verheulten Gesicht. Doch was machte das schon! Endlich hatte ich jemanden, mit dem ich wenigstens ein Wort reden konnte. Ich mochte gar nicht daran denken, daß mich in diesem unheimlichen Antiparadies kein Mensch außer Rama verstand.

»*So sorry, Mrs. Doris, so sorry!*« rief er ein übers andere Mal. Ich nickte. Es hatte ja keinen Zweck zu leugnen, daß ich mich in einer scheußlichen Lage befand. Gern hätte ich ihn für alles verantwortlich gemacht. Aber natürlich trug er an dieser Situation keine Schuld. Aber ich doch auch nicht, verdammt! Niemand war schuld, alle waren schuld, Gott war schuld. Den gab's aber auch nicht, davon war ich überzeugt. Also war es gar keine Frage von Schuld. Mir war auch nicht danach, Rama zu trösten. Ich wollte *ihm* leid tun, jawohl, ich! Ich brauchte jetzt selbst allen Trost, den ich bekommen konnte.

Dabei war mir klar, daß er durch mein Unglück ebenfalls in eine mißliche Situation geraten war. Vor seinen Leuten war er ja für mich verantwortlich. Er hatte mich hierhergebracht. Es war ihm sicher unangenehm und lästig, daß ich mein Bein gebrochen hatte. Darum sagte ich aus einem gewissen freundschaftlichen Mitgefühl zu ihm: »*My friend, I'm also sorry, very sorry.*« In gewisser Hinsicht saßen wir noch immer in einem Boot.

Er blieb eine Weile. »Sie sind hier im Schulhaus, im Zimmer der Lehrerin untergebracht«, erklärte er mir. »Die Lehrerin ist nach Cochin gefahren, um ihr staatliches Gehalt abzuholen und Schulbücher zu kaufen. Sie können hier bleiben, bis Sie wieder laufen können, no problem.«

»Rama, wäre es nicht viel besser, wenn ich irgendwo in ein Krankenhaus käme? Hier falle ich deinen Leuten doch nur zur Last. Ich habe auch Angst um mein Bein, Angst vor Malaria, Angst vor dem schmutzigen Wasser. Du weißt, ich trinke sonst nur abgefülltes Mineralwasser. Ich muß von einem Arzt untersucht werden, ich brauche westliche Medizin, sonst werde ich noch kränker.«

»O nein, Mrs. Doris, das geht nicht! *So sorry!* Wir können Sie nicht transportieren. Wir haben keine großen Boote. Und die Kliniken sind schrecklich, die meisten Menschen sterben dort oder werden noch kränker, als sie schon sind. Sie kosten auch sehr viel Geld. Glauben Sie mir, Ama, die alte Frau, ist eine gute Heilerin. Sie kennt viele Kräuter und macht uns hier alle wieder gesund, wenn wir krank sind. Seit vielen Jahren!

Sie hat diese Kunst von ihrer Mutter gelernt. Bleiben Sie hier, hier sind Sie sicher und werden bald ganz heil!«

Natürlich hatte ich schon von Ärzten in den Ländern der dritten Welt gehört, die nur eine einzige vorsintflutliche Spritze besitzen, die niemals sterilisiert wird. Aids, Hepatitis …, das wollte ich mir nicht holen. In einer solchen Klinik würde es einer Person wie mir nur grausen. Trotzdem konnte ich das Argument mit den fehlenden Transportmöglichkeiten nicht recht einsehen. Hatte Rama vielleicht noch einen anderen Grund, um mich hierzubehalten? Argwohn überkam mich wieder. Doch konnte ich in seiner Miene nichts Zweideutiges ausmachen. Also mußte ich davon ausgehen, daß er nach bestem Wissen und Gewissen handelte, und mich seiner Entscheidung unterwerfen, so schwer es mir auch fiel.

Ich rief mir ins Gedächtnis, was ich von Medizinmännern, heilkundigen Frauen, Schamanen und Geistheilern gehört und gelesen hatte. Das klang zwar etwas unglaubwürdig, aber nicht gerade schlecht. Aber hatten die magischen Bemühungen auch dann Erfolg, wenn man an das Ganze nicht glaubte, wenn man dem Stamm gar nicht angehörte und die kollektiven Überzeugungen nicht teilte? Da hegte ich große Zweifel.

Ich begann nach und nach, mich in das Unvermeidliche zu fügen. Noch lebte ich, noch hatte ich keine Blutvergiftung. Ich war nicht ganz allein.

»Wirst du mir helfen, Rama?« flehte ich. »Ich bin keine Taki, ich brauche verschiedene Dinge, wenn ich hierbleiben soll. Eine Decke, eine Stütze als Unterlage für mein kaputtes Bein, einen Eimer und einen Stock oder eine Krücke, wenn ich aufstehen muß. Auch eine Schüssel zum Waschen. Ihr habt doch hier einen kleinen Dorfladen?«

»Ja, den gibt es.«

Mir entfuhr ein Seufzer der Erleichterung. »Ich werde dir Geld geben. Dann wirst du mir einen Eimer besorgen, nicht wahr? Und vielleicht gibt es dort auch Aspirin und Wasser in Flaschen. Und Zeitungen.« Ich dachte weniger an die Lektüre der für mich unverständlichen Hieroglyphen als vielmehr an die Möglichkeit, mir Toilettenpapier herzustellen.

»So was hat er nicht, weil das für uns viel zu teuer ist. Aber vielleicht kann ich ihn bitten, es demnächst mitzubringen, wenn er Nachschub einkauft. Wenn man es im voraus bezahlt, ist es vielleicht für ihn ein gutes Geschäft. Ich werde mich darum kümmern.«

Ich ließ mir meinen Rucksack reichen. Er machte einen unangetasteten Eindruck. Meine Finger fanden die Geldbörse, nichts fehlte. Ich reichte Rama einen größeren Schein. »Laß ihn viel, viel Wasser einkaufen, ich muß reichlich trinken. Und Waschpulver brauche ich. Oder kann ich meine Kleider zum Waschen geben?«

»Darum brauchen Sie sich nicht zu sorgen, Mrs. Doris. Sie sind unser Ehrengast. Wir werden uns alle um Sie kümmern.« Ich wußte, daß ich zwar nicht viel, aber dennoch genug Geld mitgenommen hatte, um bei diesen bescheidenen Preisen eine Weile damit auskommen zu können. Solange man mich nicht bestahl, schenkte mir das Geld eine gewisse Sicherheit. Wenn bis jetzt noch nichts weggekommen war, schienen die Leute ja ehrlich zu sein. Allerdings mußte ich Rama noch etwas für die Fahrt geben, wie wir ausgemacht hatten.

Ich sprach mit ihm darüber, rechnete den Betrag zusammen und händigte ihn an den jungen Mann aus. Unter den gegebenen Umständen konnte ich allerdings nicht so großzügig sein, wie ich es mir ursprünglich vorgenommen hatte.

Rama Raj brachte mir innerhalb einer Stunde alles, was für mich wichtig war: eine Zudecke aus gesteppter Baum- wolle, einen großen Karton, auf den ich mein Bein hochlagern konnte, sogar zwei Flaschen Wasser. Er meinte, manche Frauen würden es für kranke Babys verwenden. Ich hatte indes in meiner Reisetasche gekramt und wie aus einer seit Jahrhunderten vergrabenen Kiste goldene Schätze und Juwelen zutage gefördert: mein geliebtes Kopfkissen, mein Waschzeug mit Seife, Nagelschere und Taschenmesser und sogar das antiseptische Puder, das ich vorsichtshalber eingesteckt hatte. Einen Wecker hatte ich auch, mit Leuchtziffern, und die Taschenlampe.

Als ich die Tüte mit den Bonbons entdeckte, steckte ich mir gleich eines in den Mund und lutschte daran mit größerem Entzücken als je ein Säugling an der Mutterbrust. Mit Interesse beobachtete ich dabei die Symptome meiner Regression und lächelte ein wenig traurig dazu.

Das Medikament gegen Malaria würde nicht lange reichen, das war mir klar. Ich beruhigte mich bei dem Gedanken, daß die Backwaters vielleicht gar kein Malariagebiet seien. Ich könnte mich ja noch bei Rama erkundigen. Oder lieber nicht, und einfach darauf hoffen, daß ich nicht gestochen würde? Wie dankbar war ich für die Handtücher und das Laken!

Meine Freunde haben sich immer ein bißchen lustig gemacht über meine Neigung, alles mögliche einzustecken und dabeizuhaben. Aber welchen Segen bedeutete das alles heute für mich! Hätte ich doch nur auch noch die Wasserentkeimungspumpe hier, die ich auf meiner Hippiereise durch Indien ein paar Jahre zuvor ständig benutzt hatte. Oder wenigstens die Silbernitrattabletten! Dann gäbe es kein Problem mit dem Trinkwasser. Wie hatte ich die nur vergessen können?

Ich bedauerte sehr, daß ich mich nicht umziehen konnte. Doch ich war noch zu unbeweglich und fürchtete mich vor den plötzlichen Schmerzen bei einer unbedachten Bewegung. Weil ich keinen Gips hatte, wollte ich mich am liebsten gar nicht rühren. Und da ich sowieso schon vollgepinkelt war, kam es auf einmal mehr oder weniger gar nicht an.

Ich beobachtete, wie ich begann, ganz pragmatisch zu denken und zu planen. Das vermittelte mir ein Gefühl innerer Festigkeit. Ich hatte einen kleinen Zipfel meiner Existenz wieder unter Kontrolle.

Am frühen Abend, als es dunkel geworden war, bekam ich jedoch wieder einen Heulkrampf, und alles schien sich erneut in Horror und Hoffnungslosigkeit aufzulösen. Ich fühlte mich schrecklich allein und meinte, sterben zu müssen bei dem Gedanken, hier wochenlang zu liegen. Ein Schienbeinbruch heilt nicht so schnell wie andere Frakturen. Er darf keinesfalls belastet werden. Allzu leicht gibt es da Wundheilungsstörungen. Die Fleischwunde kommt hinzu. Hoffentlich entzündet sie sich nicht, betete ich, hoffentlich! Ich konnte aber nicht nachsehen, ohne den Verband abzunehmen. Zu spüren war noch nichts. Die Stelle war wund und weh, aber sie pulsierte nicht und war auch nicht heiß. Ich hingegen schwitzte und fror abwechselnd. Entweder mußte ich mich zitternd in die Baumwolldecke hüllen oder alles von mir reißen und nach Luft schnappen.

Während des Tages spähten verschiedene Gestalten, Männer, Frauen und Kinder, durch die dunkle Türöffnung, um mich aus gebührendem Abstand scheu zu betrachten. Wenn ich dort jemanden entdeckte, lächelte ich vorsichtig und flüsterte mein kindliches »Hallo, hallo!« Ich bekam auch noch einmal grobkörnigen rötlichen Reis zu essen, mit einem chappati-Fladen, der gut schmeckte. Rama kam wieder vorbei, um nach mir zu sehen, brachte mir ein Bündel Bananen. Er deutete mir an, daß das morgendliche »Gespräch« mit der Dorfheilerin Ama, deren siddhi-Seele der meinen verwandt war, bereits allenthalben die Runde gemacht hatte. Dann begann er, mir die Begriffe für die übrigen sechs Seelentypen noch einmal einzuprägen, ähnlich, wie man einem Kind beibringt, bis zehn zu zählen:

»Siddhi, yogi, nayar, vidya, rishi, brahmi und raja«, skandierte er immer von neuem, und ich mußte es ihm nachsprechen. »Siddhi, yogi, nayar, vidya, rishi, brahmi und raja. Das müssen Sie wissen, Mrs. Doris, wenn Sie bei den Taki bleiben.« Ich fragte nach der Lehrerin, in deren Hütte ich untergebracht war. Rama versuchte mit Hilfe seiner beschränkten Englischkenntnisse, mir sehr geduldig alles zu erklären. Ich verstand ihn immer besser und ergänzte intuitiv seinen Wortschatz, wenn ihm ein Ausdruck fehlte.

»Die Lehrerin ist ein vidya und besitzt großes Wissen, nicht nur aus Büchern, sondern von der Natur der Dinge und allen geistigen Zusammenhängen. Sie ist wie ein Gelehrter oder Wissenschaftler. Sie hat ein gutes Gedächtnis und kann einen Überblick in ihren Gedanken halten. Sie versteht die Ordnung der Natur und der Götter und merkt sich auch, welche Ereignisse für die Taki wichtig sind. Sie kann Geschichten erzählen von längst vergangenen Zeiten und sorgt dafür, daß die Traditionen des Stamme weitergegeben werden. Auch Recht und Gerechtigkeit bedeuten allen *vidya* sehr viel. Deshalb rufen wir eine *vidya*-Seele, ob Mann oder Frau, wenn jemand angeklagt ist, etwas Unrechtes getan zu haben. Malti, die Lehrerin, wurde schon als kleines Mädchen ausgewählt, um eine Ausbildung am *College of Education* zu machen. So kann sie das heilige Wissen des Stammes hüten und es gleichzeitig vermehren. Denn sie bringt den Kindern das alte Wissen bei und auch viel Wichtiges von dem Neuen, was sie heute brauchen. Als ich ein Junge war, hat sie mich unterrichtet. Bei ihr habe ich die ersten englischen Wörter gelernt. Sie hat mich auf die Welt der Küste vorbereitet und mir beigebracht, was ich sagen darf und was nicht.«

Ich hatte mir als Lehrerin eine ganz junge Frau vorgestellt, sie schien aber älter als dreißig zu sein, wenn sie Rama schon Unterricht gegeben hatte. Viel entscheidender jedoch war, daß sie Englisch sprach. Das vernahm ich mit aufgeregter Freude. So würde ich bald noch jemanden haben, mit dem ich mich unterhalten konnte. Diese Vorstellung war Balsam für meine verängstigte Seele. Wenn sie an Wissen interessiert war, würde sie es vielleicht auch an mich gerne weitergeben. Und ich könnte ihr etwas von meinem schenken.

»Und was ist an den yogi Besonderes? Wie unterscheiden sie sich von den *vidya*?« wollte ich von Rama wissen. Den Ausdruck *yogi* konnte ich gut behalten, er war mir geläufiger als die anderen.

»Ein *yogi* ist lustig und witzig. Er sucht immer nach etwas Neuem, hat tausend neue Ideen und gute Einfälle, sein Kopf ist voll von verrückten Gedanken. Manche sind gut, dann erfindet er irgend etwas Nützliches. *Yogi* malen und schnitzen und nähen gern. Sie züchten Tiere oder Pflanzen und sind gute Handwerker. Alle *yogi* haben einen Sinn für Schönheit und Form wie die Künstler. Sie geben der Welt eine Gestalt. Sie singen, tanzen und lachen und denken sich etwas aus, um traurige Menschen froh zu machen.«

»Dann mußt du mir bald einen *yogi* schicken, denn ich bin sehr, sehr traurig!« rief ich, und wir mußten beide lachen.

»Sie werden die *yogi*-Kinder bald an ihrem Zeichen erkennen. Es ist ein Rad mit sieben Speichen. Am Anfang der Welt, als Shiva den Bauern einmal eine besonders gute Reisernte schenkte, hat ein *yogi* das Rad erfunden, damit der viele Reis von den Feldern ins Dorf gefahren werden konnte. So sind die yogi mit ihren neuen Ideen und ihrer Fröhlichkeit ein Segen für die Menschheit.« Was Rama da schilderte, gefiel mir in meiner Situation besonders gut.

Am Abend kam auch Ama, die Heilkundige, wieder zu mir. Sie löste den Verband, hob die getrocknete Kruste aus gekauten Blättern vorsichtig ab und bestrich die Wunde mit einer weichen gelben Paste. Sie schien mir aus Kurkuma und Öl zu bestehen, jedenfalls roch die Masse so ähnlich wie das Pulver, das Hauptbestandteil des Currypulvers ist. Dann packte die freundliche Alte frische Bananenblätter über die Paste, legte erneut die Schiene an und ließ dann ihre Hände wieder auf dem Bein ruhen, indem sie ihre Zaubersprüche murmelte. Zum Schluß tätschelte sie mir den Bauch, flößte mir nochmals den bitteren Trank ein und verschwand. Ich schlief nach kurzer Zeit ein und ruhte schmerzlos, schwerelos und wahrscheinlich auch vollkommen reglos bis weit in den nächsten Morgen hinein. In dieser Nacht träumte ich nicht.

Auf solche Weise vergingen viele Tage und Wochen. Zuerst war es schwer für mich, mein Schicksal hinzunehmen, anstatt zu hadern und mich dadurch noch kränker und unglücklicher zu machen, als ich sowieso schon war. Wenn ich sage: hinnehmen, will ich gar nicht so weit gehen zu behaupten, daß ich meine Lage auch nur einen Moment positiv akzeptierte.

Ich war schon froh über die Ruhe der Resignation, die bisweilen über mich kam.

Das Schlimmste, schlimmer als alles andere, schien mir zu sein, daß ich mich bei niemandem beschweren konnte. Es war einfach keiner da, der mein Jammern und Klagen angehört oder auch nur geduldig ertragen hätte. Mir fehlte ein mitfühlendes Wesen, ein anteilnehmendes, mütterliches Herz. So war ich ganz auf mich selbst gestellt und mußte alles Mitgefühl in mir selbst finden. Das war nicht leicht. Oft schwamm ich statt dessen in einem See aus Selbstmitleid. Diese Bäder schwächten mich und ließen mir meine Lage noch aussichtsloser erscheinen als in den besseren Stunden. Wenn ich hingegen eine Art therapeutisches Verständnis für meine Gefühle von Verlassenheit, Verzweiflung und Verwirrung aufbrachte, spürte ich, wie ich stärker wurde und meine Umstände in einem anderen, oftmals ganz neuen Licht betrachten konnte. Das erforderte Zeit und Einsicht.

Ich fiel täglich tiefer in einen tiefschwarzen, schlammigen Abgrund von Panik, aus dem ich nur selten einmal kurz auftauchte. Die Angst um meine Gesundheit, um mein Leben, raubte mir fast den Verstand. Ich fürchtete mich vor der Nahrung, dem verunreinigten Wasser, den unbekannten Substan- zen in den Flüssigkeiten, die man mir einflößte, und vor den mysteriösen stammeseigenen Naturheilmitteln. Unbändig sehnte ich mich nach einer Herparininjektion gegen Thrombose und spürte ängstlich jedem ziehenden oder stechenden Schmerz, jedem Taubheitsgefühl in meinem Körper nach. Immer wieder bemühte ich mich zwar, Vertrauen für die archaischen Behandlungsweisen von Ama, der Medizinfrau, aufzubringen, doch meistens war ich nur skeptisch und mißtrauisch. Es gab Momente, in denen ich mein Medizinstudium verfluchte und wünschte, ich könnte mich ganz naiv und vorbehaltlos den schamanistischen Heilkünsten dieser Frau hingeben. Aber das ging nun mal nicht. Man ist, wer man ist.

In den ersten Nächten fieberte ich. Das Bein war dick geschwollen. Ich überlegte krampfhaft, wie ich die Entzündung in Schach halten konnte, und mir fiel nichts Besseres ein, als zu fasten, sowie ich genug Wasser in Flaschen zur Verfügung hatte. Ich hatte in München schon einmal drei Wochen lang das Heilfasten ausprobiert. Es war eine aufschlußreiche Erfahrung gewesen. Doch erst einmal empfand ich die bereits matschigen Bananen und meine süßen, kostbaren Bonbons wie Lebensretter. Sie waren meine Psychopharmaka.

Man brachte mir nach Tagen eine altertümliche Unterarmkrücke, wie sie die leprösen Bettler auf Breughels Bildern verwenden. Noch konnte ich damit nicht laufen, denn ich hatte ja keinen Gips. Aber es gelang mir damit, die zwei, drei Schritte bis zum Eimer zu bewältigen. Einmal am Tag kam ein Mann, ihn zu leeren und mit Wasser halb aufgefüllt wieder hinzustellen. Er betrachtete jedesmal interessiert und neugierig die Brocken und die Fetzen aus Zeitungspapier, die in der Fäkalienbrühe schwammen.

Sonst sah ich nur selten einen Menschen. Die Kinder hatten wohl Anweisung, mich in Ruhe zu lassen. Solange die Lehrerin abwesend war, hatten sie Ferien. Kaum jemand näherte sich dem Schulhaus. Es schien etwas abseits der übrigen Behausungen zu liegen, denn durch die Flechtwände konnte ich nur selten die üblichen Geräusche des täglichen Lebens hören. Meine Hütte mußte von Palmen überschattet sein, denn es war selten unerträglich heiß und nie so hell, daß ich annehmen mußte, das Dach sei der prallen Sonne ausgesetzt. Durch die Ritzen zwischen den geflochtenen Palmblättern und über einen Luftschlitz unter dem Dachfirst kam stets frische Luft herein. Geckos liefen kopfüber die Wände hinunter, manche waren recht groß und schillerten blau, wie kleine Drachen. Ich sprach mit ihnen laut auf bayerisch und beschwor sie inständig, alles Ungeziefer, besonders Skorpione, Mücken und alle gräßlichen Spinnen, die ihnen begegnen würden, unverzüglich mit Haut und Haar aufzufressen.

Das Schulzimmer grenzte direkt an meinen Raum, ich konnte jedoch von meinem Bett keinen Blick hineinwerfen.

Wo ich lag, gab es keine Fensteröffnung. Am vierten Tag, als ich in dem Dämmerlicht meine Augen stundenlang auf die regelmäßigen Muster des Flechtwerks gerichtet gehalten hatte und es darüber hinaus weit und breit nichts anderes zu sehen gab als das rötlichbunte Design meiner Steppdecke, kam ich auf den Gedanken, bei der Rückkehr von meinem Ausflug zum Eimer mit der Krücke den charpoy, auf dem ich lagerte, so nahe an die Wand zu schieben, daß ich in Augenhöhe ein kleines Loch mit meiner Nagelschere ausschneiden konnte, um hinauszusehen. Doch was ich dann sah, war nichts als ein Palmenhain, eine grüne Grasfläche und ein Stückchen Himmel. Mein zerbrochenes Brillengestell schief auf der Nase spähte ich Stunde um Stunde hinaus, vom frühen Morgen bis zur Abenddämmerung. Ich beobachtete, wie sich der Himmel verfärbte und wie sich die Palmen im Wind wiegten. Innerhalb der ersten zehn Tage zog mehrmals ein knochendürrer weißer Ochse mit einem zweirädrigen, buntbemalten Karren vorbei. Sonst nichts und niemand. Eine Frau saß unbeweglich wie eine Statue oben auf ihrer Fuhre Reisstrohbündel. Sie blickte nicht nach rechts und nicht nach links und war bald aus meinem kleinen Blickfeld verschwunden. Ihr Anblick blieb fest in meinem visuellen Gedächtnis haften.

Solange ich allein war, hörte ich nichts als das Säuseln des Windes in den Palmwedeln, das unentwegte Schreien der Vögel und manchmal, gegen Abend, das Blöken oder Muhen von Vieh. Mit meiner Krücke, meiner Kokosnußschale und meinem lahmen Bein kam ich mir, so weitab aller menschlichen Behausung, wahrhaftig vor wie eine Aussätzige, der sich nur die Mutigsten und Selbstlosesten zu nähern wagten. Ich konnte gar nicht begreifen, warum man mich so vernachlässigte.

Rama hatte ich bei seinen täglichen, aber doch viel zu seltenen und zu kurzen Besuchen angedeutet, ich würde ihn gern häufiger sehen. Doch er schien das nicht recht verstanden zu haben, jedenfalls konnte ich keine Veränderung seines Verhaltens feststellen. Er war immer freundlich und brachte mir alles, wonach ich in dieser Wildnis verlangen konnte. Und das war nicht viel.

Ama kam täglich einige Minuten, um meine Wunde zu betrachten, ihre heilenden Hände darauf ruhen zu lassen und den Verband zu wechseln. Die Kurkumapaste wurde stets erneuert. Wenn ich einen Blick auf mein armes Bein warf, war es blau, lila, grün und gelb und sah aus, als würde es bald abfallen. Doch solange ich mich nicht bewegte, mich nicht auf meinem Lager umzudrehen versuchte, spürte ich kaum Schmerzen.

Wenn ich mich nicht gerade in einer Phase des Aufbegehrens, der Wut und des Selbsthasses befand, versank ich in einer depressiven Lethargie. Die Monotonie war entweder so unerträglich, daß ich stundenlang mit stumpfem Blick den Bewegungen des Sekundenzeigers auf meinem Reisewecker folgte, so als könnte ich damit den Verlauf der Zeit beschleunigen, oder ich tauchte ein in tiefe Fluten von Depression, in einen Zustand der absoluten Gleichgültigkeit, in psychischen und mentalen Stumpfsinn. Dann hielt ich auch tagsüber die Augen geschlossen, wusch mich nicht, kämmte mich nicht, aß nicht und vergaß sogar zu trinken. Ich wollte nur noch tot sein.

Es kam auch vor, daß ich bis zur Erschöpfung weinte, wenn mir irgend etwas Schönes aus meiner Jugend einfiel – mein Kommunionskleid, auf das ich so stolz war, eine Birne der Sorte »Gute Luise« aus unserem Garten, die ich zu schmekken meinte, als hätte ich gerade hineingebissen. Dann wieder sehnte ich mich in schier unerträglicher Weise nach einem Riesenteller Miracolinudeln mit der künstlichen tiefroten Tomatensauce und dem geriebenen Käse aus der kleinen Zellophantüte, die mir meine Oma kochte, wenn sie mich als Kind trösten wollte. Stellte man mir dann hier in dieser Hütte einen Bananenblatteller voll Reis mit *dhal* hin, aß ich hungrig, nur um bald darauf mit letzter Kraft zum Eimer zu wanken und mich zu erbrechen. Was ich in meinem Zustand wollte, war Vanillepudding mit Himbeersoße oder Grießbrei mit Rosinen. Irgend etwas Mütterlich-Wärmendes. Trost ist, was tröstet.

Einmal hörte ich in der schwarzen Nacht die Stimme meiner Mutter, die in mein Ohr flüsterte: »Ja, ja, ist ja schon gut, es wird alles wieder gut! Heile heile Segen, morgen gibt es Regen, übermorgen Sonnenschein, dann wird alles besser sein!« Ich meinte auch ihre Gegenwart zu spüren, aber das alles war nur ein Fieberwahn.

Am sechsten Tag begann ich mit dem Fasten. Zuerst aß ich drei Tage lang nur Obst. Saftige rotgelbe Papaya brachte man mir, und auch Bananen. Später trank ich nur noch Wasser, das inzwischen in großen Kartons in einer Ecke meines Zimmers gelagert war. Das war keine Disziplinleistung. Ich hatte ohnehin keinen Appetit, mir war ständig übel, und ich war mir sicher, durch eine gründliche Körperreinigung die Selbstheilungskräfte meines Körpers zu beschleunigen. Außerdem hoffte ich, mir damit einige Gänge zum Eimer zu ersparen. Die Entleerungen waren mir lästig und peinlich. Der Mann schaute mich und meine Ausscheidungen immer so merkwürdig an. Er mutete mich an wie ein Gefängniswärter, der nach heimlich verschluckten Drogenpäckchen oder Diamanten fahndet.

Eines Nachmittags fand ich in der Seitentasche meines Waschbeutels einen kleinen Handspiegel, den ich glaubte in Kóvalam Beach gelassen zu haben. Darin betrachtete ich mich mit großer Aufmerksamkeit und Hingabe, aber nicht mit Vergnügen. Ich sah das vom Weinen geschwollene Gesicht einer alternden Frau mit vielen kleinen Teintfehlern, mit Tränensäcken und Hautunreinheiten, mit bleichen Lippen, die Mundwinkel verbittert nach unten gezogen, die Augen stumpf und gerötet, umgeben von blauschwarzen Rändern, die Haare strähnig. Aber ich leistete mir selbst auf diese Weise Gesellschaft. Der Spiegel war so klein, daß ich in dem schwachen Licht immer nur eines meiner Augen auf einmal richtig anschauen konnte. Ich spielte dabei mit mir selbst ein Spiel, um mir die Zeit zu vertreiben. Es bestand in der Bemühung, möglichst lange nicht mit den Wimpern zu zucken. Während ich minutenlang reglos in mein linkes Auge starrte, hatte ich einmal die Vision eines großen alten Mannes mit Stoppelbart und langen gelben Zähnen. Er war auf einen Stock gestützt wie ein Hirte und trug einen Schlapphut. Und ich erschrak, denn er schien leibhaftig vor mir zu stehen und mir zuzugrinsen, als kennte er mich. Unbekannt war er mir nicht, obgleich er mich an niemanden erinnerte, so sehr ich mein Gedächtnis auch anstrengte.

Die Reizdeprivation, der ich unfreiwillig unterworfen war, machte sich zunehmend bemerkbar. Ich sah kaum einen Menschen, konnte mich nicht rühren, hatte nichts zu lesen, verstand die fremde Sprache nicht und fühlte mich elend. Es war immer dämmrig und viele Stunden lang pechschwarz in dem Raum, in dem ich lag. Die Batterie meiner Taschenlampe wurde bald sehr schwach. Ich sparte sie für den Notfall auf. Nachts, in der dichten Finsternis, hatte ich Halluzinationen von Schlangen und Affen, die mich in meinem Bett bedrohten.

Ich verlor alles Zeitgefühl und wußte manchmal nicht, wo ich war, noch wer ich war. Mein Bewußtsein verlagerte sich auf andere Ebenen, ich war oft abwesend, wußte aber beim Zurückkommen nicht, wo ich geweilt hatte. Die Apathie erschreckte mich. Ich verfiel darauf, zu singen, um irgendeine vertraute Stimme zu hören. In meiner Hütte erklangen bald viele Lieder aus der Schule, die mir in den Sinn kamen. Kinderreime wie »Alle meine Entchen« oder »Ein Männlein steht im Walde« sang ich wohl hundertmal. Später fielen mir Texte von Schlagern ein: »Veronika, der Lenz ist da! Die Vöglein singen trallala!« und »Was machst du mit dem Knie, lieber Hans, mit dem Knie, lieber Hans ...« Ich zermarterte mir den Kopf, um die fehlenden Textpassagen zu rekonstruieren, und wenn mir gar nichts einfallen wollte, dachte ich mir einfach irgend etwas aus, skurriles Zeug, sprach mit verschiedenen Stimmhöhen, mit Kindchensprache oder Bierbaß, trällerte Kirchen- lieder oder Reklamesprüche aus dem Fernsehen. Wie eine Irre führte ich mich auf, immer und immer wieder, und lachte extra albern dazu. Mit dieser paradoxen Intervention versuchte ich mich bei Verstand zu halten, denn sonst wäre ich wohl vollends durchgedreht.

Ein Choral spendete mir immer wieder auf bemerkenswerte Weise Trost: »Befiehl du meine Wege und führe mich ...« Diese Worte waren Balsam für meine wunde Seele. Denn ich spürte, daß bei allem aufgeklärten Agnostizismus und trotz heftigen Aufbegehrens gegen mein Mißgeschick doch eine sinnstiftende Fügung mein Leben bestimmte. Allerdings vermochte ich ihren eigentlichen Zweck nicht zu entschlüsseln oder in Worte zu fassen. Er blieb mir verschlossen, obgleich ich mysteriöse Zusammenhänge zu erkennen meinte zwischen meiner Begegnung mit dem Professor, der sich ausgerechnet mit Stammeskulturen beschäftigte, und Rama, der ausgerechnet einem solchen Stamm angehörte. Sie kannten einander nicht, doch für mein Leben hatten beide Männer eine überragende Bedeutung gewonnen. Ich war das Bindeglied zwischen ihnen. Unsere Verknüpfung hatte etwas Unlogisches und Synchronistisches, einen akausalen Charakter, den ich mehr empfinden als beweisen konnte. Was mir passiert war, hatte ich gewiß nicht angestrebt oder gewollt. Aber mit jeder einzelnen kleinen Entscheidung hatte ich mein Geschick unbewußt mitinszeniert.

Was ich heute, zurück in München und geborgen in der Wärme der Daunendecken, nicht verstehen kann, ist, daß ich nicht versucht habe, einen Brief nach Kóvalam zu schreiben, ein Kassiber aus meiner Dorfhaft herauszuschmuggeln, um ein Lebenszeichen von mir zu geben. Es war mir wohl kurz durch den Kopf gegangen, jemanden schriftlich zu benachrichtigen, aber ich war zu krank, zu schwach, zu niedergeschlagen. Akashos Adresse in Bangalore lag im Safe des Hotels bei meinen Papieren. Briefpapier, Umschlag und Marken hatte ich nicht. Meine Lethargie hinderte mich daran, sie mir zu besorgen. Ich nehme an, irgendein unbewußter Impuls in mir, eine geheimnisvolle seelische Kraft, die mir kognitiv nicht zugänglich war und sich meinem Willen entzog, hinderte mich letztlich daran, meine Situation verändern zu wollen. Inzwischen begreife ich auch, warum ich damals immer wieder diese psychotischen Anfälle hatte, die so gar nicht zu meiner gewöhnlichen Wesensstruktur passen wollten: Sie waren eine Vorbereitung auf den elementaren Wandel, der auf mich zukam. Um ihn zu ermöglichen, mußten meine Filter immer durchlässiger werden. Das zwang mich zu lernen, alle hinderliche Kontrolle aufzugeben.

Nur selten stand ich auf, und nie trat ich vor die Hütte, weil ich von der überwältigenden Befürchtung geplagt war, ich könnte in meiner Ungeschicklichkeit stürzen und dadurch die Heilung der Fraktur gefährden. Bei solchen Gedanken zitterte ich vor Angst. Die Gefahr, das Bein aus Versehen zu belasten, schien mir in den ersten zwei Wochen viel zu groß. Von heute aus betrachtet, würde ich sagen, ich war dermaßen depressiv, daß ich mich gar nicht mehr erheben wollte, ganz so als sei ich gelähmt oder dem Tode geweiht. Während ich tagaus, tagein auf meinem harten Lager ruhte, als hätte man mich eingesperrt und dort mit Bleikugeln angekettet, weilten meine Gedanken oft in der Vergangenheit, aber nicht etwa auf lebensgeschichtlich wichtigen Ereignissen. Sie produzierten Erinnerungsbilder, die, oberflächlich betrachtet, völlig belanglos waren. Sie hatten aber augenscheinlich die Funktion, mich nicht in vollends unkontrollierbare Panikzustände abgleiten zu lassen. Im Geiste schaute ich mir alte Klamaukfilme von Dick und Doof an, über die ich laut lachen mußte, besonders einen, in dem die beiden sich in einem Irrgarten verlaufen, und außerdem »sah« ich »Heidi«, den Kinderfilm, den ich als kleines Mädchen geliebt hatte. Dann weinte ich mit der armen Kleinen, die sich in der Fremde genauso verlassen fühlte wie ich in meinem indischen Dorf am Ende der Welt. Auch den idiotischen Sketch aus dem Silvesterprogramm, den mit der alten Lady und dem Butler, der immer wieder um Haaresbreite über das Eisbärenfell stolpert, führte ich mir vielfach vor Augen, schüttete mich aus vor Lachen, schrie: »*Same pro-*

cedure as every day, Doris!« und lebte wie ein verwahrlostes Kind ganz aus meiner Phantasie. Dann gluckste ich und ärgerte mich über die Dummheit des Butlers, der immer kurz davor war, sich sein Bein zu brechen, und war neidisch auf ihn, weil er sich nicht so ungeschickt anstellte wie ich. Ich erlebte meine Tage und die langen Nächte so, als würde die Monotonie meines Aufenthalts in dieser dunklen Ecke der Welt niemals mehr enden. Aber der Titel dieses Silvesterstandardvergnügens wollte und wollte mir nicht einfallen.

Wenn ich zwischendurch zu mir kam, stellte ich mir vor, daß die Takidörfler sich entweder dachten, ich würde mich allein köstlich amüsieren, weil sie mein Singen und Lachen von weitem hören konnten, oder aber, daß sie mich für völlig verrückt und daher für gefährlich hielten, weil sie mitbekamen, was ich für wahnwitzige Geräusche von mir gab, unterbrochen von heftigem Schluchzen. Ich konnte mein Verhalten zeitweilig mit etwas mehr Objektivität von außen betrachten, aber im Grunde war mir herzlich egal, was diese Menschen, die ich überhaupt nicht kannte, von mir dachten. Was hatte ich schon zu verlieren? Ich mußte für mich selbst sorgen, für meine geistige Gesundheit, wenn auch meine Methoden, die Reizminderung auszugleichen, reichlich skurril waren. Meine langen Absenzen waren mir unheimlich, aber ich könnte nicht behaupten, daß sie meinen Zustand verschlimmerten. Was während der Zeit geschah, wenn ich wie tot auf meinem *charpoy* ruhte, oft stundenlang, ohne mich auch nur im geringsten zu bewegen, weiß ich nicht. Ich hatte während dieser Abwesenheiten keine Träume. Aber ich fühlte mich, wenn ich mit einem Seufzer wieder zu Bewußtsein kam, nicht schlechter, sondern eher besser als zuvor.

Warum besucht mich niemand? Anfangs sind doch noch die Kinder gekommen! Ist es Angst oder Unsicherheit oder Respekt, was sie von mir fernhält? Vielleicht behandelt sie alle ihre Kranken auf diese Art. Gleicht bei den Taki, wie bei man- chen Stämmen Afrikas oder Südamerikas, das Kranksein einem Ausgestoßensein aus der Gemeinschaft der Gesunden?

Gilt eine Erkrankung vielleicht als eine Strafe der Götter, die andere mitbetreffen kann? Diese Fragen beschäftigten mich wieder und wieder, weil ich mir nicht erklären konnte, warum die Leute den Kontakt mit mir mieden. Jedenfalls wagte sich außer Ama, Rama Raj und dem Latrinenmann keiner mehr in meine Nähe.

Mein Aspirin war aufgebraucht. Kopf und Bein taten aber nun seltener weh. Oder spürte ich den Schmerz nicht mehr? Doch ein anderes Übel begann mich zu plagen. Ich besaß insgesamt nur drei Hormonpflaster, denn es war ja eine Abwesenheit von höchstens einer Woche geplant gewesen, und am Morgen der Abreise hatte ich noch ein frisches aufgeklebt. Diese Pflaster waren innerhalb von zehn Tagen verbraucht. Jetzt kam zu allem anderen, was mich quälte, noch ein steil abfallender Östrogenspiegel hinzu mit den entsprechenden Beschwerden: Niedergeschlagenheit, Hitzewallungen, Reizbarkeit, Schlaflosigkeit. Als hätte ich nicht schon genug Kummer und Leid! Am Ende der zweiten Woche meiner Isolationshaft wachte ich wohl dreißigmal in der Nacht auf, fühlte mich wie ein kleines Boot auf den sich überschlagenden Ozeanwellen meiner Hormone. Wie oft verwünschte ich mein Frausein, das mir sowieso im Leben nicht sehr viel Freuden und Vorteile eingebracht hatte!

Und nun auch noch dies, genau zur unpassendsten Zeit. Durch die Panikanfälle, die Ungeborgenheit und den psychischen Streß, unter dem ich durch den Entzug äußerer Sinnesreize und die fast vollkommene Isolation stand, wurden die Wechseljahrbeschwerden um so massiver. Ich fror und schwitzte nach kurzer Zeit in schnellem Wechsel, und die fliegende Hitze fühlte sich an wie ein tiefrotes Schamgefühl, so als hätte ich heimlich etwas Entsetzliches angestellt und wäre dabei auf frischer Tat ertappt worden – ein scheußlicher Zustand! Er war zwar nicht lebensbedrohlich, aber doch äußerst lästig. Manchmal wenn mich das Selbstmitleid packte, kam ich mir vor wie Hiob. Und wer weiß, dachte ich dann, was mir noch alles blüht?

Ich dachte inzwischen oft an die unerbetene Prophezeiung des *sadhu*, der mich mit seinen unverständlichen Worten erschreckt hatte. Der Professor hatte versucht, mir zu erklären, was sie bedeuten konnte: Tod oder Erleuchtung. Wen wundert es, wenn ich derweil geneigt war, die Wahrscheinlichkeit meines Todes in Betracht zu ziehen? Und wen wundert es, daß ich in meiner vollkommenen Isolation auch Augenblicke großen Friedens erlebte, Stunden der Erkenntnis, der inbrünstigen Nähe zu mir selbst angesichts des nahenden Endes? Manchmal schien ich mich in meiner Umgebung aufzulösen, mit ihr zu verschmelzen. Ich wurde eins mit dem Atem der Welt, mit dem Hauch des Windes und dem Spiel des Lichtes auf der geflochtenen Wand meines Raums.

Und wenn ich mit tiefster Dankbarkeit auf solches Erleben zurückblickte, sprach ich oft wie ein Gebet Verse von Rilke:

> *Denn nur dem Einsamen wird offenbart,*
> *Und vielen Einsamen der gleichen Art*
> *wird mehr gegeben als dem schmalen Einen.*
> *Denn jedem wird ein andrer Gott erscheinen,*
> *bis sie erkennen, nah am Weinen,*
> *daß durch ihr meilenweites Meinen,*
> *durch ihr Vernehmen und Verneinen*
> *verschieden nur in hundert Seinen*
> *ein Gott wie eine Welle geht.*

Ich fragte mich zuweilen, ob ich nicht meinen eigenen unpersönlichen Gott jetzt mehr als je zuvor spüren konnte, den, der meine Geschicke leitete, mich quälte und liebte, auch wenn er mich nicht kannte und er mir auch unbekannt bleiben würde. Gott ist nicht mein Freund, dachte ich. Freunde findet man unter Menschen. Das Göttliche muß mehr sein, anders, weniger eng. Diese kühle Liebe, die ich, wenn auch nur für Sekunden, in mir und um mich herum spürte, mitleidlos und doch barmherzig, hatte mit zwischenmenschlichen Gefühlen gar nichts zu tun. Doch um ihretwillen bejahte ich täglich ein wenig mehr von dem, was mir beschieden war. Sie schenkte mir einen unbeschreiblichen Trost und eine Ruhe, die oft Stunden andauerte. Dann aber überfielen mich wieder Elend und Angst, und ich wollte von der ganzen göttlichen Fürsorge und Barmherzigkeit gar nichts mehr wissen, sondern wünschte nur eines herbei: ein teilnahmsvolles menschliches Wesen, das sich meiner erbarmte und mich endlich hier herausholte. Da kam nur einer in Frage, mein ersehnter indischer Stanley, nur einer, der auf der Suche nach seiner verschollenen Dr. Guthknecht ins Ungewisse des Palmendschungels aufbrechen konnte, um mich zu finden und zu retten.

»Ach, Akasho, lieber Freund!« rief ich manchmal laut. »Wenn du nur nach mir suchen und forschen würdest! Könntest du nicht deinen Verstand und deine Intuition einschalten, um herauszufinden, wohin ich verschwunden bin? Könntest du nicht einen Wahrtraum, eine Vision haben, die dir zeigt, daß ich krank und elend bin, allein am Ende der Welt, und deine Hilfe brauche? Könnte dir nicht ein Stern leuchten und dich auf geradem Weg zu mir bringen?« Und ich dachte an diesen Mann mit dem silbrigen Schnurrbart und dem intensiven Blick mit einer inbrünstigen Sehnsucht, als sei er mein verlorener Geliebter. Oft verweilten meine Gedanken bei unseren Stunden in der Höhle, und ich hätte mich ohne Zögern erneut in das Nebelmeer gewagt, wenn ich dafür noch einmal in seinen Armen hätte liegen dürfen.

So geht es wohl uns alten Jungfern, seufzte ich dann. Wenn sie nur von einem männlichen Wesen träumen dürfen, ist ihnen jeder recht. Trotzdem – an Akasho war schon etwas Besonderes. Er war häufig in meinen Gedanken, und nicht immer nur als Gegenstand platonischer Freundschaft.

Bisweilen schien es mir ganz natürlich, daß meine Hoffnung sich mit geradezu messianischer Intensität auf eine Errettung durch meinen Professor richtete. Er, der mein Führer durch das Nebelmeer gewesen war, sollte mich auch aus diesem Sumpf der Panik erretten. Schließlich mußte er doch von seinem Schwager, dem Hotelbesitzer, erfahren haben, daß ich verschollen war. Und verzweifelt sein! Oder hatte Mr. Varghese mit typischer indischer Langmut meine Sachen irgendwo verstaut, mein Zimmer weitervermietet und mich schlicht vergessen? Er würde mein Verschwinden sicher erst nach ein paar Wochen oder gar Monaten merkwürdig finden, den Paß und das Geld im Safe finden und dann, der Ordnung halber, die Polizei benachrichtigen. Aber was würden die schon tun können? Gar nichts würden sie tun, nur eine Akte anlegen, allenfalls. Ich war ja erst gut drei Wochen hier bei den Taki; und was mir endlos erscheinen wollte, das konnte für die Leute im Hotel an der Küste nur eine unbedeutend kurze Zeitspanne sein.

Wenn ich nicht allzu deprimiert war, konnte ich mich an vage Hoffnungen klammern. Ich würde bald wieder laufen können, oder doch wenigstens humpeln. Dann würde ich mir sofort ein Boot mieten und unverzüglich zurück in die Zivilisation reisen. Keinen Tag länger als unbedingt nötig sollte man mich hier festhalten. Wenn sich aber die Resignation wie ein gräulichfeuchtes Leichentuch um mich legte, sah ich keine andere Möglichkeit, als hier unter den Steinzeitmenschen ein unrühmliches Ende zu finden. Sie würden mich verscharren oder im Kanal versenken, und nie würde die Welt erfahren, was aus mir geworden war. Doch da ich sowieso ganz allein auf der Erde war, konnte mich auch niemand vermissen. Ich wäre bald vergessen. Auf diesem Planeten würde ich keine Spur hinterlassen.

Alles ist vorhanden

Vor meinen Fenstern ein strahlender Oktobertag, einer der letzten. Noch fürchte ich mich, aus meiner Höhle herauszukriechen, habe Angst, der Bann könnte brechen, bevor die Zeit reif ist. Worauf ich warte, weiß ich nicht. Die Klarsicht, die mich von innen erhellt, führt gleichzeitig zu einer merkwürdigen Verwirrung. Ich stoße gegen die Möbel, lasse Gegenstände fallen. Dann holt es mich in die Wirklichkeit zurück, wenn ich meine Prellungen reiben muß oder gezwungen bin, die Scherben eines Weinglases aufzukehren. Mein Wesen ist hier und dort, begrenzt und entgrenzt, unzulänglich und vollkommen. Ich empfinde meine Ewigkeit und fühle meine Endlichkeit. Die Grüne Mutter hat mich in ein Mysterium eingeweiht, das ich nicht entfernt im ganzen Ausmaß seiner Bedeutung begreife.

Ich bin glücklich. Ja, glücklich. Was ich hier treibe, würde mancher Kollege als gefährlichen Solipsismus einstufen. Nun, vielleicht bin ich ja inzwischen auch völlig abgedreht. Habe Erscheinungen, höre Stimmen, führe Selbstgespräche, verstecke mich. »Zieht sich nicht mehr an, Tag-Nacht-Rhythmus gestört, ißt wenig, am Rande der Verwahrlosung, hat unbegründete Heiterkeitsanfälle.« Die Diagnose scheint klar. O wie gut, daß niemand weiß... Ich bin glücklich, das lasse ich mir nicht nehmen. Bereite mich, nach langer Innenschau, auf neue Aktivitäten vor. Weiß nicht, welche. Größenphantasien und Verwirrtheit. Am Ende wird es sich erweisen. Gibt es jemanden, der mir meine Entfaltung als Krankheitsbild deuten möchte? Sollen sie denken, was sie wollen, ich pfeife drauf. Natürlich, alle Verrückten glauben, sie seien normal, sagt nicht nur der Volksmund.

Ziellos streife ich durch die Zimmer und meine, von einer Aura flüssigen Lichts umhüllt zu sein. Zu sehen ist nichts, ich empfinde es bloß so. Als ich in der Abenddämmerung meine Bücherwand betrachte, sehe ich dort zahlreiche Bände, die ich selten oder nie geöffnet habe. Preiswerte Gesamtausgaben griechischer und deutscher Philosophen, über den Remittendenversand zum halben Preis erstanden. Literatur über Reinkarnation, von missionarischen Patienten als Geschenk überreicht, die Grundtexte der Theosophie von einer Schulkameradin, die mich dafür zu begeistern hoffte, Eliades großartige Werke über Religion und Mythologie. Alles ungelesen, nur mal durchgeblättert. Plötzlich interessieren mich diese Themen. Das berühmte Foto von Madame Blavatsky. Erschreckend, aber eindrucksvoll. Hoffentlich sehe ich nicht eines Tages auch so aus! Sie war eine Wissende, das erkennt man sofort. Doch scheint sie dafür einen hohen Preis gezahlt zu haben. Den Theosophen ist die Sieben wichtig, genau wie den Taki.

Im Regal steht, was mir zur Zeit nützlich ist, als hätte es nur auf diesen Augenblick gewartet. Es hat mir »immer schon« zur Verfügung gestanden. Nun kann ich mit Hilfe derer, die vor mir die Nebelwände ihrer Alltagswirklichkeit durchstoßen haben, meine eigenen seelischen Erinnerungen besser verstehen. Frauenmystik. *Autobiographie eines Yogi* – merkwürdig. Meister Eckhart und Angelus Silesius, ja, die sind mir schon vertrauter. Den Scholastiker fand ich meistens zu kopfig, doch die anrührenden Verse aus dem *Cherubinischen Wandersmann* und der *Heiligen Seelenlust habe* ich als Studentin gern gelesen. Heute bedeuten sie mir sogar noch mehr. »Mensch, werde wesentlich …!« Ich fange an zu verstehen, welche Art Erfahrung dahinterstehen könnte.

Frankls Schriften zur Existenzpsychologie fallen mir in die Hand. Gleich daneben steht Leopold Szondi, der über Freiheit und Zwang im Schicksal des einzelnen geschrieben hat. Und Asagioli, der im Grunde als einziger die transzendente Dimension des Menschen in seine Therapieform mit hineingenommen hat. Zwei von ihnen haben das KZ überlebt. Extremsituationen. Dagegen sind meine Erlebnisse in Indien nichts. Oder doch? Die Wirkung könnte vergleichbar sein: Wesensveränderung. Erkenntnis. Auftrag. Doch das wird erst die Zukunft zeigen. Ich spüre einen Auftrag, aber wie ich ihn gestalten kann, die Inhalte, die Formen, das alles ist noch offen.

Später, als suchte ich nach einem Omen, das mir rückwirkend die Existenz und die Lehren der Grünen Mutter bestätigt, greife ich nach C. G. Jung. In *Erinnerungen, Träume und Gedanken* finde ich unter dem Kapitel »Visionen« einen Bericht, der mich elektrisiert: Er erzählt, wie ihm seine Frau nach ihrem Tod in einem Traumbild erscheint. Sätze folgen, die einem noch ungeformten Etwas in mir eine Form geben: »Ich wußte, es war nicht sie, sondern ein von ihr für mich gestelltes oder veranlaßtes Bild ... die Objektivität, die ich in den Visionen erlebte, gehört zur vollendeten Individuation.« Ist es also das – die vollendete Individuation? Ist das der psychologische Fachausdruck, mit dem ich meinen Zustand heute beschreiben kann?

Lange lese ich in den Schriften des verehrten Lehrers, im Schlafrock auf meinem Ledersessel kauernd. Dabei mache ich mir bewußt, daß ich seit vielen Monaten keine geistige Nahrung mehr aus Büchern bezogen habe. Lesen. Meine Augen wandern langsam über die Zeilen. Mein erholter, erfrischter Geist nimmt jedes Wort auf, wie es gemeint ist, anstatt über die allgemeine Aussage hinwegzuhuschen. Spät am Abend die Worte, die ich brauche, ein synchronistisches Geschenk vom verehrten Altmeister: »Ob Energie Gott ist oder Gott Energie, kümmert mich wenig, denn das kann ich ja ohnehin nicht wissen. Wie es aber psychologisch erklärt werden muß, das soll ich wissen.«

Um mich herum Stille. Wer hat meine Hand zu diesem Buch, meinen Blick auf diese Zeilen gelenkt? Und wieder beschäftigt mich, wie vor Tagen, die Frage, ob das Leben eines Menschen vorgezeichnet ist. Mein Leben? Auch mein Leben? Der Gedanke beunruhigt mich, macht mich demutsvoll, läßt mich aufbegehren.

Denn nicht ich war es, die sie gesucht hatte, diese Zeilen, da war ich mir plötzlich sicher.

Wie konnte mich diese Stelle finden?

Hatte ich das Buch nicht schon oft gelesen, vieles angestrichen? Es bleibt mir unverständlich, und doch ergreift es mich, und ich begreife. Zeichenhaftigkeit überall. Mein menschlich begrenzter Geist, mein verstehender Verstand, wirkt in dieser Angelegenheit als Diener des großen Ordnungshüters, der auch Herr des akausalen Chaos ist.

Lesend und träumend, in meiner kreativen Isolation,

könnte ich Wochen verbringen. Da ich wenig esse, werden meine Vorräte noch eine Weile reichen. Nur nach der frischen Luft sehne ich mich. Manchmal mache ich am offenen Fenster ein Viertelstündchen Gymnastik, weil sonst mein Kreislauf absackt. Ob ich es wagen kann, nachts einmal spazierenzugehen? Mit einer Mütze, tief ins Gesicht gezogen, wird mich schon keiner erkennen. Meine Nachbarn sind anständige Leute, die gehen früh zu Bett. Und schließlich bin ich kein Verbrecher, sondern nur eine skurrile, eigenwillige Person.

An den Fingern nachzählend, stelle ich fest, daß ich bereits seit acht Tagen in meiner Klausur verharre. In den letzten zwei Nächten habe ich weder Wichtiges geträumt noch Visionen gehabt. Und doch – es scheint mir zur Zeit wie selbstverständlich, mit der Grünen Mutter – oder vielleicht ist es auch etwas anderes – in meinem Kopf (oder vielleicht ganz woanders) in Verbindung zu treten. Jederzeit, bei vollem Wachbewußtsein. Ich kann fragen und erhalte Antworten. Mir ist, als redete ich dann mit meiner eigenen Seele. Nie habe ich eine so liebe Freundin gehabt wie sie: zärtlich, aufrichtig, mitteilsam. Alles kann ich ihr erzählen, sie leistet mir Gesellschaft.

Auch sie rät mir, dieses Haus bald endgültig zu verlassen. Eine sonnendurchflutete Wohnung, eine neueingerichtete Praxis. Brauche ich eigentlich noch meine Kassenzulassung? Die engt mich mit Vorschriften ein, erlaubt aber denen, die nicht viel Geld haben, zu mir zu finden. Als frei Praktizierende könnte ich mit spontan gewählten Methoden behandeln und das vermitteln, was mir wesentlich erscheint. Geld genug für ein solches Hobby ist ja vorhanden. Erst jetzt wird mir klar, daß ich durch meine so ganz anders als geplant verlaufene Indienreise erst ein paar tausend Mark von Mutters Sparbuch verbraucht habe. Und der Verkauf des Hauses, das in einer hochbegehrten Gegend liegt, wird mich finanziell völlig unabhängig machen. Wahrscheinlich könnte ich sogar von den Zinsen leben.

So spekuliere ich, mache Pläne, entwickele Phantasien über meine Zukunft. Geordnetes und Ungeordnetes schießt mir durch den Kopf. Ich bleibe trotz aller freudigen Erregung dabei ganz ruhig, in meiner Mitte. Der Pragmatismus meiner Überlegungen hält mich auf dem Boden. Und keinen Augenblick verläßt mich mein Instinkt, der mir die Gewißheit vermittelt: Ich werde zur rechten Zeit die richtigen Entscheidungen treffen, mich in diesem neuen Lebensraum einzurichten.

Eine neue Haut ist mir gewachsen, das kann ich spüren. Aber ich brauche auch neue Kleider. Noch ist ja der Stoff meiner Erkenntnis nicht fertig. Er muß gefärbt und gewalkt werden, und bevor er ein wärmender Mantel wird, soll er auch ein Futter bekommen. Wird er mich dann vor der Kälte des Nichtbegreifens schützen können? Wärmt Wissen, oder macht es zittern? Ich hole eine Wolldecke, breite sie über meine nackten Füße und kuschele mich in meinen Sessel. Schmökernd verbringe ich die wachen Stunden der Nacht, die Rolläden fest geschlossen. Nur einmal gehe ich in die Küche, mache mir etwas zu essen.

Heute habe ich ein großes Bedürfnis nach indischen Gewürzen. Kokosraspeln und winzige Cilischoten bereichern meinen gekochten Reis, fast als wäre ich wieder in Kérala. Mit Stangenzimt, Nelken, Pfefferkörnern und duftenden Kardamomsamen bereite ich mir dazu einen kräftigen Milchtee, *chai masala*, der direkt über das Stammhirn Bilder und Gefühle meines schrecklich-schönen indischen Exils ins Gedächtnis ruft. Davon trinke ich so viel, daß die anregende Wirkung mich bis in die frühen Morgenstunden wachhält. Das ist gut so, denn da ist so viel, was ich erinnern muß, um zu begreifen. Und weil es weh tut, würde ich es manchmal auch gern vergessen.

Lachen und Träumen

*E*ines Morgens trat mein junger Takifreund in die dämmerige Hütte, um mir mitzuteilen, daß er das Dorf verlassen wolle.

»Bis zur Hochzeit meiner Schwester kann ich hier im Dorf nicht warten. Ich will zurück zu meiner Familie. Außerdem muß ich versuchen, Geld zu verdienen. Meine Frau und mein Sohn haben sonst nichts zu essen. Das Geld, das Sie, Mrs. Doris, mir gegeben haben, will ich ihnen bringen. Dann komme ich zurück. Meine Verwandten hier sagen, daß Sie hierbleiben können, solange Sie wollen. Es wird Sie nichts kosten, nur das, was Sie im Laden kaufen. Aber ich muß jetzt wieder zur Küste.«

Das Quentchen Zuversicht, das ich am Morgen beim Aufwachen verspürt hatte, verflüchtigte sich bei seinen Worten. Ich fühlte, wie ich aschfahl im Gesicht wurde.

»Aber Rama, dann habe ich ja hier keinen einzigen Menschen mehr, der Englisch versteht! Wie soll denn das gehen? Ich bin doch hier ganz allein und hilflos! Ich bin krank! Siehst du nicht, wie schlecht es mir geht?« Und wieder einmal brach ich in hilfloses Weinen aus. Ich griff nach seinem Arm und klammerte mich mit beiden Händen an ihm fest. »Rama, Rama, geh nicht weg!« rief ich auf deutsch. »Das ist zuviel! Ich halte es nicht aus! Wenn du mich auch noch verläßt, werde ich wahnsinnig!«

Rama betrachtete mich ratlos und erschrocken. Er schien solche Gefühlsausbrüche nicht zu kennen. Dann leuchtete sein Gesicht plötzlich auf. »Wollen Sie mehr mit uns Taki zusammensein, Mrs. Doris? Ist es das, was Sie möchten?«

Ich nickte verzweifelt.

»Das wußten wir nicht! Wir haben alle geglaubt, Sie wollten lieber allein sein. Wir dachten, daß Sie uns vielleicht doch verachten, genau wie alle anderen! Oder uns die Schuld geben für Ihr gebrochenes Bein. Deshalb wollten wir Ihnen nicht zu nahe treten. Sie sind so groß und weiß und sehen mit Ihren goldenen Haaren aus wie eine Göttin. Da hatten wir Angst, daß wir nicht genug für Sie sind. Der Rat der Dorfältesten meinte, wir sind für Sie unrein. Außer Ama hat niemand gewagt, Sie zu berühren, denn wir wollten Sie nicht beleidigen.«

Ach du liebe Güte, jetzt ging mir ein Licht auf. Das war es also! Das war der Grund, warum sich kein Mensch traute, in meine Hütte zu kommen. Die Taki hielten mich für etwas Besseres, wollten mich aus dem Bewußtsein ihrer Kastenlosigkeit heraus nicht beflecken, sie hatten Angst vor meinem Abscheu. Und vielleicht waren sie auch zu stolz, um sich von mir verachten und schlecht behandeln zu lassen. Ich hatte unter einer besonderen Form kollektiver Projektion zu leiden gehabt.

Bei dieser Enthüllung bekam ich einen fast hysterischen Lachkrampf. Ich lachte und lachte, bis Rama ebenfalls anfing, sich vor Lachen auszuschütten. Dann sagte ich, während ich mir die Tränen aus den Augen wischte:

»Rama, ich wünsche mir nichts mehr, als ein paar Menschen zu sehen, das Leben im Dorf zu beobachten, deine Schwester kennenzulernen und das Licht der Sonne wieder zu erblicken. Bitte bringe mich zu den Taki! Deshalb bin ich doch gekommen!«

Rama wirkte plötzlich etwas betreten. Er räusperte sich und schluckte. »O, Mrs. Doris, ich glaube, wir haben das ganz falsch verstanden. Und es ist auch meine Schuld. Ich hatte vom Hotelportier in Kóvalam gehört, daß Sie am liebsten allein in Ihrem Zimmer sind, daß Sie selten mit anderen Leuten reden. Er sagte, daß Sie den ganzen Tag mit geschlossenen Augen nachdenken und meditieren, wie ein muni, ein Einsiedler! Deshalb habe ich zu meinen Verwandten gesagt, daß man Sie hier nicht stören soll. Und wir haben doch auch gehört, daß Sie gebetet und heilige Lieder gesungen haben und mit den Geistern geredet haben, den ganzen Tag!«

Ich bekam einen neuen Lachanfall.

»Und dann haben Sie auch noch aufgehört zu essen. Da wußten wir, daß Sie etwas Besonderes sind. Wer ein Leben in Bedürfnislosigkeit führt, schweigt und betet und mit den

Geistern spricht, ist ein *muni*. Und Asketen darf man nicht behelligen. Man dient ihnen und versorgt sie, doch man spricht sie nicht an. Wir wollten warten, bis Sie von selbst vor die Hütte treten!«

»Aber ich kann doch noch nicht laufen!«

»Ama sagt, das Bein wird bald wieder in Ordnung sein. Sie hat vor kurzem einen geheimen *jaadu*, einen guten Zauberspruch, angewandt. Wollen Sie nicht mal probieren? Ich helfe Ihnen.«

Ich fühlte mich trotz Ramas bevorstehender Abreise unerwartet beschwingt. Deshalb stimmte ich seinem Vorschlag zu. Er half mir, mit der Krücke bis zum Ausgang des Schulzimmers zu hinken. Als ich vor die Tür trat, war ich zunächst wie geblendet und mußte mir die Hand vor die Augen halten. Doch dann erschien mir der Anblick der freien Natur wie ein Blick ins Paradies. Freude und Dankbarkeit durchströmten mich. Ich atmete tief und fing wieder an zu leben.

Rama rief laut nach seinen Leuten, und schnell waren wir von etwa dreißig Menschen umringt. Ich sah junge und ältere Frauen und ein paar Kinder, aber keinen Mann. Ama, die heilkundige Dorfärztin und weise Frau, trat auf mich zu und strahlte mich zahnlückig an. Dann wurde ihr Blick plötzlich glasig, sie hielt in ihrer Bewegung inne und beugte sich unerwartet nieder, um mit den Händen meine Füße zu berühren, wie man es bei einem Guru tut. Ich kann gar nicht sagen, wie peinlich mir das war. Aber ich ließ es geschehen, denn ich war viel zu verdattert und auch noch zu schwach, um laut Protest anzumelden. Sollten doch diese merkwürdigen Leute tun, was sie für richtig hielten.

Dann holte Rama seine Schwester, die Braut, die bald heiraten wollte. Sie sah recht gutherzig aus, wenn auch durchaus so willensstark, wie Rama sie mir geschildert hatte. Sie grüßte mich mit erhobenen Händen, kam aber nicht näher. Mit meiner Brille erkannte ich den kleinen blauen Pfeil auf ihrem braunen Handgelenk. Eine *nayar*-Seele, eine Kriegerin war sie, wie ihr Bruder gesagt hatte. Ich war neugierig, die übrigen

Zeichen zu erspähen. Die anderen Frauen blieben ein paar Meter entfernt von mir stehen. Alle waren sehr kleingewachsen, nur einsvierzig, einsfünfzig groß. Aber ich spürte von ihnen eine Welle der Freundlichkeit und Offenheit ausgehen, nachdem Rama ihnen wohl erklärt hatte, daß ich bereit war, mit ihnen in Kontakt zu treten.

Bald darauf kam ein Tag, den ich niemals vergessen werde. Ich hatte in der Nacht zuvor einen wunderbaren Traum, und damit wurde alles anders. Mir träumte, daß ich eine große, festlich geschmückte Halle betrete. Sie sah aus, wie ich mir den Thronsaal Gottes vorstelle, voller Licht und Glanz und Freudigkeit. Als ich eintrat, sah ich darin viele Hunderte himmelblau und schlüsselblumengelb gekleideter Menschen, die in kleineren und größeren Gruppen zusammenstanden und sich angeregt und gut gelaunt unterhielten. Ich stand in Lumpen gekleidet am Eingang, stützte mich auf meine Krücke und überlegte, ob ich mich ungesehen entfernen könnte, denn mein Aufzug war mir peinlich. In der Luft lag eine freudige Erregung, Vorfreude auf ein langersehntes, beglückendes Ereignis. Als die dort Anwesenden mich erblickten, verstummten sie. Dann sah ich eine Frau auf einem kleinen Podest, die mich an meine erste Grundschullehrerin erinnerte. Sie hob die Arme, wie zum Dirigieren, und plötzlich sangen alle zu mir hingewandt: »Hoch soll sie leben, hoch soll sie leben, dreimal hoch!«

Die Lehrerin trat zu mir, schüttelte mir ausgiebig die Hand und sagte: »Großartig, wie du das gemacht hast. Herzlichen Glückwunsch! Wir sind alle sehr beeindruckt von deinem Mut.« – »Entschuldigen Sie bitte, Sie müssen mich verwechseln!« entgegnete ich. »Ich bin nicht mutig, sondern ganz verzweifelt.« – »Ja, Doris, dazu gehört doch gerade der größte Mut! Jetzt bist du endlich eine von uns. Wir nehmen dich in die Gemeinschaft der Menschen auf. Bei uns wird erst Vollmitglied, wer vor seiner Angst nicht davonläuft. Du wirst nie wieder allein sein. Wir sind bei dir.« Rama Raj, in Anzug und Krawatte, trat aus der Menge und legte mir einen prächtigen

Blumenkranz um. Dann klatschten Tausende von Händen, alle fingen an, sich im Tanz zu drehen, und auch in mir stieg großer Jubel auf. Ich fiel auf die Knie und empfing einen Segen. Verwundert stellte ich fest, daß ich nicht mehr lahm war und ein neues himmelblaues Gewand trug.

Mir war beim Erwachen selig zumute wie nie zuvor in meinem Leben. Dabei war es doch nur ein Traum! Aber er hatte auf mich eine so beglückende Wirkung, daß ich mich wie verwandelt fühlte. Still verharrte ich auf meinem Lager. Ich fühlte mich umhüllt von Präsenzen, die realer waren, als wenn der Raum voller Menschen gewesen wäre. Die Atmosphäre war dicht, durchwoben von einer Nähe und Liebe, wie ich sie noch niemals erfahren hatte. Mir war, als würde ich von Wogen des Glücks geschaukelt, und das alles hatte keinen anderen Grund als die Erinnerung an meinen Traum. Gewiß enthielt er eine zentrale Botschaft, ein deutliches Signal. Ich war ganz sicher, daß dies kein gewöhnlicher Traum sein konnte. Er war so tröstlich und aufbauend, so heilend und klärend, daß ich mit einem Schlag meine vielen kleinen Ängstlichkeiten, meine Traurigkeit, meine abgrundtiefe Verlassenheit, meine Hilflosigkeit und meine Unfähigkeiten abstreifen konnte. Sie fielen von mir ab wie eine alte Haut. Ich fühlte mich unge- heuer wohl in meinem Körper und eins mit allem, was mich ausmachte.

Ab diesem Moment herrschte in mir viel Zuversicht, Gelassenheit, Klarheit. Anstatt mich um die Zukunft zu grämen, mich mit Selbstvorwürfen zu quälen und alles anders haben zu wollen, als es gerade war, katapultierte mich dieser Traum, dieses Willkommensfest im Kreise der wahrhaftigen Menschen, in das Jetzt. Und ich begann unmittelbar, den Moment so zu leben, wie er gerade für mich war, ohne ihn zu verurteilen – oder zu loben.

Wochen hatte ich im Dämmerlicht dieser Hütte verbracht, geschüttelt von Panik, gebadet in Tränen, hartnäckig um meine geistige und körperliche Gesundheit ringend. Ich war in meine persönliche Hölle hinabgestiegen. Meine gesamte

266

professionelle Therapieerfahrung hatte ich einsetzen müssen, um nicht zu dekompensieren. Ich hatte mein Kopfpolster geprügelt, wenn mich der Zorn überkam, hatte mich um mein inneres Kind gekümmert, hatte sogar aus dem kleinen Kissen ein Schmusetier gemacht und meine wenigen Habseligkeiten zu Spielzeug umfunktioniert. Die Gratwanderung zwischen Wahnsinn und Kontrolle hatte ich mit großer Mühe bewältigt. Nichts unterdrücken, alles zulassen – das war nicht gerade einfach und wollte mir beileibe nicht immer gelingen.

Jetzt plötzlich war ich von Kopf bis Fuß lebendig, jede Zelle vibrierte. Ein völlig neues Lebensgefühl war das an jenem Morgen, und es hält noch immer an. Alles, alles erschien mir einfach. Mein Zustand war nicht mehr hassenswert, sondern wurde mir täglich zur interessanten Erfahrung. Ich hörte nicht nur, wie zuvor, die gräßlichen Krähen kreischen, sondern vernahm die Geräusche des lebendigen Lebens, den Atem der Existenz. Das Lichtspiel an den Wänden rings um mein Bett entzückte mich. Mein Essen hatte ein Aroma, das mich bei jedem Bissen ungläubig innehalten ließ. Und mein Gemüt floß über von Liebe und Dankbarkeit für alle, die mich hier aufgenommen, gepflegt, verköstigt, angestaunt und bedient hatten. Auch bei mir selbst bedankte ich mich für all die vielen Tage der aufrichtigen Begegnung mit Seiten und Zügen meines Wesens, die mir zuvor nicht bewußt gewesen waren.

Hatte ich vorher tagein, tagaus nur apathisch-gefühllos die Stunden verstreichen lassen, wenn ich nicht gerade mit meiner Selbsttherapie beschäftigt war, rekonstruierte ich jetzt mit wachsender Faszination, wie ungeheuer klug und liebevoll und unerbittlich meine Seele mich Schritt für Schritt an diesen Ort zu diesen Menschen geführt hatte. Und mich überkam eine Ehrfurcht angesichts der sorgfältigen Planung, der ich (ich?) gefolgt war. Alles hatte jetzt seine Richtigkeit. Das Sparbuch, das meine alte Mutter für mich so reichlich mit Geldmitteln ausgestattet hatte, war die Keimzelle eines neuen Lebens gewesen. Von dem Augenblick an, als ich ihren Rat, auf Reisen zu gehen, zu befolgen begann, hatte ich den Weg zu meiner Hütte unter den Palmen schon beschritten. Und wer weiß, welcher inneren Führung sie selbst gefolgt war, ohne es zu wissen – meine gute, biedere Mama.

Ich verstand, daß der Traum mir sagen wollte: Gib dich allen Impulsen hin, die dein Innerstes dir schenkt. Folge unbeirrbar dem Weg, der sich Schritt für Schritt unter deinen Füßen auftut. Du mußt das Ziel nicht kennen! Du wirst es ja sehen, wenn du angekommen bist.

Ich hatte zeit meines Lebens um Gleichmut gerungen, hatte weder große Höhen noch Tiefen in meinen Stimmungen zugelassen, wollte die Ruhe bewahren, kein Risiko eingehen, mich nicht aus dem Trab bringen lassen. Sollten andere heulen, Katharsen erleben, Psychosen kriegen!

Hier im Dorf der Taki war das Pendel ins Gegenteil ausgeschlagen. Schluß mit dem künstlichen Stoizismus auf Kosten meiner Lebendigkeit! Ich war durch so viel Angst hindurchgegangen, daß ich jetzt nicht mehr anders konnte, als zu fühlen. Alle Emotionen kamen mit einer Heftigkeit, wie ich sie sogar bei meinen Patienten selten beobachtet hatte. Ja, ich war tapfer gewesen, aber nicht so, wie es die Helden der Abenteuerromane sind. Keine bösartigen Intrigen, keine Schießereien hatte ich überstanden, und ich hatte mich weder gegen die Mafia noch gegen Wüstlinge oder Giftmörderinnen verteidigt. Meine Tapferkeit hatte darin bestanden, mich schwach zu fühlen und alle Hilflosigkeit, Abhängigkeit, Ohnmacht zuzulassen. Ich hätte angesichts dessen, was das Leben (wer sonst? mein Unbewußtes? das Fatum? Gott?) mir an Prüfungen innerhalb weniger Stunden bereitgestellt hatte, auch nicht wählen können. Es war einfach zu viel gewesen, als daß ich noch Widerstand hätte leisten können.

Ich nenne es eine Prüfung, und ich hatte sie bestanden, indem ich gar nichts, rein gar nichts mehr leistete, sondern schlichtweg versagte. Das war meine Rettung. Ich hatte mich gehäutet von einer beschwerlichen Lebenseinstellung, die mir als tonnenschwere Last auf der Brust gelegen hatte. Dieser Zustand von Leichtigkeit, das Entzücken am reinen Sein, das alles war nicht nur ein schnell vergänglicher euphorischer Zustand. Da ich durch diesen Traum in eines der Mysterien eingeweiht worden war, ist mir die befreiende Wirkung bis heute nicht verlorengegangen.

Man brachte mir einen harten, aber nicht unbequemen Sessel aus Holz und Sisalflechtwerk. Er wurde vor die Tür des Schulraums gestellt, und ich nutzte ihn in der folgenden Zeit, wann immer ich frische Luft schnappen und die Sonne sehen wollte. Das erste, was mir auffiel, war, daß ich meine Brille nicht mehr brauchte. Das kam mir wie ein Wunder vor. Meine Sehkraft war so gut geworden, wie ich es seit meiner Kindheit nicht mehr erinnerte. Lag es daran, daß ich wochenlang nichts mehr gelesen hatte? Oder an den vielen, vielen Tränen? An der Entspannung, die darauf folgte? An der Befreiung von alten Knoten und Schmerzen, die meinen Nacken verspannt hatten? War es der Traum? Ich konnte es nicht sagen, aber es war ein herrliches Gefühl, die Welt klar erkennen zu können. Durch die Aufklärung des grotesken Mißverständnisses waren zwar nicht alle Schwierigkeiten behoben, doch suchten die Taki jetzt meine Gesellschaft. Mit kindlicher Freundlichkeit, Neugier und Direktheit stellten sie sich vor mich hin, betrachteten mich, redeten mich an, zeigten mir Früchte, Schmuck, Kleider, Kinder, handwerkliche Erzeugnisse und lachten. Ich redete auch drauflos. Das war besser als gar nichts. Und sie schienen mich im wesentlichen zu verstehen, wie auch ich verstand, was sie mir sagen oder zeigen wollten. Männer wie Frauen trugen mich bald in meiner Sesselsänfte hierhin und dorthin. Ich lernte die merkwürdigen Wohnhäuser kennen, die kein Fenster und nur eine winzige Türöffnung hatten, durch die man gebückt hineinkriechen konnte wie in ein Mauseloch. Sie wurden aber nur zum Schlafen benutzt. Alles Leben spielte sich auf dem Dorfplatz und vor den Häusern ab. Die meisten grenzten mit der Rückseite an den Kanal. Es war interessant, den Tagesablauf der Menschen zu beobachten. Tiere sah ich nirgends. Dabei hatte ich doch Muhen und Meckern gehört und einen Ochsenwagen beobachtet!

Im Dorf gab es hauptsächlich Frauen, die Männer kamen nur abends. Ich gewann den Eindruck, daß sie in erster Linie zum Beischlaf willkommen geheißen wurden, sonst aber im sozialen Gefüge eine eher untergeordnete Rolle spielten. War das vielleicht der Grund gewesen, warum Rama mich nur einmal am Tag besucht hatte? Männer schienen bei der Alltagsarbeit nicht erwünscht, wirkten wie Störenfriede. Die Frauen mehrerer Generationen arbeiteten auf den Feldern und vor den Häusern, fuhren auf kleinen Booten den Kanal auf und ab, wuschen Wäsche, erzogen die Kinder, kochten Essen, erzählten und sangen und hielten alles recht sauber. Man baute Reis an, Cashewnüsse, rote Bete und verschiedene Früchte. Papaya wurde täglich auf viele verschiedene Arten zubereitet und verzehrt, doch entdeckte ich zu meiner Verwunderung nirgends die Spur eines Papayabaums. Auch die schwere Arbeit der Palmenpflege wurde, soweit ich es beurteilen konnte, allein von den Frauen bewältigt.

Gegen Abend, wenn die Männer auf den Dorfplatz kamen, etwa eine Stunde bevor es dunkel wurde, sah ich auch zartgliedrige Greise mit langen Haaren und wallenden Bärten, die sich gemeinsam in eine Ecke hockten, um zu palavern und zu rauchen, und stattlich gebaute, wenn auch kleinwüchsige Burschen, die wie die Pfauen auf und ab stolzierten. Ich entdeckte eine Anzahl animistischer Heiligtümer, geschmückte Schlangensteine, bemalte Baumwurzeln, einen kleinen Schrein mit Opfergaben. Aber vom Vollzug uralter Riten und mysteriöser Kulte merkte ich gar nichts, obgleich ich neugierig umherspähte. Bislang hielt sich alles im Rahmen dessen, was ich mit der Unbefangenheit einer Touristin als hinduistische Allgemeinpraxis einordnen konnte. Der Professor hatte wohl doch ein wenig übertrieben.

Eines gefiel mir sehr: Die Frauen redeten sich allesamt mit ihrem Vornamen an und fügten die Silbe -*Ben* hinzu. Sie nannten sich Rupa-Ben, Sita-Ben, Ela-Ben. Bald erfuhr ich, daß dies »Schwester« bedeutete. Frauen empfanden sich als Schwestern. In der Tat meinte ich eine ungewöhnliche Solidarität und Kameradschaft zwischen ihnen zu spüren. Wenn sie sich trösten wollten oder sich die Arme um die Taille legten, hängten sie an die Namen die Endung *-kutty* an. Das sollte zum Ausdruck bringen, daß sie besonders mitfühlend und zärtlich gestimmt waren. So wurde auch ich nicht selten zu Dorikutty, was soviel hieß wie »kleine liebe Doris«. Doch meistens hieß ich Dori-Ben, und das gefiel mir ganz gut. Manche Frauen, besonders meine Heilerin Ama und einige andere der älteren Generation, nannten mich auch bisweilen Devi-Ben. Zunächst nahm ich an, daß dies eine Verballhornung von Dori-Ben sein könnte. Doch später sollte sich herausstellen, daß diese Bezeichnung einen ganz anderen, ungeahnten Hintergrund hatte. Gut, daß ich in diesen Tagen noch nichts davon wußte!

Die Frauen verhielten sich immer noch ehrerbietig und scheu, während die Kinder, Knaben wie Mädchen, unbekümmerter mit mir umgingen. Aber immerhin gab es keine offensichtlichen Verehrungsgesten mehr. Niemand verbeugte sich vor mir oder berührte ehrfürchtig meine Füße. Die Kluft, die sich dennoch zwischen uns auftat, war, so meinte ich, bedingt durch den Unterschied der Hautfarbe, durch die Verständigungsschwierigkeiten und vor allem durch meine Leibesfülle.

Ich hatte schon einiges an Gewicht verloren, doch wirkte ich immer noch mächtig groß. Nie im Leben war ich mir so massig und trampelhaft vorgekommen wie unter diesen kleinwüchsigen, grazilen Menschen. Mein rotblondes Haar flocht ich zu einem langen, dicken Zopf. Die Kinder liebten es, daran zu ziehen und zu zupfen.

Als die Lehrerin endlich eintraf, hatte ich gerade mein Fasten gebrochen und begann, wieder Papayafrüchte und Reis zu mir zu nehmen. In der fünften Woche aß ich dann, was alle aßen. Bei den Taki wurde weder Fleisch noch Ei genossen. Nie sah ich sie einen der kräftigen Fische verzehren, deren silbrige Leiber aus dem Wasser des Kanals ins Sonnenlicht sprangen. Dabei wäre das doch gutes, gesundes Eiweiß gewesen! Ich selbst hatte ein zunehmendes Bedürfnis nach Proteinen. Aber wir aßen gut und reichlich. Jede Mahlzeit wurde auf frischen Bananenblättern gereicht, viele kleine unterschiedlich gewürzte Speisehäufchen wurden am Ende mit dem rötlichen, grobkörnigen trockenen Reis vermischt und zu kleinen schmierigen Bällchen geformt in den Mund gesteck. Die Saucen zum Reis waren aus Linsen oder Bohnen gekocht, mit Kokosraspeln angedickt und mit Cashewnüssen garniert. Curries wurden aus grünen Bananen, aus Bananenblüten, aus unreifen Papayas und aus Tapioka, der billigen und nahrhaften Armeinspeise, gekocht. Fast alle Zutaten kamen aus eigenem Anbau, nur das Weizenmehl mußte gekauft werden. Besser schmeckten mir die *chappatis* aus gemahlenen Kichererbsen. Es gab ungesäuerte Brotfladen, die in Palmöl geröstet wurden. Eingeedickte Kokosnußmilch würzte milde und scharfe Speisen. Und es gab einen köstlichen Joghurt, wer weiß woher, denn Kühe sah ich nicht. Er schmeckte anders als bei uns, also nahm ich an, dass er aus Büffelmilch hergestellt war.

Die Lehrerin sprach gut Englisch. Malti-Bens Ankunft empfand ich nun in meinr Lage als einen unbeschreiblichen Segen. Ich war zwar zu den Taki gereist, um ein paar Tage fernab aller Zivilisation zu verbringen. Und als naive Touristin hatte ich mir gewünscht, sie besäßen moglichst wenig von den westlichen Kulturgütern, die andere Urvölker – in Amerika, Australien und Afrika – in einen so unguten Zwitterzustand von Tradition und Moderne, von Steinaxt und Computer geworfen hatten. Doch die segensreiche Möglichkeit, mich wieder etwas differenzierter mitteilen zu können und eine Sprache zu hören, die in meinen Ohren weniger dem Gurren von Tauben und Knurren von Hunden glich, machte mich überschäumend glücklich. Als sie aus dem Boot stieg und man ihr brühwarm erzählte, daß eine Fremde im Dorf weilte, rannte sie voller Freude in meine Hütte, die eigentlich die ihre war, und begrüßte mich wie eine alte Freundin. Vielleicht war sie ebenso froh wie ich über die unverhoffte Gesellschaft. Ihr

Englisch war so flüssig, daß wir uns ohne weiteres verständigen konnten, und es war deutlich kultivierter als Ramas Ausdrucksweise. Sie fing bald an, mir freiwillig mit sprudelnder Begeisterung alles mögliche zu erzählen und zu erklären. An ihrer Handwurzel prangte ein stilisiertes, weit geöffnetes Auge, das Auge der Wissenden.

In dem engen Raum, der mir als Unterkunft diente, wurde nun eine Schlafmatte ausgerollt. Malti überließ mir weiterhin ihre Bettstatt, die übrigens die einzige im ganzen Dorf zu sein schien. Von nun an waren wir immer zu zweit. Das war für mich anfangs eine große Umstellung. Doch nach den langen Wochen der Isolation war mir alles recht. Mit unverhohlener Neugier und schlichter Selbstverständlichkeit betrachtete Malti-Ben alle meine Sachen, meine Kleider, Toilettenartikel und Medikamente. Als ihre kleine Kiste mit all den Dingen kam, die sie in der Stadt besorgt hatte, war ich ebenso interessiert. Sie brachte Fibeln und Schreibgeräte für die Kinder, Schleifen, Schmuck und Kämme für die Freundinnen und einen neuen Sari für sich selbst. Dann gab es noch eine weitere Kiste, die aus einem anderen Haus herbeigeschafft wurde. Sie enthielt Maltis übrige Habseligkeiten, die sie während ihrer Abwesenheit in Verwahrung gegeben hatte. So richteten wir zwei Frauen uns in der Hütte ein. Malti baute in ihrer Ecke einen kleinen Hausaltar mit einem Kalenderbild von Shiva, einer Statuette des Elefantengottes Ganesha, Räucherstäbchen und Wasserschüsselchen. Früh am Morgen, wenn es noch dunkel war, erwachte ich von ihrem leisen Gesang »*Om Namah Shivaya, Haraya Namah Om*«, und bei Sonnenuntergang oder bestimmten Anlässen, die ich nicht immer verstand, konnte ich sie nun häufig beobachten, wie sie ihre Reinigungszeremonie, die *puja*, vollzog.

Nach wenigen Tagen schon waren wir ganz vertraut miteinander. Ich erkundigte mich, ob sie auch verheiratet sei. Sie lachte, ihre zierreichen silbernen Ringe in Nase und Ohren schwangen hin und her: »Ich hatte schon dreimal einen Ehemann, aber das war nur so zum Spaß. Ich habe es mir bald anders überlegt. Ich habe sie fortgeschickt. Am liebsten bin ich hier allein in meinr Schule. Meine Seele ist alt, ich mag in diesem Leben keine Kinder haben und brauche eigentlich keinen Mann. «

Ich hörte ihr verblüfft zu. Es war mir schon aufgefallen daß die Frauen im Dorf selten mehr als zwei Kinder versorgten. Daher wollte ich wissen: »Wie hast du es geschafft, keine Kinder zu bekommen?«

»Das ist kein Problem. Wir haben einen Baum, von dem alle Frauen täglich ein paar Blätter kauen, solange sie nicht schwanger werden wollen. Bei uns bestimmen die Frauen selbst, ob sie ein Kind haben und aufziehen wollen oder nicht. Schließlich müssen sie es ja auch ernähren. Die Männer arbeiten nur wenig, ihre Aufgabe ist es, die Büffel zu hüten. Die Kinder gehören nicht ihnen. Wenn eine Frau trotz allem einmal ungewollt schwanger wird, kann sie etwas Öl von demselben Baum benutzen, das wirkt stärker und hilft immer, ohne Schmerzen.«

Das interressierte mich ungemein. »Kannst du mir den Baum zeigen, Malti?«

»Ja, gewiß, wir nennen ihn *nimba*, das heißt ›Helfer bei Krankheiten‹. Die Briten sagen *neem-tree*. Jedes Dorf hat mindestens einen davon. Er ist für viele Dinge gut, gegen Ungeziefer, für das Zahnfleisch, für die Haare.«

Ob das die gekauten Blätter waren, die zur Wundheilung auf meinem Bein gelegen hatten? Der Bruch war immer noch mit den großen, glänzenden Bananenblätter verbunden und mit den Rippen von Palmwedeln geschient. Aber inzwischen strich Ama mir nicht mehr Kurkumapaste, sondern den saftigen goldgelben Fruchtbrei der Papaya auf die Stelle. Sie hatte auch aufgehört, Zaubersprüche zu murmeln, aber sie ließ ihre Hand auf dem Verband ruen, bis das Gefühl von tausenden kleinen angenehmen Stichen bekam, ein Kribbeln, das mir eine erhöhte Temperatur und bessere Durchblutung und wer weiß was anzeigte. Das Bein fühlte sich nicht schlecht an, aber ich war sehr unsicher in meinen Bewegungen geworden.

Ich wagte immer noch nicht, den Fuß normal zu belasten. Malti erbot sich, mich beim Gehen zu stützen. Sie war viel kleiner als ich, doch konnte ich meine Hand auf ihre Schulter legen, und mit großem Einfühlungsvermögen paßte sie ihre Schritte meinen Möglichkeiten an.

Obgleich ich nicht gut vorwärts kam, fühlte ich mich doch leicht und schwebend, so als hätte ich eine ungeheuere Last von mir geworfen. Die Zeit der Einsamkeit war vorüber. Das lag jedoch nicht in erster Linie an Maltis Anwesenheit, sondern an der Erkenntnis und der »Erfühlnis«, daß ich nunmehr in ein größeres Ganzes, das Menschsein, eingebunden war. Das essentielle Alleinsein hatte ich gespürt, und auch das tiefe Erschrecken, das damit verbunden war. Und dann waren Freude und ein innerer Friede über mich gekommen. Ich hatte meinen Schmerz als ein Partikel einer immensen, alles umspannenden Erfahrung erkannt und spürte, daß ich mit meinen Tränen, meinem Hader und meiner Hoffnungslosigkeit Anschluß an das Erleben von Milliarden Menschen gefunden hatte.

Jetzt war täglich von morgens um acht bis nachmittags um vier Schule. Malti forderte mich auf dabeizusein und stellte meinen Sessel im Schulraum auf. Zum Dorf gehörten achtzehn schulpflichtige Kinder, sechsundzwanzig kamen aus zwei Nachbardörfern, die keine eigene Schule besaßen. Lustig war es, die Kinder zu beobachten! Sie waren alle brav in eine kleine Uniform gekleidet, Weiß mit Dunkelblau. Ein seltsamer Anblick, den ich bei den Ureinwohnern nicht erwartet hätte. Die Mädchen hatten ihre Haare zu niedlichen kleinen Affenschaukeln geflochten, die mit weißen Schleifen verziert waren. Von weitem sahen sie adrett aus, erst aus der Nähe merkte man, daß die Kleider wohl nicht sehr häufig gewaschen wurden. Und sie hatten auch keine Unterwäsche an. Alles, was Malti ihnen beizubringen hatte, mußten die Kinder laut und rhythmisch nachsprechen, bis sie es auswendig wußten. Es gab nur eine zerfledderte Fibel und eine Wandtafel, die jedoch selten benutzt wurde. Um so häufiger erlebte ich, wie

Malti den Kleinen Geschichten erzählte. Ich konnte natürlich kein Wort davon verstehen, stellte aber fest, daß die Kinder mit großen Augen und offenem Mund wie gebannt der jeweiligen Erzählung lauschten. Die älteren Kinder bekamen auch eine Art Englischunterricht, und alle wurden mit verschiedenen Pflanzen und Tieren vertraut gemacht. Dabei spielte das Kraut *tulasi*, das vor jeder Hütte in einem Topf wuchs und als »heiliges Basilikum« bezeichnet wurde, eine ganz besondere Rolle. Es schien für und gegen alles mögliche gut zu sein, ein universelles Heilkraut. Während die Kinder lernten, wozu sie es einsetzen konnten, befingerten sie die Blätter und Zweiglein, bis ein würziger Duft den Raum erfüllte.

Mich interessierte natürlich besonders, ob man tatsächlich irgendwelche Charakteristika an den Kleinen feststellen konnte, die den Zeichen an ihrem Handgelenk entsprachen. Malti hatte mir erzählt, daß jedes Neugeborene am Tag nach seiner Geburt von Dorfpriestern des örtlichen Shivatempels, eingehend betrachtet und somit »erkannt« wurde. Sie sagte, der Priester selbst sei ein *vidya* wie sie und könne daher aus seinem uralten Wissen und ganz ohne Voreingenommenheit die seelische Identität eines neuen Menschen feststellen.

»Das Baby wird dann einer der sieben Seelenarten zugewiesen. Und je nachdem, ob es sich bei dem Kind um eine *siddhi*- oder *yogi*-Seele, um eine *vidya*- oder *raja*-Seele, um ein *brahmi*-, *rishi*- oder *nayar*-Kind handelt, stellt man es unter den Schutz einer besonderen Manifestation von Shiva. Dann wird es zu einem ewigen Diener der Gottheit auf Erden, unabhängig davon, ob das Kind männlich oder weiblich ist.«

»Und wann werden die Zeichen eintätowiert?«

»Siebzig Tage nach der Geburt, wenn das Kind lächelt und die erste schwierige Zeit überlebt hat, wird ihm sein Zeichen gegeben, damit es niemals vergißt, welche Aufgaben es im Leben hat. Und auch für uns andere ist es wichtig zu wissen, mit wem man es zu tun hat, denn Seelen sollten unterschiedlich behandelt werden. Jede Seelenrolle hat ihre Fähigkeiten, ihre Schattenseiten, ihre Eigenschaften und Bedürfnisse.«

»Was ist mit der Erziehung? Sollte man Kinder nicht möglichst alle gleich behandeln, wegen der Gerechtigkeit?«

»Wir finden das gar nicht. Nicht so, wie du es vielleicht meinst, Devi-Ben! Es gibt eine andere Gerechtigkeit, die bewirkt, daß jeder das bekommt, was er braucht. Der eine Mensch braucht mehr, der andere weniger, der eine dies, der andere das. Was ist daran ungerecht? Mit einem Kriegerkind muß man ganz anders umgehen als mit einem Heilerkind. Einem kleinen Krieger muß man die Aufgabe zuweisen, den Heiler zu beschützen und gegen Angriffe zu verteidigen. Er will schon früh auf Abenteuer ausziehen. Ein Heiler hingegen sollte beizeiten lernen, daß eine Arbeit, die nicht mit dem Herzen getan wird, keine gute Ernte einbringen wird. Heiler sind meistens schüchtern und brauchen viel Zärtlichkeit. War es nicht bei dir auch so, als du klein warst? Ein Königskind muß ein bißchen in Schach gehalten werden, aber es braucht viel Bewegung und Verantwortung. Wehe, wenn man es beleidigt! Nein. Alle sind verschieden! Sieh nur, Devi-Ben, wie ich es hier in der Schule mache. Jedes Kind erhält seiner Seelenrolle entsprechend eine besondere Erziehung und Förderung. Auch die Mütter werden von mir veranlaßt, ihre Kinder sehr unterschiedlich und aufmerksam wahrzunehmen, da sie sich sonst gegen Shiva, den allmächtigen Herrn, versündigen würden. Nur wer Gott mit seiner Seele dient, kann richtig dienen. Und unser Dienst besteht aus allem, was wir denken, tun, entscheiden und fühlen.«

Diese ungewohnten pädagogischen Ideen gaben mir viel Stoff zum Nachdenken. Hätten meine Lehrer nur einen einzigen Versuch gemacht, mich als Mensch mit einer Seele zu begreifen – ich glaube, ich wäre in der Schule viel glücklicher gewesen! Doch da zählte nur Leistung. Hauptsache, man brachte die Zweier und Einser heim. Wie es einem dabei ging und zu welchem Preis die Leistung erkauft wurde, schien gleichgültig zu sein. Doch vielleicht wäre ich gar nicht an die

Psychologie geraten, wenn ich mich nicht in der Schule oft so unglücklich und verkannt gefühlt hätte. So hatte auch hier alles seinen Sinn und Zweck.

Ich beobachtete ein kleines *brahmi*-Mädchen, eine Priesterseele, wie es den anderen Kindern ernsthafte kleine Predigten hielt. Die Heiler, Buben und Mädchen, kamen häufiger als andere Kinder zutraulich in meine Nähe und begannen nach einiger Zeit, unbekümmert mit mir zu schmusen, während die zarten dunkelhäutigen Krieger Spaß daran hatten, auf mir herumzuturmen, mich zu necken und zu »ärgern«. Die Künstlerkinder, die kleinen *yogi*, sah man oft mit phantasievollen Gegenständen, denen sie vielleicht auf ihre Weise ein geheimnisvolles Leben eingehaucht hatten. Auch liebten sie es, meine langen hellen Haare zu kunstvollen Zöpfen zu flechten. Sie konnten nie genug davon bekommen, sich mit der rotgoldenen Flut zu beschäftigen. Die *rishi*, die Weisenseelen, schwätzten munter zu jeder Tageszeit. Sie hatten sich immer etwas zu erzählen. Selten traf man einen von ihnen allein an. So wurde mir mit der Zeit immer deutlicher, daß diese merkwürdige Unterteilung der Seelen in sieben Typen stimmen könnte. Oder war es Konditionierung? Sich selbst erfüllende Prophezeiung? Ich wußte es nicht und rätselte weiter an der Sache.

Geschwisterliebe

Sosehr mich auch die Kinder erfreuten und von meiner mißlichen Lage ein wenig ablenkten, bald gab es Wichtigeres zu sehen. Die Bevölkerung des Dorfes rüstete sich zur Hochzeitsfeier. Allenthalben herrschte zunehmende Aufregung. Ich hatte angenommen, nur Ramas Schwester würde heiraten. Bald aber stellte ich fest, daß man ein Fest für viele Paare vorbereitete, zum Vollmond im Mai. Ich war nun schon fast drei Monate im Dorf und verspürte kaum mehr einen Impuls, es zu verlassen.

278

»Mehrere Tage lang wird gefeiert«, sagte mir Malti. »Die Hochzeit und das Bootsrennen sind die beiden wichtigsten Dinge im Leben eines Taki. Alles andere ist wie überall. Aber so wie man bei uns heiratet, das gibt es sonst nirgends.«

Ich hatte bereits einigen Hinduvermählungen beigewohnt, allerdings Feiern der reichen Oberschicht. Ich konnte mir vorstellen, daß es in diesem Dorf am Ende der Welt anders zugehen würde. Neugierig war ich vor allem, weil ich immer mehr interessante Einblicke in die matriarchalischen Strukturen der Taki bekam. Ich beobachtete, welchen Einfluß, welche Macht die Frauen hier hatten. Es war verwirrend für mich, das, was ich sah und erkannte, zu vereinbaren mit den Geschichten, die ich über die Rolle der Frau in Indien gehört hatte. Und es paßte natürlich auch nicht zu meiner eigenen etwas peinlichen Auffassung, daß der Mann letzten Endes das von der Schöpfung bevorzugte Wesen sei. Allen Emanzipationsbestrebungen meiner Generation zum Trotz war ich, wie meine Mutter, davon überzeugt, daß Männer begnadet sind mit Körperkraft, Intelligenz und Vitalität, mit Mut, Tapferkeit, Macht und Initiative. In meinem eigenen Wertsystem hatte die Frau immer einen zweiten Rang eingenommen, dabei war mein armer Vater nicht gerade eine Zierde an Männlichkeit gewesen. Zu Hause ein Schwächling in Joppe und Sandalen, bei den Kindern in seiner Volksschule der Herr Lehrer, der drakonische Strafen verpaßte, um sich ihren Gehorsam zu sichern, in schwüler Heimlichkeit dann der Sittenstrolch. Nun, vielleicht war gerade dies der Grund für meine Idealisierung. Die großartigen Frauen meiner Zeit – Golda Meir, Mutter Teresa oder Königin Juliane –, die gab es natürlich auch. Aber sie galten mir als jene Ausnahmen, die die Regel bestätigen. Ich selbst hatte ja bisher im Leben tapfer meinen Part gespielt (oder besser gesagt: mit einiger Mühe meinen Mann gestanden), doch vom Primat des männlichen Geschlechts war ich letzten Endes immer noch überzeugt, weil ich mich unter- gründig schwach fühlte. Ein übers andere Mal hatte ich in meiner Hütte gestöhnt: Einem Mann wäre das sicher nicht passiert!

Der wäre nicht so ungeschickt gestürzt, ausgerechnet in dieser Wasserwildnis. Und so ein richtiger Kerl hätte sich auch durchgesetzt mit der Forderung, ins Krankenhaus geschafft zu werden, anstatt sich die Seele aus dem Leib zu heulen und stumm zu resignieren.

Nun sah ich hier im Dorf, wie die Männer weitgehend marginalisiert waren, und ich muß gestehen, daß mich dieses Vorgehen fast empörte. Inzwischen hatte ich genauer herausgefunden, was ihre Aufgaben waren. Sie waren zuständig für die Büffel und Ochsen, kümmerten sich um die Milchwirtschaft, die Herstellung von Joghurt und um den Transport der verschiedenen ländlichen Erzeugnisse zum nächstgelegenen Markt. Auch waren sie die einzigen, die die Boote ruderten. Wollte eine Frau den Kanal überqueren, mußte sie einen Mann zur Hilfe bitten. Alle Männer wohnten zusammen in einem Langhaus am anderen Ende der Takisiedlung. Frauen gingen selten dorthin, es schien, als hätten sie dort nichts zu suchen. Näherten sie sich dem Langhaus, blieben sie in Rufweite stehen, als sei das Gebäude von einem magischen Kreis umgeben. Schon vor Morgengrauen verließen die Männer stets die Wohnhütten ihrer Frauen. Nie sah ich sie nach Sonnenaufgang über den Platz wandern. Von einem herkömmlichen Familienleben konnte also keine Rede sein.

Mein Bewegungsradius war immer noch äußerst beschränkt. Nur mühevoll konnte ich mich, trotz der langen Genesungszeit, mit der vorsintflutlichen Krücke vorwärtsbewegen, wenn mich nicht jemand auf der anderen Seite stützte. Doch humpelte ich jetzt täglich zu den Frauen hinüber, und es machte mir nicht mehr viel aus, daß ich ihre Worte nicht verstand. Ich begriff, was sie meinten, was sie mir sagen wollten. Vor allem erfaßte ich intuitiv ihre Intentionen, und die waren nicht bedrohlich, sondern ganz arglos. Mit jedem Tag fühlte ich mich ein wenig heimischer an diesem Ort, der Narvan genannt wurde. Ich selbst taufte das Dorf »Nirvana«, das Nirgendwo in einer anderen Welt, wo ich auf meine Befreiung wartete.

Mit jedem Tag war es heißer geworden. Die Kanäle rochen nicht mehr angenehm brackig, sondern begannen zu stinken. Zwar spendeten die dichten Palmenhaine den Hütten noch Schatten, und ein kaum wahrnehmbarer Hauch kühlte kurz vor dem Morgengrauen die Luft. Doch der Rest des Tages war zum Ersticken. Das Dorf mit den umliegenden Feldern brütete in der erbarmungslos gleißenden Sonne, und die Aktivitäten der Bewohner waren auf ein Minimum reduziert. Sehnsüchtig warteten wir auf den Ausbruch des Monsuns. Anfang Juni war er in Kérala fällig. Seit urdenklichen Zeiten nannte man den zweiten Juni als den Freudentag, auf den alle Kreaturen sehnsüchtig warteten. Natürlich verschob sich immer wieder der langerhoffte erste Wolkenbruch.

Ich versuchte, mehr zu trinken, als ich erkannte, wieviel ich schwitzte. Mein Urin war oft ganz dunkel. Die Taki amüsierten sich über mein Flüssigkeitsbedürfnis. Hätte ich nur meine Entkeimungstabletten eingepackt! Dann hätte ich keine Probleme mit dem Trinkwasser gehabt. Nun, auch das hatte ich inzwischen gelernt und begriffen: Man kann sich nicht auf alles vorbereiten, sich nicht auf jede Eventualität des Lebens zurüsten. Aber mit dem Fortschreiten der glühenden Tage und Nächte gab es bald kaum noch sauberes Wasser, und selbst das schmuddelige, unappetitliche Zeug aus dem Kanal konnte den Durst der einheimischen Bevölkerung nicht mehr löschen. Besonders die Kinder, die noch nicht abgehärtet waren, litten unter deutlichen Anzeichen von Dehydratation. Immerhin gab es noch genügend Nahrung, niemand mußte Hunger leiden. Die Taki waren anspruchslos genug, ich selbst hatte bei der Hitze wenig Appetit.

Angesichts der Lethargie, die sich im Dorf und in mir ausgebreitet hatte, war ich nicht darauf gefaßt, daß für das Fest so ungeheure Umstände gemacht würden. Aber eines Morgens erwachten alle gleichzeitig aus ihrem Dornröschenschlaf und begannen zu werkeln. Für die bevorstehende Hochzeit wurde die ganze Ortschaft, zu meinem hellen Entzücken, über und über mit roten Blüten geschmückt, und vor allen Hütten stellte man lange Fackeln auf. Die Erde vor den Eingängen verzierten die Frauen und Mädchen mit zauberhaften, überaus kunstvollen Mustern aus gefärbten Reiskörnern, Samen, Reismehl und Blütenblättern. Sie erinnerten mich an Mandalas und dienten dem Schutz und Segen des Hauses. Malti nannte sie *kollam.* »Das bringt Glück!« rief sie und streute in geübter Windeseile vor unsere Hütte ebenfalls ein filigranes Kunstwerk.

Die ersten Feierlichkeiten sollten unter einem uralten, animalisch-lebendigen Banyanbaum mit langen Luftwurzeln stattfinden, den man üppig mit frischer roter und gelber Farbe aus gelöschtem Kalk und Gelbwurz begossen hatte.

Kurz vor Einbruch der Dunkelheit, als ich in meinem hölzernen Lehnstuhl vor der Palmhütte saß, um ein kühlendes Lüftchen zu erhaschen, kam eine würdevolle Gestalt langsam über den Lehmweg geschritten, der zu meiner Behausung führte. Im Zwielicht meinte ich, eine Halluzination zu haben. Ihr ganzer Leib war von einem unwirklichen weißlichen Leuchten umgeben. Was ist denn das? fragte ich mich verblüfft und rieb mir die Augen. Ich hatte noch niemals ein Phänomen dieser Art gesehen, aber das hier, vermutete ich, könnte so etwas wie die Aura sein.

Das Leuchten wurde schwächer, als ich Rama Raj erkannte. Er strahlte mich mit seinen guten Augen an, sagte aber kein Wort. Auch ich blieb stumm, von meinen Gefühlen und Wahrnehmungen überwältigt. Ich hatte natürlich gehofft, daß er zu den Feierlichkeiten wiederauftauchen würde, doch jetzt, in seiner tatsächlichen Gegenwart, war ich wie elektrisiert. Mein Herz klopfte rasend schnell, und ich entdeckte in mir eine Mischung aus flammender Wut, weil er mich so lange allein gelassen hatte, und einer hingebungsvollen Dankbarkeit dafür, daß er wieder da war. In meinen schlimmsten Stunden hatte ich seine Existenz verflucht, hatte bitter bereut, daß er jemals in mein Leben getreten war. Was mußte ich mich auch einmischen und wichtigtun, als er sich das Bein verbrannte! Was ging mich das überhaupt an? Schließlich hatte ich Urlaub. Hätte ich ihn nie kennengelernt, wäre ich auch nie in diesem gottverdammten Nest gelandet! hatte ich oft gehadert.

Er ergriff meine ausgestreckten Hände. »Ich bin froh, Sie zu sehen, Mrs. Doris!« Und auch ich war trotz allen Grolls, den ich gehegt hatte, überglücklich, in seine Augen zu schauen, und wieder überkam mich ein Gefühl tiefer Vertrautheit und Ebenbürtigkeit. Dabei fiel mir auf, daß die anderen Dorfbewohner den Blickkontakt eher zu meiden trachteten. Rama war da anders. Wir zeigten uns gegenseitig die lädierten Beine und beglückwünschten uns zu unserer Genesung. Dann erzählten wir uns, wie es uns seit unserer Trennung ergangen war. »Ich habe wieder Arbeit«, sagte Rama stolz. »In einem teuren Hotel in Trivandrum! Da trage ich den Gästen die Koffer aufs Zimmer, und sie geben mir viel Trinkgeld.«

»Ach, das freut mich, Rama. Das ist ja wunderbar!«

»Man hat mir eine Uniform mit einer langen Hose geschneidert und einen Kopfputz gegeben, darin sehe ich aus wie ein echter Maha-Raja!« sagte er mit Genugtuung und einem Hauch Selbstironie.

Ich lachte über das Wortspiel. »Das ist ja viel besser als der Job in der Küche.«

»O ja, das verbrannte Bein und Sie, Mrs. Doris, Sie haben mir großes, großes Glück gebracht.«

»Und keiner dort weiß, daß du ein *dalit*, ein Getretener, bist? Wie kannst du das bloß verbergen?«

»Mrs. Doris, ich erzähle ihnen Geschichten, die nicht stimmen. *Taan taan toon toon!* Man tut so, als ob. Ich erfinde Eltern, eine Herkunft, ein Dorf, das es nicht gibt. Ich lüge. Ich muß lügen. Nicht nur, um meine Familie zu ernähren, sondern auch, um mein Schicksal zu erfüllen. Mir ist vorherbestimmt, eine Brücke zwischen den Taki und vielen anderen Menschen zu bauen, und das könnte ich nicht, wenn sich bei meinem Anblick alle vor Abscheu schütteln würden. Sehen Sie, sogar mein Aussehen unterscheidet sich von den meisten anderen Taki. Ich bin schmaler und größer, meine Nase ist länger. Das hat seinen Grund. Ich bin *raja*! Der Gott will es so. Deshalb kommt niemand auf den Gedanken, ich könnte unrein sein. Ich benehme mich wie ein guter Hindu, gehe mit meiner Familie in den Tempel und falle nicht auf. Und auf dem Handgelenk, über meinerTätowierung mit der Sonne, trage ich meistens ein Pflaster, obwohl kaum jemand mich an solch einem Zeichen erkennen würde.«

Während er sprach, betrachtete ich ihn im Dämmerlicht der hereinbrechenden Nacht. An seiner Seite empfand ich die ruhige Sicherheit, die er ausstrahlte, eine natürliche Eleganz, eine würdevolle Selbstgewißheit. Sie hätte einem weltläufigen Aristokraten mit *Public-School*-Erziehung Ehre gemacht.

Und mir fiel ein, was ich gelesen hatte. Nämlich, daß die Reinen, die Berührbaren, die Brahmanen in Kérala sich manchmal immer noch vom Schatten eines »Untermenschen« wie Rama Raj belästigt und beleidigt fühlen. Zwar hatte sich die soziale Position der Kastenlosen und *tribes people* geändert. Heutzutage zwang niemand mehr die *parias*, die *dalits*, die *harijans* (oder wie man sie sonst noch herabsetzend und zugleich beschönigend nannte), mit niedergeschlagenen Augen rückwärts zu kriechen, ihre Fußspuren mit einem Handbesen zu verwischen, ihre eigene Existenz zu leugnen. Früher hatten sie sogar beim Sprechen die Hand vor den Mund halten müssen, um mit ihrem Atem die Luft der Kastenhindus nicht zu verunreinigen.

Menschen wie Dr. Ambedkar, der Apostel der Unberührbaren, das stellvertretende Staatsoberhaupt Narayanan, selbst aus der Kaste der Palmblütensammler und Toddy-Trunkenbolde, hatten da viel neues Selbstbewußtsein bewirkt. Aber wie hatten sie ihren Aufstieg in höchste Kreise wohl geschafft? War auch das Schicksal oder wohlverdientes Karma? Oder »Gottes Wille«, wie die Frau aus Bad Tölz in meinem Hotel am Meer von ihrem indischen Meister gelernt hatte?

Während ich neben Rama unter dem dunklen Palmendach saß und über seine Unberührbarkeit nachdachte, wurde mir bewußt, daß ich durch meinen Aufenthalt in seinem Takidorf in den Augen eines Hochkastenbrahmanen wie Akasho eine tiefe, geradezu existentielle Verschmutzung erfahren hatte. Er wollte sich zwar den alten Kastengesetzen nicht mehr beugen, aber zwischen Theorie und Praxis war gewiß ein himmelweiter Unterschied. Der Glaube der Väter sitzt uns doch allen direkt unter der Haut, ganz gleich, wie aufgeklärt wir uns geben.

Ich war bedrückt, wenn ich an meinen Professor dachte. Es gab so viel, was ich ihm gern erzählt hätte! Doch bald spürte ich wieder Ramas beseligende Gegenwart. Ihm konnte ich auch vieles sagen.

»Am Anfang war ich sehr traurig hier im Dorf, weißt du, und sehr krank, aber seit ein paar Wochen spüre ich in meinem Herzen ein Glück, das ich noch gar nicht kannte«, sagte ich nachdenklich. »Wirklich, mein Beinbruch bei den Taki hat mir auch Glück gebracht.«

»Ja, Sie haben sich sehr verändert. Ihr Gesicht ist schön und weich, Ihre Augen strahlen in einem neuen Licht. Ich wußte nicht, ob Sie noch hier sein würden, wenn ich zurückkehre. Ich dachte, bestimmt kommt jemand und bringt Sie nach Kóvalam, sobald Sie wieder aufstehen können. Und ich habe geweint, als ich mir vorstellte, daß ich Sie nie wiedersehen würde!«

»Oh, Rama!« flüsterte ich. Wie sollte ich das verstehen?

»Ja«, bekräftigte er und berührte mich vorsichtig am Arm, »ich bin sicher, daß wir im Jenseits zum selben Stamm, zur selben Familie gehören. Wir sind doch wie Bruder und Schwester, trotz aller Unterschiede! Als hätten wir zwei Körper, aber nur eine Seele! So fühle ich es«, fügte er schüchtern hinzu. »Wir Taki glauben daran, daß es Seelenfamilien gibt. Sie, Mrs. Doris, und ich – wir sind zwei Samen einer Papayafrucht.«

Es war derweil ganz dunkel geworden. Rama hockte sich neben meinen Holzstuhl auf die Erde, und wir blickten in die Nacht hinaus. Die heiße Luft war noch von den vielen Geräuschen des Alltags erfüllt, Feuerschein und der Geruch von Es- sen drangen durch die Bäume. In uns aber war alles ganz still und friedlich. Er hielt meine Hand. Sein Pulsschlag glich sich bald dem meinen an. Mir war, als gäbe es keinen Unterschied mehr zwischen uns. Unsere Hände pochten wie ein gemeinsames Herz.

Ich brach das Schweigen. »Rama, du schaust mir immer so lange und tief in die Augen. Warum tust du das? Alle anderen Taki vermeiden es, mich anzusehen. Ihre Augen flirren überall herum wie die Schmetterlinge, während sie reden!«

»Jemandem direkt in die Augen zu sehen würde bedeuten, in seine Seele und in seine innersten Geheimnisse einzudringen. Das tut man bei uns nicht, weil es die Grenzen zwischen den Menschen verletzt. Nur der Medizinmann und der Priester dürfen das.«

»Aber du, du tust es doch bei mir, und gleich von Anfang an. Weißt du noch, in Kóvalam, in der Küche, als du dich verbrannt hattest? Ist es, weil ich Ausländerin, eine *firingi*, bin?« Er blickte mich völlig verwundert an, als sei es mehr als absurd, auf eine solche Idee zu kommen. »Ich konnte nicht anders, Mrs. Doris! Ich habe nur auf Ihren eigenen Blick geantwortet! Aber seither weiß ich, daß wir Geschwister sind, Angehörige einer Seelenfamilie. Damals habe ich Sie erkannt! Ich zitterte am ganzen Leibe. Ich wußte sofort: Wir sind zwei kleine Teile von demselben großen seelischen Leib. Wir sind gleich, haben teil an derselben Kraft und streben dieselben Ziele an. Wir dienen Gott auf dieselbe Weise. Deshalb darf ich Sie ansehen, Mrs. Doris. Deshalb muß ich Sie immer wieder ansehen! Und ich tue es, weil ich dabei in meine eigene Seele blicke. Entschuldigung, wenn es Ihnen nicht recht ist!« Wieder zitterte er ein wenig, ich spürte es an seiner Hand.

Über mir stand der nachtdunkle Himmel. Die Sterne blinkten schon. In meinem Herzen stieg ein unendliches Heimweh auf. Es war eine Sehnsucht, mich für immer mit meinesgleichen zu vereinen. Auf der Erde war ich stets ein bißchen fremd gewesen, kannte nur wenige Menschen, die mich innerlich anrührten. Während ich neben Rama saß und schwieg, wußte ich, dort irgendwo gibt es eine Heimat, die mich mehr bindet als meine irdische Familie. Und vernahm ich nicht feine Stimmen, die mich aus weiter Ferne riefen? Ich lauschte ihnen, und meine Sehnsucht wuchs ins Unermeßliche.

»Sag mir, Rama Raj, sind wir viele? Gibt es noch andere außer dir und mir, die wir unsere Seelengeschwister nennen dürfen?« flüsterte ich.

»O ja, die Papaya hat viele Samen! Jeder Mensch hat vielleicht tausend oder mehr solcher Gleichgearteten. Alle haben eine Seele. Aber die meisten haben gerade keinen Körper. Sie sind in einer anderen Welt zu Hause. Es ist eine besondere Gnade, einer Seele aus der eigenen Familie in lebendiger Gestalt zu begegnen. Wenn es sein soll, geschieht es. Ich konnte nicht nach Deutschland reisen, aber Sie, Mrs. Doris, Sie sind zu mir gekommen. Mein Herz ist darüber voller Freude, voller großer, großer Freude.«

Ich drückte seine Hand und empfand genauso Freude und tiefe Dankbarkeit. Dieser Augenblick wog alles auf, was ich durchgemacht hatte. Zum erstenmal seit dem Tod meiner Mutter fühlte ich mich nicht mehr allein auf der Welt. Endlich verstand ich, warum es mich so in dieses Dorf gezogen hatte, daß ich wider alle Vernunft zu einem dunkelhäutigen Fremden ins Boot gestiegen war, um mich in dieses Wasserlabyrinth entführen zu lassen.

»Bitte, Rama, nenne mich nicht mehr Mrs. Doris! Warum sagst du nicht Dori-Ben zu mir? Ich bin doch deine Schwester!«

Er nickte lächelnd. Ich sah seine Zähne im Dunkeln blitzen. »Meine große Schwester, *didi* Dori-Ben, ich muß jetzt gehen.«

»Schläfst du im Männerhaus dort hinten?«

»Wenn Hochzeit ist, dürfen die Männer nachts nicht herumlaufen. Die nächsten Tage sind wichtig für uns alle. Die Hochzeiter dürfen nicht schlafen. Sie werden vorbereitet auf ihre Pflichten, da muß ich dabeisein. *Naaley! See you tomorrow!*«

Schon hörten wir das Schlagen einer Trommel, dann fielen andere Trommeln ein. Mit einem kleinen Abschiedsschmerz lösten wir sachte unsere miteinander verschmolzenen Hände. Im Gehen wandte sich Rama noch einmal um.

»Du kannst mit mir zurück an die Küste fahren, wenn das Fest vorüber ist, Dori-Ben«, rief er. »Wir nehmen ein größeres Boot, dann wird es gehen.«

Ich stimmte sofort zu. Dann würde ich ihn nicht verlieren! Ich dachte an die lange Bootsfahrt, die mich hierher gebracht hatte, und an das Mißtrauen, das ich Rama Raj damals immer wieder entgegentrug. Wie schwer hat es unsereins, seinen Mitmenschen zu vertrauen, zwischen Freund und Feind zu unterscheiden! Wir haben unseren Instinkt verloren, der uns sagt: Da bist du sicher. Ja sicherlich, ich war oft sinnlos wütend auf Rama Raj gewesen. Dabei wußte ich doch, daß ich die Verantwortung für mein Hiersein nicht einfach auf ihn abwälzen konnte. Etwas in mir hatte es so gewollt, etwas ganz Starkes, ein Impuls, der keinen Widerspruch duldete. Ganz genauso war es gewesen. Später schob ich es Rama Raj in die Schuhe und haßte ihn für mein Elend. Ich hatte aber, nachdem ich krank, allein, hilflos und am Rand der Psychose in meiner Hütte gelegen hatte, auch Zeiten gehabt, in denen ich meinem Schicksal von ganzem Herzen dankbar war, das mir diese Erfahrung geschenkt und ihn zum Werkzeug eingesetzt hatte. Hätte ich die vielen Tränen nicht weinen können, wäre dieses Glücksgefühl, das mich jetzt Tag für Tag begleitete, gewiß nicht in mir entstanden.

Die Küste! Es wurde wirklich Zeit, daß ich in die Zivilisation zurückkam. Einmal wieder heiß duschen, einmal wieder Kuchen essen! Ein Ventilator, eisgekühlte Coca-Cola! Zurück ans offene Meer! Bei dem Gedanken, jetzt bald, endlich, aus meiner merkwürdigen, mir vom Schicksal auferlegten Gefangenschaft befreit zu werden, fühlte ich eine riesengroße Last von mir abfallen. Die Taki waren mir zwar sehr ans Herz gewachsen, aber jetzt war ich lange genug hier. Von Anfang an war die Hochzeit als Termin für einen kurzen Besuch geplant gewesen. So schien es mir auch gut und richtig, nach den Festtagen abzureisen. Ich war erleichtert, machte schon Pläne für die Zukunft. Wohin kann man während der Monsunzeit reisen? Sollte ich die Ankunft des großen Regens am Strand abwarten? Kóvalam ist der allererste Ort Indiens, der vom Monsun berührt wird, und es gibt ein Volksfest mit Gästen aus ganz Indien. Aber hoffentlich kann ich noch ein Zimmer bekommen! Und ob ich mein Gepäck unversehrt wiederfinde? Was ist mit meinem Paß? Vielleicht ist er inzwischen abgelaufen, und ich bekomme Schwierigkeiten bei der Ausreise. Und mein Geld? Wer hat es sich wohl unter den Nagel gerissen? Vielleicht könnte ich mich mit Akasho treffen, einen Abstecher nach Bangalore machen. Ach, wie schön wäre das! Oh, möglicherweise hat er gar kein Interesse daran, hat mich längst vergessen.

Ebenso schnell, wie mir diese Gedanken durch den Kopf schossen, bemerkte ich jedoch auch, daß ich zum erstenmal seit vielen Wochen wieder mit der Zukunft beschäftigt war, und ich spürte mit einem Schlag das Gewicht der Sorgen, die damit verbunden waren. Hoffnungen, Befürchtungen, Sehnsüchte und Zukunftspläne sind eine Bürde, die plötzlich wieder auf meinen Schultern lastete. Sogar mein Körper hatte sich unwillkürlich vornüber gebeugt, als trüge ich einen schweren Sack auf dem Rücken. Nein, das will ich nicht, rief ich voller Entsetzen. Ich muß einen Weg finden, mit der Zukunft anders umzugehen. Ich will, nach den wunderbar erlösenden Erfahrungen hier und jetzt, mir das Heute und das Morgen nie mehr durch unangemessene Zukunftsängste und rigide Planung verderben. Habe ich nicht unter Schmerzen gelernt, daß alles ganz anders kommen kann, als der Mensch sich vorstellt? Nicht was man bewußt anstrebt, sondern was die Seele braucht, das geschieht. Daran gab es für mich keinen Zweifel mehr.

Unser Dorf wimmelte von Fremden. Es waren Taki, Bewohner der Nachbardörfer. Sie kamen mit Sack und Pack, mit Matratzen und Geschenken. Die meisten trugen auch Trinkgefäße, Schüsseln und Wasserbehälter aus Ziegenhaut auf dem Rücken. Aus den sieben etwa gleich großen Takisiedlungen

strömten die Hochzeitsgäste herbei. Sie hatten ihre Festtags-
tracht angelegt, die sich ganz wesentlich von den üblichen billigen Saris unterschied. So etwas wie diese Tracht hatte ich in
ganz Indien noch niemals gesehen. Weiß waren alle Kleider
und Kopfbedeckungen, aufs feinste bestickt mit roten und
rot-schwarzen Bordüren. Jedes Muster war anders, jedes bot
einen ganz individuellen Schmuck. Männer und Frauen un-
terschieden sich nicht durch die Gewänder, sondern durch
ihre Hüte. Die der Frauen waren aus gebleichtem Reisstroh
so fein geflochten, wie ich es beim teuersten Borsalino nicht
gesehen hatte. Sie sahen aus wie kleine Zylinder und wurden
mit einem roten Band unter dem Kinn befestigt. Darunter
schauten bei allen die langen schwarzen Haare schön gewellt
und üppig hervor. Die Männer hingegen trugen niedrige,
breitkrempige Hüte, rot eingefärbt und mit einem schwarzen
Band. Auch unter ihnen gab es viele, besonders die älteren,
die ihr Haar lang und offen trugen. Sie mochten die Ureinwohner Indiens sein, dachte ich, aber verglichen mit den *aborigines* aus anderen Ländern, Australien, Afrika oder Süd-
amerika, von denen ich gehört oder gelesen hatte, liefen sie
nicht nackt herum, sondern besaßen eine außerordentliche
Kunstfertigkeit in der Herstellung von Kleidung. Es mochte
daran liegen, daß sie niemals isoliert im Urwald gelebt hatten, sondern seit Jahrtausenden mit anderen hochzivilisier-
ten Bevölkerungsgruppen Indiens engen Kontakt pflegten,
ohne ihre Eigenart zu verlieren.

Am Nachmittag, bevor das Fest beginnen sollte, kamen auch
die Bräute. Ich zählte zwanzig, die ich nicht kannte, und dazu
noch ein paar von den jungen Frauen aus Narwan, die mir inzwischen vertraut waren. Sie wurden in eine größere Hütte am
Kanal geschickt, wo sie vorbereitet und geschmückt werden
sollten. Ich war auf die Brautgewänder gespannt. Was dort
mit ihnen geschah, wußte ich nicht. Es schien sich jedoch um
Rituale zu handeln, die meine Augen nicht sehen durften.

Malti hatte es strikt abgelehnt. Die Männer verschwanden über Nacht allesamt im Männerhaus, das von meinem Beobachtungsposten aus nicht zu sehen war.

Ich kommte bei den Vorbereitungen wenig helfen. Man trug mir auf, über einem offenen Feuer Cashewnüsse zu rösten. Sie wurden anschließend mit geriebenem Steinsalz und einer Chilimischung gewürzt und in ein großes Faß geschüttet. Ich rührte an zwei Tagen viele Stunden lang fleißig und aufmerksam in der riesigen Eisenpfanne. Leicht konnte es passieren, daß die Nüsse zu dunkel wurden. Neben mir saßen drei schwatzende Mädchen. Sie schabte mit den Fingernägeln winzige schwarze Körner aus den grünen Kardamomkapseln und waren von einer duftenden Wolke umhüllt.

Während ich diese Arbeit von meinem Sessel aus verrichtete, beobachtete ich erstaunt, daß ungeheure Mengen von Papayafrüchten am Rand des Dorfplatzes abgeladen wurden. Der Berg wurde so groß, dass ich Tausende zu zählen meint, doch ich konnte mir nicht vorstellen, daß so viele Gäste kommen würden, und selbst, wenn jeder von ihnen gleich drei davon verzehrt hätte, wären noch viele übriggeblieben. Noch mehr wunderte ich mich darüber, daß die vollgeladenen zweirädrigen Karren ausschließlich von Frauen gezogen wurden, nicht von den weißen, knochigen Rindern, die sonst dafür eingesetzt wurden. Die Fahrzeuge kamen alle aus derselben Richtung. Nie sah ich eine Papaya, die mit dem Boot transoprtiert wurde. Es schien, als sei eine Hunderschaft weiblicher Wesen aus allen sieben Dörfern für diesen Zugdienst abkommandiert worden, und ich meinte zu beobachten, daß diejenigen, die nicht beim Transport der Papayas helfen durften, sondern andere Dinge zu erledigen hatten, ein wenig traurig und neidisch dreinschauten, während die anderen trotz schwerer, schweißtreibender Arbeit, fröhlich lachten und Lieder sangen.

Die Frauen schnitten die reifsten Früchte auf, entfernten die dunklen runden Kerne und füllten das orangerote Fruchtfleisch in große Bottiche. Anschließend wurde Feuer angezündet, die Papayas wurden stundenlang gerührt und eingekocht. Das ergab einen duftenden Brei, mit Zimt und Kardamom, Kokosmilch, Sternanis und Ingwer gewürzt und stark mit Honig und Palmzucker gesüßt. Abwechselnd rührten fast alle weiblichen Taki in dem Topf. Ich glaubte zu hören, daß dabei ähnliche Zaubersprüche aufgesagt wurden, wie Ama sie über mein Bein gesprochen hatte.

Andere Papayas, die noch fest und grün waren und innen weiß, wurden mit Macheten überaus geschickt in winzige Streifen gehackt. Auch sie kamen in riesige Schüsseln, doch wurde aus ihnen mit Chili, Zitronensaft und Salz eine eher pikante Speise. Außerdem bereitete man eine Suppe, indem Papayas mit viel Knoblauch, einer gelben Gewürzpaste und Korianderkraut verkocht wurden. Es hatte den Anschein, als würden zu diesem Hochzeitsfest nichts anderes als Papayafrüchte serviert.

Mir fiel auf, daß niemand von den Speisen naschte oder auch nur die Zubereitung kostete, um zu sehen, ob sie gelungen war. Waren das wohl sakrale Rezepturen, mit Tabus belegt? Ich konnte mir keinen Reim darauf machen.

Wenn ich ein wenig Hunger verspürte, kaute ich, wie die anderen Dorfbewohnerinnen, Samen und Früchte, von denen ich bis heute keinen Namen kenne. Manches erinnerte an Fenchel, anderes hätte Koriander sein können. Es gab getrocknete Stückchen von Mango und Ananas. Vieles, was ich zu mir nahm, blieb mir fremd und rätselhaft; manchmal spuckte ich heimlich wieder aus, was man mir begeistert angeboten hatte. Alle paar Wochen kam ein Gewürzhändler mit Säckchen voll Bohnen und Nüssen und bunten, stark riechenden Pulverhäufchen. Er breitete kleine rote Linsen und gelbe Kichererbsen, knorrige Ingwerwurzeln, Hirse, Sternanis, Zimtstangen und Kardamom auf dem Dorfplatz aus. Dann versammelten sich die Frauen, standen in langen Reihen und dichten Gruppen, die abgezählten, schmuddelig-zerrissenen Rupienscheine achtsam in der einen Hand, mit der anderen einen geflochtenen Korb auf dem Kopf balancierend. Vorratshaltung war wichtig, auch wenn die Geldmittel noch so beschränkt waren und die Ungeziefer gefräßig.

Den grobkörnigen roten Reis des Südens bauten die fleißigen Frauen selbst an, ihn mußten sie nicht kaufen. Mit dem feinsilbrigen Basmati oder Patna hatte er nicht die geringste Ähnlichkeit, eher erinnerte er mich an Dinkel oder an den italienischen Avorio, den man für Risotto benutzt. Cashewnüsse gab es reichlich – gute Träger von Eiweiß, Fett und Vitaminen, ebenfalls aus eigener Ernte. Am meisten konnte ich mich für die exquisite Schönheit frischer Muskatnüsse begeistern. Sie waren von glänzenden blutroten Venen bedeckt und leuchteten in der Sonne wie marmorierte Edelsteine. Zum Trocknen wurden sie auf Matten ausgebreitet, direkt am Wegrand. Kleine Mädchen hatten die Aufgabe, sie täglich zu wenden und zu rütteln.

Zwei dunkle Zwerge

Am Morgen des großen Tages standen alle früh auf. Als ich vor meine Hütte trat, sah ich etwas Ungewohntes. Wahrsagerinnen und Astrologen hatten sich dort niedergelassen. Sie hockten auf großen bunten Tüchern im rötlichen Staub des gefegten Dorfplatzes, und vor fast jeder Behausung, vor dem Shivatempelchen und am Ufer des Kanals konnte ich einige von ihnen erblicken.

Bald waren alle damit beschäftigt, in die Hände der Dörfler zu schauen oder mit einem Stöckchen mysteriöse Muster in den Sand zu malen. Eine uralte runzelige Frau hatte ein Brett vor sich liegen, in das von der Mitte sternförmig ausgehend sieben gleichmäßige Rillen geritzt waren, wie kleine Kanäle, die von einem See wegführen. Kam ein Kunde zu ihr, warf sie aus der hohlen Hand eine gute Anzahl schwarzer runder Körner in das Mittelfeld. Waren es Pfefferkörner oder Papayasamen? Dann schüttelte sie das Brett, stieß einen heiseren

Schrei aus und beobachtete, wie viele Kügelchen in welchen Kanal rollten. Nun begann eine komplizierte Deutung, deren Sinn ich nicht verstehen konnte. Manche erhoben sich von dieser Orakelsitzung mit strahlender Miene, andere wiederum entfernen sich nachdenklich. Ich humpelte mit Hilfe meiner Krücke schwitzend von einem Wahrsager zum anderen, neugierig beobachtend, was sich dort tat, und zugleich mit der Weissagung des Bettlers beschäftigt, die ich einige Monate zuvor empfangen hatte. Noch war ich nicht tot, und noch war ich nicht erleuchtet. Dennoch war ich tausend Tode gestorben, war durch Höllen der Angst gewandert, hatte viel von meiner Pseudoautonomie und meinem Leistungsdenken aufgegeben, und meine neuartige frohe Gestimmtheit, meine heitere Gelassenheit waren als Phänomen durchaus erleuchtend für mich. Ein stilleres, tieferes Vertrauen in die Richtigkeit aller Ereignisse und in meine seelische Führung hatte ich nie zuvor besessen.

Die Fremden begafften mich ohne Hemmungen. Nicht nur Kinder, sondern auch Erwachsene und alte Leute kamen, um mein Haar, das ich in einem langen Zopf trug, ehrfürchtig anzufassen, so wie man ein unbekanntes, aber offentlich zahmes Tier an der Mähne berührt. Ich hatte mir einen neuen Sari besorgt.

Einige Male geschah es, daß Hochschwangere mit einer schnellen, demütigen Geste meine Füße berührten. Ich ließ alles geschehen. Was hätte ich sonst tun sollen?

Von weitem hörte ich Malti-Ben meinen Namen rufen. »Devi-Ben, Devi-Ben!« Sie kam über den Platz gelaufen. In ihrem Gefolge marschierte ein unsympathischer Priester mit dickem nackten Bauch und kahlgeschorenem Kopf. Seine Stirn war mit dem Zeichen Shivas rot und gelb bemalt. Er schien etwas von mir zu wollen. Malti gab sich alle Mühe zu übersetzen, aber es dauerte doch ein Weilchen, bis mir klarwurde, daß man auch für mich eine Orakelsitzung veranstalten wollte.

Malti und der Brahmane wiesen in eine weit entfernte Ecke

und schienen es ziemlich eilig zu haben. Ich wehrte ab und gab ihnen zu verstehen, daß es mir zu weit wäre, doch man trug mich mit meiner Sesselsänfte zu einer schattigen Stelle am Kanal. Bis in diese Ecke war ich noch nie vorgedrungen, aber Malti hatte mir von weitem den berühmten Neembaum gezeigt, der die Fruchtbarkeit der Frauen reguliert. Unter den ausladenden Zweigen hockten zwei kindergroße, verschrumpelte Männchen.

Während ich von den übrigen Fremden den ganzen Morgen mit geradezu lästiger Aufmerksamkeit bedacht worden war, würdigten mich diese beiden Gnome keines Blickes. Sie erhoben sich, als mein Sessel abgestellt worden war, und ich bemerkte, daß ihre schwarzen, mit dünnen grauen Haaren bedeckten Köpfe kaum höher reichten als meine Knie. Diese Zwerge erinnerten mich an Zwetschgenmandln vom Christkindlmarkt. Beide waren in blutrote, schwarz bestickte Gewänder gehüllt. Und sie trugen schwarze Zylinder aus Filz mit einer festen kleinen Krempe. Fast wäre ich in Gelächter ausgebrochen, denn sie kamen mir vor wie Schimpansen im Kostüm von Zirkusdirektoren. Doch diese lächerlichen Männchen hatten in der spirituellen Hierarchie der Takidörfer offenbar eine herausragende Stellung inne, denn sowohl Malti als auch der dickbäuchige Priester schwiegen beharrlich in ihrer Gegenwart und keuchten geradezu vor Ehrfurcht. Vielleicht waren sie jene Stammespriester, die die Seelentypen der neugeborenen Kinder erkannten und die Tätowierungen vornahmen?

Der scheußliche Brahmane kam dafür wohl nicht in Frage. Er ergriff meine linke Hand, hielt sie mit einer herrischen Geste einem von den Schrumpfköpfen vor das Gesicht und rief Malti etwas zu. Ich wollte Malti zu verstehen geben, daß mir die Situation unangenehm war. Diese lästige Wahrsagerei hatte mich schon einmal in elende Konflikte gestürzt, mich sogar krankgemacht. Und hier gab es keinen Akasho, der mir alles hätte erklären können. Mich überkam wieder einmal eine heiße Sehnsucht nach ihm.

Zwei winzige schwarze Krallen schossen wie hungrige Vogelspinnen auf mich zu, griffen nach mir und liefen auf meiner Innenhandfläche herum. Dann betasteten sie hurtig meine Finger. Ich zuckte zurück und hätte vor Widerwillen fast aufgeschrien.

Da hob das uralte, nur kindgroße Geschöpf unvermittelt die Augen zu mir auf. Seine Augäpfel waren hellblau und milchig zerlaufen. Der Atem blieb mir in der Kehle stecken. Dieser Greis war offensichtlich blind. Doch der Blick, den er mir schenkte, war auf so mystische Weise durchdringend, daß ich mich in derselben Sekunde vollkommen erkannt und bis in die verborgensten Schichten meiner Seele gesehen fühlte, als stünde ich vor meinem Schöpfer. Ich erstarrte vor Überraschung. Jetzt keuchte auch ich.

Malti-Ben hatte inzwischen, als ob nichts wäre, meine rechte Hand ergriffen und streckte sie dem anderen Männlein hin, das zu meinen Füßen kauerte. Auch dieses häßliche Geschöpf griff nach mir. Seine insektenähnlichen Hände betasteten mich. Anstelle von Augen hatte es nur zwei faltige, sternförmige Runzeln, und sein zahnloser Mund bewegte sich. Hätte jemand behauptet, diese beiden abstoßenden Wesen seien Hunderte von Jahren alt, ich hätte es geglaubt.

Es passierte etwas Unerwartetes. Kaum hatte ich diese Kreaturen betrachtet, kaum hatten sie mich angefaßt, durchströmte mich plötzlich unendliche Barmherzigkeit und Menschenfreundlichkeit von Kopf bis Fuß wie eine kühlende Flüssigkeit. Wie durch ein Wunder wandelte sich Abscheu in Zuneigung.

Hatte ich zuvor gegen Hitze und Erschöpfung, gegen Angst, Widerstände und Ekel ankämpfen müssen, wurde ich nun unvermittelt frisch und wach, klar und weich, aufmerksam mit jeder Zelle meines Körpers, strahlend von namenloser Liebe und leuchtend von gegenstandsloser Erkenntnis. Eine der beiden Kreaturen hob an, mit kreischender Stimme zu reden – im Wechsel mit der anderen, deren Stimme jedoch wie die eines Menschen ohne Kehlkopf klang. Beide sprachen schnell und mit großem Nachdruck. Der Priester und Malti lauschten mit gespannter Aufmerksamkeit. Ich meinte, ein paarmal die Worte *siddhi* und *firingi* zu hören. Es ging offenbar wieder einmal um meine Seele. Ich wagte nicht, solche geheimnisvollen Mitteilungen mit meinen Fragen zu unterbrechen, und spürte eine angenehme Gelassenheit, als müßte ich im Grunde nicht erfahren, was da über mich gesagt wurde. So gab ich mich der Berührung und Wesensdeutung durch diese zwei mythischen Gestalten hin. Daß die Zwerge in den roten Gewändern auf ihre Art Gottesboten waren, spürte ich an der Wirkung, die sie auf mich ausübten.

Ich vergaß alles um mich herum, fühlte die Hitze nicht, nahm die Gegenwart Maltis nicht mehr wahr. Und inmitten dieser mentalen Stille tat sich mir ein präzises Bild auf. Wie auf einer Bühne lag ein blondes, nacktes Schneewittchen scheintot am Boden, bedeckt mit Blüten und umgeben von einer tobenden Menschenmenge, während im Hintergrund Elefanten trompeteten. Ich betrachtete diese Vision mit ratloser Anteilnahme. Das arme Mädchen! Was hat man mit ihr vor?

Viel zu schnell ließen die kleinen Magier meine Hände wieder los, und ich sank mit einem lauten Seufzer in meinem Sessel zusammen. Ich war an ein Stromnetz angeschlossen gewesen, das unerwartet abgestellt worden war. Mein Glücksgefühl und das Empfinden, mit der gesamten Schöpfung in unauflöslicher Verbindung zu stehen, blieben erhalten, doch war ich unbeschreiblich müde. Eilig hoben Malti und der fette Priester meinen Lehnstuhl in die Höhe und trugen mich fort, an das andere Ende des großen, jetzt von einer quirligen Menschenmenge dicht belebten Platzes. Ich konnte von meinen winzigen Wohltätern nicht einmal Abschied nehmen.

Der dicke, kahle Mann schwitzte heftig, und auch Malti war außer Atem. Ich spürte, daß es nicht nur an der steigenden Hitze des Tages lag. Vielleicht hatten sie die überwältigende Kraft der zwei heiligen Männer ebenso gespürt wie ich. Sie setzten sich in den Staub vor meinen Stuhl. Ich kam mir einen Augenblick lang wie eine Königin vor, die eine Huldigung empfängt, und gern hätte ich mich zu ihnen gesellt, denn es war mir peinlich. Aber ich konnte mit meinem lahmen Bein nicht auf der Erde hocken. Und so ließ ich es dabei bewenden.

Der Priester redete jetzt auf Malti ein. Sie schüttelte erst heftig den Kopf und rief: »*Nam, nam, nam!*«, das Takiwort für nein. Dann schien sie einzulenken. Sie ruckte auf die indische Art den Hals nach rechts und nach links, eine Geste, die mich immer von neuem faszinierte. Vergeblich hatte ich versucht, sie von Malti zu erlernen. Ich schaute von einem zum anderen und konnte mir keinen Reim auf ihr Verhalten machen. Und eigentlich interessierte es mich auch nicht besonders, weil ich immer noch vollkommen überwältigt war von den beseligenden Empfindungen der Liebe und Wahrhaftigkeit, von Sinn und Erkenntnis. Darin wollte ich nicht gestört werden.

Endlich schienen sie sich einigen zu können. Malti warf mir einen aufmerksamen und, wie ich glaubte, etwas besorgten Blick zu, erhob sich, rief: »*Bye, bye, Devi-Ben, see you later!*« und verschwand. Auch der Priester erhob sich und ging mit langsamen Schritten fort, nachdem er sich vor mir mit dem *Namasté*-Gruß recht tief verbeugt hatte. Mir kam das alles merkwürdig vor, doch besaß ich nicht die Kraft, darüber nachzudenken.

Noch lange blieb ich sitzen, ganz in mich versunken. Was um mich herum geschah, hörte und sah ich kaum. Erst nach Stunden, so schien es mir, konnte ich mich wieder der Wirklichkeit zuwenden, die mich umgab. Es war schon Nachmittag, die Sonne war hinter den Palmkronen verschwunden, und auf dem Platz hatten sich jetzt auch Händler eingefunden, die von dichten Trauben Schaulustiger umgeben waren. Ich wollte und konnte mich ihnen nicht anschließen. Deshalb erhob ich mich und suchte nach meiner Krücke. Doch sie war verschwunden, ich vermochte sie nirgends zu entdecken. So war ich gezwungen, mit mühseligen Schritten, halb hüpfend, halb lahmend, den Weg zu unserer Hütte zurückzulegen.

Dort angekommen legte ich mich erschöpft auf das harte Flechtbett. Und es dauerte nicht lange, da betrat auch Malti den Raum. Sie setzte sich auf ihre Kiste.

»O, da bist du, Devi-Ben! Wir haben dich schon gesucht. Bald wird es dunkel, die Feuer werden angezündet. Wenn du einen guten Platz haben willst, müssen wir deinen Stuhl in der Nähe der Tänzer aufstellen.«

»Ich muß mich noch ein Weilchen ausruhen«, entgegnete ich. »Der Besuch bei den zwei kleinen Männern war sehr anstrengend.«

»Das waren die ältesten und weisesten Medizinmänner unseres Stammes. Sie verfügen über unermeßlich großes, geheimes Wissen. Soll ich dir erzählen, was sie über dich gesagt haben?«

Ich nickte halbherzig. Mit geschlossenen Augen ruhte ich auf meinem Lager und dachte sehnsüchtig an ein kühles Glas Wasser mit Eis und Zitrone. »Bitte, Malti, bring mir erst etwas zu trinken, ich kann diese Hitze kaum ertragen. In meinem ganzen Leben habe ich solche Temperaturen nicht gekannt!« Es mußten wohl über vierzig Grad sein, und dabei stickig feucht, inmitten der austrocknenden Wassergräben.

Sie lief hinaus, um mir einen Trunk zu besorgen. Ich wußte, daß es nicht einfach war, überhaupt noch trinkbare Flüssigkeit aufzutreiben, und in diesen Tagen wollten so viele Menschen versorgt sein.

Ich wollte lieber nicht in den Becher sehen. Aber als hätte Mali meine Phantasie erraten, hatte sie in das Wasser ein paar Tropfen Limettensaft gespritzt. Als ich getrunken hatte, fühlte ich mich ein wenig belebter und bereit zum Zuhören.

»Du wirst noch lange in unserem Dorf bleiben, haben sie gesagt.« Meine dunkelhäutige Freundin, in ihr traditionelles weißes Festtagsgewand gekleidet, schaute sehr ernsthaft und bedeutungsvoll drein.

Hm. Ich lächelte ein wenig süffisant in mich hinein. Da haben wir's ja! dachte ich. Die wissen eben nicht, daß ich schon in ein paar Tagen mit Rama Raj zur Küste abreisen werde. Aber ich will Maltis Begeisterung nicht schmälern. Sie scheint sich über diese Nachricht zu freuen. Früh genug wird sie erfahren, daß wir bald Abschied nehmen werden. Sag jetzt nichts, laß sie reden, beschloß ich. Es wird sich schon alles zeigen. Kommt Zeit, kommt Rat.

Nun, so geschah es am Ende auch, aber ganz anders, als ich es mir vorgestellt hatte.

»Und daß die Taki dich brauchen, weil du sehr wichtig für sie bist«, fuhr meine Freundin fort. »Du kannst Takiwissen in der ganzen Welt verbreiten. Das haben sie auch gesagt.«

»Moment mal«, wandte ich mit matter Stimme ein, »das begreife ich nicht. Was weiß ich denn schon von eurem geheimen Wissen? Und was soll euch das nützen?« Ich richtete mich mühsam auf dem Lager auf und betrachtete Malti im Halbdunkel der Hütte. Sie hielt den Blick gesenkt. Ihre Stirn war gerunzelt, als machte es ihr große Mühe, zu formulieren, was sie zu sagen hatte.

»Die Menschen in deinem Land brauchen etwas von den Taki. Und du sollst eine Botin unserer Weisheit werden. Es gibt unsichtbare Verbindungen zwischen uns und euch. Es war von den Göttern vorherbestimmt, daß du zu uns kommst. Wir haben lange auf jemanden gewartet, der so ist wie du.«

Während Malti-Ben mit leiser Stimme diese Worte sprach, wurde nicht weit von der Hütte das Gewirr der Stimmen auf dem Platz immer lauter. Ich beugte mich vor und mußte mich ganz auf sie konzentrieren, um zu hören, was sie sagte. Große schwarze Insekten brummten um unsere Köpfe. Die hungrigen Zungen der Geckos hatten viel zu tun. Mit meiner linken Hand, die ein kleines Tuch hielt, wedelte ich ständig herum, damit sie sich nicht auf mein Gesicht setzten. Ich schien sie magisch anzuziehen, während Malti von ihnen weitgehend in Ruhe gelassen wurde. Die Krähenvögel in den Palmen machten wie jeden Tag gegen Sonnenuntergang einen Höllenlärm.

»Jemand, so wie ich? Was meinst du damit?« Ich spürte, wie ich immer skeptischer wurde und eine innere Abwehr aufbaute. So ein Unsinn! Nur weil Malti meine Freundin war und die Hitze zum Argumentieren viel zu groß, ließ ich sie weiterreden.

»Die Medizinmänner sagen, daß du eine große Heilerin und Zauberin bist. Aber du weißt es nicht. Du kennst viele Künste, doch du weißt noch nicht alles. Du sollst eine bestimmte magische Kunst erlernen, die du dann mit in dein Land nehmen kannst.«

Ich grinste ungläubig. Es ist mir schon klar, daß die Leute hier meiner Wenigkeit übermenschliche Kräfte zuschreiben, die gar nichts mit meinen wahren, eher armseligen Fähigkeiten zu tun haben. Sie deuten meine große helle Gestalt und meine fremden Gewohnheiten entsprechend ihrer naiven Weltanschauung und überhöhen mich in geradezu lächerlicher Weise. Ein Mythisierungsprozeß ist in Gang gekommen, gegen den ich mich nicht wehren kann. Sie machen mit mir, was der Buschmann mit der Colaflasche tat, als er in ihr einen magischen Gegenstand erkannte, der von den Göttern gesandt worden war.

Aber ich wollte auf Malti eingehen und fragte deshalb: »Und wie soll ich diese Zauberkunst lernen? Außer mit dir kann ich doch mit niemandem reden.«

Mein Ton war der einer höflichen Konversation. Im Grunde aber fühlte ich mich schon bedroht. Trotzdem wollte ich von Malti erfahren:

»Weißt du denn etwas davon? Kannst du mir diese Zauberkunst beibringen? Was haben sie mit mir vor?«

»Nein, ich weiß nichts davon! *Toba toba!*« rief Malti schnell, ein wenig zu schnell und heftig. Mein geübtes Analytikerohr und meine Intuition sagten mir, daß sie mir irgend etwas verbergen wollte. Toba toba bedeutete etwa »Gott bewahre, niemals!« Das verhieß nichts Gutes. Schweiß lief mir Nacken und Rücken hinunter. Er bildete kleine juckende Rinnsale, die schnell vertrockneten und Salzkrusten hinterließen. Ich hatte längst gelernt, täglich im Wasser des Kanals unterzutauchen, um ein Bad zu nehmen wie alle anderen, aber der Weg dorthin war mit der Krücke beschwerlich. Ich hätte solch eine Erfrischung jetzt dringend nötig gehabt, obgleich mich das von Algen und Hitze schleimig gewordene Naß schon ein wenig ekelte.

Was will sie mir nicht sagen? rätselte ich. Was soll ich hier nicht erfahren? Meine scheinbare Gleichgültigkeit wandelte sich in ein unangenehmes Gefühl akuter Bedrohung.

»Ich weiß nur, daß du nicht von hier fortkannst, bevor du alles, was du für deine Aufgabe brauchst, gelernt hast.«

Wie bitte? Ich reagierte so empört, daß die Zornesröte mir augenblicklich ins Gesicht stieg. Solange ich selbst nicht von hier wegkonnte, weil ich in meinem Zustand keine Möglichkeit dafür sah, war das eine Sache. Aber hier festgehalten zu werden gegen meinen Willen, das kam nicht in Frage!

Malti mußte wohl mein entsetztes Schnaufen gehört haben. Ich hielt es für klug, ihr nichts von meinen Abreiseplänen zu sagen. Angesichts der Tatsache, daß ich hier unter Fremden war, deren Verhalten ich nicht einschätzen konnte, schien es mir ratsam, Stillschweigen zu bewahren. Womöglich mußte ich heimlich von hier fliehen! Mit Rama Raj würde ich mich wohl einigen können, ihn wußte ich ganz auf meiner Seite. Ob Malti wirklich bis zur letzten Konsequenz meine Freundin war, konnte ich allerdings nicht abschätzen.

»Die Ältesten haben schon darüber beraten. Unsere heiligen Männer haben gesagt: Diese Frau ist wie ein neugeborener weißer Elefant, der noch nicht weiß, welche Kraft in ihm steckt. Ist er einmal herangewachsen, kann er nicht nur die Bäume des Urwalds ausreißen, sondern auch die Tempelprozession anführen. Er kann und soll den Maharadscha tragen! Devi-Ben, die Taki wollen dir helfen, ein solcher Elefant zu werden. Wenn du deine Kraft einmal erkannt hast, wirst du ein Segen für die Menschheit sein. Natur, Religion und Gesellschaft brauchen solche Diener. Es ist dein Schicksal.«

Ich hörte gar nicht mehr recht zu. Der Vergleich mit dem Elefanten hatte mich an meiner empfindlichsten Stelle getroffen. Ich war mir doch immer schon wie ein Trampeltier vorgekommen, seit meiner Volksschulzeit! Immer war ich größer und dicker und weißlicher gewesen als die anderen, immer wurde ich deswegen ausgelacht. Hier bei den Taki hatte ich mich natürlich von Anfang an wie Schneewittchen unter den Zwergen gefühlt, und der Vergleich war durchaus nicht unangemessen. Die Diskrepanz zwischen ihnen und mir war wahrhaftig himmelweit. Aber daß mich die Takizwerge als Elefantenkalb empfanden, verletzte mich tief. Meine Miene verzog sich, um die Tränen zu verbergen, die mir in die Augen schossen. Ich schluckte hart. O, wie weh das tat! Ich drehte mich mit dem Gesicht zur Wand.

Malti rückte ein wenig näher und legte die Hand auf meine Hüfte. »Dorikutty«, flüsterte sie zärtlich, »hab keine Angst. Wir wollen dir nichts Böses. Nur helfen, nur heilen! Ein weißer Elefant ist wunderschön und kostbar! Und wenn du erst in das Geheimnis der Medizinmänner eingeweiht bist, wirst du das Leben mit anderen Augen sehen. Dann kannst du in deinem Land eine schwere Krankheit heilen, die Menschen befällt, wenn sie nicht mehr wissen, wozu sie auf der Erde leben. Nur wer seine eigene Lebensaufgabe kennt, kann sie auch anderen sinnvoll vermitteln. Wenn du erkennst, daß dies deine wichtigste Pflicht ist, bleibst du an Leib und Seele gesund. Sonst wird du selbst krank und traurig und wirst bald sterben.«

Auch das machte mich wieder zornig. Wollten die Dorfältesten mir etwa drohen? Das ließ ich mir nicht gefallen. Wer waren die denn, diese Medizinmänner eines Stammes von Ureinwohnern? Die mußte ich ja nicht so ernst nehmen. Wer ließ sich schon gern mit dem Tod bedrohen? Anscheinend hatten die Inder da keine Hemmungen, das war jetzt schon das zweite Mal. Entweder Erleuchtung oder Sterben, hatte Akasho die Worte des *sadhu* gedeutet. Was sollte ich nur von all dem halten?

Das kostbar-wohlige Glücksgefühl, das mich nach der unfreiwilligen Konsultation der dunklen Zwerge von Kopf bis Fuß durchströmt hatte, war augenblicklich wie weggeblasen. Der Zorn hingegen, der mich jetzt zu schütteln begann, nahm innerhalb weniger Minuten Ausmaße an, die mir ebenso unbekannt waren. Mein Gott, was überkam mich da? Hatte ich mir nicht vorgenommen, meine Meinung für mich zu behalten? Aber das war inzwischen vollends unmöglich. Ich fing an zu zittern und bebte bald am ganzen Leib. Meine Zähne knirschten, als würde ich von einem epileptischen Anfall heimgesucht. Ich rollte so stark mit den Augen, daß sie fast aus ihren Sockeln fielen, fühlte meine Adern bis zum Platzen anschwellen und hieb mit den Fäusten hemmungslos auf das Geflecht des *charpoy*. Fast hätte ich vor Wut die Besinnung verloren.

Als der Anfall abebbte, erblickte ich Malti. Sie stand scheu und ängstlich, aber zugleich fasziniert von dem Schauspiel, das ich darbot, einige Schritte von mir entfernt gegen die durchlässige Wand gepreßt. Ich konnte noch gar nicht sprechen, winkte sie aber heran, und erst als sie neben mir stand, konnte ich mit Mühe und Not ein »It's o. k.« hervorbringen. Sie grinste verlegen und wirkte dabei so erleichtert und komisch, daß ich zu lachen anfing. Sie stimmte ein. Ich hielt mir den Bauch vor Lachen. Mit einem winzigen Rest meines Bewußtseins registrierte ich, daß meine Emotionen reichlich heftig und dem Anlaß wenig angemessen waren. Aber das konnte ich nicht ändern. Ich hatte überhaupt keine Kontrolle mehr über mich. Bald war die ganze Hütte von schallendem Gelächter erfüllt.

Als wir uns endlich beruhigt hatten, drängte meine Freundin zur Eile. Ich mußte meine Erlebnisse im Bewußtsein archivieren, hatte keine Zeit mehr, darüber nachzudenken. Denn das Hochzeitsfest wollte ich auf keinen Fall versäumen. Von draußen hörte man immer lauteres Tamtam, singende und jubelnde Menschen. Jemand spielte mit seinen Fingern virtuos auf dem *ghatam*, einem bauchigen Wassertopf aus Ton. Nicht nur die Fingerspitzen erzeugten die differenziertesten Trommeltöne, auch die Handflächen brachten das primitive Instrument zwischen den Beinen des Trommlers durch Reiben, Schlagen und Stoßen zum Sprechen. Ich fühlte mich inzwischen wieder ganz weich und wohl, herrlich belebt und durchblutet, war mit mir und der Welt in Frieden. Im Augenblick waren ja auch gar keine Entscheidungen zu treffen.

Totentanz

Als wir losziehen wollten, um dem Anfang der Hochzeitsfeierlichkeiten beizuwohnen, war die Krücke nicht zu finden. Malti trat vor die Hütte und rief zwei Knaben, die meinen Stuhl zum Schauplatz des Geschehens trugen. Sie selbst stützte mich, bis wir am Kanal angekommen waren. Von weitem schon sahen wir, daß viele Feuer loderten. Überall hatte man Haufen von Kokosnußschalen errichtet, aus denen helle Flammen emporschlugen. Die vielen Leute machten uns Platz, man starrte mich an, doch ich tat so, als würde ich das nicht bemerken, obwohl ich lieber unsichtbar gewesen wäre. Ich fühlte mich offen und verletzlich, zugleich aber auch grenzenlos weit und vollkommen entspannt, wie kurz nach einer Narkose. Der Tanz hatte schon begonnen, als ich es mir in meinem Sitz bequem gemacht hatte. Alle anderen standen und stampften zu den Rhythmen der Trommeln mit den Füßen, klatschten auch mit den Händen, rührten sich aber nicht von der Stelle. Ich war ausschließlich von Frauen umgeben, konnte aber in dem flackernden Licht kein bekanntes Gesicht entdecken. Die Fremden hielten respektvollen Abstand zu mir, doch das war mir nur recht, denn so konnte ich alles gut sehen und beobachten. Malti war wieder verschwunden.

Etwa dreißig Gestalten bewegten sich in der Mitte des Platzes um den mit frischer Farbe und glänzendem Fett bestrichenen Baum, dessen zahlreiche Luftwurzeln wie lange, dicke graue Barthaare zu Boden hingen. Ich hielt den Atem an. Was ich dort sah, war ein Totentanz. Die dunklen Körper waren hinten und vorn mit kunstvollen weißen Streifen bemalt, die im Widerschein der Feuer aufleuchteten. Die Streifen waren so angeordnet, daß sie dem menschlichen Skelett entsprachen. Es hätte grausig wirken können, aber ich fand das alles plötzlich völlig normal. Diese Empfindung allerdings kam mir gar nicht normal vor.

Ihre Leiber waren nackt, bis auf große Penishalter aus Bambusrohr, die mit Schnüren um die Lenden gegürtet waren. Die Gesichter trugen Masken, die fleischlose Schädel darstellen sollten, mit wild fletschenden Zähnen. Doch die Knochenmänner waren nicht stumm wie die Toten, sondern stießen furchterregende Laute aus. Sie liefen dabei langsam im Kreis umher, drehten sich um sich selbst, wechselten die Richtung, vereinten sich in der Mitte, strebten dann schnell wieder dem äußeren Rand des Kreises zu, unterbrachen den Ablauf mit hohen Sprüngen und markerschütternden Schreien. Dazu rasselten sie mit Nüssen oder Steinen, die in einem hohlen Kürbis verborgen waren. Die Trommeln wechselten den Rhythmus. Jetzt begannen die Skelette zu singen. Nach einer Weile schwiegen sie wieder, und man hörte nur das Trommeln und Rasseln. Immer wieder, Stunde um Stunde erklang dieselbe Sequenz von Tönen, immer wieder streckten die Tänzer sehnsüchtig die Arme aus dem Kreis heraus, heulten wie zu Höllenqualen verdammte Seelen, und mir war, als verstünde ich ihr Lied: »Komm zu mir, meine Braut, und erwecke mich zu neuem Leben. Ohne dich bleibe ich ein toter Mann. Nur du kannst meinen Lenden neues Leben entlocken! Komm zu mir, komm zu mir!«

Doch die Bräute waren nicht zu erblicken. Unermüdlich tanzten die Männer ihren Totenreigen, den Tanz der unerlösten Seelen. Vielleicht stellten sie auch die verstorbenen Ahnen dar, wer weiß. Unermüdlich sangen sie ihre sehnsuchtsvolle Litanei. »Komm, meine Braut, ohne dich bleibe ich ein toter Mann!«

Es mochte schon nach Mitternacht sein, und mir fielen trotz aller Faszination immer wieder die Augen zu, als der Trommelklang sich zu einem Crescendo steigerte und plötzlich alle Tänzer mit einem ungeheuren Aufschrei der Verzweiflung zu Boden fielen. Sie rührten sich nicht mehr. Und mit einem Schlag wurden auch alle Feuer gelöscht. Die Menge verharrte in gespanntem Schweigen, es war heiß und finster, nur ein paar Ochsenfrösche klagten in der Ferne. Die unheimliche Stille dauerte lange. Die Erregung unter den Umstehenden war deutlich zu spüren. Niemand bewegte sich. Doch dann wandten sich plötzlich alle Köpfe, ich konnte es in der Finsternis eher erahnen als erkennen. Immer noch sprach keiner ein Wort. Ich wollte mich erheben, um zu sehen, was passierte. Meine Gliedmaßen waren aber ganz steif, ich merkte, daß ich mich nicht rühren konnte, so als wäre ich hypnotisiert oder stünde unter einem Zauberbann.

Ein Fackelzug näherte sich uns. Ganz in meiner Nähe öffnete sich eine Bresche unter den Zuschauern, die Prozession zog gemessenen Schrittes an mir vorbei. Es waren die jungen Frauen, die auf uns zukamen. Ihre Brüste waren nackt, ihre schwingenden Hüften jedoch waren von roten Tüchern umschlungen. Bis zum Ellbogen waren ihre Hände und Arme von einem überaus kunstvollen, hochkomplizierten roten Muster aus Henna überzogen, lange Handschuhe wie aus Brüsseler Spitze. Das wirkte um so auffälliger und schmückender, als sie ja bis zur Taille unbekleidet waren, sehr erotisch, fast obszön. In der rechten Hand trug jede vorsichtig eine Schale, die aus Kokosnußhälften geschnitzt war und im flackernden Licht der Fackeln glänzte. Die lang auf den Rücken herunterhängenden glatten schwarzen Haare waren mit roten und weißen Blüten geschmückt. Um den Hals hing eine weiße Blumengirlande. Betäubender Duft, vielleicht Jasmin, wehte zu mir herüber.

In der Mitte des Platzes angelangt, bildeten sie einen weiten Kreis um die wie tot daliegenden Männer, die sich auch im Schein der Fackeln nicht regten. Dann begannen die Frauen mit einem Lied. Es klang süß und lockend, wie Engelsgesang, und seine zarte Melodie träufelte mir den Balsam der Hoffnung ins Herz. Ich gab mich ganz dem Zauber dieser Nacht hin. Die urtümlichen Rituale zogen mich in ihren Bann, und ich vergaß, daß ich aus einem weit entfernten Land gekommen war. Schon seit Stunden befand ich mich in einem Zustand der Trance. Die Trommeln hatten mich mitgenommen auf ihre Reise. Mein Herzschlag hatte sich ihrem Puls angeglichen. Ich verstand die Worte der Tänzer, als benutzten sie eine Ursprache, die mir auf natürliche Weise zugänglich war. Ich hatte keine Fragen mehr, ich brauchte keine Antworten. Alles war so, wie es sein sollte, wie es immer gewesen war. Und ich wußte schon vorher, was gleich geschehen sollte, als wäre ich bereits hundertmal dabeigewesen. Ja, ich fühlte mich in einer Weise zugehörig, als sei ich selbst eine der jungen Takibräute, die dort in der Mitte des Dorfplatzes, im Schmuck ihrer Jugend und der duftenden Blüten, dem existentiellen Werben des Mannes entsprachen.

Langsam, Schritt für Schritt, doch ohne ihr Lied zu unterbrechen, näherte sich nun jede einzelne der jungen Frauen einem der im feinen Staub der ausgedörrten Erde liegenden Männer. Sachte löste sie die Totenkopfmaske, ohne die Fackel aus der Hand zu legen. Und mit der unbeschreiblich mütterlichen Anmut der ewigen Lebensspenderin richtete sie den aus dem Todesschlaf Erwachenden an den Schultern auf, stützte ihn wie einen matten Kranken und gab ihm aus der Schale zu essen. Es war nicht Reis, sondern die Tage zuvor zubereitete Papayaspeise, die die Männer wieder ins Leben zurückholte. Ich konnte ihren würzigen süßen Duft von ferne riechen, das rötliche Goldgelb im Feuerschein glänzen sehen. Wie durch den Genuß von himmlischem Manna belebt, streckte bald ein Mann nach dem anderen die Hände nach seiner Braut aus, um sie an sich zu ziehen. Da beugten sich alle Frauen zu den jungen Männern hinunter und nährten sie ausgiebig an ihren jungfräulichen Brüsten.

Nun waren sie genügend gestärkt, um sich zu bewegen. Unterstützt von seiner Braut kam jeder Bräutigam zuerst auf die Knie, dann auf die Füße. Die Braut reichte ihm die weiße Girlande. Doch anstatt sie sich umzulegen, wie ich erwartet hatte, wusch der Neugeborene sich mit den frischen, feuchten Blüten in Windeseile die Skelettbemalung vom Leib, die ohnehin vom Schweiß schon ganz zerlaufen war. Dann sprang er in die Höhe, jede Zelle des Leibes voller Kraft und erneuerter Vitalität, nahm die Frau, die ihn erwählt hatte, bei der Hand, ergriff die Fackel und reihte sich in den Zug der übrigen Paare ein.

Die Trommler hatten wieder begonnen zu schlagen, ihr Rhythmus war jetzt der eines klopfenden Herzens. Bald fingen alle Umstehenden an zu klatschen, und offensichtlich war es jetzt auch wieder gestattet zu reden. Freudige Ungeduld breitete sich in der Menge aus. Es dauerte nicht lange, bis ich bemerkte, daß nicht nur das befriedigte Gemurmel von Menschen an mein Ohr drang, die soeben wachsame Zeugen eines korrekt vollzogenen Rituals gewesen waren. Nein, es ging auch um leibliche Freuden, denn nun begann, mitten in der Nacht, das festliche Mahl. Und schon war Malti wieder zur Stelle, um mich dorthin zu geleiten, wo die großen Bottiche aufgereiht standen. Hier gab es Süßes, Scharfes und Salziges, zusammen mit duftendem Reis auf glänzenden Bananenblättern angerichtet. Erst jetzt merkte auch ich, daß ich Hunger hatte, und die Speisen mundeten mir ganz köstlich. Es war mir sogar vergönnt, von der lebenspendenden Papayapaste zu kosten. Nie zuvor hatte ich etwas Vergleichbares auf meiner Zunge gespürt, und doch schien der Geschmack uralte Erinnerungen in mir wachzurufen. Malti redete nicht, und auch ich mochte den Zauber dieser Stunden nicht mit Geschwätz, Fragen und Erklärungen brechen. Als der Himmel sich grünlich färbte und die Krähen ihr krächzendes Morgenlied begannen, gingen wir zu unserer Hütte, um zu ruhen.

Doch schlafen konnte ich nicht. Lange lag ich ganz still auf meinem Lager, dessen unbequeme Härte ich schon lange nicht mehr spürte, so sehr hatte ich mich daran gewöhnt. Nicht Gedanken waren es, die mich wachhielten, sondern Abertausende von Bildern. Die Überfülle des Geschauten und Erlebten überschwemmte mich wie eine Flutwelle. Ich versuchte nicht einmal, die Ereignisse in meinem Gedächtnis zu speichern. Die Prophezeiungen der schwarzen Zwerge in ihren blutroten Gewändern waren mir nicht mehr so wichtig. Was blieb, war das Gefühl, mit einem neuartig empfindenden Körper ausgestattet zu sein, einem Leib, der von Lebendigkeit geschüttelt wurde, in jeder Sekunde zwischen Hochspannung und Tiefenentspannung pulsierend. Ich war so vitalisiert, daß ich unmöglich schlafen konnte. Doch das war kein quälender Zustand, wie ich ihn von früheren schlaflosen Nächten kannte, sondern reine Lust.

Die Sonne stand schon hoch am Horizont, und Malti schlief neben mir wie eine Tote, als ich gänzlich unerwartet von dem Verlangen nach einem Mann geschüttelt wurde. Wie lange hatte ich diese Sehnsucht nicht mehr gespürt! Ja, noch nie war sie so stark gewesen wie an diesem Morgen. Ich wurde davon völlig überrascht. Ein Mann, ein Mann! So wie die tanzenden Männer ihren lebensrettenden Wunsch nach der weiblichen Ergänzung zum Ausdruck gebracht hatten, so schrie jetzt alles in mir: Komm, mein Gatte, komm, denn ohne dich bin ich wie tot! Ich hatte plötzlich Akashos Bild vor mir, und da flüsterte ich mit feuchten Lippen: Komm zu mir, komm! Bald konnte ich nicht anders, als mein übermächtig werdendes Bedürfnis zu befriedigen, so gut es ging. Ich streichelte mich am ganzen Körper, wurde von einem Rausch der Sinne gepackt, ins Weltall katapultiert und endlich sanft wie ein Vögelchen in sein Nest gelegt. Malti schlief ruhig weiter, ich hörte jetzt, nachdem mein Keuchen verebbt war, wieder ihre gleichmäßigen Atemzüge. Und auch das Leben im Dorf regte sich nicht, trotz der vorgerückten Tageszeit.

Dann kamen meine Tränen. Ich seufzte und schluchzte vor Kummer und Gram, daß mir alter, verbrauchter Frau kein junger Bräutigam mehr beschieden sein konnte. Tiefe Trauer erfüllte mich, ein Abschied voller Resignation. Mein Frauenleben war vertan, es war zu spät! Kein Leben würde je aus meinem Leib hervorgehen, kein schweißnasser Körper stöhnend sich in mich ergießen und mit mir einswerden. Vor lauter Angst, so übermächtig von meinen geschlechtlichen Trieben gepeinigt zu werden wie Vater, der daran untergegangen war, hatte ich sie fast vollkommen unterdrückt. Meine Unsicherheit dem männlichen Geschlecht gegenüber hatte bewirkt, daß ich mich viel zu oft ferngehalten hatte von Wonne und Nähe, von Zärtlichkeit und Wärme, von Seligkeit und Sinnlichkeit. Eine Mutterschaft hatte ich mir auch verwehrt.

Als Malti sich regte und bald mit munteren, neugierigen Augen von ihrer Matte aufstand, die sie während der Nacht auf der gestampften Erde ausgerollt hatte, war es schon Nachmittag. Am Ende hatte ich doch noch ein oder zwei Stunden geschlafen. Jedenfalls fühlte ich mich ganz ausgeruht. Gemeinsam gingen wir dorthin, wo es zu essen gab. Ich war wieder sehr durstig und daher dankbar für eine saftige Papayafrucht. Sie wurde mit Limonensaft beträufelt. Meine Zähne bissen so begierig hinein, daß mir der Saft rechts und links aus den Mundwinkeln träufelte. Malti lachte und stieß mit dem Ellbogen eine ihrer Nachbarinnen an. »*I love Papaya*«, rief ich mit vollem Mund. »*Papaya is like God*«, antwortete sie.

Als ich gesättigt war, besorgte ich mir einige breite Blätter und ging, mich auf einem Feld am Rande der Siedlung zu erleichtern. Meine Krücke war nicht wieder aufgetaucht. Vielleicht ist das ein Hinweis darauf, daß ich von jetzt ab ohne sie auskommen sollte, dachte ich. Und tatsächlich, es klappte. Ama, die freundliche Heilerin von Narvan, hatte mir in den vergangenen Wochen immer wieder einmal mein Bein mit einem starkriechenden Öl massiert, wahrscheinlich irgendein Ur-Ayurveda. Das hatte geholfen. Ich setzte vorsichtige Schritte, hatte Angst zu stolpern. Der Weg zu dem abgegrenzten Bereich, der den Frauen des Dorfes als Abort diente, war mir immer noch beschwerlich, ich war erst ein paarmal dortgewesen. Meine Schamgefühle und mein Ekel waren jedenfalls nicht mehr so stark wie am Anfang meines Aufenthaltes bei den Taki. Ich verrichtete meine Notdurft einfach so wie sie, zwischen den frischen oder vertrockneten Haufen der anderen, bewehrt mit einer Blechdose oder Kokosnußhälfte voll brackigem Wasser, um mich sauberzumachen. Was blieb mir auch anderes übrig? Ich war inzwischen der Ansicht, daß ich von der Art und Weise, wie diese Menschen mit ihrer Körperlichkeit umgingen, eine Menge lernen konnte.

Bald war wieder Abend, die festlich gekleideten Menschen strömten auf dem Dorfplatz zusammen, lachten und schwatzten. Ich sah alles bereits mit den Augen des Abschieds. Nur noch wenige Tage, dann würde mir dies wie ein heftiger, farbenfroher Traum vorkommen. Ich versuchte, mit meinem Bewußtsein die exotische Umgebung zu registrieren und zu fotografieren. Meine Sehkraft war seit meiner Pubertät nicht so gut gewesen wie jetzt. Alte Leute sehen wieder Farben, wenn man sie am Star operiert hat. So ging es mir jetzt. Nur ganz selten noch setzte ich meine Brille auf, und dann wurde sie mir schnell lästig, denn die Dioptrien hatten sich offensichtlich verringert. Augen, meine lieben Fensterlein! Die vielen Tränen hatten sie reingewaschen. Zu Hause in München wäre ich mir vorgekommen wie ein richtiger Jammerlappen und hätte wohl zu Psychopharmaka gegriffen, doch hier in Indien war es gut und richtig, allen Emotionen freien Lauf zu lassen. Die Einsicht, daß ich gar nichts zu verlieren hatte, wuchs mit jedem Tag.

Es war noch fürchterlich heiß, obgleich die Schatten schon lang waren. Alle lechzten danach, die Sonne untergehen zu sehen. Ich litt zusätzlich immer wieder unter Hitzewallungen, die sich bisweilen mit einem trügerischen Gefühl von Eiseskälte und zittrigem Frieren abwechselten. Die Taki schwitzten wenig, selten sah man Schweißperlen, aber sie tranken auch nicht viel. Ich wußte nicht, wie ich an trinkbares Wasser gelangen sollte, und so machte ich mich im Laufe des Abends noch zweimal über ein riesengroßes Stück saftige Papayafrucht her. Heute gab es auch besondere Süßigkeiten, pingpongballgroße Kugeln aus klebrigem Reis und geraspelter Kokosnuß in Öl ausgebacken, versetzt mit Samen und Spezereien, unter denen ich nur den schwarzen Mohn und die stark aromatischen Kardamomkernchen ausmachen konnte. Viele tranken Fenny, einen scharfen Schnaps aus Palmblüten. Zwei

Männer schöpften ein süßes Getränk aus Kokosmilch aus tiefen Bottichen, schenkten es in polierten Trinkschalen aus. Es war süffig, hatte einen leicht bitteren Beigeschmack, mundete mir jedenfalls so gut wie Batida de Coco und löschte meinen Durst. Ich aß und trank von allem reichlich und fühlte mich bald wunderbar beschwingt. Meine neue sinnliche Empfindungsfähigkeit beglückte mich. Ich roch und schmeckte mit erhöhter Sensivität, alles schien vergrößert, verdoppelt, farbig wie eine Reklamewand mit Kodakplakaten. Die glühende Luft auf meiner Haut war mir ununterbrochen bewußt, ich beobachtete jede Bewegung meiner Glieder, spürte jeden Muskel, und sah auch meine Mitmenschen mit neuen Augen wie durch ein Vergrößerungsglas, das zugleich auch die Gefühle von interessierter Gleichgültigkeit in liebevolle Anteilnahme verwandelte. Aber nach allem, was ich schon am Vortag erlebt und erkannt hatte, wunderte ich mich über gar nichts mehr. Es war der reine, der reinste Lebensgenuß, und das genügte mir.

Auf der anderen Seite des Platzes wurde die große *puja* abgehalten. Die Hochzeitsgäste scharten sich in der fallenden Dämmerung um den fetten, kahlen Priester, der ein großes Feuer entzündet hatte und nach und nach allen Paaren, die vor ihm niederknieten, seinen Segen spendete. Dies tat er unter lautem Rufen von kehligen Segenssprüchen und indem er die Stirn der Brautleute mit Büffelbutter einrieb. Während er ihnen aus einer kleinen Schale Wasser über die Hände goß, glänzte sein nackter Oberkörper mit der schmuddeligen Brahmanenschnur von Öl und Schweiß. Wer den Segen empfing, hielt einige Male die flachen Hände über das Feuer und machte eine Geste, als wolle er sich damit einreiben. Neben dem Priester stand ein mit Blumen und Glöckchen geschmückter geduldiger Elefant, der mit seinem faltiggrauen, rosagesprenkelten, schleimtriefenden Rüssel jedes einzelne Paar berührte. Das sollte Glück bringen.

Der Vollmond war derweil wieder über dem Kanal aufgegangen. Er hatte einen tiefroten Hof und flimmerte in der

Hitze. Ich zählte siebzehn Paare und wunderte mich, daß sie sehr ernst dreinschauten, sich nicht berührten und keinerlei Blicke tauschten, geschweige denn Küsse. Sie standen nach einer Weile nicht einmal mehr nebeneinander, sondern die Frauen gesellten sich zu ihren Geschlechtsgenossinnen, die etwas abseits warteten, die Männer schlenderten zum Männerhaus hinüber. Zu gern hätte ich mir diese Gemeinschaftswohnung, eine Art Langhaus, wie ich es auf Fotos von Borneo gesehen hatte, einmal näher angesehen. Aber ich hatte begriffen, daß es sich in einer Tabuzone befand, in die ich nicht eindringen durfte.

Von weitem hörte ich die Trommler und beobachtete, wie die Menge sich nach und nach vom Dorfplatz am Kanal in Richtung des Landesinnern fortbewegte. Fand der zweite Teil des Festes an einem anderen Ort statt? Ich humpelte, so rasch ich konnte, hinterdrein. Die nähere Umgebung von Narvan hatte ich noch nicht erkunden können, und so war ich diesen Weg, auf dem ich jetzt den Taki folgte, nie gegangen. Es war dunkel, doch ich konnte mich am Schwatzen der in feiertägliches Weiß gekleideten Leute und am Schimmer von Mond und Sternen orientieren. Nach etwa fünf- oder sechshundert Metern entdeckte ich auch wieder Feuerschein, und als ich näher kam, sah ich die ältesten Frauen und Männer des ganzen Takistammes in einem Kreis versammelt. Jeder einzelne dieser hochgeehrten Greise trug eine Fackel. Es roch nach verbrennendem Kokosöl. Vier Männer im Hintergrund schlugen die Trommeln mit einer hochkomplizierten Rhythmik. Einer von ihnen sang ein endloses Lied mit indischem Tremolo in der Takisprache.

In der Mitte des Kreises, der von den Ältesten gebildet wurde, erblickte ich einen monumentalen Shivalingam, der aus Granit gehauen war und, wie tags zuvor der heilige Baum, mit Rot und Gelb und auch Butterfett übergossen worden war, ein mächtiges Heiligtum. Überall in der steinernen Kultwanne, der Yoni, lagen Kränze und Girlanden aus duftenden weißen Blüten. Dieser Ort mußte sehr alt und ehrwürdig sein und war gewiß seit vielen Jahrhunderte, vielleicht sogar Jahrtausenden, der mystischen Vereinigung von Shiva und Shakti, von Mann und Frau, von männlichem und weiblichem Prizip, von Phallus und Vagina geweiht.

Wir brauchten nicht lange zu warten, bis die jungen Männer im Gänsemarsch und im Rhythmus der Trommel schreitend in den Kreis der Ältesten traten. Ihre Lenden waren mit einfachen weißen Tüchern verhüllt, die sie *mundu* nannten und die nur bis zu den Knien reichten, im Rücken aber zu einem Fächer gefaltet waren, der mit Reispulver gestärkt war. Ihre Gesichter waren mit einer leuchtendgrünen, glänzenden Farbe bemalt, wie sie die Kathahalitänzer für ihre Masken verwenden, die Augen tiefschwarz und kalkweiß umrandet, die Lippen mit einem dämonischen Rot hervorgehoben. Sie verneigten sich vor den Ältesten, und ich sah, wie jeder dieser alten, faltigen Menschen den rechten Fuß hob und sich von einem der Hochzeiter den Fuß küssen ließ. Von der anderen Seite sah man die jungen Frauen kommen, heute nicht mit bloßen Brüsten, sondern in weißer, rotbestickter Takitracht, einem knöchellangen Gewand aus festem handgefertigten Gewebe. Die Trommeln schlugen lauter und schneller, bis sie eine neue rasende Melodie fanden, und die jungen Männer ergriffen mit einem lauten Ausruf ihre Bräute, wirbelten sie wie Zirkusartisten herum, bis sie flach auf ihren hocherhobenen Händen ruhten und sich in der Horizontalen ausstreckten. Die Rechte des Mannes stützte Hals und Schultern, die Linke den unteren Rücken der Braut. Und dann begannen sie, sich zu drehen. Erst langsam Fuß umd Fuß im Kreis setzend, dann immer schneller wirbelnd, unaufhörlich sich drehend mit weit aufgerissenem Blick und starr fixierten Augäpfeln, die in eine kosmische Ferne und Leere blickten. Die Mädchen lagen steif wie Bretter mit angelegten Armen und fest geschlossenen Beinen auf den Händen ihrer angetrauten Gatten und wirbelten mit. Ihre weiten weißen Röcke wehten hinterdrrein. Ich konnte es gar nicht fassen, daß die Fliehkraft sie nicht ellesamt schon nach kurzer Zeit zu Boden warf. Aber der Tanz zog sich hin, die Umstehenden feuerten die Tänzer an, und die Trommeln beschleunigten ihre Schritte. Auch ich begann mit den anderen zu klatschen. Wie schon am Abend zuvor, ließ ich mich von der Musik und dem magisch-rituellen Geschehen ganz in den Bann ziehen, ließ mich mitreißen, war dabei und ging darin auf, bis alle Unterschiede zwischen mir und dem Takivolk zu verschwimmen schienen, weil ich aufhörte, diese Unterschiede zu denken. Das war keine willentliche Entscheidung, sondern geschah einfach. Ich wurde von einem Wirbelsturm emporgehoben und mitgerissen, und ich konnte gar nichts tun, als mich so lange von ihm tragen zu lassen, bis er mich wieder irgendwo absetzte.

Doch fühlte ich mich heute anders als tags zuvor, ein wenig schwindlig und unglaublich leicht, ganz als würde ich selbst von einem starken Mann getragen und ständig um meine eigene Achse gedreht. Außerdem war mir immerzu nach Lachen zumute, und ein paarmal konnte ich gar nicht mehr an mich halten. Dann lachte ich laut aus vollem Hals. Das schien niemanden zu stören. Ich stellte sogar fest, daß ich nicht die einzige war, die zwischendurch ganz ohne äußeren Anlaß in schallendes Gelächter ausbrach. Ich hätte wirklich nicht sagen können, was ich so lachhaft fand, jedenfalls kam mir alles um mich herum ganz furchtbar komisch vor. Auch über mich selbst mußte ich mich andauernd amüsieren, über meine Bewegungen, meine Gedanken. Dennoch spürte ich, daß zugleich mit dieser sorglosen Heiterkeit eine neuartige Spannung in der Luft lag. Nichts Bedrohliches, eher eine aufgeregte Erwartung.

Wie am Vorabend standen Männer und Frauen in Gruppen getrennt, und ich hielt mich bei meinen »Schwestern« auf. Anscheinend hatten auch die Frauen aus den anderen Takidörfern inzwischen Zutrauen zu mir gefaßt, denn viele lächelten und winkten mir zu, verneigten sich sogar ein wenig, wenn sie vorbeischlenderten, und wieder gab es einige, die mit einer Mischung aus Neugier und Ehrfurcht begannen, mit meinen

Haaren zu spielen. Ich trug sie heute offen und sorgfältig gebürstet, obwohl mir unter dem dichten, schweren Umhang ausgoldroten Fäden, der mir bis zur Hüfte reichte, nicht eben kühl war. Doch hatte ich an diesem Tag ein deutliches Bedürfnis, mein schönstes weibliches Attribut zur Schau zu stellen, eben weil ich mir mehr denn je bewußt war, eine Frau zu sein.

»*Aiyya*, Devi-Ben«, redeten sie mich an und sprachen dann unbekümmert und schnell weiter in ihrer gurrenden, rollenden Takisprache, die mir inzwischen schon recht vertraut war, obwohl ich, rein semantisch gesehen, kein einziges Wort verstand. Dabei schauten die Frauen mich nicht an, sondern richteten ihren Blick entweder auf das Geschehen, den immer schneller werdenden Wirbeltanz, oder blickten auf meinen Hals, meine Bluse oder meine Hände. Ich verstand auf eine geheimnisvolle Weise den Sinn dessen, was sie mir sagen wollten, und antwortete ihnen, wenn ich Lust hatte, auf gut bayerisch, was ihnen ebenfalls ganz natürlich und verständlich vorzukommen schien.

Ich hatte einen glatten schwärzlichen Stein entdeckt, so groß wie ein Findling, um mich darauf zu setzen. Seine Wärme, die er in Jahrmillionen durch die Sonnenbestrahlung gespeichert hatte, drang mir bald durch das ganze Becken, als säße ich in einem heißen Sitzbad. Aber das machte mir trotz der schwülen Luft gar nichts aus, im Gegenteil, ich fand diese Durchwärmung meiner unteren Partien durchaus angenehm.

Mir war, als drehten sich die Tänzer in ihrer Trance schon seit mehreren Stunden. Wie sie das wohl aushalten konnten? Hatten sie Drogen genommen, oder praktizierten sie schamanistische Techniken? Oder stand ich selbst außerhalb von Raum und Zeit? Ich dachte nicht angestrengt darüber nach, die verwunderten Überlegungen und die Gedanken flatterten mir nur bisweilen wie taumelnde Nachtfalter durch den Kopf. Die Batterie meiner Armbanduhr hatte schon einige Wochen zuvor den Geist aufgegeben, und so hatte ich gar kein Zeitgefühl mehr, das ich an der Wanderung der Zeiger hätte kontrollieren können. Es war mir auch überhaupt nicht mehr wichtig, wie Stunden oder Tage zu zählen waren. Ich wußte, der Tag beginnt, wenn die Sonne aufgeht, und er endet mit dem Schlafengehen. Und daß wir einen Vollmond im Mai hatten, kurz vor Ausbruch des Monsuns. Ich konnte ihn jetzt sehen, wie er groß und schwer über uns leuchtete. Meine Haut war feucht vom leichten Schweiß, mit meiner gesteigerten Sensibilität konnte ich mich selbst riechen, trotz der Schwaden, die vom Rauch, von den Blüten und den erhitzten Menschen ausgingen. Ich schnupperte an meiner linken Achselhöhle und fand den Duft, der von dem kleinen Büschel rötlichen gelockten Haars dort ausströmte, wunderbar erotisierend. Darüber mußte ich wieder einmal unbändig lachen.

Tanz und Getrommel schienen sich inzwischen einem Höhepunkt zu nähern, die Schritte der Männer waren kaum noch voneinander zu unterscheiden, so schnell setzten sie einen Fuß vor den anderen. Die Menge begann jetzt noch nachdrücklicher, sie mit Rufen und Klatschen anzufeuern, und ich fiel in ihr gemeinsam skandiertes langgezogenes *Hoh-hoh-ha-hoooh! Hoh-hoh-ha-hooh!* ein. Und dann wurden die Trommeln nach und nach ruhiger, die Männerschritte langsamer, das Rufen der Taki leiser. Wie in einem Film, dessen Bilder zuerst noch im Zeitlupentempo abgespult werden, dann aber ganz zum Stehen kommen, hielten die Männer einer nach dem anderen inne, legten ihre noch immer in einer Trancestarre befangenen Bräute behutsam auf den Boden und brachen dann neben ihnen zusammen.

Heiße Hochzeit

Ich hatte erwartet, daß dies das Ende des Abends bedeuten würde, und war jetzt fast ein wenig irritiert, denn ich hatte mich geirrt. Auf das, was nun kommen sollte, war ich nicht gefaßt. Wieder verharrten die Menschen um mich herum in angespannter, wortloser Aufmerksamkeit. Die ganze große

Gruppe von über fünfhundert erwachsenen Taki schien den Atem anzuhalten. Niemand bewegte sich. Mein Herz begann lauter zu klopfen. Die nächtliche Natur um uns herum schwieg ebenso wie wir alle. Selbst die Insekten hatten sich irgendwo zur Ruhe begeben. Nur das leise, knackende Geräusch der brennenden Fackeln war zu hören. Die Ältesten hielten sie mit geschlossenen Augen in die Höhe. Da regten die jungen Bräute ihre Glieder und erhoben sich träge aus dem Staub. Noch träumerisch wie im Halbschlaf schritten sie alle gemeinsam auf das phallische Heiligtum in der Mitte zu, das seit Jahrtausenden der Gottheit Shiva und seiner Gemahlin geweiht war, aber schon seit der Urzeit auch ein Symbol der zweigeschlechtlichen, dualen Natur des Menschen ist.

Dreimal umschritten die siebzehn jungen Frauen den Shivalingam, stampften mit den Füßen auf die verdörrte Erde, warfen die Arme in die Höhe und riefen mit immer lauter anschwellenden Stimmen ein kurzes Mantra. Oder war es ein Gebet, eine Anrufung des höchsten Schöpfergottes? Was ich vernahm, bestand nur aus wenigen Worten, doch konnte ich die Silben, die den Namen des Gottes mit der heiligen Ursilbe AUM verbanden, deutlich heraushören. Ich hörte auch *»Hara hara Mahadeva, hara hara Mahadeva!«* Dann kehrten sie zurück zu der Stelle, wo der von ihnen ausgewählte Mann mit weit von sich gestreckten Gliedmaßen auf dem Boden lag. Jetzt sah ich zu meiner Verblüffung, wie jede Braut das Lendentuch ihres Angetrauten packte und mit einer triumphalen Geste bis an die Hüften hochriß, um einen prachtvoll erigierten Penis zu enthüllen. In diesem Augenblick brach tosender Beifall los. Männer wie Frauen sprangen vor Begeisterung in die Luft, stießen spitze Schreie aus, johlten, jubelten, lachten und klatschten sich gegenseitig auf den Rücken. Ich war zu überrascht, um auch nur einen Ton von mir zu geben. Ich traute ja meinen Augen kaum. Eine neben mir stehende Frau, die meine Reaktion bemerkte, stieß mich mit dem Ellbogen in die Seite und wies mit hingerissener Miene auf dieses Mirakel an Potenz. Eifrig zeigte sie mit ihrem Zeigefinger immer wieder auf den Platz, wo die entblößten Männer lagen, jeder von ihnen mit seinem steifen Glied, das mit kraftvoll-glänzener Festigkeit zum Nachthimmel strebte.

Die Bräute umkreisten jetzt dreimal mit lässig-stolzer besitzfroher Miene die am Boden Ruhenden, schauten sich mit gespielter Eitelkeit um und heischten Bewunderung von den Männern und Frauen ihres Dorfes. Dann traten sie entschlossen mit einem Bein über die Lenden ihres Bräutigams, zogen mit einer schnellen Bewegung ihr Gewand aus und ließen sich in die Hocke nieder. Ohne zu zögern, nahm jede den erigierten Penis ihres Gatten in die Hand. Dann führte sie ihn in die dunkle, feuchte Öffnung zwischen ihren Beinen ein, begleitet von lautem Rufen und Stöhnen, in dem sich Lust mit Schmerz vermischte.

Jetzt begann eine wilde Kopulation, ein archaisches Ritual, in dem diese jungen Frauen ihre Männer begatteten. Ich sah, daß manche von ihnen ihre Hände fest um die Handgelenke ihres Bräutigams geschlossen hatten, um seinen Leib ganz in Besitz zu nehmen. Auf und ab, auf und ab hoben sich die schönen, schlanken, schweißglänzenden Frauenkörper, ihre schwarzen Haare wehten im Furor der Bewegungen, ihre Gesichter verzerrten sich in der Ekstase der Empfindungen. Auch die Männer begannen sich zu winden, zu brüllen und sich aufzubäumen.

Alle Zuschauer nahmen mit Leib und Seele Anteil an dem rituellen Geschehen. Sie bewarfen jetzt die sich begattenden Brautleute mit Händen voll schwarzglänzender Papayasamen, bis alle von Tausenden solcher dunklen Kügelchen bedeckt waren. Der Puls der Trommeln wurde bald unterstützt vom rhythmischen Klatschen der Hände. Erst jetzt bemerkte ich, daß die festgefügten Männer- und Frauengruppen sich aufgelöst hatten. Um mich herum fielen Menschen zu Boden, um sich in besinnungsloser Lust zu vereinen. Ich versuchte, nicht hinzuschauen. Ich wollte mich auf die Hochzeiter konzentrieren.

Ihre orgiastische Reiterei innerhalb des Kreises von runzligen Greisen, die die ganze Zeremonie mit ernster Miene überwachten, dauerte an, bis ein Paar nach dem anderen auf einer Woge von jungfräulichem Blut, frischem Sperma und lustspendenden Flüssigkeiten zum Höhepunkt kam. Ihre Schreie übertönten das tosende Gebrüll der Menge. Es dauerte sehr lange, bis alle erschöpft und schwer atmend auseinanderrollten.

Ich hatte zuerst einige Minuten wie erstarrt auf meinem gluterfüllten Stein gesessen. Entsetzen mischte sich mit ungläubigem Staunen, Empörung mit sexueller Spannung. Während ich den Blick von dem, was sich dort auf dem Platz um das Heiligtum vollzog, nicht einmal für Sekunden lösen konnte, wurde mein Körper von erotischen Frissons überzogen, als hätte ich mich einem stundenlangen leidenschaftlichen Liebesvorspiel hingegeben. Die kleinen Härchen auf Armen und Beinen standen mir zu Berge, mein Gesicht war gerötet und heiß, meine Brüste geschwollen, die steifen Brustwarzen richteten sich unter der dünnen Bluse auf. O mein Gott! Ich rutschte unruhig auf meinem Stein hin und her und konnte die glitschige Feuchtigkeit spüren, die sich dort ausbreitete, wo ich saß. Mein Atem ging schneller, ich öffnete den Mund und leckte meine trockenen Lippen, um Luft zu kriegen. Das war mir alles so peinlich, das Äußere und das Innere, und trotzdem war es herrlich, diese Schauder überall zu spüren! Keine Willenskraft der Welt konnte gegen die berau- schende Wirkung, die diese sakrale Begattungsfeier auf mich und auf alle Umstehenden ausübte, etwas ausrichten.

Wie festgenagelt war ich, konnte nicht fliehen und wollte auch nicht. Fassungslos mußte ich feststellen, daß ich dieses archaische Ritual eines matrilinearen Stammes nicht so unbeteiligt betrachten konnte, als wäre ich eine Fernsehzuschauerin, jederzeit bereit aufzustehen, um mir eine neue Packung Kartoffelchips zu holen. Das hier war kein Pornofilm, keine Fellini-Orgie, keine virtuelle Realität.

Ich vibrierte von Kopf bis Fuß, zitterte vor Begierde. Was machen die hier mit mir? stöhnte ich von Zeit zu Zeit, als könnte ich die Schuld noch auf irgend jemand anderen abwälzen. Als die Liebenden endlich miteinander und aufeinander zusammensanken, schloß ich die Augen. Mein Blut raste, mein Bauch schmerzte, ich preßte die Fäuste in meinen Unterleib, um die Verkrampfung zu lösen, und wußte doch andererseits, es gibt nur einen Weg. Den aber wollte ich auf keinen Fall gehen. Du kannst dich doch nicht einfach irgendeinem Takimann anbieten, schließlich hast du doch deinen Stolz und deine Ehre! Und vergiß nicht, wer du bist! meinte ich Mutters Stimme zu vernehmen. Ja, ein armseliger Stolz ist das, der dich von Lust und Leben trennt, höhnte eine andere Stimme. Laß dir nicht dreinreden! Tu, was du willst! lockte sie. Hier kennt dich doch keiner! Es ist vielleicht die letzte Gelegenheit in deinem Leben! Doch ich konnte ihren Rat nicht annehmen, ich konnte es einfach nicht.

Noch lange saß ich da und versuchte vergeblich, meinen Körper und die streitenden Stimmen wieder unter die Knute meiner Kontrolle zu zwingen. Die Trommeln waren verstummt, die Menschen begannen, den dunklen Weg ins Dorf zurückzuwandern, und als ich die Augen wieder öffnete und mich umblickte wie ein bebendes, gehetztes Tier, sah ich auch den Schein der Fackeln nicht mehr. Überall standen oder lagen noch Leute, ich konnte ihre schwarzen Silhouetten im Licht des untergehenden Mondes erkennen. Niemand achtete auf mich. Die Spannung in meinen Zellen, dieser wahnwitzige sexuelle Druck wollte nicht nachlassen. Je mehr ich versuchte, ihn zu ignorieren, zu leugnen, zu unterdrücken, um so deutlicher meldete er sich, bis ich ein einziges Bündel von Pein war. Gekrümmt hockte ich auf meinem Stein und hörte meine eigene Stimme mit Lauten, wie sie eine Gebärende bei den Preßwehen ausstößt. Im Dunkeln drückte ich beide Brüste mit den Händen, als müßte ich Milch herausspritzen, um den Schmerz zu lindern, doch auch das half wenig.

Wieder schloß ich die Augen. Ich konnte mich ja nicht erheben, weil ich gar nicht wußte, ob ich überhaupt zu stehen vermochte in dieser Verfassung. Da legte jemand sehr sanft den Arm um meine Schultern und strich mir zugleich über das Haar. Und im selben Augenblick rasten die Wellen der erlösenden Lust durch meinen Körper. Unter dieser zarten Berührung, die meine Kontrollversuche zunichte gemacht hatte, wand ich mich jetzt und schrie ohne Hemmung, den Hals zurückgebeugt, den Rücken durchgedrückt und die Beine gespreizt, mit offenem Mund, besinnungslos. Der Arm um meine Schultern blieb dort, wo er war. Da war jemand, der mich hielt, der mich nicht fallen ließ. Und so konnte ich mich fallenlassen.

Als alles vorüber war, die Wellen verebbten und der Schmerz einer tiefen, beglückenden Entspannung Raum bot, wagte ich nicht, mich umzudrehen. Immer noch spürte ich die zärtliche Umarmung, die Gegenwart eines menschlichen Körpers. Die kaum merkliche Schwingung, die von ihm ausging, hatte etwas Vertrautes. Dann hörte ich Ramas Stimme an meinem Ohr: »Devi-Ben!« Ich atmete tief und befreit auf. Ihm gegenüber brauchte ich mich nicht zu schämen. Alles war in Ordnung. Er begleitete mich schweigend zu meiner Hütte, in der Malti schon schlafend auf ihrer Matte lag. Zwischen uns war ein wortloses Einverständnis, eine geschwisterliche Nähe, die keiner Rechtfertigung mehr bedurfte. Dann ging er zum Männerhaus.

Als ich erwachte und der dritte Tag der Hochzeitsfeier begann, war es schon Mittag. Doch ich blieb noch liegen. Ich fühlte mich matt und schwach, mir war auch ein bißchen übel. Kein Wunder, dachte ich, als mir einfiel, was ich in der Nacht zuvor erlebt hatte. Mein Kopf und mein Rücken taten weh, als hätte ich Stockschläge erhalten. Ich hatte von einem kleinen weißen Elefanten mit rotgoldenem Kopfschmuck geträumt, der sich in einem Spiegelkabinett tänzelnd um sich selbst drehte, sich zufrieden von allen Seiten betrachtete und glücklich seinem vervielfachten Konterfei zulächelte. Doch die heitere Stimmung dieses Traums konnte ich nicht in den Tag hinüberretten. Ich war sauer auf diesen Traum, dessen Deutung mir allzu offensichtlich schien.

Die Bilder und Gefühle vom Vorabend stiegen erneut in mir auf. Sie waren jedoch in das trübe Licht des Zweifels und der Scham getaucht. Ich merkte, wie die kleine Doris aus dem katholischen Bayern sich winden und überwinden muß- te, um beschwichtigende Argumente für die Harmlosigkeit des Geschehens zu entwickeln. Was hast du denn erwartet, wenn du einen solchen Stamm von Ureinwohnern besuchst? Nur weil du schon so lange hier bist, durftest du überhaupt Zeugin dieses archaischen Hochzeitsrituals werden. Was du gesehen hast, wäre doch die Ekstase für jeden Ethnologen. Akasho, mein guter Professor aus Bangalore, könnte seinen Ruhm als Wissenschaftler für die nächsten hundert Jahre da- mit begründen, daß er einen Bericht darüber veröffentlicht! Margaret Mead ist doch nichts dagegen, ihre Insulaner sind direkt langweilig gegen diese Taki!

Akasho. Ich dachte sehnsüchtig an seinen klugen, nach- denklichen Blick, die goldgeränderte Brille, an die schütteren Haare und die Geste, mit der er sich so oft über die Stirn strich. Sollte ich ihn jemals wiedersehen, wäre ich dann be- reit, ihm von diesem grobsexuellen Paarungsritual zu erzäh- len? Oder wäre mir das viel zu peinlich? Inder haben ja auch ihre verklemmte Seite, er würde sicher puterrot werden, mir vielleicht gar nicht glauben. Oder würde ich selbst puterrot und hätte auch allen Grund dazu? Während ich an Akasho dachte, fiel mir plötzlich auf, daß ich an seiner Stelle die Feld- forschung betrieb, die eigentlich seine Sache gewesen wäre, und ich wurde wütend darauf, daß er mich hier unter diesen irren Wilden allein ließ. Schließlich und endlich hatte auch er seinen Anteil daran, daß ich hier gestrandet war. Hätte er mir nicht den Artikel in der Zeitung, den verlockenden Artikel seines Kollegen über die *tribes people* gezeigt …

Meine Laune verdüsterte sich von Minute zu Minute. Wie- der und wieder sah ich den Ablauf der Orgie vor meinen in- neren Augen vorbeiziehen, aber was mich zuvor mitgerissen und hingerissen hatte, erzeugte in mir jetzt zunehmend Ab- scheu, Befremden, Widerwillen bis zum Ekel. Diese schamlose Art, ein ganzes Dorf an Gruppensex und kollektiver Defloration teilhaben zu lassen, empörte mich immer mehr. Bei meinen Patienten hatte schon viel weniger Skandalöses zu schweren Traumen geführt, und dann mußten sie jahrelang Therapien machen, um das halbwegs zu verarbeiten! dachte ich. Und wie die Frauen hier mit den Männern umspringen! Die benutzen sie ja in einer Weise, die an Mißbrauch grenzt!

Bei aller Faszination des Exotischen, bei aller Neugier auf das archaische Stammesleben der Taki – dieses Paarungsritual, dessen Zeuge ich gegen meine Absicht geworden war, ging mir einfach zu weit. Was ich gesehen und erlebt hatte, sprengte die Grenzen meiner Erziehung und auch meiner Einstellung zur Sexualität als Frau und Ärztin. Mein psychisches Gleichgewicht war völlig ins Wanken geraten, wieder einmal! Was war das nur für ein mysteriöses Gefilde, in dem ich hier gefangen war? In einem fort wurden meine Überzeugungen, meine Gewohnheiten und meine Vorstellungen davon, wie die Welt und ich selbst in Ordnung seien, über den Haufen geworfen. Gruppensex in aller Öffentlichkeit! Und ich mitten drin, konnte mich nicht wehren und nicht retten. Eine unkörperliche, aber sehr reale Vergewaltigung. Ich hatte das bestimmt nicht gewollt. O, wie ich mich schämte. Und wenn nun jemand im Wahnsinnsrausch der nächtlichen Orgie über mich hergefallen wäre? Da hätte mir doch niemand geholfen. Nun gut, ich mußte in Rechnung stellen, daß die Leute hier eine andere Einstellung zu ihrer Geschlechtlichkeit besaßen als ich. Die Prüderie und zweideutige Atmosphäre meines Elternhauses hatte ich nicht gerade mit schwülen Phantasien oder gar unkontrollierter Triebhaftigkeit kompensiert. Im Gegenteil! Ich hatte doch schließlich Medizin studiert, da mußte man sich schon ein bißchen zusammenreißen können. Übrigens war ich ja auch nicht mit allzu vielen oder gar ans Perverse grenzenden sexuellen Erfahrungen ausgestattet. Meine Güte, und jetzt kam ich mir vor wie eine Art Sextourist!

Mir schwante, daß man die Süßigkeiten mit Ganja oder Haschisch versetzt haben könnte. Rauschgift! Das ist ja in

Indien gang und gäbe. Dann wäre ich ja vielleicht gar nicht verantwortlich für das, was mit mir passiert ist? Mir war doch schon am Nachmittag so komisch gewesen, so leicht und schwebend, und dieses grundlose Gelache …

Mein Bauch schmerzte immer noch, die Hitze wurde unerträglich. Malti war schon aufgestanden. Vielleicht bleibe ich einfach in der Hütte, überlegte ich. Sollten sie heute, am dritten Tag der Hochzeitsfeier, noch eins draufsetzen wollen, dann bitte ohne mich! Mir ist sowieso nicht gut. Und bald, bald bin ich fort von hier. Dieser Gedanke schien mir wieder einmal höchst beglückend. Ich will endlich wieder unter normale Leute, die sich zu benehmen wissen und mich nicht in solche Versuchungen bringen.

Mein Bewußtsein streifte Rama, der mich in wenigen Tagen von Narvan wegbringen sollte. Und mir fiel ein, mit welch zartfühlender Liebe und innigem Einfühlungsvermögen er mich aus meiner schlimmen Lage auf dem schwarzen Stein erlöst hatte. Aber möglichst schnell drängte ich den Gedanken wieder weg, denn er paßte mir nicht in den Kram. Mir war nicht gut, und ich wollte wütend sein. Schwitzend wälzte ich mich auf meinem *charpoy* hin und her, verscheuchte die lästigen Schmeißfliegen und drückte mir die Finger in den Bauch, dort, wo es weh tat. Trinken mußte ich unbedingt, meine Zunge war ausgedörrt. Malti ließ sich nicht blicken. Nachdem ich mich eine Stunde gequält hatte, hinkte ich von der Hütte zum Platz und besorgte mir eine frisch aufgeschlagene Kokosnuß. Das tat gut. Ich fühlte mich gleich etwas besser und ließ mir von dem wildblickenden jungen Takiburschen, der mit einer Machete neben einem großen Haufen grüner Kokosnüsse für die Hochzeitsgäste stand, eine zweite geben. Viele Leute waren nicht zu sehen. Man ruhte sich wohl noch aus und rüstete sich für den Abend. Was hatten sie bloß vor?

Ich fühlte mich klebrig, deshalb ging ich anschließend zum Kanal hinunter, um einmal in dem schmutzigen und schlammigen Wasser unterzutauchen. Das tat ich in voller

Montur wie alle Frauen des Dorfes. Sie benutzten eine Paste aus zerdrückten grünen Kichererbsen als Ersatz für Seife, doch ich tat das nur selten. Im dörflichen Kiosk hatte ich mir ein Stück stark parfümierter Toilettenseife gekauft und Shampoo für mein Haar. Der kleine dünne Ladenbesitzer hatte das erst besorgen und mit dem Boot herbeischaffen müssen, so ungewohnt war ihm dieses Begehren. Mein Haar ölte ich inzwischen mit Kokosfett wie alle Frauen Indiens, und ich hatte begriffen, daß es gegen das Austrocknen durch den allgegenwärtigen Staub half. Heute war mir nicht nach Körperpflege zumute, meine Seife hatte ich gar nicht dabei. Nur abkühlen! Beim Rückweg klebte mir der nasse Sari am Leib, Verdunstungskälte belebte mich. Ich legte mich trotzdem wieder hin und döste unruhig bis zum Abend. Mir kam es so vor, als hätte ich leichtes Fieber, doch ich konnte mich auch täuschen, wer vermochte das bei der blödsinnigen Hitze schon zu sagen?

Endlich tauchte Malti auf. Munter wollte sie mit mir schwatzen, wollte wissen, was ich zur Takihochzeit zu sagen hatte und wie es mir gefiel. Aber ich mochte nicht auf sie eingehen, war auch immer noch erbost, daß sie mir erzählt hatte, man wolle mich nicht aus Narvan weglassen. »Sehr müde, Malti«, flüsterte ich. Ich mochte gar nicht daran denken, daß man mich hier nicht fortlassen würde. Meine Angst verbot es mir.

Blutiger Hain

Am Ende überzeugte mich Malti doch, mit ihr die Hütte noch einmal zu verlassen. Ausschlaggebend war ein hohles, nagendes Gefühl in meinem Magen. Ich dachte mir, ich würde die Nacht allein in der Hütte, umgeben vom Lärm der ausgelassenen Hochzeitsgäste, nicht überstehen, wenn ich auch noch von Hunger geplagt wäre. Als wir zum Dorfplatz kamen, hielt ich überrascht inne. Eine große Zahl mächtiger grauer Elefanten war dort versammelt, ihre Rüssel und Stoßzähne geduldig in den Staub gelegt, die Vorderbeine gehorsam kniend. Ihre Stirnen waren mit großen, goldglänzenden, feingearbeiteten Metallplatten geschmückt, an denen rote und grüne Troddeln befestigt waren – ein prächtiger Anblick! Jeder der Dickhäuter war mit einem Palanquin beladen, einem zeltartigen, überdachten Aufbau. Darin saßen Braut und Bräutigam in vollem Ornat, die Braut heute schamvoll verschleiert, der Bräutigam mit einem weißen Tuch um den Kopf. Die letzten der siebzehn Paare bestiegen gerade mit einer kleinen Leiter die luftigen Gondeln. Dann schwangen sich die *mahouts*, die geschickten Elefantentreiber, auf den Hals der Tiere, gleich hinter die Ohren, und gaben ihnen das Zeichen zum Auf- stehen. Bald hielt jeder einen weitgespannten rotseidenen Zeremonialschirm mit goldenen Fransen in die Luft.

In diesem Moment brach ein Konzert von dumpf tutenden Muschelhörnern los. Musikanten mit Trommeln, Zimbeln, Trompeten und anderen Instrumenten, die einen unglaublichen Lärm machten, gruppierten sich vor dem ersten Elefanten. Hinter ihnen wankten die Dorfältesten mit ihren zylinderartigen Hüten. Dann kam der dicke Priester. Bei ihm waren die winzigen Magier, die mir eine zweifelhafte Zukunft aus der Hand gelesen und mir dabei durch die Berührung ihre mythische Kraft gespendet hatten. Ich hatte Angst vor ihnen.

Wenig später setzte sich die ganze Prozession in Bewegung. Hinter dem letzten Elefanten wurde ein großer zweirädriger Holzkarren von zwei weißen Büffeln gezogen. Er war leer, doch seine Seiten waren mit Palmwedeln und Blüten geschmückt. Alle Einwohner und Gäste folgten hinterdrein. Die Kinder liefen voller Begeisterung nebenher, vor und zurück, mal schneller, mal langsamer. Selbst mir mit meinem lahmen Bein war es nicht zu eilig. Ich befand mich mit Malti etwa in der Mitte des Festzuges. Sie hatte mich an der Hand genommen. Unser Weg war nicht weit. Wir zogen von Hütte zu Hütte, von einer Behausung zur anderen. Und jedesmal, wenn die Elefanten vor einem Hauseingang anhielten, lösten sich ein paar Frauen aus der Menge, rannten hinein und kamen freudestrahlend mit einem Geschenk wieder heraus, das sie auf den Karren legten. Hausrat, Nahrung, landwirtschaftliche Geräte, Schlafmatten und Kissen, Kinderspielzeug, Früchte, Linsen, Gewürze und Reis häuften sich bald auf der Ladefläche. Jeder Haushalt schien großzügig etwas von seiner Einrichtung abzugeben, nur wenige Gegenstände sahen neu aus. Auch Behälter mit Öl und Büffelbutter konnte ich ausmachen, und von Zeit zu Zeit Rupienscheine, die in einen Korb gelegt wurden. Endlich kamen wir auch zu dem Schulhaus, in dem Malti und ich wohnten. Sie zog mich am Arm, lief hinein, riß mich mit sich und fragte mich dann atemlos:

»Hast du ein Geschenk? Ich hab ganz vergessen, dir das zu sagen.«

»Ja, Malti«, erwiderte ich erleichtert und konnte sie schnell beruhigen, als ich meine Reisetasche aufmachte und den bunten Baumwollstoff herausholte, den ich ursprünglich für Ramas Schwester ganz allein vorgesehen hatte. Malti machte große Augen. Sie selbst kramte eilig in ihrer Truhe, holte einen rosa Zelluloidkamm und einen Plastikspiegel hervor. Aus einem Versteck hinter dem Futter nahm sie einen Zehnrupienschein. Mit unseren Schätzen liefen wir wieder hinaus und legten alles auf den Karren.

Nach einer Weile war die Runde beendet. Wir waren wieder auf dem Dorfplatz angelangt. Die Elefanten ließen dampfende grüngelbe Kanonenkugeln fallen, die von ein paar Männern sofort eifrig weggeschafft wurden. Sie gaben gewiß guten Dünger für die Felder und das Gemüse ab, vielleicht auch Brennstoff, wenn man sie plattdrückte und trocknete. Oft hatte ich gesehen, wie die Frauen Fladen aus Kuhdung zum Feueranmachen und Kochen benutzten.

Als wir haltgemacht hatten, liefen die Hochzeitsgäste aus den anderen Dörfern in alle Richtungen davon, um bald mit eigenen Geschenken wieder aufzutauchen. Der Karren war inzwischen so beladen, daß ich fürchtete, er werde unter der

Last zusammenbrechen. Doch die Ochsen mußten ihn nicht mehr ziehen. Die Ältesten kamen herbei und umringten ihn. Dann stiegen die Brautpaare von ihren bunten Sänften herunter. Jedes Paar setzte sich vor einem der Greise nieder. Die scheppernde Blechmusik schwieg ein Weilchen. Dann gab es einen Tusch von Muschelhörnern. Tausende von schwarzen Papayakernen flogen durch die Luft, so wie bei uns der Reis vor der Kirche. In diesem Augenblick griff jeder der ehrwürdigen Greise zu irgendeinem Gegenstand auf dem Karren und reichte ihn dem jungen Paar, das vor ihm saß. Und Braut und Bräutigam verneigten sich, bis ihre Stirn die Füße der Alten berührten. So ging es fort. Wann immer das unterweltliche Tuten der Hörner erklang, gab es ein Geschenk, bis der Wagen leer war. Neben jedem Hochzeitspaar lag nun ein Haufen nützlicher Sachen. Die Verwandtschaft kam, um alles in das Wohnhaus der Braut zu tragen. Es rührte mich zu sehen, wie die karge, bescheidene Habe dieser Menschen neu verteilt wurde. Nach unseren Maßstäben hatten sie wirklich nichts zu verschenken, und doch waren alle großzügig miteinander.

Ürigens hatte ich von Malti gehört, daß auch bei einer Totenfeier die gesamte Habe des Verstorbenen durch die Ältesten neu aufgeteilt wurde, eine andere Erbschaftsregelung existierte nicht. Natürlich, mir war bewußt, daß ich keine Ahnung hatte, ob es nicht vielleicht auch Neid und Mißgunst zwischen den Bräuten gab – schließlich waren sie auch nur Menschen! Doch so genau wollte ich es gar nicht wissen. Wie oft hatte ich gehört, daß in anderen Gegenden Indiens durch überzogene Mitgiftforderungen ganze Familien ruiniert wurden. Und nicht wenige junge Frauen wurden gequält und sogar getötet, weil sie nicht genug Geld in die Familie des Mannes eingebracht hatten. Hier war das offensichtlich anders, das Matriarchat hatte es nicht zu solchen Auswüchsen kommen lassen. Ich fragte nicht weiter. Mir genügte mein Eindruck von der Gerechtigkeit und Freigebigkeit, mit der alles verteilt wurde, und ich war zufrieden.

Jetzt gab es zu essen. Der große Dorfplatz wurde von Frauen

mit Matten ausgelegt. Einheimische und Gäste nahmen darauf Platz. Wieder saßen Männer und Frauen getrennt. Mädchen gingen von einem zum anderen und teilten Bananenblätter aus. Dann kamen andere mit Schüsseln voll Reis, mit dunkelbraunem *dhal*, der scharfen Linsensauce, mit gerösteten Cashewnüssen, mit Gemüsecurries, kleinen Pfannkuchen aus Kokosraspeln. Es gab Joghurt, gesüßten Milchreispudding, *kheer* genannt, und vor allem die goldgelbe Papayaspeise, die den jungen Freiern in der ersten Vollmondnacht zur Stärkung kredenzt worden war. in einer Ecke briet jemand luftige Kuchen in Palmöl, die wie fritierte Spaghettinester aussahen und kroß auf der Zunge zersprangen. Dazu tranken wir süßes Kokoswasser aus frisch aufgeschlagenen grünen Nüssen, eine unbeschreibliche Delikatesse in dieser Dürrezeit.

Ich probierte und naschte von allem, weil ich neugierig war. Trotzdem verlor sich das hohle, nagende Gefühl in meinen Eingeweiden nicht. Zu beiden Seiten meines Platzes auf der langen Kokosmatte saßen junge und alte Frauen emsig ihre blattgrünen Teller gebeugt und stopften sich schweigend mit der Hand Reisklümpchen, *dhal*-Sauce, Joghurt und Süßigkeiten in den Mund. Zwischendurch bissen manche sogar unbekümmert von den scharfen, höllisch im Schlund brennenden roten Chilischoten ab, als wären es milde Gewürzgürkchen. Unermüdlich waren sie am Essen, immer wieder kamen die Mädchen vorbei und brachten etwas Neues. Die Männer rauchten schon in ihrer Ecke. Süßliche Schwaden wehten zu uns herüber. War das Marihuana? Es roch nicht übel. Aber mir wurde schlecht davon. Ich war überreizt und übermüdet.

Ich hatte mich wie die anderen auf der Erde niedergelassen, im halben Schneidersitz, mein rechts Bein ausgestreckt. Mit dem Rücken lehnte ich mich an den schuppigen Stamm einer Palme. Das konnte ich jetzt schon, über drei Monate nach dem Beinbruch, dank Amas Zauberkünsten. In den vergangenen Tagen hatte sich mein Bein wunderbar gekräftigt,

die Muskulatur war durch die Massagen wieder geschmei-
dig, die Narbe kaum noch zu sehen. In Kóvalam würde man
mir gar nicht glauben, was ich hier an Angst und Schmerzen
durchgemacht hatte.

Nun mußte ich mich erheben, von einer ungewohnten Unruhe befallen. Seit Monaten hatte ich mich nicht nervös gefühlt. Doch jetzt begann meine Haut zu kribbeln, überall
juckte es mich, mein Haar wurde mir zu einer bleischweren
Last. Ich mußte mich bewegen, ging hin und her in meiner
wiegenden Gangweise, eine zunehmende Gereiztheit erfüllte
mich, die mehr körperlich als psychisch war. Doch wer wollte
das schon genau unterscheiden? Es dauerte keine halbe Stunde, bis ich mich richtig krank fühlte. Ein Schwindelgefühl
überkam mich. Ich war auf der Suche nach Malti, um ihr zu
sagen, daß ich zur Hütte zurückging, um mich dort hinzu-
legen, doch ich konnte sie unter den Hunderten in gleicher
Tracht festlich gekleideter und behüteter Takifrauen nicht
ausmachen. Endlich gab ich auf und hinkte in der Dunkelheit
den Weg entlang, der zu unserer Unterkunft führte. Doch
ich schaffte es nicht mehr, dort anzukommen. Kaum dreißig
Schritte vor meinem Ziel überfiel mich ein derart unwider-
stehlicher Brechreiz, daß ich mich ohne langes Hin und Her
neben dem schmalen Pfad übergeben mußte.

Wieder und wieder erbrach ich mich, bis ich nicht mehr
konnte, wankte dann ein paar Meter weiter. Und es begann
von neuem. Am Ende gab ich auf. Es war sinnlos, noch irgend
etwas zu wollen, weil ich inzwischen auch spürte, daß mir in
wenigen Minuten ein schlimmer Durchfall bevorstand. Oh,
was hätte ich für ein Badezimmer mit fließendem Wasser,
Dusche und Klo gegeben! So aber war ich gezwungen, mich
irgendwo hinzuhocken. Ich wußte zwar, daß das tabu war,
aber das Abortareal der Frauen war viel zu weit entfernt, ich
hätte es niemals erreichen können. Einen Augenblick lang
konnte ich noch denken, war ich noch erleichtert, daß mich
keiner in meiner mißlichen Lage beobachten konnte, weil alle
auf dem Platz zur Feier versammelt waren. Dann wurde mir

schwarz vor Augen, ich ließ mich fallen und gönnte mir eine erlösende Ohnmacht.

Ich lag auf meiner Pritsche, als ich wieder zu mir kam. Malti kauerte neben mir und betrachtete mich mit besorgtem Blick. »Dorikutty!« rief sie flehentlich, als sie sah, wie meine flatternden Augenlider sich öffneten. »Dorikutty, hab keine Angst, du wirst wieder gesund!«

Ich war derart matt, daß ich ihr nicht einmal antworten konnte. Mein Kopf tat so entsetzlich weh, daß ich ihn nicht wenden konnte, um ihr mit meinem Blick zu folgen. Man hatte mich mit einem dünnen Laken zugedeckt, darunter war ich nackt. Ich befühlte meine aufgesprungenen Lippen mit der Zunge. Malti verstand sofort. Mit einem Strohhalm zog sie etwas Kokoswasser aus einer Nuß und spritzte es mir in den Mund. Das Schlucken allein war schon so anstrengend, daß ich meinte, ein Tagwerk hinter mich zu bringen. Ein kurzes Aufflackern meiner Verstandeskräfte erlaubte mir zu denken: Du hast Fieber, Durchfall, o Gott, todkrank, o Gott, nein. Dann verfiel ich erneut in einen Dämmerzustand, aus dem ich nur von Stunde zu Stunde erwachte, um erneut ein paar Tropfen zu trinken. Ein paarmal erkannte ich Amas altes, teilnahmsvolles Gesicht, doch sonst war Malti immer an meiner Seite.

Wie viele Tage ich auf meinem Lager in der erstickenden Hitze gelegen habe, weiß ich nicht. Ich hatte damals jedes Zeitgefühl verloren. Mit einem Kalender könnte ich es inzwischen rekonstruieren, doch wozu? Und die Kalender in meinem Arbeitszimmer sind vom letzten Jahr, vom letzten Leben. Einmal, als Körper und Verstand sich zu klären begannen und die Erinnerung zurückkam, fragte ich nach Rama Raj. Malti rief: »*Oh, he gone to Trivandrum, many greetings to you!*« Ich schluckte. So hatte also auch er mich verlassen. Ich war wieder allein, ebenso elend wie am Anfang, eher noch schlimmer, weil ich ungeheuer geschwächt war und das hohe Fieber mich ganz ausgezehrt hatte.

In diesem Zustand war auch meine Fähigkeit zur Rebellion gebrochen. Ich konnte ja doch nichts tun, nichts entscheiden.

Meine mißliche Lage, meine Handlungsunfähigkeit, meine körperliche Hilflosigkeit, meine psychische Gesundheit – das alles wurde mir fast gleichgültig. Ich sorgte mich auch nicht mehr, lebte von Minute zu Minute, von Stunde zu Stunde und dachte nicht mehr an das Morgen. War es Stoizismus, war es Resignation? Mit Willenskraft war hier nichts mehr zu erreichen. Ich empfinde es jetzt, hier in München, als absolute Hingabe an den Augenblick. Ob ich starb oder nicht, war mir ganz egal. Und dennoch war ich nicht lebensmüde. Nur so überlebte ich.

Die greise Ama und Malti fütterten mich mit nichts anderem als gekochtem Reis und Papayawürfeln. So konnte ich meinen Flüssigkeitshaushalt nach und nach regulieren. Beides enthielt genügend Mineralstoffe und Vitamine, um die Grundversorgung zu gewährleisten. Jeden Morgen bekam ich einen Löffel zerquetschte Papayasamen – säuerlich, bitter, adstringierend, grauer Froschlaich. Anfangs würgte ich das Zeug wieder heraus. Doch ich zwang mich später, die Masse zu schlucken, denn ich wußte um die desinfizierende Wirkung des darin enthaltenen Enzyms Papain. Als ich schon wieder sitzen konnte, gab man mir frisch getrocknetes Papayalatex, das die Frauen, wie Malti mir sagte, durch Anritzen aus der unreifen Frucht gewannen.

Malti und ich hatten angenehmen Kontakt miteinander, lachten oft und waren uns sympathisch, aber vieles blieb mir unheimlich und rätselhaft an ihr. Manchmal, wenn meine von der Krankheit trüben Augen ihrem klaren Blick begegneten, meinte ich zu erkennen, daß sie wußte, was ich ihr unterstellte, und mich schauderte. Ich wollte nicht durchschaut werden von dieser unheimlichen Person. Und außerdem verschwand sie alle paar Wochen, ganz wortlos, ohne Ankündigung, blieb fünf oder sechs Nächte fort und kam dann wieder, ohne eine Erklärung. Ich dachte zuerst, sie hätte einen Liebhaber, über den sie nicht sprechen wollte. Sie bestritt das, als ich es andeutete, ließ aber auch nichts anderes verlauten. Es verwunderte mich, aber schließlich ging es mich nichts an.

Später, als ich mich gesunden spürte und täglich neue Kräfte meinen ausgemergelten Körper zu durchströmen begannen, fragte ich mich wohl von Zeit zu Zeit, woran ich denn eigentlich erkrankt gewesen war – Hepatits? A oder B? Oder gar C? Amöbenruhr, Cholera, Gelbfieber? Typhus? Dinghi? Doch selbst dann blieb ich innerlich gleichgültig. Nicht abgespalten, sondern neutral und unbeteiligt.

Der große Regen

Gerade als ich mich wieder für einige Stunden erheben und bewegen konnte, brach der Monsunregen los. Tropfen so hart und groß wie Hagelkörner trommelten auf das Dach aus Palmblättern. Malti, die bei mir gesessen und geschwatzt hatte, rannte unverzüglich nach draußen, laut schreiend vor Vergnügen, juchzend und jubelnd. Auch aus allen anderen Hütten des Dorfes kamen die Menschen herausgestürzt, die Hände zum Himmel erhoben, die Gesichter mit ekstatischen Grimassen dem prasselnden Wolkenbruch entgegengestreckt. Sie tanzten und jauchzten, hielten sich an den Händen, lachten wie die Kinder. Die wälzten sich vor Vergnügen im Schlamm des Dorfplatzes, der uns allen schon nach einer Viertelstunde bis zu den Knöcheln stand.

Das war erst der Anfang. Was Monsunwetter wirklich bedeutet, ging mir erst in den folgenden Wochen auf. Das Wasser kam immer plötzlich. Tiefschwarze Wolken brauten sich stundenlang, tagelang zusammen, doch es blieb trocken. Dann, von einer Sekunde auf die andere, öffneten sich die Schleusen. Der Regen fiel meistens gerade und undurchsichtig wie ein Laken. Er war nicht in einzelne Tropfen oder Schnüre unterteilt, sondern pladderte wie eine immense Schwallbrause auf uns herab. Niemand bemühte sich, den Güssen zu entkommen. Nur zum Schlafen war man froh über ein geschütztes Plätzchen. Mein Bett war nun klamm, roch noch muffiger als zuvor und begann fast zu schimmeln. Sobald einmal die Sonne druch die Wolken brach, und das geschah nicht selten, zerrte ich mit Maltis Hilfe die Reisstroh-matratze, die ich mir inzwischen besorgt hatte, ins Freie, um sie trocknen zu lassen. Aber das alles war gar nicht schlimm. Wie die anderen Dorfbewohner empfand auch ich die Feuchtigkeit, die dampfende Kühle, den dunklen Himmel als eine Gnade.

Unser geflochtenes Dach hielt den Regenmassen stand – uralte Handwerkskunst, aus Erfahrung geboren. Bisweilen tobten Stürme, die Eichen entwurzelt hätten. Wir legten uns dann flach auf die nasse Erde, um nicht fortgeblasen zu werden. Die Hütten blieben stehen. Die Kanäle, die sich rasch füllten und überzulaufen drohten, waren mit dichtem Schaum bedeckt, wenn der Regen herunterkam. Oft konnte man sie gar nicht sehen. Selbst wer direkt am Ufer stand, vermochte den Himmel von der Erde nicht mehr zu unterscheiden.

Wenn es dann ebenso abrupt aufhörte zu gießen, standen wir mit beiden Beinen hoch im Wasser. Ich begriff jetzt, wie klug es war, jede Behausung auf einem kleinen, ein oder zwei Meter hohen, von Menschenhand aufgeworfenen Hügel zu errichten. Dadurch blieb der Wohnraum mit den Vorräten und den kostbaren Habseligkeiten von den Fluten verschont.

Ein neuer Stern stand am Himmel. »Da, sieh mal, das ist Mirg, der Monsunstern!« rief Malti eines Nachts, als wir die wohltuende Frische genossen, und deutete mit ausgestrecktem Finger auf ein hell leuchtendes Gestirn. »Wann immer wir ihn sehen, geht es uns gut. Monsunnächte sind die schönsten Nächte!«

Das Land hatte sich innerhalb weniger Tage mit leuchtend jungem Grün überzogen. Aus allen Erdritzen schossen Grashalme und Blüten; wie von Zauberhand gezogen wuchsen sie vom Abend bis zum Morgen mit unbeschreiblicher Geschwindigkeit und bedeckten bald jedes Fleckchen der zuvor staubigen, rissigen Erde. In den flachen Pfützen entstand neues Leben. Kaulquappen, sattgrüne Frösche und kleine

Fischchen, deren Laich von irgendwoher an Land gekommen war, hüpften in ihnen herum. Schien die Sonne, strahlten die Regentümpel in tiefstem Kobaltblau. Bei bedecktem Himmel waren sie zinngraue Spiegel für die unbewegten Palmen. Oft zitterte die Luft, bevor ein neuer Regensturm sich entfesselte, die Atmosphäre war erfüllt von einem stillen Beben. Doch war es köstlich zu wissen, daß bald der kühle Regen uns wieder benetzen würde, ein Labsal für alle Kreaturen.

Vollkommen durchnäßt, die dünnen Saris um den Körper gewunden, wanderten wir voller Heiterkeit am Kanal entlang. Erst jetzt, mit meinem neugewonnenen Wohlbefinden und weil ich wieder fast normal laufen konnte, war es mir möglich, auch längere Spaziergänge zu machen. Die lähmende Untätigkeit, die vor dem Hochzeitsfest das Dorf geplagt hatte, als wir alle vor Hitze kaum noch sprechen konnten, war einer fröhlichen Geschäftigkeit gewichen. Es war die Zeit der Reispflanzung. Wo zuvor nur versengte Felder zu sehen gewesen waren, die niemand mehr betrat, weil die Sonne uns bei jedem Schritt durch die Schädeldecke brannte, entstanden jetzt sattgrüne Wiesen von märchenhafter Schönheit. Ich sah, wie tiefgebeugt arbeitende Frauen, die als einzige die Reisschößlinge berühren und in den Schoß der Erde setzen durften, jedes einzelne Pflänzchen zuvor an ihr Herz drückten und es mit einem Segensspruch bedachten. Sie wirkten in ihren bunten Gewändern wie leuchtende Schmetterlinge in einer Welt von Frühlingsgrün. Unbeirrt durch die Männer, die im weiteren Umkreis mit ihren Büffeln das Land pflügten und es für die Reispflanzung vorbereiteten, hoben und senkten sich ihre Körper im Rhythmus der Segnungen. Sie gingen ihrer archaischen lebenserhaltenden Arbeit nach, wie sie es schon immer und immer getan hatten. Das günstige Klima erlaubte zwei oder gar drei Reisernten, ein üppiges Geschenk der Natur, das das Volk von Kérala vor Hunger bewahrte. Es war auch die Zeit zum Pflanzen von Palmen. Darum kümmerten sich die Männer. Auch sie segneten jede feste braunfasrige Nuß, bevor sie sie in der Erde vergruben.

Eines Morgens erwachte ich lange vor dem Morgengrauen. Ich fühlte mich erholt und kräftig. Ein Weilchen lauschte ich Maltis tiefen Atemzügen. Sie hatte einen so festen Schlaf wie wohl kaum jemand in Europa. Nie hatte ich in all den Nächten neben ihr erlebt, daß sie länger als ein, zwei Minuten zum Einschlafen gebraucht hätte. Sie schlief und erwachte mit der Ruhe und rhythmischen Präzision einer alten Kirchturmuhr. Die Krähen hatten sich verzogen, seit der Regen gekommen war. Sie hatten mich stets geweckt, doch seit es kühl und feucht war, hatten sich meine Schlafzeiten geändert. Wir blieben nicht mehr bis spät in der Nacht auf dem Platz mit den übrigen Frauen, sondern suchten etwa zwei Stunden nach Einbruch der Dunkelheit unser Lager auf. Um so köstlicher waren dann die Vormittage ohne die Folter der gleißenden Sonne. Es blieb warm, die Kleider trockneten schnell, alles schien mir angenehm.

Als sich der Morgen mit den allerersten Fäden von Grüngrau durch die Ritzen unserer Flechtwände ankündigte, erhob ich mich leise und trat ins Freie. Die Kühle war von einem wundervollen Duft erfüllt. Das fahle Grau des Morgendunstes durchwob die noch schlafende Natur. Grünrote Papageien und Beos saßen wie Rubine und Smaragde auf den Blattrippen der Palmen. Über dem Wasser des Kanals lagen dichte Nebelschwaden, und auch aus den frisch bepflanzten Reisfeldern stieg ein heller Dunst, der sich wie eine schützende Hülle über die Pflänzchen legte. Kein Lüftchen bewegte die zarten Nebelschleier, kein Laut war zu hören.

Ich lenkte meine Schritte fort von den Hütten ins Hinterland hinein, dorthin, wo ich die anderen Takidörfer vermutete. Ich wollte sie jedoch nicht aufsuchen, wollte keine neuen Menschen sehen, sondern nur fort von Narvan, um einmal ein Weilchen in der Natur allein zu sein. Mehrmals gelangte ich an sich kreuzende Pfade, ging dann jeweils rechts, um nicht die Orientierung zu verlieren, denn die schmalen Wege zwischen den Gräben und frisch bestellten Feldern glichen sich so sehr, daß ich sie nicht zu unterscheiden vermochte.

Ein paarmal mußte ich kleine Wasserläufe überqueren. Ich balancierte über Stege aus abgeflachten Palmenstämmen. Bald summte ich munter vor mich hin, betrachtete die Kraniche und Fischreiher, die zu Hunderten in den nassen Wiesen standen, bewunderte die pergamentweißen Büffelkühe, die ruhig wiederkäuend unter der sich rötenden Sonne die dichtbewimperten Augen rollten, um mir hinterherzublicken. Ich fürchtete mich nicht einmal, als eine armdicke Schlange mit hocherhobenem Haupt im Wasser neben mir herglitt. Ein Krönchen wünschte ich ihr.

»Oh, what a beautiful morning, oh, what a beautiful day!« trällerte ich leise. Mir war so federleicht und beschwingt zumute, daß ich wie ein Wölkchen durch den Morgendunst zu schweben meinte. Der Himmel wurde jetzt heller, die Sonne schien warm, doch es war nicht heiß. Ein leichter Wind begleitete mich. Ich hob den Blick und beobachtete den Himmel. Kleine dunkle Wolken tanzten rasch und lustig durch das Lapislazuliblau. Regen würde erst am Nachmittag kommen. Die unverschämt satte Landschaft, geprägt vom Smaragd der Reisfelder und übersät von frischen Blumen, strahlte eine überwältigende Vitalität aus, an der sie mich teilhaben ließ. Ich lief beschwingt den Pfad entlang, sprang wie eine freche Geiß über die Gräben und freute mich über meine wiedergewonnene Beweglichkeit. An den Füßen trug ich meine Sandalen, die ja durch die lange Bettlägerigkeit noch ganz unverraucht waren.

Die Palmengärten waren naß und rutschig, die Stämme mit Moos bewachsen. Ich ließ mich nicht beirren und wanderte weiter. Tief sog ich die feuchte Luft in meine Lungen, spürte Taufrische auf meiner belebten Haut. Wer die quälende Trockenheit der vorangegangenen Monate erlebt hatte, würde nie wieder über nasse Füße oder Regenwetter schimpfen.

Es war wunderbar, einmal allein zu sein. Als ich krank und elend in der Hütte lag, hatte mich die Einsamkeit an den Rand des Wahnsinns getrieben. Später machte mich oft die unablässige Gegenwart der Dorfbewohner verrückt. Tag und Nacht war ich in Gesellschaft, fühlte mich beobachtet. An diesem Morgen durchfluteten mich Wellen des Entzückens, weil ich auf meiner Wanderung keinen einzigen Menschen sah. Nun sang ich, etwas lauter: »*This is the morning of my life…*«

Unvermutet führte mich mein Weg an einen großen steinernen Torbogen. Rechts und links schloß eine Mauer aus dunklen Quadern an, die von üppigem Grün überwuchert war. Ich blieb verwundert stehen. Ein privater Grundbesitz? Vielleicht die Villa des Plantagenbesitzers? Es sollte ja hier sehr reiche Leute geben. Doch das Gelände sah unbewohnt aus, und die Steine schienen mir alt, ganz ungewöhnlich für diese Gegend. Neugierig wagte ich es, einige Schritte in den Garten zu tun. Ich erkannte schnell, daß ich mich in einer Papayaplantage befand. Rings um mich herum nichts als Papayabäume, Hunderte und Aberhunderte, in ordentlichen Reihen gepflanzt, dazwischen Wege, die von regelmäßiger Nutzung kündeten. Ihre großen, glänzenden, tiefgrünen Blätter mit den sieben fingerartigen Lappen sahen so urtümlich aus, als hätten sie sich wie Farne, Schachtelhalme oder Araukarien aus der Frühzeit der Erdgeschichte in unsere Zeit hinübergerettet. An den Bäumen hingen große und kleine, unreife und reife, helle und dunkle Früchte, oval wie längliche Wassermelonen. Jede Pflanze war großzügig damit bestückt. Sie hingen in schweren Trauben an den schmalen Stämmchen. Ich fragte mich, welche Kraft in dieser Zartheit verborgen liegen mußte, weil sie unter der saftigen Last nicht zerbrachen. In diesem Garten war es vollkommen still. Nur das Rauschen der hohen, stets bewegten Palmwedel war aus weiter Ferne wie das Summen von Bienen zu hören. Ich hatte aufgehört zu singen. Der Erdboden gab weich unter meinen Füßen nach. Es zog mich immer tiefer in diesen Hain hinein. Ich folgte dem mittleren Hauptweg, schaute jedoch auf meine Füße, aus Angst, eine Schlange aufzustöbern.

Als ich den Blick wieder hob, stand ich vor einem weiteren Torbogen. Er war mit herrlichen Skulpturen und Friesen verziert. Dahinter entdeckte ich eine große, altertümliche Tempelanlage mit einem hohen Torturm, über und über mit lebensgroßen Figuren bedeckt, und mehreren Gebäuden, von denen eines der eigentliche Haupttempel zu sein schien.

Ich war überrascht, hier ein Bauwerk von solchen Ausmaßen vorzufinden. Obwohl ich von indischer Sakralarchitektur nur sehr wenig verstand, meinte ich doch, erkennen zu können, daß der Stil viele hundert, vielleicht sogar tausend Jahre alt war. Er erinnerte mich an den mächtigen und doch filigranen Haupttempel von Belur. Die Steine, zart wie aus Spitze, und die unzähligen Skulpturen waren von Kletterpflanzen und allerlei Unkraut überwachsen, es war deutlich, daß hier keine Museumsverwaltung das Grundstück pflegte. Vielleicht war ja diese Tempelruine auch gar nichts Besonderes, eine von vielen, und man hatte sie dem Verfall anheimgegeben. Ich jedenfalls war ganz hingerissen von meiner Entdeckung.

Weil ich mich ein wenig müde von meinem Spaziergang fühlte, setzte ich mich nach sorgfältiger Inspektion des Untergrunds in das saftige Gras. Dann besah ich mir den unter der wilden Vegetation schlafenden Tempel.

Ich trug meinen alten Baumwollrock, den ich an diesem Morgen dem langen und für mich beim Gehen noch immer etwas hinderlichen Sari vorgezogen hatte. Er hing mir inzwischen reichlich weit um Taille und Hüften, ein wunderbares Gefühl. Während ich mich umsah und mit aller Muße die verschiedenen Gebäude betrachtete, steckte ich geistesabwesend die rechte Hand in die Tasche und zuckte gleich zurück, denn ich hatte etwas Glitschiges, Schleimig-Weiches berührt. Erschrocken betrachtete ich meine verschmierten Fingerspitzen und wischte sie schnell an einem Grasbüschel ab. War eine Schnecke oder irgendein anderes Tierchen in meiner Rocktasche verendet? Oder hatte irgendeine Kreatur dieses Versteck als Nest benutzt und ihre Eier hineingelegt? Der Rock hatte wochenlang an einem dornenartigen Vorsprung an der Hüttenwand gehangen. Hatte ich vielleicht Exkremente oder Würmer an der Hand? Ich schüttelte und ekelte mich. Na ja, die Tropen, da muß man auf so was schon mal gefaßt sein, meldete sich die Stimme der Vernunft. Und dann wußte ich plötzlich, was an meinen Fingerspitzen klebte. Es war die von der Monsunfeuchtigkeit vollkommen durchweichte, aufgelöste Lehmschuppe des heiligen Bettlers. Ein verwestes Stückchen von seiner *saddhu*-Haut, bestehend aus Lehm und Asche, vielleicht von verbrannten Menschen. Und es kam nir erneut in den Sinn, daß er mir Tod oder Erleuchtung prophezeit hatte.

So ein Unsinn, dachte ich mit einer Mischung aus Zorn und Wehmut. Denn zugleich fiel mir auch Akasho, der gebildete Professorbrahmane, wieder ein, der mir die Sanskritverse des Asketen gedeutet hatte. Was war das nur für eine intensive Stunde gewesen, die ich mit ihm in der Höhle von Ponmudi verbracht hatte! Allerdings hatte sich bislang nichts von den mystischen Drohungen bewahrheitet, und das war gut so. Mir war zwar einige Male mehr als elend zumute gewesen, ich hatte todkrank an Körper und Geist in der Einöde von Narvan, das ich ja spaßeshalber immer wieder »Nirwana« nannte, gelegen, doch ich lebte noch – und an diesem Tag munterer denn je.

Ein kleiner Wind hatte sich erhoben. Er bewegte die glänzenden Blatthände der Papayas und bog sachte die zierlichen Stämme nach einer Seite. Ich schnupperte und war verwundert, inmitten dieser wundervollen Landschaft, in diesem stillen Garten einen unangenehmen Gestank wahrzunehmen. Er erinnerte mich an den Geruch des Seziersaals, in dem wir als Studenten die Leichen zerteilten. Und an ungewaschene Frauen, faulendes Eiweiß, Schlachthaus. Ich konnte nicht begreifen, wie ein solcher Geruch in einen solchen Garten gelangte. Vielleicht war ein großes Tier verendet? Ein Rind, ein Büffel?

Es war mir nicht gerade ein freudiges Anliegen, die Quelle dieses Ungemachs aufzusuchen, doch trieb es mich, mich von meinem idyllischen Grasplatz aufzurichten, um den widerwärtigen Schwaden nachzugehen, die Nase in den Wind gereckt.

Meine Fährte führte mich geradewegs auf den Haupttempel zu. Der Gestank wurde bald so stark, daß ich mir die Nase zuhielt. Die Neugierde lenkte trotzdem meine Schritte. Die dunkle Öffnung des Tempeltors tat sich vor mir auf. Ich trat in den Schatten des Innenraums und wäre beinahe ausgerutscht. Erschrocken hielt ich mich am Türpfosten fest. Das hätte mir gerade noch gefehlt – mir noch einmal das Bein zu brechen! Und noch dazu fernab von jeglicher Hilfe und menschlichen Behausung!

Meine Augen gewöhnten sich nur langsam an die neuen Lichtverhältnisse. Doch als ich wieder besser sehen konnte, erkannte ich, daß der Boden der Cella ganz mit einem großen Haufen der allgegenwärtigen schwärzlichen Papayakerne bedeckt war, die in einer übelriechenden schleimigen Masse verrotteten. Tausende von fetten Schmeißfliegen erhoben sich mit lautem Brausen. Ich schrie auf, wich zurück und wehrte sie mit dem Arm von meinem Gesicht ab, denn das war wie ein Angriff von Hitchcocks Vögeln.

Was hatten denn diese Abfälle in dem Heiligtum zu suchen? Ob man es entweiht hatte und nun als Müllhalde benutzte, wie bei uns in Europa, als nach der Säkularisation Kathedralen zu Pferdeställen und kostbar ausgemalte Klosterkirchen zu Lagerhallen wurden? Rätselhaft blieb mir der faulige Eiweißgestank. Er konnte doch nicht von den Früchten und Samen kommen, zumal sie bekanntermaßen ein desinfizierendes Agens enthielten.

Inzwischen konnte ich das Innere des großen Raums deutlicher sehen, wagte mich aber nicht weiter hinein, denn der Boden war schleimig-schwärzlich und der Gestank nahezu unerträglich. Aber ich machte in der Mitte, unter dem Licht einer Öffnung im Dach, eine schwarzglänzende Kolossalstatue aus, gewiß fünf oder sechs Meter hoch. Sie war von weitem schwer zu erkennen, kam mir anfangs vor wie ein

Baum, dann erinnerte sie mich an eine weibliche Gestalt. Ich strengte meine Augen an. Mit einiger Mühe konnte ich sie bald besser erkennen. Ich sah eine Art Kybele, eine Mutter- oder Fruchtbarkeitsgöttin, mit unzähligen Brüsten und kräftigen, miteinander verschlungenen Beinen. Die Füße glichen Baumwurzeln. Diese urweibliche Gestalt reckte sechs Arme nach allen Seiten zum Licht in der steinernen Decke. Sie waren allesamt wie Zweige geformt und mündeten in zwölf große blattförmige Hände mit je sieben Fingern. Ja, sie sahen aus wie Papayablätter. Da ging mir auf, daß die Brüste, klein und groß, alle ovalen Papayafrüchten glichen.

Ja, natürlich! In dieser Kultstatue wird die vergöttlichte Gestalt eines Papayabaums verehrt. Merkwürdige Verbindung, wer kann denn bei diesem bestialischen Gestank in Anbetung verfallen? Und trotzdem ist es ein heiliger Ort, schoß es mir durch den Kopf. Mein Herz klopfte, ich war auf eine angstvolle Weise ergriffen. Plötzlich überkam mich das Gefühl, unerlaubt in einen geheimen, sakralen Bezirk eingedrungen zu sein – ein Vergehen, das unausweichlich Strafe nach sich zieht. Instinktiv fürchtete ich mich vor dieser großen schwarzen Statue, die so selbstvergessen in ewiger Gebärde ihre Blatthände zum Himmel erhob. Warum hatte niemand in den vielen Wochen meines Aufenthalts in Narvan diesen Hain, dieses Götterbild erwähnt?

Der glückliche, friedvolle Morgen hatte alle Lieblichkeit verloren. Ich bekam Angst. Schnell trat ich den Rückzug an, vorsichtig den Kontakt mit dem Schleim am Fußboden vermeidend, um nicht zu stürzen. Wankend und schwankend erreichte ich die äußere Umfassungsmauer des Papayahains. Als ich durch die letzte Umfriedung, die letzte Toröffnung des großen Areals trat, entdeckten mich ein paar Kinder, kleine halbnackte Knaben mit kurzen Leibchen und entblößten Hinterteilen, drei bis fünf Jahre alt. Sie musterten mich mit scheuentsetzten Blicken aus ihren riesigen Kulleraugen, die Finger in den Mund gesteckt, sagten aber kein Wort, als seien sie völlig verängstigt. Ich entfernte mich, sie aber liefen mit ihren Watschelbeinchen hinter mir her, bis wir die ersten Behausungen von Narvan erreicht hatten. Ihre stumme Erregung griff auf mich über. Der Himmel hatte sich bezogen, schwere dunkle Wolken türmten sich über uns zusammen. Der Wind blies heftiger, wirbelte in Böen Unrat und Blätter auf. Mir schwante Böses. Ich flüchtete mich in unsere Hütte. Malti-Ben war schon längst fort.

Sühne

Völlig erschöpft ruhte ich auf meinem Lager, als ich von weitem laute Stimmen hörte, die sich mir näherten. Es war ein vielfaches Rufen mit empörtem, erregtem Unterton. Minuten später war mein ganzer kleiner Raum mit aufgebrachten Frauen erfüllt. Sie umringten mich, warfen mir zornige Blicke und Gesten zu, redeten geradezu hysterisch auf mich ein. Ich zog vor Schreck die Beine unters Kinn und kauerte mich wie ein bedrohtes Tier im hintersten Winkel meines Bettes zusammen, um mich vor den Angriffen zu schützen. Was haben sie nur? Was soll ich denn getan haben? Bestimmt hängt es mit der Tempelruine zusammen. Aber was ist der Grund für diese plötzliche Feindseligkeit?

So hatte ich die Frauen des Dorfes noch nie erlebt. Immer waren sie, in all den vergangenen Wochen, gleichbleibend freundlich und zutraulich gewesen. Ich war vor Angst ganz blutleer im Kopf, kalter Schweiß stand mir auf der Stirn, meine Hände zitterten, und mein Mund war ausgetrocknet. Die Frauen hörten nicht auf, zu fuchteln und zu schimpfen, und ich merkte, daß sich vor dem Eingang der Hütte immer mehr von ihnen versammelten. Ich bekam Angst, daß ich gelyncht werden sollte. Die Luft war geschwängert von Aggressivität. Wie leicht kann das in Indien entgleisen! Der Volkszorn entlädt sich schnell an Personen, die Tabus gebrochen oder gegen ungeschriebene Gesetze verstoßen haben. Ein Menschenleben gilt hier nicht viel. Wo bleibt bloß Malti? Sie könnte mir doch helfen, alles erklären … Malti! Malti-Ben!

Statt den Atem anzuhalten und mich in meiner Todesangst wie ein erstarrtes Kaninchen zu verhalten, schrie ich jetzt einfach los, mit aller Kraft, und rief nach ihr, so laut ich konnte. Was hatte ich schon zu verlieren? Plötzlich war es totenstill im Raum und hinter der durchlässigen Blätterwand. Vielleicht hatte ich ihnen jetzt meinerseits mit meinem lauten deutschen Organ einen Schrecken eingejagt. Eine Ewigkeit verging, und ich mußte mehrmals rufen, bis mir die Luft wegblieb und ich mich in einem Hustenanfall auf meinem Bett krümmte. Dann drängte sie sich endlich durch die Menge.

Ein Blick und zwei schnelle hervorgestoßene Fragen genügten ihr, um die Lage zu erfassen. Auf ihre Autorität als Lehrerin zurückgreifend, scheuchte sie die anderen Frauen aus dem dämmrigen, überhitzten Raum. Dann fragte sie mich barsch, was ich in dem Papayatempel gesucht habe.

»Nichts, um Gottes willen, ich bin ganz zufällig beim Spazierengehen dort vorbeigekommen und war neugierig! Du mußt mir glauben, Maltikutty, ich hatte keine böse Absicht. Ich wußte ja nicht einmal, daß es diesen Tempel gibt!« beschwor ich sie. »Warum seid ihr denn alle so aufgeregt? Was habe ich verbrochen? Bitte, sag es mir, bitte!»

Sie wandte sich wortlos mit zusammengekniffenen Lippen von mir ab und rannte nach draußen, wo die anderen in einiger Entfernung warteten. Ich konnte das unterdrückte Flüstern und Murren deutlich hören. Immer noch war ich ganz starr vor Angst. Dann vernahm ich Maltis Stimme, die zu den Frauen sprach und, wie mir schien, beruhigend auf sie einwirkte. Ich stieß einen erleichterten Seufzer aus. Die gröbste Gefahr schien gebannt. Doch ich hatte mir mit Sicherheit die Feindschaft meiner dörflichen »Schwestern« zugezogen und wußte immer noch nicht den Grund.

Es dauerte eine Weile, bis Malti wieder hereintrat. Sie wirkte völlig ausgelaugt, ihr Gesicht war grau vor Erschöpfung. Ohne etwas zu sagen, rollte sie ihre Schlafmatte aus, zog sie so nah, wie es ging, an meine Holzpritsche und ließ sich, auf ihren Fersen hockend, darauf nieder.

Wie um sich zu entspannen oder um Zeit für Überlegungen zu gewinnen, atmete sie einige Male tief ein und aus, dabei entfuhren ihr Stoßseufzer, und sie musterte mich mit mitleidvollen Blicken. Ich beobachtete sie ängstlich im undeutlichen mittäglichen Flimmerlicht, das durch das Flechtwerk der Hüttenwand drang.

»*Dorikutty, I worry!*« stieß sie endlich hervor. Ich war ratlos. Was hatte ich angerichtet, was konnte ich jetzt tun, um die Lage zu entschärfen? Ich wußte nicht, was ich sagen sollte, und wartete.

»Du bist auf heiligen Boden getreten und hast den ganzen Tempel verunreinigt«, begann sie zu erklären. »Jetzt wissen wir nicht, wie die Gottheit uns strafen wird. Die Frauen da draußen haben schreckliche Angst!»

»Um Himmels willen«, jammerte ich, und es tat mir aufrichtig leid. »O Gott, o Gott, das konnte ich doch nicht wissen! Mein schöner Morgenspaziergang!»

»Dieser Tempel ist das große Geheimnis der Taki, Devi-Ben. Niemand sonst auf der Welt weiß etwas davon. Dort beten wir seit tausend und tausend Jahren unsere Gottheit an. Kein Takimann hat je den Papayagarten betreten. Die Papayagottheit ist die Urmutter der Menschheit. Nur Frauen dürfen ihr dienen. Sie kann sehr zornig werden, weil sie die Hüterin der Seelen ist. Nur wer Monat für Monat fruchtbar ist und Kinder gebären kann, darf die Kinder der Gottheit, die Papayafrüchte, von den Bäumen nehmen.»

»Das verstehe ich nicht – ich bin doch auch eine Frau!« rief ich. Was konnte ich denn da entweiht haben?

»Ja, du bist eine Frau«, entgegnete Malti traurig, »aber du blutest nicht. Wir haben dich all die Zeit beobachtet – nie hast du geblutet! Deshalb bist du nicht rein wie die Takifrauen. Kleine Mädchen und alte Weiber dürfen nicht in das Heiligtum. Sie dürfen die Früchte nicht ernten und den Garten nicht pflegen. Ich gehe einmal im Monat dorthin, meine Pflicht zu tun. Hast du nicht gemerkt, daß ich manchmal ein paar Tage nicht hier schlafe?«

»Und das ist immer, wenn du deine Tage hast?«

»Ja, nur dann. Wir Takifrauen beobachten uns gegenseitig sehr genau, kontrollieren uns. Wenn die ersten Tropfen kommen, geht eine Frau am Abend zum Tempel. Dort sind immer schon andere Takifrauen und -mädchen versammelt, aus Narvan und auch aus den anderen sechs Dörfern.«

»Und was macht ihr dann dort?«

»Solange wir bluten, sind wir Priesterinnen der Gottheit. Wir opfern unser Blut. Und wir pflanzen, jäten, säen und ernten. Das ganze Jahr. Das halbe Leben. Immer neue Frauen kommen. Wer aufhört zu bluten, kehrt ins Dorf zurück.«

Ich schwieg. Und dann versuchte ich, mich zu rechtfertigen. »Malti-Ben«, erklärte ich, »ich bin schon viel zu alt dafür, schon seit drei Jahren habe ich keine Regel mehr. Das ist bei vielen Frauen in Europa so.« Über unser Lebensalter hatten wir nie gesprochen, ich hatte es für selbstverständlich gehalten, daß wir uns ungefähr einschätzen konnten. Malti mußte Ende Dreißig, Anfang Vierzig sein, das hatte mir genügt.

»Das stimmt nicht! Du kannst doch nicht alt sein!« rief Malti verzweifelt. »Deine Haut ist glatt, deine Hände sind weich, und dein Gesicht hat weniger Falten als meines! Deshalb verstehen wir nicht, warum du nicht blutest. Ich weiß auch nicht, was ich denken soll! Ich kenne dich besser als die übrigen, aber vielleicht haben sie ja doch recht. Die Frauen glauben, daß du verhext bist, daß du nur so tust, als seist du eine Frau. Manche denken, daß du eine mächtige Zauberin bist. Auch die alten Männer, die kleinen, haben das gesagt. Nur Ama meint, der Grund sei vielleicht der Schreck über den Beinbruch oder das ungewohnte Essen oder die Krankheit. Sie versucht, dich in Schutz zu nehmen. Aber auf jeden Fall bist du unrein und hast unser Heiligtum entweiht!« Sie verzog ihr Gesicht zu einer gequälten Grimasse.

»Hast du sie denn beruhigen können?« bangte ich leise.

»Für den Augenblick. Aber ob das reicht? Ich habe gesagt, du bist unser verehrter Gast und stehst unter Schutz. Und daß du doch eine *firingi* bist. Wie kannst du wissen, was verboten ist, wenn es dir keiner gesagt hat? Aber wirklich, ich habe selbst manchmal Angst vor dir. Du bist seltsam, Devi-Ben. Und dann bist du wieder ganz normal, Dorikutty. Ich verstehe dich nicht.«

»Und warum hast du mir denn nie etwas von diesen Geboten und Vorschriften erzählt, Malti-Ben?«

»Ich darf nicht, Dorikutty! Es ist verboten. Wenn eine junge Frau zum erstenmal den Tempel betritt, legt sie ein Gelübde ab, für immer geheimzuhalten, was dort geschieht. Und schwöre mir, daß du mich nicht verrätst, sonst darf ich nie wieder hin und werde aus meinem Stamm ausgestoßen!« Sie blickte mich ängstlich an und senkte dann den Kopf.

»Ich verrate dich nicht, da kannst du ganz sicher sein, liebe Freundin. Kann ich denn irgend etwas tun, um das, was ich verbrochen habe, wiedergutzumachen?«

Malti schüttelte den Kopf. »Wir müssen abwarten, was der Beschluß der Ältesten sein wird.«

Sie erhob sich und verließ mit vor Angst gekrümmtem Rücken die Hütte. So hatte ich sie noch nie erlebt, sie war sonst ausgesprochen selbstsicher. Ich schluckte. Wie sollte ich mich dagegen wehren, daß man mir die Fähigkeit zur Anwendung eines geheimnisvollen Zaubers unterstellte? Wie sollte ich Malti bloß erklären, daß meine Östrogenpflaster verantwortlich waren für meine frische, glatte Haut? Daß wir westlichen Frauen, auch die weiseren, uneitleren wie ich, Wert darauf legen, für zehn Jahre jünger gehalten zu werden, als wir sind? Daß bei uns das Alter nicht automatisch verehrungswürdig macht wie bei den Taki? War das nicht von vornherein aussichtslos? Und bei allem, was ich sagte, durfte ich niemals zu erkennen geben, daß sie mir über diesen Blutkult überhaupt etwas anvertraut hatte.

Über das, was ich gehört hatte, mußte ich lange nachdenken. Ich war über diesen Brauch, diese geheime religiöse Praxis der Takipriesterinnen, kolossal verblüfft. Und was, bitte, hatte die Papaya am Ende mit dem Ganzen zu tun? Vor lauter Erschütterung wurde ich todmüde und sank auf meinem Lager zusammen. War nicht unsere ganze westliche Zivilisation auf der behaupteten Unreinheit der Frau aufgebaut? Selbst Maria, die reine, unbefleckte Muttergottes, durfte den Tempel in Jerusalem nicht betreten, solange sie den Wochenfluß hatte. Vierzig Tage schloß man sogar sie von jeglichem Heiligtum, von der Anbetung aus – die Mutter des Heilands! Die Psychoanalyse führte wesentliche Aspekte der Urangst des Mannes vor dem Weiblichen auf das unheimliche Mysterium der regelmäßigen Blutung zurück. Sie wurde verteufelt und verachtet. Bei manchen Eingeborenenstämmen durften menstruierende Frauen das Dorf nicht einmal betreten, galten als verflucht und unrein, wurden tageweise aus der Gemeinschaft ausgestoßen. Und was hatten wir als junge Mädchen für ein peinliches Getue um »unsere Tage« gemacht! Was für ein Getuschel unter uns Schülerinnen! Es war ja noch nicht lange her, daß Damenartikel in Zeitungspapier verpackt unter dem Tisch der Apotheke hervorgereicht und von der Kundin verstohlen ganz unten in die Einkaufstasche gesteckt wurden. Brüder und oft sogar Ehemänner sollten nicht merken, »was los war«, und schon gar nicht der Vater. Neuerdings wurde allerdings überall für Tampons und Binden geworben, sogar im Fernsehen zur besten Sendezeit. Das berührte mich trotz ärztlicher Ausbildung immer etwas merkwürdig. Heilfroh und von langjähriger leiser Selbstdemütigung befreit fühlte ich mich, als mir die Frauenärztin eröffnete: »Tja, das war's dann wohl. Ein bißchen früh, Frau Dr. Guthknecht, aber das kommt schon vor.« Tja, das war 's dann wohl für dieses Leben, du nutzloser, unbefruchteter Uterus, dachte ich traurig.

Hier hingegen, bei den Takifrauen, beobachtete ich eine merkwürdige Umkehrung der Verhältnisse. Ausgerechnet ihr Monatsblut war heilig, und das Blutopfer, das sie der Göttin, dem Gott darbrachten, kostete kein Leben. Blut – das sakrale Lebenselement, magische Projektionsfläche des Nichtgreif-

baren. Wäre ich Feministin, ich würde in Freudenschreie ausbrechen, sinnierte ich. Aber so war ich nun mal nicht. Ich
dachte vielmehr an den unbeschreiblichen Gestank verfau-
lender Proteine, der die Tempelhalle erfüllt hatte, und bei mir
fiel endlich der Groschen. Die Papayasamen waren mit Monatsblut gedüngt worden.

Sechs Tage später erwachte ich im Morgengrauen von einer
aus früheren Jahren vertrauten Empfindung. Ich langte ungläubig zwischen meine Beine und berührte etwas Feuchtes,
Seidigglitschiges. Dann richtete ich mich auf und betrachtete
im ersten Morgenlicht meine rote Hand. Ich lag in einer Lache
von Blut.

Myom, Endometriose, Krebs, Zyste – das alles schoß mir
durch den Kopf. Einen Augenblick lang überwältigte mich
die Angst. Dann machte ich mir klar: Egal, was die Diagnose
ist – ich brauche irgendeinen Lappen, und tun kann ich sowieso nichts.

Von meinem Bett aus griff ich nach meiner alten Reisetasche
und wühlte nach irgendeinem saugfähigen Kleidungsstück,
das ich in Stücke reißen konnte. Gut, daß der Monsunregen
uns wenigstens kostenlose Duschmöglichkeiten bot! Während
ich mich versorgte und mich vergeblich bemühte, das schon getrocknete Blut von der Bettstelle zu wischen, hob Malti plötzlich den Kopf und schnupperte. Sie schnupperte! Dann er-
strahlte ihr Gesicht in unbeschreiblicher, überraschter Freude.
Sie sprang auf und umarmte mich, was eine Seltenheit war.

»Now no problem, Dorikutty, now everything allright«, wis-
perte sie in mein Ohr und wiegte mich hin und her. »Du wirst
sehen, alles wird gut. Jetzt kannst du selbst den Tempel neu
weihen und der obersten Gottheit ein Opfer bringen!« Sie wickelte sich in einen sauberen Sari und lief eilig hinaus.

Meine eigene Erleichterung war unermeßlich. Ich hatte
einen Augenblick lang befürchtet, diese unerwartete Blutung würde mir als ein weiterer gerissener Zauber ausgelegt.
Aber wenn meine Sicherheit der Lohn der Angst war, wenn
man mich nun in Ruhe ließ und mich vielleicht wieder in die

Dorfgemeinschaft integrierte, sollte mir alles recht sein. In den vergangenen Tagen hatte ich mich ziemlich ausgegrenzt gefühlt. Beim Essen mußte ich die ablehnenden, mißtrauischen Blicke meiner Nachbarinnen ertragen. Trotzdem hatte ich mich stur zu ihnen gesetzt, um meine Normalität zu bekunden. Hätte ich nichts gegessen, hätten sie mir vielleicht noch weitere magische Praktiken nachgesagt.

Krampfhaft überlegte ich den ganzen Tag lang, wieso ich, nach drei Jahren Pause, wieder menstruierte. Am Ende legte ich mir folgende beruhigende Erklärung zurecht: Das neue wunderbare Körpergefühl, die Hochzeitszeremonien, die hocherotischen Stimmungen der vergangenen Wochen – das alles mußte mir, nachdem die Pflaster verbraucht waren, einen kräftigen Östrogenschub gegeben haben. Jetzt wurde die aufgebaute Schleimhaut abgestoßen. Andere grausige Möglichkeiten verdrängte ich.

Nach einer halben Stunde kam Malti mit der guten Ama zurück. Sie machte mir Zeichen, und Malti erklärte, daß die alte Heilerin mich untersuchen müsse. Ich ließ es geschehen. Offenbar stellte das Resultat beide zufrieden. Sie schmunzelten und machten einen frohen Eindruck.

»Heute abend mußt du mit den Frauen zum Tempel gehen«, bereitete Malti mich vor.

»Kommst du auch mit?« erkundigte ich mich sehnsüchtig und ängstlich. Ich wußte um die Notwendigkeit dieses Gangs, aber ich fühlte mich unsicher.

»Nein, das geht nicht, ich bin erst in ein paar Tagen dran, wenn du schon wieder hier bist«, bedauerte sie. Es war ihr klar, daß ich ohne ihre Hilfe als Dolmetscherin und ohne ihre freundschaftliche Nähe Schwierigkeiten haben würde.

Ich war aufgeregt. Was würde mich erwarten? Ich sollte in einen Kult eingeweiht werden, einen Geheimkult, und mir war etwas mulmig zumute. Und dann die vielen fremden Frauen … Sollte ich meine Reisetasche packen? Wie lange würde ich wegbleiben? Malti war wieder fortgelaufen. So hatte ich niemanden, der mich beruhigen konnte.

Ich ging auf den Dorfplatz, um sie zu suchen, konnte sie aber nirgends entdecken. Entmutigt kehrte ich zu unserer Hütte zurück. Von den Frauen des Dorfes angegafft zu werden, war mir an diesem Tag zuviel. Offensichtlich hatte die Nachricht von meiner Blutung bereits allgemein die Runde gemacht. Mir war das lästig. Hatten die nichts Besseres zu tun? Allerdings schienen sie wieder viel freundlicher, winkten mir zu, als ich vorbeiging, und boten mir Bananen an.

Am späten Nachmittag kam Malti wieder. Als ich wissen wollte, was ich mitnehmen müßte, schaute sie mich erstaunt an. »Nichts, gar nichts!« rief sie. »Du brauchst dort nichts, es ist für alles gesorgt.« Und dann fing sie an zu trällern, mit einem breiten Grinsen auf ihrem lieben Gesicht. *»Don't worry, be happy! Don't worry, be happy! O.k. Dorykutty?* Ich bin zu den anderen Frauen gegangen, auch im Nachbardorf, sie werden auf dich aufpassen.«

Dann begann sie, mein geflochtenes Haar zu lösen, es sorgfältig zu kämmen und mit roten Blüten zu schmücken. Wenig später begleitete sie mich bis an den Rand des Dorfes, wo bereits einige Frauen und Mädchen versammelt waren. Alle trugen ihr schwarzes geöltes Haar offen. Keine von ihnen hatte ein Bündel oder einen Korb. Sie schwatzten munter, sahen hübsch und glänzend aus und schienen sich auf den Tempelgang zu freuen wie auf einen Besuch auf dem Jahrmarkt, so sehr verbreiteten sie gute Laune und eine gewisse heitere Erregung.

Kurz nach Sonnenuntergang brachen wir auf. An diesem Tag hatte es nicht geregnet. So konnten wir trockenen Fußes über die Wege zwischen den Reisfeldern wandern. Drei von uns hielten Fackeln hoch, um den Pfad auszuleuchten, insgesamt waren wir acht. Zwei von ihnen, die ich vom Sehen kannte, hatten mich freundschaftlich untergehakt und führten mich wie Schwestern zwischen Gräben und Böschungen entlang. Sie waren hier schon oft gegangen. Wir waren bald an der Umfassungsmauer der Tempelruine angelangt. Dort warteten schon etwa fünfzehn andere Frauen. Ich wurde neugierig beäugt und mit einer gewissen Ehrerbietung begrüßt. Gewiß war es in ihrer gesamten vielhundertjährigen Tradition noch niemals vorgekommen, daß eine weiße Frau mit rotblonden Haaren ihr Heiligtum betreten hatte. Noch standen wir vor dem skulpturengeschmückten Tor und warteten, bis eine weitere Gruppe von drei Mädchen zu uns getreten war, die wohl aus dem letzten der sieben Takidörfer stammte.

Hoffentlich überstehe ich das hier, mache nichts falsch, übertrete kein mir unbekanntes Gesetz. Das könnte gefährlich werden, sorgte ich mich. Aber ich konnte mich nicht lange bei diesen Gedanken aufhalten, denn nun stimmten die Frauen einen Gesang an und begannen sich zu entkleiden, bis sie alle splitternackt dastanden. Ich war so verblüfft, daß ich vergaß mitzumachen, bis mich die beiden, die mich zuvor untergehakt hatten, im Schein der Fackeln entdeckten. Sie kicherten und sprachen auf Taki zu mir. Dann lösten sie meinen Sari. Ihre Heiterkeit wurde noch größer, als sie meinen Schlüpfer entdeckten. Sie riefen ihre Kameradinnen herbei, um ihnen das seltene Stück vorzuführen. Solch ein Kleidungsstück hatten die meisten wohl noch niemals gesehen! Nun wurde mir bedeutet, auch diese letzte schamvolle Bedeckung noch abzulegen. Ich folgte den Anweisungen, angenehm war es mir nicht, aber unter all den Nackten hätte ich auch nicht angezogen bleiben können. Am peinlichsten war mir der Gedanke, daß mir nun bald das rote Naß an den Schenkeln herunterlaufen würde, denn ich blutete ziemlich heftig. Doch ich stellte im flackernden Licht bald fest, daß es allen so ging. Sie falteten ihre Kleidungsstücke ordentlich zusammen und legten sie dann in eines der steinernen Wachhäuschen neben dem Tor. Dort waren sie vor dem Regen sicher. Jemand nahm mir meine Sachen ab und gab sie zu den anderen.

Mir fiel wieder ein, daß es sich ja um einen matriarchalischen Frauen- und Fruchtbarkeitskult handeln mußte. Wir waren jetzt Priesterinnen der Gottheit, und einzig das Blut legitimierte uns. Ich seufzte tief und fügte mich drein. Dann folgte ich den anderen durch das Tempeltor in den inneren

Bezirk. Sie sangen immer noch, stets dieselbe Melodie, begleitet von wenigen Worten. Im Licht der Sterne wanderten wir durch den Papayahain. Bald näherten wir uns dem Hauptheiligtum, ich konnte es von ferne riechen. Dann aber bogen wir nach rechts ab. Dort war ich bei meinem letzten Besuch nicht gewesen. Zu meiner Überraschung hörte ich fröhliches Gelächter und sah bald auch einen Feuerschein, der aus einer großen steinernen Halle drang. Ich hatte hier niemanden erwartet. Noch mehr Frauen!

In der Halle gab es eine Feuerstelle und Platz für viele Schlafmatten, mit Reisstroh gefüllte Kissen, Tontöpfe und anderes Kochgerät. Ich wurde von drei Frauen aus unserem Dorf begrüßt, die mich mit einer Mischung von Entsetzen, Faszination und Begeisterung betrachteten. Sie waren gewiß schon einige Tage hier, deshalb wußten sie nichts von den aufregenden Neuigkeiten der *firingi*. Ihre Freundinnen berichteten ihnen unter Hallo und Gelächter, was mir am Morgen widerfahren war, und zeigten befriedigt auf das Blut, das in schmalen dunklen Rinnsalen an meinen weißen Schenkeln herunterlief. An den dunkelbraunen Beinen meiner Gefährtinnen war der rote Strom kaum zu sehen. Bei mir hingegen wirkte es geradezu obszön. O Mutter, gut, daß du nicht weißt, wo deine Doris gelandet ist! Gewiß hast du mir das viele Geld nicht vermacht, damit ich an einer Blutorgie teilnehme!

Eine nicht mehr ganz junge Frau trat aus dem Halbdunkel der Halle auf mich zu und berührte mich am Arm. »*You must be Dori-Ben*«, lächelte sie mich an. »*My name is Lalla.*« Vor Erstaunen und Erleichterung wäre ich fast in die Knie gesunken. Tränen der Dankbarkeit traten in meine Augen. Das Schicksal sorgte für mich, ich wurde nicht im Stich gelassen!

»Ja, ich bin Dori-Ben. Wie schön, daß du Englisch sprichst, Lalla! Ich fühle mich einsam und habe ein bißchen Angst«, flüsterte ich.

»*Toba, toba!* Gott bewahre, das brauchst du nicht, ältere Schwester!« tröstete sie mich. »Ich werden dir helfen. Ich bin Lehrerin in Vanati, das ist eines der anderen Takidörfer. Von dir habe ich schon gehört, du bist ja berühmt. Nur war ich nicht darauf vorbereitet, dich hier zu sehen. Man hat mir erzählt, du seist eine große Zauberin, die nie blutet, aber im Augenblick siehst du aus wie eine normale nackte Touristin am Strand von Kóvalam.»

Ich mußte lachen. Im Nu war meine Befangenheit verflogen. Ich faßte Zutrauen zu Lalla. Gewiß würde sie mir einiges erzählen und eventuelle Mißverständnisse aufklären können, sollte ich aus Unwissenheit ein weiteres Tabu verletzen. An ihrem Handgelenk sah ich das Zeichen der weisen rishi, und in der Tat war sie mitteilsam und freundlich. Ich war beeindruckt von ihren Sprachkenntnissen. Ihr Englisch war viel flüssiger als das von Malti; sie machte einen gebildeten Eindruck. Später erfuhr ich, daß sie nicht nur auf dem College, sondern sogar auf der Universität gewesen war, um englische Literatur zu studieren. Aber der Wunsch, den Kindern ihres Stammes als Lehrerin zur Verfügung zu stehen, war größer gewesen als die Verlockungen der indischen Academia.

Die anderen begrüßten und unterhielten sich, die Stimmung war großartig. Wer schon länger im Papayahain weilte, hatte Essen zubereitet. Der Duft zog durch die Halle. Bald setzten sich alle nieder. Statt von Bananenblättern aßen wir heute von den glänzenden Fingerblättern des Papayabaums. Jede von uns bekam einen großen Haufen festkörnigen Reis. Die dickflüssige süßliche Sauce aus dem Fleisch der Papayafrucht war kräftig gewürzt, enthielt Chili und Knoblauch und Kokosmark. Dazu gab es *chappati*, dünne heiße Fladen, die in einem Steinofen in einer Ecke gebacken wurden. Ich hatte längst gelernt, meine Mahlzeiten mit den Fingern einzunehmen, säuberlich alles zu Bällchen zu rollen und ohne große Verluste zum Mund zu befördern. Wir tranken nichts. Ich hatte Durst. Ich war auch hungrig und konnte doch nur mit Mühe das wohlschmeckende Essen herunterbringen. Meine ängstliche Erregung blockierte mich, sie hatte trotz Lallas beruhigender Gegenwart nicht ganz nachgelassen. Doch ich zwang mich, alles aufzuessen. Vielleicht ist es ein Sakrileg, das sakrale Mahl unberührt liegenzulassen. Und wer weiß, wann es wieder etwas gibt, sagte ich mir.

Nach dem Essen brachen wir gemeinsam auf und wanderten durch den Papayahain zum Zentralheiligtum. Die riesige Statue der Gottheit stand dunkel und bedrohlich im nächtlichen Glanz des schwindenden Mondes. Der Geruch im Tempel schien mir bei Nacht weniger ekelhaft, er hatte etwas Mystisches an sich. Lalla gesellte sich zu mir: »Ich bringe dir jetzt ein Mantra bei, das du singen mußt, während du dein Blut opferst«, raunte sie mir zu, und bald skandierte ich mit den anderen: »*Ammu, Ammu, Mahadeva, Bhagavati, Ammu Shiva, Om Shivaya.*« Und bald sah ich, wie jede der Frauen sich über einen Teppich frischer Papayasamen hockte und, so gut es ging, ein paar Tropfen ihres Blutes auf den Boden fallen ließ. Manche griffen sich mit der linken Hand zwischen die Beine und strichen dann ihr Blut reichlich auf die schwarzgrünen Kügelchen. Mir blieb nichts anderes übrig, als es ihnen nachzutun. Ich mußte der Göttin mein Blut anbieten, um mein unerlaubtes Eindringen in das Heiligtum zu sühnen. Allerdings hätte ich es vorgezogen, dabei nicht von dreißig Augenpaaren beobachtet zu werden, die unter Singen, Kichern und Wispern die Rechtschaffenheit meiner Opferhandlung kontrollierten.

Zurückgekehrt in die Halle, begannen manche Frauen, gegenseitig ihre nackten Leiber mit Kokosöl zu salben und zu massieren. Lalla kam nach einer Weile zu mir. Sie berührte mit zarten Händen meine Beine und meinen Bauch. Das war eine Wohltat. Die mitmenschliche Nähe linderte mein Gefühl von gefährlicher Isolation. Ich hatte zwar keine Menstruationsschmerzen, doch war mein Leib hart und gespannt gewesen, bevor sie ihn mit kundigen Händen besänftigt hatte. Vor Dankbarkeit und Rührung wurden mir die Augen feucht. Sie schaute mich später noch einmal ernsthaft an und flüsterte in beschwörendem Ton: »Vergiß nicht, du darfst niemandem auf der Welt von dem erzählen, was hier geschieht. Niemand darf das Geheimnis der Takifrauen erfahren, Dori-Ben! Man würde unser Heiligtum zerstören und die Taki ausrotten. Daran willst du doch nicht schuld sein?« Ich schüttelte den Kopf. Nein, gewiß nicht. Ein solches Verbrechen sollte nicht auf meinem Gewissen lasten.

Wir saßen noch eine Zeitlang im Schein der erlöschenden Glut beisammen. Lalla hatte einen Arm um meine Schultern gelegt. Wie weise und natürlich gut sind diese Frauen! dachte ich. Wie sensibel spürt Lalla meine Spannung und Verängstigung, und wie selbstverständlich versteht sie sie durch Körperkontakt zu lindern! Seit Mutters Tod war ich nie mehr von einem anderen Menschen so umarmt worden. Nur die Stunde, in der Rama Raj meine Hand gehalten hatte, hatte eine vergleichbare Wirkung auf mich ausgeübt. Wo er sich jetzt wohl befand? Ob er auch an mich dachte? Ich vermißte ihn nicht. Doch in meiner Dankbarkeit für alles, was ich hier erlebte, war es auch noch so verunsichernd, hatte er seinen festen Platz.

Ein Mädchen, kaum dreizehn oder vierzehn Jahre alt, ging mit anmutigen Schritten durch die Halle. Aus einem Korb verteilte sie getrocknete, zuckersüße Papayaspalten, eine köstliche Leckerei. Eine andere, nur wenig älter, kam mit aufgeschlagenen Kokosnüssen zu uns. Ich trank in vollen Zügen die kühle Flüssigkeit.

Die Nacht war schon weit fortgeschritten, als mir eine Schlafmatte und ein Kissen zugewiesen wurden. Es war warm im Raum. Zudecken gab es nicht. Träge überlegte ich, ob wohl früher jeden Monat eine lebendige Frau geopfert worden war, die ihr Lebensblut für die Gottheit hatte geben müssen. Es schien mir wahrscheinlich, daß ich es hier mit einer abgeschwächten, zivilisierten Form von Blutopfer zu tun hatte. Gewiß war die Vermischung von Blut und Samen ein Fruchtbarkeitsritus. Ob Lalla mir das am anderen Tag erklären würde? Während ich in den ersten Schlummer hinüberglitt, hörte ich Wispern und Kichern und so viel lustiges Schwätzen wie im Schlafsaal einer Jugendherberge. Ich vermeinte auch leises Stöhnen und lustvolles Keuchen zu hören, war mir aber nicht sicher. Seltsam geborgen fühlte ich mich an diesem seltsamsten aller Orte. Bis mich ein heftiger Donnerschlag weckte, schlief ich tief und fest.

Shivas Spiel

Erschreckt fuhr ich hoch und rieb mir die vom Schlaf schweren Augen. Wo war ich? Durch die breite Türöffnung konnte ich einen von grauschwarzen Wolken verhangenen Himmel erkennen. Blitze zuckten durch die noch dunkle Halle. Es regnete in sintflutlichen Strömen, und das harte Prasseln der Tropfen auf das steinerne Dach der Halle war mir ungewohnt nach all den Monsunwochen in unserer palmblattgedeckten Hütte. Die meisten Frauen und Mädchen waren mit mir aufgewacht. Fröhlich jauchzend sprangen schon einige nach draußen und begannen, im Regen zu tanzen. Die anderen folgten, und auch ich spürte ein Bedürfnis, mich in den weichen, kühlen Fluten zu reinigen.

In der Morgendämmerung, umgeben von den vielen, regenglänzenden, zierlichen, dunklen Körpern der Frauen, kam ich mir mehr denn je zuvor wie Schneewittchen vor, eine weiße Riesin in einem Volk von schwarzen Zwergen. Aber dieser Augenblick der Entfremdung verging schnell, denn das gemeinsame hüllenlose Bad im Regen war ein eigenartig beglückendes Erlebnis. Wir rieben uns gegenseitig ab, spülten das Blut herunter, das mit dem Regen zurück in die Erde floß. Ich wunderte mich, daß einige Frauen sich unter die Papayabäumchen hockten. Wollen sie dort ihr Geschäft verrichten? fragte ich mich. Aber nein – ich erblickte etwas Erstaunliches. Sie ließen ihr über Nacht angestautes Monatsblut in einem mächtigen Schwall ab, wie man eine volle Blase entleert. Anscheinend vermochten sie es durch eine willkürliche Muskelkontraktion in der Vulva anzusammeln, um es dann bei passender Gelegenheit zum Düngen der Pflanzen zu verwenden.

Ich bewunderte diese Fähigkeit, die ich in den kommenden Tagen noch oft beobachten konnte. Kein Wunder, daß die Eingeborenenfrauen »Monatsartikel« nicht brauchten! Ich war die einzige, die in einem fort heftig blutete. Die Takifrauen starrten immer wieder neugierig auf die roten Ströme auf meinen weißen Innenschenkeln und schienen sich zu fragen, warum ich diese ihnen so selbstverständliche Kunst nicht beherrschte.

Ich bekam Lust zu singen und erfand einen Text, den ich mit lauter Stimme in Blitz und Donner hineinrief: »Heile, heile Segen, heute gibt es Regen, gleich darauf gibt's Sonnenschein, wie's kommt wird es am besten sein!« Um mich herum jauchzten und hüpften die schwarzen Gestalten mit leuchtenden Augen und weißblitzenden Zähnen und tanzten ihren Regentanz.

Tatsächlich verzogen sich die Wolken bald, und die Sonne erschien am kühlen Morgenhimmel. Wie Perlen schimmerten die dicken Tropfen auf den sattgrünen Papayablättern, in jeder Blattachsel glitzerte ein funkelnder Diamant. »*Rain is good for papaya and good for your soul!*« rief mir Lalla zu, als sie an mir vorbei in die Halle zurückging. Ja, das konnte man wohl sagen, gut für die Seele. Für den Geist. Für den Leib, einfach für alles!

Die quirlige morgendliche Aktivität meiner Gefährtinnen steckte mich an. Wir trockneten und dampften, auch über dem Garten lag ein feiner Nebel. Nachdem wir die Schlafmatten zusammengerollt und die Halle ein wenig aufgeräumt hatten, gingen wir an die Arbeit. Einige von uns bekamen Hacken und anderes Gerät. Sie gruben und jäteten den Papayahain, setzten neue Pflänzchen und schnitten welke Blätter ab. Andere ernteten die Früchte, die wie riesige eiförmige, grüngelbe Brüste an den zarten Pflanzen hingen.

Ich war mit Lalla in einer Gruppe von Frauen, die diese wohlschmeckenden reifen Baummelonen auf ihren Reifegrad prüfen sollten. Wir drückten auf die Schale, rochen daran, wogen mit den Händen und maßen mit den Fingern. War eine

Frucht schwer von Saft, weich und duftend, wurde sie unter Dankgebeten und Segenssprüchen vom Baum gelöst. Bei der Arbeit herrschte sonst Schweigen. Nicht einmal ein Flüstern war zu hören. Es war ergreifend zu beobachten, wie die nackten Frauengestalten in paradiesischer Andacht ruhig und konzentriert von Baum zu Baum schritten, ganz auf die Natur und ihre Heiligkeit eingestimmt. Hellgrüne Papageien flatterten in den Zweigen. Ihr Ruf und das leichte Rascheln der Blätter waren außer den Gebeten die einzigen Laute.

Wir hatten schon den ganzen Morgen gearbeitet und einen großen Berg von Papayas im Schatten der Mauer des Hauptheiligtums aufgestapelt, als jemand das Zeichen für eine Trinkpause gab. Ich sah keine Aufseherin, alle schienen zu wissen, wann welche Arbeit von wem zu tun war. Zwei junge Mädchen brachten frisches Regenwasser, das während des Gewitters in steinernen Becken aufgefangen worden war. Wir schöpften es mit Kokosnußhälften. Lalla winkte mich zu sich. Ich setzte mich neben sie in den Schatten. Sie hatte gewiß das freudige Erstaunen, aber auch die Ratlosigkeit in meinem Gesicht gelesen, denn ohne daß ich Fragen stellen mußte, begann sie mir von der Papayagottheit zu erzählen, deren Hain wir als Priesterinnen hüteten und pflegten.

»Es war am Anfang der Welt«, begann sie, »als Himmel und Erde und alle Gestirne noch eins waren und es keine Zeit gab. Da begann sich Shiva, der große Schöpfer, zu langweilen. Er war vollkommen, er war männlich und weiblich, er hatte keine Sorgen. Doch weilte er ganz allein im Kosmos. Er überlegte, womit er sich ablenken könnte, und seine Finger begannen mit Erde und Wasser und Luft zu spielen. So, ganz ohne feste Absicht, entstand eine Figur, ähnlich dem Gott selbst.

Mit seinem Feueratem hauchte Shiva sie an. Da begann sie zu seiner Freude zu sprechen und sagte: ›Herr, du hast etwas vergessen. Wenn du mit mir spielen willst, mußt du mir etwas von dir geben, was uns verbindet. Sonst wird dir bald wieder langweilig werden, denn spielen mag man nur mit seinesgleichen. Shiva verstand und schenkte der Tonfigur den siebenten Teil seiner Weltseele. So entstand der erste Mensch.

Als dieser seine Seele und damit die göttliche Liebe in sich spürte, faßte er sich ein Herz und sprach zu Shiva: ›Nun gib mir noch Kameraden, denn du bist groß und ich bin klein. Wären wir sieben an der Zahl, können wir es mit dir aufnehmen. Dann hättest du ebenbürtige Gesellschaft, die deiner Göttlichkeit würdig wäre.‹ Shiva, der Schöpfer überlegte: Besteht die Gefahr, daß ich im Wettkampf besiegt werde? Könnten die Menschen mächtiger werden als ich? Doch bald fand er eine Lösung. Er besann sich auf seine ewige Macht als Zerstörer und dachte: Für den Notfall behalte ich diese Gabe für mich. Nie sollen die Menschen mich oder sich selbst vernichten können.

Und ich werde ihnen ein eigenes Reich zuweisen, die Erde. Dort können sie tun, was sie wollen. Ich kann beobachten, wie sie sich abmühen, und eingreifen, wenn es nötig ist.

Nun machte er sechs weitere Menschenfiguren aus Lehm und Wasser, doch alle waren ein wenig verschieden und besaßen unterschiedliche Fähigkeiten. Jeder Figur schenkte er ein Siebtel seiner göttlichen Kraft, denn er wußte, daß die Weltseele nicht kleiner wird, wenn man sie teilt. Sie wird größer. Das macht ihr Wesen aus.

So entstanden der hilfreiche, zärtliche *siddhi*, der erfinderische, lustige *yogi*, der mutige, tatkräftige *nayar*, der kluge, wissende *vidya*, der großmütige, beredte *rishi*, der trostreiche, fromme *brahmi* und der führungsmächtige, würdige *raja*. Sie betrachteten einander und freuten sich. Und sie erkannten, daß zwischen ihnen und Shiva wenig Unterschied war. Denn zusammen spiegelten sie sämtliche Aspekte seiner vollkommenen Göttlichkeit wider.

Damit er sie nun voneinander unterscheiden konnte, kennzeichnete Shiva jeden von ihnen am Handgelenk mit einem Zeichen.«

»Ja, die Zeichen, die kenne ich!« rief ich zufrieden. »Und du bist eine *rishi*!«

»O Dori-Ben, das ist schön, daß du das weißt!« lobte mich Lalla. Sie war eben eine echte Lehrerin.

»Man sagt, daß ich eine *siddhi* bin«, vertraute ich ihr an. Sie strahlte. »Natürlich, das habe ich sofort gesehen! Aber ich wußte ja nicht, daß dir schon jemand von den sieben Seelenrollen erzählt hat! Hast du denn auch schon gehört, wie die Geschichte weitergeht?»

»Nein, das weiß ich nicht. Bitte, Lalla, bitte erzähle!« Ich fühlte mich wie ein Kind in der Märchenstunde. Und wenn wir nicht beide nackt gewesen wären, hätte ich am liebsten den Kopf in ihren Schoß gelegt. Mich erfaßte eine Ahnung, daß Lallas Erzählung, diese weise Schöpfungsgeschichte, wie alle uralten Mythen mir ein tiefes wissenswertes Geheimnis enthüllen konnte.

»Die sieben Menschen hatten es auf der Erde nicht leicht. Um zu essen, mußten sie Tag und Nacht arbeiten. Und auch sonst gab es soviel zu tun! Da traten sie zusammen und beteten zu Shiva: ›O Herr, wir sind zu wenige, um die große Erde zu bevölkern, wir schaffen die Arbeit nicht allein.‹ Die Gottheit hörte ihr Flehen und beschloß, *siddhi, yogi* und *nayar* zu Frauen zu machen. Nun gab es drei Paare, die Kinder bekommen konnten, nur vidya blieb allein. Aber er murrte nicht, denn er war klug und wußte, daß Mann und Frau nicht immer gut zueinander sind.»

Ich mußte lachen. »Aber Lalla, was hat das alles mit der Papaya zu tun?»

»Ah, das wirst du gleich erfahren! Die sieben Menschenseelen waren sehr glücklich. Da beschlossen sie, ein großes Fest zu feiern. Auch Shiva wurde eingeladen. Er sollte der Ehrengast sein.

Lange ging Shiva mit sich zu Rate, welches Gastgeschenk er den Menschen bringen sollte. Er dachte sich: Den Menschen fehlt etwas Süßes, Üppiges, Heilsames, etwas, was göttliche Großzügigkeit, Freude und unerschöpfliche Liebe auf die Erde bringt. Dann hatte er einen guten Einfall. Er erschien bei dem Fest in der Gestalt eines Papayabaums. Da er als Gottheit selbst sowohl Mann als auch Frau war, besaß der Baum sowohl männliche als auch weibliche Blüten. Seine Arme wurden zu Ästen, seine Finger zu Blatthänden. Über und über hingen die Früchte an seinem Leib, mit denen er die Menschen mit ihrer Süße zu nähren und zu heilen gedachte.«

Lalla stand auf und pflückte ein Papayablatt. »Schau her, Dorikutty, hier siehst du die sieben Finger der Gottheit, und zugleich sind hier auch die sieben verschiedenen Arten von Seelen, die gemeinsam ein Ganzes bilden. Wer dieses Blatt betrachtet, vergißt niemals seine göttliche Abstammung.»

Ich seufzte. Das klang alles sehr schön, und ich hatte, seit ich bei den Taki war, keinen Grund gehabt, an der Aufrichtigkeit ihrer religiösen Überzeugungen zu zweifeln. »In meinem Land gibt es keine Papayabäume, und deshalb haben die Menschen vergessen, daß sie eine Seele haben«, sagte ich ein wenig traurig.

»Ja, vergessen kann man es schon, aber nicht lange. Die Erinnerung kommt zurück«, entgegnete Lalla ernsthaft.

»Außerdem kannst du ihnen ja davon erzählen.« Ich nickte halbherzig. Wie sollte ich mir vorstellen können, jemals wieder in München hinter meinem Schreibtisch zu sitzen, während ich nackt in diesem Paradiesgarten weilte?

Nun holte sie eine der großen, schweren Früchte heran. Gemeinsam betrachteten wir die Gottesgabe. Meine neue Freundin nahm einen scharfkantigen Stein und zerteilte das Oval sauber in zwei duftende, goldgelbe Hälften. Die frischen schwärzlich-grünen Samen schimmerten in der Mittagssonne wie kostbarer Kaviar.

»Solch einen Baum hatte die Erde noch nie gesehen«, fuhr sie fort. »Das ganze Jahr über trug er große, schwere, saftige Früchte. Wer von ihnen aß, war stets glücklich und gesund. Blätter und Rinde vertrieben alle Krankheiten. Und in den reifen Früchten verbarg Shiva seinen Samen. Sie sind die Seelen zukünftiger Generationen. Denn er wollte auch den Kindern seiner Menschengeschöpfe eigene Seelen schenken. Wann immer eine Papaya reif war, wurden auf der Erde tausend

Kinder geboren. So ist es noch heute. Kinder von verschiedenen Eltern bilden gemeinsam eine seelische Familie. Jedes von ihnen darf hundertmal leben, und wenn alle alles erfahren haben, was es auf der Erde zu wissen gibt, kehren sie zufrieden und einträchtig zu Shiva zurück, der ihnen im Weltall Vater und Mutter zugleich ist.«

Mir fiel ein, was Rama Raj über die Seelenfamilie gesagt hatte, und ich stellte mir vor, daß er und ich, umhüllt von der köstlichen Süße einer reifen Papayafrucht, mit Aberhunderten von anderen Seelengeschwistern vom Baum des Lebens gepflückt worden waren. Sehnsucht erfüllte mich von Kopf bis Fuß und ließ mich seufzen.

»Erkennst du, wie rund und vollkommen jede Frucht ist?« flüsterte Lalla andächtig und legte einen Arm um meine Schultern. »Sie ist wie ein kosmisches Ei, das tausend neue fruchtreiche Papayabäume hervorbringen kann! Wir Frauen vermischen unser Blut mit den Samenkörnern. Nach kurzer Zeit entstehen Schößlinge, die wir einpflanzen können. Schon im ersten Jahr kann man von ihnen essen. Sie sind unendlich großzügig! In jeder Vollmondnacht werden die neuen Bäume gesetzt. Du wirst dabeisein.«

Damit gingen wir wieder an die Arbeit. Die heitere Atmosphäre in der Gemeinschaft der Frauen war überwältigend. Da ich mich an den Tätigkeiten beteiligte wie alle anderen, fühlte ich mich gleichberechtigt und integriert, während man mir zuvor auf dem Dorfplatz immer nur erlaubt hatte, ein wenig zu helfen. Unsere Arbeit war nicht schwer, jede nahm sich die Zeit, die sie brauchte, und ich meinte die Andacht, mit der alle Tätigkeiten verrichtet wurden, bei jedem Handgriff zu fühlen. Der Papayahain war ein Ashram ohne Guru. Das Leben selbst weckte unsere spirituelle Dimension. Inzwischen konnte ich gut verstehen, warum sich alle auf diese Tage freuten, und die fröhliche Atmosphäre erklärte mir, warum die Takifrauen nicht so verbraucht und verbittert waren wie andere schwerarbeitende Frauen in Indien, die am Abend von ihren Männern womöglich geprügelt und vergewaltigt wurden. Wer einmal im Monat unbeschwerte, sakral geprägte Ferien machen durfte, konnte Leib und Seele regenerieren und würde sich leichter gegen Mißhandlungen wehren können. Auch meine Körperkraft kehrte zurück. Neue Energie floß durch meine Zellen. Wenn ich unter den Papayabäumen stand, nach oben in die grünen Blätter blickte und dann auf die rotgefärbten Innenseiten meiner Schenkel, lachte ich vor Glückseligkeit. Dies war gewiß die schönste Zeit in meinem bisherigen Leben.

So vergingen auch der zweite und der dritte Tag. Wir jäteten und ernteten, tranken und aßen, badeten im Regen und wanderten zum Heiligtum, um die Samen mit unserem Blut zu begießen. Dann schliefen wir gemeinsam in der steinernen Halle. Die Frauen waren unbeschwert und zärtlich, auch mit mir. Wir rieben uns mit duftendem Kokosöl ein. Wir kämmten einander das lange Haar, flochten Blüten hinein, tauschten Küsse aus. Der Körperkontakt belebte mich und machte mich weich. Die letzten Spuren der Schreckenstage, die ich durchgemacht hatte, fielen von mir ab. In der Dunkelheit hörte ich, wie Paare zueinander fanden und der Raum sich mit dem Aroma der Lust füllte.

Der Mond wurde voller, bis er in seiner rötlichen Vollkommenheit am blausamtenen Nachthimmel stand. War es Anfang August? Die Zeit der rituellen Pflanzung war gekommen. Noch bevor die Dämmerung hereinbrach, hatten sich alle Frauen vor dem Haupttempel versammelt. Dann traten wir ein. Der überwältigende Geruch der blutgedüngten, keimenden Samen war mir bereits vertraut und stieß mich nicht mehr ab. Doch das steinerne Kultbild, die etwa sechs Meter hohe Statue der Gottheit, hatte ich bislang noch niemals aus der Nähe betrachten können. Jetzt fiel noch ein Rest von Tageslicht durch die offene Kuppel, unter der sie in ruhiger Majestät stand. Ich war neugierig, wagte jedoch nicht, zugleich unbekümmert herumzuspähen, als wäre ich eine Touristin. Wie sollte ich auch wissen, auf welche Art man der Gottheit zu begegnen hatte? Lieber hielt ich den Blick auf ihre wurzelförmigen Füße gesenkt.

Jede von uns nahm eine glänzende, leichte Schale in die Hand. In dieses Gefäß entlehrten meine Freundinnen ihr Blut und begannen damit singend das Kultbild zu umrunden. Bei mir waren es nur ein paar Tropfen, da ich nichts angesammelt hatte. Ich betrachtete den Gegenstand in meiner Hand. Es war trotz der hereinbrechenden Dunkelheit unschwer zu erkennen, daß wir unser weibliches Opfer in menschliche Hirnschalen geträufelt hatten. Warum graute mir nicht?

Diese Berührung mit Zeitlosigkeit und Vergänglichkeit, Schöpfung und Zerstörung versetzte mich in einen nie gekannten Zustand von Einheit mit mir selbst. War das mystische Verzückung? Ich befand mich in einer Verfassung, in der ich weder denken noch fühlen konnte. Weder glücklich noch unglücklich war ich, es gab keine Emotionen mehr, nur noch eine kühle, neutrale Art der Wahrnehmung und Verwunderung, die mich mit überirdischer Sanftheit vorwärts trug. Mechanisch folgten meine Füße den Schritten meiner Gefährtinnen, doch ich empfand nur, daß ich flog, anstatt zu gehen, denn ich berührte den Boden nicht. Ich glaube, ich empfand das Verschmelzen von hellroter, pulsierender Lebendigkeit mit vermoderter Menschlichkeit, von gebärfähiger Weiblichkeit mit dem ihr dienenden Tod als erhebend wahr und heilig. Es bewirkte die Aufhebung aller Gegensätze in mir und außerhalb von mir, die Auflösung der Ich-Grenzen, vor der ich so schreckliche Angst hatte. Nein, wenn es mich schauderte, dann vor tiefer Ergriffenheit, nicht aus Beklemmung, Furcht oder Ekel.

Siebenmal schritten wir Frauen langsam und schweigend um die mächtige Gottheit. So boten wir Shiva, der den Menschen in Gestalt eines Papayabaums erschienen war, unser noch warmes Blut dar. Als alle innhielten und unter Stöhnen, Schreien und Rufen mit beiden Armen die Opferschale emporhoben, richtete auch ich den Blick nach oben. Der Mond stand über der Öffnung im Dach des Heiligtums und ergoß seinen Glanz über den schimmernden Stein. Shivas steinernes Haupt und seine verzweigten, blattgeschmückten Arme konnte ich kaum erkennen. Doch unmittelbar über mir ragte, unter den unzähligen Papayabrüsten, ein riesenhaftes erigiertes Glied in das silbrige Licht. Es stand stolz auf einem Hodensack, groß wie ein Kürbis. Voller Ehrfurcht gossen wir Frauen unser Blut auf Shivas Wurzelfüßen aus.

Der hermaphroditische Schöpfer aller Dinge blickte schweigend auf uns herab. Unsere Schreie waren verstummt, der Atem wurde ruhiger, kein Laut war zu hören. Der Mond wanderte weiter. Als wir in vollkommene Dunkelheit getaucht waren, begannen sich die ersten Frauen zu regen, und ich folgte ihnen ins Freie. Ihr ekstatischer Ernst wandelte sich bald in muntere Leichtfüßigkeit, Lalla gesellte sich zu mir, als wir im Mondenschein durch den Hain gingen. Wir wandten uns einem Weg zu, den ich noch nicht entdeckt hatte. Als wir zu einer kleinen gerodeten Lichtung kamen, wies Lalla rechts vom Pfad auf den Boden.

»Hierher bringen wir in diesem Jahr unsere Toten«, informierte sie mich wie eine Fremdenführerin. »Wir verbrennen sie nicht, sondern vergraben sie im Boden. Ihr Fleisch vermischt sich mit der Erde und düngt die Felder, auf denen wir Jahre später die jungen Papayabäumchen setzen.«

Über unseren Köpfen huschten Fledermäuse, in den Büschen raschelte Getier, klagend riefen unbekannte Nachtvögel ihr Lied. Ich nahm Lallas Hand. Wenig später gelangten wir auf eine weitere Lichtung. Sie war frisch umgegraben und säuberlich geharkt. Die aufgebrochene feuchte Erde duftete, als sei ihre Krume soeben erst zerhackt worden.

»Wer hat das gemacht?« fragte ich meine Freundin verwundert. Denn ich hatte nicht beobachtet, daß von unseren Kameradinnen jemand vom Tempel so weit fort gewandert war. Sie schienen immer alle in meiner Nähe gewesen zu sein.

»Die alten Frauen aus allen Takidörfern kommen am Tag vor dem Vollmond, um das Feld für die Pflanzung vorzubereiten. Zwölf solcher Felder gibt es, für jeden Monat eines. Die Alten säubern den Boden von Pflanzen und Vogelnestern, von Schlangengruben und Steinen. Dann sammeln sie die Gebeine ihrer Ahnen, waschen sie und bringen sie in ein Beinhaus hinter dem Tempel.«

Von diesem archaischen Ritual zu erfahren überraschte mich, und es freute mich, wie liebevoll man mit den älteren Frauen des Stammes umging. So hatten auch jene, die nicht mehr empfangen und gebären konnten, noch die Gelegenheit, ihrer Gottheit zu dienen und ungestört beisammenzusein.

»Lachen sie auch so oft wie wir?« wollte ich wissen.

»O ja«, rief Lalla. »Sie freuen sich darauf, denn es ist für die Alten jeden Monat ein Festtag. Dabei denken sie an ihre Jugend, tauschen Erinnerungen aus, erzählen von ihren Kindern und ihren Männergeschichten. Und sie betrachten die Vergänglichkeit, ihren eigenen Tod, der unaufhaltsam herannaht. Dann singen sie Lieder von ihrer unsterblichen Seele. Sie wissen, daß sie wieder auf die Erde kommen werden. Aber sie ahnen auch, daß sie wohl kaum das Glück haben werden, als Taki wiedergeboren zu werden. Trotzdem bitten sie die Gottheit darum. Denn das ist eine besondere Gnade, ein Geschenk Shivas. Wir alle wünschen uns wiederzukommen. Wo auf der Welt geht es den Frauen so gut wie bei uns?«

Ich drückte Lallas Hand. »Ich wünsche mir auch, im nächsten Leben wieder hier bei euch zu sein«, sagte ich ihr ins Ohr. »Ich bin glücklich.« Sie lächelte mir zu, und ich sah die Zähne in ihrem dunklen Gesicht blitzen. Dann machten wir uns an die Arbeit. Die frischen grünen Keimlinge lagerten in einem steinernen Trog, der halb mit Wasser gefüllt war. Jede von uns nahm eine gute Handvoll davon in die Linke, vorsichtig, um keinen der Setzlinge zu beschädigen. Ihr frischer, kühler Geruch erinnerte mich an die Mungbohnensprossen, die es im Chinaladen zu kaufen gibt und die soviel gesunde Kraft enthalten. Mit der Hirnschale gruben wir mit der Rechten ein Pflanzloch in die feuchte Erde, setzten den Keimling hinein, nachdem wir ihn an unser Herz gehalten hatten, und drückten ihn mit zwei Fingern fest. Das Gebet der Takifrauen konnte ich nicht sprechen. Doch mein Herz gebot mir, in meiner eigenen Sprache zu murmeln: »Ich bitte dich, kleiner Baum, wachse und gedeihe, und trage reichlich Frucht.« Und wann immer ich diese Worte sprach, war mir, als setzte ich mir selbst einen Lebensbaum.

Das Mondlicht war so hell, daß mein Körper auf der grau-roten Erde einen scharfen Schatten warf. Ich sah meine Brüste baumeln, wenn ich mich vornüberbeugte. Wir arbeiteten in Reihen, dreißig und mehr nackte Frauen. Nach einer Stunde oder zwei – es war schwer zu sagen, denn mein Zeitgefühl verlor bald jeden Anhaltspunkt – hatte ich wohl dreißig Keimlinge in die Erde gesetzt, und meine Pflänzchen waren aufgebraucht. Die anderen arbeiteten nicht schneller, wohl aber geschickter. Einige waren schon fertig und hatten sich am Rande des gerodeten Feldes ins Gras gesetzt. Ich ging zu ihnen hinüber, reinigte meine Füße von den Erdklumpen und ruhte mich aus, erfüllt und zufrieden.

Niemand redete, bis das letzte Gebet verklungen und alle Papayapflänzchen in den Schoß der Erde gesenkt worden waren. Dann machten wir uns auf den Rückweg, doch an einer Weggabelung, an der ich meinte linksherum zurück zur Halle zu finden, bogen wir nach rechts ab. Verwirrt blieb ich stehen, bis Lalla im Dunkeln an meine Seite trat. »Wir gehen jetzt nach Amaravati, dem Garten der Götter!« flüsterte sie aufgeregt nahe an meinem Ohr.

Nachtgarten

Es dauerte nicht lange, bis ein wunderbarer Duft uns zu umhüllen begann. Nicht nur ich, auch manch andere hielt inne und sog die balsamische Luft durch ihre Nase ein.

Der Blütenduft wurde betörender mit jedem Schritt, er war ein wenig bitter und zugleich von schwerer Süße. Ich vernahm überall im Halbdunkel der Mondschatten Laute des Entzückens, blieb selbst aber stumm vor Seligkeit und lief den anderen hinterher, um so rasch wie möglich zu der Quelle dieser Köstlichkeiten zu gelangen. Bald sah ich einen steinernen Torbogen in einer hohen schwärzlichen Mauer. Dahinter mußten die Blumen sein. Oder waren es Bäume? Wohlriechende Gräser?

Ein Nachtgarten, dessen tausend weiße Blüten sich nur dem Mondschein öffnen! Gibt es das wirklich? Wir betraten ein heimliches, mitternächtliches Paradies der Düfte. Wege und Alleen waren sorgfältig mit silbrigen runden Flußkieseln ausgestreut. Sie knirschten wie Zucker unter unseren nackten Füßen, und kühle fleischige Streublumen streichelten unsere Zehen. Waren das die vergänglichen Blüten des Jacarandabaums? Oder Frangipani? Ich hob eine Handvoll davon auf und warf sie in die Luft. Wie große Schneeflocken taumelten sie auf Kopf und Schultern herunter. Lalla sah mich spielen und zeigte den anderen, was ich tat. Bald begannen sie sich ebenfalls mit den großen weißgelben Sternen zu berieseln, und die Luft wurde noch balsamischer von bittersüßem Blütenduft. Büsche und Bäume, die ich noch nie gesehen hatte, säumten die Wege. Ein glatter dunkler Teich, dessen Spiegel am Tag mit Seerosen und weit geöffneten Lotosblüten bedeckt sein mußte, schlief unter dem sternklaren Himmel, die starren Knospen fest geschlossen. Doch kleine Wassernüßchen öffneten sich dem Mond, fedrig weiß auf schwarzbraunen herzförmigen Blättern.

In üppigen Beeten wuchsen bodendeckende, niedrige und halbhohe Pflanzen mit markant gemustertem Blattwerk. Alle Blüten in diesem Garten waren weiß. Doch die Vielfalt ihrer Kelche schimmerte gelblich und violett, blau und rötlich, lachsfarben, orangefarben und gelb. Der Mond schien so hell, daß ich diese Farben unterscheiden konnte. Winzige wollige Kugeln, schlanke Kerzen, elegante Lilien füllten die Beete. Wer hatte dieses Kunstwerk geschaffen?

Wo waren die weisen Gärtnerinnen unter den Taki, die diesen Garten pflegten und lautlose Harmonien schufen, die sich nur in Mondnächten zu einer Sinfonie von atemberaubender Stille vereinten? Konnte dies das Werk eines steinzeitlichen Volkes sein?

Von weitem hörte ich leises Lachen und manchmal Schritte auf dem Kies. Wo waren die anderen? In diesem Reich der Schatten war keine Bewegung, und doch wußte ich, daß die Frauen in meiner Nähe wären. Ich beugte mich zu großen, fast obszönen Becherpflanzen hinunter, die träge ihre Deckel öffneten, um nächtliche Insekten anzulocken. Daneben schimmerten wächsrige Hoya mit glänzenden Blättern und glatten fleischig-festen Blütensternen. Weiter vorn sah man rankende Passionsblumen eine Palme emporklettern, jede zauberhafte Blüte mit zwei zarten lilafarbenen Ringen um die nadelfeinen mystischen Staubgefäße. Als ich weiterging, erkannte ich einen Stern von Bethlehem, kam ihm jedoch nicht zu nahe, da ich gehört hatte, von der Berührung mit seiner Blattmilch könne ein Mensch erblinden. Über mir begann der geheiligte Korallenjasmin, *parijaata*, aus dem man himmlisch duftende, kunstvolle Girlanden für die Götterstatuen bindet, seine nachtblühenden Dolden abzuwerfen. Seine herabhängenden Zweige schienen die Erde segnen zu wollen. Einige Blumen dufteten betörend, andere betäubend, wieder andere schienen aus neutralem weißen Papier gedreht und gefaltet und waren doch ebenso lebendig. Nachtfalter, groß wie zwei bemalte Hände, flatterten langsam über unseren Köpfen und tauchten grazile, überlange Rüssel in den Nektar. Auf meinen Wangen spürte ich den Lufthauch ihrer geschweiften Flügel. Unbekannte Vögel zirpten, Papageien schreckten auf durch unsere ungewohnte Gegenwart.

Welche Vielfalt an Formen gab es hier! Kleinste, fransige Glöckchen und schwere, üppige Trompeten, Milchsterne mit schwarzen Zeichnungen, keramikweiße Schüsseln mit blutrotem Grund und ausladende Rispen über dem schwärzlichen Grün fleischiger, rauher und samtener Blätter. Alle reckten sich dem Vollmond entgegen, der die ganze Welt mit Silber übergoß. Ich schaute und schaute. Meine Füße trugen mich wie von selbst von einem delikaten Gebilde zum anderen. Die jenseitige Schönheit, die mich hier unter dem laternenhellen Mond umfing, überwältigte mich in einer Weise, die mir Angst und Herzklopfen bereitete. Ich bemerkte, wie sich feine Tröpfchen auf meiner Stirn bildeten und mich eine leichte Übelkeit befiel. Der schwere Geruch tropischer Vegetation vermischte sich mit dem der monsunfeuchten Erde und umnebelte mich wie eine Droge. Blütenreiche hängende Orchideen fielen in schweren Rispen von den Bäumen, daneben wuchsen überdimensionale Baumkakteen, auch sie schneeweiß, dünn und starr wie Knochenporzellan. Weiß, weiß war alles. Die unter dem Mond grauschwarz, rauchgrau und bläulich erscheinenden Blätter der Pflanzen hingegen wirkten dunkel und geheimnisvoll durch ihren ebenso großen Formenreichtum. Mir war, als sei ich schon in einem jenseitigen Reich der Schatten, wo nichts mehr grünt.

Einer Ohnmacht nahe lehnte ich mich an einen Stamm und schloß die Augen. Seine fasrige Rinde roch zimtig. Ein leiser Schauder lief meinen Rücken hinunter. Wonne und Angst schüttelten mich. Wie sollte ich je wieder glücklich leben, vertrieben aus diesem Eden? Würde ich mich nicht mein Lebtag danach sehnen, in meinen duftgeschwängerten Nachtgarten zurückzukehren? Und womit verdiente ich es, das irdische Paradies zu schauen, bevor ich den Fluß des Vergessens überquert hatte?

Da ergriff unvermutet eine herzzerreißende Todessehnsucht meinen Geist, mein ganzes Wesen. Ich erstarrte, als mich das Begehren, auf der Stelle zu sterben, überflutete. Ein nie gekanntes Bedürfnis, ohne Zögern mein Leben zu lassen, überschwemmte mich. Panik spürte ich nicht, vielmehr eine todesähnliche innere Stille und eine Bereitschaft zu gehen. Nicht atmen, nicht handeln, nichts wollen, mich nur der Nacht in die Arme fallen lassen war mir die höchste Lust. Was konnte es Besseres geben, als willenlos, leblos Teil dieser Schönheit zu werden – für immer? Umhüllt vom Raunen der Ewigkeit stand ich, an den Baum gelehnt, unbeweglich wie eine Pflanze in diesem Zaubergarten, der mich im Bann hielt.

Hätte ich nicht Äonen später eine zärtliche Nähe verspürt, die sachteste Berührung, ich wäre einfach zu Boden gesunken, um zu vergehen. Als ich wie nach einem Todesschlaf die schweren Lider aufschlug, um zu sehen, wer bei mir war, sah ich einen Schmetterling mit Flügeln aus Seidensamt auf meiner Schulter ruhen. Und da wußte ich, daß meine Seele mich gemahnte zu leben.

Noch zwei Nächte blieb ich im heiligen Papayahain, dann versiegte mein Blut, und ich kehrte mit sechs anderen Frauen nach Narvan zurück. Wir wurden freundlich empfangen, doch stellte niemand Fragen. Ich hatte keinen Grund zu reden. Was ich in dem himmlischen Garten Amaravati erlebt hatte, war jenseits aller Worte. Malti betrachtete mich mit prü- fendem Blick, dann glätteten sich ihre Züge, und sie schenkte mir ein beruhigtes Lächeln. »*Nice?*« – das war alles, was sie wissen wollte, und dieses Wort war nur ein schlichtes Gefäß für die Fülle dessen, was sie bereits wußte. Ich nickte langsam. »*Very nice, Malti.*«

Gemeinschaft

Wenn ich heute den Nachtgarten, diesen magischen Ort, in meiner Erinnerung lebendig werden lasse, will es mir scheinen, als hätte ich ihn nur geträumt. Die schwebende Leichtigkeit hält sogar jetzt noch an, hier in der alten bayerischen Heimat. Das Gewicht meines Körpers, meiner Pflichten, meiner Beschränkungen, Hemmungen und Ängstlichkeiten spüre ich nicht mehr als Last. Sie sind zwar noch da, auch die mahnenden Kritikasterstimmen, die Anfälle von Selbstbestrafung und Starrsinn, die Schamgefühle – doch ohne die frühere Mühsal und Schwere. Ich kann sie, wenn sie sich melden, mit einer gewissen Heiterkeit betrachten. Wenn mir Angst ist, bin ich nicht die Angst. Und meinen Leib *habe* ich. Er ist wie ein geliehenes Kleid, auf das ich besonders achtgeben muß, doch er ist nicht mein Sein. Eine Instanz in mir nimmt wahr, was in mir und um mich herum geschieht, betrachtet Empfindungen, Reaktionen mit wohlwollendem Interesse. Ein kosmischer Aspekt meines Selbst mit Namen Devi-Ben sieht zu, wie eine inkarnierte Seele namens Doris Guthknecht durchs Leben geht. Merkwürdig, doch so ist es.

Inzwischen ist mein Lebensbaum, den ich damals im Papayahain gesetzt hatte, schon ein wenig gewachsen und gediehen, doch braucht er noch viel Geduld. Vor allem muß ich ihn noch ein Weilchen vor der Kälte des Münchner Alltags schützen, ich darf ihn nicht dem Frost des Unverstehens aussetzen. Achtsamkeit ist sein Treibhaus. Ein solch kostbares Bäumchen fordert die liebevollste Pflege. Ich habe dieses Pflänzchen durch alle Fährnisse gerettet. Nun will ich dafür Sorge tragen, daß ich eines Tages auch seine Früchte ernten kann.

Mit Reis, Kokosraspeln, duftenden Kardamomkörnchen und Rosinen habe ich mir eine Speise zubereitet, die mich auf sinnliche Weise an mein Leben in Narvan erinnert. Aus Mangel an frischer Butter verwende ich Öl, aber das geht auch. Geruch und Geschmack schaffen so unmittelbare Verbindungen zur Vergangenheit, wie sie eine rein mentale Erinnerung nicht herzustellen vermag. In einigen Tagen, wenn sich meine Flügel entfalten wollen und mein Bedürfnis, aus dem Kokon dieses Hauses zu schlüpfen, übermächtig wird, werde ich vielleicht einmal ein indisches Restaurant aufsuchen. Dunkle Gesichter mit großem Lächeln sehen, *chappati* essen … Ob es wohl auch südindische Küche in München gibt?

Mein Bedürfnis nach Gesellschaft wächst unaufhaltsam. Hier in München wünsche ich mir neue Freundinnen. Wie herrlich war es, mit den Frauen in Narvan zusammenzusein, zu arbeiten, zu lachen! Aber noch bin ich nicht soweit, daß ich wirklich jemanden sehen möchte. Während der Nacht hat es heftig zu regnen begonnen. Ich habe das Fenster weit geöffnet, um dem harten Trommeln der Tropfen auf Nachbars Garagendach zu lauschen. Die berauschende Musik des

Monsuns hat weichere Töne, gleichförmig und mächtig sind ihre Rhythmen. Jetzt, gegen Mittag, ist es kühl und feucht. Nur deutscher Herbst riecht so.

Ich lege eine Platte mit Dvořáks symphonischen Dichtungen auf, setze mich in meinen alten Ledersessel und überlege, ob ich an Akasho, den Geliebten, einen Brief schreiben soll. Wir hatten uns gelobt, in Verbindung zu bleiben. Mir ist zuerst, als sei der Brief fast überflüssig, da ich ständig in Gedanken mit ihm bin und ihn auch bei mir fühle. Trotzdem – der Mensch braucht sichtbare Zeichen der Zuwendung, und als ich einmal mit dem Schreiben begonnen habe, fließen mir die Zeilen leicht aus der Feder. Ich beschließe, deutsch zu schreiben, weil die muttersprachlichen Worte mehr aus meiner Tiefe kommen, und füge nur für Shobha und die Kinder einen Gruß auf englisch hinzu. Es macht ja nichts, wenn er ein paar Vokabeln nachsehen muß. Ich weiß, daß er sich gern mit meinem Brief beschäftigen wird, je länger, um so lieber.

Später, während ich mir Tee zubereite, stelle ich das Radio in der Küche an. Ich höre mit allergrößter Verwunderung die Werbung auf Bayern Drei und anschließend Nachrichten. Alles laut und unwichtig und scheußlich. Aber so erfahre ich, wie spät es ist, zum erstenmal seit der Rückkehr aus Indien. Meine Armbanduhr zeigt immer noch die Uhrzeit von Bombay an. Die Küchenuhr kann ich nicht stellen, denn die Batterie ist leer. Aber den Wecker aus dem Schlafzimmer, den ich sowieso nicht brauche, bringe ich in die Küche. Vier Uhr nachmittags.

Von etwa sechs am Morgen bis zwei Uhr habe ich geschlafen. Noch bin ich nicht bereit, meine Gewohnheiten der Normalität anzugleichen. Der Norm der Menschen hier werde ich ohnehin in Zukunft kaum entsprechen. Wenn ich eines Tages meine Praxis wiedereröffne, werde ich nicht mehr so viele Stunden am Tag arbeiten, vielleicht nicht mehr als drei Tage in der Woche. Hat die Grüne Mutter nicht gesagt, ich müsse mir mein Geld jetzt nicht mehr verdienen, weil ich schon mehr als genug hätte?

Wie ist das überhaupt mit dem Verdienst? Ich habe einfach Glück gehabt mit meiner Erbschaft, der Reise, den Abenteuern, meinen Begegnungen. Selbst nach sorgfältiger Überprüfung meiner Situation, wie sie vor der Abreise war, kann ich in der Rückschau nicht feststellen, daß ich durch Gutsein oder gutes Tun einen Anspruch auf solche Fülle, auf einen solchen Segen erworben hätte. Viel zu leicht sagt man: »Das hast du auch wirklich verdient!«, wenn ein Mensch sich nur halbwegs anständig verhalten hat und ihm anschließend etwas Schönes passiert. Andere sind aber noch viel selbstloser und gütiger, ohne daß sie von Mensch oder Gott dafür belohnt werden. Ihnen geschieht trotzdem Schreckliches, das wie eine Strafe aussieht. Ich weiß, Mutter habe ich bestimmt nicht um himmlischen Lohn betreut. Und daß ich Akasho, Rama Raj und die wunderbaren Takifrauen kennenlernen konnte, kann meiner Ansicht nach nicht einmal auf karmische Verdienste aus früheren Leben zurückgeführt werden. Es war einfach ein Glück, ein glücklicher Zufall. Warum nicht an das Unerklärliche, das Nichtursächliche glauben? Alles geschah ganz ohne Grund, wenn auch nicht ohne Sinn und Zweck. Es ist mir eben zugefallen, weil solche Begebenheiten die Stationen meines Weges waren. Dieser Weg entstand im Gehen, Schritt für Schritt. Er entsteht immer noch, und ein Ziel ist auch heute nicht zu erkennen.

Es wäre vielleicht eine gute Idee, die Freischaltung des Telefons zu beantragen. Das kann man sicherlich auch schriftlich machen. Sonst müßte ich tagsüber zur Telefonzelle. Aber dafür ist es zu früh. Ich brauche noch ein paar Tage Isolation.

Wenn ich bald schreibe, kann ich wahrscheinlich in einer Woche von hier aus wieder telefonieren. Dann würde es passen. Und wen würde ich dann anrufen wollen? Wem von meinen Freunden und Bekannten möchte ich mich mit der neuen, empfindlichen Haut zeigen, ohne die Angst, daß sie durch den ungewohnten Kontakt gleich wieder aufreißen könnte? Genesende dürfen sich nicht zuviel zumuten.

Ich mag gar nicht an irgendwelche Verpflichtungen denken, Rückmeldevisiten bei den Nachbarn, zum Beispiel. Aber Tante Olga fällt mir ein. Wir sind nicht verwandt, sie ist eine von Mutters Kränzchenschwestern. An jedem zweiten Dienstag im Monat trafen sie sich früher zu Kaffee und Kuchen. Tante Olga lebt seit mehr als zehn Jahren in einem städtischen Altenheim, unter Umständen, die mir jedesmal die Tränen in die Augen treiben. Nicht, daß man sie schlecht behandeln würde! Aber ihre dürre Existenz zwischen Bett, Stuhl und Spind, im Zimmer unablässig mit zwei anderen alten Frauen beisammen, die entweder gar nicht oder zuviel reden – das ist meine private Horrorvision vom einsamen Altwerden. Das ganze Haus riecht nach Meister Proper, Urin und Kohlrouladen. Olga hat keine Verwandten mehr, sie ist eine alte Jungfer wie ich. Weil sie mit ihren vierundachtzig Jahren kaum noch gehen kann, sitzt sie tagein, tagaus in einem ungemütlichen Aufenthaltsraum voller Plastikblumensträuße und schaut mit leerem Blick aus dem Fenster, während der Fernseher läuft.

Ich werde sie besuchen. Zuletzt habe ich sie bei Mutters Beerdigung gesehen, eine nette Pflegerin hatte sie im Rollstuhl zum Friedhof gebracht. Daß ich nach Indien reisen würde, wußte ich damals noch nicht, und vor meiner Abreise war ich nicht mehr bei ihr im Heim. So muß sie denken, ich hätte sie inzwischen ganz vergessen, die arme Alte. Ich habe sie immer besonders gern gemocht, weil sie eine ruhige Art hat. Von ihr habe ich mich verstanden gefühlt, einfach so. Einmal sagte ich: »Mit dir schweigt man sogar, wenn man sich unterhält, Tante Olga, weil um dich eine besondere Stille ist.« Das hat sie verstanden. Ich werde ihr eine Karte schreiben und mich ankündigen, dann freut sie sich schon im voraus. Hoffentlich ist sie noch am Leben. Wer weiß, wo ich als Greisin sein werde?

Zurück in der Küche beschließe ich, den Abwasch zu bewältigen, der sich seit meiner Rückkehr immer höher türmt. Auch hier wollte ich mich nicht von Pflichten und Konventionen beherrschen lassen, sondern warten, bis ich Lust zum

Spülen und Aufräumen bekomme. Jetzt ist sie da, diese Lust. Da macht es mir auch gar nichts aus, daß einige Schüsseln und Teller und Töpfe erst einmal zehn Minuten eingeweicht werden müssen, weil die Reste so angetrocknet sind.

Anschließend gehe ich mein privates Adreßbuch durch. Darin stehen viel zu viele Namen, die mir gar nichts mehr bedeuten. Von anderen Leuten hingegen habe ich seit Jahren nichts gehört, obwohl ich sie gern einmal wiedersehen möchte. Bald werde ich den ersten Schritt machen und auf sie zugehen. Ob sich etwas daraus ergibt, wird sich zeigen. Ich werde auch ein neues Notizbuch besorgen und dort nur noch diejenigen eintragen, zu denen ich wirklich Kontakt haben möchte.

Es ist schon gegen halb zwölf, als ich feste Schuhe, meinen warmen Mantel und eine Mütze überziehe und im Schutz der Dunkelheit mit den Briefen an Akasho und das Telefonamt und der Karte an Tante Olga zum Kasten beim Einkaufszenrum spaziere. Der Regen hat aufgehört, aber aus der Luft schlagen mir winzige Tröpfchen entgegen, eher Nebel als Niesel. Tief atme ich die kalte Nachtluft und spüre in meinen Gliedern, wie gut mir die Bewegung tut. Außer einem Mann, der seinen Schäferhund ausführt, sehe ich keinen Menschen.

Sieben Drachen

Nach den Tagen im Papayahain und dem Besuch im Nachtgarten der Takifrauen kehrte ich nach Narvan in eine gewisse Normalität zurück. Nur war diese Normalität nach jedem meiner bemerkenswerten Erlebnisse in Indien eine andere. Diesmal schien es mir ein reines Funktionieren zu sein. Ich aß, trank, schlief und redete, als sei ich die alte. Dabei war ich verändert. Wenn auch das Dorf vor mir lag wie immer, mein Kissen roch wie zuvor, meine Verrichtungen die üblichen waren – alles erlebte und sah ich anders als jemals zuvor. Mein

Gefühl zu schweben hatte selbst nach Tagen nicht aufgehört. Ich war es, die sich daran gewöhnte.

Die nächsten Wochen in Narvan vergingen in angenehmer Gleichförmigkeit. Ich war wohlig müde, schlief oft auch tagsüber und träumte viel, als hätte ich Wichtiges zu verarbeiten, was nicht allzu deutlich in mein Tagesbewußtsein dringen sollte. Im Dorf fühlte ich mich jetzt gar nicht mehr fremd, Männer, Frauen und Kinder hatten aufgehört, sich über meine Anwesenheit zu verwundern. Die alte Ama beobachtete mich zuweilen mit versonnenen Blicken, und obwohl ich es registrierte, ging ich nicht auf sie zu, um zu fragen, warum. Als die zwei schwärzlichen Gnome, die mit blinden Augen mein Schicksal aus meinen Händen hatten lesen wollen, eines Tages die Siedlung besuchten – ich wußte nicht, wo sie sich sonst aufhielten –, sah ich sie mit Ama zusammenhocken, und mich beschlich der Eindruck, als redeten sie von mir. Doch warum hätten sie das tun sollen?

Eines allerdings mußte ich ihrer prophetischen Gabe zugestehen: Ich war immer noch in Narvan, wie sie es geweissagt hatten. Und der Wunsch, diesen Ort zu verlassen, war so gut wie nicht vorhanden. Darüber hätte ich mich wundern sollen, damals, doch ich tat es nicht.

Der Monsunregen nahm ab, die Güsse wurden seltener, die Gewitterstürme ließen nach. Um das Dorf strotzten Felder und Palmengärten vor Fruchtbarkeit. Meine Periode kam nicht wieder. Manchmal betastete ich halbherzig meinen Bauch, um nach einer Geschwulst zu forschen, doch ich konnte nichts finden und ließ es bald gutsein. Es ging mir ausgezeichnet.

Der Dorfplatz verwandelte sich in eine Tenne. Wir droschen das Reisstroh, Ochsenkarren drehten auf der Spreu ihre Runden, alle Frauen schüttelten von früh bis spät die großen, schweren Siebe, um die Spelzen in den Wind zu schicken. Es war staubig, bis der nächste schnelle Regen kam. Er wusch die großen bräunlichen Reiskörner sauber und machte sie glänzend, verwandelte aber den Platz stundenweise in einen knöcheltiefen Morast aus Stroh, Reiskörnern, Ochsendung und aufgeweichter rotbrauner Erde. Die Männer brachten uns Milch und Quark von den Büffelkühen, die sie außerhalb des Dorfes hüteten, in einer Gegend, die ich nie betreten hatte. Eines Morgens fragte ich Malti nach dem Unterricht, ob die Männer ebenfalls eine Gottheit verehrten. »Ja, natürlich, und sie ist auch für uns Frauen wichtig. Der große Nandistier, Shivas Reittier, ist heilig. Wer ihn anbetet, dient Shiva unmittelbar. Unsere Männer haben einen Tempel nördlich von Narvan, in dem ein riesengroßer Stier aus Stein liegt. Sie übergießen ihn mit *ghee*, flüssiger Butter, bekränzen ihn und opfern ihm Milch. Das tun sie für das Wohl unseres Dorfes und des ganzen Takistammes.«

Ich hatte schon an anderen Orten Südindiens solche Stiere aus Basalt gesehen, massige glänzend schwarze Ungetüme von wilder Friedfertigkeit. Zehnmal so groß wie ein lebendiges Tier und mit Blütenblättern bestreut, wirkten sie so lebensecht, als könnten sie jeden Augenblick aufspringen, in einer todbringenden Corrida durch die Siedlungen der Menschen stürmen und alles niedertrampeln. Doch sie blieben liegen, auf ewig still die Zeit wiederkäuend. So konnte ich mir das Idol der Takimänner vorstellen, ohne es gesehen zu haben. Gewiß war auch dieses Heiligtum uralt. Ich hätte es gern aufgesucht, doch schienen die Männer des Stammes ebenso eigensinnig ihre Kultstätte gegen das Eindringen der Frauen zu verteidigen, wie diese ihnen seit jeher verwehrten, den Papayahain zu betreten. Wenn ich etwas darüber wissen wollte, mußte ich Rama Raj fragen. Doch wann sollte ich meinen Seelenbruder wiedersehen? Wann?

Freudige Hoffnung keimte in mir, als ich bemerkte, daß die Zeit gekommen war, sich für das Schlangenbootfest zu rüsten. Eines Nachmittags wanderte ich mit Malti nach der Schule in das Takidorf, in dem Lalla ihren Unterricht abhielt. Sie hatte uns wohl schon seit Tagen erwartet und freute sich sehr. Wie glücklich war ich, sie wiederzusehen! Für immer würde ihr fröhliches Gesicht mit meinen Erlebnissen im Hain der Frauen und der freudvollen Entdeckung meiner eigenen Weiblichkeit und Körperlichkeit verbunden sein. Obgleich ich Malti auch sehr liebgewonnen hatte und wir zusammenlebten wie zwei Freundinnen in einer Wohngemeinschaft, verblieb zwischen ihr und mir eine wesensmäßige Distanz, die wir nie ganz überbrücken konnten. Und Lalla schätzte ich auch deswegen, weil sie so sehr viel besser Englisch sprach. Deshalb nahm ich an diesem Tag die Gelegenheit wahr, sie nach der Bedeutung des Festes zu fragen.

»Warum heißen die Schiffe ›Schlangenboote‹?« wollte ich wissen. »Was haben sie denn mit Schlangen zu tun?«

»Die anderen Inder glauben, das sei wegen ihrer ungeheuren Schnelligkeit und Wendigkeit. Es erinnert sie an Wasserschlangen. Aber das stimmt nicht. Die Taki wissen es besser. Ich glaube, dir darf ich es erzählen«, meinte sie. »Erinnerst du dich noch an die Geschichte von Shiva und dem Papayabaum?«

»O, natürlich, sie hat einen tiefen Eindruck auf mich gemacht«, versicherte ich ihr. »Du hast sie so schön erzählt!«

»Malti-Ben und ich können dir auch erzählen, wie es dazu kam, daß die Taki jedes Jahr das Schlangenbootfest feiern.«

Ich nickte eifrig und blickte mich um. Kein Mensch war zu sehen, es war die Stunde des Nachmittagsschlafes. Wir saßen vor Lallas Schulhaus auf einem Flechtbett, die Beine untergezogen. Mit dem Rücken lehnte ich an die dünne Hüttenwand. Alle drei trugen wir lange geblümte oder gestreifte Röcke und taillierte Blusen, darüber einen gut zwei Meter langen Schleier, der bei Bedarf wie der pallu eines Sari über den Kopf gezogen werden konnte und vor der Sonne und fremden Blicken schützte. Ich war in ein leuchtendes Himmelblau gekleidet, Malti trug Grün und Lalla kräftiges Orange mit Rot. Im Mittagslicht glänzte ihr üppiger Silberschmuck – Armspangen, Fußringe und Reifen, der Ring durch den Nasenflügel und die Kette zum Ohr. Nur ich hatte keinen Schmuck. Ich bildete mir ein, mit einem Nasenring würde ich nicht schlafen können, und Löcher im Ohr wollte ich auch nicht haben. Malti hatte mir mehr als einmal ihre Unterstützung beim Erwerb von Takischmuck angeboten. Im Dorf war ich die einzige Frau, die ihre Schätze nicht am Körper trug. Auch die Takimänner hatten eine Menge Ringe, Reifen und die obligaten Uhren als Statussymbol am Handgelenk. Die waren jedoch meistens kaputt oder liefen aus Mangel an teuren Batterien nicht mehr.

Lalla sprach leise, um niemanden zu wecken. Und bevor sie mit ihrer Geschichte begann, beschwor sie mich erneut, nichts von dem, was ich erfahren sollte, weiterzuerzählen. Ich gelobte es, wollte aber auch wissen, warum. Meine zwei Freundinnen schauten sich ein wenig befremdet an. Dann sagte Malti: »Wir wollen in der Ausübung unserer Bräuche nicht gestört werden. Wir mögen keine Neugierigen, keine Eindringlinge. Du gehörst zu uns, Devi-Ben, das ist etwas anderes. Du bist eine Seelenschwester von Rama Raj und eine Freundin der Frauen. Gott hat dich zu uns gesandt, um den Menschen zu helfen, nicht um die Taki zu zerstören.« Sie schwieg, während ich versuchte, mir der Tragweite ihrer Worte bewußt zu werden.

»Wenn wir dir jetzt etwas über die Schlangenboote der Taki erzählen, ist es wie eine Einweihung. Denn es handelt sich um ein Geheimnis, das auch nicht allen Taki im einzelnen bekannt ist. Die weisen Männer, die alten Frauen wissen darum, und wir erahnen es, je öfter wir das Fest miterleben. Malti und ich erfahren mehr als die anderen, weil wir die Lehrerinnen unseres Volkes sind.«

Ich spürte, daß sie bereit waren zu reden und wußten, daß ich wirklich wissen wollte. Vielleicht hatten die beiden Frauen unser Treffen auch aus diesem Grund arrangiert und bereits mit meinen Fragen gerechnet. Ich glaube, niemals hat irgendein Mensch die Taki mit soviel Wissensdurst bestürmt wie Doris Guthknecht!

Lalla begann zu erzählen. »Der Herr über Leben und Tod, Schöpfung und Zerstörung, Sri Shiva Mahadeva, beobachtete von seinem Göttersitz das Treiben der Menschen auf der Erde.

Und ihm entging nichts. Solange es nur sieben waren, gab es keine großen Schwierigkeiten. Doch bald lebten mehr und mehr Menschen auf der Erde. Unter ihnen entstand etwas Neues, ganz Unbekanntes: die Angst. Shiva verwunderte sich, denn Angst kannte er nicht. Mit großer Neugier und Aufmerksamkeit untersuchte er dieses Neue, und alle Langeweile hatte dadurch ein Ende.

Was ist Angst? fragte er sich. Wie kommt sie zustande? Ich habe sie, ohne es zu wissen, mit den Menschen erschaffen, nun will ich sie auch begreifen und nutzen. Als erstes betrachtete er die unterschiedlichen Formen der Angst, die seine Menschen auf der Erde erlebten, und er zählte ihrer sieben.

Da gab es als erste die Angst, am irdischen Leben und seinen harten Anforderungen zu versagen. Die Existenz auf der Erde war nicht einfach zu bewältigen. Viele Menschen befürchteten, das, was zum Überleben nötig ist, nicht schaffen zu können. Sie fühlten sich unfähig, wußten nicht, was richtig sei und wie sie die Mühsal bewältigen konnten. Deshalb strengten sie sich sehr an, waren besonders fleißig und äußerst ehrgeizig. Auf die Faulen blickten sie ängstlich und verächtlich herab. So genügsam und bescheiden waren sie, daß sie ihre Mitmenschen niemals um Hilfe baten. Keiner sollte ihre Schwäche bemerken. Aus diesem Grund schienen sie fast unsichtbar und sehr allein. Um so inbrünstiger aber beteten sie zu Shiva und flehten, er möge sie aus ihrer Ohnmacht und Hilflosigkeit befreien. ›Du kannst alles, wir aber vermögen nichts! Sei uns gnädig, auch wenn wir es nicht verdient haben!‹ riefen sie. Aber das gefiel dem Gott nicht. ›Helft euch doch selbst!‹ rief er aus. ›Vertraut auf eure Fähigkeiten, denn sie sind ein Geschenk von mir. Ich habe euch mit allen Fertigkeiten versorgt, die notwendig sind, um auf der Erde zufrieden zu leben.‹

Die zweite Angst, die Sri Shiva erkannte, war die Angst vor Freude. Gott hatte den Menschen mit ihrer Lebendigkeit auch Fröhlichkeit und Unbekümmertheit schenken wollen. Denn die Erde sollte kein Ort der Traurigkeit sein. Wenn die Arbeit getan war, sollten seine Geschöpfe tanzen und lachen, spielen und feiern. War seine Schöpfung nicht dazu da, Lust zu empfinden an Körper und Geist und Seele? Doch nun mußte er mit ansehen, daß viele ernst und griesgrämig wurden. Sie gefielen sich darin, anderen ihre Freude zu verderben, sie zu strafen, wenn sie lachten, das Tanzen zu verbieten und Übungen zu erfinden, die der Unterdrückung der Lust dienen sollten. Mißmut hielten sie für eine andächtige, gottgefällige Haltung. Sie machten sich unendlich viele Sorgen um die Moral ihrer Mitmenschen und waren sehr stolz darauf, sie bei Vergehen gegen das Gebot der irdischen Freudlosigkeit ertappen zu können. Wer zuviel Spaß am Leben empfand, galt den Mitmenschen als sündig. Shiva legte seine Stirn in Falten und wurde traurig. ›Das habe ich nie gewollt‹, sprach er.

Er entdeckte bald eine dritte allgegenwärtige Befürchtung, die Angst vor Schuld. Die Menschen hatten furchtbare Angst vor den kleinsten Fehlern, vor Kritik, vor Gottes Rache für die menschlichsten Regungen. Und damit Shiva sie nicht strafte, besorgten sie es selbst. Das Leid der Welt wollten sie auf ihren Schultern tragen. Sie marterten sich, schliefen auf Nagelbetten, kasteiten sich, schlugen sich den Rücken wund, arbeiteten bis zur völligen Erschöpfung. Dafür erwarteten sie tiefe Dankbarkeit. Sie wetteiferten darum, wer das größere Opfer bringt. Wer am meisten leiden konnte, war der Größte unter ihnen. ›Nur so sind wir es wert, von Gott und den Menschen geliebt zu werden!‹ riefen sie in Sprechchören. Heimlich aber dachten sie schlecht von allen, die anders waren, warfen ihnen Selbstsucht und Hartherzigkeit vor. Dann ersonnen sie gemeinsam noch härtere Methoden der Selbstbestrafung. Shiva wurde zornig bei ihrem Anblick. ›Sie wollen so sein wie ich, ohne Selbst und ohne Schuld! Das lasse ich nicht zu.‹«

Lalla gab Malti mit den Augen ein Zeichen, und diese wollte fortfahren, doch ich hob abwehrend die Hand. »Halt, halt!« protestierte ich. »Ich brauche ein bißchen Zeit, um das alles zu begreifen! Es ist so viel und so wichtig! Es berührt mich, weil ich doch selbst alle diese Ängste kenne. Ich kann sie fühlen, während ihr davon erzählt, wie schlechte Erinnerungen, die sich plötzlich melden. Und meine Mutter, die hatte ganz viel Angst vor Freude, ach, das war schlimm! Mein Vater hatte mehr von der ersten Angst. Er war schrecklich fleißig und wollte nicht versagen. Am Ende hat er total versagt!»

Ich wollte schon weiterreden, da mußte ich vor Erschütterung innehalten. Plötzlich wurde mir etwas klar, und was mir klar wurde, erzeugte ein Husten und Würgen in meinem Hals. Ja, das alles ist auch in mir, als Erbe. Und ein Eigenes lege ich noch hinzu, nämlich den Wunsch, ohne Schuld zu sein. Kein Wunder, arme kleine Doris, daß du ein Leben lang nur die Wahl zwischen Zittern und Versteinern hattest! dachte ich, während ich mit hochrotem Kopf schnaufte und keuchte, als hätte ich mich verschluckt. Lalla nickte ernsthaft und anteilnehmend, während sie näher rückte, um mir den Rücken zu massieren. Sie warf Malti einen bedeutungsvollen Blick zu. Um mich zu beruhigen, legte ich mich ein paar Minuten auf dem *charpoy* nieder. Ich rollte mich zusammen wie ein Ungeborenes, die Fäuste geballt, die Zähne zusammengebissen, die Knie angezogen. Es dauerte lange, bis ich wieder normal atmen konnte.

Ich war so offen und empfänglich, daß ich die Angst und den Schmerz der Welt in allen Zellen spüren konnte. Ja, erkannte ich, wir müssen mit der Angst leben, weil wir Menschen sind. Und umgekehrt macht uns die Angst zu Menschen, sie unterscheidet uns von den Göttern, von den Toten. Weil wir als beseelte Lebewesen zueinander in Beziehung treten und weil wir auf der Erde bestimmte Bedingungen vorfinden, denen wir uns zu beugen haben, entsteht unvermeidlich Angst. Aber wir tragen auch die Liebe in uns! Sie ist ebenso allgegenwärtig und spendet uns heilsame Medizin.

Es war mir einen Augenblick lang unfaßbar, wie diese angeblich einfachen Taki dermaßen komplexe Sachverhalte wie die Formen und Mechanismen der Angst auf so schlichte, einleuchtende Formeln bringen konnten. Aber warum eigentlich nicht? Um Angst und ihre Gesetzmäßigkeiten zu erfahren und diese Erfahrung an die Nachkommen weiterzugeben, brauchte man kein Psychologiestudium. Mythologisches Denken half ihnen dabei und gab der formlosen Masse an Urangst eine begreifliche, anschauliche Gestalt. Wunderbar, das will ich mitnehmen! jubelte es in mir. Das wird unendlich hilfreich sein für meine Patienten!

Nun öffnete ich die Augen, richtete mich wieder auf und blickte Malti erwartungsvoll an. »Go on, please«, bat ich sie. Meine Wohngenossin lächelte, faßte mit vertrauter Geste in ihren Nacken, hob den schweren schwarzen Zopf ein wenig an und legte ihn nach vorn über ihre linke Schulter. Während sie noch nach den ersten Worten suchte und sinnend in ihren Schoß blickte, flochten ihre Finger das Ende des Zopfes neu. Dann hob sie den Kopf, schaute mich bedeutsam an und begann zu reden.

»Die vierte Angst nennen wir die Angst vor Veränderung. Das Leben ist unberechenbar, und immer, wenn man denkt, man hat es fest im Griff, windet es sich wie ein schlüpfriger Fisch und entgleitet. Sonne und Mond, Wind und Wolken sorgen für unangenehme Überraschungen, sie tun, was sie wollen, und nicht, was wir wünschen. Die Erde kann beben und alles unter sich begraben. Wo Land war, ist plötzlich Wasser, wo ein Haus steht, frißt ein Feuer es in kurzer Zeit auf. Der Monsun bleibt aus, oder er ist zu stark. Ein Krieg kann kommen, eine Seuche ausbrechen. Alles ist im Wandel, auch der Mensch. Shiva sah, wie seine Geschöpfe hart und starr wurden, weil sie die Unberechenbarkeit des Lebens fürchteten, statt sie als Abwechslung zu genießen und als Möglichkeit zum Neubeginn zu nutzen, so wie es gemeint war. Und er stellte fest, daß sie in die Sterne schauten, um die Zukunft berechenbar zu machen. Auch glaubten sie, in den Eingeweiden von Tieren und in der Asche ihrer Opfergaben erkennen und abwenden zu können, was ihnen bevorstand. So machten sie sich schwach und abhängig von Orakeln, denn die Sterne gehen ihren eigenen Weg. Diese Angst machte die Menschen verschlossen, starr und uneinsichtig. Sie fühlten sich verlassen, elend angesichts des Unheils, das jederzeit über sie hereinbrechen konnte. Wenn sich aber Möglichkeiten ergaben, ihr Los zu ändern, lehnten sie sie ab, denn verändern wollten sie nichts. Alles sollte so bleiben, wie es immer gewesen war. Nur dann glaubten sie sich sicher. Niemand machte sich das Leben so über alle Maßen schwer wie jene, die starrsinnig darauf beharrten, daß das Gewohnte das Beste sei. Shiva bedauerte diese Menschen, er schmunzelte auch über ihre vergeblichen Versuche, dem unausweichlichen Wandel zu entrinnen, doch er hatte nicht die Absicht, in ihr Schicksal einzugreifen. ›Das gehört nun einmal dazu‹, sprach er grimmig. ›Sonst müßten alle glücklichen Zufälle ebenso abgeschafft werden. Selbst ich kann schließlich nicht alles planen und vorhersehen, bin Teil eines Weltalls, das sich ohne mein Zutun bewegt, Herr und Diener zugleich.«

»O Malti-Ben, auch ich war nicht darauf gefaßt, so lange in Narvan bleiben zu müssen. Als ich mir das Bein brach, bin ich fast gestorben vor Angst. Jetzt bin ich schon seit Monaten hier. Geplant habe ich das sicher nicht! Es begann mit einem unerwarteten Unglück, und jetzt ist es ein Glück.« Das Unberechenbare war wie eine Lawine über mich hereingestürzt, doch an diesem Nachmittag konnte ich mit Fug und Recht behaupten: »Nie habe ich mich so göttlich lebendig gefühlt wie seit der Zeit, als ich durch die Mondpforten von Furcht, Entsetzen, Verlassenheit und Panik trat. Dahinter winkte mir die Freiheit!«

Meine zwei Freundinnen verstanden sicher nicht alles, was ich sagte. Aber sie bogen sich vor Lachen. »Glaubst du, wir hätten uns je vorstellen können, hier mit einer weißen Frau aus Deutschland den Nachmittag zu verbringen? Das ist für uns auch eine unglaubliche Überraschung!« Lalla wollte sich ausschütten vor Vergnügen.

»Bitte, erzählt mir von der fünften Angst!«

»Das ist die Angst vor Hunger und Durst«, fuhr Malti fort. »Sie macht die Menschen gierig, neidisch und habsüchtig.

Jeder versucht mehr zu ergattern als sein Nachbar. Natürlich gibt es oft große Not, aber wenn die Reichen mit den Armen teilen würden, könnten alle überleben. Die Menschen wissen, daß sie ohne Essen und Trinken nicht lange auskommen können. Diese Bedürfnisse müssen gestillt werden. Aber sie sind auch nach so vielen anderen Dingen begierig, die sie nicht brauchen: nach Ruhm und Gold und Macht und Land, nach Glück, nach Schönheit und einem langen Leben. Es findet kein Ende! Mehr, mehr, mehr – nie ist es genug! Der Gott war erstaunt, als er dies bemerkte. Er hatte die Erde großzügig ausgestattet, es war genug für alle Menschen vorhanden, um jedem zu geben, was er brauchte. Überfluß herrschte, wohin man nur blickte. Doch die Bewohner der Erde wurden immer geiziger und raffgieriger, die meisten wollten nur haben, die wenigsten wollten geben. Shiva raufte sich fassungslos die Haare: ›Wenn ich geahnt hätte, daß die Angst vor Mangel solche Schwierigkeiten macht!‹

Und die sechste Angst entstand daraus, daß der menschliche Körper so verletzlich ist. Ein Dorn genügt, um ihn zu vergiften, ein Pfeil, um sein Herz zu durchbohren. Wilde Tiere können ihn fressen, eine Spinne kann ihn beißen, sogar der böse Blick vermag ihn zu töten. Wie leicht ist es, das Leben zu verlieren! Shiva erkannte voller Mitgefühl, daß dies ein sehr bedrohlicher Zustand ist, und die Menschen taten ihm leid. Aber auch er konnte es nicht ändern, es gehörte nun einmal zum Menschsein. Es gab jedoch noch eine andere Art der Verletzung, die wurde Kränkung genannt. Sie fraß Löcher in Geist und Gemüt. Gegen solche Kränkung wußten die Menschen sich sehr wohl zu schützen. Stolz und Hochmut, herablassender Dünkel und scharfzüngige Angriffe waren ihre Waffen. Verletzte man ihre Gefühle, schlugen sie zurück, sobald sie konnten, nahmen Rache, waren unversöhnlich und glaubten damit ihre Ehre vor Angriffen zu bewahren. Dadurch entstanden nicht nur Zwist und Zwietracht, sondern auch Brudermord und Krieg. Das Schrecklichste aber war die Einsamkeit. Aus Angst vor Kränkung ging einer dem anderen aus dem Weg, es gab kaum noch Gemeinsamkeiten. Falscher Stolz und rachsüchtiges Ehrgefühl errichteten hohe Trennmauern zwischen den Menschen. Der größte aller Götter vergoß bittere Tränen, als er spürte, wie einsam sie durch ihre Angst vor Kränkung geworden waren. ›Eure Empfindsamkeit soll euch beglücken, nicht weh tun, ihr Armen!‹ klagte er und beschloß, ihnen zu helfen.«

Erneut gab ich Malti ein Zeichen. Ich mußte innehalten, um das Gehörte zu spüren und zu verstehen. Was ich vernahm, war nicht einfach nur eine Göttersage, wie sie Großmütter am Herdfeuer erzählen. Diese Geschichte von Shiva und dem Menschengeschlecht beschrieb das ganze Leid, das Entsetzen über die conditio humana, die Ausweglosigkeit, in die menschliche Angst uns treibt. Und die Einsamkeit – war sie nicht das Traurigste überhaupt? Wie gut konnte ich Shivas Tränen verstehen, ich kostete sie auf meiner eigenen Zunge. Lalla ergriff meine Hand, und während meine Takifreundinnen schwiegen, sprach ich mit stummen Lippen die Verse von Hermann Hesse, die mir bei meinem lebenslangen Alleinsein Gesellschaft geleistet hatten:

> *Seltsam, im Nebel zu wandern!*
> *Einsam ist jeder Busch und Stein,*
> *Kein Baum sieht den andern,*
> *Jeder ist allein.*

> *Seltsam, im Nebel zu wandern!*
> *Leben ist Einsamsein.*
> *Kein Mensch kennt den andern,*
> *Jeder ist allein.*

Ach, bin ich denn wirklich so allein, wie ich mich immer gefühlt habe? dachte ich plötzlich. Vielleicht ist das nur eine gewohnheitsmäßige Einbildung. Ja, gewiß gibt es eine existentielle Einsamkeit, die mir tief vertraut ist. In jedem Körper wohnt nur eine Seele. Rama Raj steht mir nahe, ist vielleicht wirklich ein seelischer Verwandter. Ich sitze hier umgeben von Freundinnen. Ama hat sich um mich gesorgt, als ich krank war. Und ist nicht Akasho mit mir im Nebel gewandert? Seither ist alles anders. In Gedanken versunken schaute ich die leere Dorfstraße hinunter, die in der Mittagshitze flimmerte.

»Was ist nun die siebte Angst?« fragte ich schließlich. Ich war schon müde, wollte aber die Geschichte zu Ende hören. Hatte das, was ich bereits vernommen hatte, nicht schon alles Menschliche abgedeckt? Was konnte noch kommen? Und wo war die Verbindung zum bevorstehenden Fest? Was hatte das alles mit dem Wettkampf der Schlangenboote zu tun? Davon hatten die Frauen mir noch nichts erzählt, und ich sah bisher keinerlei Verbindung.

»Dann höre!« sagte Lalla und hustete ein wenig. Ich schloß wieder die Augen. »Weißt du, was auf der Erde anders ist als beim ewigen Gott dort draußen im All? Hier gibt es die Zeit, dort nicht. Unsere Tage und Jahre zählen wir mit der Sonne, der Lauf des Mondes bestimmt unsere Festtage. Was immer wir tun, hat seine Folgen in der Zeit. Wir schlüpfen in einen Körper, werden alt und sterben. Wer kann Greis und Kind, hungrig und satt zugleich sein? Was gestern war, ist vergangen, zwischen heute und morgen liegt eine schwarze Nacht. Alles hat ein Ende. So ist unsere Wirklichkeit.

Da Shiva nun die Zeit, ihr Verrinnen und Drängen nicht kannte, sah er mit Staunen, wie viele Menschen unter ihr litten. Sie hatten Angst vor ihrer Endlichkeit. Sie fürchteten den Tod über alles und sehnten sich zugleich nach ihm, denn nach einem Leben in Getriebenheit versprach er Erlösung. Shiva Mahadeva sah, daß seine Geschöpfe nur selten die wunderbar neuen, ja einmaligen und lehrreichen Erkenntnisse zu würdigen verstanden, die ihnen ein Leben in der Zeit bieten konnte.

Wie fremdartig schön war es für Shiva, daß sein Geschenk, der Papayabaum, eine vergängliche Erscheinung war, die den Zyklen der Erneuerung gehorchte. Wie viele Tage braucht er, bis er blüht oder seine erste Frucht heranreift? Nur unter dem Gesetz der Zeit kann eine einzige Frucht abertausend neue Bäume und Früchte hervorbringen!

Die Menschen aber trachteten mit allerlei Listen und Künsten danach, dieses Gesetz außer Kraft zu setzen. Hetze und Ungeduld waren die Folgen. Und sie haderten, weil sie nicht an zwei oder drei Orten zugleich sein konnten. Sie wollten alle Möglichkeiten auf einmal nutzen, und das lieber gestern als heute. Aus Angst, nicht genug Zeit zu haben, alles Wichtige in einem einzigen Leben zu tun und zu erleben, trieben die Menschen sich an: Schnell, schnell, beeilt euch, sonst versäumen wir das Beste! Doch niemand konnte sagen, was das Beste war. Shiva beobachtete mit Neugier, wie unerbittlich seine Geschöpfe sich antrieben. Sie rannten wie Termiten durcheinander, und nur selten fand er einen, der in Ruhe abwarten konnte, was der Tag bringen würde. Dabei gab es doch Zeit in Hülle und Fülle auf der Erde, und was in einem Leben nicht erreicht werden konnte, würde im nächsten Leben Raum und Zeit finden. ›Das ist zwar lustig, aber ich kann es auf Dauer nicht ertragen! Schnell, schnell, das muß sofort geändert werden, sonst …‹ Und der Gott lachte Tränen über seine eigene Eile.«

Auch Malti und ich mußten lachen, denn Lalla imitierte die Reaktion der Gottheit mit Gesten und Tonfall wie eine geübte Komikerin. Der uralte, rituell erzählte Mythos gewann mit ihrer unvergleichlichen Art der Inszenierung eine erfrischende Lebendigkeit. Malti in ihrer trockenen Erzählweise wirkte eher belehrend und interessant. Beides hatte seine Reize, doch das Lustige tat mir im Augenblick besonders gut. Mir wurde wieder ein wenig wohler ums Herz, die Müdigkeit lichtete sich.

Lalla gab das Wort an Malti weiter. Vielleicht machten die Frauen das immer so, wenn sie die traditionellen Geschichten erzählten. Malti zog sich ihren Schleier über den Kopf, weil die jetzt tieferstehende Sonne sie blendete, und rückte ihr kleines Sitzkissen zurecht. Dann begann sie:

»Shiva ging mit sich zu Rate. Wie konnte er seinen Ge-
schöpfen helfen? Er ahnte, daß es nicht gut sei, die Angst vollkommen abzuschaffen. Sie erzeugte ja nicht nur Kummer und
Not, Bosheit und Schmerz, sondern vermittelte auch wertvolle Erfahrungen. Lernen in Zeit und Raum war ohne die
Lektionen der Angst auf der Erde unmöglich. Und seine göttliche Liebe strahlte um so heller vor dem dunklen Hintergrund aus Gram und Furcht. Der Gott begriff, daß für den
lebendigen Menschen andere Regeln in seinem kosmischen
Spiel galten als für ihn selbst. Der Unterschied bestand in ihrem unveränderbaren Wesen. Shiva verfügte über vieles, was
die Menschen niemals haben und sein konnten, doch auch
die Menschen besaßen Eigenschaften und Möglichkeiten,
die einem Gott fremd waren. Über die Angst zu Erkenntnis
und Liebe zu gelangen war eine davon, eine ganz neue Fähigkeit. Shiva hatte Wesen erschaffen, die zur Hälfte göttlich
und zur Hälfte menschlich waren. Sie waren eigenständig
und eigenartig und kamen auf ihre Weise mit dem Leben auf
der Erde zurecht. Aber sein unendliches Mitgefühl ließ Sri
Shiva erkennen, daß kein Mensch alle sieben Ängste zugleich
ertragen kann. Deshalb beschloß er, sie in sieben Drachen-
schlangen zu verwandeln. Und er gab ihnen Namen: Unfähigkeit, Mißmut, Schuldgefühl, Starrsinn, Habgier, Hochmut
und Ungeduld. Er wußte, daß ein lebendiges Wesen keine
Möglichkeit zum Überleben hat, wenn es von sieben großen
Vipern zugleich angegriffen wird. Deshalb gebot er, daß nur
eine einzige Schlange sich jeweils einem Menschen- wesen
nähern durfte, um es zu bedrohen und seine Kräfte heraus-
zufordern.

So kommt es, daß wir alle Ängste kennen, uns aber nur
von einer wirklich bedroht fühlen. Mit ihr vollzieht sich der
härteste Kampf. Der Drache ist stets in unserer Nähe, Tag und
Nacht. Er zeigt sich in Handlungen, Erinnerungen, Gedanken und Träumen. Er ist listig und verschlagen, schmeichelt
uns und lullt uns ein, um dann plötzlich sein Haupt zu erheben und zu zischen. Wenn wir ihn dann erschlagen wollen,

beißt er zu. Und dieses Gift kann lange lähmen. Nicht selten führt es auch zum Tod.«

»Ihr meint, jeder von uns hätte einen solchen Drachen? Wie heißt denn deiner, Malti?« drängte es mich zu wissen.

»Meine Drachenschlange trägt den Namen ›Unfähigkeit‹. Sie quält mich jeden Tag. Wenn sie in mein Ohr flüstert: ›Schau mal, wie dumm du bist! Wie viele Dinge du nicht kannst!‹, bin ich dreimal so fleißig. Mein Ehrgeiz peinigt mich. Am Abend höhnt sie dann. ›Das nützt alles nichts, du wirst es nie schaffen. Begreifst du denn nicht, daß du nicht dreimal, sondern tausendmal besser sein mußt als alle anderen?‹ Das macht mich abends müde und verzweifelt, doch am Morgen versuche ich es von neuem. Mit meinem Seelenauge beobachte ich das gefährliche Tier«, dabei hob sie ihre linke Hand und wies mit dem rechten Zeigefinger auf die Tätowierung am Hand- gelenk, »und manchmal lache ich es aus, denn es ist ein Kampf ohne Ende, und diese Schlange betrügt mich schamlos. Dann, o Wunder, schweigt sie für eine Weile und läßt mich in Ruhe.« Malti wandte sich ab und hüllte sich tiefer in ihr Tuch. Ich dachte, sie sei traurig, und meinte, sie schluchzen zu hören. Es dauerte ein paar Minuten, bis ich entdeckte, daß ihr Rücken unter einem Lachkrampf bebte. Das verwirrte mich.

Unterdessen ergriff Lalla meine Hand. Sie hatte sehr viel mehr Bedürfnis nach Körperkontakt als Malti, und ihre Berührung tat mir immer wohl.

»Soll ich dir von meiner Schlange erzählen?« fragte sie.

»Ich bitte dich darum, und auch über meine eigene möchte ich etwas wissen!« sagte ich leise. In den wenigen Minuten, die Malti gebraucht hatte, um von ihren Versagensängsten und den damit verbundenen Kompensationsmechanismen zu sprechen, hatte ich mehr von ihr verstanden, tieferen Einblick in ihre Psyche gewonnen als in allen Monaten zuvor.

»Mein Drache trägt den Namen ›Habgier‹«, rief Lalla plötzlich laut in die Stille hinein. Ich war erstaunt und schämte mich zugleich, Zeugin dieses öffentlichen Geständnisses zu sein. War es ihr denn nicht peinlich, über ihre Gier zu sprechen? Lalla holte tief Luft und riß die Augen auf, bevor sie weitersprach. »Ständig brüllt er in mir: ›Mehr, du brauchst mehr, das ist nicht genug! Niemals genug! Zuwenig Kleider, zuwenig Schmuck, zuwenig Essen, zuwenig Bücher, zuwenig Liebe, zuwenig Freundschaft, zuwenig Regen, zuwenig Schlaf …‹ Ich will *alles* haben, alles und noch mehr. Ständig entdecke ich einen neuen Mangel, bin nie zufrieden. Oft bin ich ganz erschöpft vom vielen Habenwollen. Und geizig bin ich noch dazu! Teilen ist mir ein Graus.«

Sie griff nach einem Beutel, der unter ihrem Rock befestigt war. »Siehst du, hier habe ich Süßigkeiten und Nüsse, aber ich hatte nicht vor, euch etwas davon abzugeben. Alles wollte ich für mich behalten!« Sie bot Malti und mir von ihren Näschereien an, und wäre ich nicht Therapeutin, hätte ich die Gabe höflich abgelehnt. So aber griff ich zu und ließ es mir schmecken. Lalla strahlte mich an. »Manchmal versuche ich, den Drachen auszuhungern, indem ich faste und verzichte und mir gar nichts mehr gönne. Dann benehme ich mich wie ein *sadhu*, rede mir ein, daß mich Hab und Gut nicht mehr interessieren und daß ich ohne alles auskommen kann. Komisch nur, daß es mich dann fürchterlich ärgert zu sehen, wie die anderen es sich gutgehen lassen!« Auch sie begann zu kichern, und ich stimmte mit ein. Aber angesichts meines eigenen Ungetüms – welches war es wohl? – wurde mir ein wenig mulmig in der Magengrube. Malti hatte sich unterdessen beruhigt. Aus ihren Augen wischte sie die Lachtränen. So enthemmt hatte ich sie noch nie erlebt. Dann begann sie mit Lalla auf Taki zu flüstern. Sie kamen mir vor wie zwei Klassenkameradinnen, die sich über mich lustigmachen wollten.

»Also!« rief die lebhafte Lalla bald, »wir sind uns einig über den Namen deines Drachens. Aber wir möchten doch wissen, ob du ihn auch kennst!«

»Dafür müßt ihr mir noch einmal alle sieben aufzählen«, bat ich. »Dann sage ich euch, welche die größte meiner Schlangen ist. Ich fürchte nämlich, sie hat Eier gelegt und in mir sind noch sechs weitere, die mich manchmal beißen.«

Lalla grinste. »Ach wo, das sind keine Schlangen, das sind nur Regenwürmer! Die tun dir nichts. Aber die andere, die große mit dem Feueratem …« Sie rollte theatralisch mit den Augäpfeln.

An ihrer Hand fing sie nun an, die sieben Namen noch einmal aufzuzählen. Wie merkwürdig, daß sie beim kleinen Finger begann. Wie sehr sind wir gewohnt, alles aus einer Richtung zu sehen! Malti sprach ihr skandierend die Worte nach, und es war wie im Klassenzimmer. »Unfähigkeit, Mißmut, Schuldgefühl, Starrsinn, Habgier, Hochmut und Ungeduld.« Ich horchte mit geschlossenen Augen. Ein wenig erinnerte mich diese Liste von Merkmalen an die sieben Todsünden der christlichen Tradition. War das Zufall, oder haben auch bei uns die Weisen mit einem ähnlichen Modell gearbeitet? Bei dem Wort »Starrsinn«, der Angst vor allem Unvorhersehbaren, spürte ich, wie mir ein leichter Schweiß ausbrach, und ich mußte schlucken. Ja, dachte ich, das ist gewiß meine Schlange. Nichts macht mich so elend wie die Angst, nicht zu wissen, wie es weitergeht. Auch die Schlange »Schuldgefühl« hatte ich in Erwägung gezogen. Aber vielleicht war sie wirklich nur ein Regenwurm. Oder ein Bandwurm. Wo würgt es mich, wo weiß ich nicht mehr weiter und greine wie ein kleines Kind? fragte ich mich. Das geschieht bei plötzlichen Veränderungen, auf die ich keinen Einfluß habe. Wie dieser verdammte Beinbruch! Ich hasse Überraschungen, und wenn etwas Unerwartetes über mich hereinbricht, möchte ich am liebsten sterben oder in ohnmächtiger Wut jemanden verprügeln. Aber meistens erstarre ich nur, werde zu Stein, ganz leblos. Auch fühle ich mich immer ganz allein in diesem blöden Leben. Und meine Kopfschmerzen, das ewige Weh an Schultern und Nacken! Das nächtliche Zähneknirschen, wenn wieder einmal etwas Ungeplantes passiert ist! Halsstarrigkeit und Trotz gehören sicher auch zu diesem Angstbild.

Ich zögerte, den beiden Takifrauen meine Vermutung mitzuteilen. Würden sie mich auslachen? Sie waren an diesem Nachmittag so sehr zu Albernheiten aufgelegt. Ich fand es geradezu verletzend, wie sie sich benahmen, und fühlte mich ausgeschlossen.

»*Well?*« ermunterte mich Lalla nach ein paar Minuten, die ich im Kampf mit mir verbracht hatte, und stieß mich mit ihrem Ellbogen in die Seite. »Hast du die dicke, große Schlange entdeckt?« Ich nickte. »Dann zeige sie uns, Devi-Ben, schließlich kennst du doch unsere Schlangen auch!«

Nun gut, dachte ich, komme was wolle, ich probiere es. Wieso war ich nur plötzlich so ängstlich?

»Also, nun …«, wand ich mich und begann mit einem kleinen Holzstückchen meine Fingernägel zu säubern.

»Ah, siehst du, Malti, von uns will sie alles wissen, aber sie selbst zieht den *pallu* über ihr Gesicht, wenn wir sie etwas fragen! *Not nice, Devi-Ben!*« neckte sie mich.

Gut, dann stürze ich mich eben ins kalte Wasser der Unsicherheit. »Ich glaube, es ist Nummer vier, der Starrsinn«, brummte ich mit finsterer, verbissener Miene.

Malti und Lalla klatschen in die Hände. »Ganz genau! Du bist sehr gut in der Schule des Lebens, Dorikutty. Du bist eine echte Taki. Wir müssen dir einen Mann suchen, damit du Takikinder bekommen kannst!« lachten sie und legten die Arme um mich. »War es so schlimm?«

In meinem Kopf ratterten die Geschehnisse der vergangenen Monate. So wie mein Computer einen Text von einer Schriftart in die andere setzen konnte und ein paar Sekunden rechnen mußte, um dem Ganzen eine neue Gestalt zu geben, konnte ich durch die Begegnung mit der Schlange »Starrsinn« alles neu betrachten. Ein anderes, sinnvolleres Bild ergab sich. Plötzlich verstand ich meine spezifische Art zu leiden angesichts meines Unfalls in diesem Takidorf, und auch meine Reaktionen auf die Ereignisse nach der Bloßstellung durch Vater und auf seinen Tod wurden mir aus neuer Sicht verständlich. Mir war, als hätte ich einen geheimen Code geknackt. Ich seufzte, aber es erleichterte mich. Und ich wollte so schnell wie möglich in meine Hütte in Narvan zurück, um alles ordnen, verstehen und bedenken zu können, wie es meine Gewohnheit war. Doch die Frauen hielten mich zurück. »Du wolltest doch noch wissen, wie es zu dem Schlangenbootrennen kam.« Ich spürte ihre Enttäuschung. Schließlich war es das größte Ereignis im Festjahr der Taki.

»Nun gut, laßt mich ein paar Minuten aufs Feld gehen, damit ich mein Geschäft verrichten kann, dann reden wir weiter.«

Lalla holte eine Blechbüchse mit Wasser und wies mir den Weg. So konnte ich ein Weilchen allein sein, und das brauchte ich dringend. Während mein Urin in die Furchen der trockenen Erde rann, begann ich von neuem zu ahnen, welche Perlen der Weisheit ich an diesem Tag zum Geschenk erhalten hatte. Wieder einmal bedauerte ich aus tiefstem Herzen, daß mir kein Schreibgerät und kein Papier zur Verfügung standen. So mußte ich mir damit helfen, alles zu memorieren, und vielleicht war das auch die geeignetere Form, solches Urwissen zu bewahren.

Das Schlangenboot

Kaum saß ich wieder auf dem Flechtbett, fuhr Lalla mit ihrer Erzählung fort:

»Shiva ist weise. An einem Tag im Jahr dürfen die Drachen miteinander kämpfen. So können sie ihren Haß und ihre Bosheit einmal loswerden. Einer von ihnen soll getötet und gefressen werden. Stirbt er, sind die Menschen ein Jahr lang frei von der Angst, die in ihm ist. Unsere sieben Schlangenboote haben die Namen, die du kennst. Sie kämpfen miteinander und gegeneinander. Habgier tut sich mit Schuldgefühl und Unfähigkeit zusammen, oder Mißmut oder Hochmut schließen einen Pakt mit Schuldgefühl. Manchmal wendet sich alles gegen Ungeduld, dann wieder schlägt sich Starrsinn auf ihre Seite und überzeugt Habgier, daß sie gemeinsam mit Ungeduld weit kommen werden. Erst wenn sechs gegen eine kämpfen, kann eine Schlange besiegt werden. Aber jede hat ihre Freunde, und die Fronten wechseln. Manchmal sind es vier gegen drei, dann wieder fünf gegen zwei. Jeder sucht Verbündete. Verschlagenheit, List, Verrat und Geheimniskrämerei bestimmen die Auseinandersetzungen. Jedes Dorf besitzt ein solches Boot. Das aus Narvan wirst du bald sehen. Alle sind herrlich geschmückt, denn große Angst zeigt sich nach außen immer anziehend, glänzend und tugendhaft. Das ganze Jahr wird das Boot gepflegt und gerichtet, damit es für eines der sieben Takidörfer in den Kampf ziehen kann. Unsere Männer ziehen mutig in den Kampf gegen das Böse. Doch niemand weiß, wer siegen oder unterliegen wird. Manchmal gibt es Tote. Aber sie sterben für einen guten Zweck. Denn nach dem Kampf der Schlangenboote geht es uns allen besser.

»Das sind also keine harmlosen Spiele?« fragte ich noch einmal nach.

»Harmlos?« Sie war verblüfft über meine Frage. »Der Kampf gegen das Böse ist niemals ein Kinderspiel! Weißt du das nicht? Warum glaubst du, daß wir so friedlich sind? Weil wir einmal im Jahr Gelegenheit zum Krieg schaffen. Es ist ein ritueller, ein religiöser Krieg. Aber er muß sein, sonst gerät die Welt aus den Fugen. Shivas Zerstörerkraft muß gelebt werden. Jeder von uns trägt die Angstschlange in sich. Angst erzeugt Wut und Haß. Unser Schlangenbootkampf befreit uns für den Rest des Jahres von einer dieser Quellen der Angst.«

»Welches Schlangenboot wurde im vergangenen Jahr besiegt?«

»Es war die Schlange ›Hochmut‹. Nach dem letzten Fest fiel es allen Taki leichter, weniger herablassend und gemein zu sein. Es war nicht so nötig wie sonst, sich ängstlich abzugrenzen und die anderen durch böse Bemerkungen zu verletzen. Wir brauchten uns nicht vollkommen gegen Fremdes zu verschließen, um uns zu schützen, sonst wärest du nicht hier, liebe Devi-Ben. Alte Kränkungen wurden vergeben, neue Freundschaften konnten geschlossen werden. Du hast uns geholfen, unseren Hochmut den Weißen aus dem Westen gegenüber ein wenig zu überwinden. Weil du krank und hilflos warst, haben wir dich lieben gelernt. Wir haben jetzt weniger Angst. Noch im Jahr zuvor wärst du uns wie eine giftige Kröte im heiligen Brunnen erschienen, und wir hätten dich wahrscheinlich getötet. Jetzt sehen wir: Auch du bist ein Mensch, der viel Schönes, Klugheit und ein warmes Herz besitzt, obgleich du völlig anders bist als wir. In diesem Jahr haben wir gelernt, daß die Taki nicht die einzigen wertvollen Menschen auf der Welt sind. Und wir haben mehr Vertrauen. Wir haben dir manch eines unserer größten Geheimnisse anvertraut, weil wir wissen, daß du uns nicht verletzen und kränken wirst.«

Meine Augen waren bei Lallas Worten feucht geworden. So also sahen die Taki die Früchte meines unfreiwilligen Besuchs bei ihnen. Ich verstand jetzt besser, wie dieses Urvolk mit seinen Ängsten und Aggressionen umging. Wenn solche Praxis über Jahrhunderte geübt wird, muß dies mit der Zeit ein positives Miteinanderumgehen wie von selbst fördern. In einer Atmosphäre partieller Angstfreiheit kann viel Gutes gedeihen. Und die Bewußtseinsarbeit für die psychische Thematik, auf die sich der ganze Stamm ein Jahr lang konzentriert, wird einerseits gewiß in erster Linie vom Rat der Alten, von den greisen Führern der Taki geleistet. Andererseits mag durch den materiell manifestierten Sieg über ein bestimmtes Schlangenboot auch eine atmosphärische Schwingung aufgebaut werden, von der der einzelne als Teil des Ganzen profitiert. Seine innere Veränderung vollzieht sich sozusagen in der Sicherheit und mit dem Willen des Kollektivs. Schon immer habe ich mich gewundert, wie selten ich hier Zank zwischen den Frauen oder Streit unter den Männern zu sehen und zu hören bekomme. Das ist also der Grund für die geringe Aggressivität unter den Taki!

Diese Gedanken gingen mir durch den Kopf. Ich wurde dabei von einer Welle unendlicher Dankbarkeit überflutet, Dankbarkeit für das tiefe Vertrauen, das diese Frauen mir schenkten. Deshalb umarmte ich Lalla, zog dann auch Malti an mich und sagte aus vollem Herzen: »*Thank you, thank you for everything, my dear Taki girl friends.*«

Bald darauf brachen wir auf, um noch vor der Dunkelheit wieder in Narvan zu sein. Malti und ich gingen Hand in Hand, uns war auf wunderbare Weise leichtherzig zumute. Wir weilten am Abend noch ein Stündchen bei den anderen Frauen auf dem Dorfplatz, sahen dem Stolzieren der Männer zu, hörten die Wassertopftrommel klopfen und gingen dann bald schlafen. So kam es, daß ich an diesem Abend keine Gelegenheit mehr fand, mich mit dem Starrsinn und meiner Angst vor den Unwägbarkeiten des Lebens zu beschäftigen. Und mir war auch, als hätte ich mich in den Monaten zuvor reichlich genug damit befaßt.

Zwei Tage später wurde das etwa fünfzehn Meter lange Boot mit großem Pomp auf einem Ritualwagen aus der Richtung der Männerhäuser auf den Hauptplatz des Dorfes gerollt. Dort stand es dann als eitel präsentiertes Ausstellungsstück während einer ganzen Woche. Unser Boot hieß »Ungeduld«.

Immer wieder trat ich an dieses schwarze, mit glänzenden Messingbossen beschlagene Ungetüm heran, um es in allen Einzelheiten zu bewundern. Es war sehr schmal und lang, besaß auf jeder Seite zwanzig lange Ruder, die im Stehen bewegt wurden und deren Griffe wie doppelte Spazierstöcke geformt waren. Sie waren mit Seilen aus Kopra befestigt. Es waren dicke neue Seile, mit fettigem Ruß geschwärzt. Das Heck ragte meterhoch in die Luft. Mit seinem kühnen Schwung wirkte es wie der gerollte Schwanz eines Drachen. Darunter war Platz für einen Steuermann oder Anfeuerer. Auch der Bug gemahnte an den mythischen Ursprung dieses rituellen Kampfes gegen die Angst als Wurzel allen Übels. Er sah aus wie ein zischender, fauchender, bösartiger Drachenkopf. Augen und Maul waren durch kunstvolle Verzierungen angedeutet. Lange gelbe Bänder sollten die giftige gespaltene Zunge symbolisieren. Das tiefschwarz gefärbte, leichte und poröse Holz glänzte frisch geölt und roch nach Kokos. Ich konnte auch Schlaufen für die Füße der Ruderer entdecken.

Die metallenen Beschläge waren höchst kunstvolle Gebilde. Lange Streifen aus Silberrelief und Messing verzierten die Seiten, auch waren sie teilweise bunt bemalt, in Rot und Gelb, und mit symbolischen Formen und Zeichen bedeckt, deren Geheimnisse sich mir nicht enthüllen wollten. Mir schien, als sollten die runden Schildbuckel und die zahlreichen halbmondförmigen Silbersicheln nicht Sonne und Mond darstellen, wie der oberflächliche Betrachter wohl denken mochte, sondern die Schuppen einer Schlange nachbilden. Täglich sah ich Knaben und Männer das Boot mit Tamarindenpaste putzen, polieren und reparieren. Einige gingen immer von neuem mit scharf prüfenden Augen daran entlang, um jeden noch so winzigen Spalt im Holz zu entdecken und ihn dann sorgfältig zu verschmieren – nicht um der Sicherheit willen, dachte ich mir, sondern um das Boot glatt und glänzend zu machen wie den geschmeidigen Leib der Wasserschlange.

Mir war in diesen Tagen nicht sonderlich wohl zumute. Es war nicht der Gedanke an meine Starrsinnsschlange, der mich beschäftigte. Auch körperlich ging es mir ausgezeichnet. Doch ich meinte immer wieder zu spüren, daß mich Augenpaare beobachteten, Blicke auf mir ruhten, Leute über mich redeten. Eine schnelle Drehung des Kopfes, ein Verstummen, wenn ich den Platz betrat, etwas Lastendes lag in der Luft. Doch gab es da nichts, woran ich solches Unbehagen hätte festmachen können. War es nur eine erneute Welle des Mißtrauens, die von Narvans Einwohnerschaft ausging, nun, da das Jahr ohne Hochmut seinem Ende zustrebte? Oder war es meine eigene Paranoia? Und bei Licht betrachtet, konnte ich alles, was ich zu vermerken meinte, auch wieder unter der Thematik von Starrsinn einordnen. Denn war es nicht gerade das bedrohlich Unbestimmte, das Unberechenbare, ganz und gar Unbeeinflußbare, das in mir solche Gefühle von Ohnmacht, Kontrollosigkeit und Unwohlsein erzeugte?

Ach, mußte ich denn immer alles im Griff haben? Trotzdem, mich ließ der nagende Verdacht nicht los, daß irgend etwas im Verhalten der Einwohner von Narvan mit mir zu tun hatte. Aber was konnte es sein? Eine Antwort fand ich nicht. Doch meine ängstlichen Gedanken plagten mich. Dann überlegte ich von neuem, ohne zu einem Ergebnis zu kommen.

Endlich kam der große Morgen. Das Fest sollte beginnen. Nacht für Nacht hatten die Männer des Dorfes an ihrem Boot Wache gehalten. Befürchteten sie Sabotageakte? Im Zeichen der Angstschlange schien alles gestattet zu sein. Die Atmosphäre vibrierte, ich spürte Spannung und hohe Ladung allenthalben.

Auf die »Ungeduld«, unser königliches, prachtvolles Schiff, unser Kampfboot aus Narvan, war ich ausnehmend stolz und freute mich auf den rituellen Wettstreit. So sehr Taki war ich nun schon, daß ich mit meinen Freunden im Dorf darum fiebern wollte, daß sie nicht besiegt würden! Andererseits fand ich es eindrucksvoll, daß nicht ein Sieg, sondern ausgerechnet eine Niederlage zur Befreiung von einer grundlegenden Angststruktur führen konnte. So vermochte etwas Negatives etwas Positives hervorzubringen.

Und ein derartiges Verfahren bedeutete auch, daß die heimischen Ruderer sich mit der Schlange »Ungeduld«, deren archetypischen Charakter sie mit Leben erfüllten, eine Zeitlang vollkommen identifizierten. Sie mußten allesamt zur personifizierten Ungeduld werden. Keiner durfte auch nur daran denken, sich besiegen zu lassen. Gewiß waren auch entsprechende heimliche Absprachen ungültig. Oder gab es doch schon vorher ausgekungelte Koalitionen, falsche Bereitschaften, unter der Hand ausgemachte Beweise von Stärke und Schwäche, schlau zurechtgelegte Strategien? Ich würde es nie erfahren und gab mich mit dem äußeren Schein an archaischer Ordnung zufrieden.

In der christlichen Tradition gibt es, fiel mir ein, den Krieg zwischen Tugenden und Lastern, der ebenfalls zur Entlastung der kollektiven Psyche eingesetzt worden war. Und sprachen wir nicht oft vom Kampf gegen den inneren Schweinehund? Die *Psychomachia* des Prudentius aus dem vierten Jahrhundert war jedoch stets nur Literatur gewesen, und die individuelle seelische Auseinandersetzung mit unliebsamen Trieben oder Impulsen hatte niemals konkrete Gestalt angenommen, es sei denn auf der Bühne eines geistlichen Theaters. Am Kampf der Schlangenboote faszinierte mich hingegenseine handfeste Wirklichkeit, in der es um Leben oder Tod ging. Hier trat Mann gegen Mann, Boot gegen Boot an, um am Ende einen wirklichen Sieg zu feiern oder eine reale, Schmerz und zugleich Heil bringende Niederlage einzustecken. Das war etwas anderes als die kühle Sprache der Allegorie.

Wir Frauen hatten uns, schön angezogen, gekämmt und geschmückt, kurz nach Sonnenaufgang erwartungsvoll auf dem Dorfplatz versammelt. Die vierzig Ruderer mit ihrem Steuermann und den Sängern, die die *vanchipattu*, die Kampflieder, singen sollten, schritten in langer, feierlicher Prozession vom Männerquartier an uns vorüber. Sie waren mit strahlendweißen Lendentüchern, den *lungis* bekleidet, die schwarzbraunen Oberkörper waren nackt. Offensichtlich war ihre Haut eingeölt, denn sie glänzte wie Ebenholz im Morgenlicht. Einige von ihnen sahen verwegen aus, Bösewichter aus einem Märchenfilm; ihre Gesichter mit den schwarzen Schnurrbärten hatten einen rohen, wilden Ausdruck. Reicher Silberschmuck lag ihnen wie ein Kragen um Hals und Brust. Auch die Ohren waren mit Ringen geschmückt. Ich war erstaunt, nicht nur die Jüngsten und Kräftigsten unter ihnen zu entdecken, sondern auch dicke wie hagere ältere Stammesangehörige. Immer wieder mußte ich mich selbst daran erinnern, daß es hier nicht um Sport ging, sondern um eine religiöse Handlung. Und vielleicht waren die Alten nicht so betagt, wie sie aussahen, wohl aber mit den Jahren sehr erfahren, schlau und zäh und äußerst geschickt im Umgang mit dem Ruder geworden. Man brauchte sie, überließ den Kampf gegen die Angst also nicht den unerfahrenen Jünglingen. Das beruhigte mich, verlieh dem Ganzen jedoch auch etwas Todernstes. Nun ja, ging es nicht um Leben und Tod?

Während die Prozession an uns vorbeizog, glaubte ich

Rama Raj unter den Schlangenkriegern zu entdecken. Mein Herz klopfte schneller vor Freude. Doch ich war mir nicht sicher. Denn keiner der Männer blickte zu uns herüber, alle schienen in höchstem Maße auf ihre Aufgabe konzentriert. War mein Freund wirklich unter ihnen, gab er sich nicht zu erkennen. Alle sahen anders aus als sonst, sie boten einen ungewohnten Anblick. Wer weiß, welchen Riten sich die Ruderer in den Männerquartieren unterziehen mußten, bevor sie ihrer Aufgabe würdig waren und gereinigt von allem, was sie daran hinderte, das Dorf und die Takigemeinschaft im Kampf gegen das Böse zu vertreten?

Nach der *puja*, einer langen und komplizierten Zeremonie, die wieder von dem fetten Priester mit Brahmanenschnur und kahlgeschorenem Kopf abgehalten wurde, verteilten sich die Ruderer um das Boot. Während die Frauen anfingen, rhythmisch zu klatschen und ermunternde, gutturale Rufe hervorzustoßen, hoben die Männer das im Licht der Morgensonne funkelnde Boot mit einem Ruck auf ihre Schultern und begannen, es mit einem ungewöhnlichen Stechschritt, dem etwas Militärisches anhaftete, und begleitet von unisono gesprochenen Beschwörungsformeln langsam zum Wasser zu tragen.

Die anderen Männer des Dorfes schlossen sich ihnen an. Dann folgten wir Frauen. Während sonst die Weiblichkeit alle wesentlichen Aspekte des Lebens zu bestimmen schien, hatte heute der männliche Teil der Bevölkerung seinen großen Tag. Alte und Junge schienen ohne weiteres in die archetypischen Rollen von Rettern und Beschützern hineinzuschlüpfen. Ich spürte, wie Verantwortlichkeit und heiliger Ernst eine kompakte Aura um sie bildete. Doch auch die übrigen konnte man nicht einfach als eine Gruppe von Zuschauern bezeichnen. Wir waren wie von selbst in die gemessen erregte Stimmung versetzt, die diesem Anlaß entsprach.

Wie erhebend auf das Gemüt wirkt eine religiöse Zeremonie, wenn sie alle Ebenen menschlichen Seins anspricht! Sie sollte das Bedürfnis zu handeln aktivieren und auch das unserer Spezies eigene Ausdrucksvermögen – durch Gesang, Worte und bedeutsame Gesten. Wird die Innerlichkeit der irrationalen Empfindungen und der stillen Inspiration ebenso berührt wie die Kraft des begreifenden Betrachtens, des einordnenden Verstehens, kommt es zu einer kostbaren Erhabenheit des eigenen Wesens und einem Verschmelzen mit dem Allganzen. Wer sich darauf einlassen kann, erlebt Entgrenzung und Einheit, die Essenz sakralen Empfindens.

Das heilige Boot wurde zu Wasser gelassen. Die Männer ruderten schweigend und ernst auf die Mitte der Lagune zu. Wir übrigen, vielleicht hundertdreißig Männer, Frauen, Greise und Kinder, blieben am Ufer zurück. Doch von der allgemeinen Anlegestelle des Dorfes Narvan aus konnte man den Kampf der Schlangen nicht beobachten. Wir mußten deshalb über schmale Wege, die durch abgeerntete Reisfelder und Palmenplantagen führten, zu einer Stelle gehen, von der man einen guten Blick über das breite Wasser hatte. Von hier gingen sternförmig die sieben Kanäle aus, die ich am Abend meiner Ankunft gesehen hatte. Inzwischen wußte ich, daß sie zu den sieben kleinen Takidörfern führten. Wer weiß, ob diese Wasserstraßen nicht vor Urzeiten von ihren Vorfahren absichtlich in dieser Form gegraben worden waren – auch das als mythisch-konkrete Gestaltung der Wirklichkeit? Die Zahl Sieben hatte ja eine mystische Bedeutung in ihren Kulten und Göttererzählungen. Und dieser See war heute wie ein Tempel inmitten geformter Natur. Aus jedem Kanal kroch eine riesige schwarze, silbrigglitzernde Wasserschlange hervor und schwamm langsam zur Mitte der Lagune. Gut hundert Meter von den jeweils anderen entfernt hielten alle an, Haupt und Schwanz hoffärtig aus dem Wasser gereckt.

Ich war überrascht angesichts der großen Anzahl von Menchen, die bereits an den anderen Ufern rings um den kleinen See warteten. Sie hatten sich am Saum des Wassers niedergelassen, waren auf die Palmen geklettert, hatten sogar einige klapprige Tribünen aus Ölfässern und Palmenstämmen gebaut, um das Geschehen besser verfolgen zu können. Auch

Verkaufsstände waren aufgebaut, an denen Tee, Naschwerk, traditionelle Gerichte und Spielzeug feilgeboten wurden. Laute Musik plärrte aus Transistorradios. Offensichtlich waren nicht nur Angehörige des Takistammes herbeigeströmt. Diese konnte man leicht an ihrer besonderen Tracht erkennen, die an diesem höchsten Festtag von allen, sogar von den kleinen Kindern, getragen wurde. Ich bedauerte, kein solches Kleid zu besitzen. Denn die schwarz-roten Stickereien waren bezaubernd, der weiße Stoff war von besonders feiner Qualität. Auch die zylinderartigen Kopfbedeckungen gefie- len mir gut. Doch so weit hatten mich die Dorfbewohner noch nicht integriert, daß sie mir eines ihrer kostbaren Gewänder geschenkt hätten. Auch gab es sie ja nicht in meiner Größe. Sie wurden gewiß eigens für jeden Stammesangehörigen angefertigt und von Generation zu Generation weitergegeben. Ich erblickte heute auch viele Männer in Hemd und *lungi*, in traditionellen weißen *dhotis*, Frauen im Sari und Mädchen mit *salvaar kamiz*, der Tunika mit Pluderhosen und Schleier. Mag sein, daß sie aus den größeren Ortschaften oder sogar aus der Stadt angereist waren. Überall am Ufer, auch dort, wo die Bewohner von Narvan sich versammelt hatten, lagen fremde Boote, kleine und große, darunter sogar einige, die mit Außenbordmotoren bestückt waren. Unbekannte Leute liefen in Scharen an uns vorbei und schauten neugierig zu mir herüber. Immerhin überragte ich die Frauen neben mir, als sei ich in Gesellschaft von Kindern. Ich war wohl einen oder zwei Kopf größer als alle anderen Taki. Mein rötliches Haar glänzte in der Sonne und zog schon von weitem die Aufmerksamkeit auf sich. Um mich vor den Blicken der Fremden zu schützen, zog ich das Ende meines Saris über meinen Kopf und hielt den Zipfel mit der rechten Hand fest, wie ich es von meinen Freundinnen gelernt hatte. So konnten sie glotzen, doch ich bemerkte es nicht mehr und konnte mich in Ruhe dem Schauspiel des Wettkampfes widmen.

Vorn am Wasser hatte sich der Ältestenrat versammelt, umgeben von den anderen ehrwürdigen Alten unseres Dorfes.

Ich erkannte Ama unter ihnen. Sie alle hatten sich auf einer kleinen Anhöhe versammelt, die, so hatte es den Anschein, vor langer Zeit nur für diesen Zweck künstlich aufgeworfen worden war. Auch die vertrockneten Gnome waren unter ihnen, wie ich mit einem leisen Schauder feststellte. Ich hatte Angst vor ihrer Macht, ihrer Zauberkraft, ihren Weissagungen. Sie sollten mir nur nicht zu nahe kommen! Ich wollte mein Leben ohne ihre unheimlichen Prophezeiungen leben. Ama drehte sich zur Landseite um, erspähte mich und machte mir ein Zeichen. Ich verstand es als Gruß und winkte zurück. Es war tröstlich, eine Vertraute unter diesen Mächtigen der Taki zu wissen. Ama war mir wohlgesinnt. Doch ebenso sicher war ich, daß sie niemals gegen die Interessen ihres Volkes handeln würde, um mich zu schützen.

Alle sieben Boote waren bereits eingetroffen. Sie dümpelten auf dem Wasser, jedes auf seine Art wundervoll geschmückt und mit gleißenden Metallbändern beschlagen. Ihre Reflexe und Spiegelbilder belebten das ruhige Wasser der Lagune. Ich hatte meine halb zerbrochene Brille zum erstenmal seit der Unglücksnacht vor fünf Monaten aus der Reisetasche geholt. Doch ich brauchte sie nicht. Mein Blick war klar, ich konnte auch aus der Entfernung von etwa hundert Metern vollkommen scharf sehen. Welcher Augenarzt zu Hause würde mir das glauben?

Urkräfte

Wie rasch gewöhnt man sich an das Ungewöhnlichste! Als die Grüne Mutter mir zum drittenmal erschien, kam es mir schon fast normal vor, sie zu sehen und ihr zuzuhören. Das war es, was mich diesmal zutiefst verwunderte. War ich dabei, die Kontrolle zu verlieren?

Wieder hatte ich vor dem Einschlafen nach ihr gerufen. Würde sie kommen? Mir war klargeworden, daß es sich dabei eigentlich nicht um ein Traumgeschehen handeln konnte. Die Lehren, die sie mir vermittelte, verdienten eher, eine nächtliche Vision oder Erscheinung genannt zu werden. Ich gewann den Eindruck, in einer andersweltlichen Dimension zu weilen, wenn wir uns trafen. Das Ganze schien mir den Charakter einer Astralreise zu haben. Oder vielleicht war es eine außerkörperliche Erfahrung? Von diesen Gebieten hatte ich im Grunde keine Ahnung. Ich spekulierte und ließ es dann wieder sein. Geistführer, Schutzengel, Überbewußtsein … Genaueres konnte ich nicht sagen. Aber jetzt war ich eifrig gespannt, mehr zu erfahren, und sehr, sehr aufgeregt. Die Grüne Mutter kam diesmal nicht in der rollenden Kugel zu mir. Vielmehr war ich es, die sich ihr näherte, indem mein entschlummertes Ich wie ein Blatt im Herbststurm heftig durch ein kühles, dunkles Nichts gewirbelt wurde und endlich neben ihr zur Ruhe kam. Sie begrüßte mich erfreut:

»Siehst du, liebste Dorothea, so ist es viel einfacher. Wenn du uns auf halbem Wege entgegenkommst, können wir uns mit Leichtigkeit verständigen. Das ist einfacher, als du denkst. Deine Wegstrecke mißt sich am Ausmaß deines Vertrauens. Du hast Zweifel, Vorbehalte und Ängste abgeschüttelt, die dich schwer machten. Nun hast du erkannt: Wir sind real. Du als Mensch hingegen bist wirklich. Wirkung gibt es nur, wenn Ursachen in Zeit und Raum vorhanden sind. Realität ist unabhängig davon.«

Die grüne Gestalt umfaßte zärtlich mit beiden Händen meine Schultern. Sie war ja viel größer als ich und konnte mich berühren, als sei ich ein Kind. Dann drehte sie mich mit sanftem Druck um, so daß ich erkennen konnte, was sich hinter mir befand. Im Licht des nächtlichen Himmels sah ich eine große, runde, gut ausgeleuchtete himmelblaue Tafel, viele Meter im Durchmesser, wie es mir schien. Doch es konnten auch Kilometer sein. Die Ausmaße dieses immensen Parabolspiegels verloren sich in der Gegenstandslosigkeit der Umgebung. Sterne sah ich nicht. Wir befanden uns in raumlosen Welten.

Die Grüne Mutter nahm mich bei der Hand. Wir bewegten uns wie im Flug auf die runde Tafel zu. »Weißt du, Dorothea, heute wollen wir dir die sieben universellen Grundenergien nahebringen.«

»Oho!« lachte ich und freute mich. »Das ist ja wieder ein ziemlich großes Thema!«

»Ja, das ist wahr. Doch bevor wir dir etwas auf diese Tafel malen, müssen wir noch ein wenig ausholen. Dann wird es dir leichter fallen zu begreifen.« Sie hielt inne und sammelte sich.

»Die Eigenschaft des Allganzen manifestiert sich in sieben unterschiedlichen Universalenergien. Alle sieben sind gleich wertvoll und gleich notwendig. Keine ist ohne die anderen denkbar, denn sie alle ergänzen sich. Sie bestimmen die materiellen und nichtmateriellen, die seelischen und nichtseelischen Welten. Nicht nur auf deinem Planeten wirkten sie, doch das soll dich wenig kümmern.

Diese Urkräfte haben keinen Namen. Am besten sind sie mit den Symbolzahlen Eins bis Sieben zu bezeichnen. Ohne Ausnahme lassen sich alle Erscheinungsformen des Kosmos auf eine dieser sieben Urkräfte oder auf Kombinationen unter ihnen zurückführen. Diese Energien sind keine Ursachen, sondern Prinzipien. Sie unterscheiden sich durch ihre verschiedenen Frequenzen und werden erst dann ursächlich, wenn sie sich auf der Erde manifestieren. Dort sind die sieben Urkräfte ebenso allgegenwärtig wie allüberall.« Die Grüne Mutter freute sich milde über ihren eigenen Wortscherz und lächelte.

»Die Ros' ist ohn' Warum, sie blühet, weil sie blühet …«, zitierte ich. Meine Lehrerin nickte anerkennend. »So ist es. Nun aber schau auf die himmelblaue Tafel, und du wirst sehen, was unter Energie EINS zu verstehen ist.«

Ich hob den Blick und sah, wie sich ein Lichtstrahl auf die Tafel richtete. Dort entstanden überraschende Bildfolgen, die mich an einen surrealistischen Kurzfilm erinnerten oder an eine bewegte Diashow mit Überblendtechnik. Die Bilder konnte ich ganz in Ruhe betrachten. Sie wechselten jedesmal erst dann, wenn mein Gemüt von ihnen bewegt wurde, so als sei mein Herz die Taste für den Transport des Diamagazins.

Ich sah zuerst ein hilfloses Neugeborenes in einer Pappschachtel vor einem Kirchenportal und dann eine Nonne, die geduldig eine alte Frau fütterte. Eine Mutter hielt ihre Kinder umschlungen. Ein Liebespaar ruhte in inniger Vereinigung. Staatsmänner unterzeichneten Friedensverträge. Zwei Freunde blickten sich tief in die Augen, versöhnten sich und hielten sich an den Händen. Ein schüchternes kleines Mädchen streichelte sein Meerschweinchen. Dann sah ich, wie eine Frau in stiller Trauer den Tod ihres Mannes beweinte. Dazu erklang eine langsame, sanfte, rührende Melodie mit Geigen und Flöten.

Meine Augen füllten sich mit Tränen der Bewegtheit. Formlose Gefühle überschwemmten mich, ganz weich und zärtlich wurde mir zumute. Mir war, als würde ich mit allen Wesen der Erde und des Kosmos vollkommen verschmelzen. Ich war das Eine, das Eine lebte in mir.

So erfuhr ich die Eigenschaften der ersten Urkraft: Sie eint und umfängt, birgt Heil und Heillosigkeit zugleich. Diese Energie glättet, beruhigt und besänftigt, scheut jede Störung der allumfassenden Harmonie. Sie ist mütterlich und kindlich, einfühlend und rührend, manchmal auch rührselig oder sentimental. Sie unterstützt die Schwachen und erlaubt den Starken, sich fallenzulassen. Das Langsame und Gründliche, das Gelassene und Zarte gehört zu ihr. Dazu ist sie sen- sibel, behütend, schützend bis zur Vereinnahmung und dient dem Ganzen in unauffälliger Bescheidenheit. Diese Urkraft schenkt Geborgenheit und Harmonie, eint das Entzweite und heilt das Verletzte.

Die Grüne Mutter schwieg lange. Dann aber sagte sie: »Begreifst du auch, Dorothea, daß Heilung Heillosigkeit voraussetzt und Hilfe erst sinnvoll ist, wenn Hilflosigkeit herrscht? Urkräfte sind weder gut noch schlecht. Sie umfassen jeweils ein vollständiges Spektrum energetischer Möglichkeiten.

Und vergiß nicht, daß im Licht der Erkenntnis und der Liebe ein Konflikt ebenso wertvoll ist wie die Vergebung!«

Ich nickte. Als Therapeutin war mir das klar.

»Lege die Hand auf dein Herz!« bat mich meine Lehrmeisterin. »Dort können alle Menschen die Energie EINS empfinden.« Ich tat es und wurde von Zärtlichkeit zu mir selbst überschwemmt.

Ich war noch ganz mit diesen süßen Empfindungen beschäftigt, als die Grüne Mutter mich vorsichtig am Ärmel zupfte. Ich öffnete die Augen und sah, wie im selben Augenblick neben der riesenhaften himmelblauen Scheibe eine zweite entstand. Sie leuchtete im zartesten Gelb und erinnerte mich an gaukelnde Zitronenfalter auf den Frühlingswiesenblumen meiner Kindheit.

Noch bevor Bilder erschienen, änderte sich schlagartig meine Stimmung. Ich wurde heiter und leicht, eine Champagnerlaune erfaßte mich, und ich spürte, wie Gedankenfunken aus meinem Kopf sprühten, als sei ich eine Wunderkerze. Da sah ich plötzlich kleine Kinder über einen Zirkusclown lachen. Ein Liebespaar kitzelte und neckte sich. Tief über einen Schreibtisch gebeugt schrieb ein Dichter satirische Verse. Zwei Schachmeister waren in ihr Spiel vertieft, und dann folgte das Bild einer Tänzerin im Tutu, die Pirouetten drehte.

Die Darstellungen wechselten jetzt viel schneller, ihr Wechsel gehorchte den Impulsen meiner Freude. Drei jauchzende kleine Mädchen schlugen Purzelbäume unter blühenden Apfelbäumen. Familien zankten sich mit ihren Nachbarn. Eine skurrile, bunte Gestalt mit einem Vogelkäfig auf dem Rücken hüpfte herum und trällerte »… heiter, lustig, hopsasa!«. Bob Hope erzählte ein paar herrlich alberne Witze, bis ich vor Lachen schier zu platzen drohte.

Da erlosch die Sequenz. Mein momentaner Zustand war pure Lebenslust. Kindliche Neugier, originelle Ideen und lustige Phantasien füllten meinen Kopf. Ich wollte mitspielen, tanzen, malen, forschen, mir etwas ausdenken, wollte nie mehr aufhören zu kichern. Auf einem Bein begann ich, um die Grüne Mutter herumzuhüpfen, ich konnte nicht anders. Sie ging vernügt auf diese verrückte Idee ein, faßte meine beiden Hände, drehte sich schneller, immer schneller im Kreis und spielte »Fliegen« mit mir. Das war herrlich!

»Ich sehe schon, du hast begriffen, was Energie ZWEI ist!« rief sie und gab mir einen kleinen Klaps hintendrauf. »Du lernst schnell, das muß man dir lassen! Weißt du jetzt auch, wo Menschen diese Energie wahrnehmen können? Sie aktiviert das Gehirn, aber auch Nase, Sprechorgane und Ohren. Nur vergiß nicht, daß Freude und Freudlosigkeit zusammenhängen. Entzweiung und Harmonie bedingen sich gegen- seitig. Es gibt Spieler und Spielverderber.«

Da tauchte schon die nächste Tafel auf. Sie war blutrot. Bei ihrem Anblick fühlte ich mich elementar vitalisiert und spürte plötzlich einen starken Handlungsdrang. Oder war es eher Unternehmungsgeist? Aber was konnte ich hier in der Leere des immateriellen Universums schon tun? Dennoch, ich wollte ein Ziel, mußte irgend etwas in die Wege leiten – jemanden verteidigen oder sogar angreifen. Kaum war das erste Bild auf der leuchtenden Tafel erschienen, war mir, als müsse ich vor Kraft platzen. Die Versuchung, die Grüne Mutter hochzuheben und in die Luft zu werfen, als sei ich eine mythische Riesin, konnte ich gerade noch unterdrücken.

Auf dem Bildschirm sah ich, wie Bergsteiger im Schneesturm mit dem Helikopter gerettet wurden. Die Impressionen wurden von Klängen begleitet, die einer dynamischen, siegesgewissen Marschmusik nicht unähnlich waren. Ein Ritter in glänzender Rüstung schützte mit Lanze und Schwert eine Gruppe zerlumpter Dörfler vor Straßenräubern. Die Zigarre zwischen den Lippen, studierte ein Mann zufrieden die Bilanzen seines florierenden Unternehmens. Elegante Herren duellierten sich auf einer Lichtung. Ein Anwalt kämpfte um das Leben seines unschuldigen Mandanten. Halbwüchsige randalierten, und ein Teenager mit Pickeln im Gesicht rebellierte gegen seinen Vater. Im Lazarett half die Schwester einem Soldaten, den Antrag auf Versehrtenrente auszufüllen, denn er hatte beide Beine verloren. Eine Frau stöhnte unter Preßwehen und strahlte, als das Kind aus ihr herausbrach ins Leben.

Alles an dieser Energie drei war schöpferisch, dynamisch, kriegerisch, auf neue Ziele ausgerichtet. Ich spürte eine belebende Mischung aus Gemeinschaftsgeist, Rebellion und Opferbereitschaft, Hingabe, Verletzlichkeit und Beharrlichkeit. Diese Kraft machte mich stark. Plötzlich war ich jung, aktiv, sexy. Ich strahlte die Grüne Mutter an.

»Das gefällt dir, nicht wahr, Dorothea?« rief sie. »Du wirst sehen, die dritte Energie wird dich bald erfassen und dich auf einer großen Woge in eine neue Lebensphase tragen. Doch bedenke: Nur wer sich dem Leid der Welt stellt, kann das Leben in seiner Fülle genießen.«

Das alles überraschte und erfreute mich. Doch blieb mir keine Zeit, zu überlegen, was meine Lehrmeisterin damit meinte, denn eine grasgrüne Tafel erschien neben der roten. Ich blickte auf das beruhigende Grün, sah Baumwipfel und ungemähte Wiesen, die sich unter einem leichten Wind wiegten. Mein Gefühl, in den Startlöchern des Lebens zu stehen und auf den Zielschuß zu warten, ließ nach. Ich atmete tief ein, mein Rücken entspannte sich, und die Bilder entfalteten ihre Wirkung.

Langsame, forschend-nachdenkliche Klavierimprovisationen mit viel Pedal und Nachhall untermalten die neuen Eindrücke. Zuerst erschien ein Staatsarchiv, von ordentlichen Menschen gepflegt und bewahrt. Dann prangte über dem Richtertisch das Wort »Gerechtigkeit«, während eine Kleinrentnerin für den Diebstahl einer Pralinenschachtel drei Monate auf Bewährung bekam. Menschen mit gepuderten Perücken lustwandelten in einem Garten mit regelmäßigen Rabatten und symmetrisch angelegten Wegen. Ein Junge lag auf der Erde und beobachtete Insekten mit der Lupe. Sinnend saß eine Kranke am Fenster und schaute in den Garten, im Schoß ein Buch. Ein Geschäftsmann, vom Hexenschuß geplagt, lag auf dem Sofa, schluckte Schmerztabletten und telefonierte hektisch. Ich rief ihm zu: »Stopp! Halte doch mal inne! Du bist ja total überarbeitet!« Er erschrak, das Handy fiel ihm aus der Hand, er stöhnte und lehnte sich in die Kissen. Ein hochbetagter Gelehrter widmete sich mit konzentrierter Zufriedenheit seinen Forschungen zur babylonischen Keilschrift. Gleich darauf sah ich eine Eskimofrau, die ihrer Tochter zeigte, wie man Fischtran auskocht.

Ich überlegte, was das Wesentliche der Energie VIER sein könnte. Gewiß ging es um Lernen und Unterrichten, um Theorie und Praxis, um Ordnen, Bewahren, Archivieren und Tradieren. Auch um Gerechtigkeit. Auch um Innehalten und Stillsein. Entscheidend aber war, daß ich jetzt ganz still und ausgeglichen war und das, was in mir vorging, mit ungewöhnlicher Klarheit beobachten konnte. Alle Gefühlsstürme, ausgelöst von den drei ersten Urkräften, hatten sich durch die VIER neutralisiert. Ich fühlte mich sicher wie im Auge des Zyklons, wo Windstille herrscht.

»Das ist wohltuend, nicht wahr?« bemerkte die Grüne Mutter. »Menschen suchen die Ordnung und scheuen das Chaos, obgleich sie täglich davon profitieren. Hast du nicht bei deinen Patienten beobachtet, daß allzu großes Sicherheitsbedürfnis zu Erstarrung führen kann?«

Ich nickte. Schon erblickte ich zu meiner Rechten eine neue Tafel. Sie hatte die Farbe der aufgehenden Sonne, ein leuchtendes Orange, und wie die Sonne wärmte sie auch mein Gemüt. So beruhigend das Grün der VIER gewesen war, so sehr freute ich mich nun über die Lebendigkeit, die von der Energie FÜNF ausging.

Als würde ich an einem warmen Maimorgen hinaus ins Freie treten, breitete ich, von Wonnegefühlen erfüllt, die Arme aus. Und auf der Tafel erschien das Bild eines freundlichen alten Herrn, der bereit war, mich ohne Wenn und Aber an sein Herz zu drücken. Dann sah ich dicke Leute, die bei einem Festmahl schon heimlich die Gürtel gelockert hatten, so satt waren sie. Zu Füßen eines bärtigen Weisen, der im Lotossitz auf einem Kissen saß und schwieg, saßen andächtige Gläubige. Bei einer Talkshow ließ der Moderator die geladenen Gäste kaum zu Wort kommen, weil er selbst im Mittelpunkt stehen wollte. Zwei jüdische Kinder wurden von ihrer Nachbarin in der Schrebergartenhütte verborgen gehalten. Ein idealistisches Taubenmutterl spendete all ihr Geld dem Tierschutzverein und endete frierend und krank als Obdachlose. Wiener Walzer erklang, rotwangige Debütantinnen strömten aufs Parkett. In einer Gruppentherapie sprach ein Manager über seine Angst zu versagen und konnte zum erstenmal weinen, seit er ein Kind war.

Wieviel Gemeinsamkeit und Großzügigkeit, Festlichkeit und Üppigkeit ging von dieser Energie fünf aus! Gewiß, es wurde viel geredet, aber auch das Schweigen und das Zuhören spielten eine wichtige Rolle. Ich erkannte Beziehung und Beziehungslosigkeit, Gutherzigkeit, Aufrichtigkeit und weise Akzeptanz, aber auch Oberflächlichkeit und Habgier.

Meine Lehrmeisterin legte die Hand auf meine Schulter.

»Der Kluge nimmt, was er braucht, und verschenkt den Rest. Lebt er aber auf Kredit, muß er auch die Zinsen zahlen. Nicht nur mit materiellen Gütern verhält es sich so. Auch du hast oft zu geben versucht, was du nicht hattest, Dorothea«, sagte sie leise.

»Ich konnte eben nicht anders.«

»Es ist heilsam, wenn du dir verzeihen kannst«, nickte sie und wies mit ausgestrecktem Arm auf die nächste Tafel, die in der Farbe des tiefblauen Ozeans vor mir aufleuchtete. Oh, wie tröstlich und erhebend war mir dieser Anblick! Ich dachte an meine Tage am indischen Strand, an die seligen Nächte unter dem klaren Sternenhimmel, an das unentwegte Tosen der Wellen, Symphonie der Ewigkeit. Entspannt und entgrenzt hatte ich mich dort gefühlt.

Ich betrachtete die Bildsequenzen. Inzwischen wußte ich schon, daß es weniger auf die Details und die genauen Inhalte ankam als auf die Stimmung, die sie in mir auslösten. Ich stellte fest, daß mir still und ernst, ja fast ein wenig heilig zumute

war, als ich die großen, alten Steinringe von Stonehenge erkannte. Die Töne, die ich dazu hörte, wurden, so schien es mir,
von menschlichen Stimmen gesungen, mit vielen jubelnden
Obertönen. Ein ausgemergelter Mann mit fanatisch glühen-
dem Blick stieg auf eine Kiste und predigte den Weltunter-
gang. »Kehrt um!« schrie er heiser. »Tut Buße!« Eine Gruppe
von Zen-Mönchen meditierte in tiefster Versunkenheit. Am
Lager der sterbenden Großmutter saß ein Mädchen, hielt
ihre Hand und drückte ihr die gebrochenen Augen zu. Unter
den Stiefeltritten eines Lagerkommandanten mußte ein Bibel-
forscher sein Leben lassen, weil er in seiner Not zu Jehova geschrien hatte. Ich sah das tibetische Staatsorakel unter seinem
schweren Metallhelm ächzen und mit obskurem Gestammel
Zerstörung prophezeien. In der Kathedrale von Buenos Aires
knieten Hunderte von achtjährigen Christusbräuten, um die
Erstkommunion zu empfangen. Jemand umarmte einen Lepra-
kranken und küßte seine eitrigen Wunden. Eine Kindergärt-
nerin tröstete voll Mitgefühl einen kleinen Jungen, der wegen
seiner Hasenscharte gehänselt wurde. Was ich sah und hörte,
hatte auf die eine oder andere Weise mit Glauben und Fa-
natismus zu tun, aber auch mit Trost und Barmherzigkeit –
oder mit einem Mangel daran. Jenseitigkeit und Transzendenz waren ebenso zu spüren wie die Sprengung alltäglicher
Bewußtseinsgrenzen. Diese Energie SECHS erzeugte in mir
eine Mischung von Faszination und Erschütterung.

»Weißt du, warum alle Religionen grausam sind?« fragte
die Grüne Mutter. »Weil sie behaupten, daß es nur eine Wahrheit gibt, die mit dem Schwert verteidigt werden muß.«

Nun deutete sie auf die Tafel, die gerade in einem königlichen Purpur aufflammte. Das war die Energie SIEBEN. Plötzlich fühlte ich mich komplett, so als würden, angestrahlt vom
Licht der sieben bunten Tafeln, alle meine Möglichkeiten zu
einem Optimum aktiviert.

Ich streckte mich, straffte meine Schultern und nahm eine
würdevollere Haltung an. Strahlende Fanfarenklänge in gemessen voranschreitendem Rhythmus ertönten, einer Krö-

nungszeremonie würdig. Ich richtete meinen Blick auf den samtroten Bildschirm. »Ich bin der Herrscher!« donnerte ein orientalischer Fürst. »Hier geschieht, was ich befehle!« – »Ihr seid ein verantwortungsloser Despot, wenn Ihr Euer Reich finanziell zugrunderichtet«, setzte der Wezir dagegen und riskierte damit Kopf und Kragen. In einem unaufgeräumten Wohnzimmer hockte ein Kettenraucher vor dem Fernseher, las Zeitung, telefonierte und zappte so ungeduldig, daß ihm alles Interessante letztendlich entging. Ein Bestattungsunternehmer gestand: »Ich bin Realist. Sterben müssen wir alle. Wenn ich mit den Hinterbliebenen weinen würde, wäre keinem geholfen.« Hektische Betriebsamkeit in einem Büro führte dazu, daß wichtige Unterlagen im Aktenvernichter verschwanden und ein großes Geschäft platzte. Bei ihrem Therapeuten jammerte eine Frau, ihr Mann sei schrecklich dominant. »Selbstbeherrschung ist die höchste Tugend«, lehrte der Mandarin seinen Sohn. Ein Juwelier flüsterte seiner Kundin zu: »Mit diesem Collier schauen Sie aus wie eine Königin!«

»Hast du verstanden?« erkundigte sich die Grüne Mutter. Ich zögerte. Noch war ich damit beschäftigt, meine Eindrücke zu ordnen. Ich empfand eine gewisse Unrast, hatte langsam genug von alledem. Die Grüne Mutter hatte mich bis hierher geleitet. Jetzt wollte ich selbst einmal wieder die Führungs- rolle übernehmen, anstatt mich neben ihr wie ein kleines Kind zu fühlen. Ich war ihr sehr dankbar, gewiß, daran gab es keinen Zweifel. Vielleicht fühlten sich meine Analysanden so gegen Ende der Behandlung, wenn sie sich von mir lösen wollten, die Dankbarkeit ihnen jedoch ein Hindernis war. Die Grüne Mutter, die offensichtlich meine Gedanken lesen konnte, sagte nichts. Ich war frei.

Mir wurde klar, daß ich mit diesen Instruktionen auch eine gewaltige Verantwortung zugewiesen bekam. Schließlich wurde ich von der Grünen Mutter beauftragt, mein neues Wissen in die Welt zu tragen und meine Mitmenschen zu einem glücklicheren Leben anzuleiten.

Gemeinsam schauten wir uns noch einmal um. In herrlichen Farben von überirdischer Leuchtkraft umgaben die sieben bunten Rundtafeln uns in einem weiten Kreis, in dessen Mitte wir schwerelos weilten. Nachdem ich mich lange in stummem Entzücken an ihrer Pracht gesättigt hatte, begannen sie in funkensprühenden Spiralbahnen zu kreisen, schneller und immer schneller, bis wir von einem farbigen Feuerwerk umgeben waren, vor dessen Schönheit es mir den Atem verschlug. Meine Lehrmeisterin legte den Arm um meine Schultern, wie ich da in Ekstase versunken das Zusammenspiel aller sieben kosmischen Energien betrachtete. Dabei bemerkte ich zu meinem Erstaunen, daß wir gleich groß waren. War sie kleiner geworden, oder war ich gewachsen?

»Wir werden uns erst in einiger Zeit wieder begegnen, geliebte Dorothea. Für deine neuen Aufgaben besitzt du jetzt alles Wissen, das du brauchst. Wende unsere Lehren an auf das, was du in Indien erfahren hast – auf deine Begegnungen, deine Erlebnisse. Dann wirst du viele Rätsel entschlüsseln können.«

»Darf ich euch rufen und Fragen stellen, wenn ich euch brauche?« bat ich.

»Wenn wir wirklich gebraucht werden, Dorothea, sind wir immer bereit.«

*U*nbeschreiblich satt wache ich am nächsten Nachmittag auf. Meine anfängliche Verwirrung weicht einer kristallenen Klarheit, als ich mich an den Schreibtisch setze, um meine Vision aufzuzeichnen. Die Erinnerung an Bilder und Töne hilft mir.

Und plötzlich geht mir ein Licht auf. Die Seelenrollen, von denen Rama Raj mir erzählt hatte und die bei den Taki eine so wichtige Rolle spielten, sind ebenfalls Ausdrucksformen der sieben kosmischen Grundenergien, die ich mit Hilfe der Grünen Mutter zu unterscheiden gelernt habe. Gehört nicht der Heiler oder *siddhi* zu Energie EINS, der Weise oder *rishi* zu Energie FÜNF, der König oder *raja* zu Energie SIEBEN?

Also – wenn das stimmt, bin ja auch ich eine essentielle Repräsentantin der ersten kosmischen Energie! Ich überlege, schiebe hin und her, bis mir klar wird: Zwischen den Lehren der Grünen Mutter und dem, was mir Rama beigebracht hat, besteht ein enger Zusammenhang.

Als ich nach Stunden den Stift aus der Hand lege, bin ich hocherfreut und befriedigt. Es scheint sich so etwas wie ein Energiesystem herauszubilden. Von nun an werde ich viele Aspekte meines Lebens – Personen, Situationen, Herausforderungen – danach befragen, von welcher Grundenergie sie getragen werden. Zum Beispiel mein zweiter Tag zu Hause, als ich mich verkleidet und sogar mit Puppe Thea gespielt hatte, ist das nicht Energie ZWEI gewesen – kindlich, neugierig, lustig, kreativ? Und der dritte Tag mit seinen neuen Zielsetzungen, mit den Plänen für die Zukunft und der ganzen Unternehmungslust, dem kämpferischen Geist – das war doch bestimmt Energie DREI! Sogar die sieben Formen der Angst, die mir die Mythen und Erzählungen des Takistamms in den Monaten meines Aufenthaltes nahegebracht hatten, kann man mit den Grundenergien der Grünen Mutter in Verbindung bringen.

Wirklich aufschlußreich. Noch niemals habe ich meinen Alltag, meine Umgebung unter dem Blickwinkel von Energie betrachtet. Ein neues Weltbild beginnt sich in mir zu regen wie ein Fötus im Mutterleib.

Gloria Victoria

Wann sollte der Schlangenbootkampf beginnen? Malti war nicht in meiner Nähe. Vielleicht hatte sie sich zu Frauen aus anderen Dörfern gesellt oder war Lalla besuchen gegangen. Ich begann, mir die unterschiedlichen Farben der Boote einzuprägen, denn in ihrer Form waren alle gleich. Unser Boot, die »Ungeduld«, hatte breite gelbe Bänder am Bug, die in der

Morgenbrise flatterten. Andere waren mehr in Blau und Silber, Grün und Gold oder Gold und Rot gehalten, geschmückt mit schwarzen, weißen, blauen oder grünen Bändern, die wie giftige Zungen aus den drohenden Drachenmäulern hingen. Darüber sah man große runde Glotzaugen.

Auf jedem dieser eindrucksvollen Wasserfahrzeuge standen in statuarischer Ruhe einundvierzig Männer, die Sänger nicht gerechnet. Ihre Köpfe waren mit Schweißbinden weiß umwickelt, Beine und Lenden mit weißen Tüchern umschlungen, die Hände in gespannter Bereitschaft um die Griffe der Ruder gelegt. Die königlichen Barken in Bangkok oder die Prunkgondeln der venezianischen Dogen konnten nicht majestätischer wirken als diese rituellen Schlangenboote.

Plötzlich breitete sich an einem der gegenübergelegenen Ufer Unruhe aus. Aller Augen waren jetzt dorthin gerichtet. Keiner redete mehr. Wie man wohl das Startzeichen geben würde?

Da brach die Gruppe der dort drüben versammelten Ältesten in ein urweltliches Heulen aus. Ich zuckte zusammen. Unter diesem heißen blauen Himmel, geborgen in der Menge festlich gekleideter Menschen, wurde mir eiskalt. Zur gleichen Sekunde begannen alle Ruderer wie ein Mann das Wasser aufzupeitschen. Sie bewegten sich aus etwa achtzig Metern Entfernung aufeinander zu, anfangs in sternartiger Formation. Dann aber gewann eines an Vorsprung, ein anderes folgte. So kam es bereits nach weniger als zwei Minuten zum ersten Zusammenstoß. Zwei Schiffsrümpfe erzitterten, es gab einen dumpfen Knall. Aber die Ruderer ließen sich davon nicht beirren. Das angreifende Boot wurde nun seinerseits von hinten gerammt. Auch andere schienen sich miteinander zu verkeilen, während das Wasser schäumte und schauerliche Schreie ertönten. Auch alle Menschen am Ufer brüllten, sie feuerten ihre jeweilige Dorfmannschaft an. Erkannte ich richtig, daß ein Boot mit blausilbernem Schmuck am meisten bedrängt wurde? Seinen symbolischen Namen kannte ich nicht, und so wußte ich nicht, welche der sieben

Angstschlangen gerade um ihre Existenz fürchten mußte. »Ungeduld« war es nicht. Sie hielt sich am Rand des Getümmels, versuchte, das Knäuel zu umrunden, wohl, um sich von hinten auf das übrige Gewürm zu werfen. Ich konnte nicht erkennen, daß die Kriegsruderer bestimmte Regeln einhielten. Mir kam es eher vor, als sei jede Hinterlist und jede Heimtücke erlaubt. Aber dies mochte nur der oberflächliche, unwissende Eindruck einer *firingi* sein.

Noch war niemand ins Wasser gefallen. Ich wunderte mich, daß noch keines der schwarzbunten Ungetüme umgekippt war und Schiffbruch erlitten hatte. Der Tumult dauerte erst wenige Minuten, doch konnte man die Boote von weitem kaum noch unterscheiden, so hoch spritzte das Wasser. Ich hielt mir die Ohren zu, weil die Takifrauen neben mir mit dermaßen haßerfüllten, verzerrten Gesichtern kreischten und heulten, daß ich meinte, in der Hölle zu sein. Es war kaum zu glauben, daß es dieselben waren, die mir sonst mit gütig-entspannter Miene auf dem Dorfplatz zulächelten. War das eine Massenhysterie oder ein notwendiges Ventil für aufgestaute Aggressionen? Wenn ich an mögliche Unfälle dachte oder gar an Tote, wurde mir übel. Zugleich machte ich mir Vorwürfe dafür, daß ich meine Taki allzusehr als »gute Wilde« idealisiert hatte, anstatt ihnen eine facettenreiche Menschlichkeit zuzugestehen. Warum sollten sie nicht ihre Häßlichkeit zeigen dürfen wie jeder von uns? Solange sie nur nett zu mir waren ...

Trotz der Entfernung konnte ich sehen, daß die langen Ruderblätter nicht nur dazu dienten, das Wasser der Lagune aufzuwühlen, sondern nun auch verstärkt dazu eingesetzt wurden, Kriegern in gegnerischen Booten die Köpfe einzuschlagen, sie aus der Fußverankerung zu heben, indem man ihnen zwischen die Beine fuhr, oder sie einfach hinab ins Wasser zu stürzen. Nein, das war kein Spiel! Schon hatte ein Boot drei Mann verloren, ein anderes zwei. Doch dies war erst der Anfang.

Inzwischen hatten sich offensichtliche Koalitionen gebildet. Ich sah mehrere Schlangenboote gemeinsam ein drittes hinterhältig angreifen. Dieses wurde jedoch schnellstens von zwei Verbündeten unterstützt. Dadurch wurde das Opfer gestärkt, wehrte sich erfolgreich, und die Angreifer ließen von ihm ab. Aber nach kürzester Zeit hatte sich das Blatt gewendet, und zu den zweien stieß ein drittes, das sich vorher neutral verhalten hatte. Sie wendeten sich sogleich gegen ein anderes Schlangenboot, das ein wenig abseits auf seine Chance gewartet hatte. Das alles vollzog sich mit rasender Geschwindigkeit, so daß ich unsere »Ungeduld« immer wieder aus den Augen verlor. Die Gischt sprühte, der Sonnenschein blendete mich, die Ruder schlugen, donnerndes Krachen und markerschütternde Schreie quälten meine Ohren. Nach so viel Stille und romantischer Beschaulichkeit, wie ich sie monatelang genossen hatte, war dies ein greuliches Konzert.

Wie lange sollte das noch dauern? Ein Ende war gar nicht abzusehen. Immer neue Formationen bildeten sich. Bisweilen wollte ein Boot sich in Sicherheit bringen, bewegte sich aus der Mitte fort, vielleicht zum Verschnaufen oder um eine neue Strategie zu verfolgen. Aber wie von aufmerksamen schwarzen Hunden, die ein streunendes Schaf wieder einfangen wollen, wurde es unverzüglich zurückgeholt in das Kriegsgetümmel. Niemand konnte ausweichen, keine List half.

Ich spürte, wie nicht nur die lüsterne Erregung der sensationshungrigen Meute um mich herum anstieg, sondern auch echte Angst sich ausbreitete. Ich konnte sie förmlich riechen. Hat Angstschweiß nicht eine unverwechselbare Ausdünstung? Die Helden, die dort auf dem Wasser ihren mythischen Kampf austrugen, waren ja auch Söhne und Liebhaber, Väter und Brüder. Selbst wenn der Heroismus mit religiöser Ideologie viele Emotionen verdeckte oder in andere Farben tauchte, hatten diese Frauen doch auch ein Herz und private, wenn auch vielleicht unbewußte Gefühle. Stolz auf die Kraft und Geschicklichkeit ihrer Männer mischte sich mit urweiblicher Sorge um die Bewahrung von Leben.

Katholische Mütter und Bräute hätten jetzt laut ihr Ave

Maria gebetet. Ich dachte auch daran, wie stolz viele deutsche Frauen in den Weltkriegen waren, als ihre Gatten und Söhne »für Volk und Vaterland« in den Kampf zogen und darin fielen. Kommt es nicht auf die geistige, die ideologische Prägung an, wie man ein Ereignis psychisch verarbeitet? Die Takifrauen rauften sich die Haare, schrien wie in den Wehen, einige brachen am Boden zusammen und wimmerten. Die Szenen waren so wüst, daß ich nicht wußte, wohin ich schauen sollte. Für eine Weile wollte ich gar nichts mehr sehen und schloß die Augen.

Letztendlich begriff ich auch gar nicht, ob wir um einen Sieg unseres Schlangenbootes aus Narvan fieberten oder auf eine Niederlage hofften. Angesichts der bösartigen Auseinandersetzungen, die zwischen den Angstdrachen tobten, angesichts so starker Aggressionen, die aus dem friedfertigen Takistamm hervorbrachen, war ich völlig verwirrt. Ich hatte eine religiös gefärbte Zeremonie, einen symbolischen Kampf der Laster erwartet, ein fröhliches Fest, einen freudigen Feiertag. Doch diese Illusion mußte ich bald aufgeben. Mit jeder Minute wurde mir nun deutlicher, worum es ging: Die Schlangen kämpften um den Bestand der Angst in ihrem Herrschaftsbereich. Keine wollte unterliegen, keine ihre Macht verlieren.

Entsetzen kroch mir den Rücken hoch, meine Knie begannen zu zittern. Wie lange dauerte das Ganze noch? Mit kunstvoller Behendigkeit wechselten die Formationen der Boote. Ich gab es auf, die Einzelheiten zu beobachte. Die »Ungeduld« war nicht immer deutlich erkennbar. Aber als das Geschrei um mich lauter und jammervoller wurde, begriff ich, daß sie in Gefahr geraten war. Auch die Alten hatten sich jetzt erhoben. Auf ihren mageren, sehnigen Beinen waren sie bis zur Spitze des kleinen Hügels aufgestiegen, um besser sehen zu können, standen dort eng aneinandergedrängt und redeten gestikulierend aufeinander ein. Es war offensichtlich, daß sie um ihr Boot bangten. War nicht schon mehr als die Hälfte von unseren Ruderern ins Wasser gefallen? Wie lange würden sie sich noch halten können? Wehmütig erinnerte ich mich an ihren heroischen Stolz, an die starren, ernsten Blicke, als sie am Morgen ihr Ritualfahrzeug zum Kanal getragen hatten. Wie den gefallenen Helden, den schamvoll Besiegten wohl nach dem Ende des Kampfes zumute sein würde?

Ich ertappte mich dabei, wie ich versuchte, meine Gefühle und Befürchtungen auf die Taki zu projizieren. Vielleicht gingen sie damit ganz anders um? Denn bei dem Krieg der Schlangen handelte es sich schließlich nicht um ein unvermutetes Unglück, um einen Angriff einer feindlichen Macht aus der Außenwelt, sondern um ein internes sakrales Ereignis, das in jedem Jahr stattfand und stattfinden mußte. Notwendiges, Vorhersehbares, Althergebrachtes, auch wenn es leidvoll ist, akzeptiert man anders und leichter als Feindseligkeiten fremder Aggressoren, gegen die man sich wehren muß. Alle Ereignisse, ob schön oder schrecklich, wurden von der gesamten Stammesgemeinschaft der Taki gestützt und ertragen. Mein Verstand fand da einen gewissen Zugang, wenn auch nur für Augenblicke. Mein Gefühl jedoch ließ mich nur eines erkennen: einen grausamen Bruderkrieg, der Leben kostete, um einem uralten Brauch zu huldigen, um einer rituellen Pflicht Ausdruck zu verleihen. Da nützte es wenig, daß ich mir alle paar Atemzüge vor Augen hielt, wie wenig ein Menschenleben in Indien wert war, wie leichtherzig man hier mit dem Tod umzugehen schien. Solche Überlegungen entlasteten mich für Sekunden, nicht länger. Zwei Dinge mußte ich mir eingestehen: Ich fühlte mich selbst akut bedroht, und ich verstand die Mentalitäten dieses alten Landes weniger denn je. Nein, ich wollte auch gar nichts mehr verstehen. All das Fremde war mir in dieser Stunde tief zuwider.

Von den anderen Ufern rings um den See drang ohrenbetäubendes Gejohle und Gepfeife, Brüllen und Toben zu uns herüber. Da nun das Schlangenboot von Narvan mehr und mehr in die Enge gedrängt wurde, schien dort drüben die Stimmung zu steigen. Die Frauen und Männer aus meinem Dorf hingegen jammerten und heulten. Einige waren ins fla-

che Wasser gestiegen, standen ein paar Meter vom festen Ufer
entfernt bis zu den Hüften inmitten der blauviolett blühenden Hyazinthen und streckten die Arme flehentlich zur Mitte
des Sees aus. Ich sah, wie ihnen Ströme von Tränen

über die Wangen liefen, und wieder mußte ich meinen
Blick abwenden. Meine eigenen Schreie blieben mir im Halse
stecken, ich hatte kein Ventil für meine Panik, wähnte mich in
einem schrecklichen Alptraum und wünschte mich nur fort,
fort von hier. Wäre ich doch bloß niemals auf die Idee gekommen, im fernen Indien nach Erholung zu suchen! Es war
unerträglich, diese armen Menschen leiden zu sehen. War
das nicht ethnische, wahrhaft bekehrungswürdige Verblen-
dung? Hatten die Missionare nicht am Ende recht in ihrem
Eifer, den Eingeborenen christliche Werte nahezubringen,
um solch sinnloses Morden zu verhindern? Was sind schon
altehrwürdige Traditionen, malerische heidnische Bräuche,
sogenanntes Kulturgut, wenn sie in ein rohes Gemetzel aus-
arten? Ach, in meinem Kopf tobten die Eindrücke und Argumente. Ich lief ein paar Schritte fort vom Ufersaum, warf
mich dort auf den Boden und begann, fernab von den anderen, meine Qual herauszuschluchzen.

Viel Zeit sollte vergehen, bis der heftige emotionale Ausbruch verebbte. Vielleicht waren es Stunden. Ich kam irgendwann zu mir, wischte die Tränen mit schmutzigen Fäusten aus
dem Gesicht und eilte wieder ans Wasser. Die meisten waren
schon fort oder brachen gerade auf, um ins Dorf zurückzukehren. Ich sah gramgebeugte Rücken, die Alten stützten einander. Unter den merkwürdigen, paarig wachsenden Zweigen
eines Kapokbaums, der über und über mit leuchtenden rosa-
farbenen Blüten bedeckt war, standen die zwei widerwärtigen
Gnome wie siamesische Zwillinge aus Pech und Schwefel. Sie
schauten zu mir herüber, und ich meinte zu spüren, daß ihre
Blicke meine Brust wie giftige Pfeile durchbohrten. Dann
machten auch sie sich auf den Weg zum Dorfplatz. In der
Ferne sah ich sechs majestätische Schlangenboote einem der
gegenüberliegenden breiten Kanäle zustreben. Triumphie-

rend blitzten ihre Ornamente in der Sonne. An den übrigen Böschungen herrschte Volksfeststimmung. Dort begann man mit Singen und Lachen, Essen und Trinken den Sieg über die Angstschlange »Ungeduld« zu feiern. Die Taki aus Narvan hingegen wanderten schweigend oder wim- mernd und tief bedrückt in ihre Siedlung zurück.

Ich beschloß, mich ihnen vorerst nicht anzuschließen. All- zusehr war ich noch mit meinen aufgewühlten Gefühlen be- schäftigt. Auch wollte ich als *firingi* mich nicht in den Schmerz und die Trauer meiner Takifreunde einmischen. Es schien mir besser, sie auf dem Dorfplatz bis zum Abend allein zu las- sen, ohne daß sie sich beobachtet fühlen mußten von einem Menschen, der ihnen letztendlich fremd war. Malti würde mir schon sagen, ob man mich brauchte. Diese Entscheidung bedeutete für mich natürlich auch Schutz vor psychischer Überlastung. Mir war das alles zuviel. Ich hockte mich un- ter eine große Palme an das Ufer und blickte auf das Wasser. Niemand beachtete mich, sie alle waren mit sich und den Er- eignissen beschäftigt.

Unsere »Ungeduld« lag halb zur Seite geneigt und ohne Mannschaft auf dem glatten Wasser. Kraftlos und müde wie ein verwundeter Soldat schien sie die Schmach der Nieder- lage auf sich zu nehmen, als würde sie unter der Kiellinie langsam ausbluten. Das arme Schiff! Die Vorstellung, daß es im kommenden Jahr, ebenso prächtig wie am heutigen Mor- gen geschmückt, kämpfen würde, als sei nichts geschehen, kam für mich einer Hoffnung auf Wiedergeburt gleich. So un- wahrscheinlich schien es, daß es wieder zum Leben erwachen könnte. Und doch würde man sich bald daranmachen, es lie- bevoll wiederherzurichten, bis es glänzte und schimmerte, es neu ausstaffieren, bemalen und bemannen. Das tröstete mich.

Auf dem Wasser bewegte sich etwas. Als ich genauer hin- sah, entdeckte ich die weißumwickelten Köpfe mehrerer Ru- derer, die von Bord gefallen waren und die nun mit matten Bewegungen auf heimatliches Ufer zuschwammen. Wie müde mußten sie sein nach dem stundenlangen Gefecht! Einige von ihnen schleppten einen Mann, der viel zu erschöpft war, um selbst an Land zu kommen. Vielleich war er verletzt – oder gar tot?

Den Gedanken, daß Rama Raj dort auf diesem Höllensee etwas zugestoßen sein könnte, verscheuchte ich schnell. Ich wußte nicht einmal mit Sicherheit, ob mein Seelenbruder zu den Schlangenkämpfern zählte. War er überhaupt zum Fest ins Dorf zurückgekehrt? Das konnte nicht sein. Er hätte mir doch gewiß ein Zeichen zukommen lassen, mir einen Gruß geschickt, irgend etwas ausrichten lassen! beruhigte ich mich. Nun, da alles vorbei war, wurde ich seltsam apathisch. Mir war, als existierte ich nur als Traumgebilde. War das eine Ruhe nach dem Sturm oder vor dem Sturm? Umhüllt von einem Raum aus Stille saß ich bis zum Nachmittag an meinem Platz am Ufer und rührte mich nicht. Von weitem vernahmen meine Ohren den Schall der Festlichkeiten auf dem anderen Ufer. Das ging mich nichts an. Ich hatte weder Hunger noch Durst. Ohne viel wahrzunehmen, schaute ich mit stumpfen Augen auf den ruhigen See, der jetzt spiegelglatt und rot wie Blut im Abendlicht lag. Die üppig wuchernden violetten Hyazinthen nahmen eine weiße Färbung an, verlassen lag das besiegte Schiff dort. Sein Drachenschwanz hob sich schwarz gegen das feurige Leuchten des Himmels ab.

Einmal, erinnere ich mich, hob ich plötzlich den Blick und sah mich um, beunruhigt und aufgeschreckt, als würde ich beobachtet. Doch hinter mir war niemand zu sehen, und vor mir lag nur die augenlose Fläche des Sees.

Kurz vor Einbruch der Dunkelheit, als die Sonne sich anschickte, wie ein schwerer roter Ball fast senkrecht hinter die Palmen des gegenüberliegenden Ufers zu fallen, rüstete man sich überall zum Aufbruch. Die Auswärtigen wollten heim, sie stiegen in ihre Kanus und in die bald überfüllten Boote. Männer, Frauen und Kinder drängten sich an den Anlegestellen. Ein Außenbordmotor wurde nach mehreren vergeblichen Versuchen angeworfen, etwa dreißig Burschen standen aufrecht dicht an dicht gedrängt darin. Während das Boot eine großzügige Schleife zog und an mir vorbeirauschte, blickten sie alle neugierig herüber. Vielleicht hatte sich die Anwesenheit einer Frau aus dem Westen auch bis zu den ortsfremden Gästen herumgesprochen. Oder wollten sie nur wissen, wer da so unindisch allein am Ufer hockte? In Kóvalam Beach waren die einheimischen Ausflügler sonntags aus den Städten gekommen, um nackte weiße Frauen anzuglotzen wie im Zoo. Aber schließlich saß ich hier nicht oben ohne!

Eine Anwandlung wilder Sehnsüchte überkam mich. Kóvalam! Mein Paß, mein Geld! Wohin fuhren diese Leute? Ich will bei ihnen sein! In meinem Kopf waren Stimmen, die lockten: Jetzt ist die Gelegenheit, Doris, du kannst mit ihnen fort von Narvan! Lange genug warst du jetzt hier. Wer weiß, wann wieder Boote fahren mit Leuten aus der Stadt! Beeile dich, sei nicht dumm, entscheide dich! Was willst du denn noch bei den Taki! Heute hast du doch gesehen, daß sie auch nicht anders als alle anderen Menschen sind – aggressiv, grausam, lebensverachtend. Wach auf aus deinem Traum! Du hast genug erlebt. Auf, auf!

Ich wußte, ich hätte nur zu rufen oder zu winken brauchen, um diese Gedanken in die Tat umzusetzen. Ich hätte den *pallu* abstreifen können, um mein helles Haar zu zeigen, hätte aufstehen sollen und »*Hallo, help, help!*« schreien sollen. Es wäre so einfach gewesen. Warum tat ich es nicht? Wieviel wäre mir erspart geblieben? Wieviel wäre mir entgangen?

Aber es gab einen anderen Impuls, unendlich mächtiger, der mich zwang, nichts zu unternehmen. Ganz unerklärlich und doch laut und überdeutlich rief es in mir: Bleib! Keine Argumente, keine Begründungen. Nein. Bleib! Deshalb rührte ich mich nicht vom Fleck, obgleich mein Herz vor Aufregung klopfte. Die Autorität dieses inneren Befehls erlaubte keinen Widerspruch. Ich mußte mich nach ihm richten, der Anweisung gehorchen, und ich tat es. Du bist völlig verrückt, liebe Doris, überlegte ich mit einer guten Portion Sarkasmus, aber das wissen wir ja schon. Kannst du nicht ein einziges

Mal vernünftig sein? Aber gut, gut, was immer es ist, das da so laut seinen Befehl bellt, es soll seinen Willen haben. Ich bleibe. Ich bleibe, bis ich weiß, wann ich gehen darf.

Ein kleines Lächeln stahl sich in mein Gesicht, ich war auf einmal entspannt und zufrieden. Das Motorboot entfernte sich, drehte eine weite Runde auf dem See. Dann näherte es sich wieder der Böschung, kam auf mich zu, und diesmal erschrak ich. Wollen sie hier landen? Womöglich eine Horde betrunkener Männer, die über mich herfallen will? Schließlich bin ich hier als Frau wie Freiwild, ohne den Schutz eines Ehegatten und dazu noch als Ausländerin. Was das wohl für Leute sind? fuhr es mir durch den Kopf. Die können mich leicht überwältigen. Es sind bestimmt wüste Burschen aus der Stadt. Sie verachten die Menschen hier in den hintersten Backwaters und wissen, daß sie sowieso nie bestraft werden.

Vor Angst war ich wie gelähmt und konnte nicht aufstehen. Gerade noch hatte ich entspannt und sicher hier verweilt, doch nun drohte Gefahr. Ich wußte, gleich würde irgend etwas passieren, worauf ich nicht vorbereitet war. Und dennoch blieb ich sitzen wie ein Jainaheiliger in tiefster Versenkung. Hätten Schlingpflanzen mich überwuchert, wären wilde Tiere auf mich zugestürzt, um mich zu zerreißen, ich hätte mich nicht bewegen können.

Nur einer, eine einzige kleine Gestalt sprang am seichten Ufer ins hüfthohe Wasser und kämpfte sich durch den dichten Bewuchs von Uferpflanzen bis auf festeren Boden. Die anderen blieben im Boot stehen, ihr Stimmengewirr war zu hören. Ich atmete tief, merkte erst jetzt, daß ich den Atem angehalten hatte, doch der Zustand extremer Spannung, gepaart mit extremer Ruhe, blieb. Im Gegenlicht sah ich den Mann auf mich zulaufen, er rannte, den dhoti mit einer Hand geschürzt, sein halboffenes Hemd blähte sich im Zugwind. Ich hielt meinen Kopf nach rechts gewandt, um ihm zuzusehen. Schnell kam er mir näher. Was hat der bloß vor? rätselte ich. Will er nach Narvan? Oder eine Auskunft? Die kann ich ihm doch nicht geben!

Ich weiß bis heute nicht, was mich dazu brachte, mich unter Ächzen und Stöhnen von der Erde aufzurichten, auf der ich so lange unbeweglich gesessen hatte. Ich mußte es tun. Wie in hypnotischer Trance erhob ich mich, bis ich in meiner vollen Größe aufrecht stand. Bestimmt war ich auf diese Weise eindrucksvoller und furchtgebietender, doch daran dachte ich damals nicht. Ruhig stand ich da und wartete, bis der Mann sich mir keuchend genähert hatte. Ich konnte nur seine dunkle Silhouette sehen, während mir der letzte Nachglanz der untergegangenen Sonne das Gesicht ausleuchtete. Wenige Meter von mir entfernt blieb er wie angewurzelt stehen, versuchte Atem zu schöpfen, nahm seine Brille ab und putzte sie an seinem Lendenschurz. Dann setzte er sie wieder auf seine Nase, reckte den Kopf forschend vor und strich sich über die Stirn. Da wußte ich, wer es war. Und im selben Augenblick schrie dieser Mann: »*Mrs. Doris! For heaven's sake, Mrs. Doris!*« und stürzte sich in meine ausgebreiteten Arme.

Die Seele der Papaya

Lange standen wir dort am Ufer des Sees, eng umschlungen, miteinander verschmolzen und vollkommen selbstvergessen. Alle Zeit war stehengeblieben. Wir schwebten gemeinsam durch körperlose Räume ohne Geschichte. Ich hatte meine Wange auf sein schütteres Haar gelegt. Sein Kopf ruhte an meiner Brust. Nicht das Wiedersehen allein, nicht die Ankunft meines Retters und die Aussicht auf eine baldige Rückkehr an die Küste, nicht seine männliche Präsenz waren es, die mich erfüllten. Durch Akashos Gegenwart und Berührung war ich heil geworden. Wir waren zu einem Ganzen geeint. Keine Grenzen mehr, keine Unterschiede, keine Hemmungen, keine Fragen. Alles war eins, und wir waren vollkommen. Liebe war um uns, doch wir dachten sie nicht. Und wir fühlten sie nicht als ein Wollen, eine Sehnsucht. Da gab es kein Wollen und Trachten, keine Absicht, keinen Eros. Nichts fehlte mehr, und Göttlichkeit durchströmte uns. Ich empfand es so. Kein Wort ist groß genug für diesen Zustand.

Als wir uns voneinander lösten, nach Jahren, wie es schien, wußten wir, daß unsere Wesen niemals mehr getrennt sein würden, ganz gleich, wo unsere Körper sich aufhielten. Etwas Wesentliches hatte sich gefunden und war nun unauflöslich verbunden. Ganz sicher war ich mir dessen, und ich bin es noch.

Dennoch war das, was wir erlebten, nicht nur auf eine mysteriöse Weise klärend, sondern auch verwirrend. Als ich die Augen endlich öffnete und wieder in Zeit und Raum eintauchte, erwachte ich wie aus einem Koma. Sagt man nicht von denen, deren Seelen einen zögenden Schritt in das Reich des Todes getan haben, daß sie vom ewigen Licht verändert auf die Erde zurückkehren? Gewiß war dies kein Abstieg in den Hades, vielmehr ein Besuch in den elysischen Gefilden immerwährender Seligkeit. Wir reisten aus fernsten Fernen, aus fremden Welten an diesen Ufersaum zurück.

Zuerst wußte ich nicht, wo wir waren. Nächtliches Dunkel umhüllte uns. Schweigend setzten wir uns nieder, die Arme umeinandergelegt. Es gab nichts zu sagen. Wir schauten uns nicht an. Unser Einssein umfaßte auch alles Handeln, jede Bewegung. Wer sich erkannt weiß, braucht im Blick des anderen nicht nach Bestätigung zu forschen. Wir schauten auf den schwarzen See, sahen, wie das Licht der Sterne sich funkelnd in ihm brach. Aus dem tropischen Himmel fielen Sternschnuppen in das Nichts. Wir kreisten mit ihnen unter dem Firmament. Ein Atmen, ein Fühlen, ein Sein. Eines weiß ich noch: Ich sah uns leuchten. Ein Licht umschimmerte uns wie grüngoldenes Plankton, von springenden Fischen in die Luft gewirbelt.

Endlich genügte ein Handzeichen, um auszudrücken, daß es Zeit war, zum Dorf hinüberzuwandern. Brauchte Akasho nicht ein Nachtlager? Die Wirklichkeit des Körpers wollte beachtet werden. Reden konnten wir später, erzählen, fragen.

Jetzt war die reine Gegenwart dieses Menschen für mich alles, was ich brauchte. Als wir uns vom feuchten Boden erhoben und einige Schritte auf dem dunklen Weg getan hatten, brachen wir gleichzeitig in ein ungeheures Gelächter aus. Ekstatische Freude vibrierte zwischen uns. Wir lachten und lachten. Erst da fiel mir das unglückliche Geschick der »Ungeduld« wieder ein.

Ich selbst, vereint mit meiner zweiten Hälfte, barst schier vor Glück. Aber wie elend mochte es meinen Takifreunden gehen? Für mich war das heutige Schlangenbootrennen ein unbeschreiblicher Segen, ein Tag der Erfüllung. Aber was bedeutete die Niederlage ihres Kultbootes für die Leute von Narvan? Unruhig geworden, wollte ich nach ihnen sehen. Es war schon spät, ich konnte es am Stand der Sterne sehen. Gewiß hatte mich niemand vermißt. Ich aber mußte ihnen die Ankunft meines Gastes mitteilen und ein Quartier im Männerhaus für ihn finden. So beschleunigte ich meine Schritte, während wir Hand in Hand den unebenen Pfad suchten. Ich war ja diesen Weg noch nie gegangen, wußte nur die ungefähre Richtung. Mehrmals stießen wir uns an den harten und spitzigen Einfriedungen aus Schraubenpalmen, die die Felder zwischen den Gräben von Erosion und Tierfraß schützten. Es dauerte jedoch nicht lange, da lenkte uns lautes Jammern und Klagen in die gesuchte Richtung. Erschrocken hielt ich inne, und mir wurde schwer ums Herz. Die gesamte Einwohnerschaft des Dorfes schien an diesem Akt der Trauer teilzu- haben. Arme Menschen! Akasho trat zu mir heran und nahm mich noch einmal fest in die Arme. Er spürte mich zittern, und es tat mir gut, ihn flüstern zu hören: »*All is well, meri jaan.*« Wann hatte mich zuletzt jemand »mein Herzchen« genannt? Ich lächelte im Dunkeln, obgleich meine Sorge um die Taki durch Akashos tröstliche Anwesenheit nur wenig gemildert wurde.

Ich zog Akasho hinter mir her, als wir uns dem großen Platz näherten. Feuer brannten. Ich befürchtete plötzlich, daß wir zur Unzeit in einen Bestattungsritus geraten würden.

Aber dann fiel mir ein, daß die Taki ihre Toten begruben, anstatt sie zu verbrennen, wie es sonst unter Hindus üblich ist. Gerade noch war ich ganz Freude gewesen, jetzt legte sich ebenso rasch ein dunkles Tuch der Trauer über mein Gemüt. Vorsichtig traten wir näher. Ich ließ Akashos Hand los. Noch hatte uns niemand gesehen. Ich konnte drei größere Gruppen von Menschen erkennen, die je eine auf der Erde liegende Gestalt betrachteten. Die Frauen stießen schrille langgezogene Klagelaute aus, während die Männer sich um eine große Trommel geschart hatten. Ihre dumpfen, weichen Schläge erfüllten die Nacht. Akasho hielt sich im Hintergrund. Ich war nicht um ihn besorgt. So trat ich zu einer Gruppe, in der ich Ama entdeckt hatte. Als sie meiner ansichtig wurde, faßte sie meinen Arm und zerrte mich aufgeregt in das Zentrum der kleinen Schar hinein, dorthin, wo ein Mann am Boden ruhte. Es war, als hätte sie mich erwartet.

Ein Blick genügte. Der Tote war Rama Raj. Ich erkannte ihn nicht an seinen Zügen, sondern an seinen geliebten Händen, an dem Sonnentattoo auf seinem Handgelenk, an seinen starken Schultern, die ich während der langen Kanufahrt nach Narvan Stunde um Stunde betrachtet hatte.

Ich erstarrte und hielt den Atem an. Mein lieber Freund lag mit halb zerschmettertem, geschwollenem Gesicht auf ein Tuch gebettet. Sein Kopf war mit einer Binde umwickelt, die schwarz von Blut war. Auch der Brustkorb hatte blutige Krusten, und viele Rippen schienen gebrochen. Vor Entsetzen und Mitgefühl wurde mir ein wenig übel. Ich wollte schon zurücktreten, da gab mir Ama ein Zeichen, schob mich noch weiter nach vorn und drückte mich sanft direkt neben seinem geschundenen Leib zu Boden.

Da erst sah ich, daß Rama Raj noch lebte. Seine Lider zitterten, eine Hand zuckte, aus den leicht geöffneten Lippen quoll ein wenig Schaum. Erwartete Ama von mir Hilfe? Konnte sie selbst, die gute alte Heilerin, denn nichts für ihn tun?

Ich streckte meine Hand aus, um sie über das arme liebe

Antlitz zu legen, ohne es zu berühren. O mein Freund! Einmal – Monate ist es her – da konnte ich dir helfen, mit meiner Kunst, mit meiner Kraft. Doch in dieser Nacht auf dem Dorfplatz von Narvan spürte ich, daß keine Macht der Welt dich aus dem Fluß des Vergessens an das Ufer der Lebenden zurückziehen konnte. Deine Stunde war gekommen, daran gab es nichts zu ändern. Wir mußten Abschied voneinander nehmen.

Eine tiefe Dankbarkeit stieg in mir auf. Hier lag mein Gefährte, mein Führer im Labyrinth dunkler Gräben, mein Seelenbruder. Er hatte mich hierher gebracht, mir den Weg zu all diesen inneren Freiheitsabenteuern geebnet. Ich spürte mein Herz weit werden. Ich, die ich so oft Ströme von Tränen vergoß, weinte jetzt nicht. In mir war ein wunderbares Lächeln, eine warme, unerschütterliche Zuversicht. Während alle Umstehenden wehklagten und die Trommel ihr dumpfes Lied in die Dunkelheit hinaussandte, beugte ich mich über Rama Raj, den sterbenden König, um seinen leise rasselnden Atem zu erhaschen und flüsterte wie in alten Zeiten: »It's o.k. Rama Raj, it's o.k., my dear brother.« Und wirklich kamen diese Worte aus meinem tiefsten Herzen. Ich konnte ihn gehen lassen, haderte und zürnte nicht. Ramas Sterben entsprach der großen Ordnung, deshalb konnte ich es annehmen. Auch brauchte er jetzt nicht meinen Kummer, meinen Jammer, sondern Beistand für den Übergang in eine andere Welt. Gehörten wir nicht zu einer Seelenfamilie? Würden wir nicht immer und überall zusammensein?

Mein Blick war auf seine zerschlagene Nase und die aufgerissenen Lippen gesenkt. Ein Auge war vollkommen zugeschwollen. Ich wandte mich um und rief das Takiwort für Wasser. Nicht zur Heilung wünschte ich es, sondern zur Linderung der letzten Schmerzen. Dann näherte ich mein Gesicht wieder dem seinen und begann noch einmal zu reden, diesmal auf deutsch. Denn ich wußte, das, was ich mit all den kleinen Worten mitteilen wollte, würde er verstehen. So versprach ich ihm, daß ich mich um seinen Sohn kümmern würde. Auch sagte ich: »Du bist mir so lieb geworden! Ich werde dich vermissen und niemals vergessen. Du warst mir ein besserer Freund, als du selbst ahntest, hast mehr für mich getan, hast mehr in mir gelöst, als du dir je vorstellen könntet! O lieber Bruder, du hast durch deinen Zauber meine Seele aus dem Grab der lebendigen Toten erlöst. Laß mich dir helfen, voll Vertrauen hinüberzuwechseln in ein Land ohne Angst und ohne Schmerz. Liebe soll dich begleiten, Liebe soll dich empfangen. Ruhe dich aus von einem mutigen Leben, Rama Raj. *Arre Yaar! Arre Yaar!* Lieber, lieber Freund!«

So sprach ich leise, wieder und wieder, bis das Wasser gebracht wurde. Wer weiß, warum ich nun etwas tat, was ich nie vorgehabt hatte? Denn kaum hielt ich die kleine Kokosnußschale in der Hand, begann ich ein wenig von dem Wasser in seine matt geöffneten Handflächen zu gießen, seine Fußsohlen zu benetzen und dazu ein Vaterunser zu sprechen. Da ich kein anderes Gebet kannte und niemals beim Spenden der Sterbesakramente zugegen gewesen war, murmelte ich es noch einmal, während ich um Rama Raj herumlief, um von seinen Füßen an seinen Kopf zu gelangen. Dort träufelte ich ein paar Tropfen auf seine Stirn, besprengte seine Augenlider und seine aufgesprungenen, fieberheißen Lippen. Dann geschah das kleine Wunder. Während ich noch vorsichtig darauf bedacht war, den schmerzenden Körper nicht zu berühren und trotzdem ganz nahe zu sein, geistig und körperlich, schlug Rama mit großer Mühe sein rechtes Auge auf.

Zuerst schaute er ins Nichts. Sein Blick war wolkig-trübe zum nächtlichen Himmel gewandt, und es schien nicht so, als könne er sehen. War es nur der Reflex eines Sterbenden? Ich beugte mich wieder über das Gesicht meines Freundes, wollte meinen Zeigefinger vor seinem Auge hin- und herbewegen, um zu sehen, ob die Pupille ihm folgen würde. Rama starrte mich leer an, ohne Erkennen, nicht einmal fragend. Im flackernden Licht des Feuerscheins war nicht viel zu sehen. Ich hörte aus weiter Entfernung Reden und Murmeln. Die Umstehenden waren still. Sie wußten wohl, wie Rama und ich miteinander verwandt waren, und beobachteten, was ich tat. Ich schaute nicht auf sie, denn ich glaubte eine Veränderung in Ramas Blick zu bemerken. Und wirklich, als ich wieder anfing zu flüstern: »*It's o. k., my friend, it's o. k.*...« war dies ein Erkennungszeichen für ihn. Das bis zur Unkenntlichkeit verschwollene, blaurote Gesicht verzog sich nicht. Aber dieses eine Auge, dieses Auge, in dem ich meine Seele spiegeln konnte, lächelte mich an.

Hätte ich traurig sein sollen? Ich war es nicht. Dieses Lächeln erfüllte mich bis in die feinsten Kapillaren mit Seligkeit. Wie an jenem Abend, als ich dem jungen Mann geholfen hatte, den Schmerz der Verbrennung zu ertragen, hielt ich Ramas Blick fest und lächelte in seine Seele hinein.

Währenddessen nahm ich wie von selbst Kontakt mit seinem Atem auf. Er röchelte mühsam, und in seinem Mundwinkel hatte sich ein kleiner Bach aus Blut gebildet. Und doch hörte er nicht auf zu lächeln, ja sein Auge begann ekstatisch zu glänzen, je länger ich hineinblickte. Es wurde vollkommen klar, größer und größer, seine Pupille weitete sich, als wolle sie mich einladen, mitnehmen, als könne ich mich in dieses Auge ganz hineinfallen lassen und mit meinem Bruder in unser Gemeinsames hinüberwandern. Die Liebe, die mich dabei erfüllte, war nur ein Abglanz des Lichtes, das mir aus dem Wesen meines Seelenbruders entgegenleuchtete.

Irgendwann ging ein Schaudern durch Ramas Körper, er atmete schneller, dann bäumte er sich auf und erbrach einen See von Blut. Unverwandt heftete er dabei seinem Blick an meinen, verkrampft und halb aufgerichtet, und ich blieb bei ihm. Denn damit war ich auch bei mir. Ich fühlte einen Teil von mir sterben, er wußte einen Teil von sich am Leben. Beide empfanden wir die Ewigkeit unserer Verbindung.

Ich erkannte in diesem Augenblick unser aller Existenz als ein Gewebe, in dem Schuß und Kette zusammenwirken. Auf eben diese Weise wirken wir Menschen mit unseren seelischen Geschwistern in der astralen Welt zusammen.

Wären wir auf der Erde allein, würden wir wie lose Fäden

durch die Luft wirbeln. Doch gemeinsam mit unseren Seelengeschwistern, den lebendigen hier auf der Erde und denen im Jenseits, die uns Halt und Rahmen geben, weben wir Leben für Leben einen bunten Stoff. Haben wir lange genug gewebt, wird aus dem Stoff, in dem kein Muster und keine einzige Farbe fehlt, ein prächtiges Kleid. Mit diesem kostbaren Gewand geschmückt kehren wir alle am Ende ganz in die Geborgenheit unserer Seelenfamilie zurück, am Ende einer langen Reise durch die irdischen Gefilde.

Nach langen, atemlos stillen Minuten fiel Ramas Körper zurück. Sein liebendes Auge nahm Abschied von der Welt und brach. Ich nahm seinen noch heißen Körper in die Arme, drückte ihn an mich, wie ich es zu seinen Lebzeiten nie getan hatte, und verharrte so, bis der letzte Funken Lebendigkeit aus ihm gewichen war. Dabei hielt ich die Augen geschlossen, so daß ich erst in der Morgendämmerung bemerkte, daß ich allein mit Ramas erkalteter sterblicher Hülle auf dem schon in fahles Grau getauchten Platz saß. Nun, nicht ganz allein. Als ich den Toten endlich behutsam zurück auf die Erde legte, löste sich ein Schatten aus den Palmen, und Akasho trat auf mich zu.

Seelenzwilling

Du bist ein seltsamer Mensch, meine Doris«, sagte er leise. Ich wagte nicht, ihn zu berühren, denn vielleicht war ich verunreinigt durch den Kontakt mit einem Toten, und ich respektierte seinen Glauben. Doch er kam zu mir und nahm mich in die Arme. Waren nicht alle Beschränkungen und Hemmungen hier in Narvan aufgehoben? Der indische Professor und die deutsche Ärztin hatten beide die beengenden Schranken ihrer Prägung durchbrochen. Wir fühlten uns frei, zu sein, wer wir waren, zu tun, was zu tun richtig war, solange wir niemanden damit störten.

Noch waren wir allein auf dem weiten, palmengesäumten Platz. Die Krähen begannen mit ihrem frühmorgendlichen erregten Krächzen. Die beiden anderen Toten hatte man bereits fortgetragen. Nur Rama Raj lag noch da. Ich verließ ihn, um mit Akasho zum Kanal zu gehen. Dort tauchten wir viele Male unter, um uns zu reinigen von Blut und Tod, von Ekstase und Entsetzen, von Vorurteilen, Ängsten und Illusionen.

Als wir triefend naß an das Ufer stiegen, sahen wir uns zum erstenmal wieder als normale Sterbliche, und eine zarte Scheu überkam uns. Das Licht des Morgens ließ alles ein wenig anders ausschauen. Was Zwielicht und Dunkel erlaubt hatten, mußte nun überprüft werden. Mein Professor hatte mich gerettet. Plötzlich hatte ich viele Fragen. Ich strahlte ihn an. »Wie hast du mich bloß gefunden, Akasho?«

Er lächelte mir nachdenklich und etwas verlegen zu. »Ich habe nicht nach dir gesucht«, gestand er.

Ich war schockiert. »Glaubst du wirklich, du hast mich ganz zufällig hier getroffen?« fragte ich betreten.

»Ich will dir sagen, was ich glaube. Ich glaube, daß der Zufall ein göttliches Prinzip ist.«

»Aber irgendeine Entscheidung muß dich doch faktisch und praktisch hierhergebracht haben.«

»Natürlich!« lächelte er. »Aber willst du etwa meinen Entscheidungen ihre Göttlichkeit absprechen? Du siehst doch selbst, daß eine hohe Fügung meine Schritte in deine Arme gelenkt hat.«

Wahrhaftig, wie einen deus ex machina, dachte ich belustigt und drängte ihn: »Ja, ja, aber nun erzähle doch endlich, was passiert ist!«

»Vor Monaten wurde ich schwer krank. Ich fieberte, mußte lange im Bett liegen und war über die Maßen bedrückt. Oft weinte ich bittere Tränen, ohne faßbaren Grund. Damals dachte ich sehr viel an dich, versuchte zu verstehen, warum ich dir begegnet war. Mit meiner Frau konnte ich darüber nicht reden, es hätte sie gekränkt, und vielleicht hätte sie nicht verstanden, daß du mich Tag und Nacht beschäftigst.

Aber ich war unruhig! Immer wieder dachte ich an die Weissagung des heiligen Mannes. Und da beschloß ich, ebenfalls einen Weisen aufzusuchen. Nicht einen Guru, auch keinen Heiligen, sondern einen klugen und gelehrten Mann ganz anderer Art. Du hast vielleicht schon einmal von einer Palmblattbibliothek gehört?«

Ich stutzte. Aber mir fiel nichts dazu ein. »Hat man nicht früher in Indien alles auf Palmblätter aufgezeichnet, so wie man im Westen Papyrus oder Pergament als Schreibstoff benutzte?«

»Ja, das ist richtig. Aber die Palmblattbibliothek in Bangalore ist einmalig auf der Welt, weil die in ihr bewahrten Manuskripte in verschlüsselter Form ein Weltorakel enthalten. Alles, was jemals geschah und je sein wird, steht dort verzeichnet. Wer es versteht, die geheimen Chiffren zu lesen – und das können nur noch wenige in diesem Jahrhundert –, wird dir mit großer Genauigkeit alles Wesentliche über dein Leben mit seinen geheimsten und auch mit seinen bekannten Ereignissen schildern können. Nur einmal im Leben sucht man den gelehrten Hüter dieser Rätsel auf. Nun, ich fand, dieser Augenblick sei gekommen. Und so befragte ich ihn nach meinem Dasein.«

»Konnte er dir wirklich etwas dazu sagen?« Ich war neugierig. Nach all den Zeichen und Wundern der vergangenen Monate spürte ich in mir nur noch selten die alte Analytikerhaltung grundsätzlicher Skepsis. Aber in diesem Augenblick meldete sie sich wieder. Solch ein Orakel konnte es doch gar nicht geben. Wahrscheinlich verfügte der Bibliotheksaufseher nur über eine gehörige Portion Menschenkenntnis und verstand es, seinen Besuchern vorab Informationen zu entlocken.

»O ja! Zuerst zählte er die bekannten Fakten meines Lebens auf. Dann berichtete er von Familie, Beruf, Charakter. Anschließend sprach er über meine spirituelle Entwicklung. Auch diese Dinge waren mir vertraut, und ich konnte sie überprüfen. Ich bat ihn, mich das Palmblatt sehen zu lassen, denn schließlich kann ich selbst Alttamil lesen. Und tatsächlich – glaube mir, Doris, was mir der alte Mann vortrug, war keine spontane hellsichtige Deutung inhaltsleerer Texte, sondern stand dort Wort für Wort in das Blatt geritzt.

Theoretisch war ich ja von der Echtheit der Palmblattschriften, die sozusagen eine materialisierte Akashachronik darstellen, immer schon überzeugt gewesen. Aber in diesem Augenblick, als es mich selbst betraf, wurde ich dennoch von einer heiligen Verwirrung erfaßt. Es war unglaublich, all das konkret zu erleben! Stelle dir nur vor, Doris, ich konnte meine eigene Lebensgeschichte, meine Vergangenheit und meine Zukunft, mit eigenen Augen aus dem uralten Manuskript entziffern! Du wirst verstehen, daß ich dadurch Vertrauen gewann und mich entspannte.

Ich erfuhr noch manches Wichtige über den Sinn meiner Existenz, über meine Arbeit, meine Söhne. Am Ende aber enthüllte mir der Gelehrte, daß ich seit kurzer Zeit in engster Verbindung mit einer großen weiblichen Person aus Deutschland stünde. Diese Frau sei mein Seelenzwilling, meine andere Hälfte. Die Begegnung mit ihr habe mich so erschüttert, daß ich krank geworden sei. Aber eigentlich müsse mich ihre Berührung für immer gesund machen. Das sei der Sinn dieser Begegnung. Und noch etwas: Die deutsche Frau sei von Natur eine große Heilerin, allerdings mehr für den Geist der Menschen als für den Körper. Sie habe wichtige Aufgaben, in denen auch meine Existenz eine Rolle spielen würde. Sie sei rothaarig, weißhäutig, nicht mehr ganz jung, kinderlos. Nur eines könne er nicht recht erkennen – ob sie noch am Leben sei oder schon tot.«

»Nun weißt du es. Ich lebe! Oder glaubst du, ich sei ein Gespenst?« Ich versuchte zu scherzen, aber im Grunde war ich erschüttert von der Ernsthaftigkeit seiner Mitteilung. Es gab gar keinen Anlaß an seiner Wahrhaftigkeit zu zweifeln. Warum sollte er eine solche Geschichte erfinden? Und schließlich war er ja tatsächlich hier, bei mir, in Narvan.

»Gestern abend hätte ich es fast annehmen können, daß du aus der Geisterwelt zurückgekommen bist«, sagte er verschmitzt. »Du bist auch sehr verändert, weißt du, viel schöner als je zuvor, wenn ich so sagen darf. Als kämest du direkt aus *svargaloka*, dem Reich der Götter! Gewiß kannst du dir vorstellen, wir mir zumute war, als sich herausstellte, daß du spurlos verschwunden warst. Wir hatten meinen Schwager in Kóvalam angerufen, weil ich mich bei ihm von der Krankheit ein wenig erholen sollte. Bei dieser Gelegenheit fragte ich auch nach dir. Er sagte, seit Monaten habe man nichts von Mrs. Doris gehört. Ihre Papiere seien vorsichtshalber nicht der Polizei übergeben worden, da man dort ihr Geld bestimmt stehlen würde. Auch ihr Gepäck habe er in seine Wohnung gestellt.

Gewiß hätte er das ohne unseren gemeinsamen Ausflug in die Berge nie getan. Er sagte mir auch, er habe an deine Adresse in Deutschland geschrieben – ohne Antwort. Man nahm an, du seist ertrunken oder ermordet worden.«

Er verzog wie im Schmerz sein Gesicht. Ich sah ihm an, daß er bei der Erinnerung an seine Gefühle von damals immer noch traurig wurde. Das rührte mich. Hatte ich nicht ebenfalls oft an ihn gedacht? Sehnsüchtig hatte ich davon geträumt, von meinem Professor gefunden und in die Zivilisation zurückgebracht zu werden. Wie eine Romanheldin! Nun war es so gekommen, wie ich mir ausgemalt hatte, und doch auch ganz anders. Denn dies hier war keine Liebesgeschichte, wie man sie in Büchern liest. »Seelenzwilling« hatte der Palmblattkundige gesagt! Was sollte das wohl bedeuten? War das etwas anderes als »Seelenbruder«? Ich fühlte wohl deutliche Unterschiede, konnte sie aber nicht klar erfassen, denn ich wollte Akasho zuhören, wie er weitererzählte.

»Jedenfalls fuhren wir wieder nach Kóvalam ans Meer, doch die Wochen vergingen, und niemand hatte Nachrichten von dir überbracht. Täglich studierte ich die Zeitungen, um nur keine Notiz zu übersehen, falls man dich – tot oder lebendig – finden würde. Oft saß ich in der Hotelhalle und las, und dabei dachte ich an das allererste Gespräch, das wir dort miteinander geführt hatten. Weißt du noch, Doris? Wir sprachen über Ethnologie und die indischen Eingeborenenstämme. Du hattest dich ein wenig lustig darüber gemacht, daß ich schon zu alt und bequem war, um Feldforschung zu betreiben. Glaube nur nicht, daß ich das nicht gemerkt habe!«

Ich schmunzelte und erinnerte mich nur zu gut. War doch dieser Tag auch der Beginn meiner Abenteuerreise nach Narvan gewesen. Hätte Akasho mir damals nicht den volkskundlichen Artikel seines Kollegen gezeigt, hätte Rama ihn nicht auf meinem Tisch entdecken und mir nicht gestehen können, daß er ein Taki sei. So also arbeitet das Schicksal!

»Es ging mir langsam besser, und zur Ablenkung wollte ich mir ein Schlangenbootrennen ansehen. Es gibt ja viele im Herbst und Winter, einige sind inzwischen bei Touristen sehr beliebt. Mein Gefühl sagte mir jedoch, daß ich dich gewiß nicht unter den anderen Leuten aus dem Westen finden würde. Daran kannst du sehen, daß ich noch ein Fünkchen Hoffnung besaß. Aber eigentlich war ich vernunftgemäß überzeugt von deinem Tod. Jedenfalls konnte ich mir nichts anderes vorstellen, wenn eine weiße Frau ohne Paß und Geld seit Monaten hier in Indien verschollen ist.«

»Das kann ich verstehen«, versicherte ich ihm. »Ich hätte gewiß dasselbe gedacht. Aber wie kommt es dann, daß du hier bei den Taki aufgetaucht bist?«

»Meine Ehre als Völkerkundler gebot mir, mich nach einer urtümlicheren, authentischeren, weitgehend originalen Veranstaltung zu erkundigen. So jedenfalls möchte mein Verstand es sehen! Was wirklich in meiner Seele vorging – die Götter mögen es wissen. Man kann es auch Eingebung nennen. Im ständigen Gedenken an dich und in Erinnerung an deine Ermahnungen beschloß ich also, nach einem Schlangenbootkampf zu forschen, der noch so unverdorben war, daß ich aus meinen Beobachtungen einen Artikel würde schreiben können. So hörte ich von einem Fest der Taki, ein Stamm, der mir nur dem Namen nach bekannt war.«

»Na, war dir das nun echt genug?« fragte ich mit einem Anflug von Bitterkeit im Herzen und dachte bekümmert an die drei Toten, die allein unser kleines Dorf zu beklagen hatte. Zugleich wurde mir bewußt, daß ich noch niemals ein so wunderbares Sterben erlebt hatte wie das meines Freundes Rama Raj. Hatte ich meine Mutter noch beweint und betrauert, war sogar in Depression verfallen, so fühlte ich mich heute trotz aller belastenden Ereignisse leicht und fröhlich. Das lag gewiß nicht nur an Akashos Gegenwart. Unter allen anderen Umständen hätte ich genauso gefühlt. Ich hatte mit jeder Faser meines Herzens Abschied von einem Menschen genommen, der gestorben, aber nicht tot war. Damit leugnete ich nicht, was geschehen war – bei Gott nicht! Aber ich konnte es mit Gewißheit und ruhiger Zuversicht geschehen lassen.

»Ich habe viel über dich und mich nachgedacht«, fuhr Akasho fort. »Was ist es, was uns verbindet? Was ist das – eine Seelenzwillingsschaft? Der Palmblattleser konnte es mir nicht sagen. Deshalb habe ich alles Verfügbare über Reinkarnation und vergangene und zukünftige Leben gelesen, Schopenhauer, Lessing, moderne amerikanische Bücher, theosophische Literatur … Obgleich ich als Hindu der Vorstellung einer ewig gleichen, quälenden Wiederholung von Leben verpflichtet bin, wurde ich durch meine Studien doch auch unausweichlich von westlichem Gedankengut geprägt. Wir haben in Indien ein zyklisches Weltbild, das der Individualität eines Menschen nur insofern Raum läßt, als er frei ist, sich schuldig zu machen und strafendes Karma auf sich zu laden oder aber Almosen zu geben und Gutes zu tun. Ich habe soviel gelernt in diesem Leben. Sollte das alles umsonst sein? Die Vorstellung einer Spirale mit einem Anfang und einem Ende sagt mir im Grunde mehr zu. Schließlich kann auch eine jahrtausendealte geistige Tradition in Teilbereichen irren. Alter schützt vor Torheit nicht! Warum sollten wir Orientalen in solchen Dingen immer recht und die Menschen im Westen immer unrecht haben? Doch ehrlich gestanden, meine liebe Doris, ich suchte vor allem nach einem Hinweis auf die besondere Qualität unserer Beziehung, wie ich sie fühle.

Du bist ich, und ich bin du, als vollständiges Wesen nicht

männlich, nicht weiblich, sondern beides in einem. Wir sind nicht nur aktuell und nicht nur ewig, nicht gleich und nicht verschieden. Wie ist das möglich?

Endlich stieß ich auf die Vorstellung von einer Dualseele oder *twin soul*. Wahlverwandtschaft? Nein, das trifft es nicht ganz, obgleich zu spüren ist, daß Goethe aus eigenem Empfinden etwas Richtiges formuliert hat. Es ist ein Kennen, nicht ein Wiedererkennen. Wir waren noch nie so wie jetzt, und doch sind wir immer zwei sich ergänzende Aspekte eines Ganzen – wie die zwei Hälften eines Apfels! Das ist das einzige, was mir plausibel erscheint. Es erschüttert mich. Jeder von uns ist die zweite Hälfte des anderen, aber es gibt keine bessere Hälfte.«

Ich hörte, was mein Professor sagte. Von den deutschen Philosophen kannte ich nur die Namen, er aber hatte sie gelesen! Dieser Mann hörte nie auf, mich zu erstaunen. Akasho redete, bis er merkte, daß ich mit den Gedanken weit fort war, als wir über den Dorfplatz gingen. Wohin man Ramas Leichnam wohl inzwischen geschafft hatte? Lichhamo – mir fiel die ursprüngliche, althochdeutsche Bedeutung dieses Wortes ein: »Leibeshemd«. Wo war das Leibeshemd dieser Seele, wo war die Seele selbst? Auf keine dieser Fragen wußte ich eine Antwort.

Neben einer Kochhütte ließen wir uns nieder. »Du darfst nicht in den Teil des Dorfes, der den Frauen vorbehalten ist«, flüsterte ich ihm zu. »Jedenfalls nehme ich das an. Ich möchte auf keinen Fall ein Tabu verletzen, aber wenn du noch ein paar Tage hierbleiben willst, mußt du dich um Unterkunft bei den Männern bemühen. Es wäre schön, mein Akasho, wenn du nicht gleich wieder fortmüßtest. Du wirst es nicht glauben, aber ich habe auf dich gewartet! Jetzt, wo du endlich hier bist, habe ich es noch weniger eilig als je zuvor, von hier fortzugelangen. Wenn du nur wüßtest, wieviel Interessantes ich hier erlebt habe, wie viele Stunden des Glücks mir die Taki geschenkt haben, würdest du bald verstehen, warum mir mein Paß in Kóvalam gar nicht mehr so wichtig war. Außerdem war auch ich lange krank.« Ich zog den Rock meines Sari hoch und zeigte ihm die Narbe an meinem Schienbein. »Viele Wochen lang konnte ich nicht gehen. Später hatte ich die Ruhr. Und dann war ich plötzlich hier wie zu Hause und habe gute Freunde gefunden. Jedenfalls«, lächelte ich ihn triumphierend an, »kannst du den Artikel deines Lebens schreiben, wenn ich dir nur einen Bruchteil von dem erzähle, was ich über die Taki weiß!« Kaum hatte ich das gesagt, legte ich vor Schreck die Hand auf meinen Mund, weil mir klar wurde, daß ich einige der Geheimnisse dieses Stammes nicht einmal an Akasho verraten würde. Ich hatte es hoch und heilig gelobt, und dabei würde es auch bleiben.

Wir litten beide Hunger. Ich hatte seit vierundzwanzig Stunden nichts zu mir genommen, und Akasho ging es ähnlich. Auch mein Durst wurde langsam unerträglich. So war ich froh, daß eine Frau, die bei Sonnenaufgang aus ihrer geflochtenen Behausung hervorgekommen war und meinen Gast mit großem Interesse und ebenso großer Scheu beäugt hatte, uns etwas gekochten Reis mit Linsen vom Vortag anbot. Später kamen auch andere Frauen, hockten sich nahe bei uns nieder und betrachteten uns stumm. Die Stimmung war gedämpft, niemand schwatzte so unbekümmert wie sonst. Eine fühlbare Spannung lag in der Luft – begreiflich angesichts der Trauer, die über Narvan lag und die gewiß auch mit Aggressionen gegen die Nachbardörfer gepaart war. Zwar verstand ich das jährliche Schlangenbootfest als notwendiges Ventil für das natürliche Gewaltpotential, den Zorn, den Neid und die Wutgefühle, die wir alle in uns tragen, und es handelte sich gewiß um ein wirksames Reinigungsritual, das durch die institutionalisierte, von uralter Tradition geheiligte Spannungsabfuhr für den Rest des Jahres Friedlichkeit versprach. Und doch schien mir noch keineswegs alles geklärt.

Ich fühlte dumpf etwas Bedrohliches auf uns zukommen. Trotz allem war mir merkwürdig leicht und heiter zumute. Ich fühlte mich, als hätte Rama Raj bei seinem Übergang in die Welt der Körperlosen mir eine weitere Last genommen, als würde er sich dort darum kümmern, so daß ich sie hier auf Erden nicht mehr tragen mußte. Als hätte er mit seinem Schritt in die Freiheit auch mir eine neue Freiheit geschenkt. Und unser liebevoller Abschied zeigte mir, daß es richtig war, wenn ich nicht weinte. Ich fühlte mich meinem toten Freund, meinem Seelenbruder, genauso verbunden wie dem lebendigen, dem Seelenzwilling, der nun in einiger Entfernung von mir auf einer Matte saß und seinen Reis mit den Fingern zu kleinen Kugeln formte.

Ich war schneller fertig mit dem Essen und wartete zufrieden auf einen Trunk, als Ama mir von weitem winkte und gleich darauf eilig über den Platz zu uns herüberlief. Sie stellte sich breitbeinig vor uns hin und schaute Akasho fragend an. Er stand nicht auf. Anscheinend waren die Anstandsregeln, die meine Eltern mir alten Leuten gegenüber beigebracht hatten, für einen Brahmanen nicht gültig. Ich fühlte mich ein wenig gekränkt, denn ich wünschte mir, daß der Professor meine Heilerin und Lebensretterin ehrte. Er lächelte sie freundlich an, und als sie auf Malayálam zu sprechen begann, konnte er ihr antworten, obgleich er diese südindische Sprache nicht fließend beherrschte, wie ich seinerzeit von Shobha erfahren hatte. Auch für Ama war es eine Fremdsprache, die sich von der wohl uralten Takisprache sogar in meinen Ohren deutlich unterschied. Anscheinend erklärte er ihr, daß wir Freunde seien und er mich wieder zur Küste zurückbringen wollte. Ein weiterer Abschied! Bei dem Gedanken, Narvan nun bald für immer zu verlassen, waren Trauer und Freude miteinander vermischt.

Ama bedeutete uns, daß wir warten sollten. Dann entfernte sie sich. Ich nahm an, daß sie für Akasho ein Quartier besorgen würde. Bald kam sie zurück und redete auf ihn ein. Dann sagte er zu mir: »Ich werde jetzt schlafen gehen, meine Liebe, und auch du solltest dich ausruhen. Es war eine lange, ereignisreiche Nacht. Bist du einverstanden, daß wir uns am Abend wieder hier treffen? Ich möchte doch auch erfahren, was du erlebt hast, und dazu brauchen wir gewiß viel Zeit.«

Ich nickte und winkte ihm zu, als er sich mit Ama auf den Weg machte.

Sie kehrte erst nach einer guten halben Stunde zurück. Ich saß noch am selben Platz, denn ich war nach dem Essen zu erschöpft und träge, um aufzustehen. Auch wartete ich immer noch auf etwas zu trinken. Als Ama mir eine Schale voll dampfender Flüssigkeit reichte, die sie für mich zubereitet hatte, nahm ich sie daher voll Dankbarkeit entgegen. Ihre Kräutertees hatten mir immer gutgetan. Dieser hier war ziemlich bitter, aber dadurch war er gewiß von besonderer Wirkung. Während ich die Schale langsam austrank, bemerkte ich, daß die alte Frau mich voll Mitgefühl, ja beinahe mitleidig betrachtete. Als ich fertig war, stand sie auf, trat hinter mich und begann, meine Schultern zu massieren. Welche Wohltat! Auch der Tee hatte mich entspannt. Ich merkte, daß ich jetzt sehr müde wurde. Ama half mir aufstehen und begleitete mich zur Schulhütte, die heute nicht von Kindern belebt war, vielleicht wegen der noch andauernden Festlichkeiten. Malti war schon ausgeflogen oder gar nicht heimgekommen. Fast erleichtert bemerkte ich dies, denn ich hätte jetzt nicht reden wollen. Die Müdigkeit lastete wie Blei auf meinen Gliedern. Ich fiel auf den *charpoy* und ließ zu, daß die rührende Ama mich mit dem bunten Baumwollaken zudeckte wie Mutter einst mit dem Federbett. Die Augen fielen mir zu. Sie blieb noch ein Weilchen bei mir und legte ihre rauhe kundige Hand auf meine Stirn, bis ich fest eingeschlafen war.

Heller Zorn

Ob ich mich übernommen habe? Gestern meinte ich, aufräumen, aussortieren und wegwerfen zu müssen. Ein leidenschaftlicher Drang, Unnützes loszuwerden, mich von Krempel und Gerümpel zu befreien, hatte mich ergriffen. Alte

Kleider und Schuhe von Mutter, Papiere und Akten, die seit dem Weltkrieg die Schubladen füllten, aber auch unbrauchbar gewordene Lebensmittel, verdorbene Kosmetika, angeschlagenes Geschirr und rostige Emailletöpfe – all das sollte weg.

Ein richtiger Furor hatte mich gepackt. Wie eine Wilde riß ich die Sachen aus den Schränken. Den ganzen Nachmittag über bis in die späte Nacht herrschte ein heilloses Chaos in allen Räumen. Erst als ich gegen Morgen im Flur achtzehn prallvoll gefüllte blaue Müllsäcke und zehn Kartons gezählt hatte, war ich zufrieden.

Zu meiner Erinnerungsarbeit, was Indien betraf, bin ich dadurch gar nicht gekommen. Dafür bin ich anderen Erinnerungen begegnet. Tausend Andenken an die Vergangenheit – Briefe, Nippes, Rechnungen, Mitbringsel. Ich will das alles loswerden.

Meine Kehle ist gestern nacht vom Staub der Jahrzehnte ganz ausgedörrt gewesen, und mehr als einmal habe ich kräftig niesen müssen. Vor dem Schlafengehen wollte ich mir einen Pfefferminztee machen. Nach dem Duschen ging ich deshalb noch einmal in die Küche. Dort stand der Wecker: halb fünf in der Frühe. Völlig erschöpft, wenn auch tief befriedigt, bin ich dann ins Bett gesunken.

Mein Rücken schmerzt. Kann das schon Muskelkater sein? Gestern habe ich so viele Kisten gehoben. Auch mein Schlaf ist unruhig gewesen, mit wirren Träumen. Eine Feldwebelstimme hörte nicht auf, in schnarrendem Befehlston zu schreien: »Alles neu, sofort! Alles anders, dalli, dalli! Neu! Anders! Neu! Anders!« Wieder und wieder. Ich sollte im Stechschritt dazu marschieren, immer in der Runde. Aber ich stand wie erstarrt. Wußte nicht, wo ich anfangen sollte. Vor allem bekam ich Angst vor Strafe. Deshalb war ich im Traum wie gelähmt. Und jetzt fühle ich mich auch nicht viel besser.

Heute mag ich gar nicht aus dem Bett. Wozu soll ich auch aufstehen? Ich kann genausogut liegen bleiben. Niemand hetzt mich, niemand braucht mich. Ich bin krank. Mir tun alle Knochen weh. Und der Kopf auch… Dabei habe ich mich doch wirklich geschont in der letzten Zeit. Ist das noch der Klimawechsel? Oder einfach Zukunftsangst? Alles ist so offen, so unbestimmt. Was soll nur aus meinem Leben werden? Auch mit der neuen Haut muss ich doch irgendwie normal leben können. Ich kann mich ja nicht wochenlang im Haus verkriechen. Vielleicht sollte ich mich in einer Kurklinik einmieten, mich massieren und verwöhnen lassen?

Ach, was soll's. Heute bleibe ich liegen. Ich kuschele mich tief in Mutters Federn. Es ist fast dunkel im Zimmer. Durch die Rolläden dringt nur ein dünner Lichtfaden. Meinetwegen könnte es immer Nacht bleiben. Dann kann ich wenigstens in meinen Erinnerungen schwelgen. Mir ist nach Weinen zumute, ich weiß aber nicht, warum.

Jetzt liege ich hier gottverlassen in Müchen. Dabei war es in Narvan doch so schön! Immer hatte ich Gesellschaft. Malti und Lalla waren da, Ama pflegte mich, Rama kam zu Besuch, Akasho hat mich in den Arm genommen. Jetzt werden wahrscheinlich Monate oder Jahre vergehen, ohne dass ich einen menschlichen Körper spüre. Mama ist auch nicht da. Ich fühle mich schrecklich verloren.

Na ja, ich darf Narvan auch nicht verklären. Meine Erfahrungen dort waren beileibe nicht immer rosig, und Angst habe ich auch gehabt. Und wie! Aber es war ganz andere Angst als jetzt gerade. Sie hatte mehr mit meinem Überleben zu tun. Es gab reale Gefahren.

Hier zu Hause ist mir, nach Tagen der Unbeschwertheit und Leichtigkeit, ohne äußeren Anlaß wieder ganz mulmig zumute. Ich kneife die Augen zu, um das kleine Tageslicht nicht zu sehen. Überhaupt nichts will ich sehen! Immer diese vielen Bilder, die mich überfluten, ohne daß ich sie darum gebeten habe. Wenn ich die Lider schließe, setzt unerbittlich der Strom der Erinnerungen ein – gut, böse, heiter, traurig. Laßt mich doch in Ruhe, allesamt!

Ich hatte ja gar keine Zeit, das Trauma zu verarbeiten, das der Tod von Rama Raja hinterlassen hat. Die Ereignisse überstürzten sich. Ich geriet selbst an den Rand des Todes. Es gab nichts mehr, woran ich mich festhalten konnte, nicht einmal mehr mein eigenes Ich.

Ich glaube, ich habe eine Art verspäteten Indienkoller. Weil ich die Bilder von Narvan nicht mehr sehen mag, komme ich auf die Idee, Mutters Fernseher einzuschalten. Dazu muß ich leider aus dem Bett kriechen, denn den Stecker hatte ich vor einem Jahr aus der Wand gezogen. Ich sah selten mit ihr fern, weil ich abends meine Patientenberichte schreiben oder lesen wollte. Aber manchmal kam ich, um ihr Gesellschaft zu leisten. Dann machten wir es uns gemütlich und sahen uns alte Filme an mit Schauspielern, die sie aus ihrer Jugend kannte. Heute, in meiner ängstlichen Stimmung, in der die Panik der Erinnerung mich zu ertränken droht, scheint mir die Berieselung mit belanglosen, seichten Außenbildern das beste Gegengift.

Ich muß sowieso aufstehen, um aufs Klo zu gehen. Auch die Fernbedienung muß ich erst suchen. Ich finde sie hinter dem Apparat. Auf dem Bildschirm hat sich dicker Staub abgelagert, das kann ich sogar im Halbdunkel erkennen. Mit dem Ärmel meines Morgenrocks wische ich ihn ab. Heute ist mir alles egal. Schnell wieder unter das Federbett. Es ist kalt. Ich stopfe mir Mutters Lesekissen in den Rücken und drücke auf den Bedienungsknopf.

Nachmittägliche Talkshows und Kinderfilme, Werbung und Kochunterricht – ich schaue mir alles an. Was ich da zu sehen bekomme, interessiert mich nur insofern, als ich dabei an nichts anderes denken muß. Im Vorabendprogramm des Bayerischen Fernsehens kommt eine schöne, stille Sendung über das Donauries, eine herrliche Fluß- und Auenlandschaft. Im Frühjahr, nehme ich mir vor, werde ich einmal dorthin fahren, wenn der Raps blüht wie im Film und der blau-weiße Himmel sich im Wasser des Flusses spiegelt. Nicht nur in Indien ist die Natur zauberhaft. Ach, wie sehr ich Bayern liebe!

Als die Sendung zu Ende geht, bin ich fast traurig. Mein Magen knurrt. Während der Werbung laufe ich in die Küche und schnappe mir, was ich ohne Aufwand in die Hände bekomme: eine Büchse Fisch in Meerrettichsauce, saure Gurken, Knäckebrot und die letzte Flasche Cola. Das alles baue ich auf dem Nachtkasten auf. Prima! freue ich mich, eine richtig ordinäre Fernsehmahlzeit. Fehlen nur Kartoffelchips oder Erdnußflips.

Währenddessen hat die nächste Sendung schon begonnen. Es handelt sich um eine öffentliche Diskussion über die Frage, ob Frauen das Priesteramt bekleiden dürfen oder nicht. Man hat dazu die Stadthalle von Regensburg angemietet. Eine lutheranische Bischöfin, hohe anglikanische Geistliche, Theologieprofessoren und Studenten, Abgesandte vom Kirchentag, ein Mönch, zwei Pfarrer und eine ältere buddhistische Nonne, die ihren Schäferhund mitgebracht hat, sitzen auf dem Podium.

Mit wachsender Faszination beobachte ich, wie die Anwesenden sich über dieses Thema in die Haare geraten. Es gibt fanatische Vertreter beider Positionen. Während meiner Abwesenheit hatte ich natürlich nicht mitbekommen, daß bei den Anglikanern die Ordination weiblicher Priester kurz bevorstand. Filmausschnitte werden eingeblendet. Man sieht haßerfüllte, wutverzerrte Mienen von Briten, die verkünden, sie würden unter diesen Umständen sofort zur römisch-katholischen Kirche übertreten. Dann kommen Interviews mit drei feinen, interessanten und klugen Engländerinnen mittleren Alters, die sich auf das Priesterinnenamt vorbereiten. Sie haben alle eine fast charismatische und doch bescheiden-überzeugende Ausstrahlung. Aus dem Publikum kommt ebensoviel Zustimmung wie Ablehnung. Zuschauer rufen an. Anfangs überrascht es mich, daß dieses Thema bei der angeblich so lauen deutschen Nennchristenheit eine solche Hitze auslösen kann. Ein Schüler, der nicht einmal getauft ist, verkündet selbstgewiß, er würde bestimmt zur Messe gehen, wenn eine Frau am Altar stünde. Andere echauffieren sich bei der Vorstellung, daß man mit der Frauenordination gegen den erklärten Willen Christi verstoße, der ja nur männliche

Apostel hatte. »Das stimmt doch gar nicht!« schreit es aus mehreren Kehlen. »Was ist mit den Frauen am Grabe oder mit Maria und Martha? Die hat er doch genauso geliebt, aber das wird natürlich unterschlagen!« Die feministische Clique, die wahrscheinlich einem mehr oder weniger aufgeklärten Atheismus huldigt, verficht ein prinzipielles Recht auf Berufsfreiheit, das mit den inneren Erfordernissen des Amtes wenig zu tun hat. Jemand gibt zu bedenken, daß gar nicht mehr genug junge Männer Priester werden wollten. Wegen des Zölibats würden sich nicht nur die Kirchen und Klöster, sondern auch die Seminare leeren.

Je länger ich zuschaue, um so wütender werde ich. Langsam steigt ein heiliger Zorn mein Rückgrat hoch. Mir wird ganz heiß vor Wut. Schließlich bin ich selbst mitbetroffen. Monatelang habe ich in einer matrilinearen Gemeinschaft gelebt, in der die Frauen, besonders auch als Priesterinnen der Papayagottheit, nicht benachteiligt waren. Ich selbst habe im Papayatempel gedient, wurde eingeweiht in seine Mysterien. Es ist doch unerhört, daß ich in diesem Leben durch meine eigene Kirche von vornherein ausgegrenzt bin, wüte ich unter meiner Bettdecke, bis ich vor Hitze fast platze. Die haben mich geradezu geächtet, ausgestoßen aus allen sakralen Handlungen, bloß weil ich weiblichen Geschlechts bin. Was für eine unglaubliche Arroganz! Die zwingen mich ja direkt, zu den Ureinwohnern zu reisen, damit ich endlich mein weibliches Priesterrecht spüren kann!

Mit den Fäusten schlage ich auf die Matratze, bis Besteck und Geschirr auf dem Nachttisch klirren. Es ist ja auch noch gar nicht lange her, daß die Kirchenmänner einer Frau sogar die eigene Seele abgesprochen haben! Na wartet, im nächsten Leben werde ich Päpstin, dann wird aber aufgeräumt!

Ich könnte schreien vor Empörung. Leider kann ich das nicht tun, weil mich dann bestimmt die Nachbarn hören und gleich bei der Polizei anrufen würden.

Das Geheiligte muß doch vor allem im Geist und in der Seele einer Person zu spüren sein! Sie selbst muß es fühlen.

Da kann man doch nicht einfach die Hälfte der Menschheit ausschließen! Ich habe ja viel Verständnis für Traditionen und die Würde altüberlieferter Kulte, aber alle paar tausend Jahre muß doch auch mal etwas Neues her!

Als die Sendezeit mitten in der eifrigsten Auseinandersetzung vorbei ist und die Werbung wieder anläuft, muß ich über mich lachen. So mächtige Wutausbrüche kenne ich ja gar nicht von mir. Was ist mit meiner Selbstkontrolle? Ich denke an Narvan, wo ich in Maltis Hütte die Beherrschung verloren hatte. Daß ich mich jetzt so herzhaft aufregen kann – wie ist das mit meinem angeblich abgeklärten Zustand vereinbar? Jedenfalls ist es eine Tatsache. Meine Emotionen sind viel stärker geworden. Sie äußern sich ungefiltert, da wird nichts mehr sublimiert, und anschließend fühle ich mich quicklebendig.

Meine Laune hat sich plötzlich verändert. Der Ärger hat mich aus der lethargischen Stimmung vom Mittag herausgeholt. Und er durfte hochkommen, weil ich mir zuvor erlaubt hatte, stundenlang muffig und traurig zu sein.

Im Laufe der Nacht, als die Cola mich noch lange wach hält, erkenne ich, daß dieses undefinierte Phänomen von Erwachtsein, das ich zu ergründen versuche, eben gerade das auch bedeutet: Sein, wie ich bin, und dies So-Sein akzeptieren, jederzeit.

Und jetzt, gegen Morgen, besitze ich die Kraft, mich an die angsterregenden Ereignisse zu erinnern, die meiner Flucht aus Narvan vorausgingen.

Prozession

Wenn man an einem Ort zu Bett geht und an einem anderen wieder aufwacht, ist es nur natürlich anzunehmen, daß man träumt – es sei denn, man erinnert sich, ein Schlafwagenabteil gebucht zu haben. Man reibt sich die Augen und betrachtet die ungewohnte Umgebung mit Überraschung. Oder mit berechtigtem Zweifel an der eigenen Wahrnehmung, vermutet eine Schnapshalluzination oder vielleicht eine Fieberphantasie.

Ich kam zu mir, weil Trommeln und Trompeten neben meinem Ohr einen Höllenlärm machten, und stellte fest, daß mein Bett getragen wurde. Als ich den Schlaf aus meinen Augen reiben wollte, war mir das nicht möglich. Meine Handgelenke waren gefesselt. Und da das alles nicht sein konnte, weil es ja gar nicht sein durfte, erschrak ich nicht. Ich dachte vielmehr: Das ist mal ein wirklich interessanter Traum! Was daraus wohl noch werden soll?

Vorsichtig öffnete ich die bleischweren Augenlider. Da sah ich, daß mein ganzer Körper mit gelben, weißen und roten Blüten bedeckt war. Sie strömten einen durchdringenden, aber nicht unangenehmen Geruch aus. Darunter kam ich mir unbekleidet vor. Aha, stellte ich fest, ich träume eine exotische Bestattung, meine eigene Beerdigung. Das ist auch kein Wunder, nachdem Rama Raj, mein Seelenbruder, gestern seinen letzten Atem ausgehaucht hat. Nun, so kann ich mir wenigstens einen Eindruck davon machen, was mein Unbewußtes sich wünscht, ich muß es mir nur merken und den Notar in München beauftragen, daß er es in mein Testament aufnimmt. Also prägte ich mir sorgfältig alle Details ein, die ich durch meinen schmalen Sehschlitz erkennen konnte. Eine große Menschenmenge begleitete meinen Leichenzug. Taki waren es, Männer und Frauen, mit ihren Festtagskleidern und den hohen Hüten angetan. Könnte das ein Symbol für meine Seelenfamilie sein? Da nehmen doch gewiß viele, viele Anteil, wenn eines ihrer Geschwister in die ewigen Jagdgründe eingeht. Die Musik allerdings hätte ich mir anders vorgestellt. Über die ungewohnten Mißtöne verwunderte ich mich, ein Choral von Bach wäre mir lieber gewesen. Auch die Blumen waren nicht ganz nach meinem Geschmack. Die Idee allerdings, nackt begraben zu werden, anstatt in meinem guten Batistnachthemd, das eigentlich viel zu schade ist für die Würmer, erheiterte mich. Dann fiel mir wieder einmal ein, daß ich ja gar keine Erben hatte, und ich wurde ein wenig traurig. Sollte ich denn der Stadt alles vermachen, das Haus, die Bücher? Ich konnte mir kaum vorstellen, daß jemand von der Verwaltung sich für mein Nachthemd interessieren würde.

Mir war leicht und schwebend zumute, ganz unwirklich. Ein angenehmer Stupor erfüllte mich, und ich stellte fest, daß die Leute, die von Nahtoderlebnissen berichten, doch nicht so unrecht haben. Totsein war, wenigstens im Traum, eine wunderbare Sache. Der Leichenzug führte durch Reisfelder und überquerte Stege. Der Weg kam mir bekannt vor. Gingen wir nicht in die Richtung des Papayaheiligtums? Ach, sieh mal an, Doris, du hast dir wohl seinerzeit gewünscht, es wären Männer da draußen im Frauentempel, sonst würdest du im Traum nicht darauf kommen, männliche Wesen in diese Tabuzone zu versetzen. Daß Männer mich trugen, war aber ganz sicher, denn ich hörte ihre Stimmen.

Das Totenbett schaukelte, aber das störte mich nicht. Nur wegen der gefesselten Handgelenke war ich ein wenig beunruhigt. Wie hatte ich das zu deuten? Als ich die Füße bewegen wollte, merkte ich, daß sie ebenfalls an dem Bett festgebunden waren. Da muß ich bei Gelegenheit Dr. Grantinger fragen, beschloß ich. Dem wird schon eine Erklärung einfallen, Traumdeutung ist seine Spezialität.

Ich hatte zeit meines Lebens anschaulich und bunt geträumt und meine Lehranalytiker mit manch einer ausgefallenen nächtlichen Geschichte erstaunt. Aber dies hier war noch eine Steigerung. Ich erlebte alles auf mehreren Ebenen reflektierter Wirklichkeit, war bestimmt durch das Leben in Narvan sehr durchlässig geworden. Obgleich ich die Gabe luziden Träumens schon seit meiner Kindheit hatte und es gewohnt war, meine Visionen im Schlaf zu kommentieren oder zu interpretieren, schien mir doch diesmal eine besondere Qualität des Erlebens hinzuzukommen, etwas Plastisches, sehr Sinnliches.

Oft wacht man auf, wenn man sich im Bett herumdreht. Das wollte ich unbedingt vermeiden. Dieser Traum enthielt wirklich hochbedeutsames Material! Ich hatte deshalb keinen Impuls, mich zu bewegen. Mein Körper unter den schweren Blüten war weich und völlig entspannt, wie es eben sein muß, wenn man tot ist. Aber der Geist lebt weiter, den Beweis dafür hatte ich ja jetzt. Ich sah alles, hörte alles und roch die Düfte, konnte beobachten und registrieren. Nur konnte ich das niemandem nachweisen, weil es ja ein Traum war. Möglicherweise könnte ich zu diesem Zweck über mir schweben, um alles von oben zu betrachten. Aber ob man Traum und Nahtoderleben kombinieren konnte, war mir nicht klar. Neugierig versuchte ich, aus meinem Körper auszutreten, aber das klappte nicht.

Ich wurde wieder furchtbar müde und ärgerte mich über den Krach. Mußten denn diese Leute so laut singen? Schließlich ist es meine Beerdigung, da sollte ich doch wohl auch noch gefragt werden, wie ich es haben möchte! Hoffentlich hat jemand an einen anständigen Leichenschmaus gedacht. Da möchte ich nicht knauserig sein. Wo bin ich überhaupt? Ach, ich bringe alles durcheinander! Befinde ich mich jetzt schon in München? Wo träume ich denn diesen komischen Traum? Die Verköstigung muß ich mit dem Notar besprechen. Verloren in diesen abstrusen Phantasien achtete ich nicht mehr auf das, was um mich herum geschah. Dann tat sich mir eine neue Möglichkeit auf. Bin ich vielleicht im Paradies gelandet? Da soll es doch so schöne Farben geben, Blumen und Musik. Auf esoterischen Postkarten ist immer alles in Regenbogenfarben gemalt, die Flügel der Engel, die überirdisch schönen Landschaften. Aber hier singen sie ja wirklich schrecklich! Eher noch wird dies das Fegefeuer sein. Ja, wofür werde ich denn mit Katzenmusik gestraft? Das könnte man mir doch zumindest mitteilen. Warum tun die im Jenseits bloß so geheimnisvoll? Und wo ist Gott? Der hätte sich doch längst bei mir melden müssen, wenn's ihn gibt.

Ich rätselte über meinen Zustand und meinen Aufenthaltsort, während die Bahre, auf der ich lag, schaukelnd über Weg und Steg getragen wurde. Endlich kam ich auf die Lösung. Ja, das ist es! Der *sadhu* hat es mir prophezeit. Er hat gesagt, ich würde bald sterben.

Ich wunderte mich nur, daß ich davon gar nichts mitgekriegt hatte. Vielleicht sterben alle Seelengeschwister gleichzeitig, wer weiß? Und im Paradies kann ich nicht sein, weil sie dort Halleluja und Psalmen singen. Fürs Paradies bin ich auch sicher nicht brav genug, obwohl ich immer ein gutes Mädchen war. Ein gutes Mädchen, ja. Vielleicht ist dies die Vorhölle, nichts Halbes und nichts Ganzes, Limbus, Fegefeuer. Kein Gott, kein Teufel, nur furchtbarer Gesang. Die Rückseite vom Nirvana. Warm ist es hier auf jeden Fall, aber nicht so heiß, wie der Pfarrer immer droht. Vielleicht ist laue Temperatur die Strafe für irdische Mittelmäßigkeit und Gleichgültigkeit? Aber was kann ich denn dafür, wenn ich ohne viel Temperament geboren bin? Ist das schon Sünde?

In Eile ließ ich mein Leben noch einmal Revue passieren, meine kleinen und größeren Schuldgefühle. Mit rasender Geschwindigkeit zogen Bilder an mir vorbei, bedeutende und unbedeutende: ein Foto von mir am ersten Schultag, das Gesicht eines zwanghaften Patienten, Vater in Wehrmachtsuniform, mein Schreibtisch, ein Kirschbaum in Kyoto, der Christbaum mit süßen Fondantkringeln, ein Kleid, das ich bei meiner Examensfeier trug, das mit dem weißen Kragen, meine allerliebste Puppe Thea in ihrem karierten Röckchen. Was soll daran nun so wichtig sein? rätselte ich. Wer urteilt darüber? Waren das wirklich und wahrhaftig die entscheidenden Stationen, die bedeutendsten Ereignisse meines Lebens? Mein Geist verwirrte sich mehr und mehr. Ich gab es auf, verstehen zu wollen.

Das sattsam bekannte, oft beschriebene Zeitrafferphänomen, das ich jetzt mit faszinierter Schläfrigkeit beobachtete, war mir ein weiterer Beweis dafür, daß ich nicht mehr lebte. Ich nahm daher Abschied von allem, was mir einmal lieb und teuer gewesen war. Das also ist's gewesen? Viel war es nicht. Wenig

Liebe, kaum Gefühle, kein Drama. Sehe ich mich schon von oben? Wo ist Mama? Und wo ist überhaupt mein Grab? Dieses entsetzliche Gejaule, dieses grauenvolle Tröten! Keiner weint um mich. Nicht einmal Akasho, mein angeblicher Seelenzwilling. Ich kann niemanden erkennen. Phantome tragen mich, Ausgeburten meiner letzten Erinnerungen. Alle tot, ich auch.

Immer noch blieb ich mit einem Zipfel meines Normalbewußtseins Zeugin dieses seltsamen Traumgeschehens. Aber niemals zuvor hatte ich erlebt, daß im Schlaf eine so überwältigende Mattigkeit meine Gliedmaßen lähmte. Und ich fragte mich träge, was diese Tatsache wohl für einen Symbolgehalt haben könnte. Dann verlor ich auch daran das Interesse, wurde eins mit meinem Traumerleben und überließ mich dem Dämmerzustand, ohne ihn weiter zu erforschen.

Mein schlaffer Leib wurde endlos lange mit sanften Schaukelbewegungen getragen. Die scheppernden, jaulenden Litaneien meiner Leichenträger wollten nicht aufhören. Meine Ohren hörten sie immer noch, sie störten mich nur nicht mehr. Totsein bedeutet wohl, daß einem wirklich alles gleichgültig ist. Man hat kein Interesse mehr an dem Gebaren der Lebendigen, und auch keine Abwehr. Das stellte mein Psychologengeist noch im Traumjenseits mit einer letzten müden Anstrengung fest.

Da spürte ich einen Ruck und kam wieder zu mir. Die Bahre wurde unvermittelt abgesetzt. Kein Gesang mehr, kein Gerede. Es herrschte atemberaubendes Schweigen. Stehen wir jetzt ehrfürchtig vor Gottes Thron? Vor dem Richterstuhl? Nun gut, irgendwie würde ich auch das noch überstehen.

Zunächst geschah gar nichts. Es war mir unmöglich, die Augen aufzuschlagen, also ließ ich es sein. Hände machten sich irgendwann an den Schnüren zu schaffen, lösten mich von der Bahre, ließen mich jedoch weiterhin gefesselt. Dann packten sie meinen leblosen Körper. Wie ein Sack wurde ich auf feuchte Erde gelegt. Feucht.

Moment mal, wer fühlt das eigentlich? quälte ich mich. Kann dieser schreckliche Traum nicht endlich aufhören?

Ich war mir der Präsenz vieler Menschen gewiß, entkörperte Wesen vielleicht oder Seelen. Man konnte sie spüren, ja sogar riechen. Aber keiner rührte sich, niemand sprach. Da ergriff eine dürre, kleine Kralle meine rechte Hand und fühlte meinen Puls. Diese Berührung war mir vertraut und zugleich verhaßt. Sie erinnerte mich an eine Vogelspinne, die mich packen und totbeißen wollte. Und ich wußte plötzlich, wer mich da anfaßte! Es mußte eines der gräßlichen schwarzen Männchen sein. Vor Ekel und Grausen stöhnte ich leise auf, konnte aber die Lippen nicht voneinander trennen. Mit einer ungeheueren Anstrengung gelang es mir allerdings, die Augenlider noch einmal einen winzigen Spalt weit zu öffnen. Da sah ich sie beide, die scheußlichen Zauberer, die bösen Gnome. Sie beugten sich über mich und schnupperten an mir. Es schien, als schauten sie mir mit ihren blinden Augen forschend ins Gesicht. Entsetzt kniff ich die Augen zu, gequält von dieser Wendung meiner Traumhandlung. Weiche, Satan! Fort, fort! Laßt mich in Frieden! wollte ich schreien. Aber ich konnte nicht.

Viele Hände nahmen mich hoch wie damals, als mein Bein frisch gebrochen war, und brachten mich fort. Ich hörte das Geräusch nackter Füße, die uns folgten. Wohin ging es? Erst als ich den furchtbaren Gestank von verwesendem Blut und fauligen Papayakernen roch, erkannte ich, wo ich war. Aufhören, aufhören! Wach auf, Doris, das ist ja furchtbar! Aber es ging immer weiter. Mein nackter Körper, jetzt nicht mehr von Blüten bedeckt, spürte die schattige Kühle des alten Tempels. Soll ich etwa hier bestattet werden? fragte ich mich. O nein!

Man hob mich empor, setzte mich rittlings auf etwas Kaltes und schnürte mich fest. Mit weit ausgebreiteten, schlaffen Armen umfing ich willenlos eine steinerne, unebene Säule. Ich konnte an meiner Haut, mit meinen Fingern die vielen Erhebungen spüren, die zahllosen Brüste, die ich einst mit Staunen erblickt hatte. Mein Kopf fiel nach hinten, die Augen gingen auf. Über mir sah ich Shivas unbewegliches, mitleidloses Antlitz. Die Taki hatten mich an den Leib der Papayagottheit gekettet.

Da fing ich an zu schreien. Ich erwachte aus meiner seltsamen Gefühllosigkeit und wußte: Nein, nein, nein! Das ist kein Traum! Ich bin betäubt! Sie wollen mich töten. Ich soll sterben! Sie wollen ein Sühneopfer für den Untergang des Schlangenbootes.

Nein, nein! Ich brüllte und brüllte, als zöge man mir die Haut ab. Und gleichzeitig begannen die Taki zu jubeln. Wieder begannen die Trommeln und Blechinstrumente mit ihrem ohrenbetäubenden Getöse, und die Menschen schrien aus voller Kehle:

> *Shiv, Shiv, Shiv!*
> *Shivaya Namah Om!*
> *Hara, Hara, Hara!*
> *Haraya Namah Om!*

Warum hatte ich je geglaubt, diese Menschen seien meine Freunde?

*W*ie könnte ich heute sagen, dies sei die dunkelste Nacht meiner Seele gewesen? Sie begann mit abgrundtiefem Entsetzen, das ist wahr. Nichts hätte schlimmer sein können, für einen Menschen wie mich, als das Elend der Ungewißheit. Was hatten die Taki noch mit mir vor? War das erst der Beginn einer langen rituellen Folterung? Wie lange würde ich leiden müssen? Ich schrie und schrie und schrie wie ein gepeinigtes Tier. Niemand hinderte mich daran. Ich war längst allein im Papayatempel. Warum und wozu ich das tat, weiß ich nicht. Denn da war keine Hoffnung, nicht die geringste. Aber ich brüllte weiter. Es war wie ein letztes Aufbäumen meiner animalischen Natur gegen das Sterbenmüssen. Mein gesunder Leib wehrte sich mit allen seinen Kräften gegen die Vergänglichkeit. Da ich gefesselt war, blieb mein aufgerissener Mund das einzige Ventil meiner Angst.

Wie zwei erbitterte, haßerfüllte Recken aus der Urzeit rangen Lebenswille und Todeswunsch miteinander. Vater und Sohn vergossen erbarmungslos ihr gemeinsames Blut. Ich sah dem Kampf zu. Bald wollte »es« aushalten und leben, bald wünschte »es« dem Tod seinen Sieg. Denn damit würde endlich – bald, bitte bald! – alles vorbei sein. Dabei wußte ich doch: Es konnte Tage dauern, bis ich hier oben, in den Armen der grausamen Gottheit, verhungert und verdurstet war.

Kühl denken konnte ich am ersten Tag nicht. Entweder brüllen oder phantasieren. Beides war Angst, nichts als Angst. Und diese Angst war mehr als ein Gefühl, viel mehr als eine Vorstellung. Sie war einfach da, wie ein reißendes Tier in meinem Bauch.

Ein anderer hätte vielleicht versucht, die Fesseln zu lösen, eine Strategie zu planen. Ich hingegen gab mich ganz dem Moment hin. Wozu tapfer sein, mich zusammenreißen, wie ich es mein Leben lang getan hatte? Schrei, Doris, schrei! Was hast du zu verlieren? Wozu einen kühlen Kopf bewahren, wenn doch nichts damit zu erreichen ist? Keiner hört mich, ich bin allein im Universum. Im Papayauniversum.

Anstatt die Panik beherzt zu unterdrücken, gab ich mich ihr rückhaltlos hin. Nach vielen, vielen Stunden bemerkte ich, wie diese Hingabe mich mit einer seltsamen neuen Stärke belohnte, weil ich mich ihr beugte, anstatt sie im Zaum zu halten. Ich fand – ja, was war es? – eine Mitte, die merkwürdig leer war, ohne öde und einsam zu sein. Andere Gedanken kamen, die nicht von Angst durch mein Hirn gepeitscht wurden. Da dachte ich an Sokrates, der den Schierlingsbecher ohne Wenn und Aber austrinken konnte. Und Seneca! Die großartige stoische Haltung des alten Seneca, der sich im Angesicht seiner feierlich versammelten Familie würdevoll die Pulsadern öffnete, weil Nero es so wollte. War das gut oder schlecht, richtig oder falsch? Worin lag der Sinn? Für wen? Mir gefiel es, es entsprach einer Sehnsucht meiner Seele. Und dennoch … Auch zu leben war schön gewesen!

Ach, wie sehr beschäftigte mich in jenen langen dunklen Stunden die Frage nach der Sinnhaftigkeit oder Sinnlosigkeit meines eigenen Sterbens. Wozu hatte ich denn all die neuen Erfahrungen gemacht, die vielen neuen Einsichten gewonnen, wenn ich sie in Zukunft überhaupt nicht nutzen konnte? Während meine Arme und Schenkel die steinkalte Statue Shivas umfingen, als sei dieser Gott mein Geliebter, den ich bis in den Tod niemals mehr verlassen würde, begehrte ich noch einmal auf, voll bitteren Zorns: Jesus hat doch wenigstens gewußt, wofür er da am Kreuz hing! Er sollte die Welt erretten, uns von Sünden reinwaschen. Er wußte sich von Gott, seinem himmlischen Vater, auserwählt. Ja, mit solch einem Auftrag ist es leicht, dem Tod ins Auge zu blicken! höhnte ich. Aber ich bin schon seit Monaten verschollen, tot für die Welt. Niemand beauftragt mich mit einer Weltrettungsmission. Von meinem Tod hat keiner was. Als Vorbild bin ich völlig ungeeignet. Niemand wird je erfahren, was ich jetzt weiß. Und wahrscheinlich ist das alles genauso belanglos wie sich einzubilden, man sei Christus, der Gesalbte.

Hat er denn die Welt gerettet? Davon habe ich noch nichts gemerkt. Jedenfalls nimmt er sich Zeit damit. Wo bleibt denn der verheißene Friede, die Liebe, die Brüderlichkeit unter den Menschen? Im Namen Gottes und der Religion! Das, was mir hier passiert, ist Folter und Mord, kein Dienst an der Menschheit! Da gibt es nichts zu beschönigen! Und weil ich keine Takifrau bin, gläubig der Bedeutung des heimischen Kultus ergeben, bedeutet auch das Opfer, das ich vielleicht in ihren Augen mit meinem Leben bringe, in meinen eigenen Augen gar nichts.

Die grausamen Taki hatten mich längst verlassen. Nicht einmal ein Wächter war zurückgeblieben, so sicher wußten sie, daß ich mich auf keinen Fall befreien konnte. Für jene, die mich hier quälten, sollte ich ein Vergehen, eine Schande sühnen, den Untergang der »Ungeduld«. Das nahm ich jedenfalls an, im Grunde aber wußte ich nicht, warum ich hier an ihrem Baumgott gemartert wurde. Oder sollte die hellhäutige Fremde nur als Mitwisserin ihrer grausamen Bräuche eliminiert werden? Die Stammesältesten hatten meine unerbetene Anwesenheit in Narvan lange genug geduldet. Jetzt, wo Akasho mich gefunden hatte, mußte mit solcher Toleranz endlich Schluß sein. Vielleicht lag auch mein armer Seelenzwilling jetzt in den letzten Zügen, vergiftet, erstochen, massakriert, schon seit Stunden tot. Ich war dem Bösen begegnet.

Ammu, Ammu!
Mahadeva!
Bhagavati!
Ammu Shiva,
Mahashiva.
Shiva Om.

Niemals werde ich diesen unheimlichen Gesang aus meiner Erinnerung löschen können. Stundenlang, so schien es mir, mußte ich ihn anhören. Nach langen, tumulthaften Invokationen ihrer Papayagottheit, an deren Brüste ich mich klammerte und auf deren steinernem Glied ich ritt, hatten sich die Taki in singender, scheppernder, trommelnder Prozession entfernt. Ich hatte noch das Trompeten eines Elefanten gehört. Himmel, welche Ehre mir erwiesen wurde! Wozu das alles? Welchen Gewinn hatten die Taki letzten Endes davon? Sie redeten so viel von der Seele der Menschen, aber das Begehren meiner Seele achteten sie nicht. Von Anfang an hatte ich befürchtet, daß diese Wilden noch zu Menschenopfern fähig waren. Ihre Blutreligion war eben keine Touristenfolklore. Niemals hätte ich kommen dürfen. Ich war wütend. Ich fürchtete mich. Aber merkwürdig – ich weinte nicht. Wann immer der innere Druck unerträglich wurde, begann ich von neuem zu schreien, bis meine heisere Kehle keinen einzigen Ton mehr von sich geben konnte.

Da es sinnlos war zu hoffen, gab ich den Gedanken an Rettung auf. Malti und Lalla würden bestimmt nichts unternehmen. Sie waren Taki, sie liebten ihr Volk, und dies alles geschah angeblich zum Heil ihres gefährdeten Stammes. Auf Akasho konnte ich nicht zählen. Er würde niemals erfahren, wohin man mich gebracht hatte. Der Schrein war nur den Taki bekannt, ein wohlgehütetes Geheimnis. Weder für Geld noch für gute Worte würde man ihm etwas von dem verraten, was diesem Volksstamm heilig war. Wenn er überhaupt noch am Leben war, würde er mich auch aus religiösen Gründen meinem Schicksal überlassen. Denn er wußte ja als einziger um die Prophezeiung des heiligen *sadhu*. Warum sollte er, dem der Tod nichts Endgültiges oder gar Schlimmes bedeutete, mich daran hindern zu sterben? Rama, mein treuer Seelenbruder, war tot. Ama, die gute Heilerin, liebte mich und hatte mich trotzdem verraten. Schuld an allem waren die bösen dunklen Zwerge. Hatten sie mir nicht immer angst gemacht mit dem alles durchdringenden Blick ihrer blinden Augen? Ihrem magischen Einfluß war es zu danken, daß man Shiva mein kostbares Leben darbrachte.

Urin tropfte von meinen Schenkeln. Ich hatte Durst. Irgendwann auch Hunger, der wieder verging. Wieder Durst. Das schwere offene Haar zog meinen Kopf tief in den Nacken. Ich mußte die Gottheit anblicken, ob ich wollte oder nicht, oder die Augen fest zudrücken. Es kostete mich Mühe, meine Wange bisweilen auf meinen Oberarm zu legen, um ein wenig zu ruhen. Gestank von Blut und Samen und Verwesung drang in warmen Schwaden zu mir, faulige Gase benebelten mich. Einige Blütenblätter klebten noch an meinem Leib, juckten und kitzelten, solange sie sich austrocknend zusammenzogen, und lösten sich dann ab.

Als es dunkel wurde, huschte eine Fledermaus um meinen Kopf, verfing sich in meinem Haar, befleckte mich mit ihrem Kot. Dann kamen immer mehr, große und kleine, umkreisten mich wie Aasgeier. Nachtvögel flatterten. Ich konnte mich nicht rühren, konnte nichts sehen. Es war bald stockdunkel. Mit meiner Stimme suchte ich sie zu verscheuchen, aber das hatte wenig Zweck. Der Nachtwind seufzte durch die Öffnungen des Heiligtums. Über mir, in der runden Öffnung oberhalb des Götterbildes, sah ich durch die steinernen Blätterhände Sterne blitzen, aber sie spendeten mir weder Licht noch Trost. Heiße Flügel streiften meinen Rücken. Tiere, die ich nicht kannte, stießen ihre schrillen Schreie aus. Hilflos lehnte ich meine Stirn an den mitleidlosen Stein. Es galt zu leben, bis ich tot war. Und das konnte Tage dauern. Keine Verzögerung, keine Beschleunigung. Es lag nicht in meiner Hand. Wessen Wille geschah da? Das Schicksal annehmen, wie es ist. War das nicht die Lektion, die ich in den vergangenen Monaten gelernt hatte?

Oft muß ich in Ohnmacht gefallen sein. Vielleicht trat ich auch aus meinem Körper aus. Einmal, das erinnerte ich später deutlich, lief ich am Rand einer sich rasend schnell drehenden Scheibe. Ich rannte und rannte und wußte – ein falscher Schritt, und es ist aus.

Es wurde Abend, und es wurde Morgen.

Als ich zu mir kam, hörte ich auf, mein Fatum zu bekämpfen. Anderen mochte das helfen. Für mich war es nicht das Richtige. Hingabe, Bejahung, auch Unterwerfung, wenn es denn sein muß. Ich hatte ja rebelliert. Doch wohin hatten Hader und Aufbegehren, hatten all die Schreie mich geführt?

Sowie meine Abwehr nachließ, machte ich mich auf lähmende Schwäche gefaßt. Aber etwas Unerwartetes geschah. Von Lethargie war nichts zu spüren – im Gegenteil! Neuartige Empfindungen durchströmten meinen Geist und meinen Körper. Neuartige Gedanken schlugen wie Blitze ein. Schlagartig kam mir die Erkenntnis, daß ich mir die letzten angenehmen Momente meines Lebens verderben würde, wenn ich sie nicht genoß. Ich hatte furchtbare Todesangst, ja gewiß, aber sie war bereits abgeflacht. In den dunklen Stunden der Nacht war sie zur Gewohnheit geworden, ohne den Namen Resignation zu verdienen. Ich lebte mit ihr, durchmaß Hand in Hand mit ihr die verbleibende Lebensspanne.

Als ich begann, die Panik nicht mehr in den Mittelpunkt meines Erlebens zu stellen, hörte ich auf zu meinen, daß ich in meiner Lage Angst haben *müßte*. Als sei das die erste Bürgerpflicht! Es war faszinierend auszuprobieren, wie diese Maßnahme wirkte. Ob ich nämlich Angst hatte oder nicht, änderte nicht das geringste an meiner äußeren Situation, wohl aber Entscheidendes an meiner inneren Befindlichkeit. Wichtig war, nicht die altgediente Tapferkeit, das Durchbeißen, an die Stelle der Panik treten zu lassen. Ich gab also auf, mich fürchten zu müssen. Die letzten Stunden meines Lebens wollte ich leben, erleben, bis zur Neige alles auskosten, was dieses Leben für mich in jedem dieser Augenblicke war.

Denn darin bestand meine Wahrheit: Ich hatte mich in meinem ganzen Leben noch niemals so wundervoll, so herrlich lebendig gefühlt wie gerade jetzt, im Angesicht des nahenden Todes.

Während Haut und alle Sinne hochempfindlich, ja überempfänglich für jeden Reiz waren, fühlte ich mein Fleisch vollkommen entspannt und auf köstlichste Weise belebt, als läge ich in einem Champagnerbad nach einer berauschenden Liebesnacht – vielleicht ein Ergebnis meiner ungeplanten Urschreitherapie, vielleicht eine Nachwirkung der Drogen, die man mir verabreicht hatte. Wer weiß? Und wer will das so genau wissen?

Wie ich da vollkommen allein hoch oben in der Kultkammer des Frauenheiligtums hing und unablässig die zweigeschlechtliche Papayagottheit in meinen Armen hielt, überschwemmten mich unerwartete Gefühle. Ich klammerte mich an sie wie ein Säugling an die Mutter, wie eine Liebende, die sich vor dem gemeinsamen Höhepunkte an den einzig Geliebten drängt. Ich umfing sie wie einen heimgekehrten Sohn, eine zärtlich verwöhnte Tochter. Ich durchwärmte mit meinem Leib den Stein, umarmte ihn mit der Sehnsucht einer Sterbenden nach den Wonnen des Paradieses. Mitgefühl mit aller Kreatur war ein Geschenk dieser Stunde. Freundschaft mit allen Menschen wurde mir zuteil. All das umspannte ich mit meinen Armen. Ich hielt die ganze Welt an meine Brust gedrückt. Dies alles füllte meine große Leere, die sich durch das Nichtwollen aufgetan hatte.

Der steinerne Baum gab mir Kraft und Nahrung. Er war mir Vater und Mutter, Freundin und Lehrer. Er war mir Gegenwart, Zukunft und Vergangenheit. Alle Ahnen meines Blutes fühlte ich in ihm verkörpert, und alle Leben, die ich schon auf der Erde verbracht hatte, erschienen in plastischer Realität vor meinem Geist. Vieles war entsetzlich, vieles war beglückend, alles war menschlich. Ich sah es an und mußte es nicht beurteilen – ungekannte Freiheit!

Ich schluchzte und jubelte vor Seligkeit. Alle starke, objektlose Liebe, die mich dort unter dem Segen der steinernen Blatthände in jedem Augenblick erfüllte, entsprang nur aus mir. Mit einer ungeahnten, niemals gekannten Macht brach sie aus mir heraus. Also mußte sie doch in mir gewesen sein! Mein Herz floß in den Granit und machte ihn zum lebendigen Fleisch. Oder war Shiva, der lebendige Gott, in sein steinernes Kultbild gefahren und wirkte jetzt in mir? Ich verschmolz in höchster Ekstase mit der Gottheit und wurde zur Göttin.

Da waren Tränen, aber kein Weinen. Und da war mystische Freude, aber kein Lachen. Ekstatische Empfindungen rasten in mir, für die es keine Worte gibt. Explosionen gleißender Helligkeit, schwärzeste Dunkelheit, Farbenspiele von überirdischer Schönhieit. Rieselnde Hitze, kühle Frische, unbeschreibliche Wonnen in jeder Zelle des Leibes. Töne, Klänge, melodisches Rauschen. Vollkommene Gewißheit, Hellfühligkeit aller Sinne, Sinnhaftigkeit in jedem Atemzug. Kristalline Klarheit des Bewußtseins. Präsenz des Erlebens meiner Lebendigkeit. Grenzenlosigkeit. Eine Stille in Frieden und Heiterkeit. Die Liebe.

Auch der zweite Tag verging. Doch Zeit hatte alle Bedeutung verloren. Ich spürte ihr Verstreichen nicht. Und es war gleichgültig, wann ich mein Leben aushauchen würde, heute oder morgen. Unberührt stellte ich dann fest, daß es wieder dunkel wurde. Ich wußte, wo ich mich befand. Das war alles. Mein Ich registrierte es, mein Selbst blieb davon unberührt. An meinem schrecklichen, kostbaren Zustand änderte sich nichts. Ich hatte Durst. Doch er verging, denn ich labte mich an köstlichem Nektar.

Die Körperteile, die ich überhaupt nicht bewegen konnte,

waren durch den unablässigen Druck des Steins, auf dem mein Fleisch lastete, wie abgestorben. An Händen und Füßen schnitten die Seile tief in mein geschwollenes Fleisch ein. Gewiß waren meine Finger blau und würden bald absterben. Die Nieren würden versagen durch den Mangel an Flüssigkeit. Meine Exkremente ätzten die Haut zwischen meinen Schenkeln und stanken. Keiner reichte mir den Essigschwamm. Dies alles war, wie es war. Jeder stirbt seinen Tod.

Niemand kam, nach mir zu sehen. Wo waren die Frauen, die an bestimmten Tagen ihr Blutopfer zu bringen hatten? Doch merkwürdig, nach ihnen sehnte ich mich nicht. Ich wollte allein sein. Um nichts in der Welt hätte ich mein Erwachen zu solcher Erkenntnis des All-Einen und solcher Liebe für eine »Rettung« hergetauscht.

*P*flichtschuldigst muß ich mich heute fragen: Sollte das alles nur Wahn und Selbsttäuschung gewesen sein? Halluzination, Illusion? Botenstoffe der Verzweiflung, euphorische Hormonwallungen? War es die Drogenwirkung oder eine das bedrohte Ich schützende Verleugnung des Erlebten, die mich in diesen Zustand der Entgrenzung versetzten? Heilsame Flucht in die Dissoziation, situative Traumabewältigung, Abspaltung von Persönlichkeitsanteilen?

Ja, ja, ja, das alles mag sein. Das ist gut möglich, gerade ich als Therapeutin kann es nicht ausschließen. Vielleicht war und bin ich in einem Größenwahn befangen, in einer inflationären Überhöhung meines armseligen Selbst. Wenn das ärztlicherseits die korrekte und objektive Diagnose ist – nun gut. Doch was ist die Wahrheit? Meine subjektive Wahrheit?

Hör auf, ermahne ich mich. Verschone mich mit deinen ewigen Zweifeln, Doris Guthknecht. Du weißt, was du weißt. Laßt mich mit euren redlich bemühten Theorien über meinen Zustand in Frieden, liebe Kollegen. Gönnt mir diese Krankheit des Glücks, ihr Menschen! Laßt Devi-Ben leben!

Das alles ist Wochen her. So lange wirkt keine halluzinogene Droge. Und das Wesentliche ist immer noch da: Glückseligkeit, Weite, Einheit. Das bleibt mir erhalten, auch hier in München. Ich bin, wer ich immer war, nur bin ich es mehr als je zuvor. Doris, Dorothea, Devi-Ben. Das alles macht mich aus. Meine göttliche Natur ist erwacht, konnte aus tiefem Traumschlaf in mein geweitetes Bewußtsein dringen. Meine Seele, der göttliche Funke, der mich belebt, brennt lichterloh und leuchtet mich von innen aus.

Das ändert natürlich nichts an meinem essentiellen Menschsein. Im Gegenteil, dadurch wird es erst vollständig. Und all dies ist immer noch dem Gesetz des Wandels unterworfen, bleibt unvollkommenes Phänomen. Denn ich bin weiterhin auf der Erde. Ich lebe in Raum und Zeit, mit den Bedingtheiten meines Fleisches. Und weil es so ist, hat es einen Sinn. Mehr braucht es nicht. Lebenssinn ist kein unmittelbarer Inhalt, sondern subjektive Empfindung, die keine Rechtfertigung erträgt. Das weiß ich jetzt.

Devi-Ben

Es wurde Abend, und es wurde Morgen.

Hatte ich geschlafen? War ich bewußtlos gewesen? Mir schien, ich sei, von der Musik eines Sturms getragen, durch ein Labyrinth schwarzer Röhren geflogen, unaufhaltsam einem herrlichen Lichtpunkt entgegen, der mein sehnsüchtigstes Ziel war. In diesem goldgleißenden Schein sah ich Rama Raj von weitem die Hände nach mir ausstrecken. Oh, wie gern hätte ich sie ergriffen! Doch dieser dunkle Tunnel war so unendlich lang, daß ich das Licht nicht erreichte. Ich kam zu mir.

Der dritte Tag war angebrochen, als mein übersensibles Gehör über dem Schnarren der Krähen und dem Zwitschern der grünen Papageien die Geräusche einer nahenden Menschenmenge vernahm. Das grausige Singen, Trommeln und

Trompeten, das ich als mein Totenlied erkannte, jagte mir heiße Schauer über den Rücken. Mein Körper reagierte wieder mit panischer Angst. Mein Geist aber konterte kühl. »Sie wollen meine Leiche holen. Und wenn sie sehen, daß ich noch lebe, werden sie mich töten. Schade. Doch ich kann und ich will es nicht ändern.«

Nun wollte ich meinen Weg auch zu Ende gehen, wohin immer er mich führen würde. Schritt für Schritt wollte ich Zeugin des eigenen Seins bleiben. Ich war offensichtlich hilflos, aber ein quälendes Gefühl von Hilflosigkeit, wie ich es angesichts banalster Gelegenheiten in meinem Alltag so oft gehabt hatte, fühlte ich nicht.

Im Dämmerlicht der Kultkammer drehte ich mit letzter Kraft den schmerzenden Kopf, um zu sehen, was da auf mich zukam. Zugleich blieb ich teilnahmslos. Seltsam auch, daß Schmerz und Lust jetzt kaum zu unterscheiden waren. Ich konnte im Gegenlicht die beiden schwarzen Gnome erkennen, die, von nackten Frauen gestützt, zu der steinernen Papayagottheit geführt wurden. Sie waren blind und konnten mich nicht sehen. Die Augen der Frauen mußten sich erst an das Zwielicht gewöhnen. Ich hing in meinem Netz von Palmseilen wohl sechs Meter über ihnen unter einem Dach aus kunstvoll skulptierten Blatthänden. Draußen vor dem Tempeltor lärmten Hunderte von Stimmen, und die Instrumente der Taki, all die Trommeln, Schellen, Muschelhörner und Blechtrompeten, begleiteten mit ihrem Getöse die wachsende Erregung. Meine Sinne beobachteten alle Phänomene um mich herum, als säße ich bequem in einem Kinosaal. Dabei hatte mein letztes Stündlein geschlagen.

Die Magier blieben unter mir stehen und waren deshalb aus meinem Gesichtsfeld gerückt. Ich hörte sie mit ihren uralten Stimmchen Fragen stellen. Mein Kopf drehte sich langsam wieder in seine am wenigsten unbequeme Stellung. Noch war Leben in mir.

Von unten muß das Wehen meines langen Haars zu erkennen gewesen sein. Denn sofort rief eine der Frauen laut:

»Devi-Ben!«, und unter den Zwergen herrschte plötzlich Aufregung. Mag sein, daß sie beratschlagen, auf welche Weise sie mich gleich ins Jenseits befördern wollen, dachte ich träge. Diesen Rest meiner Neugier hatte ich mir bewahrt. Viel war es nicht. Ich atmete, so tief ich konnte, und streifte dadurch einen Teil meiner Todesangst ab.

Nun scholl es noch einmal herauf, inzwischen aus mehreren Kehlen: »Devi-Ben!« Und weil ich gerufen wurde, antwortete ich. Warum auch nicht? Aus meiner verdorrten Kehle drang ein heiseres Grunzen. Der Jubel, der daraufhin ausbrach, war mir ein Rätsel. Was waren das nur für grausame Wesen? Freuten sie sich, daß ich immer noch nicht meinen Leiden erlegen war, weil sie mich nun mit neuen Methoden martern konnten? Wäre mein Nacken nicht so peinvoll steif gewesen, hätte ich nachsichtig lächelnd den Kopf geschüttelt über soviel kindischen Unverstand. Von dem unersetzlich kostbaren Geschenk, das mir ihre bösartigen Absichten beschert haben, können sie nichts ahnen, sagte ich mir. Denn sie wissen gar nicht, was sie tun.

Ich hörte das patschende Getrappel nackter Füße auf dem glitschigen, fauligen Boden. Alle redeten durcheinander. Vor dem Tempel trompeten die Elefanten. Dann näherten sich Menschen. Meine Nase roch Schweiß und Kokosöl, ein Reiz, der sogar die stinkenden Dämpfe der verrottenden Samen übertönte. Und alsbald spürte ich Finger, die meinen Rücken stützten, Finger, die die Seile lösten, Hände, die meinen Kopf auffingen, Arme, die unter meine Achseln griffen, Schwerelosigkeit.

Ich weiß noch, daß ich lächelte wie ein Baby, das im Schlaf herumgetragen wird. Diesmal wußte ich: Das ist kein Traum. Wirklicher wird es niemals mehr. Und ich genoß es. Dies ist dein Leben, flüsterte meine Seele.

Eine kleine Hand fühlte meinen Puls. Man legte meinen Körper in eine steinerne Wanne. Sie war mit Papayamus gefüllt. Der Duft frischer, saftiger Früchte drang in mein Bewußtsein, als die Haut meines Rückens die cremig-weiche

Feuchtigkeit berührte und darin einsank. Kühles Wasser rann über meine Stirn. Papayasaft netzte ein wenig brennend meine aufgeplatzten Lippen und belebte meine geschwollene Zunge. Oh, wie süß war auch dieser irdische Nektar!

Brust, Bauch, Körper und Beine wurden sanft mit dem zerdrückten Fleisch reifer Papayafrüchte bedeckt. Mein Ich betrachtete mit Verwunderung diese Dinge. Das Selbst ließ alles geschehen, in gelassener Hingabe an den Augenblick. Ein Fünkchen Humor meldete sich, als irgendwann der Gedanke kam: Ist das Wild gut abgehangen, legt man es in eine Marinade. So wird Doris zum Sauerbraten nach Takiart. Wo bleiben die Rosinen? Schläfrig fragte ich mich, was die Dorfbewohner als nächstes mit mir vorhatten.

Rechts und links von meinem Badezuber sah ich die Zwerge stehen. Sie reichten mit dem Kinn gerade an den Rand. Beide hielten die Arme wie zum Gebet erhoben. Sie sahen nichts, doch spürten sie wohl, wie ich sie sprachlos betrachtete, denn sie neigten sich vor mir und legten die schwärzlichen Krallen zu einem ehrfürchtigen Gruß vor die Stirn. O, du großer Gott! Dann liefen sie mit kleinen Schritten an das andere Ende und berührten mit ihren Fingerspitzen meine Zehen, die aus dem heilenden Fruchtmus herausragten.

Kaum war das geschehen, als mich erneut eine mystische Verzückung befiel. Mein Körper zuckte und wand sich wie unter Starkstrom. Er bäumte sich auf und fiel zurück, wieder und wieder, so daß die gelbe duftende Masse aus dem Trog spritzte. Ah! und Oh! und Ahhh! stöhnte der Atem. Ein Wirbelsturm erfaßte mich und die Zwerge und alle Taki und trug uns in körperlose Regionen. Dort wurden wir eins. Es gab keine Trennung. Zwischen Selbst und Selbst knüpfte sich ein unauflösliches Band. Die Liebe zu diesen uralten Zauberern, die ich für die widerwärtigsten Kreaturen auf Gottes Erdboden gehalten hatte, für Boten des Bösen und Ausgeburten des Teufels, machte mich weit und heiß und kühl und leicht und dunkel und flüssig und hell und selig.

Von Augenblick zu Augenblick belebten und entspannten sich meine Glieder. Eine neue Variante körperlicher Ekstase vereinte sich mit der ungebrochenen Ekstase meiner Seele.

Viel später legte jemand eine Hand auf meine Stirn. Diese Berührung war mir vertraut. Als ich die Augen aufschlug, schaute ich in Amas gutes altes Gesicht. Sie stand hinter mir. Ihr Blick war voller Zärtlichkeit, und ich sah Tränen darin zittern. Auch die alte Heilerin verneigte sich ehrfurchtsvoll und grüßte mich mit dem *Namasté*.

Um uns herum tobte das Jubeln und Jauchzen der Menge.

»Devi-Ben! Devi-Ben!« Die Greise des Ältestenrats bildeten eine Art Schutzkordon um mich. Und diesen Wall aus Autorität und Respekt brauchte ich auch, denn ich spürte: Am liebsten hätten mich alle angefaßt, vielleicht sogar lebendig zerrissen, wenn man ihnen erlaubt hätte, über mich herzufallen. Allerdings war mir auch das ziemlich gleichgültig.

Irgendwann hob man mich aus meinem Papayabad, wickelte mich in Tücher, ohne die Reste abzutupfen, und legte mich auf eine Tragbahre. So führten die Taki mich unter unbeschreiblichem Tumult nach Narvan zurück. Um mich herum war Tanz und Gesang, Blüten flogen durch die Luft, man bedeckte mein Laken mit Girlanden. Ich versuchte nicht zu verstehen, was hier vorging. Denn mein Wesen war vollständig mit dem Erleben des Erlebens beschäftigt.

Als wir den Dorfplatz erreicht hatten, ebbte die totale Entgrenzung meiner Wesensempfindung ein wenig ab. Ich konnte wieder Gedankenfetzen zulassen. Einer davon bleibt in Erinnerung: Ich schaute wie durch ein Fenster auf die Wandelbarkeit allen Daseins. Als mein Ich, meine ängstliche, irdische, psychische Identität sich wieder zaghaft zu Wort meldete, sprach es in vollkommenem Einklang mit meiner unsterblichen Seele: Halte dich nicht an dem augenblicklich angenehmen Zustand fest! Es kann sich jeden Moment alles wieder ändern. Mache dich auf alles und jedes gefaßt. Lebe im Moment. Spekuliere nicht über die Zukunft. Bleibe gefaßt. Nichts ist sicher – das Leben nicht und nicht der Tod. Jetzt, da du endlich fühlst, wie der göttliche Wille dich leitet, gib alle Kontrolle auf. Gib dich hin. Laß geschehen.

In Narvan wurde ich zum Kanal getragen, von vielen Helfern ins Wasser getaucht, gereinigt und gewaschen. Zurück am Ufer salbte man mich, massierte meine Gliedmaßen, versorgte die Wunden, kämmte mein Haar und flocht es in viele goldene Zöpfchen. Ich konnte und durfte selbst nichts tun. Körper und Geist waren willenlos. Eine unbeschreibliche Verbindung von kosmisch geweiteter Überwachheit und grenzenloser Mattigkeit des Leibes prägte mein Erleben jener Handlungen, die man an mir vollzog.

Bei all dem spürte ich mich strahlen und grinsen wie ein idiotisches Kind, das von der Mutter gebadet wird. Meine Gesichtsmuskulatur gehorchte mir nicht. Wann immer ich die Augen aufmachte, leuchteten sie wie Laserstrahlen. Mir war, als könnte ich meilenweit blicken und alles – Gegenstände, Pflanzen und Menschen – wie auf einem Röntgenschirm durchschauen. Mein Wesen sah ihr Innerstes, erkannte ihr essentielles Wesen. Als ich einmal unendlich langsam den Arm hob – meine erste selbstbestimmte Bewegung –, hatte ich den Eindruck, er sei dehnbar genug, um mühelos bis zum Rand der Weltenscheibe zu greifen.

Nun kam Ama noch einmal zu mir. Sie ergriff mein linkes Handgelenk und tätowierte mit raschen Stichen die Umrisse einer Mondsichel auf die Haut. Die Stelle wurde mit einem Pflanzensaft eingefärbt, der scharf brannte, aber ich empfand es nicht als Schmerz, sondern als Teil meiner Ekstase. Dann blickte die alte Heilerin zahnlos lachend auf mich hinab und sagte: »*Siddhi*!« Ich lächelte zurück und nickte: »*Siddhi*!«

Wie ein Götzenbild wurde ich alsbald in der Mitte des Dorfplatzes aufgestellt. Auf einem erhöhten Podest hatte man ein Lager bereitet, aus Polstern und Kissen, bedeckt mit goldfarbigen und karmesinroten Stoffen. Ein Baldachin schützte es vor der sengenden Sonne. Da ich so lange im Dunkel verbracht hatte, tat mir das Licht in den Augen weh. Ich hielt sie geschlossen, bis mir eine mitfühlende Hand den *pallu* des

Festtagssari, in den man mich nach dem Bad gehüllt hatte, tief in die Stirn zog.

Dort thronte ich wie eine hölzerne Puppe, reglos und stumm, mit Girlanden behängt, während Hunderte festlich geschmückter Menschen an mir vorbeizogen. Ein Taki nach dem anderen, Männer wie Frauen, fiel demutsvoll der Länge nach in den Staub, berührte ehrfürchtig meine Füße und legte dann eine Opfergabe aus Reis in einen großen Bottich, der rechts von mir, nicht weit von meinem Schrein, aufgestellt war. Ich glaube fast, ich sandte Strahlen aus. So wurde ich zum lebendigen Idol des Stammes der Taki. Und noch ließen sie mich meine überwältigende Lebendigkeit leben.

Zu meiner Linken brannte ein starkes Feuer. Die Männer hatten sich den Oberkörper und das Gesicht bemalt, mit leuchtenden Farben – Grün, Gelb und Rot – wie damals bei der Hochzeit, die nun schon hunderttausend Jahre zurückzuliegen schien. Unter dem Prasseln der Trommelschläge bewegten sie sich in einem selbstvergessenen Trancetanz um den Scheiterhaufen. Vielleicht wartete er auf mich? Vielleicht.

Die schwarzen Magier knieten vor meinem erhöhten Platz und reichten mir Schalen mit Reis und Flüssigkeit. Ich konnte sie nicht nehmen. Meine Glieder warren noch gelähmt, jede Bewegung hätte all meine Kräfte aufgezehrt. Da trat unter vielen Verbeugungen eine junge Frau an mein Lager.

Zuerst sah ich nur das Muster ihres Saris. Dann aber erkannte ich Malti. Sie gab mir zu essen und zu trinken. Viel zu trinken. Sie lächelte mich an und sagte: »*I love you, Devi-Ben. Your are Shiva's lover.*« Und während die Zeremonie ihren Lauf nahm, ließ sie sich schweigend neben mir nieder, blieb bei mir wie ein Leibwächter und gab acht auf jeden meiner Atemzüge.

*L*iebste Malti! Warum bin ich dir gegenüber oft so mißtrauisch gweden? Das hast du wirklich nicht verdient. Immer wieder hast du mir bewiesen, daß du mich nicht im Stich läßt. Und am Ende hast du mir das Leben gerettet, auf mehr als eine Art und Weise. Habe ich dir meine Dankbarkeit seither genug gezeigt? Ich weiß, daß du sie nicht erwartest oder einklagst. Aus meinem sicheren Hort hier in meinem Münchner Zuhause überfällt mich Bedauern angesichts unserer eiligen Trennung. Werde ich dir je sagen können, was ich empfand, als du mich hingebungsvoll Stunden und Tage gepflegt und versorgt hast? Du mußtest den Eimer leeren, mich waschen, meine Fieberstirn kühlen, mir zu trinken geben, mein Bett und meine stinkenden Kleider reinigen. Keine Mutter hätte ihr Kind liebevoller versorgen können. Du warst mir eine echte Freundin.

Und doch argwöhnte ich ständig, daß du mich auf Geheiß deiner Dorfältesten vergiftet hättest, um es mir unmöglich zu machen, Narvan zu verlassen. Damit die Prophezeiung der schwarzen Zwerge sich erfüllen konnte! War nicht das Wasser, das du mir gereicht hattest, mit Zitrone versetzt gewesen, um einen fremden Geschmack von Gift zu überdecken? Die Indizien paßten nur zu gut zusammen. Solange ich in Narvan lebte, blieb ich dir gegenüber mißtrauisch.

Es war schon fast Abend. Die Sonne machte sich bereit, ihre Nachtreise anzutreten, und die Krähen krächzten nicht mehr. Auf meinem göttlichen Thron war ich längst im Sitzen eingenickt, nahm die segenspendende Berührung meiner Fußspitzen gar nicht mehr wahr. Da schreckte ich auf vom Tuten vieler Muschelhörner. Im letzten Schein der glutroten Wolken sah ich das kleine Volk der Taki in einem engen Kreis um das Podest versammelt. Aus allen sieben Dörfern waren sie herbeigekommen, um der armen, alten Doris Guthknecht zu huldigen.

Om Namah Shiváya! Shiváya Namah Om!
Hara, Hara Mahadeva. Hara, Hara Mahadeva!
Shiv, Shiv Devi-Ben, Devi Namah Om!

So skandierten sie ein über das andere Mal, und ich ließ es geschehen, aus tiefer Liebe zu diesen Menschen. Hatten sie mir nicht das Höchste geschenkt, was uns Irdischen zuteil werden kann – die Begegnung mit dem Gott in mir? Hatten sie mich nicht zur Göttin gemacht? Mich mit meiner Seele, die Devi-Ben heißt, mit der »Göttlichen Schwester« unauflöslich vermählt?

Auf einer Sänfte aus Bambusrohren und Palmblättern geleiteten sie mich in einer letzten Prozession zum Schulhaus. Der Eingang zur Hütte war über und über mit Blüten geschmückt. Innen roch es betäubend nach Räucherstäbchen. Der wackelige Flechtrahmen hatte sich in das Himmelbett einer indischen Prinzessin verwandelt. Ich wurde in meinen rot-goldenen Kleidern niedergelegt. Unter tausend Segenssprüchen deckten die Frauen mich zu. Dann ließen sie mich mit Malti allein. Ich war eingeschlafen, bevor sie auch nur ein Wort sagen konnte.

Von einem erregten Wispern in schwärzester Nacht erwachte ich. Ein Mann redete mit Malti. Ein Liebhaber? Hatte man ihr einen Bewacher zugesellt, weil man ihr nicht traute? Plötzlich fuhr ich hoch. Ich glaubte, Akashos geliebte Stimme zu erkennen. War das eine Halluzination, wieder einer meiner plastischen Träume? In meinem Herzen wurde es hell. Leise rief ich den Namen meines Freundes.

»Doris! Seele meiner Seele!« antwortete er und tastete im Dunkeln nach meiner Hand. Ich zog seine Finger an meine Lippen und küßte sie. Da fiel der Professor aus Bangalore in leidenschaftlicher Bewegung neben dem *charpoy* auf die Knie und schloß mich in die Arme. »O meine Doris!« schluchzte er. »Danke allen Göttern für dein Leben! Danke, daß sie dich in das Land des Todes blicken ließen!« Und seine Tränen netzten meine Wangen. Ich umarmte ihn mit derselben Inbrunst wie das steinerne Bild des Gottes Shiva.

*L*ange vor dem Morgengrauen bestiegen wir ein Paddelboot, das nur wenig größer war als jenes, mit dem ich in das Land der Taki gekommen war. Bis zum Mittag schlummerte ich völlig erschöpft und selbstvergessen in Akashos Armen, während ein Mann, der offensichtlich kein Taki war, wie ein Besessener zur nächsten größeren Ortschaft ruderte. Dort quartierte man uns in einem gastfreundlichen Privathaus ein, denn ich war viel zu geschwächt, um weitere Reisestrapazen auf mich zu nehmen.

Immer wieder mußte ich viel trinken. Wie meine Nieren den tagelangen Flüssigkeitsentzug verkraftet hatten, ohne mich völlig zu vergiften, blieb mir unbegreiflich. Offensichtlich hatte mein Körper alles ohne größere Schäden überstanden. Und Akashos Gegenwart heilte mich von Stunde zu Stunde.

Wir fühlten uns sicher. Die kluge, selbstlose Malti hatte, unter eigener Lebensgefahr, einen Plan zu unserer Rettung erdacht. Noch bevor die Taki in Narvan mein Verschwinden bemerkten, wollte sie schreiend zum Dorfplatz rennen und verkünden: »Devi-Ben, die weiße Göttin, ist unter den Klängen kosmischer Musik in einem feurig-goldenen Lichtwagen zum Himmel emporgestiegen – weit fort von uns Taki in die Arme Shivas, ihres göttlichen Gemahls. Das habe ich selbst gesehen!«

Nun, war es denn nicht so?

Jemand besorgte mir Kleider und Schuhe. Ich erholte mich von Stunde zu Stunde. Der Körper sammelte Kräfte, der Geist verlor seinen weiten Radius nicht. Die Seele blieb selig. Wir reisten zwei Tage später weiter, mit einem öffentlichen Boot, bis wir zu der Stadt Kottayam gelangten. In einem anonymen Touristenhotel verbrachten wir unsere erste und einzige Liebesnacht.

Es war eine Nacht der Liebe. Nur in diesem Niemandsland zwischen Akashos Welt und meiner Welt durfte das geschehen. Wir wußten es beide. Aufbauen wollten wir, nicht zerstören. Aber in selbstverständlichem Einvernehmen genügte ein Blick, mit dem beide sprachen: Wir wollen uns.

Tantra

Jetzt und hier, in dem kleinen Münchner Vorstadthaus, bin ich allein und werde es bleiben. Einsam aber werde ich niemals wieder sein. In meiner neuen Haut ist ein zweiter Mensch heimisch geworden, und ich wohne in ihm, für immer. Wann ich auch an ihn denke, ich liege in seinen Armen. Für Zwillinge ist Zweisein eben Einssein.

Akasho war es nicht gewohnt, eine Frau zu verführen. Gewiß war er seiner Frau noch niemals untreu geworden. Aber mit mir zu sein, mich zu lieben, war kein Treubruch. Ich war ebenso unerfahren und unbeholfen wie er. Ach, das alles zählte nicht. Als Menschen waren wir frei von den kleinlichen Geboten der Konvention. Die anerzogenen Verhaltensregeln des anderen waren uns unbekannt. Schamhaftigkeit war da, Verlegenheit auch, und zugleich das Empfinden absoluter Notwendigkeit. Wir mußten die Stunde nutzen, konnten trotz aller Befangenheit nichts mehr auf morgen verschieben. Denn das Schicksal würde niemals mehr uns eine solche Gelegenheit schenken, uns ein solches Geschenk darbieten.

Die wenigen Kleidungsstücke waren bald abgestreift. Dann standen wir voreinander: ein zierlicher braunhäutiger Mann mit einem vorgewölbten Bäuchlein und eine hochgewachsene Frau, deren weiße Haut von Sommersprossen übersät war. Akasho betrachtete mich lange. Ich sah uns im Dämmerlicht des Zimmers glitzern wie Diamanten. Dann stellte er sich auf die Zehen, streckte den Arm aus und löste behutsam die Kämme aus meinem Haar. Dabei ließen mich seine Augen nicht los. Mit beiden Zeigefingern berührte er sachte die aufgerichteten Spitzen meiner Brüste, die sich ihm willig entgegenwölbten. Mein leiser Schrei zerriß die Stille. Es gab kein Lächeln. In seinen Augen las ich die uralte Geschichte einer zeitlosen Liebe – schutzlos, ernsthaft. Bedingungslos und unendlich weich. Er nahm meine Hand und führte mich zum Bett.

Schweigend begegneten wir uns, wie Zwillinge in einem

kosmischen Mutterleib. Die ganze lange, lange Nacht hielten wir uns eng umschlungen, Stirn an Stirn, Herz an Herz, Bauch an Bauch. Lingam und Yoni verharrten in ewig scheinender Carezza. Das war alles. Alles!

Im Dunkel lauschten wir dem gemeinsamen Atmen, dem Puls unseres Einsseins. Mein Haar bedeckte den Geliebten und wärmte ihn. Unser Verschmelzen war inniger und vollständiger als jeder leidenschaftliche Akt des Reibens und Drängens. Ganz ohne unser Zutun vollzog sich wieder und wieder die Vermischung unserer Lebenssäfte. Hingegeben an das beseligende Empfinden, die andere Hälfte unseres eigenen Seins zu besitzen, waren wir nicht mehr Mann oder Frau, klein oder groß, jung oder alt, Inder oder Deutsche. Wir waren alles und nichts, waren Menschen und Götter. Irdisches und Himmlisches. Zeitlichkeit und Ewigkeit waren kein Gegensatz mehr. Jeder Widerspruch war aufgehoben.

In diesen Stunden hatten unsere Seelen die Ergänzung des Fehlenden gefunden – ein existentieller Höhepunkt, selbst mit dem heftigsten physischen Orgasmus unvergleichbar, möglich vielleicht nur einmal in Äonen. Zitternde Leiber, bebende Herzen ruhten ineinander in ekstatischer Auflösung, jenseits aller Grenzen. Im anderen umarmten wir uns selbst, unser gemeinsames, untrennbares Selbst. Wunschlosigkeit der Vollendung. Wir hätten klaglos sterben können. Doch auch solches Einssein mußte am Morgen wieder zum Zweisein werden. Zu leben, getrennt zu leben war unser Schicksal.

»*Pyari!*« flüsterte Akasho, als der Himmel vor den Fenstern hell wurde und wir aus kosmischem Dunkel emportauchten.

»*Pyari, pyari!* Meine Allerliebste! Dorothea, mein Gottesgeschenk!« In seinen großen dunklen Augen stand ein See von Tränen. Ich schaute und schaute bis auf den Grund.

»Kostbarer, einziger! Noch nie in vielen tausend Jahren habe ich dein Fleisch und Blut berührt. Als Mann und Frau sind wir uns noch nicht begegnet. Ich weiß es, denn ich würde mich erinnern. Mag sein, daß wir uns auf dieser Erde niemals mehr umarmen werden, so wie heute, Haut an Haut. O, wie werde ich mich in jedem neuen Leben nach dem Duft deines Wesens sehnen! In jedem Menschen, in Frau, Kind, Jüngling und Greis werde ich dich suchen! Nach dir wird meine Seele schreien!«

»Am Ende der Zeit werden wir uns wiederfinden, mein ein und alles. Devi-Ben, Göttin meiner Seele! Dann werden die glitzernden Splitter unserer irdischen Daseinsformen gemeinsam die Sonne spiegeln«, tröstete er mich. Ich seufzte, ein wenig traurig und doch zufrieden. Es war, wie es sein mußte. Alles war gut.

Irgendwann konnten unsere Leiber voneinander lassen. Alles andere blieb verschlungen in einem zeitlosen Liebesknoten. Die Vereinigung war besiegelt, unzerstörbar. Jeder trug nun das Feuermal des anderen. Wir standen in Flammen. Am Vormittag bestiegen wir den Zug nach Bangalore.

*W*as mir seit unserer Trennung am Morgen nach Ramas Tod widerfahren war, konnte ich ihm nach und nach erzählen, wenn auch nur bruchstückhaft. Das allermeiste war nicht mit Worten zu beschreiben und auch noch viel zu frisch. Trotzdem spürte ich, daß Akasho mich verstand, als habe er selbst eine ähnliche Entgrenzung erfahren wie ich, indem ich mich mit dem steinernen Leib Shivas vereint hatte. Vielleicht überträgt sich bei Seelenzwillingen die energetische Erfahrung. Was der eine erlebt und lernt, überträgt sich wie von selbst auf den Geist der anderen Hälfte.

Im Bahnabteil war es laut und stickig. Ein Krabbelkind versuchte in einem fort, auf meinen Schoß zu gelangen, und unaufhörlich schalt die Mutter es mit metallisch kreischender Stimme. Auf meine Sinne und meine empfindlichen Nerven wirkte jedes Geräusch, jeder Geruch, jede Bewegung, als würde ich mit einem Reibeisen blutig geschabt. Damals war ich noch wesentlich empfindlicher als bei der Rückkehr nach München, und ich hatte keine Möglichkeit, mich zu schützen. Akashos Nähe war mein einziger Balsam. Berühren konnten wir uns nicht, es hätte zuviel Aufsehen erregt. Unsere Ausstrahlung war wie Honig. Sie zog die Menschen unwiderstehlich in unsere Nähe. Mein Geliebter wehrte die aufdringlichen Fragen der Mitreisenden ab, indem er behauptete, ich sei die deutsche Frau eines befreundeten Kollegen, die er von ihrem Urlaubsort heim nach Bangalore zu bringen habe. Wir sprachen manchmal deutsch, damit uns niemand belauschen konnte, und das ging ganz gut. Es war, als vermöchte Akasho im Namen der Liebe seinen gesamten jemals angelesenen deutschen Wortschatz zu aktivieren, nur um mit mir in meiner Muttersprache reden zu können.

Auch er hatte das Bedürfnis zu berichten. So erfuhr ich, wie verzweifelt er mich an jenem Morgen gesucht hatte. Niemand wollte ihm Auskunft geben. Schweigen empfing ihn. Das Männerhaus war leer. In Narvan, auf dem Dorfplatz, war kaum ein Mensch zu sehen. Nur ein paar Kinder und Halbwüchsige streunten ziellos umher, verwirrt angesichts der ungewohnten Ruhe nach einer ungewohnten Aufregung. Am Ende brachte ihn ein kleines Mädchen zu einer Hütte am Rand der Ortschaft. Dort fand er eine halb stumpfsinnige Greisin, die nicht mehr laufen konnte und deshalb wohl von den anderen Dorfbewohnern zurückgelassen worden war. Aus ihr holte er mit vieler Mühe heraus, wo meine Hütte stand. Mehr nicht. Die Kinder verstanden seine Sprechweise kaum und wußten auch nichts.

Das Schulhaus war leer. Nachdem Akasho die Habseligkeiten in meiner Ecke betrachtet hatte wie den Nachlaß einer Toten, setzte er sich im Schatten der geflochtenen Wand nieder, fest entschlossen auszuharren, bis die Einwohner nach Narvan zurückkehrten.

Als er aber die tobende Woge der Taki durch die Felder nahen hörte, gebot ihm sein Instinkt, sich eilig in der Hütte zu verbergen, um sich in Sicherheit zu bringen. Man kann sich Maltis Entsetzen vorstellen, als sie ihn dort entdeckte!

Die Dorfschullehrerin geriet durch Akashos Anwesenheit und mein Schicksal in einen schweren Konflikt. Sie war zerrissen zwischen der Loyalität zu ihrem Stamm mit seinen Gesetzen und der Liebe zu mir, ihrer Freundin – was sollte sie tun?

Der Professor bedrängte sie: »Verrate mir, was mit Doris passiert ist! Wohin habt ihr sie gebracht? Was habt ihr vor? Lebt sie noch?« Und nach Stunden, als sie in ihrer Verzweiflung noch immer schwieg, hatte er, der friedliebende Brahmane, sich auf sie gestürzt, sie am Hals gepackt und gedroht:

»Ich erwürge dich, wenn du nicht redest!«

Da waren die Worte aus ihr herausgebrochen. Ein Teil der Stammesältesten, so hatte sie ihm erzählt, war von Anfang an überzeugt gewesen, daß die weiße Frau eine Götterbotin sei, gesandt, um einen alten Heilsplan zu erfüllen. Andere wiederum glaubten, sie sei gekommen, um die Taki und ihre Kultur zu zerstören. Die einen wollten sie vergöttern, die anderen wollten sie aus dem Weg räumen. Als dann ihr Boot, die »Ungeduld«, beim Schlangenbootfest besiegt worden war, stand für die Leute von Narvan fest, daß ihr Dorf ein ganzes Jahr lang frei von Todesangst sein durfte. Die weiße Frau, böser fremder Mensch oder glücksbringende Dienerin der Gottheit, sollte das Symbol ihrer neuen Freiheit vom Tod werden.

»Wenn sie die Begegnung mit der Gottheit überlebt, ist die weiße Frau heilig, stirbt sie, ist das ein Beweis für ihre bösen Absichten. So denken die meisten«, hatte Malti gemeint.

»Eine Art Feuerprobe, interessantes altes Motiv«, fand mein Volkskundeprofessor. »Wenn es dabei nur nicht gerade um dich, meinen Seelenzwilling, gegangen wäre!« Bedauernd schüttelte er den Kopf.

»Da ist aber etwas, was ich nicht begreife«, fügte er hinzu. »Was hat das Boot mit Angst zu tun? Und wieso ist eine Niederlage zugleich ein Sieg? Weißt du etwas darüber?«

Ich hatte Akasho lange schweigend zugehört. Nun räusperte ich mich und versuchte ihm zu erklären, was ich von den sieben Ängsten der Menschen verstanden hatte, als Lalla und Malti mir die mythischen Hintergründe der Schlangenboote erklärt hatten. Er machte große Augen. »Das ist ja phantastisch!« rief er, als ich von den sieben Schlangen der Angst erzählte. Ich konnte ihm förmlich am Gesicht ablesen, daß er im Geist bereits einen brillanten Artikel verfaßte. Dann sagte er eifrig: »Weißt du, was ich glaube? Meine Schlange könnte Mißmut heißen. Bis ich dir begegnete, wußte ich wenig von Lebenslust. Ich hatte immer viel Angst vor meiner Lebendigkeit. Doch das ist jetzt endgültig vorbei, meine Devi-Ben, göttliche Schwester!« Wir lachten beide und strahlten uns an.

»Ich weiß nicht, was die Taki wirklich beabsichtigten, als sie mich an die Papayagottheit fesselten«, überlegte ich laut.

»Aber ich kann mir vorstellen, daß es ein Test war, in zweierlei Hinsicht. Man wollte herausfinden, ob ich wirklich eine Götterbotin sei. Deshalb mußte ich Shiva als Opfer dargebracht werden. Er hätte mich, nach der Vorstellung der Taki, ohne Zögern vernichtet, wäre ich eine böse Betrügerin gewesen. Warum dies gerade im Anschluß an die Niederlage der ›Ungeduld‹ geschah, am Tag nach dem Heldentod der drei Männer? Vielleicht brauchte die kollektive Trauer, der allgemeine Zorn ein Ventil, und ich wurde als Fremde zum Sündenbock des ganzen Stammes. Und außerdem – wer diese Tortur überlebt, hat die Angst vor dem Tod wahrhaftig besiegt. Akasho, ich glaube, das ist wirklich geschehen! Weißt du, nur deshalb bin ich nicht gestorben, weil der Tod mir gleichgültig geworden war. Gleichgültig in dem Sinne, daß ich nicht mehr gegen ihn gekämpft habe. Ich konnte ihm ins Auge blicken, er war weder Freund noch Feind. Dadurch wurde mir neues Leben geschenkt. Und auch das Leben ist weder Freund noch Feind. Verstehst du das? Empfindest du das auch so? Sie ist einfach da, meine inkarnierte Existenz, wie ein Urstrom. Man kann sich entweder treiben lassen von seinen Wassern. Oder mit furchtbarer, fruchtloser Anstrengung versuchen, gegen den Strom zu schwimmen, um Ufer zu erreichen, die das Schicksal nicht zum Ziel bestimmt hat, die nur das Ego will.«

Akasho nickte nachdenklich. »Du bist sehr weise, Devi-Ben.

Ich habe gleich erkannt, daß deine Seele uralt ist. Du weißt, wovon du redest. Bestimmt hast du nur noch wenige Leben vor dir, oder dieses ist sogar dein letztes.«

»Eigentlich müßtest du mich jetzt ›Mahatma Guthknecht‹ nennen«, versuchte ich zu scherzen. »Und wenn ich eine alte Seele habe, mußt du auch eine haben, wie das bei Zwillingen so üblich ist. Übrigens habe ich im Augenblick überhaupt kein Interesse daran, niemals mehr auf die Erde zu kommen. Ich finde die irdische, fleischliche Existenz seit Stunden, seit Tagen und Monaten atemberaubend schön!« Ich warf ihm einen theatralisch übertriebenen, bedeutsamen Blick zu. Er schmunzelte, warf mir den Blick zurück, nickte heftig und fuhr erst nach einer Weile fort zu erzählen:

»Malti sagte mir, daß man dich betäubt zu einem geheimen Heiligtum gebracht hätte. Dort solltest du sterben oder leben, wie es der Gottheit gefiel. Sie war ebenso erschüttert wie ich, das konnte ich deutlich fühlen. Sie liebt ihr Volk. Sie liebt dich. Ich beschwor sie, mich zu diesem Heiligtum zu führen, noch in derselben Nacht. Sie aber beschwor mich, nichts dergleichen zu unternehmen.

›Wir dürfen nicht zu ihr!‹ flehte sie. ›Es wäre keine Rettung! Laß sie in Frieden! Wir würden sie in ihrem vorbestimmten Schicksal behindern. Das bringt nur Unglück! Alles würde zerstört, ihr Leben und unser Leben. Wenn du sie liebst wie ich, vertraue auf die Weisheit der Ältesten. Schenke uns Taki, was wir brauchen, um zu überleben – den Glauben, daß die Papayagottheit uns beschützt! Schenke Dorikutty die Möglichkeit, über alle ihre Grenzen hinauszuwachsen – und wenn es sie das Leben kostet! Sie würde glücklich in die andere Welt hinübergehen, dort in unserem Tempelheiligtum.‹

Ich verstand beileibe nicht alles, was sie mir zu sagen versuchte. Wir saßen auf dem Boden der Hütte und flüsterten unter Tränen. Niemand durfte wissen, daß ich noch im Dorf war. Ich bangte um dich, um dein Leben, wollte alles tun, um dich zu befreien und von dort fortzubringen. Nie zuvor habe ich mich so männlich und mutig gefühlt! Die Liebe zu dir, zu meiner anderen Hälfte, sprengte die Fesseln meiner Persönlichkeit, meiner Erziehung, meines Glaubens.

Im Laufe jener Nacht wurde mir jedoch klar, das Malti lieber sterben würde, als Ort und Geheimnis des Heiligtums zu verraten. Und wenn ich dich heute betrachte, Devi-Ben, weiß ich: Sie hatte recht, was dich und deine Bestimmung betrifft. Du hast eine Transformation erlebt, bist nach diesen drei Tagen fundamental verändert, wirst niemals mehr dieselbe sein. Und zugleich bist du dieselbe, die du schon immer und ewig warst! Ein mythisches Paradox. Malti war ein Instrument der Vorsehung, ebenso wie alle, die daran mitgewirkt haben, daß die Prophezeiung des *sadhu* in Erfüllung gehen konnte. Auch ich, Devi-Ben, auch ich.«

Ich seufzte und schwieg. Immer noch war ich überwältigt von allem, was ich in den zurückliegenden Tagen erlebt hatte. Ich fragte mich, ob es so etwas wie ein positives Trauma gibt. War mein entsetzliches Abenteuer nicht am Ende ein Akt der Gnade gewesen, eine Einweihung in die Geheimnisse meiner transzendenten Dimension? Was war Geschenk, was Fluch? Kann ein Sterblicher, der den großen Plan der Schöpfung nicht kennt, den Unterschied zwischen Gut und Böse überhaupt beurteilen?

Heute, in der Rückschau auf jene Tage, begreife ich: Aus dem Wirrwarr von Notwendigkeiten, Konsequenzen, Impulsen, Trieben und Eingebungen spinnt sich ein hauchdünner Schicksalsfaden. Ein anderer entsteht aus der Ordnung freier Entscheidungen, wohlüberlegter Handlungen und willensstarker Planungen. Zusammen bilden sie ein einzigartiges, kunstvolles Gewebe, in das, wie auf dem Turiner Grabtuch, unser unverwechselbares Antlitz, unser Menschenlos als Negativabbild eingeprägt ist. Im rechten Licht erst kann man es erkennen. Es ist weder gut noch böse. Und seine Bedeutung bewahrt eine unbekannte Dimension, ein Geheimnis an Tiefe, ein Mysterium, das sich erst der vom Leib befreiten Seele enthüllen wird.

Wer ist der Weber? Wo steht der Webstuhl? Und wie viele

mühen sich um mein eigenes Lebenstuch? Wer außer mir, wer von meinen Mitmenschen hat an meinem Schicksal mitgewirkt, hat entschieden über das zu prägende Muster, ist mit hineingewoben? Ich sehe Mutter, Rama Raj, Akasho, Malti … vielleicht sind da noch viele andere im dämmrigen Hintergrund. Welchen Einfluß haben die Toten, die zukünftigen Generationen, die Götter, die Engel, vielleicht sogar das Wetter? Welche Verantwortung trägt der einzelne, das Ich? Nach allem, was ich an mir beobachten konnte, erkenne ich: Menschenschicksal ist Zusammenspiel. Ureigene Impulse meines Willens und Weisungen, die von einer wollenden Instanz außerhalb meiner selbst erteilt werden, greifen unablässig ineinander. Endlichkeit und Unendlichkeit tanzen miteinander. Für die eigenen Impulse, seien sie auch noch so unbewußt, trägt man die Verantwortung. Für das göttliche Wollen Verantwortung zu beanspruchen ist Vermessenheit.

Irdische Verantwortung! »Ich will und darf dir nicht sagen, wo sich das Heiligtum befindet und was dort geschieht, Akasho«, rief ich leise und eindringlich. »Das habe ich geschworen. Du wirst es verstehen und vielleicht auch verzeihen. Aber über die Bräuche und Mythen der Taki kann ich dir vieles erzählen. Es wird dich brennend interessieren! Ich bitte dich nur, behutsam mit allem umzugehen, was du von mir erfährst. Bin ich nicht selbst eine Takifrau geworden? Es geht um die Existenz und das Glück meines eigenen Volkes.«

Akasho lächelte zärtlich. »Meine *pyari*, du darfst sicher sein, daß ich weiß, welche Befürchtungen dich bewegen. Glaube mir, die Weisheit und Größe dieser kleinen Menschen habe ich selbst spüren können. In ihnen ist eine Liebe, die alles übertrifft, was mir in meinem Leben begegnet ist. Durch sie erst er- kannte ich, was wahres Mitgefühl sein kann.«

Ich dachte erneut an Ama, die gütige *siddhi*-Heilerin, an Rama Raj, meinen Seelenbruder, an die bösen, guten schwarzen Zauberer. Und an Maltis uneigennützige Freundschaft. Da wurde mein Herz noch weiter und lichter.

Akasho schwieg. Und ich saß still, denn ich überlegte,

woran man meine Beziehung zu ihm, dem Seelenzwilling, eigentlich unterscheiden konnte von meiner Liebe zu Rama, meinem anderen Seelenbruder. War es ein ähnliches Verhältnis wie zu einem leiblichen Bruder oder einem leiblichen Zwilling?

Rama hatte gesagt, wir seien gleich, Samen ein und derselben Himmelsfrucht. Gleichheit konnte ich bei ihm auch viel mehr spüren als bei Akasho. Gleichartigkeit, Gleichwertig-keit. Schön, beruhigend und beglückend. Gar nicht aufregend. Immer tröstlich, unterstützend. Dasein, wenn man sich braucht. Es war, als lebten wir mit vielen anderen für einen gemeinsamen Zweck und ein Ziel. Er half mir, und ich half ihm. Sein Werk hatte er als König getan, und ich leistete meinen Beitrag als Heilerin. *Raja* und *siddhi* arbeiteten gemeinsam an einer Sache, die mit dem Brückenschlag zwischen Kulturen zu tun haben mußte. Mit Rama fühlte ich mich auf eine mysteriöse Art identisch. Das war keine abstruse Oberflächenwahrnehmung, sondern ein komplexes Energiephänomen.

Eigentlich sollte man ja solche Identität eher noch bei einem Zwilling erwarten. Aber hier spürte ich etwas anderes. Ich betrachtete meinen Professor, wie er mir gegenüber auf seinem harten Sitz hockte. Er war elementar verschieden von Rama und mir, und gerade das andere zog mich magnetisch an. Akasho bildete eine andersartige Ergänzung zu mir, die etwas Fehlendes vervollständigte. Wie die halbe Schale einer auseinandergebrochenen Walnuß mit ihrem süßen Inhalt. Ein einziger Samen also, der sich gespalten hat? Seelische Zellteilung, meine verlorene Hälfte? Zwei Hälften, die eigentlich bedingungslos zusammengehören?

Unsere Liebe war offensichtlich keine der üblichen Mann-Frau-Beziehungen. Vielleicht hätte ich sie genauso stark empfunden, wenn mein Seelenzwilling eine ältere Dame gewesen wäre. Nur hätten wir dann diese einzigartige Nacht nicht miteinander verbringen können.

Möglicherweise war »Zwilling« auch ein irreführender Begriff. Ich dachte weiter nach, spürte hin und vermutete am

Ende, daß der aus Unterschiedlichem sich ergänzende paradoxe Aspekt das Entscheidende war. Akasho und ich bildeten ein Dual, eine notwendige Zweiheit. So wie »Mensch« ein duales Wesen aus Leib und Seele, aus Mann und Frau ist, besteht unser ewiges Dual aus Akasho und Dorothea. Was uns verbindet, ist eine übergeordnete seelische Membran. Sie läßt uns dasselbe aus unterschiedlicher Perspektive und Verschiedenes aus derselben Perspektive erleben.

Ach, schwierig, diese Empfindungen in Gedanken und Worte zu fassen! Rama hatte ich, symbolisch gesprochen, stets neben mir, an meiner Seite gespürt. Das war auch jetzt noch so, nach seinem Tode. Wir glichen uns bei aller äußeren Verschiedenheit wie ein Ei dem anderen, was die innere Gestimmtheit betraf. Er schien wie ein Duplikat, eine andere Ausformung meiner selbst. Nun war er bereits Erinnerung, weilte in einer anderen Sphäre, aber ich lebte hier für ihn weiter.

Akasho hingegen empfand ich grundsätzlich als ein Gegenüber, nicht nur hier in diesem Zugabteil. Wir waren wie zwei verschiedene Elemente. Es war das ganz und gar Ungewohnte und zugleich unendliche Vertraute, das mich an ihm anzog. So fern, so nah! Wenn ich in seine Augen schaute, sah ich einen geliebten Fremden, den zu ergründen keine Aussicht bestand. Jeder von uns beiden hatte ein eigenes irdisches Anliegen – er in Indien, ich in Deutschland. Sie ließen sich nicht vereinbaren. Getrennte Erfahrungen wurden aber anscheinend in eine gemeinsame seelische Mitte getragen, die sich weit jenseits unserer aktuellen Seinsweisen befand. Auch Konflikte, Härten und Verletzungen schienen in der gelebten Aktualität jederzeit möglich, vielleicht sogar notwendig. Nur eine unverbrüchliche Liebe konnte sie mildern und am Ende fruchtbar machen. Aus Liebe, das ahnte ich erschrocken, würden wir jederzeit bereit sein, uns entsetzliches Leid anzutun, hatten es vielleicht in einem früheren Leben sogar gewagt.

Dachte Akasho dasselbe zur selben Zeit? Auch er blickte noch lange nachdenklich aus dem Fenster, bevor er weitererzählte.

»Tagsüber verkroch ich mich in der Schulhütte. Die Lehrerin versorgte mich mit Nahrung, so gut sie konnte. Wenn alle Taki schliefen, schlich ich umher auf leisen Sohlen wie ein Tiger in der Nacht, versuchte deine Fährte aufzunehmen, zu riechen, wo du sein könntest. Doch ich fand dich nicht. Welche Verzweiflung, wieviel ohnmächtiger Zorn! Am liebsten hätte ich um mich geschlagen. Malti flehte jeden Tag um Geduld und versprach, uns zur Flucht zu verhelfen – sobald wie möglich. Sie wußte, daß du nicht auf immer bei den Taki bleiben könntest. Sie sagte mir, daß du schon lange fortwolltest. Solltest du die Opferhandlung überleben, würde man dich auf keinen Fall ziehen lassen. Der Rat der Ältesten würde deine ständige Präsenz brauchen, um das Ansehen des Dorfes zu erhöhen. Durch Devi-Ben, meine Göttin mit der weißen Haut und den goldenen Haaren, hätte Narvan zu einer berühmten Pilgerstätte werden können!« Er lächelte verschmitzt. »Ich habe übrigens einmal gelesen, daß in Deutschland nicht wenige indische Staatsbürger, die sich für erleuchtet halten, wie Götter verehrt werden. Warum nicht auch einmal umgekehrt?«

»Ach, Akasho, wie seltsam ist das! Man kann es nicht ganz als Unsinn abtun. Schließlich gehorcht alles, seit meiner Ankunft am Strand von Kóvalam, einer strengen inneren Logik. Ein Ereignis greift ins andere, erzeugt die notwendigen Voraussetzungen für das folgende. Ich bin bis in die tiefsten Tiefen verändert, das bilde ich mir nicht nur ein. Und doch will es mir vollkommen absurd erscheinen, daß die Prophezeiung des aschebeschmierten Bettlers an mir, ausgerechnet an Doris Guthknecht aus München in Erfüllung gegangen sein soll! Ich bin sicher, ich habe jederzeit mein Bestes getan, um zu vermeiden, was mir zufallen sollte. Ich könnte schwören: Das alles habe ich nicht gewollt! Aber Doris und ihr begrenztes Bewußtsein hatten in der ganzen Sache nicht viel zu melden. Sie wäre viel lieber am Strand liegen geblieben! Genützt haben ihr diese Absichten nicht. Darüber bin ich froh. Jetzt, im nachhinein.«

»Hm. Und was soll *ich* sagen? Ich habe die Nacht mit einer Göttin verbracht! Daß eine Touristin aus Deutschland sich als mein hochverehrter Guru erweisen sollte – wer hätte das gedacht? Geliebte meiner Seele! Ich weiß wirklich nicht, was unbegreiflicher ist. Ich bin sehr verwirrt. Doch im Palmblattorakel stand schon alles geschrieben.« Er hielt inne. Dann sagte er: »Ich las auch, meine Doris, daß wir uns nicht wiedersehen werden.«

Ich schluckte. Auch ich wußte das seit dem Morgengrauen mit einer überwältigenden Gewißheit. Unsere Lebenspfade würden sich bald für immer trennen. Erinnerung, Sehnsucht und innigste Nähe aber würden nie vergehen.

Ich begriff auch, warum wir wieder auseinandergehen mußten. Der Gedanke daran hatte etwas Unausweichliches und zugleich brennend Schmerzhaftes wie eine lebensrettende Amputation ohne Narkose. Aber bei der Vorstellung eines dauerhaften Zusammenseins kam bei mir trotz aller suchthaften Bedürftigkeit auch ein Erstickungsgefühl auf. Sollten wir unsere Lebenswege vereinen, würden unsere Wesen an Kopf, Herz, Eingeweiden und Geschlecht zusammenwachsen, bis keiner mehr etwas allein und eigenständig denken, fühlen, tun und wollen konnte. Schon jetzt war ja alles symbiotisch gedoppelt und simultan. Schreckliche Behinderung! Überirdische Sehnsucht! Seit dem Ritual im Höhlentempel, wo einer sich dem anderen wahrhaftig gezeigt hatte, waren wir telepathisch synchronisiert, was uns lustvolles Unbehagen bereitete. Würden wir auf Jahre eng umschlungen leben, müßten wir bald zugrunde gehen – eine gefährliche, eine reizvolle, eine wahnwitzige Vorstellung.

In Bangalore blieb ich noch zwei Wochen, bis ich den Heimflug wagen konnte. Shobha empfing mich liebevoll, verhätschelte und pflegte mich. Mir ging es nicht schlecht. Nur die Nerven … Das Gefühl von Hautlosigkeit, die hochgradige Sensitivität, die mir mein veränderter Zustand des Einsseins – oder wie immer man ihn auch nennen soll – beschert hatte, machte mir stark zu schaffen. Jedes Geräusch eine Detonation, jede rasche Bewegung ein Peitschenschlag, jeder Geruch eine Betäubung, jede Berührung eine Verletzung. Nur Akasho durfte in meine Nähe kommen, ohne daß ich innerlich aufschrie. Durch das, was ich das glückliche Trauma des Selbsterkennens nennen möchte, war meine Mechanik gelöscht. Ich wirkte abwechselnd wie ein hilfloser Säugling oder wie ein Zombie. An das Leben mit seinen notwendigen Anforderungen wie Essen, Trinken, Reden mußte ich mich erst nach und nach wieder gewöhnen. Die unbedeutendsten Handgriffe fielen mir schwer, ich mußte sie neu erlernen. Seltsamerweise brachte mein Erwachtsein es mit sich, daß mich zunächst einmal ein ungeheueres Schlafbedürfnis überfiel. Tagsüber hatte ich Brüche im Bewußtsein, Amnesien, wußte weder wo ich war, noch wer ich war. Nur, daß ich war. Meine Augen schauten mehr nach innen als nach außen. Shobha nahm auf all das warmherzige Rücksicht, Akashos Blicke aber begleiteten mich mit tiefem, innigem Verständnis.

Mr. Varghese, Shobhas Bruder, kam eilends aus seinem Hotel in Kóvalam angereist, neugierig, die Verschollene selbst in Augenschein zu nehmen, nachdem er am Telefon in groben Zügen die Geschichte meiner Abenteuer erfahren hatte. Er brachte Gepäck, Papiere, Geld, die Hausschlüssel und mein immer noch gültiges Jahresticket für die Heimreise. Alle Habseligkeiten schienen meine Abwesenheit überstanden zu haben, und sollte etwas fehlen, habe ich es bis heute nicht bemerkt. Ich verschenkte an Shobha und die Kinder, was ich nicht mehr brauchte. Akasho besorgte sich ein Flugticket und begleitete mich, unablässig meine Hand in der seinen haltend, noch bis Bombay. Dort nahmen wir Abschied, als wären wir leibliche Zwillingsgeschwister und würden uns schon Wochen später ganz selbstverständlich wiedersehen. Wir wußten beide, daß es nicht so sein würde. Ich bestieg die Maschine und flog durch die Wolken über Ozean und Wüste in ein neues Leben.

Allerseelen-Requiem

Meine Inkubationszeit geht zu Ende. Die transparente Haube, unter deren Schutz ich seit meiner Rückkehr nach München meine Erlebnisse betrachtet und verarbeitet habe, brauche ich nun nicht mehr. Ich spüre eine wohltuende Stabilität. Eine neue Haut hat sich inzwischen überall auf jenen Stellen gebildet, die noch bis vor wenigen Tagen schmerzhaft wund waren. Sie hält eine veränderte Psyche zusammen, aber auch ein neues Ich-Bewußtsein und ein erweitertes Selbstgefühl – immer noch ein wenig mühsam. Manchmal ist mir, als müßte ich vor Fülle und Freude und Energie platzen. Dann fühle ich, daß mein umfassendes Selbst, das Rama Raj und Akasho sowie meine Seelenfamilie, die Grüne Mutter und die Göttin in mir einschließt, in seinen kosmisch erweiterten Dimensionen sogar in meinem großen Körper mehr schlecht als recht untergebracht ist. Die Risse jedenfalls sind zugewachsen, die Abschürfungen verheilt. Meine Häutung ist abgeschlossen. Ich glaube, ich kann sogar wieder unter Menschen gehen.

Heute ist ein besonderes Datum. Fast hätte ich ihn vergessen, meinen eigenen Geburtstag, denn die Zählung von Tagen und Nächten ist durch die Zeitverschiebung ganz durchein- andergekommen. Mein Beschluß zu schlafen, wenn die Sonne scheint, und zu wachen, wenn der Mond am Himmel steht, hat auch dazu beigetragen.

Es ist der fünfzigste der alten Doris. Es ist außerdem der erste Geburtstag der neuen Person, die mich an diesem späten Morgen aus dem Badezimmerspiegel erwartungsvoll anblickt. Alles Gute und herzlichen Glückwunsch, Dorothea Devi-Ben!

Manche Frauen bekommen ihre erste Krise mit dreißig. Wird man vierzig, heißt es, von vielem Abschied nehmen, was einem einst lieb und teuer war. Wenn dann erst das halbe Jahrhundert vollbracht ist, überlegt sich wohl jeder, was die Zukunft bringen mag. Man zieht Bilanz, macht verhaltene Pläne. Noch niemals zuvor hat einem dabei die mühsam erworbene Lebensklugheit so deutlich zu verstehen gegeben, daß der Mensch denkt und Gott lenkt. Verlockende Projekte und gute Vorsätze sind da, doch jeder weiß in diesem Alter, daß alles auch ganz anders kommen kann. Einige verfallen in Depressionen. Andere werden körperlich krank. Die Wechseljahre lassen sich kaum noch ignorieren. Sie fordern ihr Recht auf Veränderung – auf Wechsel eben.

Ich werde später einmal mit Fug und Recht behaupten können, daß ich meine Krise um die fünfzig hatte. Und was für eine! Ein bißchen »*empty-nest-syndrome*« war wohl auch dabei, schließlich habe ich lange für Mama gesorgt und sie gepflegt, als sei sie mein Kind. Und ob meine Transformation schon abgeschlossen ist, nur weil ich wieder zu Hause bin – wer kann das sagen? Soviel Unvorhersehbares kann noch kommen. Doch jetzt befinde ich mich erst einmal auf einer weiten Hochebene. Ich werde meine Seele bitten, vor weiterer Gipfelstürmerei ein wenig zu pausieren. Ich muß rasten, lernen, anwenden. Die geschaute Realität der Seelenwelten in die erfahrbare irdische Wirklichkeit hineinführen. Alles ist ja verändert, und alles ist wie immer. Einmal las ich eine Zen-Geschichte: Der Schüler fragt: »Meister, wie habt Ihr gelebt, bevor Ihr die Wahrheit erkanntet?« – »Ich holte Wasser vom Brunnen und hackte Holz.« »Und wie lebt Ihr jetzt?« »Ich hole Wasser und hacke Holz.« Ganz einfach, ganz normal.

Ja, heute werde ich bei hellichtem Tag das Haus verlassen. Mich zeigen. Dokumentieren, daß ich – ich? – wieder da bin. Außerdem muß ich jetzt endlich einmal einkaufen gehen. Anschluß finden an den Alltag. Was mich vor zehn Tagen noch geschreckt und überfordert hätte – heute habe ich Lust dazu. Und ich wünsche mir ein herrliches, sahniges Stück Torte zum Feiern.

Es ist der zweite Tag im November. Allerseelen. Immer hatte ich an Allerseelen Geburtstag. Ob darin eine tiefere Bedeutung liegt? Ich will nicht übertreiben, aber merkwürdig ist as schon, im neuen Licht der jüngsten Ereignisse. Ist nicht die Seele des Menschen mein Lebensthema? Und Seelenfamilie ein anderes Wort für Allerseelen?

Du lieber Himmel, wieviel liegt schon hinter mir! Wie tapfer habe ich mich seit 1942 durchs Leben geschlagen! So viele verschlungene Pfade, bis es nicht mehr weiterging.

Es ist auffällig: Schon als kleines Mädchen hatte ich das Gefühl, daß ich stur meinen vorbestimmten Weg gehen würde, obgleich ich niemals wirklich wußte, wohin er führen sollte. Ich hatte kein Ziel. Alles schien grundsätzlich provis risch. Und doch setzte ich unbeirrbar einen Schritt vor den anderen. Während ich meine Prüfungen machte und später die Praxis führte, träumte ich von einem Tag in nebelhafter Zukunft, an dem sich Sinn, Ziel und Zweck meines Daseins enthüllen würden. Ich tat meine Pflicht und tat sie gern. Und ich wartete. Worauf? Als ich das einmal in der Gruppensupervision andeutete, meinten alle, das sei Teil der Neurose, meiner narzißtischen Größenphantasien. Ein gesunder Erwachsener würde die Bedeutungslosigkeit der eigenen Existenz klaglos akzeptieren. »Aber ich klage ja gar nicht, ich habe eine Art Vision!« wandte ich ein. Darauf wußte die Kollegin, die die Gruppe leitete, nichts anderes zu sagen als: »Na, eben!« Und der Fall war erledigt.

Noch Anfang des Jahres, am Strand von Kóvalam, hatte ich das Gefühl, in eine biographische Sackgasse geraten zu sein. Heute würde ich das nicht mehr so sehen. Ich sehe einen Engpaß, eine hohle Gasse, durch die ich mich hindurchzwängen mußte. Bei aller Transformation ist jedoch eine gewisse Kontinuität nicht zu übersehen. Ich will weiterhin in München leben, wenn auch in einem anderen Stadtviertel. Meinen Beruf werde ich mit neuer großer Freude ausüben, aber mit veränderten Methoden. Ich bin immer noch ich selbst, nur auf ganz andere Weise. Daß ich nicht nur für meine Freunde vom Stamm der Taki in den Schlund des nahenden Todes geblickt habe, sondern vor allem auch zum Heil meiner eigenen Seele, das ist mir vollkommen klar. Doch wer will das trennen?

Meine Erkenntnisse will ich weitergeben, will sie verschenken – freigebig, aber unaufdringlich. Niemals würde ich sie an die große Glocke hängen, dazu bin ich nicht der Typ.

Da sind einmal die für mein Weltbild und für meinen Beruf umwälzenden Erfahrungen mit den seelischen Gesetzmäßigkeiten, die ich bei den Taki sammeln konnte – die sieben Seelenrollen, die sieben Angstdrachen. Mit dem, was mir die Grüne Mutter an Kenntnissen vermitteln konnte, bilden sie ein verstehbares, fast logisches Ganzes im Rahmen der universellen Grundenergien.

Und eine andere unverzichtbare Einsicht habe ich beim Nachdenken über meine indischen Abenteuer gewonnen. Als ich nämlich merkte, wie eine scheinbar bedeutungslose Entscheidung, ein kleiner Zufall dem anderen folgte und auf ihm aufbaute – von der Wahl des Hotels bis zu Ramas Verbrennungsunfall, von der Begegnung mit dem *sadhu* auf dem Busparkplatz, die ich meinem Wunsch nach Kaffee und dem alltäglichen Harndrang zu verdanken hatte, bis hin zu meinem Wiedersehen mit Akasho, von meiner Depression bis hin zu der atemberaubenden Verzückung angesichts der Göttlichkeit –, kam mir nun alles ganz logisch vor. Und ich zog daraus denselben Schluß wie John Lennon, nämlich, daß unser Leben passiert, während wir andere Pläne machen. Niemand kann seiner Bestimmung ausweichen, auch wenn er sich einbildet, Herr seiner Entscheidungen zu sein. Solche Illusionen sind übrigens nicht verkehrt, denn gleichgültig ob man sie hegt oder nicht, es passiert doch letzten Endes nur, was die Seele geplant hat. Dein Wille geschehe … Er geschieht ja sowieso, da mag das Ich wollen, was es will!

Geburtstag. Am Tag davor, an Allerheiligen, gingen wir regelmäßig auf den Waldfriedhof, bewaffnet mit Heidekrauttöpfchen, grüner Gießkanne und einem Gesteck aus Irisch-Moos und Tannenzapfen. Ich sehe sie noch vor mir, die breiten Wege, gesäumt von hohen alten Bäumen. Dunkelgrüne Büsche, alte Steine und schmiedeeiserne Kreuze wurden im Schein von tausend flackernden roten Grablichtern lebendig.

Die frisch geschmückten und säuberlich gejäteten Ruhestätten waren an diesem Tag stets eine wahre Pracht. Fast jedes Jahr war gutes Wetter, obgleich man natürlich für alle Fälle den Schirm mitnahm. In meiner Erinnerung war dieser rituelle Spaziergang durch die Welt der Toten wie eine Geburtstagsvorfeier, auf die ich mich immer gefreut habe. Seit frühester Kindheit ist kein erster November ins Land gezogen, ohne daß ich über den Friedhof gegangen wäre.

Nahe am Haupteingang ruhen die Großeltern, im neueren Teil ist das Grab von Vater und Mama. Gerade ein Jahr ist es her, daß wir ihre sterbliche Hülle dort bei ihm unter die Erde gebracht haben. Im Tode vereint, mehr als im Leben. Einmal, vor Jahren, gestand sie mir, sie würde lieber woanders begraben liegen, doch am Ende siegte ihre Sparsamkeit.

Sorgfältig ziehe ich mich an und frisiere mein Haar. Das Wetter ist schön und mild an diesem Nachmittag. Aber ein Mantel muß sein. Ich bin noch empfindlich und friere leicht. Das Problem sind die Schuhe. Weil ich Geburtstag habe, möchte ich zu meinem schönen englischen Kostüm nicht gerade die soliden Dinger aus dem Haus der Fußgesundheit tragen. Aber alle hochhackigen Pumps sind mir plötzlich zu groß. Endlich finde ich in Mutters Schuhschrank halbe Einlegesohlen. Damit geht es.

Es dauert ein Weilchen, bis ich meine gute Handtasche mit allem, was man als deutscher Mensch so braucht, bestückt habe. In den nächsten Tagen muß ich zur Bank, weil die Scheckkarte abgelaufen ist. Für heute wird das Bargeld noch reichen. Dann öffne ich die Haustür und schließe sie hinter mir wieder ab. Ah, die gute Luft! Die goldgelben Weinblätter auf dem Weg – wie zauberhaft! Sorgfältig und vorsichtig betrete ich die drei kleinen Stufen, die hinunter in den Vorgarten führen. Wegen der ungewohnten Absätze bin ich etwas wacklig auf den Beinen. Jede Bewegung muß ich mit größter Achtsamkeit begleiten. Mit diesen ersten Schritten betrete ich den Nachmittag eines neuen Lebens.

Vor dem Messingschild bleibe ich noch einmal stehen. Das

muß auch anders gestaltet werden, finde ich – bald, für meine Zukunft, für die neue Praxis. Ich könnte als Vornamen »D. B.« einsetzen, Abkürzung für Devi-Ben. Und darunter vielleicht nicht nur »Psychoanalyse«, sondern auch »Seelenkunde«. Oder ist das übertrieben? Ich bin immer noch Frau Dr. Guthknecht, aber die Auswirkungen meiner Reise zu den Taki müssen für die Außenwelt dokumentiert werden, müssen bestimmte Signale aussenden, wenn auch noch so zurückhaltend, damit sie konkret im Alltag wirken können. Mit den Kassen, das muß ich noch überlegen. Vielleicht sollte ich auch ein Buch schreiben mit ein bißchen Theorie zu den Seelenrollen und Ängsten. Dazu ein paar typische Fallgeschichten. Jetzt, da meine Augen geöffnet sind, enthüllen sich mir Zusammenhänge, die ich früher nicht zu sehen vermochte. Ich könnte auch Jungs Archetypenlehre mit den archetypischen Energiemuster der menschlichen Seele, wie ich sie bei den Taki kennengelernt habe, vergleichen und in Beziehung setzen ... Ach, ich habe viel vor und fühle mich sehr zuversichtlich!

Langsam setze ich einen Schritt vor den anderen und bestaune die Gegend, in der ich aufgewachsen bin. Seltsam, wie meine Augen alles anders sehen. Als säßen sie nicht im Kopf, sondern im Gemüt. Ich meine alles und jedes in seinen allumfassenden Aspekten erkennen zu können, könnte es aber nicht in Worte fassen. Oder doch? Ich sehe die Welt mit den Blicken der Liebe.

»Ja, grüß Gott, Frau Doktor!« ruft die Frau an der Kasse unseres Edeka-Marktes in höchstem Erstaunen. »Fast hätt ich Sie gar nicht wiedererkannt! Mei, und so schön schlank! Sie waren aber schon lang nimmer bei uns! Gut schaun S' aus, ehrlich! Sie leuchten ja richtig!«

»Danke, ich war zur Kur!« lächele ich und finde, daß das nicht einmal geflunkert ist. Soso, ich leuchte! Sie kann es also sehen?

Gut, daß ich die Einkaufstüten an beiden Händen schleppen muß. Sonst würde ich schweben oder tanzen. Ich kann mich gerade eben soweit kontrollieren, daß ich den Passanten nicht zum seltsamen Schauspiel werde. Körperlich zum Ausdruck gebrachte Freude wirkt anstößig, das weiß ich noch von früher. Die Leute denken, man sei betrunken.

Kräftig fühle ich mich und unternehmungslustig. Ich freue mich auf mein Stück Geburtstagstorte, gefüllt mit Trüffelcreme und Sahne. Als ich an »Gudrun's Blumenladen« vorbeikomme, wo die reichen Leute kaufen, habe ich eine Idee. Warum sollte ich nicht heute noch zum Friedhof fahren, Mutter besuchen? Damit auch auf dieser Ebene die Verbindung nicht abreißt. Ich trete durch die Tür. Süßer, schwerer Duft empfängt mich. Schlagartig finde ich mich zurückversetzt in das Paradies der Takifrauen, in den sinnesbetörenden, weißblühenden, mondüberglänzten Nachtgarten. Welch ein Inbegriff weltlicher Schönheit! Wollte ich nicht dort schon sterben, damals, vor lauter Seligkeit? Tief atme ich die feuchte, von Blütenduft geschwängerte Luft ein, und meine Wimpern werden vor Sehnsucht feucht.

»Weißt du was, Mama«, rede ich lautlos mit ihr, »jetzt kaufe ich dir einen riesengroßen, phantastisch schönen Strauß aus lauter exotischen Blüten, damit du auch in dieses Paradies schauen kannst. So was Tolles hast du in deinem ganzen Leben nicht gekriegt. Aber ich bin dir heute so ungeheuer dankbar, daß du mich auf die Welt gebracht hast! Nachdem du als Grüne Mutter in meinen Träumen herumschweifst und mir wahnsinnig kluge Dinge beibringst, wirst du ja wohl problemlos an den Blumen riechen können! Also wirklich, ich kann mir überhaupt nicht vorstellen, daß ihr dort drüben im Jenseits so etwas Schönes habt wie den Nachtgarten der Taki. Das gibt's nämlich nur einmal im gesamten Universum!«

Die Floristin ist ein bißchen irritiert. »Das ist doch kein Novemberarrangement!« murrt sie. Und als ich sage, sie soll den Strauß unten flach binden, für den Friedhof, reagiert sie fast aufgebracht. »Aufs Grab! Hören Sie, das übersteht doch keine einzige Nacht, alles total kälteempfindlich – schad um die schönen Blüten!« Doch ich lasse mich von meinem Vorhaben nicht abbringen. Wie soll die Frau auch verstehen, was ich meine? Mit pikierter Miene stellt sie ein Gebinde zusammen, das meine Vorstellungen noch übertrifft: blühender Ingwer, Bambus, Calla, Anthurien, Helkonien, herrliche Orchideenrispen, Moussa Bannan, die dekorativen Fruchtstände der Lotosblüte, Celosien, Ananasblüten und Eustoma, Bromelien und Protheen, das Ganze in Weiß mit einem Hauch von Rosa und viel Grün.

Inzwischen ist mir eingefallen, daß die Tüten mir ziemlich hinderlich sein werden. Deshalb bezahle ich den prachtvollen Strauß, der mir den ganzen Arm füllt, lasse ihn aber im Laden. Ohne Eile schlendere ich nach Hause, deponiere den Einkauf, wechsle doch noch die Schuhe und hole dann meine Blumen. Ein Taxi bringt mich zum Waldfriedhof.

Trotz der vielen Menschen, die heute die Gräber ihrer Lieben besuchen, ist dieser große Totenpark eine Oase der Stille. Wohltuend, in der Großstadt solchen Frieden zu finden. Ist das Energie SECHS, die ich hier spüre – Andacht, Jenseitshoffnung, Weltferne? Ich wandere durch die Alleen, froh, mich in der würzigen kühlen Luft bewegen zu können. Kleine Windböen wirbeln in den trockenen Blättern. Es riecht feucht und ein bißchen modrig, ich mag das. Auf allen Wegen, rechts und links, die Symbolik der Vergänglichkeit, vereint mit dem Versuch, Bleibendes zu schaffen, damit die Erinnerung sich nicht verliert: alte Steine, Trauerkränze, Inschriften, Statuen, Immergrün, Hunderte von Täfelchen mit den Namen blutjunger italienischer Zwangsarbeiter, die in München umgekommen sind. Jeder Totenkult setzt ein dynamisches Zusammenspiel von Immanenz und Transzendenz voraus.

Ich ertappe mich dabei, wie ich vor mich hin summe: »Alles ist eitel, du aber bleibst.« Das sangen wir schon als Mädchen ohne recht zu verstehen, was eigentlich gemeint war. Wir waren ja viel zu jung. Es ist ein schöner Kanon, wahrscheinlich nach dem Text eines Psalms. Heute, an meinem fünfzigsten Geburtstag, kann ich sagen: Was bleibt, ist meine Seele. Die

Seelenfamilie dort drüben mit allen Seelengeschwistern. Und mein Seelenzwilling Akasho in immer neuer Gestalt.

»Natürlich, Kind!« ruft jemand. Ob es Mama war oder die Grüne Mutter, das weiß ich nicht. Vielleicht auch nur eine andere Friedhofsbesucherin, die hinter dem dichten Gebüsch der beschnittenen Eiben mit ihrer Enkelin redet.

Noch ein paar hundert Meter, dann stehe ich am Grab. Alfons Guthknecht und Grete Elisabeth Guthknecht geb. Wagner, meine Eltern, Spender meines Lebens, Helfer meines Daseins. Alles ist ganz schmucklos, das schmale Rechteck wurde mit jungem, struppigem Buchsbaum eingefaßt. In der Mitte schon die Winterheide. Nach Mamas Beerdigung konnte das Grab nicht gleich neu bepflanzt werden, es war ja Winter, und der Hügel wölbte sich noch. Ich wollte nach Indien und gab deshalb die Pflege in Auftrag.

Die Mutter ist noch so frisch in mir. Was ist schon ein Jahr? Angesichts der Ewigkeit sind wir Menschen nichts als Eintagsfliegen. Aber von unserer begrenzen Zeitlichkeit aus betrachtet sind fünzig gemeinsame Jahre, von der Zeugung an gerechnet, doch lang. Ich habe sie wirklich sehr liebgehabt. Hier ist dein Strauß, liebste Mama, ein Andenken von der Indienreise, die ich dir verdanke. Riech mal!

Vaters Namen und seine Lebensdaten betrachte ich auch. Armer Alfons, hast deinem Leben im Gefängnis ein Ende machen müssen. War es auch aus Liebe zu Frau und Tochter, daß du dir das Leben genommen hast?

Plötzlich kommt es mir herzlos vor, daß ich bisher gar nicht an ihn gedacht habe. Als hätte er keinen Blumengruß verdient, keine Dankbarkeit, nur weil er ein Sünder war! Aber er hat mich doch auch gern gehabt, hat mir vorgelesen, mich huckepack getragen, mir Kakao gekocht und Butterbrote geschmiert. Oft war er lustig und hat mit mir über seine eigenen Witze gelacht. Ich bin ganz betroffen, daß ich ihn in alter Gewohnheit aus meiner Liebe verbannt habe. Heute kann ich Vater Guthknecht zum erstenmal sehen, wie er war – als unvergängliche Seele in einem vergänglichen Körper. Ein

Mensch, unvollkommen, weil er Mensch war. Möglicherweise ist sein Wesenskern längst in einen neuen Leib geschlüpft, ist irgendwo auf der Erde eine junge Frau, ein kleiner Junge.

Versonnen stehe ich am Rande der Grabstätte und überlege, was Vater wohl für ein Seelenwesen war. Welche Rolle hatte er im Gefüge der Existenz? Könnte er ein rishi, ein gütiger, mitteilsamer Weiser gewesen sein? Nein, eher ein yogi, erfinderisch, unbekümmert, voller skurriler Einfälle, ein richtiger Künstlertyp. Ich habe ihn ja nur als alten Mann kennengelernt. Na ja, was heißt alt? Bei meiner Geburt war er ja jünger als ich heute! Aber als ich ein kleines Mädchen war, schien er mir wie ein Opa, weil er über fünfzig war. Hätte ich Kinder, wäre ich sicher auch schon Großmutter. Eine Künstlerseele, ein *yogi* – mein eigener Vater! Aber warum nicht? Seine Jugendfotos sind eindeutig. Ich sehe ihn vor mir – ein wahrer Springinsfeld und Hallodri. Mutter hat ihn dann auf seine alten Tage gezähmt. Sie muß eine *vidya* gewesen sein, hatte das trockene, stille, gerechte, wissende Wesen einer Gelehrten. Die Seele braucht keine Schulbildung, um sich zu verwirklichen. Und ihre Tochter, die ist eine Heilerin.

Seit der Begegnung mit Akasho bin ich mit dem männlichen Teil der Schöpfung und so auch mit Vater ein wenig ausgesöhnt. Dorothea, die späte Tochter dieser Eltern, kann heute, an ihrem Geburtstag, nicht nur verzeihen – sie begreift endlich, daß es gar nichts zu verzeihen gibt. Ist nicht auch Elternschaft und Kindsein Teil des Schicksals? Ist nicht alles, alles wohlgefügt, obgleich es uns oft quält?

Teil des Seelenplans und damit Geschick muß es aber auch sein, daß ich von ihnen zu einem bestimmten Zeitpunkt an einem bestimmten Ort geboren wurde. Wenn dieser Koordinatenpunkt einen Sinn hat, dann hat er auch einen Zweck. Ich bin ein Nachkriegsmensch des Westens. Das ist so und wird sich niemals ändern.

Die eigene Aufgabe dort zu sehen, wo sie einem im Rahmen der Geschichte zugewiesen wurde – das könnte auch für meine Patienten eine Hilfe sein. Überhaupt scheint mir am heutigen Tag, an meinem Allerseelengeburtstag, daß die ganze Sinnsuche sinnlos ist. Welche Energieverschwendung! Was mir ein Gefühl von Erfüllung gebracht hat, war, mich ohne Kampf von meinem Sinn finden zu lassen. Nichts anderes. Wie bei diesen neuartigen dreidimensionalen Vexierbildern muß man sich entspannen und den Fokus verändern. Dann ergeben sich völlig neue Dimensionen der eigenen Existenz.

Ich werde weiter meinen Weg gehen, ganz unbeirrbar, auch wenn ich das Ziel nicht kenne. Daß es dabei keine weiteren Überraschungen geben wird, ist sehr unwahrscheinlich.

Und niemand soll mir mit dem Unsinn kommen, daß es keinen Zufall gibt! Es ist eben schwer, die geistige Unordnung zu ertragen, die aus dem Unbegreiflichen entsteht. Erkennen wir nicht sogleich Zusammenhang oder Bedeutung der Ereignisse, vergessen wir noch im selben Augenblick, was geschehen ist. Aber jenen unerklärlichen Begebenheiten, die sich mit weiteren Zufällen zu einer Abfolge von Ursache und Wirkung zusammenschließen, zu einer Kette von absurder Logik, schreiben wir Menschen am Ende mystischen Sinn und hohe Bedeutung zu. Im nachhinein will uns das chaotische Gewirr wie ein deutlich erkennbares Muster scheinen. O ja, alles ist von weiser Hand gefügt. Alles mußte so kommen, hätte gar nicht anders sein können. Manch einer ist dann plötzlich zufrieden, hat keine Fragen mehr. Mir wird dabei unwohl. Das ist mir zu einfach. Viel zu naiv.

C. G. Jung, der mein aufregender Lehrmeister wurde, nachdem ich Freuds trockene Art enttäuscht hinter mir gelassen hatte, verstehe ich jetzt, nach meiner Reise, viel besser. Er war einem Geheimnis des Lebens auf der Spur, als er den übergeordneten Sinn nichtkausaler Ereignisfolgen beobachtete. Zufälle faszinierten ihn. Er konnte ihnen eigene Geltung zugestehen, anstatt sie leugnen zu wollen. Heute geht die Physik noch wesentlich weiter, entdeckt neuartige Kausalitäten. Man sagt zum Beispiel: Weil im Dschungel Brasiliens ein Schmetterling mit den Flügeln zittert, bebt in Italien die Erde. Sollte ich behaupten, daß ich meine Seele wiederfand, weil ich so schrecklich müde war?

Zwei rostbraune zierliche Eichhörnchen spielen am Stamm der hohen Fichte, die das Grab der Eltern beschattet, während ich diesen Gedanken nachhänge. Rauf und runter jagen sie sich, mit rasender Geschwindigkeit. Wie Fahnen wehen die buschigen Schwänze, fast doppelt so lang wie die behenden Körperchen. Zarte, zauberhafte kleine Wesen! Vielleicht spielen die Seelen meiner Eltern jetzt auf diese Weise unbekümmert irgendwo im Kosmos. Dieser Gedanke gefällt mir viel besser, als wenn ich sie mir ernsthaft Halleluja singend auf einer Wolke vorstelle.

Mein Herz hüpft vor Freude, als die Tierchen sich mir nach einer Weile zutraulich nähern. Schade, daß ich keine Erdnüsse dabeihabe. Nur wenige Schritte von meinen Füßen entfernt bleiben die beiden sitzen und machen Männchen, nibbeln bettelnd an ihren leeren Vorderpfötchen. Dabei schauen sie mich mit großen, glänzenden lustigen Augen an. Ich bin gerührt, halte fast den Atem an und bewege mich nicht. Aber als sie nach einer Weile merken, daß bei mir nichts zu holen ist, trollen sie sich und fegen wieder an den Baumstämmen hoch.

Mein Blick ruht auf dem großen Strauß. Dann schaue ich auf die Uhr. Gerade noch Zeit, zu den Blumenläden am Eingang zu laufen und einen schönen Grabschmuck für Vater zu besorgen. Ja, das mache ich!

Ich nehme eine Abkürzung, renne wenig begangene schmale Pfade entlang, damit es schneller geht. Es ist schon fast dunkel, die Kerzen in ihren roten Plastiktöpfchen flackern wie Irrlichter, Hunderte, Tausende. Den Blick auf den Boden gerichtet, um nicht zu stolpern, entdecke ich mitten auf dem Weg einen eckigen, schwarzen Gegenstand. Es ist ein Büchlein, kaum so groß wie meine Handfläche, mit Kreuz auf dem Deckel und Goldschnitt, eine Miniaturausgabe der Bibel. Schnell stecke ich es in meine Manteltasche und laufe weiter. Das Geschäft hat noch offen, schließlich ist Anfang November Hochsaison. Vor mir sind ein paar andere Kunden.

Ich muß warten. Endlich frage ich, wie lange das Friedhofstor geöffnet bleibt. Heute noch bis neunzehn Uhr, lautet die Auskunft. Gut, dann brauche ich nicht zu hetzen. Den Weg finde ich auch im Finstern, ich kenne mich aus. Der Laden ist hell erleuchtet. Ich schaue mich um, sehe unter den vielen langweiligen ein originelles Gesteck, das meinem *yogi*-Vater vielleicht gefallen würde. Ich nehme es an mich und reihe mich in die Schlange ein. Die Nähe fremder Menschen kann ich inzwischen schon vertragen, merke ich.

Um mir das Warten zu verkürzen, blättere ich in dem gefundenen Büchlein. Ewig ist es her, daß ich in der Bibel gelesen habe. Nach den Evangelien folgen Apostelgeschichte und die Offenbarung, ganz am Ende kommt dann noch der Psalter. Vielleicht finde ich hier den vollständigen Wortlaut des Kanons? Mal sehen.

Beim Überfliegen der ersten Psalmen Davids bin ich entsetzt über soviel blutrünstigen Haß. Das sollen unsere heiligen Texte sein? Ist Gott denn dazu da, unseren Feinden die Zähne zu zerschmettern, die Gottlosen umzubringen und ihre Namen auf immer zu tilgen? Nein, das kann nicht mein Gott sein – der, den ich gespürt habe mit jeder Faser von Leib, Geist und Seele. Der, der sogar hier im Blumenladen in mir wohnt, weil er gar nicht anders kann.

Beim Weiterlesen stoße ich auf den 18. Psalm, der die Überschrift trägt: »Dank für wunderbare Rettung«. Dort finden sich verborgen unter weiteren rachsüchtigen, gewalttätigen Versen auch Worte, die mich bewegen: »Es umfingen mich des Todes Bande, und die Bäche des Verderbens schreckten mich. / Da mir angst war, rief ich den Herrn an und schrie zu meinem Gott; da erhörte er meine Stimme. / Und er führte mich hinaus ins Weite, er riß mich heraus; denn er hatte Lust an mir. / Darum will ich dir danken, Herr, und unter den Heiden deinem Namen lobsingen.«

Mein Herz klopft stärker, als ich die Bedeutung dieser Verse an mich heranlasse. Dazu muß ich sie übersetzen. Für mich heißt der Herr nicht Jahwe, sondern Shiva, Schöpfer und Zerstörer. In seinem Namen wurde ich errettet. Denn er hat Lust an mir!

Und die Heiden, denen ich sein Lob singen werde mit tausend Zungen, das könnten all die Mitmenschen sein, die sich und ihrer Bestimmung entfremdet sind, weil sie denken, die vergängliche, meistens kranke Psyche sei dasselbe wie die unvergängliche, immer heile Seele. Dank und Preis dir, Papayagott! Danke für das Licht, das mir jetzt aufgegangen ist. Endlich bin ich an der Reihe. Ich lege mein Gesteck auf den Tisch an der Kasse und bitte die Verkäuferin um zwei Grablichter mit Streichhölzern. Erst jetzt fällt mir neben dem Tresen eine große Vase mit farbenfrohen Papageienblumen auf. Ach, Rama Raj! Lieber Bruder, solch eine Blume hast du mir in Kóvalam geschenkt. Weißt du noch? Ich werde eine für mich kaufen und eine für dich, *in memoriam*. Wie gern denke ich an unsere gemeinsame Zeit. Wie sehr hoffe ich, daß dein brüderlicher Geist noch um mich schwebt.

Mit meinen Einkäufen bin ich eine Viertelstunde später wieder am Grab der Eltern. Die Nacht ist hereingebrochen. Ich lege das Gesteck nieder und bitte Vater um Verzeihung für meine unerbittliche Härte. Als käme eine Antwort von ihm, breitet sich bald ein weicher Friede in mir aus.

Ich bin jetzt allein mit den Toten. Kein Mensch weit und breit. Gleich werden die Tore schließen. Ein halber Mond ist hinter unruhigen Wolken verborgen. Mutters weiße Blumen duften im kühlen Novemberwind.

Da ist mir, als sollte ich hier, an diesem Abend, auch mein vergangenes Ich zu Grabe tragen, ganz ordentlich und liebevoll Abschied nehmen von diesem Teil meines Seins. Ein kleines Ritual veranstalten und die alte Haut begraben. Leise summe ich ein paar Takte aus Mozarts Requiem, lasse Erde durch meine Hände rieseln und male im Dunkeln sorgfältig mit dem Finger meinen Namen auf den kühlen Stein.

Doris Guthknecht, gestorben am 6. Oktober 1992. Das ist der dritte Tag im Papayatempel gewesen. Welch ein Tag! Ist nicht der Orakelspruch des heiligen Bettlers vollends in Erfüllung gegangen, weil Erwachen und Erkennen, so wie ich es erlebt habe, einen Tod des alten Ichs voraussetzt? *Wer beides – Entstehen, Vergehen – durchschaut...*, so erinnere ich die Worte.

Zum Schluß meiner Andacht habe ich das Bedürfnis, eine kurze Rede zu halten, zum Dank, daß Doris fünfzig Jahre lang ohne Murren alles mitgemacht hat, was das Schicksal ihr auftrug. Daß sie nie den Mut verloren hat und am Ende ganz selbstlos für Dorothea, ihre Schwester, einen Platz im Leben freimachen konnte. Ruhe sanft, Doris! Lebe wohl! Ich werde dich nicht vergessen, denn ich habe dich geliebt. Mit einem tiefen *Namasté*-Gruß verneige ich mich, im Gedenken an das ferne Indien. Danke, Doris. Danke auch allen Menschen vom Stamm der Taki. Willkommen, Devi-Ben, göttliche Schwester. Die zwei roten Kerzentöpfchen, die ich entzünde, spenden ein warmes, anheimelndes Licht. Dann packe ich die Papageienblumen aus. Rechts und links vom Grabstein werden die festen Stiele in die weiche, feuchte Erde gesteckt. Eine soll für mich sein und eine für den indischen Koch, meinen königlichen Seelenbruder. Zwei Samenkörner einer süßen Papayafrucht.

Die rot-gelben exotischen Blüten leuchten im flackernden Widerschein wie lebendige Flammen. Und es sieht aus, als könnten sie dort bis zum Frühjahr Wurzeln schlagen.

Zum Dank

Es ist selten, daß jemand ein umfangreiches Buchmanuskript in die Hand gedrückt bekommt und anschließend den Mut aufbringt, der befreundeten Verfasserin seine aufrichtige Meinung dazu mitzuteilen. Ich habe solche Freunde.

Mein herzlicher Dank gilt Monika, die mich zur Vertiefung der Thematik ermunterte, und Kurt, der mir wertvolle Anregungen schenkte. Die anteilnehmende Begeisterung von Hans und Roswitha, die per Fax und Telefon ihre hilfreichen Kommentare übermittelten, war mir eine große Stütze. Luise entdeckte so manche Ähnlichkeit zwischen der Hauptfigur Doris und sich selbst. Sie überprüfte auch die psychotherapeutische Stimmigkeit von Handlung und Gefühlen. Trude hat mit unermüdlicher Akribie dafür gesorgt, daß ich sachliche Widersprüche ausmerzen und meinen Stil von einigen weniger schönen Blüten befreien konnte. Außerdem haben wir im Winter 1997/98 jene beglückende Indienreise zusammen gemacht, die dem Buch den letzten Schliff gegeben hat. Sie kennt fast alle Schauplätze. Olivia danke ich dafür, daß sie an Varda Hasselmann als Romanautorin glaubte, obgleich das eingereichte Manuskript erst hundert Seiten umfaßte. Wolfgang hat trotz ständiger Arbeitsüberlastung noch Zeit zum Lesen gefunden und mir guten Rat erteilt. Christine mit ihrer großen Erfahrung hat mich auf liebevolle Weise ermuntert und korrigiert. Dem Goldmann Verlag gebührt Dank für die langjährige Unterstützung und Gerhard Riemann, meinem Lektor, sowie Herrn Lord für die persönliche Betreuung.

Frank bin ich ganz besonders dankbar. Nur durch das jahrzehntelange glückliche Zusammenwirken mit ihm und der »Quelle« konnten die in den Roman eingeflossenen spirituellen Konzepte von Seelenfamilie, Entfaltungsaufgabe und Dualseele entwickelt werden. Er freut sich mit mir, dass mit diesem Buch für mich ein alter Lebenstraum Wirklichkeit wird. Denn nach einer Reihe von Sach- und Fachbüchern enthält es meinen ersten erzählerischen Text.

Ein indischer Koch mit königlicher Ausstrahlung und eine zierliche dunkle Frau mit Namen Shobha, die diesen Roman leider nie lesen werden, haben seit vielen Jahren einen Platz in meinem Herzen. Ohne die Begegnung mit ihnen wäre die Geschichte nicht zum Leben erweckt worden.

Nicht zuletzt denke ich mit Liebe und Wehmut an meine Mutter, die das fast abgeschlossene Manuskript trotz ihrer müden Augen noch gelesen hat und sich bis zu ihrem letzten Lebenstag täglich am Telefon erkundigte: »Und wie geht's der Doris?«

Für die zahlreichen Leser unserer anderen Seelenbücher und besonders von *Archetypen der Seele* zum Schluß noch ein »geheimnisvoller« Hinweis: Die Matrixchiffre der Hauptfigur ist 1 4/3 3 4 1 1/2 5/5 Weg 7.

München, im Juli 1998   *Varda Hasselmann*